CHRISTIAN BUDER

DER DACHS

rütten & loening

CHRISTIAN BUDER

DER DACHS

Kriminalroman

rütten & loening

ISBN 978-3-352-00963-1

Rütten & Loening ist eine Marke
der Aufbau Verlage GmbH & Co. KG

1. Auflage 2022
© Aufbau Verlage GmbH & Co. KG, Berlin 2022
© 2022, Christian Buder
Gesetzt durch Greiner & Reichel, Köln
Druck und Binden CPI books GmbH, Leck, Germany
Printed in Germany

www.aufbau-verlage.de

On est toujours libre au dépens de quelqu'un.
(ALBERT CAMUS)
Man ist immer auf Kosten eines anderen frei.

*Wir müssen überzeugt sein, dass das Wahre die Natur hat,
durchzudringen, wenn seine Zeit gekommen, und dass es nur erscheint,
wenn diese gekommen, und deswegen nie zu früh erscheint
noch ein unreifes Publikum findet.*
(GEORG WILHELM FRIEDRICH HEGEL)

Der Roman beruht auf wahren Begebenheiten.

Für meinen Vater

Teil I

Wie die Dinge beginnen

Die Ereignisse, die sich Anfang des Jahres 2014 in dem kleinen beschaulichen Ort Penec in der Bretagne zutrugen, hatten ihren Ursprung bereits Monate vorher, genau genommen begannen sie kurz vor Weihnachten 2013, an einem kühlen Montag, als alle Bewohner Penecs, die nichts Besseres zu tun hatten, zu Carrefour strömten, um sich für die Feiertage mit Pastis, tiefgefrorenem Truthahn, Escargots de Bourgogne, Krabben, Hummer und natürlich Rotwein einzudecken. Charlotte Morvan hatte ihre gesamten Rabattmarken eingelöst. Sie hatte zwei gefütterte Regenjacken gekauft, die ihr zwar zu klein waren, aber sie fasste die fünfzig Prozent Preissenkung als Vorsatz auf, vier oder fünf Kilo abzunehmen. Für Liz hatte sie ein Barbiehaus gekauft und für Tangi ein Schiffsmodell der *Titanic*, das schwimmfähig sein sollte. Gael gönnte sich eine Flasche Lagavulin, siebzig Prozent reduziert. Er hätte sich am liebsten zwei Flaschen gekauft, aber Charlotte ermahnte ihn, dass er dann vielleicht zu viel trinken könnte. Ihre Handys waren ebenfalls nicht mehr auf dem neuesten Stand. Die Technik schreitet voran, und der Verkäufer zeigte auf ein Schild: Zwanzig Prozent Nachlass beim Kauf eines iPhones und dreißig Prozent beim Kauf von zwei. Ihr Einkaufswagen war voll mit Kinderspielzeug, Ersatzscheibenwischern, Kriechöl im Sechserpack, einer kabellosen Brotschneidemaschine, einem Bewegungsmelder für den Garten, zwei iPhones im Original Apple-XMas-Karton und einem 195-Zoll-Flatbildschirm mit Kinosound, der so viel kostete wie ein Neuwagen. Das haben wir uns verdient, sagte sie zu Gael. Sie hatten ihre Einkäufe im Wagen verstaut, als Charlotte zu Gael sagte, sie wolle zum Mercedeshändler, obwohl sie eigentlich nicht vorhatte, ein Auto zu kaufen. Sie hatten Gaels Lieferwagen und den alten Volvo, dessen Federung in jeder Kurve ächzte, der sie aber überallhin brachte.

Wir könnten uns so ein Cabriolet leisten, sagte sie zu Gael und zeigte auf ein knallrotes Modell. Ein Verkäufer bemerkte Charlotte, wie sie mit ihrem Finger über den Rahmen strich. Fast als spräche der Wagen zu ihr, spulte der Verkäufer herunter, dass dieses Auto nicht nur ein Gegenstand war, sondern pures Lebensgefühl. Roadster GT S, 522 PS, Automatikgetriebe, Ledersitze ... Gael schüttelte erst den Kopf. Doch diese Woche war Mercedes-Rabatt-Woche, auf alle Cabrios. Ratenzahlung möglich. Also kauften Charlotte und Gael ihren Traumwagen, zwar gebraucht, den sie die nächsten fünf Jahre abzahlen konnten. Es lief ja gut. Gael hatte unglaubliche Fangquoten, die Preise für Hummer waren hoch, und die Nachfrage stieg. Wir können uns das leisten, sagte Charlotte wieder und küsste ihren Mann. Wozu lebt man eigentlich, wenn man sich nicht ab und zu etwas gönnte? An diesem Tag haben noch viele Menschen Autos gekauft, Waschmaschinen, Fernseher und Dinge, die sie nicht unbedingt brauchten. Nur hatte Charlotte Morvan an diesem Tag keine Ahnung, dass sie mit ihrer Unterschrift eine Kette von Ereignissen in Gang setzte, die sie nicht mehr aufhalten konnte.

Der Wagen stand seit einem Monat in ihrer Garage, als die Hummer ausblieben. Sie waren aus der Bucht verschwunden, so als wären sie einem fernen Ruf gefolgt. Barsch und Makrele ließen sich kaum mehr sehen. Dann verschwanden nicht nur der Hummer und die Seespinne, sondern auch die Fische.

Ronan

Der Defender holperte über Wurzeln und Felsen. Die alte Karre schluckte mehr Diesel als zwei Geländewagen aus der neuen Serie. Dafür hatte der Wagen keine Elektronik, keine elektrischen Fensterheber, keinen Schnickschnack, den die salzige Luft zersetzen konnte. Nichts ging über zuverlässige Mechanik. Ronan kuppelte kurz aus und schaltete an einem kleinen Hebel den Vierrad hinzu. Äste knackten, und der Wagen geriet in Schräglage. Der Waldboden federte nach. Es hatte geregnet, und die torfige Erde hatte sich mit Wasser vollgesogen. Die Antriebsräder schaufelten sich mit Mühe über den schlammigen Weg. Zehn Meter weiter und er würde im Schlamm feststecken. Ronan stellte den Motor ab. Den Rest musste er laufen. Vom Wegrand stellte sich ihm ein rotes Schild entgegen: *Vorsicht Jagd*.

Hunderte Wipfel stießen in den Kronen aneinander, ein melancholisches Geflüster düsterer Riesen. Die alten Eichen blickten seit zwölf Jahrhunderten über die Bucht, und einige Bäume waren schon Greise, als Karl der Große im Jahre 800 das bretonische Königreich zerschlagen hatte.

Ein Schuss hallte durch das Gehölz, danach zwei weitere. Großkaliber, wahrscheinlich Schrot. Dann, als Ronan Prad seine Flossen aus dem Wagen holte, noch ein Schuss, diesmal viel näher. Er sah sich um. Kein Jäger zu sehen. Eine leuchtendrote Neoprenweste zu tragen war noch kein Grund, nicht von einem neunzigjährigen Jäger aus Versehen erschossen zu werden. Ohne Leuchtweste hoffte er, erst gar nicht von einem der Hobbyjäger gesehen zu werden. Tradition nannten es die konservativen Nationalisten, Mord an Tieren die Tierschutzaktivisten, und für Ronan waren die Jäger einfach nur Dummköpfe mit Gewehren. Seine Gummistiefel sanken bis zu den Knöcheln in den Morastboden ein. Ein schmatzendes Schluuaap entstand, als er ein Bein aus dem Boden zog. Entfernte Schüsse verhallten, kamen wieder als Echo, Hundegebell, dann splitterte der Ast einer Kiefer, gefolgt von einem lauten Knall. Instinktiv duckte er sich und warf sich flach auf den Boden. Verdammtes Arschloch! Eine weitere Ladung zerfetzte die Rinde eines Baumes. Wenn er diesen Idioten in die Finger bekäme, dann würde er ihm seine Flinte in den Hintern schieben, aber nicht mit dem Lauf zuerst. Stimmen, unterbrochen von Hundegebell. Ronan blieb geduckt. Aus seiner Deckung konnte er nicht erkennen, ob es sich um schießwütige Jäger handelte, die das Unterholz mit Schrot durchsiebten, oder um jemanden, der es gezielt auf ihn abgesehen hatte. In beiden Fällen wäre er tot, wenn er nicht in Deckung blieb. Für einen Auftragsmörder, der sich als Jäger getarnt hatte, bewegte sich die erste Gestalt viel zu plump durch das Gestrüpp.

Ronan erkannte zwei Jagdhunde. Ein Jäger mit Leuchtweste tauchte hinter einem Stamm auf, und Ronan wäre auf ihn losgestürzt, um ihm das Gewehr aus der Hand zu reißen, wenn in diesem Augenblick nicht etwas Flaches gegen seine Beine geprallt wäre. Er verlor kurz das Gleichgewicht. Der Dachs hatte seinen Kopf zur Seite gedreht. Die schwarzen Augen blieben für zwei Sekunden auf ihn gerichtet, so als hätte das Tier entschieden, dass Ronan keine Gefahr für es darstellte. Die Hunde preschten heran. Sie waren kaum mehr als zwanzig Meter entfernt. Der Dachs wich nach links aus, drehte um und rannte auf Ronans Wagen zu. Die Heckklappe stand noch offen, und kaum hatte Ronan gedacht, was in den nächsten Augenblicken geschehen würde, war der Dachs schon auf den Sack seiner Schwimmausrüstung gekrabbelt und von dort im Kofferraum verschwunden. Einer der Jäger folgte der Fährte der Hunde, die nun auf Ronans Wagen zurannten. Die Hunde würden die Fährte des Dachses wittern, ihn aus seinem letzten Versteck zerren und zerfleischen. Ronan schlug die Heckklappe des Geländewagens zu.

Noch vor einigen Minuten war er lediglich auf dem Weg zum Schwimmen gewesen. Und jetzt plötzlich hatte ihn eine Gewehrkugel nur knapp verfehlt, stand da ein Jäger mit Leuchtweste, rannten zwei Jagdhunde auf ihn zu und saß ein Dachs in seinem Kofferraum.

»Einen Dachs gesehen?«, rief ihm der Jäger zu, während er sich nach allen Seiten umblickte und dann nach seinen Hunden pfiff, die vor der geschlossenen Heckklappe von Ronans Wagen hockten und bellten.

»Nur ein paar Wildwest-Clowns, die blind um sich ballern.«

»Jagdsaison«, erwiderte der Jäger.

»Ich habe wohl Glück, dass ihr nur auf Bäume schießt.«

Der Jäger hielt seine doppelläufige Schrotflinte leicht gesenkt, aber in Ronans Richtung und machte zwei Schritte auf ihn zu. Die Hunde kläfften gegen die Heckklappe und sprangen auf der Stelle.

»Mach den Kofferraum auf.«

Ronan verkürzte die Distanz zu dem Jäger.

»Nehmen Sie Ihre Hunde und verschwinden Sie.«

»Gewildert«, sagte der Jäger, »die Hunde riechen es … Aufmachen, sofort!« Er hob die Waffe. »Die Polizei kümmert sich um dich.«

»Sie kümmert sich gerade um einen Fall, in dem ein alkoholisierter und kurzsichtiger Jäger einen Beamten der Gendarmerie Nationale mit einer Waffe bedroht hat.« Ronan zog aus seiner Tasche seinen Dienstausweis.

Doch der Ausweis schien den Jäger nicht zu beeindrucken. Er fuchtelte vor Ronans Brust mit dem Doppellauf des Jagdgewehrs.

»Ich glaube, was wir suchen, ist in Ihrem Wagen.«

»Wenn es in meinem Wagen ist, dann sucht ihr es nicht.«

Abgelenkt von seinen Hunden vergaß der Jäger, dass Ronan nur noch eine Armlänge entfernt war. Mit einer schnellen Handbewegung drückte Ronan den Lauf zur Seite, packte das Gewehr und trat dem Jäger mit dem Fuß gegen die Brust. Ronan spürte, wie sein Fuß im Fettgewebe des Jägers versank. Die Leuchtweste flatterte, als der Mann nach hinten ins Moos fiel. Aus dem Gebüsch kam eine weitere Leuchtweste. Ronan richtete die Schrotflinte auf ihn.

Der Mann hob entwaffnend die Hände. Das Gewehr hatte er über die Schulter gehängt. Der ungesund rote Kopf des anderen Jägers war unverkennbar. Kazav, der Bürgermeister.

»… Daaaachs …«, hustete der Mann am Boden und deutete auf Ronans Wagen.

»Hooooo, nicht schießen«, rief Kazav und hob die Hände. Der Mann am Boden rappelte sich auf, immer noch um Atem ringend.

»Wenn Ihr Jagdfreund noch einmal seine Waffe auf mich richtet, dann werde ich ihn jagen«, sagte Ronan in ruhigem Ton.

»Niemand wollte Sie bedrohen«, beschwichtigte Kazav, »es ist alles nur ein Missverständnis gewesen.« Kazav war Politiker, redete wie ein Politiker, dachte wie ein Politiker und war auch genauso verlogen wie ein Politiker. Von einem Missverständnis konnte überhaupt nicht die Rede sein. Ronan hätte den Jagdgenossen festnehmen können, nachdem er die Waffe auf ihn gerichtet hatte. Kazav pfiff nach den Hunden, die jedoch unbeirrt weiter die Heckklappe von Ronans Wagen ankläfften.

»Er hat den Dachs …«, rief der erste Jäger.

»Halt den Mund und verschwinde«, zischte Kazav seinen Jagdgenossen an, der seine Leuchtweste zurechtzupfte, als gäbe es dafür Kleidervorschriften. Der Mann zeigte auf seine Schrotflinte, die Ronan noch immer in der Hand hielt.

Ronan kippte den Lauf des Jagdgewehrs und nahm die verbliebene Patrone aus dem Doppellauf. Der Mann runzelte die Stirn, als er sah, dass Ronan die Patrone einsteckte. Glaubte er im Ernst, dass er ihm eine geladene Waffe zurückgab?

»Es ist gefährlich, während der Jagdsaison im Wald herumzuspazieren, dazu noch ohne Leuchtweste«, sagte Kazav und pfiff wieder nach den Hunden.

»Die Jagd sollte den Förstern überlassen werden«, meinte Ronan.

»Wir haben eine französische Tradition. Ich als Bürgermeister dieser Stadt pflege natürlich die französischen Werte und Traditionen …«

»Da bin ich froh, dass die Sklaverei nicht mehr zur französischen Tradition gehört.« Ronan ging zu seinem Wagen. Die Hunde knurrten ihn an, als er seine Sporttasche nahm.

Kazav pfiff wieder. Diesmal folgten die Hunde und trotteten davon.

»Der Dachs ist ein Schädling«, sagte Kazav, »wenn wir ihn nicht eindämmen, unterhöhlt er das Ufer, die Äcker …« Zufrieden, das letzte Wort gehabt zu haben, verschwand der Bürgermeister mit den Hunden im Gestrüpp. Sein Jagdgeselle hatte sich bereits verzogen, und Ronan war wieder allein im Wald, mit einem verängstigten Dachs im Wagen.

—

Ronan Prad über sich selbst:
Ich kann Menschen nicht ausstehen. Ich ertrage sie nicht. Daran ändert auch nichts, dass ich selbst zu ihnen gehöre. Ich bin nicht besser oder schlechter als die meisten von ihnen. Vielleicht liegt es an meinem Beruf, dass ich mir kein schöneres Bild von meiner Spezies machen konnte. Mein Vater sagte mir, ich hätte niemals zur Armee und erst recht nicht zur Polizei gehen dürfen. Das sei kein Beruf. Mein Vater hat mir nie verziehen, dass ich mich auf die andere Seite geschlagen hatte. Er war Strafverteidiger. Seine Klienten kleine Taschendiebe, Vergewaltiger, Trickbetrüger, kleine und große Mafiosi und solche, die noch welche werden wollten, korrupte Politiker und Polizisten. Manchmal frage ich mich, wer den Menschen besser kennt: derjenige, der das Schlechte in ihm verachtet, oder derjenige, der ihn verehrt. Mein Vater empfand sicher für einige seiner kriminellen Klienten so etwas wie Bewunderung. Im Staatsapparat gibt es nur Marionetten, sagte er. Niemand lebt dort, und wenn du einige Jahre für sie arbeitest, dann hast du an allen Enden deines Körpers Fäden, an denen Unbekannte ständig ziehen, und du merkst es nicht einmal.

Aber als ich mich entschied, zur Armee und nicht auf die juristische Fakultät zu gehen, war ich noch jung. Ich wusste nicht, ob es gut war und wie sich eine Entscheidung, die ich innerhalb weniger Minuten getroffen habe, später auf mein Leben auswirken würde, ich tat es einfach, weil es sich damals irgendwie gut anfühlte und ich vielleicht nur auf der Seite stehen wollte, auf der mein Vater nicht war. Vielleicht waren wir nur Spieler in ein und demselben Spiel. Während ich den Abschaum von der Straße holte und sie einsperrte, strengte mein Vater sich an, um sie wieder freizubekommen. Alle wesentlichen Gegensätze auf dieser Welt finden sich innerhalb einer Familie wieder.

—

16 h, steigende Tide. Höchststand 17.18 h. Koeffizient 93 Trieux. 48° 49' 20.9" N 3° 041' 06.2" W

Ronan wartete, bis das Gebell der Hunde verschwunden war, dann öffnete er die Heckklappe des Defenders. Der Dachs war über die umgeklappten Hintersitze in den Fußraum des Beifahrers geflüchtet. Er regte sich nicht, auch nicht, als sich Ronan einige Schritte entfernte. Erst als er die Beifahrertür öffnete, hob das Tier den Kopf, machte jedoch keine Anstalten, seinen Unterschlupf zu verlassen.

Dann eben nicht, dachte sich Ronan, ließ die Beifahrertür einen Spalt offen, nahm seine Flossen mit der Sporttasche und kletterte den steilen Weg durch die Granitfelsen zu einem Steinblock, der im Nebel nur seine Umrisse verriet. Die Uferlinie lag bei Flut noch zwei Meter unter ihm. Bei Ebbe klaffte dort ein Abgrund von neun Metern. Sanfte Wellen brachen sich an dem harschen Granit. Er stopfte seine Kleider in die Tasche, setzte sich auf die äußerste Felskante, zog seine Flossen an und stieß sich vom Ufer ab.

Der Nebel über dem Wasser bewegte sich zäh zwischen den schwarzen Felsen des Trieux. Die scharfkantigen Felsspitzen hätten genauso gut nur harte Bleistiftstriche auf feinkörnigem Papier sein können, wäre da nicht die Kälte des Wassers, die Ronan am ganzen Körper spürte. Die Muskeln in seinen Händen hatten sich verkrampft, sodass es seine Finger beim Kraulen auseinanderdrückte. Er schwamm bis zu dem Felsen, auf dessen anderer Seite die rote Fahrwassertonne stand. Ein Sockel aus Beton, darauf eine rote Eisenstange mit einem roten Viereck. Die Flut presste das Wasser in die Flussmündung. An den senkrechten Uferfelsen schäumten Wellenkämme. Verwirbelungen peitschten das Wasser auf. Wie zwei feindliche Armeen, die aufeinanderprallten, traf das Flusswasser auf das hereinströmende Meerwasser. Die Strömung war stärker, als Ronan gedacht hatte. Die Gezeitenkräfte des Mondes und der Sonne zogen das Wasser noch stärker als sonst gegen das Wasser des Flusses. Ronan stieß sich von einem Felsen ab, der knapp unter der Wasseroberfläche war. Die Strömung erfasste ihn sofort. Mit ein paar kräftigen Flossenschlägen korrigierte er die Richtung, um nicht zu weit in die Fahrtrinne gezogen zu werden. Mit einer kurzen Rolle nach vorn tauchte er ab. Lichtstrahlen verloren sich in der Tiefe des grünen Wassers. Er sah nicht weiter als vier oder fünf Meter. Die Strömung wirbelte den Boden auf. Algenfetzen und Reste von Plastiktüten trieben an ihm vorbei. Er trieb neben den meterlangen Pflanzen im Wasser. Der Trieux war an dieser Stelle mehr als zwanzig Meter tief. Ronan atmete ein wenig Luft aus und ließ sich weiter in die steile Felsenschlucht sinken. Die Strömung drückte ihn mit den Algenteppichen in die Flussmündung hinein. Der Wasserdruck schmerzte in seinen Ohren. Zweimal machte er einen Druckausgleich, hielt sich die Nase zu und presste Luft aus seiner Lunge in seine Ohren. Die Sicht verringerte sich. Er war ungefähr zehn Meter tief, als ein Felsen vor ihm auftauchte. Ronan griff nach der Spitze und hielt sich an ihr fest. Er spürte noch heftiger, wie die Strömung an ihm zerrte. Er konzentrierte sich auf seinen Herzschlag. Die Kälte verlangsamte seinen Herzrhythmus. Einundzwanzig, zweiundzwanzig … Bevor er tiefer ging, musste er noch ruhiger werden. Er stieß sich von der Felsspitze ab. Er konnte nicht sehen, wie weit er abgetaucht war. Die Tiefe spürte er nur an der Druckveränderung in seinen Ohren. Nach zehn Metern nahm der Umgebungsdruck um ein Bar zu. Durch die Komprimierung der Lunge und das Zusammendrücken des ganzen Körpers sank auch der Auftrieb seines Körpers. Er brauchte immer weniger Kraft, um nach unten zu kommen, und nach dreißig Metern würde er von selbst absinken. Von der Oberfläche kam kein Licht mehr durch. Im Schein der Tauchlampe trieben schwerelos abgerissenes Seegras, Inseln von Algen und Plastiktüten durch das grüne Universum wie unbewohnte Planeten auf einer unbestimmten Umlaufbahn. Ronan hielt sich mit wenigen Flossenschlägen über dem Graben. Die Strömung schob ihn weiter in den Trieux. Ungefähr fünf Meter unter ihm sah er die scharfen

Konturen eines Flügels mit Triebwerken. Die Propeller waren beim Aufprall des Bombers abgerissen. Das Wrack der B-25 war jetzt unter ihm. Rumpf und Cockpit waren klar erkennbar. Der Schlamm hätte das Wrack schon längst völlig bedeckt, doch der Wechsel von Ebbe und Flut, der das Meer hin und her zog, verhinderte sein Verschwinden. Ein Grab, das sich gegen das Vergessen wehrte, dachte sich Ronan. Die Deutschen hatten den amerikanischen Bomber von einer Flakbatterie am Eingang des Trieux abgeschossen. Die Piloten und vier weitere Besatzungsmitglieder starben damals im Winter. Zwei Piloten konnten Fischerboote noch aus dem Wasser ziehen. Doch das kalte Wasser war zu dieser Jahreszeit so tödlich wie die deutsche Flak. Was der Aufprall nicht schaffte, erledigte die Kälte. Die Leichen der anderen Besatzungsmitglieder blieben festgeschnallt in ihren Sitzen am Grund, so lange, bis die Fische ihre Arbeit erledigt hatten. Nur ein junger Offizier überlebte. Er wurde beim Aufprall herausgeschleudert und konnte sich auf einen Felsen retten. Neben der Kirche stand heute ein Gedenkstein mit den Namen und Dienstbezeichnungen der Toten. Paul Albrights Name war nicht auf der Stele zu lesen, obwohl er nie in seine Heimat nach Oregon zurückgekehrt war.

Ronan spürte, wie sein Körper Sauerstoff verlangte. Sein Körper schrie ihn an, dass er auftauchen solle. Er ließ sich weiter absinken. Je enger die Schlucht wurde, desto schneller trieb ihn die Strömung tiefer in den Trieux. Die Konturen des Flugzeugs verschwanden aus seinem Sichtfeld. Ein Hummer suchte den Schutz eines Felsvorsprungs. Ein großes Tier mit mehr als vierzig Zentimetern. Aus seiner Deckung streckte es abwehrend seine Scheren in Ronans Richtung. Große Hummer hatte er schon seit Jahren nicht gesehen. Erst recht nicht im Flachwasser. Die Hummerexemplare, die Erwan seinen Gästen im Capelan servierte, waren noch Jungtiere. Im Flachwasser hatte ein Hummer kaum eine Chance, älter als drei oder vier Jahre zu werden. Sein Pech war es, als Spezialität auf den Speisekarten zu stehen, und weil sich sein Fleisch so gewinnbringend verkaufen ließ, jagten ihn Berufs- und Hobbyfischer gleichermaßen unerbittlich. Niemanden interessierte es, dass ein Hummer länger als eineinhalb Meter werden und mehr als zwanzig Kilogramm wiegen konnte. Am verblüffendsten war jedoch sein Alter. Die größten Hummer schätzte man auf über hundertvierzig Jahre. Der Hummer war ein Wunder der Evolution. Im Grunde alterte er nicht. Telomerase – ein Phänomen, bei dem Zellen sich verjüngten. Je älter ein Hummer wurde, desto stärker und fruchtbarer wurde er. Es gab Wissenschaftler, die glaubten, dass es in den Tiefen der Ozeane Hummer gab, die schon mehrere Tausend Jahre alt waren. Tiere von mehreren Metern, versteckt in der Finsternis der Tiefsee. Ihre Zellen erneuerten sich endlos, was dazu führte, dass sie kontinuierlich wuchsen. Einige Wissenschaftler nahmen an, dass der Hummer nicht an seinem Alter starb, sondern daran, dass sein Panzer nicht mehr mitwuchs. Die Erneuerung seines Außenskeletts kostete den Hummer zu viel Kraft, sodass sie schließlich in ihre Körper gepresst wurden und am Ende ihres Lebens an Krankheiten starben oder in ihrem eigenen Skelett zerquetscht wurden. Andere Wissenschaftler glaubten, dass der Wachstumsprozess ab einer kritischen Größe nur noch minimal sein würde und es somit Tiere gab, die ohne Schwierigkeiten Jahrtausende überdauern konnten.

Ronan ließ den Hummer hinter sich und schwamm langsam nach oben. Über ihm war schon der Spiegel der Wasseroberfläche. Drei, zwei Meter, dann tauchte er auf. Der Nebel war dichter geworden, so als wäre die gesamte Schöpfung ausgelöscht. Er trieb auf der Wasseroberfläche. Der gezackte Rücken eines Felsens zehn oder fünfzehn Meter vor ihm, dann lösten ihn die Schwaden auf, als wäre er nur eine flüchtige Illusion. Die Rückabwicklung der Evolution im Zeitraffer, bis nichts mehr blieb als weißes Rauschen. Am Ende erlosch auch das Rauschen.

Ronan orientierte sich an der Strömungsrichtung. Mit kräftigen Flossenschlägen steuerte er gegen die Wassermassen, wobei er einen Winkel von fünfundvierzig Grad einschlug, um gegen die Strömung anzuschwimmen. Die schwarzen Felsblöcke am Ufer zeichneten sich ab. Der Nebel schien sich zu verflüssigen und gab Meter für Meter Felsen frei, gelbrote Flechten kletterten wieder zurück in den Lauf der Evolution, dann kamen schlierige Algen in den Felsspalten, Gräserbüschel, dahinter Baumwurzeln, die zu den Eichen am Schluchtrand gehörten, einige Boote und Bojen. Ronan kraulte die restlichen fünfzig Meter zum Ufer. Als er mit den Händen den Sandboden berührte, drehte er sich auf den Rücken, zog seine Flossen aus und stieg aus dem Wasser. Flossen und Taucherbrille waren die einzigen Kleidungsstücke, die er getragen hatte. Eine junge Frau stand neben seinem Handtuch. Sie trug die Uniform der Gendarmerie.

—

»Lieutenant Marie Blanc, Dienstnummer …«
»Sie sind die Neue«, sagte ihr der Mann vor ihr, der seinen Kopf hinter einem Stapel vorstreckte und dessen Name sie nur von der Internetseite der Gendarmerie Maritime von Penec kannte. Auf der Fahrt von Saint-Malo nach Penec hatte sie sich verschiedene Szenarien überlegt, wie sie sich vorstellen sollte. Ich bin Marie Blanc … oder nur Marie oder förmlicher Lieutenant Blanc. Ihre Versetzung hatte die Gendarmerie Maritime in Brest in einem Fax angekündigt. Man erwartete sie bereits. Sie malte sich aus, wie ein junger Anwärter sie zum Dienststellenleiter bringen würde. Capitaine Prad. Prad würde sie durch das Gebäude führen und den Kollegen vorstellen. Prad würde ihr einen leeren Schreibtisch zuweisen, auf dem ein Schild mit ihrem Namen stand. Von ihrem Platz aus hatte sie einen Blick aufs Meer. Vor ihren Augen sah sie, wie Prad sie in sein Büro zitierte und dass sie die Kollegen einzeln begrüßen würden. Sie hatte jedoch nicht mit einem Mann gerechnet, der ihr nicht einmal die Hand reichte und ihr das Gefühl gab, dass sie ihn bei seinem Mittagsschlaf störte. Die Neue. Er musterte sie von oben bis unten und hatte sie mit den Augen an- und ausgezogen.
»Können Sie mich bei Lieutenant Prad melden?«
»Noch nicht da.«
Die dreistündige Fahrt durch den dichten Nebel war angenehmer als das abgehackte Gespräch mit einem Mann, dem ganze Sätze zu anstrengend waren und den sie aus der Dienststellen-

beschreibung unter dem Namen Loig Dagorn kannte. Dienstgrad, Dienstjahre, ein veraltetes Passfoto und die Funktion, was mehr oder weniger der Dienststelle entsprach, hatte sie offiziell herausfinden können. Etwas anderes war die Akte des Dienststellenleiters Ronan Prad. Seine Akte war unter Verschluss, und was sie vor ihrer Fahrt durch den Nebel über ihn erfahren konnte, bestand aus Gerüchten und Informationen, die sie in der Presse hatte finden können.

»Wo kann ich ihn finden?«

»Warten Sie hier auf ihn.«

»Ich bin drei Stunden lang im Schritttempo durch den Nebel gefahren, mit dem letzten Tropfen Benzin und ohne heute Morgen richtig gefrühstückt zu haben, ohne Kaffee, und das nur, weil ich in dieses … diese Stadt versetzt worden bin.«

»Sagen Sie ruhig Nest oder wie wir Bretonen Penec nennen: die Rose am Arsch der Welt.«

»Der Nebel macht einen fertig.«

»Gehört zur Nordküste der Bretagne wie die Stürme.«

»Wann kommt Capitaine Prad?«

»Sie müssen nicht auf ihn warten. Ich sage ihm, dass Sie hier sind.«

»Ich würde mich gerne selbst vorstellen.«

Loig Dagorn lehnte sich zurück, legte die Aufstellung seiner Überstunden beiseite und schaute Marie wie ein Fotograf an, der die beste Aufnahme für den Playboy suchte.

»Er weiß, wer Sie sind.«

»Sie wussten nicht einmal meinen Namen.«

»Bis ich mir Ihren Namen gemerkt habe, werden Sie schon befördert und woanders hin versetzt.«

»Vielleicht bleibe ich auch.«

Dagorn lächelte. Guter Witz, den er nicht weiter zu kommentieren brauchte. Niemand blieb freiwillig in einer Außenstelle der Gendarmerie Maritime, die jedes Jahr bei der Budgetplanung des Innenministeriums, dem die Gendarmerie unterstellt war, auf der Liste der überflüssigen Kostenstellen aufgeführt wurde. Dass Capitaine Prad mit dem Papierkram auf Kriegsfuß stand und die jährlichen Bedarfsformulare entweder nur flüchtig oder gar nicht ausfüllte, brauchte niemand zu wissen, erst recht nicht die Neue, deren Eifer auf Dagorn wirkte wie der zwanzigste Kaffee am Abend.

»Richten Sie sich erst einmal ein, führen Sie Telefongespräche … Rufen Sie Ihren Mann an, sagen Sie …«

»Ich bin nicht verheiratet.«

»Dann Ihren Freund oder Ihre Mutter.«

»Ich habe keinen Freund, meine Eltern sind tot …«

»Das tut mir leid … Ich meine nur, dass Sie sich erst einmal Zeit nehmen sollten, um anzukommen.«

»Ich bin angekommen.«

»Ich meine das im übertragenen Sinne. Ruhen Sie sich aus, schlafen Sie sich aus oder nehmen Sie eine Dusche.«

»Wollen Sie damit andeuten, dass ich eine Dusche brauche?«

»Hören Sie, ich habe jetzt Wichtigeres zu tun, als mich um Ihren Dienstplan zu kümmern …«

»… wie zum Beispiel die Liste Ihrer Überstunden zu erstellen.«

»Wenn Sie Ronan von seiner guten Seite kennenlernen möchten, dann sollten Sie einen Gang runterschalten und einfach mal machen, was man Ihnen sagt. Nur ein gut gemeinter Rat.«

»Was muss ich noch über Ihren Chef wissen?«

»Ich arbeite seit neuneinhalb Jahren mit ihm zusammen, und ich würde nicht behaupten, dass ich ihn wirklich kenne.«

»Sie meinen den Teil seiner Dienstakte, der unter Verschluss ist … seine Zeit beim Militär.«

»Sie wühlen gerne in Archiven …«

»Internet heißt das heute.«

»Wir sind hier in Penec, aber nicht hinterm Mond.«

Marie rümpfte die Nase und war zufrieden damit, sich nicht von diesem Rüpel, dem die Haare aus der Nase wuchsen, unterkriegen zu lassen.

»Noch ein guter Rat: Wühlen Sie nicht in der Vergangenheit von Kollegen, vor allem, wenn der Kollege Ihr Chef ist.«

»Ich bin gerne auf dem Laufenden.«

»Seien Sie einfach nett, nehmen Anzeigen von gestohlenen Hummerfallen oder Außenbordmotoren auf, gewöhnen Sie sich an den Kaffee aus dem Automaten, und lächeln Sie, wenn der Präfekt vorbeischaut.«

»Wie konnte es anders sein. In einem Hinterwäldlernest gab es Hinterwäldler, die hinterwäldlerisch dachten und hinterwäldlerisch redeten. Marie Blanc hatte noch mehr Worte hinter ihrer Stirn wie »frauenfeindlich«, »Chauvinistenschwein«, doch sie nahm die Gelegenheit wahr und ging zum Kaffeeautomaten. Fünfzig Cent. Sie musste das Geldstück dreimal einwerfen, bis der Automat es behielt. Schwarz, mit Milch, ohne Zucker, extra Zucker. Sie drückte auf Schwarz und wartete, dass der Pappbecher sich füllte. Sie nippte an dem Becher. Gerade so, dass ihre Lippen den Geschmack erahnen konnten, der sie eher an aufgeweichten Karton und Plastik erinnerte als an Kaffee.

»Ich habe über die Sache mit Lieutenant Prads Frau gelesen«, sagte sie und stellte den heißen Becher auf den Tisch.

»Es gibt Dinge, die Sie nicht ansprechen sollten.«

»Es existiert ein Aktenvermerk. Segelunfall. Die Frau …«

»Der Unfall ist so ein Thema, das Sie lieber auslassen sollten.«

Dagorn suchte eine Formulierung, die sich besser anhörte, fand aber keine andere als: »Es sei denn, Sie wollen sich gleich von Anfang an als Arschloch vorstellen.«

»Verdrängung ist auch eine Form der Verarbeitung.«

»Nur ein gut gemeinter Rat.«

»Schon der zweite …«

—

Loig widmete sich wieder seiner Überstundenliste, die sein Leben mehr beeinflusste als irgendein Neuling, den ihnen die regionale Zentrale in Brest schickte. Die Mitteilung aus Brest lag sicherlich auf Ronans Schreibtisch, in einem der überfüllten Pappkartons, auf denen »unerledigt« stand, und wie immer hatte Ronan kein Wort darüber verloren, dass Brest eine junge Polizistin schickte. Er tippte Ronans Nummer auf dem grauen Diensttelefon, dessen mechanische Tasten sich nur schwer betätigen ließen, und die 8 ließ sich zwar drücken, sprang aber erst nach ungefähr drei Sekunden wieder zurück. Die Folge eines Kaffeetassenunfalls mit extra Zucker. Das Geräusch des Verbindungsaufbaus, zweimal, dann brach die Verbindung ab. Loig rüttelte an dem Kabel. Der Wackelkontakt verschwand. Er wählte die Nummer noch einmal. Die Verbindung hielt, doch sobald er das Kabel losließ, war das Signal weg. Vor zwei Jahren hat er ein neues Telefon angefordert, genauso wie einen neuen Computer, der aus derselben Zeit wie das Telefon stammte. Die Bildschirme nahmen den Platz auf dem ganzen Schreibtisch ein, und der Monochrommonitor flimmerte so stark, dass man nicht länger als eine halbe Stunde davor sitzen konnte, ohne einen Augenkrampf zu bekommen. Aus Brest hieß es, dass ein neues Telefon nicht nötig sei, weil in Kürze die gesamte Dienststelle modernisiert werden würde. Neue Schreibtische, ergonomische Stühle und handgelenkschonende Tastaturen, Flachbildschirme und ein neues Zodiac mit zwei starken 150-PS-Motoren. Wie die meisten Anträge auf Austausch von defekten Geräten oder Neubeschaffung im Leeren verliefen, bekamen sie weder neue Büros noch neue Telefone.

Loig wählte Ronans Nummer auf seinem privaten Handy. Er wollte ihn vorwarnen, dass die Neue aus Brest angekommen war. Zur Verstärkung oder Verjüngung der Einheit. Dabei hatten sie in den vorgefertigten Containern, die ursprünglich provisorisch aufgestellt waren, bis der eigentliche Bau fertig sein sollte, noch nicht einmal einen Stuhl, geschweige denn einen Schreibtisch für die Neue. Der Anrufbeantworter sprang an. Er hatte der Neuen Ronans Adresse gegeben. Was er ihr nicht gesagt hatte, dass es die Adresse eigentlich nicht gab, nicht auf dem Land. Es wäre einfacher gewesen, wenn er ihr erklärt hätte, dass Prad auf einem Schiff wohnte, genauer gesagt auf einer siebzehn Meter langen Ketsch, die Ronan sich nur deshalb mit einem Gehalt eines Lieutenant leisten konnte, weil sie schon einmal auf Grund gelegen hatte, in zehn Meter Tiefe. Sie hatte einem Engländer gehört, der die Strömungen und den Tidenhub von dreizehn Metern vor der Nordküste der Bretagne unterschätzt hatte. Die Versicherung hatte sich gegen die Bergung entschieden, und so bekam Ronan die Mitteilung, dass sich drei Seemeilen vor Port Blanc in ungefähr zehn Meter Tiefe ein Wrack befand. Die *Nightowl* stellte kein Schifffahrtshindernis dar, weil sie nicht in einem Fahrwasser gesunken war, sondern zwischen zwei Felsspitzen am Grund lag. Jeder Skipper vermied solche Klippen, die bei einer Flut mit einem hohen Koeffizienten gerade dreißig oder vierzig Zentimeter mit Wasser bedeckt waren. Nur ein Engländer bringt so etwas fertig, spottete Loig damals. Roastbeef war der etwas abfällige Ausdruck für Engländern. Die natürliche Feindschaft zwischen Bretonen und Engländer fand sich in allerlei Treppenwitzen wieder. Die weniger ernst gemeinten Spötteleien schlugen allerdings in offene Feindschaft um, wenn es um Fischereirechte ging. Da kam es schon vor, dass sich englische und französische Fischkutter auf dem offenen Meer rammten und sich gegenseitig mit Leuchtpistolen beschossen.

Ronan hatte damals den Eigentümer ausfindig gemacht. Einen Millionär aus London. Ronan stellte ihm in Aussicht, dass er entweder aus sicherheitsrelevanten Gründen die Jacht bergen und er dafür zahlen müsse oder er trat das Eigentum an der Jacht ab und überließ ihm die Bergung. Es dauerte eine Woche, bis Taucher mit Luftkissen die *Nightowl* vom Grund holten, und noch zwei weitere Jahre, ehe sie wieder ihre Segel setzen konnte. Die *Nightowl* lag an einer Boje, gute fünfzig Meter im Trieux. Das waren die fünfzig Meter Abstand, die Ronan Prad von der Welt hielt. Es waren fünfzig Meter, in denen täglich Millionen Liter Wasser mit der Flut in eine schmale Felsspalte drängten, um dann sechs Stunden später mit derselben Kraft wieder ins offene Meer zu fließen, und dies lange bevor es auf diesem Teil der Erde überhaupt Menschen gab. Alles vergeht und kommt wieder, auf irgendeine Art, hatte Ronan gesagt, nachdem die Seenotrettung die Suche nach Camille aufgegeben hatte. Camille blieb auf See, wie Tausende Seeleute, die sich in die tückischen Gewässer der Bretagne gewagt hatten. Sie war jetzt ein Teil der salzigen See, sie war in dasselbe Element zurückgekehrt, aus dem alles Leben hervorging. Ronan redete nicht über Camilles Tod. Wenn es um Camille ging, dann war sie nicht tot, sondern verschollen. Sie konnte immer noch da draußen sein, sagte er, und auf eine mystische Art und Weise sprach Ronan über das Meer, wie er über Camille sprach. Für ihn waren sie zu einer Einheit verschmolzen, so wie an stürmischen Tagen die Linie des Horizonts mit dem Meer verschmolz. Loig konnte verstehen, dass Ronan nicht mehr in dem Haus wohnen wollte, in dem er mit Camille gelebt hatte, aber deswegen auf einen feuchten Kahn ziehen? Als einige Wochen nach Camilles Verschwinden der Chef der Gendarmerie Loig in sein Büro bestellte und er dort auf eine Psychologin traf, die ihn fragte, was Ronan für ein Mensch sei, da fiel ihm zunächst nichts ein. Was für ein Mensch? Nun ja, im Abschlussbericht der Gendarmerie Brest stand der Verdacht, dass Camille mit Absicht in einen Sturm gefahren sei. Die Möglichkeit von Suizid wurde nicht ausgeschlossen. Selbst wenn dies stimmen sollte, so war dies die Entscheidung einer erwachsenen Frau. Die Tatsache, dass sie mit dem damaligen Offiziersanwärter Ronan Prad zusammenlebte, rief diese Psychologin auf den Plan, so als müsste ein Selbstmord nun ganz selbstverständlich eine Generaluntersuchung des Menschen nach sich ziehen, der mit ihr Bett und Teller teilte. Loig wusste nicht, ob die Psychologin dieselben Fragen auch Ronan gestellt hatte. Ronan durchschaute die Menschen. Es war schwierig, ihm etwas vorzumachen. Erst recht, wenn sie ihm mit irgendwelchen psychologischen Gesprächsprotokollen kamen. Hinter dem ganzen universitären Gehabe steckte nur Unsicherheit. Das war so ein Satz, den Ronan beiläufig äußerte, wenn ihn jemand mit Zitaten vollquatschte. »Geliehenes Wissen. Alles unverdaut.« Was für ein Mensch ist Ronan? Jemand, der Sie durchschaut, und zwar noch tiefer, als Sie selbst in sich sehen können.

Hätte Loig der Psychologin oder Seelenbetreuerin, wie er sie nannte, gesagt, was er wirklich über Ronan dachte, dann hätte ihn die Dienstaufsicht noch länger beurlaubt, und mit Sicherheit hätten sie ihn von der Gendarmerie Maritime in ein Pariser Büro versetzt. Denn Tatsache war, dass Loig nie begriffen hatte, wie eine Frau, die wochenlang an einer Statue oder einem Bild arbeiten konnte, immer ein Lächeln auf den Lippen hatte und für die noch das übelste Sauwetter ein echtes bretonisches Wunder war, es mit einem Typen aushalten konnte, der in der Geburt des Menschen das größte Unglück sah. Loig konnte nicht sagen, ob Ronan schon so auf die Welt gekommen war … Was meinen Sie mit so? Die Psychologin hatte ein Talent, ihm jedes Wort im Mund herumzudrehen. Aber sie war nett, hatte schöne Augen und riesige Titten, was ihm damals die ganze Fragerei leichter machte. Er war sozusagen ein Opfer ihrer Weiblichkeit. Anstelle von »so« hätte man viele Adjektive setzen können wie »nervig«, »immer zweifelnd«, »nie zufrieden«, was aber nur mit Worten verdeckt hätte, was Ronan in Wirklichkeit war: ein verdammter Nihilist. Die Psychologin wusste natürlich, was ein Nihilist war, aber sie hatte keine Ahnung, was es hieß, wenn man täglich mit einem zu tun hatte. »Man kommt leichter durch das Leben, wenn man die einfachen Dinge für die wesentlichen hält«, erklärte Loig der Psychologin, die ihren Stift auf ihren Block legte. Sie hielt es für unwichtig. So waren diese jungen Leute von der Universität. »Wenn ich am Abend nach Hause komme, dann freue ich mich über Noras Gemüseauflauf, und wenn der Nachbar noch selbst gemachten Cidre gebracht hat, dann ist so ein Moment wie eine Insel in einem Meer von Beschissenheit. Ich kann Ihnen aber auch versichern, dass ich Tage ohne Inseln kenne. Manchmal reichen auch schon die Hüften einer schönen Frau, die nur vorübergeht oder die aus dem Badezimmer kommt und ihr Kleid fallen lässt. Ich könnte jetzt auch noch von Autos reden oder Fußball … Ronan sieht diese Dinge durch eine Röntgenbrille, durch die zwar all das nicht verschwindet, aber er hat die Gabe, alles auf einen ekelhaften existenziellen Rest zu reduzieren. Ich glaube, so nennt er das. Ich hatte ihn einmal zu uns nach Hause eingeladen, er hatte gerade seinen Posten angetreten. Da stocherte er in der Gänseleberpastete und meinte, dass er nicht verstehen könne, wie Menschen ein Tier so lange quälen, bis es sterbenskrank sei, um es dann zu töten und die kranken Organe als Delikatesse feiern. Eine solche Gesellschaft wird nicht lange überleben. Und das erklärte er vor meiner Frau und meinen damals noch kleinen Töchtern. Es nützt auch nichts, wenn man ihm sagt, dass das jetzt unpassend sei, denn dann bekommt man zur Antwort: ›Die Wahrheit muss jeder ertragen.‹«

Fünfzig Meter kaltes Wasser oder einfach nur leerer Raum.

Camilles Verschwinden hatte Ronan aus dem Zentrum gerissen, und jetzt drehte er sich um etwas Dunkles, das wahrscheinlich auch er nicht begreifen konnte.

Die junge Polizistin hatte sich Mühe gegeben, einen möglichst guten Eindruck zu machen. Sie hatte über Penec gelesen, hatte sich über die Einheit erkundigt, in die sie versetzt wurde. Verständlich, doch das machte sie für ihn nicht sympathisch. Er kannte diese Art von nervösem Übereifer junger Frauen. Karrieresüchtige Bissgurken, die alles machten, um Hindernisse aus dem Weg zu räumen. So wie sie ihn angesehen hatte, gehörte er zu den Hindernissen. Doch jetzt war sie hier, in Penec, dem Arsch der Welt. Von hier aus fuhr die Karriere direkt an die Wand aus bretonischem Granit. Davon gab es hier genügend.

Zumindest sah sie gut aus, was man ja heute nicht mehr offen sagen durfte, ohne als Sexist beschimpft zu werden. Keine Geschichten im Dienst. Das war so eine Faustregel, an die sich Loig eigentlich nur hielt, weil ihm bis jetzt die Gelegenheit fehlte. Niemand konnte ihm jedoch nehmen, wenn er Frauen in Gedanken auszog. Er hatte dabei eine beachtliche Fantasie entwickelt, sich anhand der Körperform und der Hautfarbe den nackten Körper vorzustellen. Gewisse Erfahrungswerte brauchte es natürlich. So verrieten die Augenbrauen meist die Farbe der Schamhaare, und wenn es über den Augen buschig war, war es dies auch zwischen den Beinen. Das waren Loigs kleine Intimstudien, die aus seiner Vorstellung einen regelrechten Körperscanner machten. Überraschungen gab es natürlich, denn in den seltensten Fällen rasierten sich Frauen auch die Augenbrauen, wenn sie sich die Schamhaare entfernten. Aber das waren Überraschungen, mit denen er leben konnte.

Die Neue war fleißig gewesen und hatte ihren zukünftigen Chef gegoogelt. Doch Ronans Vergangenheit befand sich nicht im Internet. Nicht einmal er, der mit Ronan schon fast zehn Jahre zusammenarbeitete, kannte dessen Akte und den Grund, warum das Innenministerium, dem die Gendarmerie unterstand, diese unter Verschluss hielt. Loig glaubte, dass es etwas mit Ronans Zeit beim Militär zu tun hatte, der Verwundung und der Zeit im Militärkrankenhaus in Brest. Er verbrachte dort fünf Monate. Das wusste Loig auch nur über tausend Ecken, und selbst ihr früherer Chef Bloomsday hatte keine Ahnung, was Ronan beim Militär gemacht hatte, doch er glaubte aus ebenso fragwürdigen Insiderkanälen gehört zu haben, dass Ronan in der psychiatrischen Abteilung des Militärkrankenhauses gewesen war. Einmal hatte Loig Ronan auf dessen Zeit vor der Gendarmerie angesprochen, was der nur mit einem Kopfschütteln quittierte. »Du musst nicht drüber reden«, sagte er zu Ronan, »aber du weißt … wenn du willst, dann kannst du mit mir reden.«

»Lass es, Loig.« Mehr gab es nicht von ihm.

Die Neue hatte abgesehen von ihrer penetranten Neugier einen Körper, den Loig gerne einmal in seiner natürlichen Beschaffenheit mit den Händen ertasten wollen würde. Sie war nervig, was den Grad der Beschissenheit mancher Tage noch steigern würde. Andererseits konnte sie auch ein wenig Pep in den Mief der schlecht beheizten Büros bringen. Lange blieb so eine Frau ohnehin nicht. Loig hatte den Bericht aus Brest auf Ronans Schreibtisch gefunden. Marie Blanc begann tatsächlich ihren Dienst heute, um neun Uhr. Der Akte war ein Bild angeheftet. Automatenpassfoto, das mit der Frau, die vor ihm gestanden hatte, wenig zu tun hatte. Das Foto sah aus wie eine Comiczeichnung. Marie Blanc, sechsundzwanzig Jahre alt, Abschlusszeugnis der École de Gendarmerie de Châteaulin … Die Frau hatte nur gute Noten und schien ihr Leben mit dem Sammeln von Diplomen zu verbringen. Loig fragte sich, was solch eine Überfliegerin bei der Gendarmerie Maritime in einem Nest wie Penec wollte. Es stand nicht explizit in dem Bericht, den das Hauptquartier in Brest ihnen zugefaxt hatte, doch es schien so, als hätte sie sich freiwillig nach Penec versetzen lassen.

—

Der Nebel war kälter als das Wasser. Zwei Delfine bogen ihren Rücken kurz aus dem Wasser. Ronan suchte flache Stellen auf dem schroffen Felsen, sprang über zwei Felsen und stand vor der Frau in Uniform. Er legte seine Flossen und Taucherbrille auf die Tasche.

»Ich bin Lieutenant …«
»Die Neue … ich weiß.«
Es schien sie nicht zu stören, dass er nackt vor ihr stand. Sie reichte ihm das Handtuch.
»Marie Blanc …«
»Was machen Sie hier? Schwimmen?«
»Ich habe Sie gesucht.«
»Wer hat Ihnen gesagt, dass ich hier bin?«
»Ihr Kollege … Monsieur Dogo … oder so ähnlich.«
»Dagorn.«
»Ich kann mir die bretonischen Namen nicht merken.«
»Dann sind Sie am richtigen Ort, mitten in der Bretagne.«
»Ich dachte, das ist im Finistère?«
»Es gibt viele Regionen in der Bretagne. Hier sind Sie im Trégor. Die Bretonen nennen es Bro-Dreger. Bro bedeutet Land auf Bretonisch.«
»Es gab keine Bretonischkurse auf der Polizeischule in Paris … und in Brest auch nicht.«
»Kein Wunder, dass die Lackaffen in Paris davon keine Ahnung haben.«
»Ist ja auch nicht so wichtig innerhalb der Gendarmerie …«
Ronan spürte, wie seine Haut prickelte, als Blut in die letzten Verästelungen seiner Kapillargefäße floss. Die Kälte im Wasser hatte das Blut nach innen zu den lebenswichtigen Organen gepumpt. Alles ins Innere, zum Herzen hin. Doch die zentralistische Organisation des Körpers war nichts im Vergleich zum Zentralismus in Frankreich. Für Pariser war Paris der Nabel der Welt, und der Rest der Welt, wozu auch der Rest von Frankreich gehörte, bestand bestenfalls aus Vororten.
»Lange bevor in dieser Gegend überhaupt Franzosen geschichtlich erwähnt wurden, gab es schon bretonische Stämme. Die Welt ist alt in der Bretagne. Überall sind Spuren davon, mehr als sechstausend Jahre alt, einige Forscher glauben, dass einige Megalithen vor zwanzigtausend Jahren entstanden sind.«
Marie Blanc lächelte entspannter. Als Ronan sich anzog, spürte er ihre Blicke auf seinem Körper. Ein paar Hundert Meter weiter

ragten Felsen aus dem Nebel, die vor Tausenden von Jahren schon bewohnt waren. Zwischen dem kalten Granit, dem still fließenden Strom des Trieux, dem Nebel und Maries verborgenen Fantasien befanden sich nur ein paar Millimeter Stoff der Uniform. In Zeiten der Megalithen lägen sie vielleicht beide nackt auf dem Felsen, würden ihre Körper aneinanderpressen, ohne ein Wort miteinander zu wechseln. Ronan packte das nasse Handtuch und die Taucherbrille in seine Tasche. Die langen Tauchflossen klemmte er unter den Arm.

Ronan kannte jeden Stein, jede Ausbuchtung in den Felsen und stieg mit seinen Flipflops über die scharfkantigen Granitblöcke. Marie kletterte auf allen vieren und suchte nach dem schmalen Pfad, dem sie auf dem Hinweg gefolgt war.

»Es gibt nur diesen Weg«, sagte er und streckte ihr die Hand entgegen. Sie kroch weiter den Felsen auf allen vieren nach oben. Hätte Ronan auch gewundert, wenn sie sich hätte helfen lassen. Sie war stolz und stur. Loig hätte noch hinzugefügt: Zumindest sieht sie gut aus. Ronan hielt ihr erneut die Hand hin. Sie griff wieder nicht danach. Ihr Gesicht hatte keine weichen Züge, es wirkte hart und passte sich den strengen Linien der Uniform perfekt an. Ronan fielen die kräftigen Oberschenkel auf. Die großen Muskeln wölbten sich unter der Hose und spannten den Stoff. Die Neue aus Paris trieb Sport. Nur Klettern war nicht ihr Ding. Sie drehte sich wieder um und suchte nach dem Weg, den sie gekommen war. Das Meer hatte den flachen Zugang zu dem Felsplateau überflutet, was man nicht bemerkte, solange man auf den steilen Felskanten stand, da hier das Wasser nur in der Höhe stieg. Das Meer stieg bis zu zwölf Metern an. Wo sich Felsen und Buchten befanden, war nur noch Wasser. Wo sich Wege durch die Felsformationen schlängelten und verrottete Schiffswracks in den Gezeiten aufgetaucht waren, spülten Wellen Algen an einen Küstenstreifen, den es Stunden zuvor nicht gegeben hatte. Ihren Weg gab es nicht mehr, und Marie Blanc wäre nicht die Erste, die auf einem Felsen in der Bucht vor der Insel Bréhat vom Wasser eingeschlossen wurde.

Sie erreichten beide die oberste Felskante, über die sich die Wurzeln der Tannen wie erstarrte Tänzer über den Abgrund streckten.

Unter ihnen der Nebel, unsichtbar das Rauschen der Wellen. Ronans Telefon surrte. Loigs private Nummer. Er hatte ihn zweimal angerufen. Nicht dringend, sonst hätte er es öfter versucht. Eine SMS. *Die Neue aus Brest ist da. Geiler Arsch. Hab sie zu dir geschickt.*

»Ist was passiert ... ein Einsatz?«

»Nein, aber das wird nicht auf sich warten lassen. Dagorn hat versucht, mich zu erreichen. Wollte mich wahrscheinlich vor Ihnen warnen.«

»Zu spät.«

Ein Tag beginnt in Penec

Marie Blanc hatte ihren Wagen neben ihm geparkt. Als sein Telefon wieder läutete, ging er ran. Er nickte zweimal. »… verstanden. Ich kümmere mich darum.«
Normalerweise wäre Ronan noch in Erwans Bar vorbeigefahren, hätte einen kurzen Espresso getrunken und die ersten zwei Seiten des *Télégramme* gelesen. Ohne vor Ort zu sein, wusste Ronan, dass um acht Uhr fünfzehn Erwan die Plastiktische vor seinem Restaurant abwischte, bevor die ersten Frühaufsteher ihren Espresso mit einem Glas Wasser bestellten. Erwan Leclaech hatte das Catch22 von seinem Vater übernommen. Als Kind spielte er schon unter dem Tresen, während sein Vater selbst gebranntes Eau de Vie ausschenkte und dunkles irisches Bier zapfte. Andere Kinder lernten von ihren Vätern, wie man Köder zubereitete und die Angel richtig auswarf oder wie man den Krabben und Seespinnen die Scheren zuband, Erwan lernte so ziemlich alle Schimpfwörter und Flüche, die die französische und bretonische Sprache zu dieser Zeit besaß. Er ging selten zur Schule. Sein Klassenzimmer war der feuchte Geruch von Bier und Rauch. Mit zwölf rauchte er selbst Gauloises brunes ohne Filter. Als seine Zähne sich schwarz färbten, stieg er auf Filterzigaretten um. Erwan hatte sein Leben hinter einem Tresen verbracht, und er würde es auch hinter einem Tresen beenden. So viel stand fest. Nach dem Tod seines Vaters vergrößerte er die Räume, hängte ein paar moderne Bilder auf, die er bei Ikea gekauft hatte, und verlängerte auch die Terrasse zur Hafenseite. Da die Penecois – und darin unterschieden sie sich nicht von dem herkömmlichen Franzosen – mittags gerne im Restaurant aßen, stellte er einen Pizzabäcker ein, den er aus gastronomischen Gründen Giovanni nannte, weil ein italienischer Pizzabäcker mit süditalienischem Akzent viel echter klang. Auch

wenn Giovanni in Wirklichkeit Redwanne hieß und aus Marokko kam. Erwan blickte kurz auf, als er Ronan sah, mehr auch nicht. Als Wirt war Erwan Leclaech genau das Gegenteil seines Vaters. Er redete nicht mit seinen Gästen und war auch froh, wenn ihn niemand ansprach. Nicht mehr Worte als so viele, wie man zur Bestellung eines Biers benötigte. Wer Erwan nicht kannte, konnte den Eindruck haben, er hielt den Rest der Welt für einen dampfenden Haufen Mist. Insbesondere Touristen konnte er nicht leiden. Schon an der Tür, noch bevor sie irgendwas fragen konnten wie »Haben Sie auch glutenfreie Pizza oder ist das Bioschinken?«, erklärte er ihnen, dass es nur Pizza gebe und dass eigentlich schon alles voll sei. Mit etwas mehr Höflichkeit hätte er das Catch22 sicherlich gefüllt. Wer Erwan nicht kannte, der wusste natürlich nicht, dass er jeden beleidigte. Ronan hatte sich daran gewöhnt, seinen Espresso kommentarlos hingestellt zu bekommen. An manchen Tagen wirkte Erwan so erschöpft, dass, noch bevor Ronan sich auf seinen Stammplatz am Fenster setzte, von wo aus er die Masten der Jachten sehen konnte, er ihm nur zubrummte: »Ich hoffe, du willst nichts essen.« Worauf Ronan ihn dann fragte: »Hätte ich denn was bekommen?«

»Wenn du nicht gefragt hättest, vielleicht ...«

Das war Erwans Humor. Ob es Humor war oder Verbitterung, das war bei Erwan schlecht zu unterscheiden. Wahrscheinlich hatte er sein eigenes Leben als Witz begriffen, ein Leben, das hinter einem Tresen stattfand und sich mit der Anzahl gezapfter Philomenn Spoum, Tourbé, Rousse oder Stout zu einem glanzlosen Finale abspulte, das dann auf dem Steinfriedhof Penecs sein Ende fand. So hatte er auch kein Verständnis dafür, dass andere ihr Leben als ernste Sache sahen. Sie hatten alle die Pointe eines Lebens nicht verstanden. Auf die Frage eines Gastes, der noch die Unverschämtheit besaß, zu sagen, dass er aus Paris komme und nur auf Durchreise sei, warum er denn keine Speisekarte habe, gab es nur unausgesprochene Sätze, die eine Mischung aus Flüchen und Beschimpfungen waren. »Was denken sich diese Kasper mit ihren dünnen Ärmchen eigentlich ... dass ich ein Restaurant bin?«

»Zumindest kann man bei dir essen«, sagte Ronan.
»Du weißt genau, dass ich nur für mich koche. Seit ein paar Jahren koche ich ein wenig mehr, und das, was übrig bleibt, gibt's dann.«
»Und die Pizza?«
»Wenn Giovanni nicht krank ist, dann gibt es Pizza, sonst nicht.« Da Erwan für sich selbst kochte, machte er nicht mehr, als die Pflicht des Tages, sich zu ernähren, eben verlangte. Abgesehen von dem Übermaß an *amann*, wie die salzige Butter im Bretonischen hieß, warf Erwan das Gemüse in eine Metallschale, die er über einem offenen Gasherd anbriet. Und die Butter musste salzig sein. Der *amann*, der nicht salzig war, war eine Erfindung der Pariser feinen Pinkel. Ronans Verachtung für süße Butter zählte bei Erwan. Zumal er nicht unrecht hatte. Denn dass die Butter wieder süßer wurde, verdankte sie der *gabelle*. Der königlichen Salzsteuer im Mittelalter. Um einigermaßen über die Runden zu kommen, waren die Bauern gezwungen, das Salz wegzulassen. Die Bretonen hatten Glück. Sie entgingen dem königlichen Steuererfindergeist, weil zu dieser Zeit die Bretagne noch nicht dem französischen Staat einverleibt worden war. Für einen Bretonen war salzige Butter eine Frage der Identität, die sich in kulinarische Tradition fortgesetzt hatte.

Der Nebel vom Meer hatte sich in den schmalen Straßen Penecs festgesetzt. Ronan warf einen Blick zu den Tischen des Catch22. Stühle und Tische standen bereits unter dem Sonnenschirm. Keine Zeit für einen Espresso, dachte sich Ronan. Loig hörte sich ernst an. Fahr bei Morvan vorbei. Irgendetwas war passiert. Wenn einem Fischer etwas passiert ist, dann hieß das nichts Gutes.

Marie Blanc steuerte ihren himmelblauen Clio durch die schmalen Gassen. Auf dem Platz vor der Kirche standen bereits die Marktstände. Um diese Jahreszeit tummelte sich halb Penec zwischen Gemüseständen, dem Schweinemetzger, den Fischverkäufern und Gewürzhändlern. Dazwischen gab es Oliven, Gänseleberpastete und natürlich den bretonischen Cidre. Für einen Außenstehenden war die Anordnung der Stände ein zufälliger Verwaltungsakt. Ronan kannte die Querelen alter Familien, die sich seit Jahrhunderten bekriegten. Wie die Familie Oldecs und die Familie Marteau. Die Oldecs waren Schweinezüchter und warfen den Marteaus vor, ihnen Land gestohlen zu haben. Gerichtlich konnte der Streit gar nicht gelöst werden, weil das Stück Land gar nicht mehr existierte, sondern an der Steilküste östlich von Penec ins Meer abgebrochen war. Die Felsbrocken verschwanden im Meer, der Streit um sie nicht. Das war noch zu Zeiten Napoleons oder noch früher. Die Familien pflegten die Feindschaft so, wie sie ihre Familienwappen über dem Kamin polierten. Heute beschwerten sich die Marteaus über den Gestank des toten Schweins, das als Ganzes gegrillt auf der nördlichen Seite des Platzes angepriesen wurde, während die Oldecs sich über die Fliegen aufregten, die ihrer Meinung nach wegen des verdorbenen Gemüses kamen, das die Marteaus verkauften. Ronan hatte zum Glück nichts mit den Streitereien zu tun. Das war Aufgabe der Gendarmerie in Penec und nicht der Gendarmerie Maritime. Trotzdem erkannte er den zerbeulten Renault Trafic, der vor lauter Rost kaum mehr Farbe hatte und der mitten im Halteverbot stand. Er gehörte Gregor Troguidy. Früher verkaufte er Gemüse, inzwischen nur noch Honig und Gänseleberpastete. Dass er seinen Wagen da parkte, wo das rote Verbotsschild stand, war für Troguidy eine Sache des Prinzips. Er wartete nur darauf, dass die Gendarmerie auftauchte. Troguidys Geschäfte liefen schlecht. Verantwortlich machte er den französischen Staat, der mit immer neuen Steuern Kleinbauern wie Leibeigene behandelte.»Sag deinem Präsidenten, dass er selbst kommen soll«, hatte er den beiden Polizisten von der Police Municipale einmal zugerufen. Die beiden Polizisten versuchten erst gar nicht, Troguidy zu erklären, dass die Police Municipale nicht zur Gendarmerie gehörte, sondern Teil der Stadtverwaltung und dem Bürgermeister unterstellt war. Noch in derselben Woche erhielt Troguidy Besuch von der Steuerbehörde, was er als Racheakt empfand und als staatliche Repressalie. Er hetzte seine beiden Hunde auf die Beamten. Dass man die Steuerbehörde nicht mit Hunden loswurde, bekam Gregor Troguidy schnell zu spüren. Der Procureur erließ einen Haftbefehl gegen den widerspenstigen Gemüsebauern und Imker. Die

PSIG rückte an. Bekannt als die humorlose Brigade, die sich nicht lange mit Worten abgab, sondern erst den Knüppel zog und dann redete. Doch Gregor Troguidy hatte sich aus dem Staub gemacht, genauer gesagt, er war mit seinem 20-PS-Fischerboot unterwegs nach Bréhec. Warum er dorthin gefahren war, wusste Troguidy wahrscheinlich selbst nicht. Ronan wartete auf ihn am Hafen. Und Ronan war wohl der Einzige, der Troguidy überzeugen konnte, sich zu stellen, bevor ihn die PSIG fand.

Ronan erkannte nur den rostigen Trafic. Im Nebel bewegten sich Gestalten, die Kisten schleppten.

»Ganz schön was los«, sagte Marie Blanc und bog zur Ostseite des Hafens ab. Vor dem Hotel Le Goelo zogen Touristen Rollkoffer über das Pflaster, was sich anhörte wie Panzerketten auf einem Parkettfußboden.

—

Ein Ruck ging durch den Wagen. Ronan musste sich am Armaturenbrett abstützen. Ein paar Fußgänger waren, ohne auch nur einen Blick auf den Verkehr zu richten, auf die Fahrbahn getreten und flanierten in zelebrierter Langsamkeit über die Straße.

»Das gibt's doch nicht«, sagte Marie und trommelte mit den Fingern auf das Lenkrad, »die tun ja so, als gehöre ihnen die Straße.«

»Nicht nur die Straße …« Ronan ersparte sich einen Fluch und musste an die kurze Begegnung mit dem Bürgermeister im Wald denken. Jäger, was für Helden! Die würden sich wundern, wenn sich Tiere eines Tages bewaffnen und zurückschießen würden. Aber daran lag ja gerade der Reiz für die Jäger: Sie konnten gefahrlos töten, ohne selbst das Risiko einzugehen, als Opfer zu enden. Es sei denn, sie erschossen sich selbst.

»Der sieht aus wie der Mann auf den Plakaten«, sagte Marie und steuerte den Wagen rechts an der Gruppe vorbei.

»Kazav, der Bürgermeister.«

»Mit seiner Frau?«

»Nein, das ist seine Sekretärin, Lucky, eigentlich Lisbeth Ucki.«

»Sie sieht eher aus wie …«

»Eine in die Jahre gekommene Nutte«, vervollständigte Ronan ihren Gedankengang und musste an die Bildbeschreibungen im Louvre denken: »Dame in Männergruppe.« Mit einem Heiligenschein und einer langen blauen Schleppe und ohne High Heels und Minirock, aus dem eine tätowierte Schlange am Innenschenkel entlang kroch, hätte ihr Abbild ein Kunstwerk der Renaissance sein können. Der kleine stämmige Bürgermeister neben ihr sah aus wie ein vollgefressener Junge im Konfirmationsanzug, Lucky auf Stöckelschuhen wirkte wie von Wind geschütteltes Schilf, nach allen Seiten wankend. Alles an diesem Bild war falsch, dachte Ronan. Eine Fälschung, die so dick aufgetragen war, dass es niemandem auffiel.

»Und der Riese mit dem Buch in der Hand, hinter dem Bürgermeister?«

»Bert Leturc, ehemaliger Legionär. Offiziell Kazavs Leibwächter.«

»Und inoffiziell?«

»Kazavs Mann fürs Grobe.«

»Nicht einmal der Bürgermeister von Marseille hat einen Bodyguard.«

»Wenn Kazav dort Bürgermeister wäre, hätte er einen.«

»Sie verstehen sich nicht besonders mit dem Bürgermeister, oder?«

»Fahren Sie einfach vorbei, so dass er uns nicht sieht.«

»Muss ich da etwas verstehen?«

Durch den milchigen Morgennebel blitzten Kazavs Goldzähne. Er schüttelte die Hände einiger Fischer, die am Kai saßen und rauchten. Ronan hatte den Bürgermeister nicht so fett in Erinnerung. Die Bewohner Penecs erkannten Kazav nur anhand seiner Anzüge, seiner schwarz gefärbten Haare und seiner Mercedes-Limousine. Man hätte auch den Bäcker oder den Bestatter in diesen Anzug stecken können, es wäre keinem aufgefallen. Es war drei Monate her, dass er Kazav gesehen hatte, bei der Einweihung einer Festhalle. Es war ein heißer Tag gewesen, und Kazav hatte trotzdem seinen dicken Ledermantel getragen.

»Sie müssen nur weiterfahren.«

»Zurück zur Dienststelle?«
»Nein, zur Frau eines Fischers. Sie hat uns verständigt, weil ihr Mann nicht vom Fischen zurückgekommen ist.«
Ronan sah in den Rückspiegel, in dem Kazavs Gestalt zu einem dunklen Fleck verschwamm.

—

Loig hatte am Telefon nicht viel gesagt. Kannst du bei den Morvans vorbeifahren? Ihr Mann kam nicht nach Hause. Auf dem Land hätte man weniger Alarm geschlagen. Es konnte alles Mögliche geschehen sein. Zu lange gefeiert, ein Ehemann, der zur Abwechslung die Ehefrau eines anderen Ehemannes vögelte, oder einfach nur eine Reifenpanne. Es gab viele Gründe, warum jemand an Land einfach mal für zwölf oder zwanzig Stunden verschwand. Auf dem Meer war alles anders. Wenn Gael Morvan aufs Meer hinausfuhr, dann war er alleine. Wenn er nach Einbruch der Nacht überfällig war, dann war dies kein gutes Zeichen. Daran konnte auch der Pfarrer nichts ändern, den die Frauen der Fischer aufsuchten. Und die alten Witwen flüsterten vor den leeren Schreinen, auf denen die Namen ihrer Männer geschrieben waren, dass Gott das Land der Bretonen längst verlassen habe. Die Nachricht über das Verschwinden von Gaels Boot war zunächst eine von vielen Nachrichten, die bei Ronans Dienststelle eingingen. Ein guter Tag war ein Tag, an dem Loig Dagorn Zeit hatte, so zu tun, als würde er Kreuzworträtsel lösen, während er mit seinem zweiten Handy die Hotelreservierungen mit seinen Tinder-Gespielinnen organisierte und Ronan den verzweifelten Kampf gegen die französische Verwaltung führte, wenn er den Austausch der altertümlichen Telefonapparate beantragte.

An dem Tag, als Gael Morvan spurlos verschwand, gingen zwischen 9.15 Uhr und 11.45 Uhr vierzehn Anrufe ein. Fünf davon waren Diebstahlsanzeigen. Die Seerettung fand drei Motorjachten treibend und ohne Motor. Die Außenbordmotoren der Boote waren fein säuberlich von der Heckaufhängung gesägt worden. Insgesamt sollten innerhalb der nächsten vier Tage fünfundzwanzig

Außenbordmotoren als gestohlen gemeldet werden. Zwei Beamte der Gendarmerie in Penec halfen, die Anzeigen aufzunehmen. Seriennummer, Fotos, denn das meiste Diebesgut fand sich wenige Stunden nach dem Diebstahl im Internet. Solen Foll speicherte die Anzeigen und verglich die Seriennummern innerhalb einer Stunde mit denen der im Netz angebotenen Motoren. Eine Frau hatte angerufen, weil sie einen weißen Lieferwagen beobachtet hatte, wie er eine Flüssigkeit, die wie Öl aussah, ins Meer gekippt hatte. Ein Fischer zeigte den Diebstahl seiner Hummer samt Fallen an und verdächtigte ein paar Ökoaktivisten, die es sich zur Aufgabe gemacht hatten, Hummer und Krabben zu befreien.

Ronan war nicht abergläubisch, aber er glaubte an die unglückliche Verkettung von idiotischen Ereignissen, die sich dann zu einem Strom gefährlicher Notwendigkeiten entwickeln konnten, obwohl diese Ereignisse nichts miteinander zu tun hatten. So hatte Ronan nach dem Schwimmen keinen Kaffee bekommen. Im Catch22 gab es keinen Kaffee, weil Leclaech kein Kaffeepulver mehr hatte, im Arcouest war der ganze Kaffeehalbautomat bei einem Kurzschluss explodiert, im Epoque waren die Vorräte an Kaffee ebenso erschöpft. Wäre Ronan abergläubisch gewesen, dann hätte er an eine Kaffeeverschwörung geglaubt. Es schien, dass an diesem Morgen in ganz Penec kein Kaffee zu bekommen war. Hätte er diese Tatsache noch mit dem Auftauchen von Marie Blanc in Verbindung gebracht, dann hätte sich dies wahrscheinlich in eine Verkettung aller notwendigen Dinge eingereiht, die bis zum Untergang Roms hätte zurückverfolgt werden können. Sicherlich, Marie Blanc konnte nichts für die Kaffeeknappheit, aber wer kennt schon die Komplexität aller Zusammenhänge auf dieser Welt?

Ronan nahm einen kleinen Umweg, um feststellen zu müssen, dass auch die Bar Le Point und das Café La Falaise ausnahmsweise keinen Kaffee mehr hatten. Hätte Ronan an Vorsehung oder göttliches Schicksal geglaubt, dann hätte er vielleicht in den Ereignissen, die sich nur wenige Meter von ihm am Südstrand abspielten, so etwas wie ein Zeichen gesehen. Der Tag begann ohne Kaffee und mit einem Toten am Strand, dachte Ronan, als er die Blaulichter der Gendarmerie sah.

Beamte in Uniform sperrten den gesamten Strandabschnitt. Colonel Bloomsday, der Chef der Gendarmerie von Penec, war selbst vor Ort, in einer Hand eine Angel, mit Gummistiefeln und einem leeren Plastikeimer. Sein freier Tag. Er war höchstens fünfhundert Meter von der Stelle entfernt, an der Jugendliche die Entdeckung gemacht hatten.

»Sie haben den vermissten Fischer gefunden«, sagte Marie und deutete an die Linie, wo vor Stunden noch Wasser gewesen war.

»Niemand vom Ort«, sagte Bloomsday und hob das Absperrband an. Ronan duckte sich. Marie folgte ihm.

Auf den Felsen oberhalb stand eine Gruppe von Jugendlichen, die mit ihren Handys filmten, wie zwei Frauen in Uniform eine Sichtplane spannten. Ein Journalist vom *Télégramme* hielt seine Kamera hoch, machte Aufnahmen von den Polizeiwagen. Ein anderer Polizist, der sich dem Alter nach nicht von den Jugendlichen am Strand unterschied, stotterte einige Informationen heraus. Als der Wind die Sichtplane, die den Tatort vor neugierigen Blicken schützen sollte, wegriss und die beiden Frauen in ihren hellblauen Uniformen wie Kinder hinter einem verrückt gewordenen Drachen hersprangen, zeichnete sich ein Ding ab, das sich farblich kaum vom Sand und den vertrockneten Algen unterschied. Zwischen ausgehöhlten Seespinnen und grauem Schlamm lag der leblose Körper eines Mädchens. Ronan schätzte ihr Alter auf achtzehn, höchstens zwanzig. Ihr Unterleib war nackt. Ihre Augen fehlten, ebenso war der Unterbauch durchlöchert. An der Stelle, an der ihr Geschlecht gewesen war, klaffte eine Wunde. Bissspuren. Entweder hatten die Möwen sie derart bearbeitet oder Fische und Krebse hatten ihr grausiges Mahl begonnen. Die Haut des Mädchens war weiß und von Algen überzogen. Es trug ein T-Shirt, das zu seinen besten Zeiten einmal dunkelblau gewesen sein musste, mit der Aufschrift LONDON-TOURS.

»Das hatte sie unter dem T-Shirt«, sagte Bloomsday und hielt ihm eine verschweißte Ausweiskarte hin. »Camp de la Lande.«

»Ein Flüchtling ... aus dem Lager in Calais.«

»Dem Jungle«, ergänzte Bloomsday. »In diesem Jahr schon der Vierte, der hier angespült wird. Kommen mit dem Raz Blanchard zu uns. Diese Scheiß-Kanal-Strömung schickt uns die Leichen, die auf selbst gebastelten Booten nach England wollen. Seit 2005 kontrollieren die Roastbeefs verstärkt die Fähren und alles, was durch den Tunnel geht. Immer schwieriger für die Flüchtlinge, in ihr gelobtes Land zu kommen. Deshalb wächst das Lager Tag für Tag. Es ist zu einer ganzen Stadt geworden. Ein aus Müll, alten Planen, Treibholz und Zelten gewachsenes Gebilde. Und es wird immer größer. Wie ein Geschwür. Mich würde nicht wundern, wenn die Roastbeefs eines Tages die Grenzen zum Kontinent ganz dichtmachen und aus der EU austreten.«

Ein jüngerer Beamter hatte sich von der Toten abgewandt. Der Anblick einer Wasserleiche war nicht gerade schön. Fischfraß und der früh einsetzende Verwesungsprozess verwandelten einen menschlichen Körper schneller in eine undefinierbare organische Masse, von der man sich schwer vorstellen konnte, dass es einmal ein Mensch gewesen war. Doch in Küstenstädten waren Wasserleichen nichts Außergewöhnliches, vor allem nicht an der bretonischen Nordküste mit ihren tückischen Strömungen.

»Das will keiner sehen ...« Der junge Beamte zeigte auf eine blaue Plastikbox, einige Meter von der Leiche entfernt.

»Noch nie eine Wasserleiche gesehen?«, fragte ihn Ronan.

Der junge Polizist schüttelte den Kopf.

»Das ist was anderes ...« Er deutete auf die blaue Plastikbox. Marie Blanc beugte sich darüber, und als sie den Inhalt sah, hielt sie sich eine Hand vor den Mund, so als müsste sie einen unwillkürlichen Schrei unterdrücken.

Das Baby war von einer Schicht Algen bedeckt. Nur das schmale Gesicht war frei. Die Augen geschlossen, die Haut fahl, die Lippen blau und halb geöffnet.

»Acht, neun Monate«, sagte Bloomsday. »Genaueres wird die Autopsie ergeben.«

»Wer hat die Toten gefunden?«

»Eine Gruppe von Jugendlichen, die am Strand Fußball spielten.« Bloomsday wies auf drei Jungen und zwei Mädchen, zwei oder drei Jahre jünger als die Tote.

»Wir haben ihre Aussagen, und ihre Eltern sind verständigt.«

»Wo ist der Ball?«
»Welcher Ball?«
»Na, der Fußball?«, sagte Ronan.
Bloomsday verzog das Gesicht, als hätte er in eine Zitrone gebissen. Was zum Henker geht mich der Ball an. Am Strand liegt ein totes Mädchen und daneben eine Kühlbox mit einer Babyleiche.
Ronan sah schon aus einiger Entfernung, dass die Jugendlichen nicht Fußball gespielt hatten, sondern hinter dem verrotteten Bootswrack, das wie ein Dinosaurierskelett im Schlamm steckte, gekifft hatten.
Der junge Polizist hatte die Aussagen der Jugendlichen aufgenommen und erklärte ihnen, dass sie mit ihren Eltern noch auf die Dienststelle kommen müssten, um die endgültige Fassung zu unterschreiben. Die Jugendlichen holten gerade wieder ihre Telefone heraus, als Ronan den Größten von ihnen aufforderte, ihm sein Handy zu geben.
»Hast du die Leichen fotografiert?«
Natürlich hatte er sie fotografiert, wusste Ronan, auch wenn der Bursche vehement seinen Kopf schüttelte. Ein Jugendlicher von heute machte an einem Tag mehr Fotos als ein professioneller Fotograf vor vierzig Jahren in seiner ganzen Laufbahn.
»Gebt mir eure Handys!«
»Das dürfen Sie nicht«, gab eines der Mädchen kleinlaut von sich, »ich kenne meine Rechte.«
»Ihr seid an einem Tatort, und damit sind eure Handys Beweisstücke. Entweder ihr holt sie jetzt raus, oder ich beschlagnahme sie sofort, und ihr bekommt sie erst wieder, wenn der Fall offiziell abgeschlossen ist ... in fünf Jahren.«
Ronan wusste nicht, ob er die Telefone der Jugendlichen beschlagnahmen durfte, doch das war nicht so wichtig. Der Bluff wirkte. Sie zogen die Geräte aus ihren Jackentaschen und gaben den Entsperrcode ein. Jeder von ihnen hatte Fotos von der Toten und dem Baby gemacht. Auf einem Foto war die Kühlbox zu sehen. Sie trieb jedoch noch im Wasser und war verschlossen.
»Wo ist der Deckel der Kühlbox?«
»Wir haben sie nicht angerührt ...«

»War die Box verschlossen?«
Ein Mädchen nickte und deutete auf das Schiffswrack.
»Müssen wir die Fotos löschen?«
»Ich rate es euch«, sagte Ronan, »es sei denn, ihr wollt mit der Leiche in Verbindung gebracht werden.«
Nachdem sie die Fotos gelöscht hatten, brachte ihm eines der Mädchen den Deckel.
»Habt ihr die Löcher gebohrt?«
»Nein ... das war schon so.«
Ronan zählte dreißig fingerdicke Löcher, fein säuberlich mit einer Bohrmaschine gebohrt.
»Habt ihr zuerst die Babyleiche entdeckt?«
»Wir haben zuerst nur die Kühlbox gesehen«, sagte der größte Junge. »Wir dachten, da wären Fische drin. Von einem Fischerboot gefallen oder so, doch als wir sie aufmachten ...«
»Wer hat die Box geöffnet?«
Der größte Junge hob den Finger, wie in der Schule.
»Und ihr habt hinter dem Schiffswrack Fußball gespielt ...«
»Ja, sicher, so war's ... wir sind alles Fußballfans«, sagte der älteste Junge. Er strengte sich an, vor den Mädchen eine gute Figur zu machen.
Die Mädchen blickten auf ihre Fußspitzen.
»Und du warst sicher der Torwart«, sagte Ronan. »Klar, du scheinst mir ein Naturtalent zu sein.«
»Wie gesagt, wir sind nur Fans ...«
»Gib mir das Gras, das ihr geraucht habt.«
»Wie bitte? Wie rauchen? Ich ... wir ... Fußball und überhaupt ... ich schwöre ...«
»Mit Schwüren fangen wir erst gar nicht an. Los, raus damit!«
»Gib's ihm«, sagte eines der Mädchen kleinlaut.
Der älteste Junge holte eine walnussgroße Kugel Alupapier hervor. Ronan packte es aus und roch an der braunen Kugel, die zum Vorschein kam.
»Wer verkauft euch solchen Mist?«
»Ich hab das geschenkt bekommen«, sagte der älteste Junge, was schon wieder eine glatte Lüge war.

Ronan wickelte die klebrige Kugel wieder in das Alupapier und gab sie dem Jungen zurück.

»Gummireste, dann Fasern vom Hanfstiel, vielleicht noch Kuhscheiße, und wenn du Glück hast, noch ein paar Hanfblätter. Wenn du diesen Dreck länger rauchst, dann fällt dir eines Tages der Schwanz ab. Einfach so ...« Ronan machte eine Bewegung mit dem Finger. »Plopp. Und weg ist das gute Stück, abgefault.«
»Sie behalten es nicht?«
Ronan verneinte. »Versteckt es. Dahinten kommen eure Eltern.«

Ronan prüfte, ob der Deckel zur Kühlbox passte. Die Plastikverschlüsse ließen sich noch verriegeln. Er machte Fotos von der Leiche, der Kühlbox mit und ohne Deckel. Das Baby fotografierte er, indem er einfach die Kamera in die Box hielt. Seltsamerweise war die Leiche des Babys nicht verwest. Die verschlossene Kühlbox musste es vor Tierfraß und dem Salzwasser geschützt haben.

Bloomsday tauchte hinter ihm auf.

»Wenn sie etwas nördlicher ins Wasser gefallen wäre, dann wäre sie an der Küste der Roastbeefs angeschwemmt worden. Jetzt haben wir den Kram am Hals. Frag mich, was die alle hier suchen.«

»Nicht mehr, als was wir alle wollen. Ein bisschen besser leben. Ein Dach über dem Kopf, einen Job, Geld, um ein Sandwich an der Ecke zu kaufen, am Wochenende ins Kino, dazu noch ein paar Teenagerträume.«

»Wenn ganz Afrika diese Träume hat«, sagte Bloomsday, »dann gehen nicht nur die Roastbeefs unter, sondern dann geht die ganze EU vor die Hunde.«

»Haben Sie die Spuren an den Handgelenken gesehen?«
»Wir können von Glück reden, dass überhaupt noch etwas dran ist, was wir einpacken können.«

Ronan zeigte auf die grauen Streifen an den Handgelenken.
»Die waren rot, als der Verwesungsprozess noch nicht so weit fortgeschritten war.«
»Ja und?«
»Das sind Fesselungsspuren.«

»Das ist eine Wasserleiche. Tod durch Ertrinken oder Kälteschock oder beides. Ist von einem löchrigen Schlauchboot gefallen oder ging damit unter. Wie die vier letzte Woche.«

»Eine junge Frau mit Fesselungsspuren an den Handgelenken …«

»… die keine Fesseln mehr an den Händen hat«, unterbrach ihn Bloomsday, »ist nur ein bedauerlicher Fall einer missglückten Einwanderung. Kein Verdacht auf ein Tötungsdelikt.«

»Die Fesseln könnten sich im Wasser gelöst haben. Die Leiche trieb an die Felsenküste von Penec. Das erklärt die Abschürfungen.«

Bloomsday trat einen Schritt zurück. Eine Polizistin, die vorhin den Sichtschutz aufgebaut hatte, machte Fotos, von jeder Seite. Blitzlichter, dann diktierte sie den vorläufigen Bericht in ein Handmikrofon. »Tod durch Ertrinken, junge Frau, wahrscheinlich nordafrikanischer Abstammung, multiple Verletzungen, post mortem durch Tierfraß … Kinderleiche, ohne Anzeichen von Verwesung …«

Ronan klappte ein Notizheft auf, notierte den Namen, der auf der Plastikkarte gestanden hatte. Auf der Rückseite ein Schwarzweiß-Foto. Es war ein neues Foto, wahrscheinlich aufgenommen bei der Ankunft im Lager in Calais. Es hatte nicht mehr viel gemeinsam mit dem Gesicht der Toten. Die Tote hatte überhaupt nichts mehr gemeinsam mit einem Menschen. Sie war zu einem Teil des Strandes geworden und all den Dingen, die dort angespült wurden. Eden Bereh. Herkunft: Eritrea. Geburtsdatum: 1993. Ort: unbekannt.

»Sobald das erkennungstechnische Prozedere fertig ist, schicken wir das nach Calais. Sie steht da noch in einer Liste, und vielleicht läuft da schon eine andere unter ihrer Identität herum und kassiert ihre Essensmarken.«

»Von dem Baby wissen wir nichts?«

»Wir müssen die Autopsie abwarten«, sagte Bloomsday.

Ronan ließ Bloomsday am Strand stehen. Der Wind nahm zu. Regenwolken zogen auf. Marie saß schon im Wagen. Zum Glück musste er nicht zu Gaels Frau und ihr mitteilen, dass er ihren Mann am Strand gefunden hatte. Die Zeit spielt gegen uns alle, dachte

Ronan, doch im Augenblick jagte sie Gael vor sich her. Mit jeder Stunde verringerte sich die Hoffnung, dass er noch lebte, wenn sein Schiff gekentert war.

Marie Blanc sah zum Strand, bis Ronan den Wagen wendete und auf das Gaspedal trat, so als könnte er sich für eine Sekunde aus der Zeit katapultieren.

—

Irgendwann morgens ohne Kaffee. Flut Höchststand 17.49 h. Koeffizient 95.
Der Wind hatte in der Nacht zugenommen. Die Marine hatte die Suche abgebrochen. Loig hatte auf den Anruf vom Suchschiff gewartet, um Charlotte anzurufen. Wir tun alles, um ihn zu finden. Doch im Augenblick geschah gar nichts. Hätten sie nur das AIS-Signal von Gaels Rettungsinsel oder einen Hinweis, wo er sein könnte, dann wäre eine Rettungsaktion möglich. Obwohl bei diesen Bedingungen die Seenotretter ihr eigenes Leben aufs Spiel setzten. Sie wurden nicht einmal dafür bezahlt. Für Feuerwerk am 14. Juli verpulverte der französische Staat in Sekunden Millionen. Jedes Hinterwäldlernest hatte sein Feuerwerk. Die Leute liebten es, und kein Bürgermeister würde es wagen, es abzuschaffen. Nur für eine professionelle Seenotrettung gab es kein Geld. Ronan wusste, dass Labarbe nur auf eine Nachricht wartete. Doch als in der Nacht die Marine die Suche wegen der extremen Wetterbedingungen eingestellt hatte, sanken die Chancen auf praktisch null, den Fischer zu finden. Ronan wollte nicht der Überbringer schlechter Nachrichten sein, nicht bevor sie etwas gefunden hatten. Loig hatte einen Pappbecher aus dem Automaten gezogen, um ihn fast in derselben Bewegung in die Mülltonne daneben zu werfen.

»Nur Wasser … ohne Kaffee … und natürlich behält dieser Zigeunerautomat das Geld.«

»Niemand verdient es, mit diesem Automaten verglichen zu werden«, sagte Ronan.

»Das ist nur so eine Redewendung«, verteidigte sich Loig und rollte mit den Augen.

Ronan deutete mit einer Kopfbewegung auf den Verhörraum.

»Das ist einer der Ökos«, sagte Loig. »Wir haben drei erwischt, als sie in der Nähe von Tréguier in eine Hühnerfarm eingebrochen sind und dort Hühner befreien wollten.«

»Ist das alles?«

»Für Bloomsday sind es Ökoterroristen.«

»Wie hoch ist der Schaden?«

»Na, kein Schaden bis auf eine zerbrochene Scheibe, ein Dutzend Küken und ein paar Hühner, die das Weite gesucht haben. Und sie haben auf die Außenwand eines Gebäudes ›AFF‹ gespritzt. Animal Future Front.«

Zwei der Jugendlichen waren noch keine sechzehn, hatten Pickel auf der Stirn und kauten auf ihren Fingern herum. Der dritte unter ihnen war vorige Woche einundzwanzig geworden. Es war der jüngste Sohn von Gregor Troguidy. Ronan musste fast lachen bei der Vorstellung, wie er seinem Vater erklärte, dass sein jüngster Sohn wegen Ökoterrorismus verhaftet worden war. Widerstand gegen den Staat war für Gregor Ehrensache, aber es musste etwas sein, wofür es sich lohnte, in den Knast zu gehen. »Hühner befreien?«, hörte er Gregor Troguidy in Gedanken fassungslos rufen. »Mein Sohn wollte Hühner befreien …«

»Der Schaden hält sich in Grenzen«, sagte Ronan. »Sie haben ja nicht alle Hühner freigelassen und alles abgefackelt.«

»Bloomsday hat sich mit dem Staatsanwalt getroffen. Für ihn sind die Hühner erst der Anfang, bald werfen sie Bomben auf alle, die Hühner essen.«

»Es sind Jugendliche …«

»Die sich von einer gefährlichen Ideologie ködern ließen«, sagte Loig und genoss es, den Anwalt der Mehrheit der Franzosen spielen zu dürfen.

»Weil sie gegen diese Hühner-KZ sind …«

»Du hörst dich schon selbst an wie ein Öko.«

»Das passt zu deiner völlig unbewussten Art zu leben.«

»Ja, ich zerbreche mir nicht über alles den Kopf. Ich habe eine Familie, eine Frau …«

»Jetzt kommt das wieder.«

»Normale Menschen denken nicht den ganzen Tag nach, ob Kühe glücklich sind oder nicht.«

»Wenn du mit normalen Menschen die meisten Schafsköpfe meinst, die nicht wissen wollen, woher all das Fleisch auf ihren Tellern kommt.«

»Diese drei da haben einiges auf dem Kerbholz. Sachbeschädigung, Bildung einer terroristischen Vereinigung, Diebstahl, Einbruch ... da kommt einiges zusammen.«

»Da kommt eher zusammen, dass Bloomsday Charles Barbie, den Chef der Hühnerfarm, von der Fasanenjagd kennt.«

»Bist du jetzt Anwalt geworden?«

»Terrorismus. Und das wegen einer zerbrochenen Scheibe und Graffiti-Schmierereien.«

»Die Hühner nicht zu vergessen.«

»Jeden Monat werden Tausende männliche Küken illegal geschreddert oder in Plastiksäcken erstickt und wie Müll weggeworfen, und das nur, um ein Hühnchen für zwei fünfzig im Supermarkt zu verkaufen.«

»Menschen essen Hühnchen«, erwiderte Loig, »und weil wir sie züchten, rotten wir nicht einmal eine Spezies aus. Das ist wie ... Maisanbau.«

»Wie Mais ... Wir sperren Lebewesen in Käfige, füttern sie, halten sie so lange am Leben, bis sie groß genug sind, um sie zu töten. Diese Hühner leben nur zu dem einen Zweck, um nach ein oder zwei Monaten getötet zu werden.«

»Egal, was du isst«, sagte Loig, »irgendwas muss immer dran glauben.«

»Denk doch einfach mal darüber nach ...«

Loig winkte ab. »Was willst du überhaupt? Wir verhaften nur diese Trottel ... weil sie monatelang Graffiti an eine Wand sprühten und sich irgendwann wundern, dass mal jemand mit einer Schrotflinte vor ihnen steht.«

»Wer hat sie erwischt?«

»Barbie, als sie mit dem Boot abhauen wollten.«

»Er hat sie gar nicht erwischt, als sie eingebrochen sind?«

»Die hatten den Außenborder schon angeworfen ...«

»Er hat also Jugendliche im Boot mit einer Schrotflinte bedroht.«

»Mit schwarzen Skimützen.«

»Habt ihr Fingerabdrücke von der zerbrochenen Scheibe?«, fragte Ronan.

»Du solltest zum Hühneranwalt umschulen. Aber wer weiß«, sagte Loig genervt, »vielleicht verplappern sie sich noch, wenn Bloomsday sie in die Mangel nimmt. Seit den Anschlägen in Paris geben ihm die Terrorgesetze besondere Befugnisse.«

»Islamistische Sprayer und Hühnerbefreier … Das ist lächerlich.«

»Terror ist Terror.«

»Ich muss mit ihnen reden, bevor Bloomsday sie abholt.«

Loig machte wieder eine abweisende Handbewegung und verglich die Lottozahlen im *Télégramme* mit seinem Schein. Seinem Gesichtsausdruck nach würde er noch bis zu seiner Pension weiter auf diesem Stuhl sitzen müssen.

Ronan führte Troguidys Sohn und die beiden anderen Jugendlichen in sein Büro und schloss die Tür. Troguidy ließ sich auf einen Stuhl fallen, spreizte die Beine und tat so, als ginge ihn das alles nichts an. Die beiden Jüngeren hatten Angst.

»Setz dich richtig hin.« Ronan trat dem jungen Troguidy gegen das Schienbein.

»Hey, was soll das? … Mich kriegt ihr nicht … verdammte …«

»Du solltest den Mund halten«, sagte Ronan, »wer sich bei einer solchen Aktion erwischen lässt, noch dazu von einem alten Trottel wie Barbie, der verdient es, in den Knast zu wandern.«

»Knast?« Einer der beiden Jüngeren blickte hilflos auf seine Schuhe.

»Wir haben doch nur …«, fing Troguidy junior an, doch Ronan ließ ihn nicht ausreden.

»Sie wollen euch wegen Terrorismus und Bildung einer terroristischen Vereinigung anklagen. Wer weiß, was sie euch noch alles anhängen.«

»Wir wollten doch nur ein Zeichen setzen«, sagte einer der Jüngeren.

»Das will der Staatsanwalt auch, und wenn er den Namen Troguidy liest, dann wird er sicher nicht an Strafmilderung denken.«

»Ich will einen Anwalt«, sagte Troguidy.
»In einer halben Stunde werdet ihr zu einer anderen Dienststelle gebracht. Ich kann euch versichern, da hilft euch kein Anwalt. Ihr solltet eure Aktionen so planen, dass ihr keinen Anwalt braucht«, sagte Ronan.
»Wir hatten da diese Idee … Rechte für Tiere … Massentierhaltung. Wir hatten auch eine Filmkamera dabei, aber …«
»So eine Aktion gehört sorgfältig geplant. Ihr dürft euch nicht erwischen lassen.«
»Sie wollen uns aufs Glatteis führen«, sagte Troguidy junior. »Ich weiß, wie ihr Bullen tickt.«
»Ich sage euch jetzt, was ihr tun müsst …«
»Aber Sie sind von der Polizei?«
»Ihr werdet nichts sagen. Kein Wort. Verstanden?«
Einstimmiges Nicken.
»Ihr habt weder Hühner befreit noch Graffiti versprüht. Sie haben euch nicht auf frischer Tat ertappt. Sie können euch achtundvierzig Stunden festhalten, doch es wird nicht so lange dauern. Keiner von euch redet ein Wort. Ich glaube nicht, dass es für eine Anklage reicht. Es sei denn, du warst so dumm und hast deinen Namen auf die Wand gesprayt.«
Ronan sah Troguidys Sohn an, der plötzlich verunsichert wirkte.
»Wir wollten nur …«
Ronan hob die Hand. »Ihr wolltet gar nichts. Ihr wart mit dem Boot unterwegs.«
»Und die Spraydosen? Das Werkzeug?«
»Ist nicht verboten …«
Sechs Vollzugsbeamte postierten sich im Gang vor Ronans Büro. Einer von Bloomsdays Gendarmen, ein bulliger Kerl mit einer auffallend hohen Stimme, wollte von Ronan wissen, ob sie schon etwas gestanden hätten.
»Sie haben kein Wort gesagt«, erklärte Ronan, als sie die Jugendlichen wegbrachten.
Während der Streifenwagen mit den Jugendlichen den Innenhof verlassen hatte, sagte ihm Loig so leise, dass nur Ronan es hören konnte: »Du spielst ein gefährliches Spiel … Hühneranwalt.«

Ronan atmete lange aus, so als tauchte er nach einem Tauchgang auf. Loig zu überzeugen, dass die Absicht der Jugendlichen dem gesunden Menschenverstand entsprang, war vergeblich. Er musste an den Dachs denken, der sich noch immer in seinem Wagen versteckt hielt.

AIS

Nachdem Bloomsday die drei Jugendlichen in die Verwahrungszellen nach Penec gebracht hatte, telefonierte Ronan mit Charlotte Morvan. An der Art, wie Ronan sprach, erkannte Loig, dass Charlotte weinte. Ronan nannte sie noch Gaels Frau, hatte aber den Tonfall, als würde er sie bereits für eine Witwe halten. Ein Hubschrauber hatte die Küste nach Trümmern abgesucht. Zwei Stunden lang würde der Wind nachlassen, bis das nächste Tief von England über den Ärmelkanal die Nordküste der Bretagne erreichte. Ronan warf Marie die Schlüssel für den Dienstwagen zu. Loig zeigte auf die Hinterachse des Wagens. Die Stoßdämpfer, die Reifen waren hinüber, und der Kofferraumdeckel schloss nicht mehr richtig. Ronan warf einen Blick in seinen Wagen. Der Dachs hatte sich unter dem Sitz zusammengerollt. Der beißende Geruch war wohl Dachsscheiße. Die Frage, ob sie seinen Wagen nehmen würden, hatte sich damit erledigt.

Gael Morvans Haus war das letzte in einer Reihe moderner Fertighäuser, die auf einer felsigen Anhöhe im Süden Penecs standen und Ronan an die kahlen Felsvorsprünge der île-Bolennec erinnerten.

»Löst sich der Nebel auch mal wieder auf?« Marie lenkte den Renault im Schritttempo über die kurvige Straße. Hin und wieder schüttelte ein Schlagloch die Federung des Wagens. Anstatt die Straßen zu reparieren, hatte der Bürgermeister für die Police Municipale Geländewagen angeschafft. Der Gendarmerie nützte das wenig. Ihr Fuhrpark wurde aus dem Verteidigungshaushalt bestritten, und der sah für die nächsten fünf Jahre keine Neuwagen vor. Ein Schlagloch zu viel, eine gebrochene Feder oder Achse, und sie müssten sich wie letztes Jahr Fahrzeuge von der Dienststelle in Saint-Brieuc ausleihen, um überhaupt noch einsatzfähig zu sein.

»Bezahlbares Wohnen nennt der Bürgermeister diese Papphäuser. Geklonte Blöcke. Eines wie das andere. Ohne Hausnummern nicht zu unterscheiden.«

»Ich wäre froh, wenn ich so ein Häuschen mit Garten hätte«, sagte Marie, während sie ihren Hals nach vorne gestreckt hatte, so als könnte sie durch das weiße Nichts vor ihr sehen.

»Ein Schuhkarton ist besser. Die Mauern durchgeschimmelt. Die ersten Eigentümer werden versuchen, ihr Haus loszuwerden. Keiner wird das kaufen. Nach ein, zwei Wintern verfallen die Hütten.«

»Sieht aber alles sauber aus.«

»Für die Leute ist das die Schachtelsiedlung, weil die Häuser wie Schachteln aussehen.«

»Der Architekt hatte sicherlich eine Idee ... wirkt irgendwie minimalistisch, bisschen wie Bauhaus.«

»Der Architekt bekam einen Preis für die Schachtelsiedlung, den Kazav selbst vergab, und die Firma, die die Fertighäuser baute, gehört Kazav.«

»Geht das?«

»Wenn man wie Kazav nur oft genug wiederholt, dass er nur am Gemeinwohl interessiert ist und seine Firma nur im Dienste einer besseren Wohnpolitik steht und er einen Großteil der Stadtverwaltung und Delegierten hinter sich hat, dann geht alles«, erklärte Ronan.

In der gepflasterten Hofeinfahrt parkte bereits ein Dienstwagen der Gendarmerie. Loig lehnte an der Seitentür. Ronan streifte sich seine Wollmütze über den Kopf. Die Kälte war noch immer in seinem Körper. Marie parkte hinter einem Kombi der Gendarmerie.

»Habt ihr in der Polizeischule nicht gelernt, dass man auf keinen Fall hinter einem anderen Einsatzfahrzeug parken soll?«

Marie kniff die Augen zusammen. Hatte sie etwas vergessen?

»Falls wir vom Haus aus beschossen werden ...«

»Hör auf«, sagte Ronan zu Loig, der seine filterlosen Selbstgedrehten rauchte.

Marie Blanc öffnete die Tür.

»Das war nur ein Scherz ...«

»Bretonischer Humor«, antwortete sie und schlug die Tür fester zu, als es notwendig gewesen wäre.

Charlotte Morvan erschien in der Einfahrt. Sie trug einen Bademantel.

Ronan kannte die Morvans. Gael hatte ihn zur Taufe ihrer jüngsten Tochter eingeladen. Obwohl Ronan den morbiden Geruch von Stein, feuchtem Holz, der die alten Kirchen seit Jahrhunderten bewohnte, nicht ausstehen konnte, hatte er seinen einzigen Anzug aus dem Schrank geholt, den ihm Camille in Paris gekauft und den er bisher nur einmal getragen hatte. Gael hatte ihm versprochen, dass er nicht zu beten brauchte, was ihm auch nicht eingefallen wäre.

Als er Liz hinter ihrer Mutter sah, wusste er, dass inzwischen zehn Jahre vergangen waren. Aus dem Baby war ein junges Mädchen geworden. Sie trug eine Jogginghose und hatte Kopfhörer in den Ohren. Charlotte war mit ihren knapp vierzig Jahren eine Frau in den besten Jahren. Ihre blonden Haare waren zu einem Zopf zusammengebunden. Und da waren ihre wasserblauen Augen, dachte Ronan, wie die von Camille. Augen, in denen man nicht lesen konnte und die ihre Geheimnisse verbargen wie das Meer.

Während Loig verstohlen Charlottes nackten Oberschenkel betrachtete, der bei jedem Schritt einen weiblichen Körper erahnen ließ, nahm Ronan seinen Notizblock aus seiner Tasche und begrüßte Gaels Frau mit jeweils einem angedeuteten Kuss. Er spürte, dass sie zitterte.

»Er ist nicht nach Hause gekommen«, sagte sie und kämpfte damit, nicht vor Liz und Tangi, ihrem Sohn, der auch aufgetaucht war, in Tränen auszubrechen.

»Bis auf den Nebel war das Meer ruhig«, sagte Ronan. »Wann ist er rausgefahren?«

»Gegen ein Uhr nachts ...«

»Hat er das öfter gemacht?«

»In der letzten Zeit fuhr er immer nachts los. Er sagte, er würde zu den *Roches-Douvres* fahren, zu dem Leuchtturm, fast vierzig Kilometer von der Küste entfernt.«

»Was fischt er denn mitten in der Nacht?«
»Er hat die *Ael-Ar-Mor* genommen.«
Ronan stutzte und schrieb auf, was ihm spontan seltsam vorkam. Warum fuhr Gael mitten in der Nacht raus, noch dazu mit der *Ael-Ar-Mor*? Gael hatte wie die meisten Solo-Fischer ein leichtes Boot mit starkem Motor, womit er den Fischbänken hinterherjagte und seine Hummerfallen kontrollierte. Mit Hummer, Krabben oder Seespinnen dürfte Gael am meisten verdient haben. Ronan fiel auf, dass er, ohne es zu wollen, von Gael schon in der Vergangenheit sprach. Wie die meisten Solo-Fischer fuhr Gael nicht weiter als zwanzig oder dreißig Seemeilen aufs Meer. Die Kosten für Benzin stiegen, und die Ausbeute war meist nicht besser als in Küstennähe. Mit der Angel oder der Schleppleine ging er auf Wildbarsch, Dorsch oder Makrelen. Das kleinere Boot Gaels hatte einen starken Motor. 150 PS. Ideal, um möglichst schnell die Fischschwärme zu verfolgen oder Hummer an der Steilküste von Bréhat oder im flachen Gewässer vor dem Sillon de Talbert aus den Fallen zu bergen. Neben seinem schnellen Motorboot besaß er ein größeres Boot, weniger schnell, dafür größer mit einer Bergevorrichtung für die Fangrechen, mit denen sie das Gold vom Grund des Meeres kratzten: die Coquilles Saint-Jacques – Große Pilgermuscheln. Die Überwachung dieser Fischerei war streng. Zu viele Betrüger, die sich als professionelle Fischer ausgaben. Normalerweise nahm Gael seinen Vater mit aufs Boot. Die Lizenzen für die Coquilles Saint-Jacques waren selten und stark reglementiert. Von Oktober bis Mai, zweimal die Woche für neunzig Minuten. Ein Flugzeug überflog die Fanggebiete und überwachte auf die Minute genau, wann die Fangrechen ins Wasser gelassen und wann eingeholt wurden.

»Es ist noch keine Saison für die Coquilles«, sagte Loig und deutete Charlotte an, dass sie mit den Kindern ins Haus gehen sollten. Sie war barfuß und zitterte. Liz und Tangi saßen auf der blauen Stoffcouch und hielten sich die Hände. Sie wussten nicht, was genau los war, doch sie spürten, dass etwas nicht stimmte.

»In zwei Wochen beginnt die Saison«, sagte Charlotte. »Gael hatte letzte Woche die Winde schweißen lassen, um fertig zu sein.«

»Hat er die *Ael-Ar-Mor* in einen Hafen gebracht? Irgendwelche Reparaturen ...«

»Das hätte er mir erzählt, und er wäre nicht um ein Uhr nachts aufgebrochen.«

»Hat er nichts gesagt?«, hakte Loig nach.

Charlotte schüttelte den Kopf. »Er hat mich auf die Wange geküsst. Ich habe noch geschlafen. Als ich auf den Wecker schaute, war es 0.53 Uhr. Dann hörte ich den Motor vom Lieferwagen.«

»Wissen wir schon, wo der Lieferwagen ist?«

»Der steht am Parkplatz am Hafen, wo ihn Gael immer abstellt, wenn er rausfährt.«

»Und er ist mit dem Boot raus?«

»Das sag ich doch die ganze Zeit«, sagte Charlotte und unterdrückte ein Wimmern. »Die *Ael-Ar-Mor* ist weg. An der Boje ist das Annexe angebunden.«

»Hat er die Zeiten, in denen er rausfuhr, einfach geändert?« Marie Blanc stellte die Frage in den Raum wie Sperrmüll, mit einem Zettel: Kann mitgenommen werden.

»Zu dieser Jahreszeit fahren nachts nur größere Fischkutter raus«, sagte Ronan.

»Sein Boot hat AIS?«

»Hat es«, sagte Loig, »bringt uns aber nichts ...«

»Das Automatic Identification System erlaubt eine genaue Ortung. Wir brauchen nur ...« Marie zog ihr Handy aus ihrer Tasche.

»... auf dem Marine-Radar nachzusehen«, unterbrach sie Ronan, »doch dafür müsste er es eingeschaltet haben.«

»Warum sollte es nicht eingeschaltet sein?« Marie blickte erst Ronan, dann Loig an.

Charlotte ließ ihr Gesicht in die Hände fallen und zwang sich, nicht wieder einfach loszuheulen.

»Papa versteckt sich«, sagte Tangi, »damit ihn keiner findet.«

»Die meisten Fischer schalten den AIS-Sender aus, wenn sie unterwegs sind, um den anderen Fischern nicht ihre Position zu verraten. Der Erfolg eines Fischers hängt größtenteils von der Kenntnis der Fischgründe ab. Jeder hat seine Techniken, den Fischen nachzustellen. Einige nutzen moderne Unterwassersonargeräte, andere beobachten Basstölpel, die aus großer Höhe ins Wasser stoßen. Sie sehen die Fischschwärme von oben. Andere haben kleine Drohnen, mit denen sie die Wasseroberfläche absuchen. Wer erfolgreich fischt, der weiß nicht nur, wo er Fisch findet, sondern auch, wie man sich die Konkurrenz vom Leibe hält«, erklärte Ronan.

»Früher, als es noch keine Handys gab«, sagte Loig, »hatten die Fischer Angst, dass andere Boote ihre Schleppnetze beschädigten. Wenn sie ein anderes Boot in ihrer Nähe sahen, machten sie auf sich aufmerksam. Den Funk gebrauchten sie auch nicht, weil da alle mithören konnten. Wenn das andere Boot zu nah war, schrieben sie die Position ihrer Netze auf ein Stück Papier, wickelten damit eine Kartoffel ein und warfen diese auf das andere Schiff.«

»Eine letzte Frage.« Ronan hatte sein Notizbuch aufgeschlagen und blickte Charlotte an. Sie hatte sich wieder gefasst.

»Warum hat er sein Boot *Ael-Ar-Mor* genannt?«

Sie runzelte die Stirn. »Das ist Bretonisch ...«

»... und heißt Meerengel, ich weiß. Gibt es einen Grund dafür?«

Sie schüttelte den Kopf. »Ihm muss etwas zugestoßen sein«, schluchzte sie.

»Wir werden ihn finden ...«, sagte Ronan und fügte in Gedanken hinzu: ... *nur weiß ich nicht, ob es lebend sein wird.*

—

Sie waren noch nicht am Wagen, als Loig sich mit beiden Händen am Türrahmen abstützte.

»Was sollte das gerade eben?« Loig klopfte mit den Fingern auf das Dach des Streifenwagens.

»Was soll was?«

»Na, deine völlig sinnlose Fragerei nach dem Namen des Schiffs. Was geht uns der Name des Schiffs an? Ist dir nicht aufgefallen, dass Charlotte fertig ist und die Kinder verstört? Ihr Vater ist noch irgendwo da draußen auf dem Meer ...«

»Ihr Vater ist tot«, ergänzte Ronan.
»Das kannst du doch noch gar nicht wissen.«
»Um diese Jahreszeit, bei diesen Wassertemperaturen …«
»Woher weißt du das? Vielleicht ist gar nichts passiert, und er ist nur nach Saint-Malo gefahren und knallt ein paar Nutten oder schießt sich mit einigen Affligem die Lichter aus.«
»Merkst du nicht, dass hier etwas nicht stimmt?«
»Natürlich stimmt hier was nicht … Gael ist nicht nach Hause zurückgekehrt, seine Frau ist krank vor Sorgen, und ich will mir gar nicht ausmalen, was geschieht, wenn du recht haben solltest. Nur was zum Teufel hat dich dazu gebracht, nach dem Namen des Bootes zu fragen?«
»Sie hat uns etwas verschwiegen«, sagte Ronan, »sie weiß, warum ihr Mann rausgefahren ist.«
»Musst du immer so misstrauisch sein?«
»Der Name des Bootes ist kein Zufall. Gael ist jemand, bei dem alles seine Bedeutung hat. *Ael-Ar-Mor*, auf Bretonisch heißt das Meerengel … das ist kein Zufall.«
»Hast du dich mal gefragt, warum manche Boote *Sunflower, La Bite, Ar Men* oder *La Dinette* heißen? Da brauchst du nicht nach einem Sinn suchen, weil da nichts ist.«
»Wenn der Name des Bootes nichts zu sagen hat, warum hat ihn dann Gael vor zwei Jahren geändert?«
»Wir sollten lieber nach ihm suchen.«
»Einer von uns sollte noch einmal mit ihr reden …«
»Warum hast du ihr nicht gesagt, was du wirklich denkst?«
»Sie ist mit den Nerven am Ende.«
»Wann wirst du ihr die Wahrheit sagen?«
»Wenn wir seine Leiche gefunden haben.«
»Warum bist du nur immer so pessimistisch …«
»Du glaubst doch nicht, dass Gael noch lebt. Wenn er über Bord ging, ist er tot.«
»Aber du könntest zumindest für ein paar Stunden so tun, als gäbe es noch Hoffnung … Die meisten Menschen brauchen ein bestimmtes Quantum an Hoffnung. Ohne das würden sie den nächsten Tag nicht überleben.«

»Die Menschen belügen sich dauernd«, sagte Ronan, »das ist ihre wahre Natur. Sie sprechen eigentlich nur, um zu lügen. Und wenn sie nicht lügen, dann verbringen sie die Zeit damit, sich gegenseitig umzubringen.«

»Können wir zurückfahren?«

»Die Welt ist so«, sagte Ronan, »du musst dich damit abfinden.«

»Dass ich mich nicht damit abfinde«, sagte Loig, »ist das, was mich zum Menschen macht und dich zu einem Hühneranwalt.«

»Hühneranwalt«, wiederholte Marie Blanc, den Blick durch das beschlagene Fenster nach draußen gerichtet, »muss ich das verstehen?«

»Bretonischer Humor«, sagte Ronan.

»Wenn es nur so wäre«, erwiderte Loig.

»Ich werde Ihnen das bei Gelegenheit erklären«, sagte Ronan.

»Du fährst«, sagte Loig gereizt und stieg in den Dienstwagen ein. Die Tür quietschte. Loig musste sie leicht anheben, um sie schließen zu können. Sie setzten Marie Blanc auf dem Parkplatz der Dienststelle ab. Ronan hatte ihr gesagt, sie solle sich den Rest des Tages freinehmen. »Fahren Sie nach Hause und ruhen Sie sich aus. Eine Wasserleiche, ein totes Baby in einer Kühlbox und ein verschwundener Fischer sind genug für den Anfang.«

Ronan konnte ihr ansehen, dass sie diese Art von Sonderbehandlung nicht ausstehen konnte. Schont die Neue, bevor sie in drei Monaten mit einem Burn-out völlig dienstuntauglich wird. Sie war ehrgeizig, wollte ins Terrain und das unwiderstehliche Gefühl, gebraucht zu werden. Doch aus irgendeinem Grund, dem er weder einen Namen noch eine Gestalt geben konnte, hatte er das Gefühl, dass er bei der jungen Frau etwas übersehen hatte. Brest hatte ihre Akte vor zweieinhalb Monaten geschickt. Ihre Noten waren perfekt. Sie hatte die besten Beurteilungen nicht nur in ihrem Jahrgang, sondern war auch die Beste der vorangegangenen Jahre. Vermerk: Abschluss der Zusatzausbildung beim Centre National d'Instruction Nautique de la Gendarmerie, dem CNING. Tauchausbildung mit Qualifikation zum Enquêteurs subaquatique. Doch schon bevor sie sich zur Unterwasser-Ermittlerin in Antibes hatte ausbilden lassen, hatte sie um ihre Versetzung nach Penec gebeten.

Vielleicht war es das, was Ronan so seltsam vorkam. Jemand, der so brillant war, ließ sich nicht in eine Außenstelle Penecs versetzen. Wozu die ganzen Mühen während der Ausbildung, dann die Ausbildung zur Taucherin? Überall glänzende Noten. Ihrer Karriere bei der Gendarmerie stand nichts im Weg. Marie Blanc war wie eine Läuferin, die sich monatelang vorbereitet hatte, um dann kurz vor der Ziellinie umzudrehen und in eine andere Richtung davonzulaufen. Die Vorstellung, dass sie jemand ohne Ehrgeiz war, entsprach einfach nicht dem Typus von jungen Offiziersanwärtern, die ihm in seiner Karriere bei der Gendarmerie bisher begegnet waren.

»Wir müssen nicht losfahren ...«, unterbrach Loig seine Gedankengänge zynisch. »Wir können hier auch noch gerne ein paar Stunden stehen bleiben, bis Gael betrunken nach Hause getorkelt kommt.«

Ronan ließ den Motor an. Im Scheinwerferlicht, das sich durch den Nebel fraß, stand Charlotte, der Bademantel um die Beine offen.

»Siehst du das auch?« Loig traute seinen Augen nicht. Trug Charlotte nichts unter ihrem Bademantel?

»Den Nebel?«

»Wie sie dasteht ... barfuß, wie ein Gemälde, und ich glaube, dass sie außer diesem Bademantel nichts anhat.«

»Sie wird sich den Tod holen«, sagte Ronan, »wenn sie nicht reingeht.«

»Und ich werde die ganze Nacht daran denken müssen ...«

»Du solltest dich behandeln lassen, Loig.«

»Tickst du noch richtig? Wieso behandeln lassen?«

»Deine Sexsucht.«

»Ich bin ein sinnlicher Mensch.«

»Das betonst du dauernd, aber in Wirklichkeit bist du wie ein Drogensüchtiger. Nicht du kommst zu deinen Gedanken, sondern deine Gedanken kommen zu dir.«

»Ich habe einfach noch ein Gespür für das Wesentliche ...«

Ronan legte den Rückwärtsgang ein. Unrecht hatte Loig nicht. Die Menschen hetzten sich den ganzen Tag ab, und das am Ende für ein bisschen Sex. Ohne ihn gäbe es die Spezies Mensch überhaupt nicht mehr. Wenn die Gattung eine Stimme im Parlament des menschlichen Geistes hatte, dann war Loig Botschafter der Geschlechter.

Im Scheinwerferlicht sah Ronan, wie Charlotte Morvan den Bademantel enger wickelte. Der einzig wärmende Ort in dem ganzen Scheißuniversum, dachte Ronan, war nicht breiter als eine Hand.

—

Der Nebel verdichtete sich. Nichts deutete darauf hin, dass sie in einer bewohnten Gegend waren. Sie hätten ebenso gut auf dem Mond sein können. Loig hatte auf der Fahrt versucht den Richter, Jean-Marie Lepulpe, ans Telefon zu bekommen. Doch um die Mittagszeit war das schwierig. Es gab einige Dinge, die man in Frankreich unbedingt vermeiden sollte. Einen Unfall in den Sommerferien zu haben oder einen Notfall zur Mittagszeit. In den Sommerferien geschah so gut wie gar nichts in den Krankenhäusern, ja, selbst die Feuerwehr war zu dieser Zeit unterbesetzt. Von zwölf bis vierzehn Uhr saß der Franzose zu Tisch, so auch Richter Lepulpe, und es gab nichts, was ihn in dieser Zeit stören konnte. Lepulpe gehörte zudem noch zu der alten Generation, die zwar ein Handy besaß, es aber meist in der Schublade ihres Schreibtischs ließ oder gleich ausgeschaltet zu Hause vergaß. Die einzige Möglichkeit ihn zu erreichen bestand entweder per Fax oder per Festnetztelefon, wobei nur die Sekretärin die Aufgabe eines Anrufbeantworters übernahm. Die Ortung von Gaels Handy war dringend, wenn sein Boot noch über Wasser war. Ja, es geht um Leben und Tod. Ja, Sie müssen den Richter beim Essen stören. Ja, es geht auch ohne Genehmigung, aber danach wird es komplizierter. Loig legte auf, verfluchte die Sekretärin des Richters und den Richter selbst.

Die Société Nationale de Sauvetage en Mer – SNSM – war bereits mit einem Boot zwischen Bréhat und den *Roches-Douvres* unterwegs. Doch die Seerettung hatte nicht die technische Möglichkeit zur Ortung wie die Marine. Die SNSM hielt sich in Alarmbereitschaft. Pierre Davos, Schiffsführer der SNSM, der bereits mit drei Leuten auf dem Wasser war, zeigte sich wenig zuversichtlich. Der Nebel, die Kälte, die starke Strömung.

Ronan parkte den Wagen. Innerhalb der nächsten zehn Minuten würde sich ein Programm abspulen, das sie seit Jahren trainiert hatten.

»Wir fahren raus«, sagte er zu Loig, »auch wenn wir im Nebel kaum etwas sehen.«

»Verdammt, ich erreiche den Richter nicht ... nur seine bescheuerte Sekretärin.«

»Kommen wir nicht so schnell an die Handydaten?«

»Nicht ohne die Abteilung in Brest, und die geben nichts raus.«

Ronan hatte seine Seekleidung im Spind. Wasserdichte Jacke und Hose, aufblasbare Rettungsweste. Er zog sich eine Mütze über die Ohren und war auch schon wieder aus dem Gebäude. Als beide Männer durch die Glastür der Gendarmerie ins Freie traten, stand Marie bereits in voller Seemontur am Wagen. Loig kniff die Augen zusammen und nickte.

»Nicht schlecht, die Neue«, flüsterte er, »und hast du vor allem ihren Arsch gesehen? Die hat eine Figur wie aus Elfenbein geschnitzt ... Wenn ich nicht verheiratet wäre und wenn ...«

»Als ob dich das jemals gehindert hätte, alles zu vögeln, was nicht bei drei auf den Bäumen ist.«

»Du untergräbst gerade meine moralischen Prinzipien ...«

»Du hast eine persönliche Moral, die du für dich erfunden hast, und die passt du auch noch an.«

»Ich liebe die Menschen.«

»Mir machst du nichts vor.«

Sie näherten sich dem Wagen.

»Wir reden später noch darüber ...«, meinte Loig.

»Über was reden wir?«, wollte Marie wissen, die das Ende des Satzes mitbekommen hatte.

»Dass wir beeindruckt sind, wie schnell Sie sich umgezogen haben.« Loig schob ein scheinheiliges Grinsen hinterher.

Ronan startete den Wagen.

»Es wäre mir lieber gewesen«, sagte Ronan, »wenn Sie Morvans Lieferwagen in Penec kontrolliert hätten.«

»Ist es nicht wichtiger«, antwortete die junge Polizistin, »dass wir alles daransetzen, um ihn schnell zu finden? Sie brauchen jedes Augenpaar. Der Nebel macht es nicht leichter und ...«

Am Steg zog Ronan Maries Schwimmweste fest. Er spürte, dass sie nervös war. Loig war schon auf der *Amathée*. Normalerweise waren sie fünf in der Brigade. Sie alle waren berechtigt, das Boot zu steuern, und bis auf Solen, die sich um die ganze Informatik kümmerte, waren sie alle Marinetaucher. Doch im Unterschied zu den anderen war Ronan der Einzige mit einer militärischen Kampftaucherausbildung. Die *Amathée* war ein wendiges Ungetüm aus Aluminium von 11,65 Meter Länge, mit acht Tonnen Gewicht und zwei 315-PS-Motoren mit Hydrojet-Propulsion. Sie erreichte Geschwindigkeiten von siebzig Kilometern pro Stunde.

Marie suchte Halt, während Loig rückwärts aus der Parkbucht steuerte. Mit der letzten Leine sprang Ronan aufs Boot. In einem großen Bogen fuhr das Schnellboot ins Fahrwasser. Loig beschleunigte. Wasser spritzte vom Bug über den Rumpf. Marie klammerte sich an die Rettungsboje.

»Sobald wir die Bucht verlassen haben, wird das Meer unangenehm.«

Marie nickte. Sie wirkte angespannt.

»Sie waren noch nie auf einem Schnellboot der Gendarmerie?«

»Doch, schon, in der Ausbildung in Brest. Das war aber größer und wackelte nicht so sehr.«

»Es wird noch mehr wackeln«, rief ihr Loig vom Steuer zu.

Ronan blickte auf die elektronische Karte des Plotters. Ein roter Punkt bewegte sich zwischen blauen und weißen Farbbereichen. Grün bedeutete, dass dort bei Niedrigwasser nur Schlamm oder Felsen waren. Gelb war Land. Die Zahlen in den Farbbereichen stellten die Kartentiefe dar. Genug Wasser unterm Kiel, dachte Ronan. Den Felsverlauf kannte er auswendig. Doch im Nebel konnte alles geschehen. Felsen tauchten auf, wo sonst keine waren, Baumstämme oder Bretter von Fischerbooten lauerten im weißen Nichts. Auch wenn die meisten Felsspitzen in den elektronischen Karten verzeichnet waren, das GPS war nur auf zehn Meter genau. Die Felsspitzen, *Roche-aux-Oiseaux* und *Roche-du-Mélus*, schnellten für einen Moment aus der weißen Wand und verschwanden auch gleich wieder wie Wasserflecken auf heißem Asphalt. Bei einem Nachteinsatz preschte Ronan einmal über einen Algenteppich, der in der Dunkelheit nicht zu erkennen war. Für die Schrauben normalerweise kein Problem, doch die Algen verdeckten eine treibende Palette. Ronan hatte keine Zeit zu reagieren. Eine Schraube wurde zerfetzt, das Getriebe völlig zerstört. Sie hatten den Einsatz abbrechen müssen.

Die Backbordtonne auf einem Felsmassiv stand plötzlich im Nebel wie die Riesenstatue eines Pharao. Der Kurs des Schnellbootes war richtig. Hundert Meter weiter kam die nächste rote Backbordtonne. Sie stand auf einem Unterwasserfelsen. Neben dem Kartenplotter zeigte das Radar Schiffe an, die vor Anker lagen. Segelboote, kleinere Fischerboote und zwei größere Kutter. Das AIS-Signal von Gaels Boot war nirgends zu sehen. Er hatte es nicht eingeschaltet, aus Angst, jemand könnte seine Fischroute verfolgen. Hätte er es eingeschaltet gelassen, dann hätten sie sein Boot schon gefunden, und alles wäre gut. Aber hier ist nichts gut, und es wird auch nichts mehr gut werden, dachte Ronan. Der Arm des Trieux breitete sich aus. Hinter der Nebelwand waren Metallgeräusche zu hören. Marie Blanc hatte sie trotz des lauten Motorengeräuschs auch gehört. Es klang wie ein lautes Kreischen, als kämpfte dort ein riesiges Wesen um sein Leben. Der Nebel verschleierte nicht nur die Sicht, er verbarg nicht nur die Welt, er schuf seine eigenen Gedanken und seine eigenen Monster. Es waren uralte Mechanismen, die sich im Menschen abspielten, wenn er im Dunkeln oder im Nebel war. Jedes Geräusch wurde als extrem laut und nah empfunden. Hinter dem Nebel lag ein kleiner Fischerhafen. Loguivy.

»Das sind Boote!«, rief Ronan Marie zu, die sich an der Reling festklammerte. »Bei Wellengang«, fügte er hinzu, »schlagen die Boote der Austernfischer gegen die Kaimauer. Sie laden gerade ihre Fracht aus. Das dauert zwanzig oder dreißig Minuten. In dieser Zeit liegen sie an der Rampe.«

Marie nickte und blickte weiter in das Weiß über den Wellen.

»Wonach müssen wir Ausschau halten?«, rief sie.

»Nach der *Ael-Ar-Mor*«, antwortete Ronan, »nach einem Körper mit Schwimmweste im Wasser, nach einer Leiche mit Schwimmweste, nach Bootstrümmern, nach einer Rettungsinsel, nach allem, was auf dem Wasser ist und da jetzt nicht sein soll.«

Loig drosselte die Geschwindigkeit.

»Ich hatte den Richter am Telefon.«

»Wie hast du das geschafft?«

»Mein Charme … Die Sekretärin fand mich unwiderstehlich. Sie brachte dem Richter ein Telefon ins Restaurant.«

»Dein unwiderstehlicher Bretonencharme«, sagte Ronan.

»Ich habe die Ortung von Gaels Handy, genauer gesagt die letzte Ortung.«

»Was heißt letzte Ortung?«

»Der letzte Empfang war circa fünf Kilometer vor der Küste. Weiter reicht der Empfang nicht. Doch eines ist seltsam. Die letzte GPS-Ortung geschah um 2.45 Uhr, auf 49°06,303 N − 02°48,848 W.«

»Das ist viel weiter draußen«, rief Ronan.

»Außerhalb des Handynetzes. Da fährt man nicht nachts zum Fischen hin.«

»Das ist das Plateau der *Roches-Douvres*. Der in Europa am weitesten von der Küste entfernte Leuchtturm. Vierundsechzig Meter hoch, Leuchtfeuer mit einer Wiederkehr von fünf Sekunden, Farbe weiß.«

»Was ist das für ein Ort, die *Roches-Douvres?*«, fragte Marie.

»Kein Ort, an dem man sein will, wenn der Sturm beginnt, und kein Ort, wo man nachts zum Fischen hinfährt.«

Hinter Bréhat wurden die Wellen höher. Berge von acht Metern, lang gezogene Hügelketten. Ohne Nebel war die Küste nach zehn Kilometern nicht mehr zu sehen. Nach zehn Kilometern konnte man Details des Leuchtturms ausmachen. Im Nebel existierte sowohl die Küste als auch der Leuchtturm nur als Koordinatenpunkt auf dem GPS-Plotter.

Sie erreichten das Felsplateau nach fünfundvierzig Minuten. Ein dunkler Schatten ragte aus den Schwaden. Das Geräusch von Wellen, die an Felsen zerschellen. Über Funk meldete sich die Seenotrettung, die östlich vom Leuchtturm suchten. Der Nebel war eine Sache, doch was die Suche erschwerte, waren die Strömungen. Ging man davon aus, dass die *Ael-Ar-Mor* an den *Roches-Douvres* manövrierunfähig wurde, so hätte die Strömung sie nach Osten getrieben. Auch wenn sie gesunken war, würde das Treibgut östlich abgetrieben.

Sie umfuhren das Felsplateau. Der Nebel hatte an Dichte etwas verloren, doch weiter als hundert Meter konnte Ronan trotzdem nicht sehen.

»Kannst du uns zum Leuchtturm bringen?«, fragte er Loig.

Marie beugte sich über die Reling. Sie war weniger mit dem Absuchen der Wasseroberfläche beschäftigt als damit, ihren Mageninhalt loszuwerden. Ronan trat hinter die junge Frau, griff sie unter den Armen und hielt sie fest.

»Hinten bewegt sich das Boot weniger. In diesem Zustand können Sie uns eh nicht helfen.«

»Es tut mir leid … normalerweise …«

»Mir ist auch übel«, sagte Ronan. »Man gewöhnt sich nie daran. Vor allem nicht bei diesem Seegang und Nebel. Manchmal hat man schlecht geschlafen, zu wenig gegessen, das Falsche gegessen, oder man ist einfach nicht gut drauf. Das reicht schon, um seekrank zu werden.«

Auf Ronans Schulter gestützt wankte Marie zum Heck des Bootes. Es gab ein altes Heilmittel, das Ronan von einem alten Fischer hatte. Es half, doch das Heilmittel war einfach noch ekelhafter als die Seekrankheit selbst.

»Trinken Sie das«, sagte Ronan und gab ihr einen großen Becher. »Danach geht es Ihnen besser.«

Loig war damit beschäftigt, das Boot auf Kurs zu halten. Die Brandung war nun lauter geworden. Gischtnebel wehten von den Felsspitzen herüber.

»Was ist das?«, fragte die Polizistin argwöhnisch.

»Trinken Sie es in einem Zug aus.«

Marie kippte den Inhalt des Bechers hinunter. Sie schluckte zwei-, dreimal, und als der Becher leer war, schaute sie Ronan mit aufgerissenen Augen an, hielt sich den Bauch und wandte sich zur

Reling. Ronan hielt sie fest. Krämpfe schüttelten die junge Frau, nachdem sie den Inhalt des Bechers über die Rettungsinsel gewürgt hatte und den Rest über die Bordwand. Nach ein paar Minuten hörten die Spasmen auf. Sie saß zwischen den Fendern am Boden. Ihre Haare hingen ihr ins Gesicht.

»Was habe ich da getrunken …? Ekelhaft!«

»Sie haben ungefähr einen Viertelliter Meerwasser getrunken.«

»Meerwasser? Mit den ganzen Algen, dem Plastikmüll, ganz zu schweigen von den Exkrementen der Menschen …«

»Nicht zu vergessen die ganzen Exkremente der Fische. Geht es besser?«

»Es geht … Kümmern Sie sich um die Suche nach dem Schiff.«

»Die Wellen sind zu hoch. Ich kann uns nicht an die Rampe bringen. Zu gefährlich«, rief ihm Loig zu, während er das Steuerrad festhielt.

Ronan deutete auf eine gelbe Anlegeboje im Wasser. Loig hatte es geschafft, das Boot an die Boje heranzusteuern, die nur noch fünfzig Meter von einer Anlegestelle entfernt war. An der Rampe legten früher bei ruhiger See die Versorgungsschiffe an. Inzwischen war der Leuchtturm wie die anderen Leuchttürme automatisiert. Ronan zog die Boje mit einem Haken heran und machte das Boot fest.

»Lange werden wir hier nicht bleiben können«, meinte Loig.

Über eine Winde ließ Ronan ein kleineres Schlauchboot mit Außenbordmotor ins Wasser. Das kleine Zodiac tanzte auf den Wellenkämmen. Er startete den Außenborder. Über die Außenleiter kam Marie ins Boot.

»Sie können auch bei Loig bleiben.«

»Wenn ich die Gelegenheit habe, festes Land unter die Füße zu bekommen …«

Das Meer bis zu dem Felsplateau war aufgewühlt. Ronan steuerte das kleine Zodiac über die schäumenden Kronen. An manchen Stellen machte er größere Schlenker, um Felsspitzen zu umfahren, die knapp aus dem Wasser ragten und nur an der Art, wie die Wellen verliefen, auszumachen waren. An der Rampe sprang Ronan aus dem Boot, nachdem er den Motor ausgeschaltet und hochgeklappt hatte. Er zog das Boot auf die Betonrampe. Marie ließ sich ins Wasser gleiten und spannte eine weitere Festmachleine um eine Metallkrampe.

»Warum sind wir an Land gegangen?«

»Weil die GPS-Daten von Gaels Handy nicht verfügbar sind. Sie sind auf dem Handy gespeichert. Wir wissen nur, wo er zum letzten Mal im Netz war. Wir sind hier zu weit von der Küste entfernt. Kein Handyempfang ...«

»Aber die letzten Koordinaten ...«

»Die letzten Verbindungsdaten waren fünf Seemeilen vor dem Leuchtturm.«

»Das heißt, er war hier auf dem Felsen?«

»Wenn wir die Punkte der letzten Verbindungsdaten zu einer Linie verbinden, dann kreuzen sie das Plateau der *Roches-Douvres*.«

Das fünfstöckige Leuchtturmwärterhaus und der Leuchtturm selbst waren aus rotem Granit errichtet. Der Wind peitschte die Gischt der Wellen quer über das Felsenriff. Was hatte Gael mitten in der Nacht bei schlechter Witterung auf diesem Stück Felsen zu suchen? Hatte er an der Rampe angelegt oder hatte er an der Boje festgemacht? War er bei Sturm mit seinem Beiboot bis zur Rampe gerudert? Wenn überhaupt, dann besaß Gaels Fischerboot nur ein aufblasbares Zodiac, ohne Motor.

Die salzige Luft hatte das Geländer in den oberen Stockwerken des Wärterhauses zum Teil zerstört. Einige Fenster fehlten. Der Eingang zum Leuchtturm war über eine Steintreppe zu erreichen. Er war verschlossen. Am besten war es, wenn sie das Felsenriff um den Leuchtturm zu zweit absuchten. Ronan auf der nördlichen Seite und Marie auf der südlichen. In fünfzehn Minuten Treffpunkt am Eingang. Marie nickte und kletterte über die Felsen. Ronan wusste nicht genau, nach was er suchen sollte. Viel hatte er nicht in Händen, was seine Suche erleichtern würde. Er folgte dem Verlauf der Felsen, die steil ins Meer abfielen. Schroffe Kanten, an denen Jahrhunderte bevor 1832 der erste Leuchtturm gebaut wurde, Schiffe zerschellten, wenn sie bei Flut nur eine Handbreit vom Wasser bedeckt waren. Die bretonischen Fischer, die nach Island auf der Suche nach Kabeljau unterwegs waren, nannten den Felsen

Roquedouve, was im Bretonischen von *Rochedoù* kam und so viel wie »weiße Hemden« bedeutete. Eine Anspielung auf die weißen Wellenkämme, die sich mitten im Meer formten. Wer das Meer lesen konnte, umfuhr den Felsen. Wer seine Zeichen missachtete, ging darin unter. Die Flut hatte bereits einen Teil des Riffs vom Hauptplateau abgetrennt. Ronan kletterte über die Felsenklippen, wo die Brandung gegen den harten Stein schlug und schäumende Wolken hinterließ. Keine Trümmer der Holzaufbauten, keine treibenden Bojen oder Kisten, kein Toter mit Schwimmweste. Von seinem Standort konnte er ihr Boot mit Loig nicht mehr sehen. Marie war auf der anderen Seite. Ronan kletterte gerade über eine Felsbrücke, die sich über einen Schlund spannte, als sich eine ungewöhnlich große Welle vom Meer her dem Felsen näherte. Jede achte Welle war größer als die vorigen, und manchmal ergaben sich aus diesen statistischen Überlagerungseffekten Riesenwellen von mehr als zehn Metern. Ronan konnte sich eben noch hinter einem Felsen verstecken, als die Wassermassen den Felsen begruben. Er presste sich gegen das Riff und kauerte sich hinter den größten Felsen. Die Dusche war eisig. Als das Wasser sich zurückzog, glaubte Ronan für einen Moment, Teile eines Schiffs zu sehen, doch kaum war die Gischt verflogen, kehrte die Leere zurück. Ronan suchte mit dem Fernglas die unzugänglichen Klippen ab, deren Spitzen aus dem Wasser ragten. Fels und Wasser, mehr war da nicht. Ronan wusste jedoch, dass eine erfolglose Suche nichts zu bedeuten hatte. Manchmal gab das Meer zurück, was es nahm, doch manchmal behielt es auch, was es schluckte. Wie groß das Meer war, das merkte man, wenn man etwas darin suchte.

Die Suche nach der Jacht *Penn-Ar-Bed*, die Suche nach Camille, in jener Nacht am 16. Januar 2001, sie dauerte über achtundvierzig Stunden. Aus Saint-Malo waren zwei spezialisierte Seenotkreuzer im Einsatz, ein Kreuzer der Marine. Über zwanzig Stunden waren Helikopter über dem Meer. Nach weiteren drei Tagen stellten die Marine und die Gendarmerie die Suche ein. Weder von der *Penn-Ar-Bed* noch von Camille war je wieder etwas aufgetaucht. Das Meer hatte sie nicht nur geschluckt, es hatte sie spurlos ausgelöscht.

Die Seenotrettung hatte keinen Notruf empfangen. Trotz der schlechten Wetterbedingungen setzte die Marine die Suche fort, obwohl es nahezu unmöglich war, in der aufgestachelten See, die so dunkel wie der Himmel war, eine kleine Segeljacht zu finden. Camille war eine erfahrene Seglerin, und Ronan hatte bis heute nicht verstanden, aus welchem Grund sie in der Nacht zu einer Segeltour aufgebrochen war. Das ergab einfach keinen Sinn. Doch für derartige Fragen interessierte sich der Ermittler nicht. Eine Frau war verschwunden und ihr Boot. Und weil eins und eins immer zwei ergab, so war auch Camille mit ihrem Boot verschollen. Sie hatte vielleicht ihre Gründe, das zu tun, was sie tat. »Mit einem solchen Satz macht man Karriere als Offizier«, sagte Ronan damals dem Mann, der die Suche koordinierte. Arthur Bloomsday. Heute war er Bereichsleiter der Dienststelle in Penec. Bloomsday hätte sicher vergessen, dass Ronan ihn angeschrien hatte, wenn da nicht die Ohrfeige gewesen wäre. Ronan erinnerte sich, dass er Bloomsday so hart am Kopf traf, dass dieser erst nach einigen Minuten wieder zu sich kam. Bloomsday hatte ihn damals nicht angezeigt. »Sie sind in einer emotionalen Notlage«, sagte er zu Ronan, was seinen Zustand ansatzweise beschrieb. In dieser Nacht schwamm er den Strand ab, an dem er mit Camille immer zum Schwimmen ging, in der Hoffnung, sie wollte einfach eine Runde schwimmen. Mehr als vier Kilometer schwamm er in dieser Nacht im eisigen Wasser, bis ihn ein Boot der Gendarmerie aus dem Wasser zog. Seine Körpertemperatur war damals so niedrig gewesen, dass der Arzt sich fragte, wie er überhaupt so lange bei Bewusstsein hatte bleiben können. So schnell konnte ihn Kälte nicht töten, das wusste Ronan seit jener Nacht, was nicht hieß, dass ihn das Meer nicht doch eines Tages holte. Vielleicht wäre dies das Beste. Wieder vereint mit Camille, gemeinsam an Deck der *Penn-Ar-Bed*, im Abendrot. Lass endlich los, hatte ihm Loig geraten. Etwas umständlicher erklärte es ihm die Psychologin, die er nach Camilles Verschwinden einmal die Woche aufsuchen musste. Emotionaler Notstand. Sie würde ihn in die Psychiatrie einweisen lassen, wenn er nicht zu den Sitzungen käme. Wer so lange im eisigen Meer schwamm, der war nicht normal. Sie wollte von ihm hören, dass er Suizid hatte begehen wollen. Ein Jahr später erklärte sie ihm, dass er sein Leben in die Hand nehmen müsse. Sie war es auch, die ihm die *Proëlla* vorbeigebracht hatte. Dieses kleine Kreuz aus Wachs. Früher legte es der Priester auf den Tisch der Hinterbliebenen, ohne ein Wort zu sagen. Dann wussten die Eltern und die Ehefrau, dass ihr Sohn und Mann auf dem Meer geblieben war. Er kehrte nicht mehr heim. Kein Körper, den man begraben konnte. Die Fischer waren zu Geistern geworden. Verwandelt in kleine wächserne Kreuze, die in Urnen verstaut wurden, um dann einmal im Jahr in das Grab der kleinen Kreuze gelegt zu werden. Ronan hatte die *Proëlla* der Psychologin zurückgegeben.

»Das ist nur für die Toten.«

Camille war irgendwo da draußen. Er würde sie finden, eines Tages.

Marie stand schon unterhalb des Eingangs der *Roches-Douvres*. Über sein Handsprechfunkgerät teilte er Loig mit, dass er nichts gefunden hatte. Marie schüttelte mit dem Kopf.

»Nichts«, sagte sie, »bis auf den Plastikmüll.«

»Plastikmüll?«

»Ja, den Dreck, den Kreuzfahrtschiffe ins Meer kippen oder der sonst irgendwie angetrieben wird.«

»Was war das für Müll?«, fragte Ronan nach.

»Tüten, Plastikverpackungen … Plastikzeug halt.«

»Können Sie mir den zeigen? Wo genau haben Sie ihn gefunden?«

»Nördlich vom Turm, die Wellen haben den Dreck auf die Felsen geschwemmt.«

Er folgte Marie auf die Nordseite des Turms. Hier schlugen die Brecher noch stärker gegen das Felsenriff. Ein Dunst aus pulverisierter Gischt lag in der Luft, es roch nach Algen. Marie zeigte mit dem Finger auf eine Bucht, die etwa zwei bis drei Meter tief unter ihnen lag. Die Wellen hoben den Wasserspiegel an und senkten ihn wieder um ein oder zwei Meter ab. Zuerst war dort nichts zu sehen, dann erkannte er den Plastikmüll.

»Haben Sie das Zeug untersucht?«, fragte er sie. Sie verneinte und gab ihm zu verstehen, dass es doch keinen Sinn hatte, Plastikmüll zu untersuchen.

Ronan kletterte über den steilen Felsen nach unten. Der Plastikmüll, den Marie entdeckt hatte, trieb in gelbem Schaum. Zwischen den Algen lugten Plastikwasserflaschen hervor. Ronan zog die Algen aus dem Wasser. Das Etikett war noch lesbar. *Evian.* Die Flasche lag noch nicht lange im Wasser. In den Algen war noch ein Knäuel von Angelschnüren, Alupapier, Fetzen einer Plastiktüte, deren Aufschrift verwaschen war, ein Stück Holz … Ronan griff tiefer in den Schaumteppich, wobei er den Rhythmus der Wellen abwartete. Marie blieb an der Kante der Felsenbucht stehen.

»Nur Plastikmüll«, rief sie ihm zu. Der Rest ihres Satzes wurde von dem Dröhnen der Brandung übertönt.

Viel blieb nicht mehr übrig, wenn ein Mensch ins Wasser fiel und an den Felsen zerrieben wurde. Wenn Fische, Krabben und Möwen das Fleisch von den Knochen gefressen haben, bleibt nur noch Plastikmüll, dachte sich Ronan. Unweigerlich musste er an Camille denken, an ihre wasserdichte Seeausrüstung, an die silberne Halskette mit der Jungfrau Maria, die sie schützen sollte, ihre Segelstiefel, das Messer in ihrer Tasche …

Das Zeug im Schaum schien in der Tat nur Müll zu sein. Dennoch stieg Ronan noch einen Schritt tiefer. Die nächste größere Welle würde ihn bis zur Hüfte erfassen. Er hatte nicht viel Zeit. Ein weiterer Plastiksack, voll mit Wasser. Ronan zog ihn bis zur Hälfte aus dem Meer. Aus Löchern spritzte Wasser. Leerte er ihn zu schnell, dann riskierte er, dass er den Inhalt ins Meer kippte. Ronan öffnete den Sack. Ein Felsbrocken, Papierfetzen, aufgeweicht und unleserlich, Reste einer Karte, deren Zustand noch besser war, weil Seekarten aus wasserbeständigem Material gemacht wurden. Er nahm die Überreste der Seekarte heraus und steckte sie unter seine Jacke. Die Plastiktüte war fast leer, als er vermischt mit Papierresten einige Plastiksplitter herausnahm. Sie waren scharfkantig. Aus dem Brei aus Papier und Algen klaubte er aus aufgeweichten Plastikfolien einen Gegenstand. Folien und Algen hatten den Gegenstand verschnürt. Ronan riss das Pflanzen- und Plastikgemisch ab. Als er die letzten Algenfasern mit seinen Fingern abgeschabt hatte, hielt er ein Telefon in Händen oder das, was noch davon übrig war. Das Gehäuse war gesprungen, das Display, eine zerstörte Tastatur, auf der sich ein Krebs zu schaffen machte und … Ronan nahm das Kleinteil zwischen zwei Finger. Er hatte keine Zeit, es näher zu betrachten, wusste aber, dass der Plastikmüll mehr zu erzählen hatte. Zwischen die Felsen rollte eine Welle, brach sich, weiße Gischt bedeckte ihn.

Ronan kletterte nach oben, bevor das Wasser die ganze Bucht flutete. Er wollte noch nach der Tüte greifen, doch die Brandung hatte sowohl die Tüte als auch die Plastikflasche über die Felsen ins Meer gespült.

»Was war mit dem Müll?«, fragte Marie.

In diesem Augenblick meldete sich Loig am Sprechfunk. Ronan drückte die Sprechtaste.

»Wir kommen zurück.«

»Das Wetter wird schlechter«, rauschte es in seinem tragbaren Funkgerät. »Habt ihr was gefunden?«

»Möglich«, antwortete Ronan.

»Wir müssen zurück«, rauschte Loigs Stimme wieder. »Der Marinehubschrauber hat etwas gefunden.«

—

Der Nebel hatte sich verflüchtigt. Wind kam auf, und auf den Wellenkämmen bildeten sich Schaumkronen.

»Das Schiff der SNSM hat ein Dingi gefunden«, sagte Loig, während er Kurs auf das Festland nahm. »Von der *Ael-Ar-Mor*. Die Schwimmkörper waren beide zerstochen. Die Seerettung fand es zufällig. Es hatte sich an einer Festmachboje verhängt.«

»Zerstochen?«, fragte Ronan. »Ist das sicher?«

»Na, die Jungs von der Seerettung sind zwar keine Ermittler, aber sie glauben, dass es keine Felsen waren, die das Dingi zerfetzt haben.«

»Werden wir sehen.«

»Was ist in der Tüte?«

»Plastikmüll …«, sagte Ronan, »und ein Stein.«

»Ein Stein?«, wiederholte Loig.

»Sie können ruhig sagen, dass ich den Müll gesehen habe …«, warf Marie ein.

»Ihre erste Spur«, sagte Loig, ohne zu freundlich zu sein.

Marie blickte verlegen zur Küstenlinie.

»Wir haben noch vierzig Minuten Fahrt vor uns«, rief Loig nach hinten. »Das Wetter wird schneller schlechter, als wir fahren können.«

»Gehen Sie nach unten.«

Marie schaute Ronan an und winkte ab.

»Um nichts in der Welt. Unter Deck kotze ich mir die Seele aus dem Leib.«

»Warum hast du den Plastiksack mitgebracht«, wollte Loig wissen, »und warum war da ein Stein drin und wie kann es sein …?«

»Dass die Tüte noch nicht untergegangen ist?«

»Sie hing in einem Algenteppich«, sagte Ronan, »zwischen den Felsen.«

»Und was war da noch drin außer einem Stein?«

»Teile eines Handys, ein Display, Teile des Plastikgehäuses und die SIM-Karte.«

»Du glaubst, dass es Gaels Handy war?«

»Wenn sie noch funktioniert, dann werden wir es bald wissen.«

»Ein Stein in der Tüte«, wiederholte Loig, »das ergibt keinen Sinn, es sei denn …«

»… es war kein Unfall, und jemand wollte die Tüte und deren Inhalt auf den Grund des Meeres befördern.«

Kazav

Die Wellenkämme verliefen jetzt diagonal, brachen sich dort, wo die Strömung der Gezeiten auf Wellen trafen, die der Wind auftürmte. Das Boot schoss über die Wellen, klatschte in Brecher, dennoch kamen sie nicht einmal halb so schnell voran wie bei der Hinfahrt. Wind und Wellen schufen eine Geräuschkulisse, in der eine Unterhaltung unmöglich wurde. Ronan war auch nicht nach Unterhaltung. Er überlegte sich, was er Gaels Frau und Kindern sagen würde. Sinnlos um den heißen Brei zu reden. Es galt nur noch, die *Ael-Ar-Mor* zu finden und den Grund, was ein Fischer mit seinem neun Meter langen Kutter nachts um ein Uhr auf einem Felsplateau mit einem Leuchtturm zu tun hatte und wie ein zertrümmertes Handy und ein Stein in einen Plastiksack kamen. Er beobachtete, wie Basstölpel im Wind dahinglitten, um dann in die Wellen wie Pfeile hinabzuschießen. In Gedanken fuhr er bereits zu Morvans Haus, in dem die Rollläden halb geschlossen, der Rasen gemäht und die Rosenbüsche beschnitten waren. Er würde Charlotte erklären müssen, dass in den nächsten Tagen Gael juristisch als verschollen verzeichnet werden würde. Es war schon schwierig genug, der Botschafter einer Todesnachricht zu sein, doch wie sollte man jemandem verständlich machen, dass der Ehemann einfach verschwunden war? Früher wussten die Witwen der Fischer, dass ihre Männer nicht wiederkamen, auch wenn sie noch lange zum *Croix-des-Veuves* stiegen und den Horizont nach Schiffen absuchten, die hinter dem Horizont auftauchten.

Mehr als Rituale blieben nicht, und vor seinen Augen sah Ronan ein leeres Haus auf der Nordkante. Meterhohes Unkraut und Schwalben hatten das alte Manoir bevölkert seit dem spurlosen Verschwinden der Familie Jegou. Auf dem Weg zur Dienststelle blickte es jeden Tag auf ihn herab, von dem Hügel, halb schlafend in düsteren Träumen hängend. Wenn Mauern erzählen könnten, was damals im Januar 2001 im Haus auf der Nordkante geschehen war.

Die Lehrerin der Schule hatte die Gendarmerie verständigt, als die Kinder der Jegous nach drei Tagen nicht zur Schule kamen. Die Eltern waren nicht erreichbar. Das Haus stand offen. Die Betten der Kinder waren unberührt. Alles sah so aus, als wäre die Familie zu einer Reise aufgebrochen. Den Minivan fand die Gendarmerie ein paar Tage später in der Nähe des Hafens von Penec. Ihre Elf-Meter-Segeljacht war verschwunden. Damals gab es noch keine Kameraüberwachung am Hafen. Niemand hatte die Jegous gesehen, wie sie nachts auf das Boot gestiegen waren. Alan Jegou war nicht einmal Fischer. Von Montag bis Freitag war er Schriftsteller, brachte seine Kinder zur Schule und zum Gitarrenunterricht, und am Wochenende war er Aktivist, Globalisierungsgegner, demonstrierte gegen die EU, den Papst, gegen Pestizide, Massentierhaltung, brach in Hühner- und Schweinefarmen ein, um Fotos vom Tierholocaust zu machen, wie er es nannte, er baute sein eigenes Gemüse an, hatte ungespritzte Apfelbäume in seinem Garten, aus denen er seinen eigenen Cidre machen ließ. Kurz, Alan Jegou hatte zu tun, um mehrere Leben damit auszufüllen. Seine Frau Kirsten sah nach den Kindern, übersetzte nebenbei seine Bücher und sorgte dafür, dass ihr Mann sich auch um die Hausaufgaben seiner Kinder kümmerte, wenn er nicht gerade damit beschäftigt war, die Welt zu retten. Die Jegous waren beliebt in Penec, und jeder kannte die Familie, wenn sie samstags auf dem Markt Gemüse und Käse kauften. Kirsten hatte sich in der Woche ihres Verschwindens zu einem Rosenwettbewerb angemeldet, die Kinder für ein Zeltlager, und Alan hatte eine Lesereise nach Deutschland geplant. Für Arthur Bloomsday, Chef der Gendarmerie in Penec, der damals die Untersuchung geleitet hatte, ein tragischer Unfall. Es gab keine Hinweise auf Fremdeinwirken. Eine Haustür, die nicht abgeschlossen war, ein voller Kühlschrank, eine Segeljacht, die bei ruhigen Wetterbedingungen ausgelaufen und nicht mehr zurückgekehrt war, ein Minivan, der ebenfalls unverschlossen auf dem Parkplatz zurückgelassen wurde, Rosen, die für einen Wettbewerb geschnitten worden waren und nun mit dem Unkraut um die Wette wuchsen. Für Bloomsday verschwanden nur ein Hippie und seine Familie, eine Bootstour, die sich in eine Katastrophe verwandelt hatte. Alan war Künstler, sagte Bloomsday und betonte Künstler mit einem abfälligen Zungenschlag, wer wusste schon, was einem Künstler so alles einfiel.

Nachdem Bloomsday drei Monate später zum Bereichsleiter befördert wurde, entstand eine nautische Abteilung, die der Gendarmerie Maritime unterstellt war. Im Mai desselben Jahres bekam Ronan einen Anruf aus Brest. »Sie treten die Stelle als Chef der Brigade Nautique in Penec an.« Es war keine Frage, ob er den Posten haben wollte, es war eine typisch militärische Bitte, die keinen Widerspruch duldete. Am Telefon meldete sich ein Mann, der ihm weitere Einzelheiten nicht am Telefon mitteilen wollte. Er kannte Ronans Akte beim Militär, seine Zeit als Kampfschwimmer, seine Einsätze in Afrika, Südamerika, Iran, und er hatte auch Zugang zu den gesperrten Akten, in denen all die streng vertraulichen Missionen aufgelistet waren, von denen kein Parlament und kein Untersuchungsausschuss wusste. Der Mann vereinbarte ein Treffen, an einer Adresse, deren Hausnummer es nicht gab, ein Ort, an dem sich nur eine Bushaltestelle befand. Eine Stunde sah Ronan, wie verschleierte Frauen mit vollen Einkaufstaschen einstiegen, Jugendliche mit Skateboard ausstiegen, so lange, bis ein Mann in langem Mantel sitzen blieb. Ein Mann wie eine zerkratzte Oberfläche, die jeder sah und die keiner beschreiben konnte. Es war das erste Mal, dass er Grand begegnete.

»Sie treten die Stelle nächste Woche an. Sie werden befördert. Gratuliere, Capitaine. Offiziell sind Sie der Chef der Brigade Nautique in Lézardrieux.«

»Und warum schicken Sie mir nicht ein Fax mit dem ganzen Papierkram?«

»Weil wir keine offizielle Ausschreibung wollen.«

»Und wozu die Heimlichtuerei?«

»Das erfahren Sie noch … Sie hören von mir.«

Grand war in den Bus gestiegen, und die Stadt verschloss sich hinter ihm wie ein grauer Vorhang.

Ronan zog mit Camille nach Coz Castel, in ein kleines Fischerhaus. Von der Terrasse hatte man einen weiten Blick in den Trieux, die steilen Felsen und in der Ferne den Leuchtturm La Croix. Camille begann wieder mit dem Segeln, nahm an kleineren Regatten teil, segelte um die Bretagne und nach Irland. Der Unfall der Familie Jegou hatte Camille beunruhigt, und als die Suche eingestellt wurde, fuhr sie selbst mit ihrem Boot hinaus und suchte in den Wellenkämmen und Buchten nach Trümmerteilen oder irgendeinem Hinweis, der das Verschwinden der Jegous erklären konnte. Nach dem Verschwinden der Familie Jegou veränderte sich Camille. Wenn sie von der Arbeit nach Hause kam, schloss sie sich in ihrem Büro ein. Bis zu diesem Zeitpunkt hatten sie nie Geheimnisse voreinander gehabt. Ronan wusste, dass Camilles Verhalten mit dem Verschwinden Jegous zu tun hatte, doch als er mit ihr in der Küche über ihn reden wollte, blockte sie ab. »Lass es einfach«, sagte sie. Ronan hatte den Verdacht, dass Alan Jegous Verschwinden mit dessen Tätigkeit als Umweltaktivist zusammenhing.

Als die Suche nach den Jegous eingestellt wurde, zertrümmerte Camille eine Porzellanschüssel auf dem Fußboden. Ronan versuchte, ihr zu erklären, dass es normal sei, dass nach einer Woche die Suche auf dem Meer eingestellt würde. Das hieße nicht, dass die Jegous damit ein Fall für die Akten würden. Ronan war kein guter Pokerspieler. Er konnte Camille nichts vormachen. Sie wusste, dass es nicht in seiner Macht stand, die Suche fortzusetzen. Sie wusste, dass es keinen Notruf gab, keinen Hinweis auf seine Position. Wenn die Segeljacht gesunken war und es Treibgut, Trümmer gegeben hätte, dann würden diese schon nach Stunden durch die Strömungen kilometerweit an der Küste verstreut. Je mehr Zeit verstrich, desto mehr Parameter wie Wind und Dünung spielten in der Berechnung der ursprünglichen Position eine Rolle. Doch das Meer gab nichts her. Ronan hielt sich in sachlichem Ton an die Fakten und versuchte Camille zu beruhigen. Fakten beruhigten ihn, nicht jedoch Camille. Was er sachlich nannte, war für sie kalt und herzlos. Wenn er von Fakten sprach, redete sie von fehlender Motivation und dass es einigen Leuten ganz recht sei, wenn ein Mann wie Alan Jegou verschwand.

»Das Ganze ist mehr als die Summe seiner Teile«, sagte sie ihm und kratzte mit der Gabel Kerben in den Holztisch,»es ist mehr ...« Sie kratzte eine weitere Kerbe. Camille warf ihm vor, sich hinter einer scheinbaren Rationalität zu verstecken. Deshalb geschah nichts, weil die Vernunft zum Nichtstun riet. Doch sosehr Camilles Verschwörungstheorien auch Zusammenhänge herstellten, wo offenbar keine waren, so konnte immer auch das Gegenteil wahr sein. Verschwörungstheorien folgten der Logik, dass es keinen Beweis gab. Und die Tatsache, dass es keinen Beweis gab, bestätigte, dass die Wahrheit vertuscht und absichtlich verschleiert wurde.»Du kannst aber auch nicht das Gegenteil beweisen.« Camille redete leidenschaftlich, in der Küche, während sie Marmelade einkochte, während er beim Pinkeln war, im Auto, beim Spazierengehen und manchmal auch mitten beim Sex. Es brachte sie zur Weißglut, dass Ronan ihren Theorien keinen Glauben schenkte. Das Ganze ... in Zusammenhängen denken, die Männer im Dunkeln ... Ronan erklärte ihr das Beispiel von den rosa Elefanten, die zwar existierten, aber immer dann verschwanden, sobald sie sich umdrehte. Camille hielt dies für eine rhetorische Floskel.

»Beweisen kannst du die Nicht-Existenz von rosa Elefanten nicht ... verstehst du, weil es unmöglich ist ...«

»Ich bin nicht verrückt«, warf sie ihm vor. Es war ausweglos. Camille begann selbst nach den Jegous zu suchen. *Ich bringe dir deinen Beweis. Ja, deinen Beweis,* sagte sie. Das Verschwinden der Jegous wurde zu einer persönlichen Sache zwischen ihnen. Die darauffolgenden Wochen steigerte sich Camille in die Suche hinein. Sie verbrachte Stunden auf dem Meer und sprach mit Fischern, ob sie etwas Verdächtiges aus ihren Netzen gezogen hatten. Wenn Ronan jetzt an Camille dachte, die Alan Jegou in einem Atemzug mit Gandhi, Marx und Mutter Teresa erwähnt hatte, während sie Schnittlauch klein hackte, überkam ihn das beklemmende Gefühl, dass alles anders gekommen wäre, wenn er Camille zugehört hätte ... wenn sie nicht auf eigene Faust losgezogen wäre. Hätte er ihren verwegenen Theorien von Hintermännern und Geheimdiensten einfach nur Glauben geschenkt oder zumindest so getan, vielleicht wäre sie nicht losgefahren, an einem Tag, der sonnig begann. Wind war angesagt, aber das Tief mit Sturmböen sollte erst in der Nacht die Nordküste der Bretagne treffen. Als die Bäume zu rauschen begannen, versuchte er, Camille über Funk zu erreichen. Keine Antwort. Er versuchte es auf dem Kanal 16, den sie eigentlich immer angeschaltet haben sollte. Um zwanzig Uhr hatte der Sturm die Küste erreicht. Mülltonnen kippten um. Ronan wartete am Hafen und hielt nach ihrem Boot Ausschau. Um Mitternacht rief er die Seenotrettung, doch bei diesem Sturm war eine Rettungsaktion gefährlich, zudem hatte er nicht die geringste Idee, wo Camille sein könnte. Am nächsten Tag begann die Suche, die genauso erfolglos abgebrochen wurde wie bei den Jegous.

Bloomsday sprach von einem schlechten Jahr, von einer Verkettung schicksalhafter Ereignisse und dass die Gendarmerie alles daransetzen würde, um diese tragischen Unfälle aufzuklären. Das war der Kommentar für die Presse. Sie brauchten etwas zum Schreiben. Nur eine Untersuchung gab es nicht. Eine ganze Familie verschwand mit ihrem Boot, Monate später eine junge Frau, eine erfahrene Skipperin. Für Bloomsday waren dies nur verhängnisvolle Fehler von Leuten, die das Meer im Norden der Bretagne unterschätzt hatten. Kommt oft vor, leider, das Meer ist unerbittlich. Camille war keine Anfängerin. Sie wäre nie in den Sturm gefahren. Verdammtes Arschloch!

Würde er jetzt die Augen schließen, dann sähe er Camille am Ruder der *Pen-Ar-Bed*, die schwarzen Haare im Wind, wie auf verspielten Wellen tanzend, in einer Gischt aus Träumen und Fernweh. Du fehlst mir.»Camille Donval« stand in einer Reihe von Akten, auf dem Ordnerrücken nach Alphabet sortiert, gefolgt von der Familie »Jegou«: Alan und seine Frau Kirsten, mit den beiden Töchtern Lena und Aziliz. In zwei Wochen würde Gael Morvan diese Liste verlängern.

Die Gendarmerie hatte die Suche nach Alans Segeljacht schon eingestellt, als Fischer Aziliz am Strand fanden, drei Seemeilen östlich von Penec. Ihr Körper war so weit abgekühlt, dass es von den Wärmebildkameras des Suchhubschraubers nicht mehr erfasst wurde. Der Kälteschock rettete ihr wahrscheinlich das Leben. Wenn sie nicht ertrinken, dann ist die Überlebenschance von Kindern in kaltem Wasser größer. Ihr gesamter Körper fällt in einen Schockzustand. Bei Herzkreislaufstillstand und einer Körpertemperatur von zweiundzwanzig oder vierundzwanzig Grad hatte das Mädchen gute Chancen, reanimiert zu werden. Der Sauerstoffverbrauch der Zellen läuft im Notfallmodus. Mehr als dreißig Minuten konnte sie nicht am Strand gelegen haben, sonst wäre Aziliz tot gewesen. Das stand im Bericht, doch die Aussagen der Fischer gaben zu Protokoll, dass sie schon mindestens sechs Stunden dort gelegen haben musste. Sie war zwischen zwei Felsen eingeklemmt, die nur bei Flut von Wasser bedeckt waren. Bei Ebbe waren sie mehr als hundert Meter von der Küstenlinie entfernt. Aziliz musste also schon bei Flut dort gelegen haben. Medizinisch war dies jedoch unmöglich. Der Kälteschock hatte ihr wahrscheinlich das Leben gerettet; allerdings waren aus medizinischer Sicht die Aussagen der Fischer unmöglich. Durch den Transport ins Krankenhaus erlitt Aziliz eine Lungenembolie. In der Notaufnahme wurde sie stabilisiert. Die Ärzte hatten aber nur wenig Hoffnung, dass sie die nächste Nacht überstand. Ihr Körper war so weit unterkühlt, dass ihr Gehirn in Mitleidenschaft gezogen wurde. Normalerweise verliert man nach fünfzehn bis zwanzig Sekunden das Bewusstsein. Innerhalb weniger Minuten ist man ohne Reanimation tot, wenn der Körper nicht gekühlt wurde. Aziliz lebte, jedenfalls physisch. Sie blieb im Koma. Sie lag da, mit offenen Augen und schien zu schlafen. Die Ärzte versuchten, ihr Nervensystem zu stimulieren, doch sie reagierte auf keinerlei Reize. Eine Maschine ernährte sie. Nach vier Monaten waren die Ärzte sich einig: Die künstliche Ernährung sollte beendet werden. Hirntod. So stand es im Bericht. Weitere lebensverlängernde Maßnahmen wären die reinste Verschwendung. Es gab Patienten, die den Platz in der Intensivpflege nötiger hatten. Da es weder Eltern noch sonstige Angehörige gab, stellte das Gericht einen Vormund. Evan Man stand an seinem siebenunddreißigsten Geburtstag am Bett eines jungen Mädchens, das zwar atmete, aber ansonsten so leblos war wie ein Stück Holz. Vor ihm lag ein harmlos aussehender Zettel. Eine Unterschrift, und der Körper vor ihm würde von den Ernährungsrobotern getrennt. Dann wäre er ein Körper, der nicht mehr atmete. Das Bett würde neu bezogen werden. In der Leichenhalle würde ein junges Mädchen auf seine Verbrennung warten. Als Ronan den Vormund das erste Mal traf, stand er am Bett des Mädchens und hielt seine Hand.

»Ich kann das nicht …«, sagte er vor sich hin, kaum hörbar, wie ein stilles Gebet an einen Gott, der damit beschäftigt war, die Sonne auf- und untergehen zu lassen, und an der Langeweile seiner Aufgabe längst verzweifelt war. Ronan sollte nach der einzigen Zeugin sehen, doch er stand nur einem Mann gegenüber, der über Leben und Tod entscheiden sollte.

»Die Ärzte sagen, dass Aziliz nicht mehr aus dem Koma aufwachen wird …« Evan Man hielt Ronan einen Bogen hin.

»Das EEG«, fügte er hinzu, »ist platt wie der Horizont. Es heißt, dass Wachkomapatienten zwar wenig Hirnaktivität zeigen, aber es gab zumindest ein paar Neuronen, die noch funktionierten. Aber in diesem Fall …« Er machte eine Pause. »Sind da nicht mehr als ein paar Apparate und eine Linie auf einem Bildschirm. Auch wenn ich glaube, dass sich hinter dieser Linie noch ein Bewusstsein verbirgt. Was ist schon ein Bewusstsein, wenn es nur noch sich selbst hat. Sie wird nicht mehr aufwachen. Wer war sie?«

»Sie ist wohl die Einzige«, sagte Ronan und betonte das *ist*, »die uns sagen kann, was mit ihrer Familie geschehen ist.«

»Die Ärzte haben mir heute Morgen diese Vollmacht gegeben … Wissen Sie, ab wann man für hirntot erklärt wird?«

Ronan hatte bei Armeeeinsätzen in Mali einen Soldaten sterben sehen, dem der Unterleib weggerissen worden war. Der Blutverlust war so stark, dass er innerhalb von Sekunden sterben würde. Doch der Soldat lag auf dem Boden und bewegte die Lippen, seine Augen suchten die Umgebung ab, so als gäbe es noch eine andere Realität, die er jetzt wählen könnte. Ronan hatte Prostituierte gesehen, die in den harten Wintern in den Neunzigern in der Rue Oberkampf in Paris in Hauseingängen erfroren waren. Der Tod war ein Teil seines Jobs, doch er hatte sich nie Gedanken darüber gemacht, ab wann jemand für tot galt. Die Toten, die er bisher gesehen hatte, konnten einfach nicht mehr leben, weil ihr Körper zerstört war. Woher sollte er also wissen, ob das Mädchen noch in diesem Körper wohnte? Doch wer wohnte in diesem Körper, und warum zog er aus? Vielleicht gab es ein Bewusstsein, das grundsätzlich in jedem Körper wohnte, ein Bewusstsein, das nur vom Leben an sich erzeugt wurde.

»Die Ärzte müssten es wissen …«, sagte er dem Vormund.

»Das machen sie uns vor«, antwortete Man, »aber in Wirklichkeit ist der Hirntod eine medizinische Annahme. Wenn das EEG eine halbe Stunde lang keinerlei Aktivität messen kann, die von Entladungen der Nervenzellen kommen, dann ist eine Rückkehr ins Leben theoretisch unmöglich. Die Ärzte nennen dies dann Hirntod. Eine bloße Annahme. Verstehen Sie? Die Nulllinie ist eine bloße Annahme. Und aufgrund dieser Annahme soll ich jetzt entscheiden. Die Krankenhäuser beginnen mit der Organentnahme, wenn die Person sich nicht dagegen ausgesprochen hatte, aufgrund einer Annahme. Dreißig Minuten darf das EEG die Nulllinie nicht überschreiten.«

»Und das Mädchen?«

»Seit Tagen Nulllinie. Deshalb der Zettel … Ich soll sie freigeben.«

»Aber Sie tun es nicht.«

»Die Ärzte sagen, dass die Kriterien sehr streng seien.«

»Das reicht Ihnen nicht?«

»Ich habe viel über Komapatienten und das Gehirn gelesen. Die Ärzte sprechen immer von Wahrscheinlichkeiten. Der Arzt, der mir das Formular in die Hand gedrückt hatte, sprach von neunundneunzigprozentiger Wahrscheinlichkeit. Das heißt aber auch, dass sie zu einem Prozent wieder erwachen kann. Ich kann mit diesem einem Prozent nicht leben, habe ich dem Arzt gesagt. Er meinte aber, dass wir noch mit ganz anderen Wahrscheinlichkeiten leben müssen. Die Wahrscheinlichkeit, zu Hause einen tödlichen Unfall zu haben, ist um das Vielfache höher, als bei einem Terroranschlag zu sterben, sagte der Arzt. Aber der Unterschied ist, dass ich mein Leben lang dieses eine Prozent mit mir herumtragen muss. Verstehen Sie das?«

Ronan hätte es verstehen können, wenn der vom Gericht bestellte Betreuer das Mädchen sterben ließ, doch da war dieses eine Prozent.

»Das EEG misst die Hirnwellen im Kortex«, erklärte ihm Man. »Er liegt direkt unter der Schädeldecke. Aber in einer Wissenschaftszeitschrift fand ich, dass es in dem normalen Koma noch ein tieferes Koma gibt, und dies sendet Entladungen von Zellen des Hippocampus. Das Reptiliengehirn. Die Ärzte hier wussten nichts von dieser Studie, aber sie waren sich einig, dass das Mädchen keine Chance hatte. Einfach so ... Denn sie wussten nicht mehr als wir. Doch dieses tiefere Koma im Koma war noch kein Bewusstsein, so die Ärzte. Aber ich frage mich, wie sie sich so verdammt sicher sein konnten.«

»Ist das Mädchen jemals wieder erwacht?«

»Nach einem Jahr. Aziliz öffnete die Augen, und dies bei unveränderter Nulllinie. Am nächsten Tag sagte man mir, dass die offenen Augen nur ein Reflex seien. Der Arzt war verlegen, weil die Pupillen sich verengten, als er mit einer Lampe in die Augen leuchtete. Ein Reflex ... Es konnte jedoch ebenso gut sein, dass das Mädchen sie ansah. Auf der Straße sprach ihn dann ein junger Assistenzarzt an. Er erzählte ihm von Patienten, die im Koma waren, dass es aber noch tiefere Komas in einem Koma gab. Der Patient könnte sehr wohl das Gefühl haben, aufgewacht zu sein. In Wirklichkeit befand er sich aber noch in dem ersten Koma.«

Das Mädchen erwachte nicht wie aus einem tiefen Schlaf. Es dauerte Tage, bis es auf ihre Umgebung reagierte. Psychiater und Ärzte machten Wahrnehmungs- und Kommunikationstests mit ihm. Die Erwartungen waren groß. Jeder wollte wissen, was mit den Eltern und der Schwester geschehen war. Allen voran Bloomsday. Er hatte die Sache an die große Glocke gehängt. Presse und Fernsehen warteten vor der Gendarmerie darauf, die Wahrheit aus dem Mund Bloomsdays zu erfahren. Doch es gab keine Wahrheit. Nur Schweigen. Der behandelnde Psychiater der Clinique La Cerisaie hielt eine Befragung für unmöglich. Das Mädchen leide höchstwahrscheinlich an einer Vollamnesie infolge einer posttraumatischen Belastungsstörung. Der Psychiater sprach von einer geringen Wahrscheinlichkeit, dass Aziliz sich jemals an die Geschehnisse erinnern können würde. Ausschließen konnte er es nicht. Nach einigen Wochen war sie immer noch nicht ansprechbar. In einer kurzen Mitteilung schrieb der Arzt des Mädchens, dass man sie fixieren musste, weil sie angefangen hatte, sich selbst zu verletzen. Ein Pfleger konnte gerade noch verhindern, dass sie ihre eigenen Fingerkuppen abnagte. Ja, die Wahrheit saß in einem Raum, die Hände in Lederhandschuhen, vor einem TV-Bildschirm, auf dem die Aufzeichnung einer Quizsendung lief. Sie war die Einzige der Familie Jegou, die die Katastrophe überlebt hatte. Aziliz war zehn, als man sie fand, und es sah nicht danach aus, als könnte sie je wieder ein Leben außerhalb der konzentrisch angelegten Klinikgärten haben. Wenn das Mädchen etwas über das Verschwinden der Familie wusste, dann war es hinter den hermetisch abgeriegelten Mauern verborgen.

»Nicht vernehmungsfähig«, notierte Bloomsday neben dem Namen des Mädchens in der Ermittlungsakte. *Disparu en mer*, schrieb er neben die anderen Namen. Auf See verschollen. Mehr brauchte es für Bloomsday nicht, um den Fall zu den Akten zu legen.

Der Nebel hatte sich verzogen. Der Wind hatte grau-schwarze Regenwolken aufgetürmt, die das Wasser grau und matt erscheinen ließen. Die nächsten Stunden würden nicht angenehm sein. Schlechte Nachrichten zu überbringen war etwas, was Ronan am meisten Kraft abverlangte.

Am Steg wartete bereits eine Gruppe von Leuten. Sie hatten Regenschirme aufgespannt, obwohl es eigentlich nicht regnete. Im Bretonischen gab es viele Ausdrücke für Regen. Gegen den *Brumenn* half kein Regenschirm. Er war wie Staub und wehte von allen Seiten. Man spürte ihn kaum, doch nach einigen Minuten war man bis auf die Haut durchnässt. Als Ronan auf den Steg sprang, um die Achterleine festzumachen, erkannte er den ersten der Delegation. Madame Ucki, in einen gelben Regenmantel gehüllt, unter dem Arm ein Dossier. Neben ihr Kazav, der Bürgermeister, und seine rechte Hand, Bert Leturc. Als Ronan Pierre Leroches Kopf erkannte, erübrigte sich die Frage, von wem der Bürgermeister wusste, dass sie auf dem Rückweg waren. Leroche kam gleich auf Ronan zu. Noch bevor er etwas erklären konnte, kannte er

Leroches diensteifrige Erklärung, dass nämlich der Bürgermeister selbst gekommen sei und dass er ihm sagen müsse, was geschehen sei. Leroche war der dienstälteste Beamte mit dem niedrigsten Grad. Mit seinen neununddreißig Jahren hätte er längst zum Adjutanten befördert werden können, doch dafür hätte er nach Brest oder Saint-Malo gehen müssen. Mindestens für zwei Jahre. Manche kamen überhaupt nicht mehr an den Ort zurück, an dem sie ihre Karriere begonnen hatten. Pierre Leroche war in Penec geboren, war hier zur Schule gegangen und war bis auf seine militärische Grundausbildung, die er in Saint-Brieuc ableistete, nie woanders hingereist. Ein echter Einsiedlerkrebs. Ronan mochte ihn, gerade weil er so einfach war und die seltene Gabe hatte, die Dinge so zu benennen, wie sie waren. Als die Bibliothek von Penec einmal gebrannt hatte und die Feuerwehr mit den Löscharbeiten begann, hatte Leroche zu einer älteren Dame gesagt, die Tränen in den Augen hatte: »Es sind nur Bücher, und das meiste war altes Zeug.« Als sie einen Engländer, der die Welt umsegeln wollte, auf seiner Moody 35 zwischen Jersey und der Küste in Saint-Brieuc abschleppen mussten, sagte er ihm, dass manche Menschen nur deshalb ins offene Meer segelten, weil sie keine Ahnung hätten, wie groß die Ozeane seien. Leroches gutes Herz war so groß, dass er jedem irgendwie zu helfen versuchte, der ihn darum bat. Wer ihn kannte, nutzte das manchmal schamlos aus; wer ihn nicht kannte, wunderte sich über so viel Eifer. Kazav hatte leichtes Spiel mit ihm.

Das Gerücht von Gaels Verschwinden hatte offenbar bereits die Runde gemacht, und der Bürgermeister wusste, dass er solch ein Ereignis für sich nutzen konnte. Was immer auch geschieht … Ich werde alles tun …

»Capitaine Prad«, rief ihm der Bürgermeister zu, »wir stehen alle hinter Ihnen … Ihr Verdienst ist unbezahlbar.«

Ronan machte das Boot fest. Unbezahlbar ist nicht das richtige Wort, dachte er. Mies bezahlt ist da treffender.

»Haben Sie schon einen Hinweis?« Der Bürgermeister stand auf dem Steg wie ein Schauspieler, der seine Szene perfekt einstudiert hatte. »Wenn Sie möchten, kann ich einen Hubschrauber organisieren.«

»Bei Nebel nutzt das nicht viel«, antwortete Ronan und zog das Boot näher an den Steg.

»Wir sind ganz bei der Familie«, fuhr der Bürgermeister fort. Der Grund, warum er sich in so pathetischen Sätzen ergab, stand hinter ihm. Ein Journalist des Journals *Le Télégramme*.

»Warum suchen Sie nicht weiter?«

Ronan drehte sich um. Bert Leturc, die rechte Hand des Bürgermeisters, ehemaliger Fremdenlegionär mit kurz geschorenen Haaren; er hatte die Angewohnheit, im Befehlston zu reden, selbst Jahre nach seinem Ausscheiden aus der Legion nicht ablegen können.

»Wir kümmern uns darum«, sagte Ronan und schob Leturc beiseite, »wenn Sie mich jetzt vorbeilassen.«

»Ich habe nicht den Eindruck, dass Sie viel tun ...«

Die Provokation galt eindeutig ihm. Ronan ignorierte den Legionär. Ian Marec, ein Fischer, der Gael kannte, redete ebenfalls mit dem Journalisten. Kazav wandte sich wieder Ronan zu.

»Wir tun alles für unsere Fischer«, sagte Kazav. »Die Familie hat unsere volle Unterstützung. Wenn es etwas gibt, das ich tun kann ...«

»Können Sie«, sagte Ronan, während er die Schwimmweste auszog, »lassen Sie uns unsere Arbeit tun.«

»Wenn Ihnen der Bürgermeister seine Hilfe anbietet«, sagte Leturc wieder mit Legionärston, »dann sollten Sie ihm zuhören.«

Kazav winkte Leturc zu sich, der mit einem kurzen Nicken gehorchte. Der Bürgermeister lächelte. »Sie finden mich in meinem Büro.«

Loig gab Marie die Tüte mit dem Stein und den Resten des Telefons. »Bringen Sie das nach Brest ins Labor.«

Kazav verfolgte Marie mit neugierigen Blicken.

»Gibt es eine Spur?«

Gefolgt von Marie und Loig verließ Ronan den Steg. Der Bürgermeister machte Leturc ein Zeichen, den Wagen zu holen.

»Was war das?« Marie beobachtete, wie der Bürgermeister mit seinem breitschultrigen Fahrer über den Steg zu seinem Wagen ging und einstieg.

»Das war Kazav«, sagte Ronan, »der Bürgermeister von Penec.« »Ihm gehört die Stadt mit allen Einwohnern«, spottete Loig, »und ihm gehören auch einige Gendarmen, die ihre Dienstmütze so eng über den Kopf ziehen, dass sie damit besser zwischen die Arschbacken des Monsieur le maire kommen.« Er blickte dabei den Gendarm an. Leroche wurde rot und sah verlegen an Loig vorbei in den Trieux. Es war nicht fair, ihm vorzuwerfen, dass er dem Bürgermeister und seinem Autoritätsspiel auf den Leim ging. Seit Jahren hielten die Bürger Penecs ihrem Bürgermeister die Treue. Sie wählten ihn, weil das Neue nichts Besseres bringen würde und das Alte noch nicht schlecht genug war. Das war die einfache Erklärung Leroches, wenn ihm jemand nach dem dritten Rouge die philosophische Frage wie leere Gläser auf die Bar stellte, in der Hoffnung, dass sie noch einmal gefüllt würden, wie es denn möglich war, dass seit zwanzig Jahren immer derselbe Bürgermeister gewählt wurde, so als wäre die Wahl eigentlich keine Wahl, sondern nur die Bestätigung eines geheimen Vertrags zwischen den Bürgern Penecs und Kazav. Es wäre naiv, zu glauben, dass die Wähler in Penec nicht bemerkten, wie Kazav immer mehr die Stadt in Besitz nahm und auf den Wahlveranstaltungen jedes Jahr das sagte, was er auch schon im Vorjahr und im Jahr zuvor erzählt hatte.

Ihm gehörte der halbe Hafen, die Werfthallen, die Recyclingfirma, drei Autowerkstätten, die Restaurants am Hafen, ihm gehörten Ferienhäuser und die beiden Hotels am Hafen. Glaubte man Edgar Neidgard, der seit Jahrzehnten im Immobiliengeschäft tätig war und mit dem Verkauf von Steinhaufen, die er als keltische Ruinen angepriesen hatte, zu einem kleinen Vermögen gekommen war, war Victor Kazav eine ganz andere Klasse von Geschäftsmann. Für ihn war Kazav der perfekte Polito-Businessman, nach dem Vorbild russischer Oligarchen. Wer es schaffte, Politik und eigene Geschäftsinteressen unter einen Hut zu bekommen, dem standen ganz andere Türen offen. Keine Bank hätte Kazav einen Kredit für den

Kauf von Brachgrundstücken gegeben, auf denen nur Brennnesseln und Moos gediehen und die von angrenzenden Mauern umringt waren, wenn er nicht Bürgermeister gewesen wäre. Niemand konnte damals ahnen, dass dort einmal Parkplätze entstünden, weil damals auch noch niemand wusste, dass Parken im Dreißig-Minuten-Takt zur Geldmaschine werden würde. Private Parkraumbewirtschaftung nannte Kazav sein Projekt. Die Stadtverwaltung stellte Parkplatzkontrolleure an. Sie patrouillierten in Zweiergruppen und verteilten Strafzettel. Es dauerte nicht lange, da wichen die Tagestouristen und Wohnmobilrentner auf die günstigeren Parkflächen aus, die eine Firma aus Paris betrieb. Selbst wenn ein Journalist herausgefunden hätte, dass Kazav einziger Aktionär dieser Firma war, hätte der Bürgermeister es als ökologischen Schachzug verkauft.

Kazav wusste, wie er die Penecois kaufen konnte. Er wusste, dass sie denjenigen wählten, der die lokalen Steuern nicht erhöhte und der aus seiner eigenen Tasche Musikfestivals und andere Feste bezahlte. Woher das Geld kam, interessierte eigentlich niemanden. Bis auf das Finanzamt. Sie schickten Steuerprüfer, durchleuchteten die Eigentumsstrukturen von Holdinggesellschaften und Subholdinggesellschaften, die mit Kazav zu tun hatten. Was ihm genau gehörte, ließ sich juristisch nicht genau belegen. Ebenso undurchsichtig waren Bankkonten und diverse Aktiendepots in exotischen Steuerparadiesen. Wenn Privatpersonen mehr Geld für das städtische Schwimmbad, den Ausbau der Mediathek, der Stadtbibliothek, den örtlichen Fußballverein und für das jährliche Musikfestival *Le Chant Marin* investierten als die öffentliche Hand selbst, dann horchte die Finanzbrigade erst einmal auf. Woher kam dieser Kazav, und vor allem, woher kam sein Vermögen?

Er war innerhalb von zehn Jahren zum Multimillionär geworden, und da er großzügig den Musikverein unterstützte, die Renovierung der baufälligen Kirche finanziert hatte, den Schulen neue Computer und der Stadtverwaltung ergonomische Stühle besorgt hatte, hielten sich auch lokale Journalisten zurück. Man spuckte nicht auf Wohltäter, und irgendwie erwartete jeder dies auch von der Gendarmerie. Obwohl Kazav sich als Dauerbürgermeister auch berufen fühlte, die Gendarmerie für seine Dienste einzuspannen, unterstand sie seit 2009 dem Innenministerium. Da sie früher dem Verteidigungsministerium angehörten, behielten die Gendarmen ihren Status als Militärs. Ronan hatte Leroche angewiesen, Kazavs Anfragen einfach zu ignorieren. Doch bereits beim ersten Anruf berichtete der Gendarme, was der Bürgermeister wissen wollte. Leroche war kein Dummkopf. Er gehörte nicht zu den hellsten Leuchten, aber er hatte eine gewisse tüchtige Loyalität, die man von einem Militär erwartete. Nur war Loyalität für Leroche noch etwas, das man einer Autorität entgegenbrachte. Kazav wusste dies für sich zu nutzen. Er senkte die Stimme, redete wie ein Militär im Befehlston und tat so, als wäre er selbst nur ein Glied in einer weit höheren Hierarchie. Dies reichte, um Leroche für einen Moment vergessen zu lassen, dass er im Corps der Gendarmerie war, dem Militärapparat des Staates und keinem Bürgermeister Rechenschaft schuldig war.

Kurz nachdem Ronan seinen Posten in Penec angetreten hatte, besuchte ihn Kazav mit seinem Fahrer, der immer neben seinem Chef stand. Kazav selbst war ein kurzer, gedrungener Mann, ohne Hals, mit rotem Kopf, der an einen römischen Tribun in Hollywoodfilmen erinnerte. Er verließ sich auf die Macht seiner Stimme, in der sein ganzes Wesen steckte. Wenn Kazav bei seinen Reden gesagt hätte, dass das Wasser nicht nass wäre und die Erde im Zentrum des Universums stünde, so hätten ihm alle zugejubelt. Es war die Art, wie er es sagte, die seine Worte wahr werden ließ, und nicht die Bedeutung. Leturc dagegen war die Fleisch gewordene Macht von Kazavs Stimme. Offiziell war er Kazavs Fahrer, doch jeder wusste, dass er Kazavs rechte Hand war. Der Legionär hatte mit seiner zerschlagenen Nase und seinem Stiernacken dieselbe Wirkung wie ein hüfthoher Rottweiler, der seine Zähne zeigte. Er stand nicht nur im Dienst des Bürgermeisters, er verfügte auch über ein Netzwerk ehemaliger Legionäre, die einzig sich selbst und einem eigenen Legionärskodex verpflichtet waren. Wie groß das Netzwerk der Ex-Legionäre war, darüber konnte Ronan nur spekulieren. Obwohl die Legion ein Teil der französischen Armee war, war es ihm nahezu unmöglich, mehr über die Identität der Ex-Legionäre zu erfahren. Das galt auch für Leturc. Leturc hatte seinen Namen nach Eintritt in die Legion geändert, und nach zehn Jahren Dienst in der Legion konnte er die französische Staatsbürgerschaft annehmen. Seinen Legionärsnamen behielt er. Ronan war sich nicht einmal sicher, ob Kazav den echten Namen Leturcs wusste. Ronan vermutete, dass Kazav den Legionär aus Zeiten kannte, in denen Leturc noch aktiv in der Legion gewesen war. *Legio Patria Nostra*. Leturc hatte es sich auf seinen rechten Arm tätowieren lassen. Die Legion ist mein Vaterland. Der Legionär war Franzose nicht durch erhaltenes Blut, sondern durch vergossenes.

Ronan hatte beim Essen gesessen, als Kazav scheinbar zufällig an seinem Gartenzaun erschienen war. Camille hatte seit sechs Monaten die Leitung im Tourismusbüro des Rathauses übernommen. Der Bürgermeister war ihr Chef, und Ronan erinnerte sich, dass es Camille unangenehm war, dass ihr Chef an ihrem Gartenzaun auftauchte. Camille goss ihren Zitronenbaum weiter, während der Bürgermeister so tat, als würde er Camille nicht kennen. Auch Camille sagte ihm später, sie habe den Eindruck gehabt, dass Kazav sie nicht erkannt habe. So als wäre sie außerhalb des Tourismusbüros im Erdgeschoss des Rathauses eine Fremde.

Ronan begrüßte Kazav mit dem Vornamen. Kazav sah ihn an, als könne er mit diesem vertraulichen »Victor« nichts anfangen. Entweder wollte er nicht an ihre gemeinsame Schulzeit in Roscoff erinnert werden, oder er hatte es vergessen. Nur wie konnte er die langen Sommer vergessen, den asphaltierten Pausenhof, der im Sommer Teerbläschen warf, die sie mit Stöckchen aufpikten, die Murmelwettbewerbe und den Tag, an dem sich ihre Lebenswege zum ersten Mal kreuzten?

Kazav, der schmächtige Junge, der es auf geschickte Weise schaffte, sich nicht im Pausenhof zu prügeln oder verprügelt zu werden. Ronan bezog regelmäßig Prügel. Er war zwar größer als Kazav, hatte jedoch eine gebrechliche Statur, und bevor Ronan anfing, am Boxsack zu trainieren, hatte er nur Wut in sich, wenn ältere Jungs ihn in eine Ecke drängten und ihm sein Pausengeld abnahmen.

Diese Ohnmacht, von scheinbar unzähligen Händen umklammert zu werden, an eine kalte Betonwand gepresst, von der es kein Entkommen gab, hatte Ronan als Jugendlichen ins Boxtraining geführt und, wie er glaubte, Jahre später in das Rekrutierungsbüro der Armee.

Kazav war selten allein im Pausenhof. Ihn umgab immer eine Traube von Jungs, die ihm mehr oder weniger ergeben waren. Kazav hatte schon als Jugendlicher das Gespür dafür, was andere begehrten und wovor sie sich insgeheim fürchteten. Und so schuf er seine Kaugummiallianzen. Demjenigen, der Angst vor einem älteren Jungen hatte, versprach er, die Sache in die Hand zu nehmen. Er schuf Kooperationen mit den älteren Jungen, belieferte sie mit geklauten Zigaretten und alten Pornoheften, die er aus dem Müll des Altenheims herauszog. Nur gab es auch Momente, in denen die beste Verhandlung nichts mehr wert war und der König plötzlich nackt und wehrlos dastand.

So hatte auch der junge Kazav die Existenz von reiner Gewalt unterschätzt. Die beiden Jungen kamen nicht aus Roscoff. Es gab weder Streit noch sonst einen Grund, warum die Halbstarken mit ihren Felljacken Kazav plötzlich ins Visier nahmen. Einer schubste Kazav, der andere stellte ihm ein Bein. Als Kazav am Boden lag, begannen sie, ihn zu ohrfeigen. Ronan hatte noch gut das Bild vor Augen. Kazav mit blutender Nase, auf dem Rücken, die Augen geschlossen, so als hätte er sich tief in sein Inneres zurückgezogen. Die Regungslosigkeit Kazavs schien die beiden zu reizen. Ihre Schläge wurden härter. Als sie ihn mit den Füßen in den Bauch traten, warf sich Ronan einfach dazwischen, trat dem Größeren gegen das Knie. Ein hässliches Geräusch von reißenden Bändern, dann ein lauter Schrei, Flüche und ein Junge in Felljacke, der sein Bein hinter sich herzog.

Ronan streckte Kazav die Hand entgegen, doch der winkte ab, setzte sich auf und wischte sich das Blut von den Lippen. Er wankte, hielt sich den Bauch und bot Ronan einen minzgrünen Kaugummi an.

»Willst du einen Hubble-Bubble? Minze, damit kannst du Blasen machen, die größer als dein Kopf sind.«

Von den beiden Jungen in ihren Felljacken hatte Ronan nichts mehr gesehen. Als Ronan die Schule wechselte, erfuhr er, dass die beiden Jungs bei einem Brand ums Leben gekommen waren. Eine Fischerhütte hatte Feuer gefangen und brannte völlig aus. Die Gendarmerie konnte nie aufklären, wie es sein konnte, dass die beiden Jungs offenbar das Vorhängeschloss des Schuppens geknackt hatten, die Tür sich aber nicht mehr von innen öffnen ließ. So als hätte sie jemand wieder von außen verriegelt. Offiziell ein Jungenstreich mit fatalem Ausgang. Nur Ronan wusste, dass Kazav die beiden getötet hatte. Es war sein erster Mord. Beweisen konnte er es allerdings nicht. Wochen nach dem Vorfall schenkte Kazav ihm ein paar scharfe Pistolenkugeln, die er weiß Gott woher hatte. Es war eine Einladung in Kazavs Club.

»Schule, Lernen, all das Zeugs, das die Erwachsenen in deinen Kopf stecken wollen, bringt dir überhaupt nichts«, sagte Kazav ihm, nachdem Ronan die beiden Kugeln zurückgewiesen hatte. »Wichtig ist nicht, was du weißt, sondern was die anderen dir glauben.«

Über Kazavs Eltern wusste Ronan so gut wie nichts. Er wuchs bei seiner Tante auf, in einem Haus außerhalb Roscoffs. Die Witwe eines Polizisten. Aber das waren nur Gerüchte. Manchmal fehlte Kazav tagelang in der Schule. Der Lehrer nahm die Entschuldigungsschreiben der Tante meist wortlos entgegen. Kazav gehörte nicht zu den schlechtesten, aber auch nicht zu den guten Schülern. Der Schulstoff langweilte ihn. So verriet es jedenfalls seine Haltung, wenn er breitbeinig auf seinem Stuhl saß und auf einem Bleistift kaute.

»Würde man in der Schule etwas Nützliches lernen, dann wäre dieses Land voll mit Genies. Jeder wäre ein Macher … doch ein Land braucht nur wenige Macher. Ist wie mit dem Schafezüchten. Es braucht nicht hundert Hirten für hundert Schafe, verstehst du? Man braucht einen Hirten, zwei oder drei Hirtenhunde, um eine Schafherde zusammenzuhalten. Warum müssen die Schafe dann wissen, was der Hirte weiß?«

Kazav war ihm aufs Schulklo gefolgt. In seiner Hand die beiden Patronen. Die dunkelroten Platzwunden über den Augenbrauen

und die geschwollenen Lippen gaben ihm ein clownhaftes Aussehen. Nur die Augen passten nicht. In ihnen herrschte eine grausame Stille. Ronan erinnerte sich an Kazavs fahles Grinsen, das starr zwischen den Kacheln und dem Pissoir hing.
»Und wer ist der Hirte?«
Ronan hatte ihm diese Frage gestellt. Er erinnerte sich daran, weil er darauf keine Antwort bekommen hatte. Nur dieses angestrengte Lächeln.
Kazav verließ die Schule im nächsten Jahr. Keiner der Jungs, die ihm gehorchten, wagte es, sich auf seinen Stuhl zu setzen. Ein paar Monate später fiel sein Name nicht mehr auf dem Pausenhof. Und Ronan hätte ihn vergessen, wenn er gut drei Jahrzehnte später nicht in Penec aufgetaucht wäre. Diesmal nicht im Pausenhof, sondern als Bürgermeister.

Dass Kazav sein Vermögen in dunklen Winkeln gemacht hatte, bestritt niemand, doch keiner wollte den Esel an die Leine legen, solange er Geld schiss. Er war gut für Penec. Hatte er Ronan nicht mehr erkannt, oder wollte er einfach nicht mehr an die Zeit im Collège Perharidy erinnert werden?
Ronan fragte sich, ob Kazav ihn vielleicht deshalb ignorierte, weil er damals nicht in seinen Club eingetreten war, oder war von dem, was sie einmal waren, einfach nichts mehr übrig? Auch als Kazav ihn ein zweites Mal besucht hatte, reagierte er nicht auf seinen Vornamen. Er fragte auch nicht, warum Ronan sich das Recht herausnahm, ihn einfach beim Vornamen anzusprechen. Kazav überging es einfach. Nur Camille gab sich weniger scheu und öffnete die Gartentür. Sie hatte den kleinen Vorgarten zu einem Paradies aus Heil- und Wunderkräutern verwandelt. Der Bürgermeister stattete dem neuen Leiter der Brigade Nautique von Penec einen Besuch ab. Und hätte Ronan Victor Kazav nicht von früher gekannt, dann wäre dies ein Höflichkeitsbesuch zwischen blühendem Lavendel und Rosensträuchern gewesen. Doch Kazavs Besuch war weder freundschaftlich noch dienstlich. Ronan erinnerte sich noch an ihr kurzes Gespräch.
»Wunderbare Rosen, so schön wie Ihre Frau …«

Camille stellte klar, dass sie nicht verheiratet war. Aus Prinzip, was aber nicht hieß, dass sie noch verfügbar war. Sie mochte nur nicht verheiratet sein, was in ihrer Begriffswelt so viel hieß, wie das Eigentum eines Mannes zu sein. Kazav entschuldigte sich für seine ungeschickte Wortwahl. Es gab Dinge, die sich nie änderten. Eines davon war Kazavs merkwürdige Art, mit Sprache umzugehen. Dies fiel vor allem auf, wenn man sich nicht mit ihm unterhielt, sondern ihn beim Sprechen beobachtete. Schon im Pausenhof führte er keine Gespräche, bei denen es um irgendetwas ging. Es war ihm auch immer gleichgültig, ob er recht oder unrecht hatte. Überhaupt interessierte es ihn nicht, worum es bei dem Gespräch ging. Das Einzige, auf was es Kazav ankam, war die Reaktion des anderen auf das, was er sagte. Er wog die Worte ab, spielte mit ihnen, ließ sie aus seinem Mund. Dann wartete er ab, wie sein Gegenüber dieses Wort aufnahm. Runzelte dieser die Stirn, dann wechselte er das Thema oder nur einzelne Wörter, so lange, bis er sein Gegenüber in einem aus Worten und Sätzen gewobenen Netz gefangen hatte.

»Was führt Sie zu mir?«, fragte er den Bürgermeister, der an einer Rose schnupperte.

»Wissen Sie, Capitaine, dass Rosenduft glücklich macht?«

»Camille schneidet Ihnen mit der Gartenschere eine Blüte voll Glück ab.«

»Nicht nötig, ich wollte nur den neuen Chef der Brigade Nautique näher kennenlernen.«

Später sah Ronan dem Bürgermeister noch nach, wie er quer über die Straße ging. Auf der anderen Seite wartete bereits sein Fahrer. Kazav hatte etwas gesagt, worauf der Fahrer einstieg.

Camille legte ihren Arm um Ronans Hüften, und beide sahen sie der schwarzen Limousine des Bürgermeisters hinterher.

An diesem Abend sprachen sie nicht viel miteinander. Die Sonne ging unter wie an all den Tagen und Wochen dieses Jahres. An diesem Abend wusste Ronan noch nicht, dass es die letzten Tage mit Camille waren.

—

Ronan hatte Marie genaue Anweisungen gegeben, wem sie die Überreste des Handys samt Tüte und Stein geben sollte. Michael Boren, dem Laborleiter in Brest. Die Sache war ein wenig heikel, weil er das Labor nicht ohne Ermittlungsakte beauftragen durfte. Doch Boren war als Sanitäter für sechs Monate in seiner Einheit gewesen. Ronan kam zu ihm wegen eines Splitters im Oberschenkel. Als Boren sein Werkzeug holte und es vor ihm ausbreitete, fragte Ronan ihn, ob er denn wisse, was er mit den ganzen Messern vorhabe. Boren machte eine gelangweilte Handbewegung und antwortete: »Die Irrtümer des Arztes sind mit Erde zugedeckt.«

Nachdem er bei der Armee ausgeschieden war, erfuhr Ronan durch Zufall, dass Boren im kriminaltechnischen Labor der Gendarmerie untergekommen war. Ruhiger Job, feste Arbeitszeiten und am Wochenende Zeit zum Fischen. So sah für Boren ein erfülltes Leben aus. Ronan rief ihn an. Boren ließ Ronan genau drei Worte aussprechen. Zwei davon waren sein Name, das dritte war »Wie?«. Dann unterbrach ihn Boren: »Ich kann nichts für dich tun und habe überhaupt keine Zeit.«

Man musste Menschen wirklich gut kennen, wenn man daraus folgern konnte, dass dies übersetzt hieß: »Schön, von dir zu hören. Wie geht es dir? Was kann ich für dich tun?«

Ohne Akte keine Untersuchung. »Schick jemanden mit dem Zeug …« Auf Boren war Verlass.

Bisher suchten sie nur nach einem verschwundenen Fischer. In den Jahren hatte Ronan ein Feingefühl für falsche Töne entwickelt. So wie ein Klavier falsch gestimmt sein konnte, so konnte auch die Wirklichkeit verstimmt sein. Er wusste nicht, welche Saite falsch klang, er wusste aber sicher, dass etwas nicht passte. Ein Fischer, der nachts zum Fischen aufs offene Meer fuhr, die letzte Ortung seines Handys am Plateau des *Roches-Douvres*, dem letzten Ort, wo man nachts bei schlechtem Wetter sein wollte, ein zerstörtes Handy in einer Tüte, ein Stein. Noch stand nicht fest, dass es Gael gehörte. Wenn Marie die Tüte Boren übergab, dann hatte er in ein paar Stunden Klarheit, ob sich Fingerabdrücke oder genetische Spuren Gaels auf den Einzelteilen fanden.

Ronan hatte Charlotte versprochen, bei ihr vorbeizusehen. Die Einfahrt war noch immer leer. Den weißen Minivan hatte Ronan auf den Parkplatz der Gendarmerie schleppen lassen.

»Ich warte im Wagen«, erklärte Loig am Ende einer kurzen Diskussion, weil er einen Besuch bei Gaels Frau für überflüssig hielt, solange sie noch nichts Neues hatten. Loig hatte recht. Sie hatten nichts gefunden, außer ein paar Hinweisen, die noch nicht überprüft waren, und sie hatten Ronans Bauchgefühl. Ronan wusste nicht mehr als noch vor ein paar Stunden, doch er erinnerte sich an die Stunden, als es kein Lebenszeichen von Camille gab, keine Spur von dem Segelboot, nicht den kleinsten Hinweis, was geschehen war.

In diesen Stunden gab es eine junge Polizeibeamtin, die damals noch bei der Gendarmerie in Penec stationiert war und ihm täglich über die Suche berichtete. Sie hatte ihm nichts Neues mitzuteilen, wenn sie die Tür aufmachte, aber Ronan erinnerte sich, wie gut ihm ihre Berichte taten, die sich wiederholten, und dass er das Neue vom Alten nicht mehr trennte, bis ihn eine gewisse Seelenruhe überkam. Camille blieb verschwunden. Daran hatten die Besuche der jungen Beamtin nichts geändert. Einen Monat nachdem er seinen Posten bei der Brigade Nautique angetreten hatte, machte er die Polizistin ausfindig und fragte sie, ob sie nicht in seine Einheit kommen wolle. Nach einem unendlichen Papierkrieg von Anträgen, Budgetfragen und Postenschacherei entstand der Posten: Cyber-Service. Auf diese Weise gelangte Solen Foll in Ronans Einheit.

Charlotte kam ihm entgegen. Sie hatte sich inzwischen angezogen. Loig hatte recht. Charlotte war eine schöne Frau, und wenn sie nicht in Penec leben würde und keinen Fischer geheiratet hätte, dann könnte man sie sich sehr wohl als Schauspielerin vorstellen.

»Wir haben noch nichts gefunden«, sagte Ronan, während er ihr vor die Eingangstür folgte.

»Bei der Kälte hat er keine Chance, oder?« Ihre Stimme war gefasst.

»Im Wasser nicht«, sagte Ronan, »wenn er es auf einen Felsen geschafft hat, dann kann er noch leben. Noch wissen wir gar nichts ...«

»Ich halte das nicht aus.«

Ronan legte seine Hand auf ihre Schulter. Es gab nichts, was er ihr hätte sagen können. Als er zum Wagen ging, wandte er sich noch einmal um:

»Hast du Gaels Zugangs-PIN für sein Handy?«

»Habt ihr was gefunden?«

»Ich weiß es nicht ... aber ich will es überprüfen.«

Die PIN war so originell wie viele Geheimnummern. Zumindest hatte er nicht sein eigenes Geburtsdatum verwendet, sondern das seiner Frau.

Loig telefonierte, als Ronan zum Wagen zurückkam. Genervt, wie er war, hatte er entweder mit einer seiner Töchter geredet oder mit seiner Frau. Der Nebel hatte sich verzogen, als sie am Haus der Familie Jegou vorbeifuhren. Es war ungefähr fünfhundert Meter von Gaels Haus entfernt und war auf einem Granitfelsen errichtet, abgelegen von der Nord-Neubausiedlung. Das Viertel auf der nördlichen Kante der Halbinsel hatte sich einen besonderen Namen verdient. Für die Penecois war es die Selbstmordsiedlung.

Es gab zwar keine statistische Erhebung oder Untersuchung, doch war die Anzahl der Menschen, die in dieser Siedlung Selbstmord begingen, verhältnismäßig hoch. Ronan kannte allein zwei Menschen, die in der Selbstmordsiedlung wohnten und die mit ihrem Freitod an der Echtheit dieses Ortes mitgewirkt hatten. Ein Gendarme, der gerade in Rente gegangen war, hatte sich mit einer Unterwasserharpune so in den Unterkiefer geschossen, dass der Pfeil den Kopf quer von unten nach oben durchdrang, die Schädeldecke wegsprengte und das Gehirn an der Holzdielendecke festnagelte. Man fand die Leiche ohne Gehirn. Das Ding, mit dem er ein Leben lang gedacht hatte und Streife gefahren war, hing tropfend von der Harpunenspitze.

Der Zweite, der ihm aus dem Stegreif einfiel, war eine ältere Frau. Sie ging eines Tages nach dem Mittagessen zu einer Bucht im Trieux. Bis heute war der Tod seiner Frau ein Rätsel für ihren Ehemann. Das behauptete er jedenfalls. Dieser Selbstmord war keine unüberlegte Spontanhandlung. Dahinter stand ein überzeugter Willen, diese Welt zu verlassen. Die Frau ging ins Wasser, schaffte es aber nicht, sich zu ertränken. Sie schwamm weit nach draußen, bis die Strömungen sie erfassten. Doch anstatt sie ins Meer zu treiben, trieb sie immer wieder an den Strand zurück. Sie wiederholte es noch einmal. Doch diesmal suchte sie sich Steine und stopfte sie in ihre Taschen. Sie kletterte auf den *Roche-aux-Oiseaux* und sprang in die Tiefe. Das Wasser war bei Flut dort fünfzehn Meter tief. Vor ein paar Wochen hatte sich eine andere Frau einen Cocktail aus Schlaftabletten gebraut und getrunken. Statt dem erwarteten Tod wurde ihr nur schlecht. Sie übergab sich und beendete ihr Leben mit herkömmlichem Unkrautvernichtungsmittel, das sie in einem Baumarkt besorgt hatte.

»Was wollen wir hier?«, fragte Loig, als Ronan vor dem einsamen Steinhaus, am Fuß der Neubausiedlung, aus dem Wagen ausstieg und zu dem Haus auf dem Felsen stieg.

»Kann ich dir nicht sagen. Nur so ein Gefühl …«

»Das Haus steht seit vielen Jahren leer …«

»Eine ganze Familie verschwand. Vater, Mutter, zwei Kinder.«

»Ich bin mit Alan Jegou zur Schule gegangen«, sagte Loig. »Schlimme Geschichte. Nur Jegou selbst weiß, wohin er mit seiner Familie mitten in der Nacht gesegelt war.«

»Und die überlebende Tochter?«

»Die sitzt in der Klapsmühle.«

»Irgendetwas erinnert mich an den Fall von damals.«

»Die Gendarmerie in Penec untersuchte den Fall … Bloomsday war damals Leiter der Einheit.«

»Bloomsday hat in jeder Pressekonferenz erklärt, dass es sich um einen Unfall handelte«, sagte Ronan.

»Nichts deutete damals auf ein Verbrechen hin.«

»Ein Blinder konnte sehen«, erwiderte Ronan, »dass die Umstände, unter denen das Boot verschwunden war, nicht auf einen Unfall gedeutet haben.«

»Bloomsday ist ein Mann mit Erfahrung. Ich kenne die Akte nicht.«

»Ich kenne die Akte … und ich sage dir, dass der ganze Fall nicht untersucht wurde.«

»Bloomsday leitete wie gesagt damals die Ermittlungen.«

»Er hatte nur Angst, dass er es mit einem Fall zu tun bekam, den er nicht lösen konnte. So kurz vor seiner Beförderung.«

»Du siehst immer nur das Schlechte im Menschen«, sagte Loig.

»Nein, ich sehe die Menschen, wie sie sind.«

»Es gab keine Wrackteile. Keine Leichen.«

»Wir haben damals vierundzwanzig Stunden im Dauereinsatz nach dem Wrack des Segelboots gesucht. Ein Doppelkieler, zehn Meter lang, drei Meter vierzig breit, weiß, mit blauen Delfinen an den Seiten. Dann tauchte das Mädchen auf, das stumm wie ein Fisch war. Bloomsday versteifte sich auf seine Theorie eines Unfalls, bei dem Aziliz überlebte, jedenfalls ihr Körper. Bloomsday hatte damals etwas übersehen … Es war etwas an diesem Haus.«

»Das Haus verfällt … mehr nicht«, fasste Loig zusammen und stieß mit dem Fuß ein paar Steine über die Klippen.

»Gael musste dieselbe Aussicht haben.«

»Eine schöne Aussicht aufs Meer ist noch kein Grund, dass man spurlos verschwindet.«

»Das ist kein Grund«, dachte Ronan laut vor sich hin, »aber es ist doch seltsam, dass wieder jemand nachts verschwunden ist, mit seinem Boot, ohne Spur.«

Teil II

Nord

»Warum sollte Gael nachts zum Fischen rausfahren?«, sagte Ronan. »Er geht auf Hummer und Barsch mit seinem Motorboot. Er fischte nicht nachts. Das ergibt alles keinen Sinn.«

»Vielleicht hat er sich nach Saint-Malo oder Brest verdrückt und liegt besoffen mit ein paar Nutten in einem Bahnhofshotel?«, erwiderte Loig, nicht zum ersten Mal.

»Wozu mit dem Boot?«

»Weil er ... Ach, was weiß ich, es gibt so viele Möglichkeiten.«

»Das passt nicht zu Gael, der jede freie Minute mit seinen Kindern verbringt und angefangen hatte, einen Wintergarten zu bauen.«

»Wer sieht schon in einen Menschen hinein ... gerade, weil Gael so unscheinbar wirkt.«

»Du solltest nicht immer von dir auf andere schließen, Loig.«

»Ich frage mich, wie du es überhaupt mit dir selbst aushältst.«

Ronan ging um das Haus der Familie Jegou. Die Fensterläden waren notdürftig vernagelt. Teile der rostigen Balkonbrüstung hatte der Wind eingedrückt, an der Fassade bröckelte Putz großflächig ab. Die Türen am Balkon sowie die Eingangstür waren verschlossen. Ronan erinnerte sich an den Bericht, den ihm die BR, die Brigade de Recherche, gefaxt hatte. Vermisst. Familie Jegou. Elfmeter-Segeljacht der Jegous nicht im Hafen. Möglicher Segelunfall. Adresse: 2, rue du Nord, Penec. 1. Haus auf der Felskante. Haus unverschlossen. Niemand angetroffen. Betten der Kinder unbenutzt. Kühlschrank voll. Schulsachen der Kinder aufgeräumt. Sieht nicht danach aus, als wären die Jegous verreist.

»Die Realität ist manchmal banal.«

»Der Tod ist es.«

»Wir sollten uns auf die Suche nach Gael konzentrieren und nicht uralte Fälle aufwärmen«, meinte Loig.

Ronan rüttelte an einigen morschen Brettern vor den Fensterläden, bis eine vom Regen verwaschene Latte sich löste.
»Die Morvans wohnen nur zwei Häuser weiter.«
»Na und?«
»Niemand hat sich gefragt, wie es das Mädchen an Land geschafft hat.«
»Vielleicht war sie nie auf dem Boot? So weit schwimmt niemand und schon gar kein elfjähriges Mädchen.«
»Es sei denn, sie ist eine verdammt gute Schwimmerin.«
»Die Wahrheit erfahren wir von ihr nicht mehr.«
»Sie weiß, was auf dem Boot geschehen ist. Und sie hat einen Grund, warum sie es uns verschweigt.«
»Sie ist ein Fall für die Klapsmühle«, sagte Loig, »das ist die nackte Wahrheit. Und hätte man ihren verrückten Vater ins Irrenhaus gesperrt, dann wären seine Frau und seine Kinder noch am Leben.«
»Alan Jegou ist nicht durchgedreht.«
»Na, wie würdest du das nennen, wenn man bei Windstärke acht nachts mit dem Segelschiff rausfährt?«
»Vielleicht wurden sie entführt?«
»Und die Entführer packten noch sorgfältig Schwimmwesten, Seekarten und Brotzeit ein. Wir kennen alle Berichte von damals. Die Zeitungen waren voll davon. Alan Jegou hatte überall Schulden. Gegen seine Association *Seafuture* lief eine Reihe von Gerichtsverfahren. Er hatte mehr als ein Motiv, um sich aus dem Staub zu machen oder den Stecker zu ziehen.«
»Und seine Familie mitzunehmen.«
»Er wäre nicht der Einzige. Wie der Arzt, der keiner war.«
»Der Fall Romand ...«
»Der jahrelang vorgab, als Arzt zu arbeiten. In Wirklichkeit hatte er nie zu Ende studiert. Alle Welt hielt ihn für einen großen Mediziner. Bis alles aufzufliegen drohte und buuuum ... anstatt zuzugeben, dass er ein Mythomane war, bringt er seine ganze Familie um.«
»Im Fall Romand fand die Polizei einen Abschiedsbrief, nachdem Romand versucht hatte, sich umzubringen. Die Jegous sind verschwunden.«

»Ein ungelöster Fall … seit dreizehn Jahren.«

»Es gibt eine Überlebende …«

»Die in der geschlossenen Psychiatrie sitzt und wahrscheinlich nicht einmal mehr ihren Namen kennt.«

»Sie haben damals in die falsche Richtung ermittelt.«

»Es ist kalt«, sagte Loig, zuckte mit den Schultern und blieb auf der Steintreppe, die zum Haus führte, stehen, »und wir haben Besseres zu tun, als in verlassene Häuser einzubrechen.«

»Der Wagen der Jegous …« Ronan zog an einer weiteren Latte. Sie splitterte, und Teile des Fensterrahmens brachen ab.

»Was soll mit dem Wagen sein?«

»Man fand ihn an derselben Stelle wie Gaels Minivan.«

»Ja und? Wer mit dem Boot rausfährt, parkt am Hafen.«

»Der Wagen der Jegous wurde am Fischerhafen gefunden, fast an derselben Stelle wie Gaels Wagen.«

»Das hast du bereits gesagt.«

»Ja, aber die Jegous waren keine Fischer. Alan Jegous Segelboot lag im Jachthafen von Penec, fast vier Kilometer entfernt. Ich meine, warum hatte Alan Jegou seinen Wagen am Fischerhafen geparkt, um dann, mitten in der Nacht, mit seiner Frau und seinen zwei Kindern zum Jachthafen zu laufen.«

»Vielleicht hatte er im Fischerhafen ein kleines Boot liegen?«

»Im Fischerhafen Penecs liegen nur Fischerboote, und Alan Jegou hatte kein Motorboot.«

»Irgendeinen Grund wird es schon gegeben haben.«

»Du machst es dir zu einfach, Loig, wie du dir im Leben alles einfach zurechtlegst.«

»Lass mein Leben aus dem Spiel … Wir haben einen Fischer, der vermisst wird, und du kommst mit einem Fall, der ewig zurückliegt.«

»Dreizehn Jahre.«

»Das ändert gar nichts daran, dass sich heute kein Mensch mehr für diesen Fall interessiert.«

»Genau da hast du es wieder, Loig. Du behauptest einfach, dass der Fall Jegou niemanden mehr interessiert, anstatt dich zu fragen, warum der Wagen der Jegous am Fischerhafen gestanden hat und nicht am Jachthafen.«

»Du siehst überall Verbrechen ... ist zu einer Manie geworden bei dir.«

»Überall wäre übertrieben«, sagte Ronan, »denn es sind nur die Menschen, die das Verbrechen erfunden haben.«

»Kannst du mir deine Spitzfindigkeiten ersparen?«

»Und da ist noch etwas ...« Ronan zog an einer Querlatte, die an der Mauer befestigt war. Sie bewegte sich um keinen Deut. Das vorhandene Loch reichte noch nicht, um durch das Fenster zu klettern. Ein kühler Wind kletterte aus der Bucht über die Felder, über die Ruinen einer verfallenen Steinkapelle, bis er ihnen salzig über das Gesicht strich. Für einen Augenblick war die Welt um sie still, und Ronan hätte gerne geglaubt, dass die Atempause die ganze Erde umspannte. Der Nebel war bis zum Meer abgesunken und schwebte weiß und unbeweglich in der Bucht von Penec.

»Wenn der Nebel sich verzieht«, sagte Loig, »dann bekommen wir einen Hubschrauber zur Unterstützung.«

»Fällt dir nichts auf?«

»Mir fällt auf, dass es kalt ist und ich noch nicht mittaggegessen habe.«

»Es ist wie vor dreizehn Jahren ...«

»Das Verschwinden der Jegous hat nichts mit Gael zu tun«, erwiderte Loig gereizt.

»Ist dir aufgefallen, dass sie dieselbe Aussicht auf die Bucht haben?«

»Ist ja nicht schwer. Sie wohnen nur ein paar Meter weiter. Auf dem Rocher Nord ...«

»Dem Selbstmordhügel.«

»Du willst mir doch jetzt nicht erzählen, dass Gael sich umgebracht hat.«

»Ich will überhaupt nichts ausschließen.«

»Wahrscheinlich war es nur ein hässlicher Unfall«, sagte Loig und holte eine Schachtel Camel aus seiner Jackentasche. Er steckte sich eine Zigarette in den Mund, zündete sie aber nicht an. Dann tat er so, als bliese er den Rauch aus. Sie gingen langsam zu ihrem Wagen zurück.

»Du hast sie nicht angezündet …«
»Die beste Möglichkeit, mit dem Rauchen aufzuhören.«
Ronan nickte. »Wenn du an so einen Schwachsinn glaubst …«
»Das hat nichts mit Glauben zu tun, sondern mit Überzeugung und Motivation.«
»Du lügst dich selbst an, so lange, bis du selbst an deine Lügen glaubst. Am Ende hältst du dich selbst für wahrhaftig und erzählst jedem, wie du es geschafft hast.«
»Ich kann es nicht leiden«, sagte Loig, »wenn du dich zum Oberpsychologen aufspielst.«
»Man braucht kein Psychologe zu sein, um zu sehen, dass mit dir etwas nicht in Ordnung ist.«
»Immerhin habe ich ein Privatleben. Ich habe ein Haus, Kinder und eine Ehefrau.«
»Die du nach Strich und Faden belügst.«
»Was rede ich überhaupt mit dir? Ein normaler Mensch könnte mit deiner Einstellung keinen Tag überleben.«
»Die Wahrheit erträgt nicht jeder.«
Loig tippte auf sein Handy, fluchte unverständliche Worte. »Ich werde mit Charlotte reden, sie ein wenig beruhigen.« Sein Handy summte. Zur Straßenseite hatte er Empfang.

Ronan beobachtete den Nebel, der noch immer weite Teile der Bucht hinter einem weißen Schleier verbarg.

Loig beendete sein Gespräch. »Der Hubschrauber aus Brest ist da. Sie fliegen die Küste ab. Wenn Gaels Boot gesunken ist, dann finden wir Wrackteile. Die Strömung müsste das Treibgut an die Küste spülen.«

—

Wenig später startete Loig den Wagen. Der Motor würgte zweimal, ein drittes Mal, dann ging er aus.

»Nicht jetzt«, fluchte Loig und stieg aus. »Dass wir immer noch in Rostkisten unsere Arbeit tun müssen.«

Der Wagen sprang an.

Ronan stellte den Sprechfunk auf den Notrufkanal 16. Eine Angewohnheit auf See. Meistens war das Funkgerät auf einen Doppelkanal eingestellt. Ein Kommunikationskanal, und sobald auf dem Notrufkanal eine Nachricht kam, schaltete das Gerät automatisch um. Allerdings war die Sendefrequenz eine andere als die Empfängerfrequenz, sodass eine direkte Verständigung zwischen den Schiffen unmöglich war. Diese Kanäle waren ursprünglich für die Kommunikation mit den Küstenstationen vorgesehen. Ronan stellte auf Kanal 6 um, der zwar keine Doppelfrequenz hatte, dafür eine direkte Kommunikation erlaubte.

»Cross-Corsen, Cross-Corsen, Cross-Corsen … Ronan Prad, Gendarmerie. Wechseln auf Kanal 6.«

La Barbes Stimme klang brüchig im Rauschen des Lautsprechers. Ronan kannte den Kapitän der SNS 090 seit Camilles Verschwinden. Er war der Erste, der in den schäumenden Wellenkämmen aufgetaucht war. Eine kräftige Gestalt am Ruder des Schnellboots. Drei Tage suchte er nach Camille, ohne Schlaf, zwischen meterhohen Wellenkämmen manövrierend, bis Ronan ihm sagte, dass er die Suche abbrechen sollte. La Barbe war fast siebzig, hatte aber immer noch die Kraft von zwei Männern. La Barbe hieß in Wirklichkeit Ewan Laphroaig. Dass ihn alle La Barbe nannten, verdankte er seinem Vollbart, der die Hälfte seines Gesichtes bedeckte. Die alten Fischer munkelten sogar, dass Laphroaig schon mit Vollbart auf die Welt gekommen war. Ohne Bart hätte ihn niemand erkannt. Er hätte durch Penec spazieren können und hätte nur die misstrauischen Blicke auf sich gezogen, die für Fremde bestimmt waren.

Die SNS 090 befand sich nicht weit in der Bucht, sonst hätte ihn Ronan nicht empfangen können. Er wählte La Barbes Handynummer. Nur das Besetztzeichen ertönte. Wenn La Barbe weiter als fünf Seemeilen von der Küste entfernt war, hatte er kein Mobilfunknetz. Bis auf ein paar Leuchttürme, auf denen Mobilfunkantennen montiert waren, gab es keinen Empfang mehr. Doch wahrscheinlicher war, dass La Barbe sein Handy überhaupt nicht angeschaltet hatte.

»La Barbe, La Barbe, La Barbe … geh an dein Handy …«

Zwanzig Sekunden später hatte er La Barbes Tenorstimme am Handy.

»Die Marine hat einen Schiffsrumpf geortet.«
»An den *Roches-Douvres*?«
»339 Grad nördlich von dem *Roches-Douvres*, eine Seemeile entfernt, in fünfzig Meter Tiefe. Das Wrack steht in keiner Karte.«
»Wann können wir Taucher runterschicken?«
»Wir müssen warten, bis das Wetter besser ist. Bisher gibt es nur die Sonaraufnahmen. Ich schick sie dir ...«
Die Verbindung brach ab.
»Keine guten Nachrichten?«
»Aus diesem Nebel kommt nichts Gutes«, antwortete Ronan.
Der Wagen rollte über den Schotter. Loig machte einen Schlenker, um einem Wagen auszuweichen, der am Rand geparkt war, und stieß einen Fluch aus.
»War das nicht der Wagen der Neuen?«
Loig bremste, sah in den Rückspiegel. »Die parkt wie ein Tourist, als wäre die Straßen nur für sie gemacht.«
»Ich werde selbst zu dem Wrack tauchen.«
»Du musst dir nichts beweisen ... Wir warten, bis das Wetter besser ist. Denn wenn Gael noch da unten in seinem Boot ist ...«
»Da ist etwas anderes.« Ronan blickte in die vorbeiziehenden Nebelschwaden. »Die Sachen, die wir auf dem Plateau gefunden haben ... Die Strömung kann sie nicht dorthin geschwemmt haben.«

—

»Du musst unbedingt zu uns zum Essen kommen«, sagte Loig, nachdem er den Dienstwagen im Hof der Gendarmerie abgestellt hatte. Kurz vor neun Uhr. Es war bereits dunkel um diese Jahreszeit. Der Nebel hatte sich aus den Straßen zurückgezogen und schwebte über den Feldern.
»Nicht, dass du glaubst, dass das von mir kommt«, fügte Loig hinzu. »Es ist die Idee meiner Frau. Sie findet, ich solle meinen Kollegen wieder einmal einladen. Sie will mehr von dem Mann wissen, mit dem ich mehr Zeit verbringe als mit ihr. Ja, siehst du, so verdreht sind die Gedanken einer Frau.«

»Deine Frau ist intelligent«, sagte Ronan, »und vielleicht hat sie einfach Lust auf eine intelligente Unterhaltung.«

»Was willst du damit wieder andeuten?«, regte sich Loig auf. »Ist dir eigentlich mal aufgefallen, dass jedes Mal, wenn ich zu dir nett bin, du einem mit deinem Geschwätz ins Gesicht spuckst? Dein größtes Problem … das bist du selbst.«

»Als du mich das letzte Mal zu dir eingeladen hast …«

»Ich erinnere mich an die Grillparty und erst die perfekten Steaks, die ich am Vortag selbst von einem Bauern in Pleubian holte. Frisch geschlachtet und nicht in diesen sterilen Schlachthöfen mit ihren grässlichen Kühlkammern. Alles vom Feinsten … und du hast keines der Steaks angerührt. Das hat sogar Enora gewundert.«

»Ich esse seit Jahren kein Fleisch mehr.«

»Ausgerechnet an diesem Abend musstest du uns mit deinem veganen Scheiß volllabern.«

»Deine Frau wollte unbedingt wissen, warum ich kein Fleisch esse.«

»Ja, ich weiß, und du hast ihr erzählt, dass du keine Tiere mehr isst. Du hast in allen Einzelheiten erzählt, wie sie mit Elektroklammern die Tiere unter Strom setzen. Sie zucken. Das sollte sie betäuben, aber die Wahrheit wäre eben, dass sie sich nur nicht mehr bewegen können. Das ist wie mit einem Taser. Und während sie reglos daliegen, sticht man ihnen in den Hals, zieht sie an einer Kette nach oben, Kopf nach unten, und lässt sie ausbluten. Du hast ja kein Detail ausgespart. Deinen Wahrheitskult musstest du ja unbedingt beim Grillabend vor Enora und den Kindern ausbreiten.«

»Die Wahrheit ist kein Kult«, sagte Ronan, »sie ist eine gesellschaftliche Notwendigkeit. Ohne die Suche nach Wahrheit geht jede Gesellschaft früher oder später unter.«

»Den Mist von den schreienden Tieren, den Schlachthöfen und den Vergleich mit Konzentrationslagern will nur keiner hören.«

»Und was erwartest du, wenn du mich noch einmal einlädst?«

»Meine Frau will das … Du musst ja nicht lange bleiben … ein bisschen Small Talk, das Wetter … Wie geht's dir … mir geht's gut. Ein paar Gläser Wein.«

»Und ich soll mir wieder dein kleinbürgerliches Theater anschauen. Hängst an deiner Frau wie eine Klette, wie ein Teenager, Schatzi hier und Schatzi da, und es gab kaum einen Moment, wo du nicht von Liebe und Seelenverwandtschaft gelabert hast.«
»Das nennt sich eine Beziehung?«, erwiderte Loig genervt.
»Gehört da auch dazu, dass du mir Stunden vorher von dem Cello-Arsch einer polnischen Tänzerin erzählt hast, dass sie feinste rote Spitzenunterwäsche trägt und du ihr eine Wohnung in Saint-Brieuc bezahlst?«
»Ich bezahle ihr keine Wohnung. Ich habe lediglich für ihre Kaution gebürgt. Ein Freundschaftsdienst, nicht mehr.«
»Frauen, die du als Freunde bezeichnest, sind Frauen, die du vögelst.«
»Ich brauche Sex. Enora hat die wenigste Zeit Lust. Früher haben wir es überall getrieben, bevor die Kinder da waren. Während des Apéro, nach einem Glas Wein, auf dem Tisch, während die Quiche im Ofen war, oder sie zog mich im Wald hinter einen Busch und machte mir die Hose auf ... Wir hatten guten Sex. Ich werfe ihr nicht vor, dass sie nicht mehr will. Aber warum sollte ich ihr sagen, dass mir der Sex fehlt? Ich lasse sie in Ruhe.«
»Glaubst du eigentlich, was du mir da erzählst? Du hast eine wunderbare Frau, die dich beim Vögeln nicht mehr reizt. Du brauchst was Neues, Frischfleisch und je jünger, desto besser.«
»Ich stehe dazu.«
»Du spielst dir eine Komödie vor und verlangst auch noch, dass ich dir diesen Mist abkaufe. Enora ... die Frau deines Lebens ... deine Sonne ... und was du sonst noch für sie erfunden hast. Du sahst ja so verliebt aus, während du nach der Muschi einer anderen gestunken hast. Enora ist nicht dumm. Sie weiß, was los ist.«
»Was weißt du schon von uns.«
»Genug, um mir die Inszenierung des braven Ehemanns und Vaters nicht noch länger ansehen zu müssen.«
»Von mir aus kannst du bleiben, wo der Pfeffer wächst, aber meine Frau ...«
»Und jetzt hast du nicht einmal die Eier, mich selbst einzuladen.«
»Warum sollte ich dich noch am Abend einladen? Ich sehe dich

ja den ganzen Tag, ob ich will oder nicht. Und wenn ich schon mit dir auch noch meine Freizeit verbringen müsste, dann schon bei einem Bier im Catch22.«

»Du hättest mich auch einfach nur einladen können, ohne deine Frau vorzuschieben.«

»Lassen wir das. Komm einfach vorbei.«

Ronans Handy summte zweimal. Zwei Nachrichten. Er öffnete die Bild-Dateien. Zwei Sonaraufnahmen. Am Rand war der Maßstab in Metern. Ein Schiffsrumpf war klar zu erkennen. Loig warf einen Blick auf die Fotos.

»Ich werde bei Charlotte vorbeifahren«, sagte Loig, »und ihr sagen, dass wir Gaels Schiff gefunden haben.«

»Warte, noch nicht …«

»Auf den Bildern ist doch der Rumpf deutlich zu erkennen …«

»Das stimmt …«

»Und du warst es doch, der Gael schon vor der Suche für tot erklärt hatte.«

»Er ist tot.«

»Aber jetzt wissen wir zumindest, dass sein Boot gekentert ist.«

»Nördlich vom Plateau der *Roches-Douvres*. Aber die Strömung kann Gaels Sachen nicht angeschwemmt haben.«

»Vielleicht ging er an Land und hat seine Sachen vergessen.«

»Mich interessieren nur die Fakten, und die sagen uns, dass die Marine nicht Gaels Boot gefunden hat.«

»Das können uns letztendlich nur die Taucher sagen.«

Loig blickte verdutzt, so als hätte Ronan einen unpassenden Scherz gemacht.

»Ohne Taucher tappen wir im Dunkeln.« Ronan schüttelte den Kopf. »Hast du die Länge von Gaels Boot?«

»Neun Meter.«

»Der Rumpf des Wracks auf den Sonaraufnahmen ist gute zwei Meter länger.«

»Das können Verzerrungen sein, ein Messfehler.«

»Die Aufnahmen sind exakt.«

Gaels Fischerboot war zweieinhalb Meter kürzer. Die Form des

Wracks glich zudem keinem Motorboot, sondern einem schlanken Segelboot.

»Es wird bald dunkel«, sagte Loig, »und in der Nacht kommt ein Unwetter aus Osten. So schlimm es sich anhört, aber heute können wir nicht mehr viel machen.«

»Wir können zumindest sagen, dass die Marine nicht Gaels Boot gefunden hat.«

»Sobald die Taucher zu dem Wrack können, wissen wir mehr.«

»Es ist nicht Gaels Boot. Und Gaels Handy zwischen den Felsen des *Roches-Douvres* wurde nicht angeschwemmt.«

»Ich für meinen Teil werde nach Hause fahren. Enora hat frischen Seebarsch gekauft, die Mädchen sind im Ferienlager, ich mache ein Holzfeuer, eine Flasche Wein, und vielleicht kann ich Enora überreden, mir einen zu blasen. So sieht mein perfekter Plan für den Abend aus, den ich dir zuliebe über den Haufen werfe, wenn du mit uns essen willst.«

»Sag Enora, dass es mir leidtut, aber heute geht es unmöglich.«

Loig ließ Ronan in der Nähe des *Roche-aux-Oiseaux* aussteigen, wo er am Morgen mit Marie Blanc zur Dienststelle aufgebrochen war. Sein Defender stand unverändert auf dem Parkplatz, von wo aus der Wanderweg in die Schlucht des Trieux abfiel. Das aufblasbare Beiboot lag noch immer umgedreht auf den Steinen. Ronan löste den Knoten vom Baum, zog das Boot ins Wasser und ruderte durch die vom Wind aufgewühlten Wellen. Als er nur noch zwei Bootslängen vom Rumpf der Ketsch entfernt war, glaubte er zwischen den Bäumen einen Lichtschein zu sehen. Jemand stieg denselben Pfad hinab. Dann verschwand das Licht.

—

Der Steinfliesenboden war kalt. Von den Wänden bröckelte der Verputz. Die Farbe hatte sich längst gelöst. Der erste Schlag kam von draußen. Jemand hämmerte gegen die zugenagelten Fenster. Das Echo sprang aufgeregt durch jedes Zimmer, so als suchte es einen Ausgang aus dem ausgehöhlten Haus. Marie presste sich an einen gusseisernen Heizkörper, die Beine angewinkelt. Der Krach ließ nicht nach. Jemand versuchte die Bretter vor einem Fenster wegzureißen. Marie spähte durch den Schlitz zweier Bretter, vorsichtig, um nicht auf eine der Glasscherben zu treten, die überall auf dem Steinboden verteilt waren. Sie erkannte Ronans Stimme. Unter anderen Umständen wäre Ronan eine gute Partie. Wer hatte schon die Möglichkeit, seinen Chef gleich nackt zu sehen. Dafür hast du keine Zeit, sagte sie sich. In Gedanken ging sie durch, was sie sagen sollte, wenn Prad sie hier entdeckte. Sie hoffte, dass die Nägel hielten und er aufgab. Eine zweite Stimme war zu hören. Der Machomuffel, der sie mit seinen Augen schon fünfundzwanzig Mal gevögelt hatte. Was hatten die beiden hier zu suchen? Ein Lichtschimmer fiel durch einen Spalt zwischen den Latten in das Zimmer. Sie zog ihre Schuhe aus und schlich unterhalb des Fensters aus dem Wohnzimmer. In einigen Minuten würde ihr neuer Chef die schmale Tür auf der Rückseite des Hauses entdecken. Ein Bügelschloss aus verchromten Stahl hatte sich an den Eisenverschlägen der Tür befunden, so lange, bis sie ihm mit einem faustgroßen Granitfelsen einen Schlag gab. Das Schloss zerbarst in mehrere Teile. Ihren Wagen hatte sie zehn Gehminuten entfernt geparkt. Sie hatte das Haus über den ehemaligen Zöllnerpfad erreicht. Ihr neuer Chef wusste mehr, als er zugab. Der vermisste Fischer und ein längst vergessener Fall einer verschwundenen Familie.

Als sie den Motor eines Autos hörte, atmete sie kurz durch und verließ durch die versteckte Tür im Erdgeschoss das Haus. Ronan Prad konnte nichts wissen …

Vielleicht nur ein Zufall, weil das Haus auf der höchsten Nordseite des Hügels einen guten Ausblick auf den Trieux bot. Doch warum wollte er in das Haus? Sie hängte das zerbrochene Bügelschloss in die Türhaken und folgte einem schmalen Pfad. Als sie sich ihrem Wagen ungefähr hundert Meter genähert hatte, sah sie den Wagen der Gendarmerie, wie er kurz neben ihrem Wagen bremste und im Schritttempo vorbeifuhr. Sie wussten, dass Marie irgendwo in der Gegend war. Zurück im Wagen griff sie unter ihren Sitz und zog einen Pappumschlag hervor. Sie öffnete ihn und nahm die Akte in die Hand: RONAN PRAD, PERSONALAKTE. VERTRAULICH.

Tiefe

Zwei Uhr nachts. Ronan drehte den Squelch, bis das Rauschen verschwand und die Kommunikation auf dem Kanal 16 klar zu verstehen war. Die Suche würde abgebrochen werden, bis das Wetter sich verbessert hatte. Das Marinesuchboot befand sich fünf Seemeilen östlich von *Roches-Douvres*. Strömung und Wind hatten Wellenberge von vier bis fünf Metern aufgetürmt. Niemand wollte bei diesem Wetter auf dem Meer sein. Wo immer Gael sich auch aufhielt, das Meer war der einzige Ort, an dem er jetzt nicht sein sollte. Ronan öffnete seinen Laptop. Die Echolotaufnahmen im E-Mail-Anhang luden langsam herunter. Nach zehn Minuten stand der Ladebalken noch bei drei Prozent. Die mobile Datenverbindung auf seinem Boot war nicht die schnellste. Er kramte zwei Dosen mit Sardinen aus dem Stauraum. Dazu trockenes Brot, das er in die Olivenölsauce eintauchte. Das Boot wankte stärker als sonst. Selbst in dem engen Flussarm peitschte der Wind das Wasser auf. Er ging an Deck und überprüfte, ob das Zodiac gut vertäut war, und rüttelte an der Befestigungsleine am Vorderschiff. Er warf einen kurzen Blick zur Küste, die nur noch eine schwarze Linie über dem Wasser war. Das Boot, die schäumenden Wellenkämme. Das Letzte, was von der Realität noch übrig war, alles andere war ins Nirwana verschwunden, dachte Ronan. So musste der Tod aussehen. Eine schwarze Linie, hinter der alles auf ewig verschwand. Die Vorstellung, dass der Tod ein Horizont war, hinter dem die Wirklichkeit zerbröckelte, beruhigte ihn.

Nach weiteren zehn Minuten waren die Bilder auf seinem Computer. Ronan vergrößerte und drehte sie, dann verglich er den Maßstab der Aufnahmen mit den Daten von Gaels Fischerboot. Er hatte sich nicht geirrt. Es fehlten zwei Meter. Auf den anderen Aufnahmen war der Unterschied noch auffälliger. Die Form des

Bootes wurde in der Vergrößerung noch deutlicher. Es handelte sich nicht um Gaels Fischerboot, das zum Heck breiter wurde, wo die Seilwinde für die Jakobsmuscheln festgeschweißt war. Neben den Aufnahmen stand die gemessene Tiefe. 54,8 Meter. Was auch immer da unten lag, es war nicht Gaels Boot. Ein Grund zur Hoffnung war dies jedoch nicht. Gael wurde noch immer vermisst, sein Boot war in keinem Hafen gemeldet, und der Sturm nahm an Kraft zu.

Auf den Aufnahmen war die Form des Bootes gut zu erkennen. Eine Zwölf-Meter-Jacht, elegante Form, wie die *Penn-Ar-Bed*. Er hatte Camilles Schiff gefunden. Ein Schauer lief ihm über den Rücken.

Wind kam auf. Die Wellen schaukelten das Boot hin und her. Ronan ging an Deck und zurrte die Segel fest, verstaute die Badeleiter und befestigte das Beiboot an den Wanten. Es würde eine unruhige Nacht werden. Obwohl die Ketsch an einer Boje festgemacht war und er nicht nur seinen Anker geworfen hatte, schaltete er auf seinem Handy den Ankeralarm ein. Es würde einen Alarm senden, sobald sich seine GPS-Position veränderte. Wieder unter Deck verglich er die Sonaraufnahmen mit den Bildern aus dem Internet. Wenn morgen das Wetter einen Tauchgang zuließ, dann würde er selbst tauchen. Von der Schaumstoffliege hatte Ronan einen Blick durch das Heckfenster, das knapp über der Wasseroberfläche lag. Weiße Wellenkämme tauchten im Schein der grünen Positionslampe auf. Die Küstenlinie gab es nicht mehr. Die Dunkelheit hatte die Realität ausgelöscht, jedenfalls für ein paar Stunden.

—

Ein Ruck ging durch den Rumpf. Das Mondlicht warf einen bläulichen Glanz auf die Scheiben. Ronan wäre wahrscheinlich wieder eingeschlafen, wenn er nicht das unregelmäßige Schwanken des Bootes bemerkt hätte. Wellen hatten einen bestimmten Rhythmus. Das Gehirn gewöhnte sich nach einer Weile an die rollenden Bewegungen, sodass Ronan nicht mehr wahrnahm, dass er auf einem Schiff war. Doch das Gehirn reagierte immer nur verzögert auf diese Veränderung, was dazu führte, dass Ronans Gleichgewichtsgefühl leicht gestört war, wenn er festen Boden unter den Füßen hatte. Die Bewegungen, die ihn aufgeweckt hatten, waren allerdings nicht durch Wellen verursacht. Vielleicht eine Windböe. Doch draußen hatte der Wind nachgelassen und wehte wie gewohnt vom Meer. Nein, jemand war auf seinem Boot. Dieser Jemand verhielt sich still. Er hatte gehört, dass Ronan aufgestanden war. Das Boot knarrte bei jeder Bewegung. Seine Dienstwaffe hatte er zwei Schritte entfernt, auf dem Kartentisch, neben der Taschenlampe abgelegt. Er tastete sich durch das Boot, so schnell er konnte. Er bekam das Halfter seiner Dienstwaffe zu fassen. Ein kalter Luftstrom wehte Ronan ins Gesicht, als er die offene Luke sah. Hatte er vergessen, die Luke zu schließen? Er zog die Sig Sauer aus dem Halfter. Der Schlag traf ihn am Kopf. Seine Beine sackten weg. Er hörte die Stimme des Ringrichters: »Eins, zwei, drei, vier …« Steh auf.» … fünf, sechs …« Wenn er jetzt nicht aufstand, dann war der Kampf verloren. Wo war sein Trainer, wo die Ringecke? Überall Dunkelheit. Steh auf, sieben, acht … Wo die Ringseile waren, gähnte Dunkelheit. Dann sah er den Kartentisch vor sich, und der Geschmack von Blut war auf seinen Lippen. Der Angreifer stand auf der Treppe zur Kajüte. Als er bemerkte, dass Ronan sich nach oben zog, trat der Mann auf der Treppe zu. Nur sah Ronan diesmal den Tritt. Instinktiv warf er sich zur Seite. Die Fußspitze streifte seine Brust. Der zweite Tritt verfehlte ihn, und der Angreifer verlor für den Bruchteil einer Sekunde das Gleichgewicht, taumelte durch das Halbdunkel und versuchte sich noch in einer Halbdrehung auf ihn zu stürzen. Ronan zog ein Knie nach oben, traf hart. Kinn oder Kopf. Sein Ellbogen stieß nach unten, Hände zogen ihn nach vorne. Von draußen Schritte mehrerer Personen, mindestens zwei. Eine auf dem Deck, eine andere durchsuchte das Schiff. Niemand sprach. Alles vollzog sich lautlos und ohne Hektik. Profis. Sie hatten sich exakt abgestimmt. Einer ging nach unten, während die anderen beiden noch auf Deck waren. Sie wollten ihn im Schlaf überraschen. Nur hatten sie nicht damit gerechnet, dass Ronans innerer Alarm ansprang, sobald sie einen Fuß auf sein Boot gesetzt hatten. Jedes ungewohnte Geräusch ließ ihn aufschnellen. Was sie auch auf seinem Boot suchten, die Chancen standen fünfzig zu fünfzig, dass sie ihn ausschalteten, wenn sie ihre Mission beendet hatten. Tote reden nicht.

Ronan drehte sich um und wollte dem Angreifer noch einen Schlag ins Genick verpassen, bevor die anderen über die schmale Treppe nach unten kamen. Bisher hatte er nur einen Gegner. Aus seinem engen Sichtfeld konnte er die Stiefel des Angreifers sehen. Schwarze Gummischuhe, wie sie Taucher trugen. Eine Taschenlampe leuchtete von draußen in das Innere des Bootes. Ronan blieb im Schatten. Sein Angreifer hatte den Fehler begangen und schaute in das Licht. Für zwei oder drei Sekunden würde er nichts mehr sehen können. Jetzt sah Ronan das Messer. Der Mann unter seiner schwarzen Skimütze wirbelte herum. Die Klinge zerschnitt die Luft. Ronan spannte seine Beinmuskulatur an und streckte blitzartig die Beine. Er schoss nach vorne und bekam das Handgelenk mit dem Messer zu fassen. Das Messer fiel auf den Boden. Der Mann stolperte über die Kajütenstufen nach oben. Ronan tastete über den Boden, nahm das Messer und erwischte den Einbrecher an der Wade. Stoff riss, ein stumpfer Ton, der kein Schrei war. Der Stich hatte ihn nicht aufgehalten. Ronan blieb in Deckung. Es waren Profis. Das hieß: Der zweite Mann auf dem Deck sicherte den Rückzug des anderen und zielte mit seiner Waffe auf den Kajütenausgang. Ihren Überfall hatten sie sich anders vorgestellt. Ronan überprüfte seine Waffe und ging gebückt die Stufen nach oben. Ein Außenborder startete. Ronan nahm zwei Stufen hinauf, als eine Kugel knapp über seinem Kopf in die Holzverkleidung einschlug. Splitter flogen herum. Ronan schätzte die Richtung des Schützen ab und feuerte ohne Ziel über seinen Kopf. Unwahrscheinlich, dass er traf. Ohne Widerstand könnten sie es sich noch anders überlegen und zurückkommen.

Wenn du Opfer einer Situation bist, dann hast du verloren. Du musst der Realität vorschreiben, wie sie abläuft, du musst ihr zuvorkommen. In Mali, Afghanistan und an Orten, die so geheim waren, dass er nicht einmal erfuhr, wo sie sich genau befanden, hatte er nur sich selbst gehabt. Wer sich nicht im Griff hat, stirbt. Regel Nummer eins im Krieg, die für alle anderen Regeln galt, die folgten.

In Gedanken zählte er langsam seine Atemzüge. Ein und aus, immer tiefer ausatmen, bis er keine Luft mehr in den Lungen hatte. Er presste die Luft aus seiner Brust, dann sog er so viel Luft ein, wie er konnte. Ronan feuerte weitere zwei Schüsse in Richtung Heck, diesmal tiefer. Ein dumpfer Schlag, gefolgt von einem Stöhnen. Neben dem Ruder sah er eine Gestalt mit schwarzer Kampfmontur, schwarzer Skimütze und einem Gegenstand vor dem Gesicht, das wie ein Nachtsichtgerät aussah. Die anderen mussten bereits wieder im Wasser oder auf dem Zodiac sein. Sobald er in die Kajütenluke trat, befand er sich in ihrem Schussfeld. Mit ihren Nachtsichtgeräten konnten sie ihn sehen. Lange würde er nicht durchhalten. Seine Sig Sauer hatte ein Magazin mit fünfzehn Schuss. Doch wenn die Angreifer anfingen, mit automatischen Waffen in die Kajüte zu schießen, dann hatte er schlechte Karten. Ein Boot war kein Haus, und Sperrholz hielt keine Kugeln ab. Ronan ging zurück zum Kartentisch, hielt die Waffe noch in Richtung Luke. Mit der anderen Hand tastete er nach dem Notfallset. Er zog eine der roten Handfackeln aus ihrer Hülle. Um sie zu öffnen, musste er die Waffe beiseitelegen. Er schraubte den Verschluss ab und zündete sie. Als er sie durch die Luke nach draußen warf, hörte er eine Stimme fluchen. Das gleißende Licht der Notfackel machte die Nacht zu einem glühend roten Tag. Nichts für Nachtsichtgeräte. Die modernen Geräte waren elektronisch gesichert und filterten einen plötzlichen Lichteinfall, der die Augen schädigte. Es war, wie wenn man in die Sonne schaute. Doch selbst, wenn sie über moderne Nachtsichtgeräte verfügten, so mussten sich ihre Augen erst für Sekunden an das Licht gewöhnen. Genügend Zeit, um an der Luke in Deckung zu gehen. Ronan stieg die Treppe hinauf und gab weitere vier Schüsse ab. Er hatte kein klares Ziel, doch er hatte den Überraschungseffekt auf seiner Seite. Von der obersten Stufe konnte er das Heck überblicken. Eine Gestalt ließ sich ins Wasser fallen. Keine Luftblasen. Das hieß, sie waren ohne Flaschen durch das Wasser geschwommen, und in einiger Entfernung wartete ein Motorboot auf sie. Ronan verharrte. Nach einigen Minuten hörte er das Geräusch eines starken Außenborders. Er ging nach unten, um sein Telefon in dem Durcheinander zu suchen, als er die

Stimme einer Frau hörte und dann das Platschen von Ruderblättern. Wer da auch immer zu ihm ruderte, spritzte mehr, als dass er ruderte. Er griff nach der wasserdichten Stabtaschenlampe neben dem Ausgang, richtete sie in die Richtung, aus der das Geräusch kam, und zielte mit seiner Dienstwaffe auf das Boot, das im Lichtkegel auftauchte. Wer auch immer zu ihm ruderte, hatte entweder vergessen, dass die Strömung um diese Zeit sehr stark war, oder hatte schlichtweg keine Ahnung von den Gezeiten.

Für die letzten fünf Meter brauchte Marie zehn Minuten. Immer wieder trieb sie ab, tauchte das Ruderblatt nicht tief genug ein und ließ das Boot vom Kurs abkommen. Ronan warf ihr ein Seil zu und zog sie die letzten Meter zu sich heran.

»Capitaine Prad ... ich habe Schüsse gehört?«

»Was machen Sie um diese Uhrzeit hier?«

»Ich wollte Sie noch wegen etwas sprechen ...«

»Woher haben Sie das Boot?«

»Lag da auf einem der Aluminiumflöße.«

»Sie meinen die Boote der Austernfischer.«

»Kann sein ... Ich hab mir diese Badewanne mit Rudern ausgeliehen.«

»Haben Sie das Zodiac gesehen?«

»Nein, ich habe nur Schüsse gehört und danach einen Motor. Waren das Einbrecher?«

»Das waren keine gewöhnlichen Einbrecher.« Ronan rieb sich den Hinterkopf. »Das waren Profis.«

»Was wollten die von Ihnen?«

»Sie wollten mich nicht umbringen. Sie wollten mich nicht einmal verletzen.«

»Aber ein Freundschaftsbesuch war das auch nicht.« Marie schaute auf das Durcheinander im Boot. »Sie haben irgendetwas gesucht.«

»Wer hat Ihnen gesagt, dass Sie mich hier finden?«

»Ich habe Sie und den Adjoint auf dem Parkplatz der Dienststelle gesehen ... Sie haben über etwas diskutiert.«

»Und da sind Sie mir nachgefahren?«

»Nicht deswegen.«

»Ihr Wagen stand aber nicht auf dem Parkplatz, sondern am Straßenrand ...«

»Am Nachmittag war ich noch kurz Luft schnappen ... war ein bisschen viel an meinem ersten Tag.«

»Dann fuhren Sie zur Dienststelle.«

»Nicht sofort«, sagte Marie, »ich hatte noch etwas in der Stadt zu tun.«

»Und dann fuhren Sie zur Dienststelle, wo Sie sich entschlossen, mich zu verfolgen.«

Marie schüttelte den Kopf. »Mir gefällt diese Art der Befragung nicht, Chef.«

»Ich will wissen, warum Sie mir gefolgt sind.«

»Ich bin nicht Ihnen gefolgt, sondern dem Wagen, der Ihnen gefolgt ist.«

»Warum haben Sie mich nicht angerufen?«

»Keine Zeit. Ich folgte dem Wagen. Am Ufer des Trieux sah ich dann, wie die Männer aus dem Auto stiegen und zum Ufer liefen. Dort wartete jemand in einem Motorboot auf sie. Erst dachte ich, es wären Polizisten, wegen der Tauchmützen, der schwarzen Anzüge, doch dann sah ich die Waffen.«

Das meiste in den Staufächern lag verstreut im Boot. Nur das Schachbrett auf dem kleinen Klappesstisch war unversehrt geblieben. Bis auf den schwarzen König standen noch alle Figuren auf ihren Plätzen.

»Sie spielen gegen sich selbst?«, fragte Marie.

»Es ist eine Schachpartie zwischen Boris Spasski und Bobby Fischer. Der schwarze König stand auf G8 ... Ansonsten ist alles unverändert.«

»Wer hat gewonnen?«

»Fischer ...«

Ronan erinnerte sich an die Lichter am Ufer. Es waren die Scheinwerfer eines Fahrzeugs, das oben am Feldweg geparkt hatte. Was diese Leute auch gesucht hatten, es waren keine normalen Einbrecher. Ihre Vorgehensweise wirkte trainiert. War es ein Zufall, dass, einen Tag nachdem die Neue ihren Dienst in seiner Einheit angetreten hatte, ein Überfallkommando auf ihn losgelassen wurde?

Er hatte ihre Akte gelesen. Sie war überqualifiziert für den Posten. Eine junge Frau, gut aussehend, beste Bewertungen in ihrem Ausbildungsjahrgang. Was hatte sie bei uns Dorfpolizisten zu suchen? Loig hatte recht, doch dasselbe hätte auch für Ronan gegolten. Marie Blanc steckte vielleicht nicht hinter dem Überfall, aber Ronan hatte so ein Gefühl, dass sie nicht zufällig in seiner Einheit gelandet war.

—

Am Himmel erschienen die ersten Farblinien der aufgehenden Sonne. Ronan hatte sich kaltes Wasser ins Gesicht gespritzt. Selbst das wenige Licht reichte aus, um die Verwüstung zu sehen. Während er benommen am Boden gelegen hatte, hatte einer der Männer die Sperrholzklappen der Staufächer herausgerissen, den Kartentisch durchwühlt und seine Sporttasche umgekippt. Kartenmaterial lag am Boden, Töpfe, die letzten Ausgaben seines Tauchjournals und sogar sein Geldbeutel mit einem Fünfziger lag geöffnet neben seiner Dienstwaffe. Weiter waren sie nicht gekommen. An der Ecke des Kartentischs klebte getrocknetes Blut.

Marie schlief noch in der Achterkoje. Sie lag mit dem Rücken zu ihm. Ihr T-Shirt war hochgerutscht und gab einen durchtrainierten Rücken frei. Es war lange her, dass seit Camilles Verschwinden eine Frau auf seinem Boot geschlafen hatte. Unter anderen Umständen hätte er seine Augen länger auf ihren Hüften und Oberschenkeln gelassen. Schönheit bestand in der Vollkommenheit von Linien und Bögen. Es war die natürliche Komposition eines Frauenkörpers, die er in Gedanken an den äußersten Fingerkuppen ertastete. Auf Camilles Bauch gab es feinste Wellen, in denen ein kaum sichtbarer Flaum die Haut seidig machte. Aber die Frau in seiner Achterkoje war nicht Camille, und der Tag begann verkatert beim Anblick dieses Chaos, und was die Sache noch schlimmer machte: Die Kaffeemaschine war zu Bruch gegangen.

Auf dem Weg ins Präsidium redeten sie nur ein paar Sätze, die so belanglos waren wie Verkehrsschilder. Man nahm sie zur Kenntnis, aber dachte nicht über sie nach. Nach zwei Tassen Automatenkaffee hatte er Loig in wenigen Worten erklärt, was in der vorigen Nacht geschehen war.

»Freunde deiner Militärzeit«, sagte Loig, »denen du noch was schuldest. Und du wirst lachen. Ich kann mir eigentlich nicht vorstellen, dass du Freunde hast, so wie du die Menschen behandelst, die es gut mit dir meinen.«

»Du redest von dir?«

»Ich rede von den Menschen, die du mit deinem Einsiedlergelaber auf die Palme bringst.«

»Das waren Profis.«

»Wahrscheinlich nur ein paar Einbrecher, die dich auf dem falschen Fuß erwischt haben.«

»Sie haben das Boot auf den Kopf gestellt«, sagte Marie, »so als hätten sie etwas Bestimmtes gesucht.«

»Sie war auch da?« Loig grinste, was sich wie eine Randbemerkung zu einem erotischen Schmierenroman deuten ließ.

»Marie Blanc war zufällig in der Nähe …«

»Zufällig, ach so, klar.«

»Nicht ganz zufällig«, erwiderte sie. »Als Capitaine Prad in seinen Wagen stieg und den Parkplatz verließ, sah ich, dass ihm ein Wagen folgte.«

»Was für ein Wagen?«

»Ein dunkler Geländewagen.«

»Sie haben das Kennzeichen?«

»Er hatte keine Nummernschilder.«

»Ich schicke die PJGN auf dein Boot. Sollen sie die Blutspuren untersuchen. Vielleicht ergibt ein DNA-Abgleich etwas.«

»Das waren Leute mit militärischer Ausbildung.«

»Auf jeden Fall jemand, dem du auf die Füße gestiegen bist. Zum Glück hat dich ja unser Neuzugang gerettet.«

»Capitaine Prad hat sich selbst gerettet«, sagte Marie. Sie entschuldigte sich und verschwand in den Umkleideräumen.

»Sie war die ganze Nacht bei dir auf dem Boot«, sagte Loig mit einem spöttelnden Unterton. »Sie hat noch nicht einmal einen Namen auf ihrem Spind, da hast du sie schon in der Kiste.«

»Kannst du aufhören, mich mit dir zu verwechseln?«

»Der Überfall … die Neue, die bei dir aufkreuzt und die Nacht auf deinem Boot verbringt, ein unbekannter Geländewagen, dem sie gefolgt ist … Das ist alles ein bisschen viel auf einmal, findest du nicht?«

»Irgendetwas ist hier im Gange«, sagte Ronan, »von dem wir nicht die geringste Ahnung haben.«

»Vielleicht hat sie ja irgendwelche Jugendlichen mit Skimützen engagiert, um dich ins Bett zu bekommen?«

»Kannst du auch wie ein normaler Mensch denken?«

»Genau das tue ich … Ich denke wie ein normaler Mensch. Du kannst ja nicht ewig wie ein Mönch leben. Das ist nicht gesund in deinem Alter. Hormone, ganz zu schweigen von deiner Gemütsverfassung, wenn man nicht vögelt.«

»Es ist, wie ich es dir geschildert habe.«

»Ja, ja … das militärische Killerkommando.«

»Sie haben etwas gesucht.«

»Nun, es ist klar, dass die Neue auf dich steht. Hättest mal hören sollen, wie sie mich über dich ausgefragt hat.«

»Redest du eigentlich zu Hause vor deinen Kindern auch so?«

Loig atmete tief kurz durch, suchte nach passenden Wörtern.

»Lass meine Familie aus dem Spiel.«

»Irgendwann steht eine deiner Bettgeschichten vor der Tür. Vielleicht an Weihnachten, wenn deine Frau mit den Kindern den Christbaum schmückt.«

»Ich bin dein Freund. Du brauchst nicht das Arschloch spielen.«

»Du gehörst zu der Sorte, die sich selbst für den Friedensnobelpreis vorschlägt.«

»Ich habe zumindest Freunde, ein soziales Leben, ich bin Mitglied im Schwimmverein … und wen außer mir zählst du zu deinen Freunden?«

»Wir sind Kollegen«, antwortete Ronan.

»Das meine ich … Ich nenne dich meinen Freund, was keine einfache Aufgabe ist, das kann ich dir versichern, und du sagst, dass wir keine Freunde sind. Und das nach all den Jahren.«

»Ich sagte, wir sind Kollegen. Die kann man sich nicht aussuchen, genauso wenig wie die Familie. Es sei denn, man ändert den Job.

Doch am Ende hat man es immer mit Leuten zu tun, denen man sonst aus dem Weg geht.«

»Vielen Dank. Du merkst gar nicht, wenn du auf den Gefühlen anderer rumhackst.«

»Ich will nicht deine Gefühle verletzen, Loig. Ich frage mich nur, warum du immer diese Rituale brauchst, um dir so was wie Freundschaft zu bestätigen. Du weigerst dich, deine Freundschaften als das zu betrachten, was sie sind: Teile deiner Rituale, mit denen du jede noch so banale Bekanntschaft in einen Status deiner Freunde erhebst. Die Eltern von Kindern, mit denen deine Kinder zur Schule gehen. Ihr trefft euch zum Barbecue und redet über die beste Schaschliksauce und im gleichen Atemzug über die Grenzen antiautoritärer Erziehung, um dann am Ende des Abends festzustellen, dass ihr diese Leute eigentlich gar nicht ausstehen könnt, ihr aber trotzdem einen angenehmen Abend verbracht habt. Was du dein soziales Leben nennst, ist nur die künstliche Anstrengung, die Einsamkeit zu verbergen, in der du in Wirklichkeit lebst. Ich bin mir sicher, dass du aus demselben Grund geheiratet hast.«

»Lass Enora aus dem Spiel.«

»Willst du mich immer noch einladen?«

»Enora will … Wenn du willst, dann bring die Neue mit.« Loig griff zum Telefonhörer.

»Die PJGN ist schon auf deinem Boot. Sie brauchen noch eine Blutprobe von dir, wegen dem Abgleich.«

Dann telefonierte Loig mit Enora. Seine Stimme wurde plötzlich weicher und völlig reingewaschen von vulgären Ausdrücken.

»Heute Abend …«

Der Tag hatte für Ronan ohne Kaffee begonnen, was dem Tag schon einen trüben Anstrich gab, die Aussicht, dass er den ganzen Abend mit Small Talk verbringen würde und Loigs Lieblingsfilm, in dem er selbst die Hauptrolle als fürsorglicher Familienvater spielte, anschauen musste, war alles andere als rosig.

Solen Foll hatte ihm in diesem Moment noch gefehlt. Sie trat schweigend ein, in der Hand ein Fax. Sie hielt es wie immer ohne einen Kommentar wie eine nasse Fahne in der Hand. Da Solen Foll grundsätzlich das Verbreiten von überflüssigen Worten für ein

Verbrechen an der Menschheit hielt, musste Ronan das Fax zuerst lesen, bevor sie ihren Mund aufmachte.

»Müll nach Brest geschickt. Plastiksack. Colonel Bloomsday. Ende des Fax.«

Ronan hatte Marie die Tüte gegeben, mit der ausdrücklichen Bitte, sie nur Michael Boren anzuvertrauen, dem Laborleiter in Brest. Im Gegensatz zu Prad hasste Boren das Militär. Doch jeder von ihnen war geblieben, jeder hatte seine Gründe gehabt. Ronans Zeit in der Armee war wie ein dunkler Fleck in seiner Vergangenheit. Sie war das Dunkle, aus dem er gewachsen war und das sich jetzt verschlossen hatte. Boren ließ keine Minute aus, um über die ganze Schinderei zu meckern. Die Hindernisparcours, die Schießübungen, die Gewaltmärsche mit vollem Gepäck und der ekelhafte Kantinenfraß, doch das Schlimmste war für Boren, dass man immer mit anderen zusammen war. Es hatte Ronan gewundert, dass Boren zur Gendarmerie gegangen war. Als Mediziner und Biologe hatte er die Aschenbahn und die Schießstände gegen unterirdische Untersuchungslabore eingetauscht. Als er Boren anrief und fragte, ob Marie den Beutel bei ihm abgegeben hatte, hatte dieser nur ein lang gezogenes »Was?« übrig, so als wäre die Frage an ihrer Banalität gescheitert.

Ronan hatte Marie aufgetragen, die Beweisstücke Boren nur persönlich zu geben. Ronan lief auf den Gang. Er musste ein paar Worte mit ihr reden. Wenn sie schon am ersten Tag damit begann, seine Anweisungen infrage zu stellen, dann wäre es besser, sie suchte sich eine andere Einheit. Er traf sie vor dem Kaffeeautomaten an. HAL, wie sie das mechanische Ungetüm nannten. Die künstliche Intelligenz, die es schaffte, aus ekelhaftem Kaffeepulver noch ekelhafteren Kaffee in rot-braunen Plastikbechern zu mischen. HAL verdankte seinen Namen dem sprechenden Computer HAL 9000 in dem Film *Odyssee 2001* von Stanley Kubrick.

Marie nahm einen Becher. Ronan berichtete ihr in aller Kürze von Bloomsdays Fax. Sie gab zu, nicht nach Brest gefahren zu sein, weil sie Colonel Bloomsday in der Fahrbereitschaft angetroffen hatte. Er hatte ihr angeboten, die Beweismaterialien nach Brest zu bringen.

»… wo sie nie ankamen«, fügte Ronan hinzu.

»Ach ja«, sagte Marie, »Colonel Bloomsday meinte, dass in dem Beutel die Hülle eines kaputten Handys gewesen sei, aber keine Speicher- und keine SIM-Karte …«

In Ronans Kopf schrillte eine Glocke. Warum interessierte sich Bloomsday für seine Ermittlung? Er und Loig waren offiziell auf das Verschwinden von Gael angesetzt. Bloomsday war ihm eine Erklärung schuldig. Ronan hatte noch nicht seinen Bericht über den Überfall heute Nacht geschrieben, als sich das Marinesuchboot meldete.

»Sie tauchen heute zu dem Wrack«, sagte Solen, die wieder Posten am Telefon bezogen hatte und hinter ihrem Computerbildschirm, »aber sie müssen noch einen Taucher aus Brest kommen lassen. Der Taucher auf dem Suchboot ist bei dem Wellengang seekrank geworden und ist nicht einsatzfähig.«

Loig winkte gleich ab. »Ich habe heute meinen freien Nachmittag. Das kann ich den Kindern nicht antun.«

»Ich tauche da runter«, sagte Ronan. Vor seinem geistigen Auge sah er die *Penn-Ar-Bed* im trüben grünen Wasser.

—

»Du hast mir meinen Familiennachmittag versaut«, rief Loig, während er die Leinen losmachte. Das Marinesuchboot hatte den Fundort erreicht. Der Marinekapitän sprach von einem Zeitfenster von ungefähr drei Stunden, bis das Wetter umschlagen würde. Die Wellen waren jetzt schon hoch. Der beste Zeitpunkt, zu dem die Strömung, Wellendünung, Wind und Gezeiten sich als noch machbar erwiesen, war in fünfundvierzig Minuten.

»Es ist nicht Gaels Boot?«, rief ihm Loig durch den Krach des Motors zu. Die Wellenkämme waren höher und brachen sich durch die beginnende Flut in der Mitte des Fahrwassers. Ronan wich einer schäumenden Welle aus, die sich jedoch noch über das Heck des Schnellbootes ergoss. Marie, die sich auf der Bank im Heck festgeklammert hatte, wischte sich das Wasser aus den Augen. Ronan beschleunigte weiter, bis das Boot von Welle zu Welle sprang.

»Zu lang«, rief Ronan zurück. »Kein Fischerboot.«
»Ein altes Wrack?«
»Die Kartografie-Abteilung der Marine hat nichts vermerkt.«
»In welcher Tiefe liegt das Wrack?«
»Bei Niedrigwasser dürften es fünfzig Meter sein.«
»Es wird schwierig werden mit der Strömung.«

Als sie die Bucht hinter sich gelassen hatten, preschte das Schnellboot über die aufgewühlten Wellenkämme. Ronan versuchte, nicht gegen die Strömung zu steuern, sondern diagonal über die Wellen zu gleiten. Auf dem kürzesten Weg waren es zehn Minuten bis zu den angegebenen GPS-Koordinaten, doch auf dem Meer war eine gerade Linie zwischen zwei Punkten nicht die schnellste Verbindung. Ronan folgte den Strömungen und ließ den Motor mit halber Kraft laufen. Der Nebel hatte sich verdichtet. Nach dem Radarbild musste der Minensucher der Marine zweihundert Meter vor ihnen sein. Ronan drosselte die Motoren. Ein Nebelhorn kam aus dem kalten Grau. Dann, als sie nur noch weniger als hundert Meter von dem Marineboot entfernt waren, tauchten seine Konturen auf.

»Es ist nicht Gaels Boot«, sagte Loig. »Lass das die Taucher von der Marine machen.«

»Ich werde selbst da runtergehen.«

»Du glaubst, es ist Camilles Boot?«

»Du hast deinen freien Tag«, antwortete Ronan, der an der Längsseite des Minensuchers anlegte.

»Wir haben die GPS-Daten, wir müssen nicht bei diesem Wetter …«, sagte Loig, als ihn eine Welle gegen die Bordwand warf, »… bei diesem verdammt beschissenen Wetter tauchen.«

Ronan drehte sich zu Loig, nachdem er die Leinen festgemacht hatte, die ihm ein Matrose von dem Minensucher zugeworfen hatte.

»Du wirst das nie verstehen … Ich muss da runter«, rief ihm Ronan zu.

»Blödsinn …«

»Warum bist du nicht zu Hause geblieben?«

»Weil wir kein Grillwetter haben und ich Kindergeburtstage sowieso nicht ausstehen kann.«

Ein Marinekapitän begrüßte sie förmlich. Er klärte sie über die Wetterverhältnisse der nächsten vier Stunden auf. Sie hatten ein Zeitfenster von zwei, bestenfalls drei Stunden, dann würde der Wind auf Windstärke sieben zunehmen. Das Wrack lag nicht tief. Sie hatten den Anker geworfen, doch wenn das Wetter umschlug, dann hatten sie Wind und Strömung gegen sich. Der Anker könnte die Position nicht halten, und auch das automatische Positionlocksystem würde ausfallen. Das wollte keiner, wenn Taucher unten sind. Der Kapitän führte Ronan und Loig unter Deck und erklärte die Ausrüstung.

»Das Wrack liegt unter fünfzig Meter. Sonartiefe zweiundvierzig Meter, das heißt, Sie tauchen mit Pressluftflaschen und Nassanzug. Sie sind mit der Ausrüstung vertraut?«

Ronan nickte. In den Raum trat ein Mann mit kantiger Figur, Kurzhaarschnitt, militärischer Gang. Er hatte den Taucheranzug bereits angelegt. Wortlos überprüfte er die Pressluftflaschen.

»Sergent Van Haag begleitet Sie«, sagte der Kapitän.

Fremdenlegion, dachte Ronan, und nach seinem Alter zu urteilen, musste der Sergent längst im Ruhestand sein. Er war mindestens fünfzig oder sechzig. Soldaten altern nicht mit den Jahren, sondern mit dem Schrecken, den sie gesehen haben. Und dieser Mann schien völlig erloschen zu sein. Eines Tages blickte man in den Spiegel und sah ein Gesicht, das einem ausgetretenen Feuer ähnelte, Asche zu Asche.

»Monsieur le Maire Kazav hat kurzfristig eine Tauchmannschaft zusammengestellt«, sagte der Marinekapitän. »Unsere Marinetaucher sind zurzeit in einem größeren NATO-Manöver.«

»Wir brauchen Sie nicht«, erklärte der Sergent. »Wir sind dafür trainiert. Wir arbeiten seit Jahren zusammen, wir …«

»Ich tauche«, sagte Ronan, »mit Ihnen oder ohne.«

Ein zweiter Mann mit Kurzhaarschnitt stand in der Tür. Die beiden Männer blickten sich kurz an.

»Bring die Ausrüstung für den Capitaine«, sagte der ältere Legionär ohne jegliche Regung.

Ronan musste an den Kaffeeautomaten vor seinem Büro denken. Man warf ein Stück Geld ein, und das Ding setzte sich in Gang. So funktionierten auch die Legionäre. Ein auf Befehl und Gehorsam gedrilltes Gehirn.

»Das ist eine Untersuchung der Gendarmerie Nationale«, sagte Loig, »wir brauchen keine ...«

»Das ist mein Schiff«, unterbrach ihn der Kapitän, »und wir haben nur diese Tauchmannschaft zur Verfügung, und wenn wir noch länger warten, dann breche ich die ganze Aktion ab.«

»Ich tauche mit dir«, sagte Loig zu Ronan.

»Ich brauche dich oben am Bildschirm.«

Loig wusste, dass er nicht würde runtergehen können. Nach einem Tauchgang in vierzig Meter Tiefe, bei dieser Strömung konnte das extrem anstrengend werden. Und es musste schließlich noch jemanden geben, der ihr Boot zurücksteuerte.

»Wir haben den Auftrag, Sie zu begleiten«, sagte Van Haag.

»Wir haben den Auftrag«, fügte der Ältere hinzu, »die Gendarmerie zu unterstützen, wo immer wir können.« Gefolgt von einem Grinsen, das wie ein Fettfilm verschwand, den man mit einem Schwamm abwischte.

Sobald sie zurück an Land waren, würde Ronan sich den Bürgermeister vorknöpfen. Das war ein Fall der Gendarmerie Nationale, das war sein Fall. Kazav hatte die Sonaraufnahmen gesehen. Er schaffte es nicht einmal innerhalb seiner Abteilung, Informationen zurückzuhalten. Kazav hatte gute Kontakte zur Marine, und es würde Ronan nicht wundern, wenn er die Sonaraufnahmen schon vor ihm gesehen hatte. Kazav wusste, dass es nicht Gaels Fischerboot sein konnte. Doch warum kümmerte es dann den Bürgermeister? Es gab nichts und niemanden zu retten. Was auch immer sie dort unten fanden. Es war tot.

Was machst du, wenn du Camille dort unten findest? Loig hatte recht. Er war überhaupt nicht darauf vorbereitet, ihre Knochen in einen Spezialsack zu packen und an die Oberfläche zu bringen. Dort unten war ihr Grab. Sie war da, wo sie am liebsten war: im Meer. Doch auch, wenn er nicht ihre Überreste barg, er würde erfahren, was mit ihr geschehen war.

Regen prasselte auf das Deck. Ronan war in den Nassanzug geschlüpft und überprüfte die Druckluft in den Flaschen. Der Legionär war bereits fertig und machte einen absichtlich gelangweilten Eindruck. Sein älterer Vorgesetzter, der wie ein gealterter Klon von Van Haag aussah, zog sich die Kapuze ins Gesicht. Dabei rutschte der rechter Ärmel seiner Jacke nach oben. Ronan erkannte die Tätowierung. Eine Eule, dahinter ein Fallschirm und der Schriftzug: *Legio Patria Nostra*. Van Haags Vorgesetzter gehörte zur Kompanie der Fallschirmspringer. Der untere Teil der Tätowierung war mit einem frischen Verband abgedeckt. Die Eule, der Fallschirm. Er hatte diese Tätowierung schon einmal gesehen. Einer der Angreifer, der in seine Kajüte eingedrungen war. Doch es war dunkel gewesen, und eine Legionärstätowierung konnte sich jeder stechen lassen.

Es könnte ein Zufall sein, dachte Ronan. Woher hast du die Verletzung an deinem Arm?

Auf ein Zeichen des Kapitäns öffnete ein Matrose eine Kette zu einer schmalen Plattform. Ronan schnallte sich die Tauchflasche um, überprüfte noch einmal den Atemregler. Die Stirnkamera war über der Taucherbrille befestigt. Ein kleines Teil, nicht größer als ein Golfball. Die Tauchuhr hatte er auf fünfunddreißig Minuten eingestellt. Das Nitrox-Gasgemisch reichte bei seinem Körpergewicht vierzig Minuten. Der bullige Van Haag verbrauchte mehr. Eine Stressreserve musste man immer einkalkulieren. Bei Stress oder Angst lag der Sauerstoffverbrauch höher.

Loig deutete auf seinen eigenen Kopf, was heißen sollte: Schalte die Kamera ein! Ronan griff an seine Wade, fühlte das Tauchermesser. Rückwärts glitt er ins Wasser. Für einen Moment hörte er noch die Gischt der Wellen, die sich am Metallrumpf des Schiffes brachen, dann war nur noch Stille um ihn. Die Halogenlampe neben der Kamera schaltete sich automatisch ein. Dann das Atemgeräusch, Luftblasen. Drei Meter weiter sah er eine zweite Lampe. Dann glitt er in das kalte Dunkel. Camille wartete auf ihn.

Der erste Druckausgleich nach vier Metern. Er spürte die Kälte durch die Neoprenhandschuhe. Seine Gedanken schweiften nicht mehr ab, waren völlig von dem feindlichen Element eingenommen, in dem er sich bewegte. Je tiefer, desto feindlicher wurde es. Du bist kein Fisch. Die Evolution hat dich vor langer Zeit an Land gespuckt, dich aus dem Garten Eden verdammt. Verurteilt, ein Mensch zu sein. Er konzentrierte sich auf seinen Herzschlag, Atmung und seine gleichmäßigen Bewegungen. Je weniger er sich anstrengte, desto weniger Sauerstoff verbrauchte er. Druckausgleich. Tauchtiefe kontrollieren. Das Wasser war trübe im Schein der Lampen. Der weiße Schirm einer Lungenqualle trieb in den Schein seiner Lampe. Sie werden auch noch in ein paar Millionen Jahren durch die Ozeane treiben, wenn der letzte Mensch längst zu Staub zerfallen ist. Ronans Herz schlug schneller. Eine Reaktion des Körpers auf die zunehmende Kälte. Er atmete gleichmäßig. Nimm die Kälte in dich auf, wehr dich nicht! Beim Apnoetauchen hatte er gelernt, seinen Herzschlag zu kontrollieren.

Gerade als ein paar abgerissene Algen an ihnen vorüberzogen, tauchte der Grund auf. Sichtweite maximal zehn Meter. Eher weniger. Sie sollten eigentlich auf zwei Felskanten treffen, denen sie bis zum Wrack folgen konnten. Waren sie an den Felskanten vorbeigetaucht? Der Fremdenlegionär überprüfte seinen Tiefenmesser. Der Felsabbruch fiel zehn Meter ab. Der Tiefenmesser zeigte 41,5 Meter an. Die Sonartiefe des Wracks hatte 42 Meter ergeben. Die Strömung hatte sie um fünf Grad abgetrieben. Ronan richtete den Kompass an seinem Handgelenk neu aus und peilte 35 Grad. Er zählte die Flossenschläge. Nach vierzehn Schlägen konnte er die Felsformationen erkennen. Zerrissene Plastiktüten hatten sich in einem Metallgestänge verfangen, das zu einer Schleppwinde eines Fischerbootes gehörte. Das Metall ließ die Kompassnadel ausschlagen. Doch das störende Magnetfeld beunruhigte ihn nicht weiter. Sie hatten den Felsabbruch erreicht. Ronan zählte weitere zwölf Flossenschläge, dann tauchte etwas Helles im Wasser auf. Zur Hälfte zwischen zwei Felsblöcken, zur Hälfte im Schlamm begraben, sah der Rumpf des Segelbootes mit seinen gleichförmigen Linien wie ein Artefakt aus einer fernen Zivilisation aus. Der Legionär war hinter ihm zurückgeblieben. Seine Flossenschläge waren mit viel zu viel Kraft ausgeführt. An den aufsteigenden Luftblasen konnte Ronan erkennen, dass er zu schnell atmete. Er würde nicht lange in dieser Tiefe bleiben können.

Ronan deutete auf das Heck des Schiffes. *Pen-Ar-Bed* ... Ronan hatte den Namen des Schiffes ändern wollen, als sie es gekauft hatten, doch Camille widersprach ihm. Schließlich änderte man auch nicht den Namen eines Kindes, nur weil es woanders lebte. Für Ronan war der Name *Pen-Ar-Bed*, der Kopf oder das Ende der Welt, viel zu mythologisch. Es reichte schon, wenn man an jedem Aussichtspunkt Informationstafeln fand, auf denen irgendeine bretonische Legende erzählt wurde. Ihr seid im Land von Excalibur, Merlin, Druiden und von Atomkraftwerken. Camille schrieb den Namen von Hand auf das Heck. Die Form des Bootes war noch gut zu erkennen. Die Größe konnte er nur ungefähr abschätzen. Er hatte das Heck nun fast erreicht, als ihm auf Höhe der Heckschraube ein blauer Delfin am Rumpf auffiel. Ronan wischte über den Rumpf. Neben dem Delfin ein weiterer. Der Rumpf war bunt bemalt. Die Farbe war an einigen Stellen abgeblättert, doch die harte Lackierung hatte das salzige Grab bisher überstanden. Dann erreichte er das Heck, das von Schlamm und Algen bedeckt war. Er wischte den Schlamm beiseite. Der Schein der Lampe verfing sich für einen Moment in aufgewirbeltem Schlamm und Algenfetzen. Es war nicht die *Pen-Ar-Bed*. Auch Loig musste es am Bildschirm verfolgen. Ronan richtete die Lampe auf den Schriftzug. *Seafuture*. Sie hatten Alan Jegous Segeljacht gefunden. Die *Seafuture* war also nur zwanzig Seemeilen von der Küste entfernt gesunken. Wenn Jegou vor der Steuer hatte fliehen wollen oder vor seinen Gläubigern, dann war er nicht weit gekommen.

Die Taucherlampe des Legionärs war plötzlich hinter ihm. Der Legionär zeigte auf seine Tauchuhr und streckte zehn Finger nach oben. Sein Luftvorrat war knapp geworden. Ronan zeigte auf das Boot. Camille hatte nach Jegou gesucht. Sie konnte nicht untätig zu Hause sitzen, während eine ganze Familie im Sturm um ihr Leben kämpfte. Ronan schwamm zur Kajüte. Der glasfaserverstärkte Rumpf war zwar über die Jahre von einer Kruste aus Algen und Muscheln bedeckt worden, schien jedoch sonst völlig intakt. Die Tür zur Kajüte war verschlossen. Ronan drehte an dem Griff und rüttelte an der Tür. Dann erst sah er, dass sie verschlossen war, von außen, mit einem Vorhängeschloss. Ronan rüttelte an dem rostigen Schloss. Der Stahlbügel war stark von Rost zerfressen. Unter Wasser zersetzte sich Stahl noch schneller als in der Luft. Der Sauerstoff im Wasser und das Salz machten aus dem Gegenstand, was er ursprünglich einmal war: Eisenoxid und Kristallwasser. Die Strömung durch den Gezeitenwechsel hatte leicht eingesetzt. Ronan sah, wie Schwebeteilchen im Wasser an ihm vorüberzogen. Der Legionär war hinter ihm und hielt sich an der noch intakten Reling der *Seafuture* fest. Mit einem Ruck brach das Vorhängeschloss. Die Kajütentüren hatten sich leicht verzogen, waren aber ansonsten noch in einem brauchbaren Zustand. Der Einstieg war zu eng. Mit der Taucherflasche passte Ronan unmöglich durch die Luke. Er machte dem Legionär ein Zeichen, dass er die Taucherflasche ausziehen würde, um durch den Einstieg nach unten zu kommen. Der Legionär winkte ab und deutete nach oben. Auftauchen? Noch nicht, versuchte er mit ein paar Gesten im Schein seiner Lampe zu erklären. Der Legionär griff seinen Arm und ließ ihn auch nicht los, als Ronan ihn zurückziehen wollte. Wieder deutete der Legionär nach oben, zeigte auf seine Tauchuhr. Der Legionär hatte zwar mehr Sauerstoff verbraucht, doch konnte er unmöglich schon so wenig haben, dass er auftauchen musste. Ronan drehte sein Handgelenk über den Daumen, griff seinerseits das Handgelenk des Soldaten. Ronan zog das Geschirr mit der Flasche aus und hielt sie vor sich, als er mit dem Kopf voraus in die Kajüte tauchte. Seine Kopflampe erfasste zuerst nur aufgewirbelten Schlamm. An der Decke sammelten sich die Luftblasen und wirkten im weißen Licht des Scheinwerfers wie ein Spiegel. Ronan stellte die Taucherflasche neben den Treppenabgang. Er war aus Polyester oder aus einem anderen Kunststoff und in perfektem Zustand. Ronan nahm zwei tiefe Atemzüge aus der Flasche. Kochgeschirr, Teile eines Kochers, Alubesteck lagen in der Spüle. Plastiktüten von Carrefour trieben in bizarren Formen vor ihm. Ronan griff nach einer Tüte, als ihn etwas anstieß. Er zuckte zurück. Sein Messer war in der Halterung an seiner Wade. Jetzt sah er eine Seekarte, eingeschweißt in durchsichtige Folie. Sie schwebte wie die anderen Teile: Zahnbürste, Rasierklinge, Wäscheklammern, eine Tasse aus emailliertem Metall. Es war nicht die Seekarte, die ihn zusammenfahren ließ, sondern das dahinter. Der hohle Schädel einer Leiche blickte ihn an. Er steckte noch in einer Art Kapuzenpulli. Neben ihm war noch ein Skelett, das ein T-Shirt mit der Aufschrift trug: LONDON-TOURS. Ronan zählte zwei, dann vier, acht, zehn Skelette. Sie bewegten sich in den Verwirbelungen, die Ronans Schwimmbewegungen verursachten. Er griff den Atemregler, holte Luft und schwamm in den vorderen Teil des Bootes. Dort waren zwei Schlafkabinen. Eine Holztür trennte die Kabinen. Sie ließen sich gut öffnen, durch das dichtere Wasser allerdings nur in Zeitlupe. Seine Stirnlampe erfasste weitere Skelette. Zusammengehalten wurden die losen Knochen von ihren Kleidern. Anoraks, Gummistiefel, gefütterte Winterstiefel. Einige Kleidungsstücke trieben ohne Knochen leer im Wasser, so als hätten die Toten es irgendwie geschafft, daraus zu entkommen. An der Schuhgröße schätzte Ronan die Anzahl der Toten und ob es sich um Männer, Frauen oder Kinder handelte. Wären die Kabinenfenster zerstört, wäre nicht viel von den Toten und ihren Utensilien übrig geblieben. Er zählte vier Paar Kinderschuhe in unterschiedlichen Größen. Es konnte sich auch um Schuhe kleiner Frauenfüße handeln. Zwei Kinderknochen steckten noch in Socken. Ronan erkannte noch vage ein Hello-Kitty-Motiv. In der zentralen Kabine mit dem Kartentisch, einem Raymarine-Kartenplotter, Batterieanzeigen, Sprechfunk und einem manuellen Barometer lagen kreuz und quer Männergummistiefel, in denen noch das Regenzeug steckte. Das war nicht Jegous Familie. Es waren zu viele. Einige Schädel saßen noch auf der Wirbelsäule, andere hatten sich gelöst und rollten wie Asteroiden schwerelos in der Dunkelheit, nur bewegt von Ronans Schwimmbewegungen. Auf der Backbordseite waren weitere Reiseutensilien. Ein Rucksack mit noch einem Paar Schuhe, Regenmantel, Regenschirm, eine halb leere Zahnpastatube. Ohne die Skelette sah das Ganze aus wie eine Jacht aus den achtziger oder neunziger Jahren. Schmaler Rumpf, geduckter Aufbau.

Ronan griff nach einem der Schädel, die sich durch seine Bewegungen aus der Kleidung gelöst hatten und jetzt um ihn wie erloschene Lampions tanzten. Er richtete das Licht der Kamera direkt auf etwas, was ihm zunächst nur als Schatten aufgefallen war. Ronan glitt der Schädel aus der Hand. Was zum Teufel …

Er tastete an den Rand des Schattens und fühlte die schroffe Kante eines Lochs. Er kannte diese Art von Löchern, und auch ihr Durchmesser kam ihm bekannt vor. Neun Millimeter. Sie waren erschossen worden. Er suchte nach weiteren Schädelknochen. Überall dasselbe. Manche von ihnen hatten zwei oder drei Einschusslöcher. Als Ronan sich umdrehte, um den Schlauch seines Atemgeräts zu greifen, zerfetzte etwas seinen rechten Tauchhandschuh. Die Lampe des Legionärs war über ihm. Ein Blitzen im Schein seiner Lampe, das Tauchermesser des Legionärs hatte ihn verfehlt. Ronan spürte einen Ruck am Kopf. Der Angriff war nur ein Ablenkungsmanöver. Der Legionär hatte es auf seine Stirnkamera abgesehen. Ohne Kabel sank das kleine Gerät vor ihm im Schein der Lampe nach unten. Der nächste Schnitt würde nicht seine Ausrüstung treffen. Ronan hatte keine Zeit, sein Tauchermesser zu ziehen. Er wich zurück, entfernte sich dadurch von seinem Atemgerät. Er hatte nicht tief Luft geholt. Er hatte keinen Apnoetauchgang geplant. Ruckartige und panische Bewegungen würden seinen Luftvorrat schnell verbrauchen. Zwischen ihm und seinem Atemgerät waren ein hundert Kilo schwerer Legionär und ein Tauchermesser, das wieder nach vorne stieß, diesmal in Richtung seines Halses. Priorität eines Soldaten: überleben, überleben, überleben. Die Wahrscheinlichkeit seines Überlebens berechnete sich irgendwo im Universum aller Möglichkeiten gegen null, wenn er es nicht schaffte, innerhalb der nächsten Minute an sein Atemgerät zu gelangen. Doch darauf wartete der Legionär, um ihm das Tauchermesser in die Kehle zu rammen. Ronan ließ sich zurückfallen, schlug mit zwei Flossenschlägen. Schlamm und Algen wirbelte auf. Für einen Moment konnte er den Legionär nicht mehr sehen. Die fehlende Sicht provozierte die Reaktion, die Ronan erwartet hatte. Der Legionär stach blindlings in die Wolke hinein. Ronan hatte sich nach unten sinken lassen, bis er einen Teil der Kajüte spürte. Der Legionär war nun über ihm. Der Atemschlauch war schätzungsweise immer noch zwei Meter entfernt. Kurze Flossenschläge, zwei, drei ... Er hätte den Legionär jetzt an den Beinen berühren können. Dieser kämpfte noch immer mit dem unsichtbaren Feind in der Schlammwolke. Wilde Bewegungen, die gezackt nach oben und nach vorne schnellten, darauf ausgerichtet, ihn zu vernichten. Und eins … Ronan tauchte hinter dem Legionär auf. In einer schnellen Bewegung zog er sein eigenes Tauchmesser aus der Befestigung an seiner Wade, dann riss er dem Legionär die Tauchermaske vom Gesicht und durchstach den Atemschlauch. Der Legionär wirbelte herum und suchte panisch nach dem Mundstück, das noch einige Luftblasen ausstieß und dann auf den Boden der Kajüte sank. Ohne Maske und ohne Licht konnte er nun nicht mehr sehen, wo seine Maske und der durchtrennte Teil seines Atemschlauchs waren. Der Schlauch blubberte hinter dem Legionär, sodass er das Geschirr der Flasche hätte ausziehen müssen, um den Schlauch zu erreichen.

Ronan hatte sein Mundstück erreicht, atmete kurz zweimal ein. Im Schein seiner Lampe sah er die weit aufgerissenen Augen des Legionärs, der den Schlauch seines Atemgeräts suchte. Er musste das Messer fallen lassen, um das Geschirr zu öffnen. Ein direkter Kampf war zu riskant. Der kräftige Legionär könnte ihm im Wasser gefährlich werden, und in der engen Kajüte würde er ihm nicht lange ausweichen können. Ronan hatte keine Zeit, um sich eine Strategie zurechtzulegen. Er war wie ein Fisch, der versuchte, einen anderen Fisch zu fressen, ohne selbst gefressen zu werden. Er musste an die Weibchen der Anglerfische denken und ihre langen Barteln, auf denen sich Leuchtorgane befanden. Sie lockten damit ihre Beute an. Andere Fische, die das Leuchten für leuchtende Garnelen hielten. Fressen und gefressen werden.

Der Legionär schwamm auf das Licht zu. Auch wenn er ohne Maske in dem trüben Wasser kaum etwas sehen konnte, er erkannte das Licht. Folge dem Licht, stich zu, töte ihn. Der Legionär war ruhig geblieben, reagierte ohne Panik. Der Atemschlauch an seinem Rücken blubberte noch immer, und die Luft, nach der seine Lungen inzwischen schrien, entwich in großen Blasen an die Kajütendecke. Mit dem Oberkörper voran, das Messer wie eine Harpune vor sich, schoss der Legionär auf das Licht zu. Er stach zu, zweimal, dreimal. Wütende, fahrige Streiche, die eigentlich Ronans Körper zerfetzen sollten. Stattdessen zerfetzte der Legionär nur Teile seiner eigenen Kopflampe und den Gummi seiner Maske. Ronan hatte die Maske des Legionärs und seine Lampe vom Boden aufgehoben und an einem Haken an der Bordwand befestigt. Seine eigene Lampe hatte er ausgeschaltet. Der Legionär war auf die einzige Lichtquelle losgegangen, die er wahrnehmen konnte. Doch so wenig wie der Anglerfisch eine leuchtende Garnele war, befand sich Ronan hinter dem Licht. Der Legionär hatte seine eigene Tauchermaske zerfetzt. Diese Aktion kostete ihn zu viel Sauerstoff. Der Legionär war ein bulliger Typ, dessen Muskeln mit dem lebensspendenden Gas versorgt werden wollten. Seine hektischen Bewegungen erledigten den Rest. Er musste atmen. Er riss die Befestigung des Flaschengeschirrs auf und schaffte es, einen Arm zu befreien. Als er die Flasche zu fassen bekam und er den blubbernden Schlauch fühlte, griff Ronan ihn an. Mit einem kräftigen Ruck zog er die Taucherflasche aus der Kajüte. Im Licht der am Boden liegenden Lampe konnte Ronan die Verwirrung des Legionärs sehen. Seine Augen traten aus den Höhlen. Sein Mund war geöffnet. Er musste atmen. Ronan war bereits am Ausgang der Kajüte. Er warf die Flasche des Legionärs über Steuerbord in den Schlamm. Zwei Atemzüge aus seiner eigenen Flasche, die er schon herausgeschafft hatte. Der Legionär folgte wieder dem Licht. Diesmal war es Ronans Stirnlampe. Er folgte ihm im offenen Wasser, doch nach zwei Flossenschlägen hörte der Legionär auf, sich zu bewegen. Sein Mund war offen. Der Atemreflex hatte eingesetzt. Wasser war in seinen Lungen. Die Augen standen weit offen, als die Spasmen begannen. Der Legionär starb. Das Blut konnte das Gehirn nicht mehr mit Sauerstoff versorgen. Der Mann, der ihn töten wollte, blickte ihn nun fassungslos aus toten Augen an. Die Strömung war stärker geworden und zog den Leichnam in ihre ganz private Dunkelheit über die Riffkante hinaus in die Weite des Meeres.

Ronan hatte seine Flasche immer noch auf dem Heck des Bootes. Er überprüfte seinen Atemregler, doch der Atemschlauch zwischen Flasche und Regler hatte einen Riss. Eine Perle von Luftblasen schlängelte sich davon. Ronan nahm den Regler und atmete zweimal ein. Er wiederholte die Atemübung, dann zog er das Mundstück heraus und schwamm mit langsamen Flossenschlägen nach oben. Er bremste seinen Auftrieb, als er die ersten Lichtstrahlen im Wasser sah. Die letzten Meter. Sein Herz pochte ruhig, Flossenschlag um Flossenschlag stieg er nach oben.

—

Kein Schiff in Sicht. Ronan trieb zwischen Wellenbergen. Der Sturm ist schneller gekommen, dachte er und hielt nach den Positionslampen des Marinebootes Ausschau. Nichts als schäumend grüne Hügel aus Wasser um ihn. Die Strömung hatte ihn vermutlich nach Osten abgetrieben, als er nach oben geschwommen war. An seinem Tauchgürtel mussten ein GPS-Signalgerät und eine rote Leuchtrakete sein. Das gehörte zur Standardausrüstung. Der GPS-Sender glich einem Telefon, mit dem Unterschied, dass es nur eine Taste hatte. SOS. Seine Finger waren so klamm, dass er nicht spürte, ob er die Taste gedrückt hatte. Die Wellen rollten unter ihm hindurch, sodass es so aussah, als kletterte er einen Hang hinauf, während er nur auf dem Rücken lag und versuchte, die Signalrakete aus der Halterung zu ziehen. Mit gestrecktem Arm schoss er die Rakete in den grauen Himmel. Ronan drehte sich auf den Rücken, paddelte leicht mit den Flossen, um in Bewegung zu bleiben. Immer noch glühte der rote Schein der Signalrakete über dem Meer. Wenn das Schiff der Marine in der Nähe war, dann mussten sie das Notsignal sehen, und es wäre gut, wenn sie sich beeilen würden, bevor mehr Kälte in ihm als in dem verdammten Ozean war.

Seine Gedanken trieben ebenso umher wie sein Körper auf den Wellenbergen. Kein Halt, nach keiner Seite. Der Fall schien völlig aus dem Ruder zu laufen. Ein Fischer war verschwunden. Das war noch keine Ermittlung. Es gab überhaupt keinen Fall. Fischer verschwanden, Touristen verschwanden, manche fand man lebendig, manche tot, manche nie wieder. Doch die Suche nach Gael hatte etwas losgetreten, was sich Ronan nicht erklären konnte. Was machte sein Handy auf dem Felsplateau der *Roches-Douvres*? Was hatte Gael dort zu suchen, mitten in der Nacht? Dann der nächtliche Besuch auf seinem Boot. Keine gewöhnlichen Einbrecher. Dann die Sonaraufnahmen. Es war nicht Gaels Boot, sondern der

Form nach eine Segeljacht. Insgeheim hatte Ronan gehofft, Camille zu finden, stattdessen hatte er die Jacht von Alan Jegou gefunden, die vor dreizehn Jahren verschollen war, und in ihr einen Haufen Leichen. Ob Jegou und seine Familie unter den Toten waren, konnte nur die Rechtsmedizin feststellen. Unter den Toten waren Frauen und Kinder, doch es waren zu viele. Mit Alans Frau Kirsten und Lena waren es drei. Aziliz hatte überlebt. Ronan hatte im Rumpf der Jacht mindestens neun Skelette gezählt. Jemand hatte sie in die Kajüte gesperrt. Das Vorhängeschloss konnte nur jemand von außen befestigt haben, und dieser Jemand hatte wahrscheinlich auch die Neun-Millimeter-Löcher in den Köpfen der Menschen hinterlassen. Die Jegous waren nicht Hals über Kopf aufgebrochen, mitten in der Nacht. Jemand hatte sie kaltblütig ermordet. Und wer immer mit dem Tod von Alan Jegou und seiner Familie zu tun hatte, hatte auch versucht, ihn aus dem Weg zu räumen. Nur wozu das alles? Was hatte das mit Gael Morvan zu tun? Ronan musste herausfinden, wer versucht hatte, ihn auf den Grund des Ozeans zu befördern. Wenn er gefragt werden sollte, was genau geschehen ist, würde er einfach lügen. Es ist nichts geschehen, außer, dass der Legionär in der Strömung den Halt verlor und in Panik geriet. Wenn der andere Legionär sah, dass nur Ronan zurückkam, dann war klar, dass der Mordanschlag fehlgeschlagen war und sein Kamerad nicht mehr lebte. Wenn er über die Absichten des Sergents Bescheid wusste, dann wusste er auch, dass er nicht mehr lebte. Ronan würde ihn genau beobachten, wenn er zurück auf dem Schiff war. Rief er jemanden an, oder versuchte er selbst, den Job seines Kameraden zu Ende zu bringen? Warum hatte es jemand auf ihn abgesehen? Aber wenn sie noch lange brauchten, um ihn aus dem Wasser zu ziehen, dann würde das Meer diese Arbeit übernehmen.

Über einem Wellenkamm tauchten die Positionslichtern des Marineschiffs auf. Das weiße Licht von Suchscheinwerfern erfasste ihn. Ein Zodiac kam über die Wellenkämme auf ihn zu. Der starke Außenborder ließ das aufblasbare Boot über die Wellen springen. Ronan konnte nicht sehen, wer das Boot steuerte. Er erkannte zwei Personen. Er hoffte, dass es Loig war und nicht der andere Legionär. Vielleicht waren ja die beiden Legionäre nicht die Einzigen, die ihm die Lebenslichter auspusten wollten. Ihn überkam ein flaues Gefühl, das er aus seinen Einsätzen beim Militär kannte. Das Bewusstsein, dass eine Situation nur noch ein Strudel aus ineinanderstürzenden Zufällen war, Chaos, der Moment, wenn jede Kontrolle sinnlos geworden war. Ronan roch die Hitze der Wüste in Mali, als er, an eine Steinmauer gepresst, Deckung suchte. Schwerer Beschuss. Er wechselte die Position. Im Zielfernrohr die Schützen, die das Feuer auf ihn eröffnet hatten. Sie trugen französische Uniformen. Was nichts heißen musste. Die Rebellen hätten sie von gefallenen Soldaten stehlen können. Sie hatten ihn gesehen und feuerten trotzdem. Entweder waren dort zwei Rebellen in französischen Uniformen, die ihn mit ihren AK 47 unter Feuer nahmen, oder er hatte zwei Idioten aus einer anderen Einheit vor sich. Tödlich waren beide. Ob ihn feindliche Soldaten getäuscht und erschossen hätten oder ob er aufgrund eines Irrtums starb. Er würde tot sein. Damals traf er eine Entscheidung. Er überlebte. Das war das Einzige, was zählte.

Das Zodiac kam näher. Ronan griff zu seinem Messer, doch die Halterung war leer. Er hatte es im Kampf mit dem Legionär verloren. Einer der Männer hielt etwas Längliches in der Hand. Als er in Sichtweite war, zielte der Mann mit dem Gegenstand auf ihn. Drück schon ab! Jetzt erkannte er Loig. Er hielt einen Rettungsstab in der Hand. Eine Rettungsleine war bei dem Wellengang zu riskant. Sie konnte in die Schraube des Motors geraten. Das Zodiac war über ihm. Eine Welle kippte das Boot gefährlich, und Ronan bekam den Rettungsstab gegen seinen Kopf. Er hörte Loigs Stimme rufen: »Halt dich fest!« Was sollte er sonst tun? Nur solltest du aufhören, mir das Scheißding auf den Schädel zu schlagen, dachte Ronan. Der zweite Mann im Boot steuerte das Schlauchboot. Es war der junge Matrose, der sie begrüßt hatte, als sie an Bord gekommen waren. Loig hatte es geschafft, ihn seitlich an den Bootsrumpf zu ziehen. Ronan zog sich ins Bootsinnere.

»Hast du dich entschieden, zur Küste zu schwimmen«, sagte Loig »oder hast du drauf spekuliert, dass ich bei dir Mund-zu-Mund-Beatmung mache?«

Der Kapitän wartete an Deck. Hinter ihm der Legionär. Seine Miene war starr wie eine Totenmaske. Ronan zog sich eine winddichte Jacke an. Der Matrose, der das Zodiac gesteuert hatte, trug Ronans Flossen und Tauchmaske. Der Rest der Ausrüstung lag am Grund des Meeres. Ronan blickte in das verschlossene Gesicht des Legionärs. Gelbliche Flecken in einer grünen Iris. Keinerlei Regung. Ronan fühlte, wie Wut in ihm hochkochte. Ihr Arschlöcher habt versucht, mich umzubringen.

»Es gab einen Unfall«, sagte Ronan mit gespielter Betroffenheit. Das war für die Kulisse. Er wusste es, der Legionär wusste es.

—

Die Küste war bereits in Sicht, als Loig den Motor drosselte. Die Motoren schnaubten ruhig vor sich hin. Wind und Dünung hatten durch die Nähe des Landes bereits abgenommen.

»Was ist da unten passiert?«

Ronan wickelte einen Verband um die Schnittwunden. Er hatte nicht gespürt, dass die Klinge von Van Haags Messer in seinen Unterarm geschnitten hatte. Doch Van Haag war Geschichte, ein Name auf einem Grabstein oder vielleicht nicht einmal das. Sein Vorgesetzter hatte nicht mit der Wimper gezuckt, als er erfahren hatte, dass Van Haag Fischfutter war. Totes Zellgewebe am Grund des Meeres. Wahrscheinlich hatten ihn schon Tintenfische und kleine Haie angefressen. Es hätte auch anders ausgehen können, dann wäre Loig jetzt allein auf dem Boot, und es gäbe ein Staatsbegräbnis mit französischer Flagge auf Ronans Grab, und niemand würde wahrscheinlich von den Toten im Boot erfahren und dass ihn ein ausgemusterter Legionär umgebracht hatte. Das Schicksal war auf seiner Seite. Das Schicksal und sein Instinkt. Er hatte sich nicht getäuscht. Der Mann, der ihn in vierzig Meter Tiefe angegriffen hatte, gehörte zu den Leuten, die ihn auf dem Boot attackiert hatten.

»Hast du es nicht auf dem Video gesehen?«

»Da war nur das Boot, kaum zu sehen in dem trüben Wasser. Ich habe eine Einstiegsluke gesehen und dass du deine Taucherflasche ausgezogen hast.«

»Sonst wäre ich nicht ins Bootsinnere gekommen.«

»Du solltest nur feststellen, welches Boot da unten lag.«

»Hast du den Namen nicht gesehen?«

»Nein, am Anfang war nur der Legionär am Bildschirm. Hat sich davor breitgemacht und den Ersten Offizier weggeschickt. Bei mir hat er es gar nicht erst versucht.«

»Du hast nicht gesehen, wie ich den Namen des Bootes freigelegt habe.«

»Da war ich noch ... Das kalte Wetter schlägt mir auf die Blase. Ich musste dringend pissen. Es war ja jemand am Bildschirm. Ich konnte ja nicht ahnen ...«

»Es ist die *Seafuture*.«

»Alan Jegous Boot?«

Ronan nickte. »Und hast du die ganzen Leichen im Inneren des Bootes gesehen?«

»Als du im Innern des Bootes verschwunden bist, verloren wir das Bild.«

»Und die Kamera des Legionärs? Was hat die aufgezeichnet?«

»Der hatte keine Kamera.«

»Dann hast du nicht die Toten gesehen?«

»Die Überreste der Jegous?«

»Kann ich nicht sagen, doch es waren mehr. Zehn bis fünfzehn Menschen. Skelette in Kleidern. Die Kabine war zwar voll Wasser, aber noch verschlossen, sodass die Knochen die Jahre irgendwie überdauert haben. Den Kleidern nach zu urteilen waren auch Frauen und Kinder unter den Toten.«

»Und was ist mit dem Legionär passiert?«

»Der Sergent hat da unten den Dienst quittiert.«

»Hat ihn ein Hai gefressen, oder hat ihn eine Meerjungfrau entführt? Bloomsday wird einen genauen Bericht wollen, und die Legion haben wir auch noch im Nacken.«

»Das bezweifle ich ...«

»Schließlich ist einer ihrer Elitesoldaten getötet worden.«

»Er hat versucht, mich da unten abzustechen.«

»Was?« Loig vergaß für einen Moment das Ruder, und die *Amathée* kam vom Kurs ab.

»Kaum war ich im Innern des Boots, hat er mich angegriffen.«

»Wir sollten das an die Zentrale durchgeben.«
»Vorerst bleibt es nur ein Unfall.«
»Erst der Angriff auf deinem Boot, jetzt versucht dich ein Legionärsveteran abzumurksen … Hast du eigentlich auch Freunde?« Ronan hielt seine rechte Hand. Sie zitterte. Die Nachwirkungen der Kälte und das Nachlassen der Anspannung. In ein paar Minuten würde er müde werden. Bei seinen Kampfeinsätzen nannten sie diesen Zustand Todmomente. Der Körper brauchte eine Ruhephase. Der Adrenalinspiegel sank, was zu Erschöpfung und Müdigkeit führte. Ronan hatte es gelernt, seinen Adrenalinspiegel hochzuhalten. Doch jetzt hatte er nur noch das Bedürfnis zu schlafen. Er hörte das tiefe Brummen der Motoren und dazwischen Loigs Stimme, wie jemanden, der ihm aus einem Tunnel etwas zurief.

»Ich brauche eine Pause.«

»Warum wollte dich der Legionär umbringen?« Loig hatte das Boot wieder auf Kurs gebracht und beschleunigte. Die ersten Inseln und Felsspitzen tauchten auf. Eine farblose Skizze, auf der nur die Umrisse von Kirchtürmen, Wassertürmen und der Landschaftsverlauf zu erkennen war.

»Sie wollten verhindern, dass ich die Leichen finde.«

»Wozu das alles? Es ist dreizehn Jahre her, dass Jegous Boot und seine ganze Familie verschwunden ist …«

»… bis auf die jüngere Tochter.«

»Ihren Körper haben sie gefunden«, sagte Loig, »ihr Geist ist da draußen geblieben.«

»Die meisten Schädel, die ich in der kurzen Zeit finden konnte, hatten Einschusslöcher im Kopf. Das war eine Massenerschießung. Jemand hat zehn oder fünfzehn Menschen kaltblütig hingerichtet und dann die Kajüte von außen verschlossen.«

»Wir sollten das trotzdem weitermelden. Ich will so einen Mist nicht alleine auf meinem Schreibtisch haben. Davon kriegt man Albträume und von Albträumen Depressionen, und von Depressionen bekomme ich schlechte Laune, und von schlechter Laune kriege ich noch üblere Albträume.«

»Noch nicht. Ich weiß nicht, wem ich trauen kann.«

»Das ist zu groß für uns.«

»Aus irgendeinem Grund«, sagte Ronan gerade so laut, dass seine Stimme nicht im Motorenkrach unterging, »hat jemand versucht, mich vom Spielbrett zu nehmen. Dagegen habe ich etwas.«

»Wir brauchen ein Bergungsteam, um die Überreste hochzuholen.«

»Ich werde jemanden in Brest verständigen«, sagte Ronan, »die haben die notwendige Ausrüstung, und ich will verhindern, dass wieder irgendwelche Legionäre auftauchen, die mir der Bürgermeister geschickt hat.«

»Was hat der Bürgermeister damit zu tun?«

»Der Kapitän meinte, Kazav habe ihnen lediglich ein paar Taucher geschickt. Doch weder Van Haag noch der Mann auf dem Boot waren Marinetaucher. Das waren Fallschirmspringer. Der Sergent hatte Taucherfahrung, aber so wie er sich den Sauerstoff einteilte und wie er mich angegriffen hat, war er kein Kampfschwimmer. Da wäre ich wahrscheinlich jetzt nicht mehr hier.«

»Der Bürgermeister hat dir einen Killer auf den Hals geschickt?«

»Kann ich nicht sagen.«

»Ich trau dem korrupten Geier alles zu«, meinte Loig, »dass er Nutten laufen hat, seine schmutzigen Immobiliengeschäfte und dass seine Steuererklärung wahrscheinlich nicht der Spiegel seiner Vermögensverhältnisse ist. Aber einen Mord?«

Kazav, der Geschäftsmann, Bürgermeister Penecs, Immobilienhai, der Millionär, ein Mann, der bei jedem Satz, den er sagte, sich umdrehte und schaute, ob eine Kamera da war, der Mann, der so viele Hände geschüttelt hatte, dass er davon einen Tennisarm bekommen hatte, und dann war da noch ein Junge auf einem Pausenhof, am Boden liegend, gerädert von den Schlägen zweier Jungs. Ronan hatte nie Kazavs Blick vergessen, als die älteren Jungs von ihm abließen. Sie lachten über das stöhnende Bündel am Boden. Sie lachten, weil sie nicht Kazavs Augen gesehen hatten. Kazav hatte die beiden verfolgt, wie ein Wolf, der einem verletzten Hirsch durch den Wald folgte, so lange, bis der Hirsch erschöpft zusammenbrach. Als Kazav am Boden lag, sah er schon den Tod der anderen Jungen.

»Das Buch des Schicksals wird nicht von Schafen geschrieben«, hatte Kazav damals zu ihm gesagt, »und ich werde sie töten, und du wirst mein einziger Zeuge sein.«

Hatte Victor Kazav die Jungen später in eine Fischerhütte gelockt, oder hatte er sie verfolgt und sie dann eingesperrt? Den Benzinkanister hatte er in der Nähe der Hütte versteckt. Dann verriegelte er die Hütte und schüttete das Benzin aus. Dämpfe reizten seine Augen. Bis die Jungen im Innern der Hütte begriffen, was geschah, war es zu spät. In der Zeitung waren Bilder von dem Inferno. Kazav hatte ihn damals zum Mitwisser gemacht. Ronan aber hatte niemandem davon erzählen können, weil es nicht einen Beweis gab. Mit der Wahrheit hätte er sich lächerlich gemacht. Sie war viel zu unwirklich, um wahr zu sein, und es gab keine Spur in die Vergangenheit. Kazav hatte die Wahrheit begraben und ihn seit jenem Tag damit zurückgelassen.

Wenn der Bürgermeister mit dem Verschwinden der Jacht Jegous zu tun hatte, wenn er den Taucher beauftragt hatte, ihn umzubringen, dann musste es dafür einen Grund geben. Oder der Bürgermeister war nicht direkt beteiligt. Doch auch wenn er den Auftrag nicht selbst gab, seine rechte Hand war der frühere Colonel der Légion Étrangère, Leturc.

»Ich werde Kazav einen Besuch abstatten«, sagte Ronan.

»Auch wenn Bloomsday ein Roastbeef in dritter Generation ist, sollten wir mit ihm reden. Wir können nicht einfach wie im Wilden Westen drauflosrennen und Verdächtigen den Lauf einer Pistole zwischen die Zähne setzen.«

»Er steckt da mit drin.«

»Der Bürgermeister hilft der Stadt, wo er nur kann. Er ist beliebt, weil er ein Vereinsgebäude für den Fußballverein bauen ließ und weil er Bauern niedrig verzinste Kredite gewährt. Er könnte mitten auf dem Marktplatz einer Frau den Kopf abschneiden und würde trotzdem vom Gericht freigesprochen.«

»Ich muss wissen, mit was wir es hier zu tun haben, und bis dahin kein Wort. Erst recht nicht zu Bloomsday.«

Der Auftrag

Sie hatten die *Amathée* neu betankt und befestigt. Ronan wählte die Handynummer von Marie Blanc. Warum hatte er noch nicht die Ergebnisse der Handydaten von Gaels Telefonspeicher? Was hatte Gael um diese Zeit da draußen zu suchen? Du warst dort nicht beim Fischen, sagte er vor sich hin, nicht beim Fischen.

»Fischen?« Loig zog die Augenbrauen zusammen.

»Ich muss nur dauernd an Gael denken und seine Sachen, die wir auf dem Plateau der *Roches-Douvres* gefunden haben.«

»Für heute genug Stress. Ich werde nicht ausreichend bezahlt, um mir vor dem Essen einen Kopf wegen diesem Schwachsinn zu machen.«

»Ich muss mit Kazav reden.«

»Das hat bis morgen Zeit. Wie wär's, wenn wir zu mir fahren, und du isst mit uns?«

Ronan dachte: Nein, ich habe wirklich keinen Nerv auf diese heimeligen Familienabende, bei denen jeder seine festgeschriebene Rolle spielt wie bei einem schlechten Provinztheater. Stattdessen nickte er und öffnete die Fahrertür seines Wagens. Im Heck huschte etwas unter sein Sportzeug. Loig stieg ein. Er hatte die Tür noch nicht ganz geöffnet, als er zurücktaumelte, so als wäre er von einer unsichtbaren Faust getroffen worden.

»Pahhh, bordel de merde … Hast du die Leiche deiner Großmutter im Kofferraum?«

Ronan hatte ihn tatsächlich vergessen, den Dachs. Er öffnete den Kofferraum. Der Dachs hatte sich unter dem Sitz versteckt, dabei hatte er seinen Körper so platt wie die Feiertagsausgabe des *Télégramme* gemacht. Auf irgendeine Weise konnte er seine Knochen zusammenschieben, sodass man von ihm nur ein weißschwarzes Fellbündel erkennen konnte. Zum Glück hatte sich die

Sonne um diese Jahreszeit hinter eine Schicht ölfarbiger Wolken verzogen, sonst wäre es in seinem Wagen mehr als fünfzig Grad heiß gewesen. Ronan fragte sich, welcher Tod der bessere sei. Von Jagdhunden zerfleischt, von selbst gemachten Lanzen aufgespießt, vergiftet oder Hitzetod im Wagen. Er hatte nicht vor, den Dachs in seinem Wagen zu beherbergen, aber wegen dieser verdammten Jäger war das Tier so verängstigt, dass es sich wahrscheinlich zum Winterschlaf unter seinen Sitz zurückgezogen hatte.

Loig beugte sich mit zugehaltener Nase nach vorne und überzeugte sich von dem blinden Passagier.

»Was ist das?«

»Ein Dachs.«

»Was macht er unter deiner Sitzbank? Wenn du ihn überfahren hast, dann bring ihn zur Tierkörperverwertung oder vergrab ihn im Wald.«

»Tot hätte er mir nicht das ganze Auto zugeschissen.«

»Und jetzt? Enora hat meinen Wagen. Sie musste heute zum Friseur, und ihr Clio hat den Geist aufgegeben. Das heißt ...«

Mit offenen Fenstern war die Fahrt erträglich. Der Dachs rührte sich keinen Millimeter. Ronan fürchtete schon, dass das Tier unter seinem Sitz verendet sein könnte. Als sie in die Neubausiedlung im Süden Penecs abbogen, rief Loig seine Frau an.

»Ja, er kommt nun doch. Wärm einen Teller Hundefutter für ihn auf, das reicht schon.« Er unterbrach das Gespräch, steckte das Handy ein. »Ich hoffe, Enora versteht nach einundzwanzig Jahren Ehe endlich meinen Humor.«

»Schlimmer wäre es, wenn sie herausfindet, dass du überhaupt keinen Humor hast.«

Enora wartete in der Tür, als sie die Einfahrt hochfuhren. Sie trug eine Schürze und darunter ein Kleid, das ihre Figur milimetergenau nachzeichnete. Sie war zwei Jahre älter als Loig und verbrachte eine Menge Zeit damit, ihre Figur in Form zu halten. Sie war aber intelligent genug, den Kampf gegen das Alter nicht zu übertreiben. Fältchen an den Augen und um die Mundwinkel verrieten, dass sie eben keine zwanzig mehr war. Enora hatte es begriffen, während Loig seine jungen Dinger im Bett brauchte, die er im Sportclub oder in der Sauna aufgabelte. Sie gaben ihm ein Gefühl, vom Alter noch weitgehend verschont zu bleiben. Ronan erklärte ihm, dass die jungen Mädels nur deshalb mit ihm gingen, weil sie wissen wollten, wie es war, mit so einem Alten ins Bett zu steigen. Enora hatte ihn schon einmal verlassen, als plötzlich eines Tages eine seiner flüchtigen Eroberungen an seinem Küchentisch saß und ihre Tränen in Enoras Schürze wischte. Damals hatte Loig ihr geschworen, dass dies nur ein Ausrutscher war, doch sie wusste, dass ihr Mann sich jeden Tag auf dem Glatteis befand.

»Hast du eine Schüssel Wasser und etwas Katzenfutter?«

Enora schaute ihn amüsiert an. »Du kannst aber auch mit uns essen.«

Ronan lachte und stellte eine Blechschüssel mit Wasser und einen Plastiknapf mit Katzenfutter auf die Ladefläche des Defenders. Er ließ die Klappe offen, falls dem Dachs einfiel, sich doch noch aus dem Staub zu machen. Das Angebot zu duschen nahm Ronan an. Seine Haut roch noch immer nach Neopren. Als das heiße Wasser auf seine Schultern prasselte, schloss er die Augen. Vor sich sah er den toten Van Haag, wie er in die Dunkelheit trieb. Sobald das Wetter es zuließ, würden sie mit einer Bergungsmannschaft die *Seafuture* und die Leichen nach oben holen. Bis dahin hatte er Zeit, herauszufinden, wie Gaels Handy auf das Felsplateau der *Roches-Douvres* gekommen war. Er drehte am Ende die Dusche auf kalt, schaltete sie aus, trocknete sich ab und fühlte sich wieder wie ein Mensch, als ihm Loig ein Glas Lagavulin einschenkte. Der Whisky schmeckte torfig und brannte in der Kehle.

»Wie lange ist es her, dass du bei uns warst?«, fragte ihn Enora.

»Eine ganze Weile.«

»Ronan geht den Menschen lieber aus dem Weg«, sagte Loig und hatte sein Alles-gut-Lächeln aufgesetzt.

»Ich gehe niemandem aus dem Weg, aber in unserem Beruf hat man es dauernd mit Menschen zu tun. Da ist man am Abend manchmal froh, wenn man niemanden sieht.«

»Kann ich verstehen«, sagte Enora, »ich hätte manchmal auch

Lust, auf einer Insel zu sein, alleine, ohne Kinder, einfach nur für mich. Für eine Woche, vielleicht zwei, aber nicht länger.«

»Du könntest es zwei Wochen ohne mich aushalten?« Loig legte seine Hand auf den Nacken seiner Frau. Eine Zärtlichkeit, die als Scherz gemeint war, aber nicht in den Augen Enoras ankam. Sie hatte Lust, ihrem Mann ein paar Dinge an den Kopf zu werfen, hielt sich aber zurück und überspielte ihre Wut.

»Kein Mensch weiß genau, was Ronan außerhalb seines Dienstes macht. Er geht nicht mit den Kollegen einen trinken, lässt die gewohnten Jubiläumsbesäufnisse ausfallen. Einige sagen, dass er mit Fischen redet und nackt durch den Wald rennt.«

»Dafür bist du jedes Wochenende unterwegs. Deine Kinder kennen ihren Vater nur von den Urlaubsfotos, die ich ins Album geklebt habe.«

»Wir haben den miesesten Job überhaupt«, sagte Loig und suchte Bestätigung bei Ronan.

Ronan nickte nur. Was hätte er Enora auch sagen sollen? Dass ihr Mann nach Dienstschluss nach Brest fuhr, um dort albanische Nutten zu vögeln? Dass er den Kick brauchte. Es ist wie eine Droge. Das erste Mal, wenn du ihr das Höschen auszieht. Ja, es ist immer dasselbe, ich weiß, was du sagen willst, Ronan, aber es ist auch nicht immer dasselbe. Sie riechen alle anders, und ich bin süchtig danach. Hätte Enora gewusst, wie ihr Mann wirklich tickte, hätte sie ihre Kinder gepackt und wäre in eine andere Stadt gezogen. Jetzt saß Ronan auf den harten Küchenstühlen in Loigs Esszimmer und schaute sich gelangweilt das Theaterstück an, das er für ihn vorbereitet hatte.

»Ja, manchmal frage ich mich auch, warum ich das alles noch mache«, sagte Loig.

Enora brachte das Essen in einer großen hölzernen Schüssel. Daneben stellte sie gusseiserne Töpfe, in denen verschiedene Saucen dampften.

»Thailändisch«, sagte Enora, »ohne Fleisch, rein vegetarisch ...«

»Du meinst, da ist überhaupt nichts gegen den Hunger drin«, spottete Loig und hob den Deckel eines Topfs hoch. Er rümpfte die Nase und zwinkerte Ronan zu.

»Ich kann mich noch gut an unser letztes Gespräch erinnern«, sagte Enora, »wir haben im Garten gegrillt.«

»Ronan musste damals jedem im Detail beschreiben, wie Schweine, Rinder und Pferde geschlachtet werden.«

»Du bist immer noch Vegetarier?«, wollte Enora wissen, aber nicht in einem ernsten Ton.

»Können wir von etwas anderem reden?« Loig rollte die Augen.

Enora gab Ronan etwas Reis auf den Teller. »Bambussprossen und grüne Papaya in Thaicurry gekocht, dazu Kokosmilch mit roten Peperoni. Vorsicht, scharf.«

»Pass auf, Ronan, das brennt dir die Zunge weg. Sie macht das extra, um dir deine Pflanzenfressermanie auszutreiben.«

»Kannst du aufhören zu sticheln?«

Ronan nahm sich reichlich von der Peperonisauce. Nach ein paar Löffeln schwitzte er bereits. Er lobte Enora als Köchin und war gerührt. Sie hatte nicht vergessen, dass er keine Tiere aß.

»Es tut mir leid wegen damals«, sagte Ronan.

»Du bist ein Extremist«, sagte Loig. »Kennst keine Grenzen, wenn du von etwas überzeugt bist. Aber gut, du denkst ja jetzt anders darüber.«

»Das habe ich nicht gesagt.«

Loig ließ den Löffel in seinen Teller fallen.

»Hast du nicht gerade gesagt, dass es dir leidtut, weil du uns allen das Fleischessen madig machen wolltest?«

»Du hast ihn gelöchert«, sagte Enora und reichte Loig noch Reis.

»Du wolltest wissen, warum er kein Fleisch isst.«

»Bist du eigentlich auf seiner Seite?«

»Ich wollte das nur richtigstellen.« Enora schaute ihrem Mann in die Augen. Tja, das hast du nun davon, dass du andere immer aufziehst.

Ein oder zwei Minuten lang war nur das Klappern des Metallbestecks im Raum zu hören.

Im Laufe des Abends plätscherten die Gespräche vor sich hin, handelten von der Weltpolitik, von der letzten Ölpest an der Küste, Fischquoten, den neuen Baugrundstücken im Dorf, der Einhandregatta in Port Blanc, von den kaputten Telefonen in der Dienststelle und natürlich der Neuen. Marie Blanc. Ja, sie sah gut aus, hörte sich Ronan antworten. In ihrem Gesicht konnte Ronan lesen, was sie fragen wollte, es aber unterließ. Wieder ein paar ungeschickte Zärtlichkeiten, die Loig unbewusst ins Lächerliche zog. Loig ließ es sich nicht nehmen, auf Camille anzustoßen. Dreizehn Jahre ist es her. Und ja, Camille gilt als verschollen, und er hat immer noch ihre Sachen auf dem Boot.

»Du wirst dich damit abfinden müssen und dein Leben weiterleben«, sagte Loig. »Ein Mann braucht eine Frau, wenn du weißt, was ich meine. Du kannst nicht die nächsten Jahre nur im kalten Wasser schwimmen und wie ein Eremit leben. Enora, wir sollten Ronan einmal deiner Freundin Julie vorstellen. Sie ist auch ein bisschen öko angehaucht, kauft ihre Milch im Reformhaus und schwingt Pendel. Mit ihr würdest du dich gut verstehen.«

»Lass das«, wies Enora ihren Mann zurecht.

»Schon gut. Loig hat nicht unrecht, aber mir gefällt mein Leben als Eremit.«

Irgendwann gegen halb elf Uhr abends, als Ronan bereits gehen wollte, kam sie noch einmal auf den Grillnachmittag zu sprechen.

»Du hast nie gesagt, warum du keine Tiere isst.«

Warum musste er sich dafür rechtfertigen? Doch Enora schien wirklich an einer Antwort interessiert zu sein, und Ronan hatte ausreichend Alkohol im Blut, um über etwas zu sprechen, wofür er keine Philosophie oder Ideologie hatte.

»Es gibt keinen wirklichen Grund, warum ich keine Tiere esse, aber dagegen Gurken und Nüsse. Es ist eine persönliche Sache zwischen mir und all den anderen Wesen auf diesem Planeten. Ich bin mir sicher, dass meine Existenz allein schon der Grund für den Tod anderer Tiere ist. Aber die Vorstellung, dass Tiere abgeschlachtet werden, nur dass ich ein Steak auf dem Tisch habe, ist mir unerträglich geworden.«

»Tun sie dir leid?«

»Ich fühle mich nicht besser als sie. Wir sind eine Spezies unter vielen auf diesem Planeten.«

»Aber Tiere haben keine Seele«, sagte Enora, und Ronan hatte vergessen, dass sie überzeugte Katholikin war.

»Das ist einfach. Man erfindet eine Geschichte, in der sich eine Spezies selbst zum Herrscher von allem macht, und schon ist es so.«

»Für Ronan sind wir dumme Tiere«, warf Loig dazwischen.

»Nicht dümmer oder klüger als alles andere, was auf diesem Planeten zu überleben versucht.«

»Aber wer überleben will, muss andere fressen«, sagte Loig, »so läuft das eben nun mal. Fressen und gefressen werden. Und wenn ich andere fressen muss, um etwas länger unter dem Himmel spazieren gehen zu können, werde ich es tun.«

»Die Menschheit würde nicht aussterben, wenn es keine Schlachthöfe mehr gäbe, keine Fangflotten, die jeden Tag Tonnen von Fisch aus dem Meer ziehen, und Banden von stumpfsinnigen Idioten, die mit ihren Flinten auf alles schießen, was sich bewegt.«

»Tradition ...«, sagte Loig.

»Die Lust am Töten und Quälen.«

»Nur weil du selbst kein Jäger bist, musst du es anderen nicht madig machen.«

Loig hatte wie immer den Ton aller Selbstgerechten. Es ist richtig, weil ich es bin, der es tut.

Enora lehnte sich zurück. »Wenn die Bibel anders geschrieben wäre, dann würden die Menschen sich vielleicht anders verhalten.«

»Die Menschen haben sie so verfasst, dass sie tun und lassen können, was sie wollen.«

»Ich bin ein bösartiges und verschlagenes Tier«, scherzte Loig und trank den Rest seines Whiskys mit einem Schluck, »mit einem großen Schwanz.«

Enora verzog das Gesicht, Loig sah nach oben, als wollte er den heiligen Franz von Assisi mimen. Enora zuliebe hielt Loig sich zurück. Ronan kannte seine Predigten auswendig: Wenn der liebe Gott mir einen Riesenschwanz gegeben hat, dann sicherlich, dass ich das Ding benutze. Als guter Christ weiß man eben die von Gott gegebenen Gaben zu nutzen.

Ronan musste an den Dachs in seinem Wagen denken. Wenn er Glück hatte, dann hatte der Dachs inzwischen das Weite gesucht.

Loig war zu betrunken, um ihn nach draußen zu begleiten. Enora gab ihm seinen Mantel. Sie zog ihre Gummistiefel an und schickte sich an, ihn noch vor die Tür zu bringen. Die Straßenlaternen waren ausgeschaltet. Bis auf die Leuchttürme brannte kein Licht an der Küste. Der Wind peitschte den Regen durch eine Nacht, die selbst die Zeit verschlucken konnte. Enora lief noch bis zu den Mülltonnen in ihren Plüschhausschuhen mit. Sie warf den vollen Plastiksack in die Tonne. Ronan wartete, bis sie sich zu ihm drehte. Sie wollte nicht den Müll raustragen, sondern nur weit genug vom Haus entfernt sein:

»Du musst es mir nicht sagen«, sagte sie mit der Stimme einer Frau, die ihm ebenso ein Rezept für Suppe hätte zitieren können, »aber hat er eine andere?«

Vergiftete Fragen waren das. Hatte Enora ihn nur wegen dieser einen Frage eingeladen? Erwartete sie tatsächlich eine Antwort? Oder wollte sie nur in sein Gesicht blicken, um dort das abzulesen, was sie als Frau schon längst wusste. Doch wozu brauchte sie noch seine Bestätigung.

»Ich muss gehen ... Gute Nacht.«

Enora rief ihm noch etwas hinterher, das jedoch im Wind unterging. Sein Wagen stand fünfzig Meter auf der anderen Straßenseite. Ronan leuchtete mit der Lampe in seinem Handy in das Wageninnere. Die Schüssel mit dem Katzenfutter war leer und auch die Wasserschüssel. Der Dachs hatte seinen Platz getauscht. Er war jetzt unter den Beifahrersitz gekrochen. Es roch noch immer nach Dachskot.

Er begegnete keinem Wagen. Kein Mensch auf der Straße. Der Hafen von Penec glich einem der Zombie-Ferienorte, die außerhalb der Saison nur von Möwen und Ratten bevölkert waren. Für die nächsten zwei Tage hatte das Amt für Meteorologie eine Sturmwarnung herausgegeben. Orange. Sicherheitshalber musste er sein Boot in den Hafen bringen. Bei starkem Nordwind und einem hohen Flutkoeffizienten riss es oft die Ketten der Festmachbojen ab. Ronan bog zur Halbinsel ab, auf der das Haus der Jegous lag, und für einen Augenblick glaubte er dort ein Fenster gesehen zu haben. Doch das hätte genauso gut ein Lichtreflex der Wassermassen sein können, die gegen die Windschutzscheibe hämmerten. Er parkte den Geländewagen auf der Wendeplattform der Nordresidenz. Als er den Motor abgestellt hatte, ging er um den Wagen, klopfte auf den Beifahrersitz. Der Dachs rührte sich nicht. Er konnte das Tier nicht noch länger in seinem Wagen einsperren. Sein Auto war nicht der idealste Ort für einen Dachs, selbst wenn er ihm jeden Tag eine Schüssel mit Katzenfutter hinstellte.

Nach einer Viertelstunde gab er auf und ließ die rechte Seitentür einen Spaltbreit offen. Er band den Türgriff mit einer Schnur aus seinem Kofferraum an den Dachträger. Zumindest konnte der Wind so die Tür nicht sperrangelweit aufreißen. Er zog seine Kapuze tief ins Gesicht und suchte in seiner Tasche den Schlüssel für den Außenborder. Es war Ebbe, und das Beiboot lag inzwischen auf dem Trockenen. Er musste es gute dreißig Meter über die Steine ins Wasser ziehen, oder er wartete zwei Stunden, bis das Wasser hoch genug stand. Als er das Bushaltehäuschen passiert hatte, nahm er einen Schatten wahr. Bei seinen Nachteinsätzen als Soldat trug er meist Restlichtverstärker, doch auch diese reagierten nur auf unterschiedliche Konturenschärfen. Schatten war nicht gleich Schatten. Die Konturen formten sich zu einer Gestalt.

»Capitaine Prad …«

Ein Angreifer hätte ihn sofort aus seiner Deckung angegriffen. Ein Stich in den Hals oder ein Schuss aus kurzer Distanz. Jeder Mensch war angreifbar, wenn man seine Gewohnheiten kannte. Personenschützer wussten das nur zu gut. Persönlichkeiten mit höchster Sicherheitsstufe konnten sich aus diesem Grund auch nicht frei bewegen. Einige Präsidenten nahmen sich dennoch das Recht heraus, mit angeklebtem Schnurrbart oder auf einem Motorroller den professionellen Begleitern zu entkommen.

»Wer sind Sie?«

»Jemand, der es gut mit Ihnen meint.«

»Und haben Sie einen Namen?«

»Sie können mich Monsieur Grand nennen.«

»Das ist nicht Ihr richtiger Name, nehme ich an. Warum kommen Sie nicht morgen auf die Dienststelle?«

»Weil es mich gar nicht gibt, und jemand, den es gar nicht gibt, kann Sie nicht in Ihrem Büro aufsuchen.«

»Wenn es Sie nicht gibt, dann kann ich Sie jetzt auch nicht hören und gehe einfach weiter.«

»Das werden Sie nicht tun«, sagte die Gestalt. Der Mann verhielt sich nicht wie ein typischer Angreifer, doch genau dies konnte die größte Gefahr sein. Unter dem Regenmantel verbarg sich keine bullige Figur. Auch hatte er nicht den typischen federnden Gang, den Ex-Soldaten hatten.

»Ich hätte lieber in Ihrem Wagen gewartet, aber diesen Gestank hält selbst jemand wie ich nicht aus, und ich bin viel gewohnt.«

»Wir können auf meinem Boot weiterreden, im Trockenen?«

»Kein sicherer Ort, wie Sie ja bereits erfahren haben.«

»Sie wissen, wer mich angegriffen hat?«

»Wir vermuten es.«

»Wer ist wir?«

»Wir sind auf derselben Seite, Capitaine.«

»Wollen wir hier im Regen reden?«

»Ein kleiner Spaziergang im kühlen Regen tut nach einem Abend bei Ihrem Kollegen doch gut.«

»Überwachen Sie mich?«

»Dagorn, Ihr Kollege, ist ein loyaler Mann. Zumindest im Dienst. In seiner freien Zeit lässt er sich ziemlich gehen. Aber seine Frau weiß über ihn Bescheid. Sie folgt ihm seit Monaten, wenn er zum Spätdienst fährt. Sie macht das sehr geschickt, beziehungsweise muss man zugestehen, dass sich Ihr Kollege nicht gerade anstrengt, seine Spuren zu verwischen.«

»Wenn Sie von der IGPN sind und es irgendwelche Vorwürfe gegen mich oder einen Beamten meiner Einheit gibt ...«

Ronan suchte unter dem Bushäuschen Schutz. Der Wind zerrte an seiner Regenjacke.

»Die IGPN kommt in Ihr Büro, und Sie sind meist auch nicht so höflich, wie ich es bin.«

»Zumindest ist mein Büro beheizt. Wenn Sie mich und Dagorn also überwachen, dann wissen Sie, dass wir unsere Berichte mit der Hand oder mit einer alten mechanischen Olympia schreiben

müssen, weil unsere Computer nicht funktionieren. Bei uns funktioniert nicht einmal das Fax richtig, geschweige denn das Telefon. Besorgen Sie uns lieber neue Rechner, ergonomische Stühle ... wenn Sie etwas für uns tun wollen.«
»Darum kümmern wir uns nicht.«
»Und die Neue aus Brest haben Sie mir auch nicht geschickt?«
»Nein, sie kam nicht von uns.«
»Was wollen Sie dann?«
»Wir brauchen Ihre Hilfe.«
»Sie überwachen mich und brauchen meine Hilfe?« Ronan glaubte, sich verhört zu haben.
»Streng genommen überwachen wir Sie nicht. Sie stehen unter Beobachtung, seit ...«
»Was ist der Unterschied?«
»Das heißt, wir würden Sie nicht um Ihre Hilfe bitten, wenn die Umstände uns nicht gezwungen hätten.«
»Was gehen mich Ihre Umstände an?«
»In gewisser Weise sind diese Umstände Teil Ihres Lebens.«
»Könnten Sie endlich mal zum Punkt kommen?«
»Haben Sie sich nie gefragt, warum man Sie als ausgezeichneten Offizier einer Spezialeinheit der Armee aufs Abstellgleis gesetzt hat? Warum Sie nach Ihrem letzten Auftrag in Mali plötzlich in den Innendienst versetzt wurden?«
»Wir hatten bei einem Einsatz einen Mann verloren ...«
»Ich weiß, aber das ist Berufsrisiko, wenn man Elitesoldat ist. Nein, Sie wurden versetzt, und kurze Zeit später traten Sie in den Dienst der Gendarmerie Nationale. Ein dekorierter Offizier, Kampftaucher der Marine, dessen Akte zur Verschlusssache wird.«
»Es gab Missionen und Befehle«, sagte Ronan, »für die eben kein Politiker oder Funktionär geradestehen wollte, wenn jemals ein Journalist darüber gestolpert wäre.«
»Wir haben einen unserer besten Agenten verloren, deshalb brauchen wir Sie.«
»Wer sagt Ihnen, dass ich Ihnen weiterhelfen kann? Ich kümmere mich hier um ertrunkene Fischer, Diebesbanden aus Bulgarien, die Außenborder klauen, Leute, die ihren Müll im Meer verklappen.«

»Sie sollen an seine Stelle treten.«

»Woher wissen Sie, dass ich nicht damit zufrieden bin, was ich mache?«

»Unser voriger Agent, der für uns verdeckt gearbeitet hat.«

»Was ist mit ihm geschehen?«

»Wir wissen es nicht.«

»Und ich soll da weitermachen, wo Ihr Agent versagt hat?«

»Wir wissen nicht, ob er versagt hat. Wir vermuten, dass ihm etwas zugestoßen ist.«

Ronan trat kurz vor das Bushäuschen. Der Regen schlug ihm ins Gesicht. Er war wach. Loig hatte ihm keine Drogen ins Essen gemischt.

»Warum macht der Geheimdienst so einen Aufwand, um mich zu rekrutieren, und wozu diese Geheimniskrämerei?«

»Die DGSE bildet normalerweise ihre verdeckten Agenten selbst aus, bereitet sie Jahre auf ihre Mission vor, doch bei Ihnen ist das etwas anderes, und uns fehlt die Zeit. Das Entscheidende aber ist: Sie standen dem vorigen Agenten nahe.«

»Loig ...« Ronan schüttelte den Kopf, bis er begriff. Er machte einen Schritt in den Regen, um all das zu spüren, was in diesem Moment im Universum von ihm als real wahrgenommen wurde.

»Agent Donval war unsere beste Agentin.«

»Camille? Sie arbeitete für die DGSE?«

Der Mann nickte.

»Um mich ...?«

»Nein, es ging nicht um Sie. Agent Donval arbeitete in der Stadtverwaltung, Kultur, Kunst ... stand dem Bürgermeister nahe.«

»Aber die DGSE ist im Ausland tätig.«

»Nicht nur. Agent Donval sollte in die Nähe Kazavs kommen und Informationen über sein kriminelles Netzwerk beschaffen. Sie war gerade dabei, zur Kulturbeauftragten Kazavs zu werden, als sie auf etwas gestoßen ist. Wir wissen nur, dass es mit dem Verschwinden dieses Aktivisten zu tun hatte.«

»Deshalb suchte sie ihn.«

»Jegou hatte Informationen für sie, doch dann verschwand sie spurlos.«

»Und warum kommen Sie jetzt nach dreizehn Jahren damit zu mir?«

»Weil Kazav in die große Politik einsteigen will und wir das unmöglich zulassen können.«

»So ist Demokratie nun einmal. Die größten Gauner mit dem meisten Geld und der größten Klappe kommen an die Macht.«

»Wir fürchten, dass Kazav nur ein Strohmann ist und dass die nationale Sicherheit gefährdet wird, wenn er nicht aufgehalten wird.«

»Warum lassen Sie ihn nicht in der Badewanne ertrinken?«

»Wir leben in keiner Diktatur. Wir haben Gesetze.«

»Erzählen Sie mir nichts über Gesetze. Ich habe Dinge in Afrika für dieses Land gemacht, die mit keinem Gesetz jemals vereinbar wären.«

»Kazav ist nur ein Mittelsmann. Wir wissen nicht, wer dahintersteckt. Wir glauben aber, dass er hinter dem Verschwinden von Agent Donval, Jegou und seiner Familie steckt.«

»Was kann ich für Sie tun?«

»Im Augenblick warten Sie ab.«

»Wer hat mich auf meinem Boot angegriffen?«

»Söldner, aber wir vermuten es nur.«

»Kazav hat mir diese Burschen auf den Hals geschickt?«

»Das sollen Sie herausfinden.«

»Aber da ist noch etwas«, fügte Ronan hinzu. »Wir haben das Wrack der *Seafuture* gefunden.«

»Ich weiß … und es gab einen Tauchunfall, hat uns der Kapitän berichtet. Ein Taucher kam nicht zurück.«

»Ein Ex-Legionär, den Kazav freundlicherweise geschickt hatte. Er hat versucht, mich umzubringen, als ich in dem Wrack war.«

»Was war in dem Wrack?«

»Es war voll von Leichen«, sagte Ronan, »ich schätze zehn oder fünfzehn Menschen. Soweit ich das noch feststellen konnte, darunter auch Frauen und Kinder.«

»Leichen, die niemand finden sollte.«

»Einige hatten Einschusslöcher im Schädel. Neun Millimeter.«

»Und Jegou und seine Familie?«

»Kann ich nicht sagen. Ich hatte keine Zeit, die Leichen genauer zu untersuchen.«

»Was jetzt passieren wird: Morgen um zehn Uhr vormittags taucht bei Ihnen Yves Lambert auf. Der juge d'instruction. Er hat die Ermittlungen im Fall Jegou an sich gezogen. Soweit wir wissen, ist er unbestechlich. Er ist noch relativ jung und ehrgeizig, glaubt an die Justiz, die Republik und so weiter. Er lebt alleine mit seiner Mutter in einem Nest zwischen Saint-Brieuc und Penec. Ein guter Jurist, der Karriere machen will. Er wird Sie von dem Fall abziehen und Ihren Chef Colonel Bloomsday darauf ansetzen.«

»Wenn wir uns nicht beeilen, dann wird Kazav andere Taucher schicken oder Fische und Strömung erledigen den Rest. Die See ist kein ruhiges Grab. Sie verschlingt die Toten.«

»Ich habe den Kapitän beauftragt, die Leichen zu bergen. Morgen früh soll der Wind nachlassen. Sie erfahren es als Erster, wenn die Toten geborgen sind. Lambert wird Sie als Zeuge befragen, weil Sie als Taucher unten waren. Er wird auch wissen wollen, was geschehen ist. Sie bleiben bei Ihrer Unfallthese. Versuchen Sie herauszufinden, ob Jegou und seine Familie unter den Opfern sind.«

»Warum ist Jegou für Sie wichtig?«, fragte Ronan.

»Er hatte Informationen für Agent Donval. Wir müssen wissen, was so wichtig war, dass jemand gleich seine ganze Familie auslöschte.«

»Jemand ist da ziemlich nervös«, sagte Ronan und warf einen Blick zu seinem Wagen und hoffte, dass der Dachs hinausgeklettert war. »Man überlegt es sich dreimal, ob man einen Beamten der Gendarmerie angreift.«

»Diese Leute unterwandern die Gendarmerie, die Armee und sogar den Geheimdienst. Wenn sie erst einmal wichtige Positionen eingenommen haben, verwandeln sie das ganze Land in ein Verbrechersyndikat. Jenseits jeder demokratischer Kontrolle, in geschwärzten Verträgen, werden Terrorgruppen mit Waffen beliefert, Hilfsgelder an Terrororganisationen überwiesen, Journalisten beseitigt und jeder, der zu viel Fragen stellt, verschwindet. Sie kontrollieren die Medien und Politiker. Und der Wähler glaubt immer noch brav, dass er mit seiner Stimme etwas mitzuentscheiden hat, was in diesem Land geschieht. Diese Leute sind gefährlicher als jeder Terrorist.«

»Und wer sagt mir, dass Sie nicht für das Syndikat arbeiten?«

»Niemand ... Im Augenblick müssen Sie mir vertrauen.«

»Vertrauen verdient man sich ...«

»Sie helfen mir, und ich helfe Ihnen, herauszufinden, was mit Camille Donval geschehen ist.«

»Im Moment habe ich keine andere Wahl.«

»Wissen Sie, was die Leute gesucht haben könnten, die Sie auf Ihrem Boot angegriffen haben?«

»Informationen auf einem Handy.«

»Was für ein Handy?«

»Es hat nichts mit dem Fall Jegou zu tun ... Ein Fischer ist verschwunden. Gael Morvan.«

»Was haben Sie damit gemacht?«

»Ich habe es nach Brest bringen lassen. Ins Labor.«

»Von wem?«

»Unserer Neuen, Marie Blanc.«

Der Mann zeigte keinerlei Reaktion, was offenbar hieß, dass er den Neuzugang nicht kannte.

»Sie kam gestern an«, fügte Ronan hinzu, »ihre Akte hatte ich schon letzten Monat aus Brest bekommen.«

»Uns entgeht nicht viel, aber es passiert. Wissen Sie, wem sie das Handy übergeben hat?«

»Lieutenant Blanc sagt, sie habe es Colonel Bloomsday übergeben.«

»Waren diese Beweisstücke wichtig?«

»Das kann ich noch nicht sagen ... Speicher- und Telefonkarte habe ich behalten.«

»Ich sehe, Sie haben nicht alles verlernt, was man Ihnen beim 44. Regiment beigebracht hat.«

»Sie kennen meine Akte. Ich war nie bei der Aufklärung.«

»Ich weiß, wer Sie sind, Capitaine Prad, sonst würden wir dieses Gespräch nicht führen.«

»Können wir Bloomsday trauen?«

»Kann ich Ihnen nicht sagen. In den dreißig Jahren bei der DGSE habe ich gelernt, dass jeder Mensch eine Schwachstelle hat. Jeder Mensch ist fehlbar, und jeder Mensch hat einen Preis. Es gibt keine unbestechlichen Menschen. Ob er tatsächlich bei jemandem auf der Gehaltsliste steht, das weiß keiner.«

»Bloomsday ist viel zu karrieresüchtig«, sagte Ronan, »dem ist ein Streifen auf der Schulter mehr wert als ein Aktenkoffer voll Geld.«

»Das ist Bloomsdays Schwachstelle, sein Ehrgeiz.«

»Für eine Beförderung zum General würde Bloomsday selbst seine Frau verkaufen.«

»Oder verhindern, dass etwas über ihn herauskommt, was auf einer Speicherkarte ist?«

»Sehr unwahrscheinlich. Gael Morvan ist Fischer, er hat nichts mit …«

»Gael Morvan ist Fischer, unter anderem.«

»Was heißt das?«

»Sie erfahren noch früh genug, was Sie zu tun haben. Ihr Auftrag ist, Kazav und sein Umfeld zu beobachten.«

»Wer sagt, dass ich für Ihren Verein arbeiten werde?«

Der Mann grinste schief. »Capitaine Prad, Ihre Akte lag schon immer bei uns. Sie haben nie den Service verlassen. Wir aktivieren Sie … Und noch etwas. Bitte fangen Sie nicht an, Ihre Memoiren zu schreiben und Dinge auszuplaudern, die Sie ins Gefängnis bringen könnten. Wir haben zurzeit einige Agenten, die den Dienst quittiert haben und plötzlich in literarischen Beichten über Operationen reden, die es offiziell nie gab.«

»Aktivieren …« Ronan musste an seinen Vater denken und den Vergleich mit den Marionetten. »Wie kann ich Sie erreichen?«

»Gar nicht. In einem Schließfach am Bahnhof hinterlege ich für Sie Gegenstände, die Sie benötigen, und den Auftrag.«

»Bekomme ich die Nummer des Schließfachs in einer codierten Nachricht?«

»Es ist das erste Schließfach von links, ganz oben …«

»Und bekomme ich keine explosiven Kugelschreiber, einen Koffer voll Geld oder zumindest irgendetwas Hightechmäßiges?«

»Sie sind in Frankreich, Capitaine. Wir haben kein Geld für so etwas. Ach ja, bitte verschließen Sie das Fach wieder ... Sie müssen eine Zwei-Euro-Münze einwerfen.«

»Und in der Zwischenzeit?«

»In der Zwischenzeit und auch sonst bleiben Sie Capitaine Prad, kontrollieren Sie Fischerboote, ob sie ihre Quoten einhalten, und ziehen Wasserleichen aus dem Meer.«

Der Mann zog seine Kapuze zurecht und bereitete sich darauf vor, in den Regen zu treten. Nach ein paar Schritten drehte er sich noch einmal um und rief ihm durch den Regen zu: »Was zum Teufel stinkt nur so in Ihrem Wagen?«

Ein Dachs, dachte Ronan, den die DGSE nicht sah.

Der Verteidiger

Am nächsten Morgen hatten Regen und Wind nachgelassen. Im Catch22 hatte Leclaech Heizpilze aufgestellt. Auf den Place der Martray hatten sich riesige Pfützen gebildet, Kinder stapften mit ihren Gummistiefeln in dem schlammigen Wasser. Erwan schob seine Heizpilze näher an die Wand und fluchte über die architektonische Meisterleistung, die Neigung des Trottoirs so auszumessen, dass bei stärkerem Regen das ganze Dreckwasser auf seine Terrasse lief. Er hatte schon vor zwei Jahren seine Türschwelle erhöhen lassen, weil das Wasser in seine Bar schwappte. Mehr als fünfzehn Zentimeter durfte das Wasser allerdings nicht steigen. Danach würde er wieder Sandsäcke vor die Eingangstür legen müssen. Anstatt die Neigung des Trottoirs zu verändern oder einen zusätzlichen Abfluss zu installieren, brachte ihm die Stadtverwaltung Sandsäcke. Als Ronan seinen Kaffee bestellte, war die Laune Erwans bereits auf dem Tagestiefpunkt.

»Wenn du den Bürgermeister siehst«, sagte er mit rauchiger Stimme, »kannst du ihm dann freundlicherweise sagen, dass er mir nicht Sandsäcke bringen soll, sondern endlich mal diesen Murks von Trottoir ausbessert.«

»Die ganze Fußgängerzone und der Hafenbereich sind doch noch gar nicht so alt. Fünf Jahre? Granitpflaster aus Südchina ...«

»Seit den Bauarbeiten am Kai habe ich nasse Füße ... und bekomme dafür Sandsäcke. So sieht das aus. Sag ihm auch ...«

»Ich arbeite bei der Gendarmerie, Erwan.«

»Ja und? Alles dasselbe.«

»Würde ich in der Stadtverwaltung arbeiten, dann hätten wir hochmoderne Computer mit Flachbildschirmen, ergonomisch geformte Stühle, klimatisierte Büros, und um Punkt fünf würde ich schon auf meinem Boot sein.«

Leclaech brummelte etwas vor sich hin, wandte sich zu einem anderen Kunden, und so selbstverständlich, wie andere sich eine Mütze aufsetzten, schraubte er den Verschluss in die Espressomaschine, nahm dann eine der vorgeheizten Tassen, füllte sie und stellte sie auf die Theke. Der Mann, der von Kopf bis Fuß vom Outdoor-Spezialisten ausgerüstet zu sein schien, kam nicht öfter ins Catch22 noch kannte er Leclaech, sonst hätte er nicht den Fehler begangen und mit Leclaech eine Diskussion angefangen. Er entschuldigte sich zwar sehr höflich, aber das änderte nichts an der Sache, dass er behauptete, keinen Kaffee bestellt zu haben, was wahrscheinlich auch der Fall war. Leclaech interessierten jedoch solche Feinheiten nicht. Bestellt, nicht bestellt … Trink gefälligst das, was ich dir hingestellt habe.

»Café allongé, wir sind hier nicht auf der Champs-Élysées.«

»Aber das steht doch in der Karte und …«

Fehler Nummer zwei. Widersprechen Sie niemals Leclaech, besonders nicht, wenn er schlechte Laune hat.

»Siehst du Pariser Schweinskopf nicht, dass es geregnet hat? Siehst du das Trottoir, die Neigung und den ganzen Saudreck, und da kommst du mir noch mit einer Karte und dass du jetzt doch was anderes willst.«

»Ich hatte von Anfang an …«

»Sie hätten von Anfang an woanders hingehen sollen.«

Der Mann bezahlte den Kaffee, ohne ihn zu trinken, und verließ kopfschüttelnd seinen Platz.

»Schlecht gelaunt«, sagte Ronan und kippte das Zuckerpäckchen in seine Tasse.

»Allmählich glaube ich, dass mir jemand diese Krützköpfe schickt. Wahrscheinlich der unfruchtbare Besen von gegenüber, dem Falaise.« Er deutete auf das Café auf der anderen Seite des Quai, das aber noch gar nicht offen war. Die Eigentümerin und Leclaech lagen seit Jahren in einem Dauerclinch, wobei der Grund des Streits wie bei den Streitereien zwischen den Marteaus und Oldecs vererbt worden war oder die alten Gemäuer das Blut ihrer Pächter über die Jahre mit einer geheimnisvollen Substanz vergifteten, die sie gegeneinander aufbrachte.

»Habt ihr Morvan schon gefunden?« Erwan trocknete ein paar Gläser ab, stellte sie fein säuberlich aufs Regal.

»Noch nicht.«

»Schlimme Sache. Ich habe seine Frau heute Morgen gesehen, mit den Kindern. Hat sie in die Schule gebracht. Die Kinder gehen weiter zur Schule, lernen das Einmaleins, während der Vater vielleicht schon längst am Grund des Meeres liegt. Alles geht weiter.«

»Das Wetter ist zu schlecht.«

»Ja, keiner will seinen Arsch riskieren, um einen toten Fischer zu finden.«

»Wir wissen nicht, ob er tot ist.«

»Nach vierundzwanzig Stunden … dann bei diesem Wetter und der Kälte.«

»Wir können nur hoffen, dass die Bedingungen bald wieder besser werden.«

»Marec war heute Morgen schon da. Ein Fischerfreund Morvans. Hat sein Boot in den Hafen gebracht, wegen dem Unwetter. Er hat mit Charlotte gesprochen, die natürlich völlig aufgelöst ist. Kann man sich ja vorstellen, und dann die Kinder, die ständig fragen, wann ihr Papa nach Hause kommt. Was will man da antworten? Marec war aber über etwas ziemlich verstört. Er kannte Morvan und auch, was er fischte. Es passte einfach nicht, dass Morvan mitten in der Nacht mit seinem Boot rausfuhr. Morvan fischt am Tag, Barsch, Seelachs, Makrele und dann noch Hummer.«

»Wir fragen uns auch, was er nachts draußen gewollt hat«, sagte Ronan.

»Marec hat das nicht in Ruhe gelassen, so dass er Charlotte gefragt hat, ob sie wisse, was ihr Mann mitten in der Nacht auf dem Meer zu suchen hatte.«

Ronan rührte mechanisch seinen Kaffee um.

»Seine Frau«, fuhr Leclaech fort, »gab an, dass sie keine Ahnung hätte, warum er noch so spät aufs Meer gefahren ist.«

»Das hat sie uns auch gesagt.«

»Aber Marec glaubt, dass sie ihm etwas verschwiegen hat.«

»Ihr Mann wird vermisst«, sagte Ronan, »sie ist mit den Nerven am Ende. Warum sollte sie lügen?«

»Marec hatte den Eindruck, dass sie ihm etwas sagen wollte, dann aber nur wie ein kleines Kind mit dem Kopf schüttelte und davongerannt ist.«

»Komische Geschichte, ich habe kein gutes Gefühl dabei.«

»Die Frauenleiche am Strand, ein Kleinkind in einer Gefrierbox. In was für einer Welt leben wir? Da sind sie schon so weit geflüchtet für ein besseres Leben, und dann stecken sie in einem Lager in Frankreich fest.«

»Sie kam aus Calais.«

»Dem Jungle. Die französische Polizei geht da gar nicht mehr rein. Ich habe gehört, dass innerhalb des Jungle ganz andere Gesetze gelten. Französisches Recht endet am Stacheldraht. Ehemalige Warlords, die jetzt Schleuser und Drogenkönige sind, haben dort das Sagen. Üble Typen … Mich würde es nicht stören, wenn die zu den Roastbeefs abhauen.«

»Ich beneide die Kollegen in Calais nicht.«

»Die sollten nicht nur das Flüchtlingslager abreißen, sondern ganz Calais.«

»Nachdem sie das Trottoir vor deiner Bar begradigt haben.«

Leclaech nahm Ronans zynischen Tonfall mit einem Stirnrunzeln auf.

»War sicher ein Roastbeef, der das Trottoir vermessen hat … oder ein Belgier. Wie der neue Untersuchungsrichter.«

»Du hast ihn gesehen?«

»Ich habe noch meine Tische gar nicht draußen gehabt, da stand der schon vor der Tür. Mit Anzug und Krawatte. Nachdem er zum fünften Mal geklopft hatte und auf seine Armbanduhr zeigte, hab ich schließlich aufgemacht. Eigentlich nur, um ihm zu sagen, dass er sich zum Teufel scheren soll. Dann hat er mir gesagt, dass er der Untersuchungsrichter ist. Ich dachte, dass man Morvan gefunden hat.«

Ronan wusste natürlich, weshalb Lambert in Penec war. Grand hatte nicht gelogen. Der Untersuchungsrichter war bereits in der Stadt. In Kürze würde er bekannt geben, dass Jegous Jacht gefunden worden war, und auch die Presse würde den Fall wieder neu aufgreifen. Ronan hatte nicht viel Zeit. Wenn Grand recht behielt, dann würde der Richter ihn noch heute von dem Fall abziehen.

Ronan trank aus, legte zwei Euro auf den Tresen und machte einen großen Schritt über eine Wasserlache.

—

Loig telefonierte, als Ronan seine Jacke über die Lehne seines Bürostuhls legte. Ein Fischerboot war trotz Sturmwarnung ausgelaufen. Ronan brauchte gar nicht am Telefon zu sein, um zu verstehen, was geschehen war. Es war immer dasselbe. Das Wetteramt gab eine Sturmwarnung heraus, und trotzdem fuhren einige aufs Meer.

»Der *Cross-Corsen* ist unterwegs ...«, hörte er Loig sagen, der sich Koordinaten notierte, aufstand und auf der Seekarte an der Wand einen Punkt markierte.

Dieses Jahr war es ein pensionierter Krabbenfischer, der seine Hummerkästen leeren wollte. »Pierre ... und weiter ...« Loig notierte den Namen auf einem Zettel. Pierre Dupont, zweiundsiebzig Jahre alt, wollte seine Rente aufbessern, lief um 8.30 aus dem Hafen Saint-Quay-Portrieux. Um 8.56 kam der Notruf über Funk. *Cross-Corsen* hat den Funkspruch bestätigt, aber keine Antwort mehr erhalten. Anscheinend ein Motorschaden. Das vier Meter lange Boot war wahrscheinlich manövrierunfähig und kenterte. *Cross-Corsen* hat kein Boot in dem zuletzt gemeldeten Sektor gefunden.

»Verdammt«, sagte Loig, »warum müssen sie gerade bei Sturm auslaufen? Und bringen dann noch die Rettungsmannschaften in Gefahr.«

»Ein Restaurant stellte fest, dass Hummer fehlten, oder es gab zusätzliche Bestellungen. Die Preise pro Kilo steigen.«

»Da fahren sie jahrzehntelang aufs Meer. Sie müssten es doch wissen.« Loig legte Ronan eine Nachricht auf den Tisch. »Die Marine hat die Toten geborgen.«

Vom Kaffeeautomaten kam ein blubberndes Geräusch. Ronan sah Solen, die mit einem Kaffeebecher zu ihrem Schreibtisch ging.

»Früh am Morgen«, fuhr Loig fort, »da war es noch stockdunkel, waren die schon vor Ort. Mir ein Rätsel, dass die Marine sich überschlägt, um ein paar Skelette zu bergen, die da seit zehn Jahren am Meeresgrund vor sich hin modern.«

»Dreizehn Jahre«, verbesserte ihn Ronan und nahm den Hörer seines Telefons auf seinem Schreibtisch in die Hand. Er wackelte am Kabel, bis kein Knistern mehr in der Leitung zu hören war. Es dauerte einige Minuten, ehe er einen Unteroffizier der Marine am Telefon hatte, der ihm sagen konnte, welches Schiff die Bergung durchgeführt hatte und vor allem, wo sich die sterblichen Überreste der Toten jetzt befanden. Nach weiteren zehn Minuten hatte er eine direkte Verbindung zu dem Kapitän des Bergungsschiffes.

»Capitaine Prad«, meldete sich Ronan.

Kurzes Schweigen auf der anderen Seite der Leitung.

»Ich weiß, wer Sie sind«, antwortete der Kapitän in militärisch trockenem Ton.

»Ich war einer der Taucher ...«

»Auch das weiß ich. Was kann ich für Sie tun?«

»Konnten Sie das ganze Boot bergen?«

»Es reicht schon, dass wir bei diesem Sauwetter ein paar Knochen hochholen und dabei das Leben unserer Männer aufs Spiel setzen.«

»Warum haben Sie nicht gewartet, bis das Wetter besser wird?«

»Weil ich den Befehl von ganz oben bekam, die Bergung der Überreste unverzüglich durchzuführen.«

»Von wem kam der Befehl?«

»Von höchster Stelle«, antwortete der Kapitän. »Wenn ein Befehl von dieser Stelle kommt, dann fragt man nicht, ob dies nötig oder gefährlich ist, man denkt nur nach, wie man ihn am schnellsten ausführt.«

»Hatten Sie Ihre eigenen Taucher?«

»Auf meine Männer ist Verlass.«

»Alle unter Ihrem Kommando?«

»Sechs Taucher, die wir aus dem Urlaub abkommandiert haben. Sie haben die Knochen und was sonst noch da unten war hochgeholt. Der Tauchgang ist gefilmt und mit Bildern dokumentiert. Reicht Ihnen das?«

»Gab es Zwischenfälle? Andere Taucher, Schiffe?«

»Niemand ist bei diesem Wetter freiwillig auf dem Wasser.«

»Wo haben Sie die Knochen hingebracht?«

»Wir haben alles am Marinestützpunkt abgegeben.«

Ronan legte auf. Jemand musste dem Kapitän auf die Füße gestiegen sein. Für die Bergung von ein paar Knochen bei drei Meter hohen Wellen das Leben der Taucher zu gefährden, hatte der Kapitän sicher nicht einfach so akzeptiert. Ein Kapitän war für seine Männer verantwortlich. Wenn er trotzdem einen solchen Auftrag ausführte, dann nur, weil der Befehl unmissverständlich war. Monsieur Grand hatte einen langen Arm.

»In ein paar Stunden«, sagte Loig, »schicken sie uns Bilder vom Tauchgang und einen vorläufigen Bericht. Die DNA-Analyse dauert etwas länger. Wie hast du die Marine dazu gebracht, gleich am nächsten Tag nach dem ersten Tauchgang die Knochen zu bergen?«

»Ich habe gar nichts gemacht. Sie haben das ganz von selbst getan.«

»Das glaubst du wohl selbst nicht. Die Marine macht nichts ohne Befehl, und wenn sie einen Minensucher losschicken, um bei übelstem Wetter ein paar Knochen vom Grund des Meeres zu holen, dann ist das nicht normal … jedenfalls nicht in der französischen Marine.«

»Jemand scheint an diesem Fall interessiert zu sein.«

Loig sah ihn von der Seite an. Er wusste, dass Ronan ihm etwas verschwieg. Es war noch zu früh, um Loig einzuweihen. Ronan wusste noch nicht einmal, wer Grand in Wirklichkeit war und welche Funktion er im Getriebe zwischen Armee, Gendarmerie und Geheimdienst hatte. Ein kleines Rädchen, das nur Befehle weitergab, oder ein Offizier mit einem bestimmten Auftrag.

»Hast du …« Loig zögerte, dann setzte er fort: »Camille dort unten gefunden? Kleider oder etwas, das darauf hindeutet, dass sie in dem Boot war?«

»Sie war nicht da unten«, sagte Ronan, so als wolle er mit Wörtern etwas beschwören, das nicht sein durfte. Solange Camille verschwunden war, all die Jahre, konnte er sich die Hoffnung als eine Insel vorstellen, auf der Camille noch atmete. Ihr Herz schlug noch irgendwo, auch wenn er sie nicht finden konnte. Sie lebte noch, und eines Tages würde er sie finden. Nur hatte die Wahrheit meist keinen Platz für erträumte Inseln. Camilles Skelett konnte ebenso gut in dem Wrack sein. Die Lippen, die er geküsst hatte, waren dem weißen, ewig lachenden Gebiss eines Totenschädels gewichen.

»Ich hab den vorläufigen Bericht«, sagte Loig. »Nur eine Seite und ein paar Bilder. So wie es aussieht, waren das alles Menschen aus dem Flüchtlingslager in Calais.«

—

»Ich muss noch einmal mit der Frau Morvans reden«, sagte Ronan.

Loig verzog nur die Mundwinkel. »Lass sie in Ruhe. Sie will ihren Mann zurück, mehr nicht.«

»Sie verschweigt uns irgendetwas.«

»Die Wahrscheinlichkeit, dass ihr Mann noch lebt, hat sich letzte Nacht noch weiter gegen null verschoben. Sie braucht jetzt keine Fragen. Sie versucht gerade, ihren Kindern zu erklären, dass sie keinen Vater mehr haben.«

Solen stand im Raum, mit einer Miene, die so aussah, wie der Kaffee aus dem Automaten schmeckte.

»Der Untersuchungsrichter ist da.«

»Kannst du ihn eine Weile hinhalten?« Ronan beobachtete, wie Lambert das Gebäude betrat. Er lief schnurstracks in Ronans Büro.

»Was soll ich ihm sagen?«

»Sag ihm, wie erleichtert wir sind, dass uns jemand so …« Ronan suchte theatralisch nach Worten, als müsste er sie aus der Luft schöpfen. »… Kompetentes ablöst, weil wir Dorftrottel damit völlig überfordert wären, und außerdem soll er sich selbst in den Arsch ficken.«

»Genau in dieser Reihenfolge?«

»Improvisiere …«

Lambert hatte eine aufdringlich laute Stimme. Sie klang nicht autoritär, sondern wie jemand, der Autorität vor dem Spiegel geübt hatte.

Loig stapfte davon.

»Monsieur Lambert, wir ...«, hörte er Loig mit übertriebener Freundlichkeit sagen.

»Herr Untersuchungsrichter«, verbesserte ihn der Mann im grauen Anzug, der Loig Paragraf 52 der Strafprozessordnung und noch eine ganze Reihe weiterer Paragrafen zitierte, wobei Lambert den klappernden Zungenschlag einer ungeölten mechanischen Schreibmaschine hatte. Das alles, um am Ende zu sagen: »Die Staatsanwaltschaft hat mich mit der Ermittlung im Fall Jegou beauftragt ... ganz offiziell. Ich erwarte Ihre volle Unterstützung.«

»Aber sicher, wir freuen uns ...«

»Capitaine Prad ...«

»... ist im Einsatz«, log Loig.

Ronan bog um die Ecke des Spindraumes. Drei mit dem Rücken aneinandergestellte Spinde sollten etwas Intimsphäre für die weiblichen Beamten schaffen. Doch die einzige Intimsphäre bestand darin, nicht hinzusehen, wenn eine Kollegin sich gerade umzog. Marie Blanc hatte nicht mehr als ihre Unterhose an, als Ronan um die Ecke bog. Sie machte nicht einmal Anstalten, ihre Brüste zu verbergen. Ihre Beine waren kräftig, wie von einer Sprinterin. Das war ihm schon aufgefallen, als sie ihn auf den Felsen besucht hatte. Doch es waren nicht die sehnigen Beine und Arme, die Ronan überraschten. Es war etwas anderes. Seine Blicke waren eine Sekunde zu lang auf ihr, um noch als diskret durchgehen zu können.

»Wollen Sie mich nackt sehen?«, fragte sie provokativ.

Ronan entschuldigte sich und sah weg.

»Lambert ist da ... der Untersuchungsrichter«, sagte er, immer noch abgewandt. Wollen Sie mich nackt sehen? Sie schaute ihm dabei gerade in die Augen, ohne mit der Wimper zu zucken. Woher hast du diese Narben?, hätte er ihr gerne geantwortet. Es gab keine Stelle an ihren Oberschenkeln und Waden, die nicht vernarbt war.

Es waren keine Brandnarben. Es sah so aus, als hätte ein Chirurg sie aus lauter kleinen Einzelteilen zusammengesetzt. Als sie den Spind zuschlug, drehte er sich um.

»Er leitet die Ermittlung in dem Fall Jegou«, setzte Ronan fort, während er ihr zusah, wie sie ihren Pullover überstreifte.

»Jahre hat sich dafür niemand interessiert«, sagte Marie und band sich ihre Haare zu einem Pferdeschwanz zusammen, »und jetzt plötzlich dieser Eifer?«

»Sie kennen den Fall?«

»Ist passiert, als Sie gerade hier angefangen haben … vor dreizehn Jahren«, sagte sie und machte einen Schritt auf ihn zu.

»Sie sind gut informiert.«

»Ich bereite mich gerne vor.«

»Bevor uns Monsieur Lambert erklärt«, sagte Ronan, »dass wir nur zur Landpolizei gehören, sollten wir uns aus dem Staub machen.«

Marie Blanc kaute auf ihren Fingernägeln. Ein nervöser Tick, der ihm bei Kindern und erst recht bei Erwachsenen auf den Geist ging. Sie wirkte angespannt, auch als Ronan ihr von der Unterhaltung mit Leclaech erzählte.

»Morvan hatte kein gutes Jahr. Im Frühjahr war er mit dem Außenborder über eine Palette gedonnert. Zehntausend Schaden. Dann leerte jemand im großen Stil seine Hummerkästen. Die Fangquoten für Barsch und Seelachs wurden verschärft. Laut Marec, auch ein Fischer, hatte Morvan letztes Jahr einen fetten Verlust eingefahren. Scheint so, als hätte der Fisch genug davon, in Tellern zu landen. Doch den Fischern traue ich nicht. Sie sind wie Krähen. Beklauen sich gegenseitig, sabotieren die Boote der anderen und schwärzen ihre Kollegen bei den Affaires Maritimes an. Wenn bretonische Fischer sich nicht gerade mit englischen Fischern bekriegen oder gegen Quoten der EU wettern, stehen sie im Dauerclinch untereinander. Jeder gegen jeden und mir das meiste, ist der Wahlspruch dieses Clubs.«

»Warum interessiert Sie, ob Morvan Gewinn oder Verlust gemacht hat?«

»Ich bin Ronan oder Capitaine Ronan. Auch wenn es sonst unüblich ist, aber wir verzichten auf das Sie.«

»Habe ich eine Wahl?«

»Sieh uns einfach als deine Familie an.«

In ihren Augen lag plötzlich etwas Erloschenes, dann nickte sie und überspielte den stillen Widerstand in ihr.

»Ist dir etwas aufgefallen, als wir in Morvans Haus waren?«, fragte er.

Ronan fuhr rückwärts aus der Parklücke. Lambert hatte seinen Elektrodienstwagen mit dem Aufkleber *Wir fahren für die Umwelt* direkt neben ihm geparkt.

»Geht klar, Capitaine ... Ronan. Und was soll mir aufgefallen sein?«

»Wenn Morvan ein schlechtes Jahr hatte und ihm nach Abzug der Steuer nichts mehr geblieben ist, dann frage ich mich, warum er dann die Terrasse hat machen lassen. Die Planken sind neu, eine Veranda mit großen Schiebetüren ... das ganze Haus hat neue Fenster, die Eingangstür ist ebenfalls neu. Das ist alles von Handwerkern gemacht worden. Wenn ich das grob schätze, hat er allein für die Terrasse und die Veranda dreißig- oder vierzigtausend bezahlt ... dann noch die ultraneuen PVC-Fenster und eine Sicherheitstür. Als Charlotte aufgesperrt hat, habe ich gehört, wie im Innern der Tür ein ganzer Mechanismus von Riegeln in Gang gesetzt wurde. Und ich will erst gar nicht wissen, wie hoch die Leasingraten für den roten Schlitten sind.«

»Du meinst, dass Morvan neben der Fischerei noch ...«

»... ein anderes finanzielles Standbein hatte.«

»Und seine Frau weiß Bescheid?«

»Eine Frau weiß immer über die Finanzen ihres Mannes Bescheid. Vor allem, wenn der Mann ein Fischer ist.«

»Du willst sie verhören«, fragte Marie, »wo wir ihren Mann noch nicht gefunden haben?«

»Kein Verhör. Ich habe da eine Idee, die ein bisschen delikat ist.«

—

Loig sah dem Untersuchungsrichter hinterher, wie er in sein Ökomobil stieg. Der furzt sogar noch umweltverträglich, dachte sich Loig, als Ronan anrief. Er hörte ihm zu, antwortete ein paar Mal mit Ja, aber im Grunde hätte er am liebsten seinen Chef angeschrien. Er würde es tatsächlich tun: eine Fast-Witwe vernehmen, und dann noch mit linken Tricks. All das ging ihm gegen den Strich. Er wiederholte, was Lambert in juristischer Detailvielfalt ausgebreitet hatte und dass sie eigentlich nichts mehr mit dem Fall zu tun hatten.

Ronan interessierte das nicht.

Verhöre waren meist fruchtlos, wenn der Verdächtige sich darauf vorbereiten konnte oder wenn es nichts gab, womit man ihn aus der Reserve locken konnte. Entweder ein Ass im Ärmel, mit dem man ihn plötzlich verunsichern konnte, oder man wählte eine subtilere Methode. Ronan war mehr als ein Verhörspezialist. Er schaffte es, dass der Verdächtige es nicht einmal merkte, dass er verhört wurde. Ronan führte ihn aufs Glatteis, hielt ihn fest und tat so, als würde er mit ihm gemeinsam ein paar Schritte machen. Wenn er Ronans Strategie nicht durchschauen konnte, und das konnten die wenigsten, fühlte der Verdächtige sich völlig hilflos, so als wüsste der andere bereits alles. Die Wahrheit war eine Lawine, die ins Tal donnerte, und es gab nur eine rettende Hand.

Solen Foll war es gewohnt, für Ronan Daten zu beschaffen, für die sie normalerweise einen richterlichen Beschluss benötigten. Der Einblick in die Bankkonten der Morvans war eine der Aktionen, die sie unter dem offiziellen Radar durchführte.

Solen tat es für Ronan. Sie liebte ihn, auf ihre Weise. Das sagte sie natürlich nicht offen. Solen war keine Frau von Worten, sondern nutzte nur so viel Worte, die nötig waren, um das auszudrücken, was gesagt werden musste. Und ihre Gefühle gehörten sicher nicht dazu. Loig hatte jedoch ein Gespür für Frauen, die sich kontrollierten, aber den Geruch ihrer heimlichen Lüsternheit nicht loswerden konnten. Hätte er auch nur eine leichte Andeutung gemacht, was er dachte, hätte Solen ihm wahrscheinlich ihr Knie zwischen die Beine gerammt und ihm ihren Thermokaffeebecher über den Schädel gezogen.

Nach zehn Minuten hatte sie die Daten des Girokontos der Morvans. Ronan hatte sich bereits abgewandt, als Solen ihn zurückrief. Sie hatte noch etwas gefunden.

Ronan hatte den Wagen zwei Häuser weiter geparkt und war allein zum Haus der Morvans gelaufen. Marie sollte im Wagen warten. Zehn Minuten. Ronan ging um das Haus. Nicht nur die Terrasse und die Veranda waren neu, der gesamte Garten war neu angelegt. Hochbeete mit Lavendelbüschen, Ziersträucher, ein Steinkreis aus Marmorplatten, in dessen Mitte ein auf antik gemachter Metalltisch stand. Der ganze Garten sah aus wie in einem Gartenmagazin. Auf der anderen Seite war die Garageneinfahrt mit weißem Kies aufgefüllt worden. Und durch die halb offene Garagentür entdeckte Ronan das rote Mercedes Cabriolet. Er stieg die letzten Stufen nach oben und klingelte. Charlotte öffnete. Sie starrte ihn an und wollte etwas sagen.

»Wir haben ihn nicht gefunden«, sagte Ronan und folgte ihr ins Wohnzimmer. Ein großer Schlackofen, in dem ein paar Holzscheite brannten, verbreitete eine angenehme Wärme. Sie bot ihm einen Tee an. Ronan bedankte sich, blickte kurz auf die Uhr und setzte sich in einen Sessel, in dem Gael wahrscheinlich immer gesessen hatte, die Fernbedienung in der Hand, vom Sport zum Abendkrimi umschaltete und wieder zurück, so lange, bis er eingeschlafen war.

»Ich werde ihn finden«, begann Ronan, »aber du musst mir sagen, warum Gael noch in der Nacht rausgefahren ist.«

»Ich weiß es nicht … Das habe ich doch schon gesagt.«

»Weißt du, wo er gefischt hat?«

»Nur ungefähr … nördlich von Bréhat, in der Bucht von Saint-Brieuc, Port Blanc …«

»Am Plateau der Roches-Douvres?«

»So weit fuhr er nicht raus.«

»Ich frage nur, weil wir sein Handy in der Nähe des Leuchtturms *Roches-Douvres* gefunden haben.«

»Ich weiß nicht, wie sein Handy dort hinkam. Ich weiß nur, dass Gael nicht so weit rausfährt. Auch wenn es dort viel Seelachs gibt, braucht er da zu viel Benzin, und das Meer ist meistens nicht gut.«

»Hat er dich manchmal zum Fischen mitgenommen?«

»Nein, nur im Sommer, da sind wir ab und zu mit den Kindern zum Baden gefahren.«

»Am Sonntag ...«

Charlottes Tochter kam die Treppe herunter. Die Anwesenheit des Fremden im Wohnzimmer beunruhigte sie. Mit ihren zehn Jahren wusste sie, dass die Leute keine guten Nachrichten brachten.

»Weiß der, wo Papa ist?«, flüsterte sie ihrer Mutter zu.

Ronan beugte sich zu ihr. »Wir werden alles tun, um deinen Papa zu finden, versprochen.«

Das Mädchen schloss kurz die Augen und nickte.

»Ein schönes T-Shirt hast du da. I LOVE LONDON. *LONDON-TOURS*. Habt ihr London besichtigt?«

Liz öffnete ihre Fleecejacke und zeigte auf das verwaschene T-Shirt.

»Das habe ich von Papa bekommen. Er hat es mir mitgebracht.«

»Geh nach oben«, wies Charlotte sie an. Ihre Lippen bebten beim Anblick ihrer Tochter. Liz wandte sich um und stieg die Treppe nach oben.

»Aber warum fragst du das alles? Warum suchst du ihn nicht? Warum höre ich keine Hubschrauber ... warum?« Sie schluchzte, stand auf und holte sich eine Packung Papiertaschentücher.

»Wenn ich mehr weiß, dann können wir die Suche besser konzentrieren. Ich verstehe immer noch nicht, warum Gael nachts rausgefahren ist.«

Charlottes Blick wanderte über den großen Flachbildschirm, die moderne Einbauküche, über die kleinen bunten Kissen, die sie im Internet bestellt hatte. In diesem Augenblick klopfte Marie an die Glastür der Veranda. Charlotte öffnete die Schiebetür und warf einen Blick auf Maries schmutzige Schuhe. Was Charlotte nicht wusste: Ronan hatte ihr aufgetragen, durch den Garten zu gehen, wenn möglich mit Dreck an den Sohlen. Sie wird die Tür öffnen, und du trampelst mit den Schlammschuhen mitten ins Wohnzimmer.

Charlotte setzte sich wieder.

»Lieutenant Blanc. Unsere Verstärkung aus Brest«, sagte Ronan.

Marie sah sich im Wohnzimmer um. Ihre Hände im Rücken, aufgerichtet, als liefe sie bei einer Militärparade. Und wie bei einem Orchester, bei dem ein Dirigent den Beginn des Intro ankündigt, klingelte Ronans Handy.

Ronan nahm den Anruf an, hörte zu und nickte, dann unterbrach er die Verbindung und wandte sich wieder Charlotte zu.

»Was ich mir gedacht habe.«

»Gibt es etwas Neues?«

»Neues gibt es«, sagte Ronan mit einem Ton des Bedauerns, »aber nichts über den Verbleib Gaels.«

»Warum bist du da?«

»Um dir ein paar Fragen zu stellen.«

»Ich habe dir und deiner Kollegin da alles erzählt.«

»Die Fischerei lief für Gael ziemlich gut, oder?«

Charlottes Augen verengten sich. »Warum fragst du das?«

»Wie gesagt, ich mache mir ein Bild.«

»Das hat nichts mit der Suche zu tun ...«

»Der Ofen und der Holzfußboden sind neu?«, fragte Marie.

»Haben wir vor drei Monaten machen lassen.«

»Die Terrasse und den Wintergarten auch?«, setzte Marie fort und fuhr mit dem Finger über die dicken Glasscheiben der Schiebetür.

»Diesen Sommer ...«

»Wie viel kostet so was?«

Charlotte drehte sich zu Marie um, sichtlich genervt. »Muss ich mir diesen Mist anhören?«

»Sie könnten damit anfangen«, erklärte Marie, »darauf zu antworten.«

»Ronan, ich muss mir das nicht anhören. Was hat unsere Terrasse mit Gaels Verschwinden zu tun? Was soll das?«

»Neue Terrasse, ein großer Wintergarten«, sagte Marie und zeigte auf eine Yuccapalme in einem großen Terrakottatopf, »beheizt, neuer Kachelofen, der ganze Garten tipptopp ... Was ist das-Feng-Shui? In der Garage ... das Mercedes Cabrio. Richtig teures Modell. Hätte ich gewusst, dass man mit Fischen so viel verdient, dann hätte ich mir die Ausbildung bei der Gendarmerie gespart. Schlechte Arbeitszeiten, ungeheizte Büros.«

»Gael ist ein guter Fischer. Er arbeitet viel ...«
»Auch nachts?«
»Ich weiß nicht, ob er nachts arbeitet.«
»Habt ihr den Mercedes auch dieses Jahr gekauft?«
»Ist geleast ...«
»Kostet trotzdem Leasinggebühren, und so eine Sportschaukel frisst auch nicht wenig Sprit. Ist kein Auto für Arme.« Ronan redete betont ruhig.
Charlotte geriet in die Phase, in der sie langsam den Boden unter den Füßen verlor. Ihr Mann wurde vermisst, und da kamen zwei Polizisten und stellten ihr Fragen.
»Was willst du damit sagen?«
»Letztes Jahr habt ihr einige Male euer Konto überzogen. Alles kleinere Beträge. Aber zu keinem Zeitpunkt war mehr Geld da. Woher kam das Geld für das Auto, für die Terrasse?«
»Darauf muss ich nicht antworten, oder?«
»Ihr habt noch andere Konten.«
Charlotte verschränkte ihre Arme vor der Brust. Sie ging in Blockadehaltung.
»Ich frage dich nicht«, sagte Ronan, »wir wissen es längst.«
Charlotte biss sich auf die Unterlippe. Ihre Augen wurden feucht.
»Gael war öfter nachts unterwegs, oder?«
Sie nickte.
»Und das Geld?«, wollte Marie wissen.
»Alles bar ... Ich weiß nicht, woher es kam.«
»Hast du ihn nie gefragt, was er macht?«
Sie schüttelte den Kopf. »Ich vertraue Gael ... Er hat Kinder, er macht nichts Schlimmes, er ist ein guter Mann.«
»Ich weiß«, beschwichtigte Ronan, »ich kenne Gael schon eine Weile. Er ist ein prima Kerl. Aber vielleicht hatte er Schulden?«
»Das hätte er mir gesagt.«
»Was war es?«, sagte Marie. »Drogen, Diebstahl, Schmuggel?«
»Auf so was würde er sich nicht einlassen.«
»Im letzten Jahr hat er wenig gefangen. Die Kosten für seine Boote und die Versicherungen haben die Erträge aufgefressen. Also, woher kam das Geld?«, wollte Ronan wissen.

»Ich weiß es nicht.«

Ronan gab Marie ein Zeichen. Er stand auf. Charlotte blieb auf dem Ledersofa sitzen, bleich und erloschen.

Der Schulbus fuhr vorbei. In fünf Minuten würde Tangi durch die Tür und Liz aus ihrem Zimmer kommen. Charlotte würde sie fragen, ob sie Hausaufgaben aufhaben, sie würden sich an den neuen Resopaltisch setzen, Charlotte würde die bunten Kissen zurechtrücken, so dass alles seinen Platz fände. Wie es sich gehörte. Alles musste seinen Platz haben, dann war man sicher in dieser Welt.

Am Wagen hielt Marie.

»War das nötig? Sie ist fertig. Ihr Mann ist verschwunden ... die Kinder.«

»Im Grunde weiß sie«, sagte Ronan, »dass Gael in dunkle Geschäfte verwickelt war. Sie weiß es schon lange. Nur jetzt begreift sie, dass all die schönen Dinge einen weit höheren Preis gekostet haben.«

»Sie hat sich nicht um das Finanzielle gekümmert.«

»Sie ist nicht dumm. Und jetzt, wo sie weiß, dass wir es wissen, wird sie entweder zu uns kommen oder einen Fehler machen.«

»Es ist gefährlich«, sagte Marie.

»Es war gefährlich, als sie dem Teufel die Tür geöffnet hat.«

»Wir sollten ihr Telefon überwachen lassen.«

Ronan lachte. »Wir sind nicht bei den Amis.«

»Ist es wegen dem richterlichen Beschluss?«

»Es ist zu teuer.«

—

Ronan hatte es bis Mittag geschafft, Lambert aus dem Weg zu gehen. Der Richter hatte sich ein Zimmer im Hotel du Port genommen. Sein Charme hatte leider nicht gereicht, um ein Zimmer mit Blick auf den Hafen zu bekommen. Stattdessen ein dunkles Zimmer zum Innenhof, in dem die Ventilatoren der Wärmepumpen dumpf surrten.

Loig und Marie hatten sich Pizza zum Mittagessen bestellt. Ronan hatte zumindest die Hoffnung, dass er im Catch22 etwas bekam. Das hing natürlich von Leclaechs Laune ab. Er hatte Glück. Wie immer die Frage, ob er inzwischen Fleisch esse, die Ronan wie immer mit Nein beantwortete. Also nur den Beilagenteller. »Gibt Kartoffeln«, sagte Leclaech, »mit hausgemachter Sauce.« Das Rezept war ein Geheimnis, aber hundertprozentig vegan.

Als Ronan gegessen hatte und gehen wollte, stand er plötzlich Lambert gegenüber.

»Capitaine Prad ... Ich bin ...«

»Yves Lambert ...«

»Monsieur le juge d'instruction ...«

»Lambert und Prad ... ist kürzer und spart uns Zeit.«

Der Richter gehörte zu den Leuten, die aus irgendeinem Grund immer zu nah an andere Menschen herantraten. Ronan machte einen Schritt zurück. Lambert setzte nach. Ronan schob einen Barhocker vor sich.

»Die Staatsanwaltschaft hat mich mit dem Fall der Toten in der Jacht betraut. Ich bitte Sie, alles, was Sie zu dem Fall haben, mir zu überlassen und jedes weitere Vorgehen mit mir abzusprechen.«

»Sie sollten den Kaffee hier probieren«, sagte Ronan, »ist köstlich.«

Leclaech hatte ihnen den Rücken zugedreht, doch Ronan wusste, dass er jedes Wort mithörte.

»Sie waren einer der Taucher, die die Toten gefunden haben?«

»Steht im Bericht.«

»Ich wollte Ihre Aussage noch im Detail.«

»Für Details war da unten die Sicht zu schlecht.«

»Prad ... wir ziehen an demselben Strang. Wir suchen beide die Wahrheit.«

»Natürlich, die Wahrheit ... Nach dreizehn Jahren.«

»Dieser Fall ist der Staatsanwaltschaft wichtig.«

»Sonst hätte sie Sie ja nicht geschickt, einen Tag nachdem wir die Jacht gefunden haben.«

»Der Fall hatte damals ein breites Medieninteresse. Hier wird es bald vor Journalisten wimmeln.«

»Weshalb sind Sie da?«

»Der Fall ist brisant.«

»Haben Sie die Überreste der Leichen schon gesehen?«

»Ich warte noch auf den Anruf der Rechtsmedizin.«
»Die Schädel tragen Einschusslöcher …«
Prad blickte dem Untersuchungsrichter in seine kleinen, schwarzen Augen.
»Hab ich gelesen.«
»Davon stand aber nichts in dem Bericht.«
»Dann muss es mir wohl der Kapitän des Bergungsschiffs erzählt haben.«
Ronan lächelte, als Lambert leicht errötete. Touché.
»Der weiß nur, was im Bericht stand. Es sei denn, er hat schon vor Ihnen die geborgenen Überreste gesichtet.«
Lambert machte auf dem Absatz kehrt und verschwand im Regen.
»Einer der Typen«, sagte Leclaech, »die ihren Job so geil finden, dass sie sich dafür in die Schuhe pissen.«
»In die Schuhe pissen?« Ronan sah Leclaech an. Eine Redewendung?
»Das sagte mein Vater immer über Polizisten … Pardon, Prad.«
Lambert war besser informiert, als er zu diesem Zeitpunkt eigentlich sein durfte. Aus irgendeinem Grund hatte eine Reihe von Leuten ein großes Interesse an den Toten in der Jacht. Wenn in der französischen Verwaltung etwas schnell und noch dazu von selbst geschah, dann konnte man davon ausgehen, dass irgendjemand ein persönliches Anliegen hatte.

Und jetzt? Nach dreizehn Jahren hatte Ronan damit begonnen, nicht mehr jeden Tag an Camille zu denken. Und nun erklärte ihm Grand, der über Informationen über ihn verfügte, die nur jemand mit höchster Sicherheitsfreigabe haben konnte, dass Camille für die DGSE gearbeitet hatte, und innerhalb von zwei Tagen tauchten in Penec mehr Tote als Touristen im Winter auf.

—

Über der Felsspitze der Trinité bereitete sich der Himmel auf den Sturm vor, wie eine Armee, die in Stellung ging. Obwohl seit zwei Tagen die Alarmstufe angehoben wurde und der Cross-Corsen auf

Kanal 16 ständig Warnungen durchgab, würde es wieder Leichtsinnige geben, die trotz aller Warnungen mit ihren weißen Sportbooten, vollgestopft mit Elektronik und automatischen Steuergeräten, auf eine Wasserfläche fuhren, die sich innerhalb von Stunden in ein tödliches Inferno verwandeln würde. Jedes Jahr dasselbe: zerfetzte Reste von Motorbooten, Segelboote ohne Mast, auf der Seite liegend wie gestrandete Wale.

Ronan kürzte den Weg ab und folgte dem Metallgitter, das den Park um das Rathaus umgab. Der weiße Kies vor dem Haupteingang erinnerte ihn an die Auffahrt bei den Morvans. Sein Telefon summte. Er nahm das Gespräch an. Die Nummer war unterdrückt. Er wartete kurz, bis er ein »Ja« von sich gab. Die Schallwellen wurden in elektronische Signale umgewandelt, einmal um die halbe Welt geschickt, wahrscheinlich durch die Filter einiger Geheimdienste, wo Computer Stimmfrequenz, Wörter, Ort und Telefonnummer speicherten, bis das Signal wieder in Schallwellen zurückgewandelt wurden.

»Ich muss mit dir reden ...«

Früher dachte Ronan, dass sein Vater als Strafverteidiger seine Sätze wie mit dem Rasiermesser zurechtschnitt, und er fragte sich, wie der es jemals geschafft hatte, seine Mutter davon zu überzeugen, ihn zu heiraten. Es muss in seinem Leben eine Phase gegeben haben, in der er mehr als ein geöltes Instrument des französischen Rechtssystems gewesen war.

»Ich bin im Dienst«, erwiderte Ronan.

»Das bin ich auch ... Das trifft sich also gut.«

»Was ist denn so dringend?«

»Nicht am Telefon.«

»Im PMU, gegenüber dem Bahnhof, in einer halben Stunde.«

»In fünf Minuten.«

Ronan bog in eine Seitengasse, in der es seit Jahrhunderten nach vergorenem Urin stank und in der die Fassaden so eng aneinandergelehnt waren, dass die Gasse den Steinwänden eines Dolmen ähnelte.

Sein Vater saß bereits unter einem Heizpilz. Sie waren allein auf der Terrasse. Regentropfen hatten die Hälfte des runden Tisches

überschwemmt. Ronan setzte sich neben seinen Vater, mit dem Rücken zur Mauer. Eine Technik, die er von einem israelischen Offizier gelernt hatte. Ganz normal in Israel. Und seit den Terroranschlägen in Paris im letzten Jahr konnte Ronan dies auch für sein Land sagen. Der ganz normale Wahnsinn.
»Einen Martini, Pastis, Wodka ... oder hast du Hunger?«
»Ich komm von Leclaech, danke. Nur einen Kaffee.«
»Ein Wunder, dass Leclaech überhaupt noch existiert.«
»Er hat seine Stammgäste, aber du willst doch nicht über Leclaech mit mir sprechen?«
Der Kellner brachte den Kaffee. Sein Vater wartete, bis der Kellner wieder in der Tür verschwunden war.
»Ich habe gehört«, sagte er und beugte sich über den Tisch, »dass du eine Begegnung hattest ... bei einem Tauchgang.«
»Es gab einen Unfall.«
»Ich habe gehört, dass es kein Unfall war.«
»Von wem hast du diese Information?«
»Als Strafverteidiger habe ich Zugang auch zu vertraulichen Berichten.«
»In dem offiziellen Bericht steht, dass es ein Unfall war. Was willst du von mir?«
»Ich will dir helfen.«
»Warum sollte ich deine Hilfe brauchen?«
Sein Vater wandte sich um und rückte seinen Stuhl näher zu Ronan. Jetzt roch er den Alkohol aus dem Mund seines Vaters. Seit dem Tod seiner Mutter umgab ihn eine Wolke aus gebranntem Alkohol, die er mit Rasierwasser übertünchte.
»Ich weiß, dass es kein Unfall war. Ich dürfte gar nicht mit dir darüber reden, weil das unter die Schweigepflicht fällt, aber ich muss dich warnen. Du bist in Gefahr.«
»Von wem redest du?«
»Kann ich dir nicht sagen. Aber die Leute, von denen ich rede, wissen, dass es kein Unfall war. Du hast einen Mann getötet.«
»Er hat versucht, mich auf den Grund des Meeres zu befördern.«
»Ich weiß nicht, ob du dir im Klaren bist, mit wem du dich da angelegt hast.«

»Ich weiß vor allem nicht, was du damit zu tun hast.«

»Ich habe Klienten ...«

»Du meinst Verbrecher.«

»Ich bin Strafverteidiger, Ronan. Der Puffer zwischen der strafenden Macht des Staates und dem Bürger.«

»Du suchst dir deine Mandanten nicht danach aus, ob sie vom Staat ungerecht behandelt wurden, sondern ob sie gut zahlen.«

»Lassen wir das. Du bist in Gefahr, Ronan. Du bist da in irgendetwas hineingeraten, das dir über den Kopf wächst.«

»Die Ermittlung wurde von der Staatsanwaltschaft übernommen. Der Untersuchungsrichter ist nun offiziell mit dem Fall betraut.«

Es war noch keinen Tag her, dass er zu der Jacht getaucht war. Die Filmaufnahmen seiner Kamera zeigten nichts. Er hatte sie verloren, als der Legionär ihn angegriffen hatte. Doch als er alleine aufgetaucht war, hatte der andere Legionär gewusst, was geschehen war. Ein kurzer Telefonanruf, und Ronans Name stand plötzlich auf einer schwarzen Liste.

»Vielleicht nimmst du dir zwei Wochen Urlaub«, sagte sein Vater.

Für einen Moment sah Ronan das Gesicht eines besorgten Vaters und nicht das eines Strafverteidigers.

»Ich bin Polizist.«

»Du warst Soldat in Regionen, in die nicht einmal Gott sich traut, wenn es ihn gibt. Du hast genügend für diesen korrupten Beamtenstaat getan. Wenn du nicht aufpasst, dann spannen sie dich wieder vor ihren Karren, und am Ende gibt es ein feierliches Begräbnis mit Fahnen und Staatspomp, und ich darf dir und deiner Mutter dann an Allerheiligen Blumen hinstellen. Du weißt ja, was ich von Blumen halte ...«

»Wer will mich tot sehen?«

»Dieselben, die auch Camille auf dem Gewissen haben.«

Sein Vater legte einen Schein unter sein Glas und stand auf.

»Du stehst auf ihrer Liste«, sagte er.

»Wenn sie es dich haben wissen lassen ...«, sagte Ronan und sah auf die Rechnung. Sein Vater hatte alles beglichen. Er hatte es in seinem Leben noch nie geschafft, seinen Vater einzuladen.» ... dann wissen sie auch, dass du mich gewarnt hast.«

Sein Vater überlegte. Seine Augen waren plötzlich ernst. Er wirkte alt und verbraucht.

»Gib auf dich acht.«

»Du solltest dir im Alter eine andere Klientel suchen«, rief Ronan seinem Vater hinterher, als der schon in der Mitte der Straße war.

—

Das Bahnhofsgebäude war im letzten Jahrhundert errichtet worden und glich einem heruntergekommenen Dorfbahnhof, den die SNCF notdürftig modernisiert hatte. Statt der klapprigen Flügeltür glitt eine automatische Glastür auf. Auf der linken Seite zwei Schalter, ein Wartebereich mit Plastikstühlen, zwei Fahrkartenautomaten und ein Automat mit Süßigkeiten und Getränken. Der hintere Bereich mit den Schließfächern war von der Modernisierung vergessen worden, so dass man mit zwei Schritten knapp ein Jahrhundert zurückging. Von den Wänden blätterte Farbe ab. Davor aufgereiht Metallkästen mit Nummern und Schlüsseln. Nicht einmal Sicherheitsschlösser. Ronan zählte vierzig Fächer an einer Wand. Die gegenüberliegende Wand war leer. Davor ein paar Besen, Reinigungsgeräte und eine Metallmülltonne. Fünf Schließfächer waren verschlossen. Das oberste auf der linken Seite stand weit offen. Geheime Anweisungen, für die Katz, dachte Ronan. Das Fach war leer, wenn man den Rest einer zerknüllten Zigarettenpackung einmal außer Acht ließ. Er klappte die Tür zu, als er das rote Schild sah: »Defekt. Außer Betrieb.«

Das kam noch hinzu. Der geheime Postkasten, der defekt war. Großartig. Er suchte nach einem Gegenstand, auf den er sich stellen konnte, um besser in das Fach zu sehen. Er tastete mit seiner Hand in das Innere. Er untersuchte die Zigarettenpackung. Faltete sie auseinander, suchte nach einer Nachricht. Nichts. Wäre er für die NSA tätig, dann würde das Schließfach einen Irisscanner besitzen, doch im Frankreich des einundzwanzigsten Jahrhunderts musste er die Zwei-Euro-Münze noch selbst einwerfen. Wahrscheinlich auch der einzige Staat, in dem Polizisten ihre schusssicheren Westen selbst kaufen mussten. So weit ging die Fürsorgepflicht nun doch nicht. Er warf die Münze ein, drehte den Schlüssel um und schlug die Tür zu. Sie war nicht defekt … Er steckte den Schlüssel wieder ein, drehte ihn. Die Münze fiel, das Schließfach öffnete sich. Die Münze hatte sich jedoch verklemmt. Am Schalter saß eine ältere Frau, die ihre Fingernägel feilte. Ronan erklärte ihr kurz, dass die Münze verklemmt war, doch die Frau stand nur auf und verschwand in einer Tür. Sie kam zurück und legte ein Formular auf die Schreibunterlage und gab ihm einen Kugelschreiber, der am anderen Ende angenagt war.

»Unterschreiben Sie da.« Sie zeigte mit ihren gefeilten Nägeln auf ein Kästchen. »Haben Sie so was wie 'nen Ausweis oder so …«

»Die Münze klemmt, sonst nichts.«

»Und ich muss das melden, und dafür müssen Sie das Formular ausfüllen, damit ich Ihnen die Münze zurückerstatten kann.«

Ronan legte seinen Dienstausweis neben das Formular. Die Dame am Schalter schaute das Bild an, dann ihn. Sie verzog das Gesicht.

»Das Bild sollten Sie mal bei Gelegenheit erneuern lassen.«

Sie nahm das Formular, verschwand wieder, kam zurück und legte eine Zwei-Euro-Münze auf den Tisch und einen USB-Stick.

»Was ist das?«

»Das gibt's dazu«, sagte sie und bewegte die Feile in kleinen Schwüngen über ihre purpurroten Fingernägel.

Teil III

Der Dachs

»Dein Vater hat dich gesucht«, sagte Loig, als er am Kaffeeautomaten vorbeiging. »Er wirkte nervös. Was ist los? Hast du ihm gesagt, dass du ihn ins Altenheim steckst?«

»Für meinen Vater gibt es kein Altenheim … Er würde jeden verklagen, wenn ihm das Essen nicht schmeckt oder das Fernsehprogramm schlecht ist.«

»Und Lambert haben wir am Hals.«

»Soll er sich um den Mist kümmern.«

»Und Charlotte? Wie geht es ihr?«

»Warum fragst du sie nicht selbst?«

»Weil ich sie schließlich nicht durch den Fleischwolf gedreht habe.«

»Hat Marie das gesagt?«

»Ich habe gar nichts gesagt«, kam es von der Tür. Marie faltete den Pappkarton einer Pizza zusammen und steckte ihn in den Papierkorb.

»Ich kenne dich«, fuhr Loig an Ronan gewandt fort, »wenn du diesen Blick hast, dann kann dich nichts mehr bremsen. Meine Frau hat diesen Blick, wenn sie shoppen geht und auf den Schaufenstern ›soldes‹ steht. Da kommt der Jagdinstinkt durch.«

»Was redest du für Zeug! Wir haben uns nur mit ihr unterhalten.«

»Und ich glaube inzwischen auch«, sagte Marie, »dass sie uns etwas verschweigt. Sie weiß mehr über die Finanzen ihres Mannes.«

»Und was ist damit?«

»Zu viel teurer Krimskrams, einschließlich eines teuren Leasingwagens, und das, obwohl letztes Jahr die Fische es vorzogen, noch ein wenig länger ins Meer zu scheißen, anstatt an seinen Haken zu zappeln.«

»Willst du sie jetzt noch bei der Steuer anzeigen, weil Gael ein wenig schwarzgefischt hat?«

»Ein anderer Fischer hat mir erzählt, dass das letzte Jahr schlecht gelaufen ist, und außerdem hatte Gael hohe Kosten ... Er hat eine andere Einnahmequelle.«

»Lambert hat übrigens wissen wollen«, sagte Loig, »was wir auf dem Plateau gefunden haben.«

»Du hast ihm von Gaels Handy erzählt?«

»Er hat meinen Bericht gelesen«, sagte Marie. »Darin steht auch, dass ich die Überreste, die du mir gegeben hast, Colonel Bloomsday übergeben habe.«

»Und da wären wir schon bei unserem ersten Problem mit Lambert«, sagte Loig. »Denn Bloomsday behauptet, er hat nie etwas von Marie erhalten. Kein Handy, keine Tüte mit Stein.«

Ronan sah Marie an. »Ich weiß, ich hätte es selbst nach Brest bringen müssen, aber der Colonel meinte ...«

»Nicht weiter tragisch«, sagte Ronan, »jetzt wissen wir wenigstens, wem wir trauen können.«

Ronan ging in sein Büro und schloss die Tür hinter sich, dann steckte er den USB-Stick in den Rechner.

Er öffnete die einzige Datei auf dem Speicherstick. Eine Reihe von Unterdateien, allesamt chronologisch geordnet, über die Dauer von zwei Jahren.

23. Februar 1999 bis zum 3. Januar 2001.

Er klickte auf die erste Datei. Hunderte von Bilddateien. Einzelne Textdateien im doc-Format. Doch bevor er auf eine der Bilddateien ging, scrollte er weiter nach unten. Der Dateiname eines Files ließ ihn kurz frösteln, so als berührte ihn ein Gespenst aus einer anderen Welt.

Rapport: Agent Donval. Eine Liste mit Datum, Uhrzeiten und unterschiedlichen Orten. Die meisten davon befanden sich in der Nähe Penecs, andere im Landesinneren der Bretagne.

K-1-16h
K-1-5h

Waren dies Camilles Berichte und die Zeit- und Ortsangaben Überwachungslisten?

Ein weißes Licht an seinem Telefon am Schreibtisch blinkte. Der Anruf kam von auswärts. Durchwahlnummer.

»Sie haben die Unterlagen erhalten«, sagte Grands Stimme.

»Woher wissen Sie, dass ich nicht einfach umgedreht habe, als ich das leere Schließfach sah, zudem noch ›Außer Betrieb‹?«

»Weil sonst niemand eine Zwei-Euro-Münze in ein Schließfach steckt, das außer Betrieb ist.«

»Und warum nicht gleich die Frau am Schalter fragen?«

»Weil diese Frau einen Anruf erhält, und zwar in dem Augenblick, wenn Sie die Zwei-Euro-Münze einwerfen. Sie weiß dann, dass sich gleich ein Mann beschweren wird, weil seine Münze stecken geblieben ist. Sie hat den Auftrag, Ihnen ein Formular zu übergeben. Sie unterschreiben es. Dabei scannen wir Ihre Fingerabdrücke. Diese Fingerprint-Scanner wurden an allen Flugplätzen und Bahnhöfen installiert.«

»Die Terroranschläge vom letzten Jahr rechtfertigen alles …«

»Nein, das haben wir schon vorher gemacht. Es hat aber nicht geholfen, die Attentäter aufzuhalten. Allerdings finden wir sie dann schneller.«

»Dann wollte sie gar nicht meinen Ausweis sehen?«

»Doch, die Dame am Schalter hat Ihren Ausweis angeschaut.«

»Hätte ich Handschuhe getragen?«

»Dann hätten Sie nur ein Formular ausgefüllt und Ihre Münze wieder erhalten.«

»Warum wenden Sie sich nicht an Lambert? Er kümmert sich um den *Seafuture*-Fall.«

»Wir müssen vorsichtig sein«, sagte Grand. »Agent Donval sprach von einem weiten Netzwerk. Kazav hätte Verbindungen in die Justiz, Polizei und in die Politik. Es taucht der Name des Innenministers auf, des Verteidigungsministers. Aber zu dem Zeitpunkt, als Donval ihren Bericht verfasst hatte, waren sie noch keine Minister. Donval redete von einem Netzwerk, das sich nicht nur auf gegenwärtige Personen in wichtigen Positionen bezog, sondern von einem Plan, wie eine Regierung im Geheimen aufgestellt wird.

Wir wissen noch nicht, was Donval damit meinte, dass die französischen Parteien zerschlagen und sich Bewegungen bilden werden. Scheinbar demokratische Bürgerbewegungen, die aus dem Volk kommen. In Wirklichkeit sind es Marketingstrategien. Von langer Hand geplant. Durch Wahlen wird nur noch die Zustimmung hergestellt.«

»Niemand muss wählen.«

»Der Bürger ist mündig und handelt aus eigener Überzeugung. Ich kenne diese Floskeln von Leuten, die Demokratie tatsächlich für einen Akt halten, in dem das Volk selbst frei entscheidet. Dabei sind die Würfel längst vor den Wahlen gefallen. So wie Werbepsychologen Kunden durch ein Kaufhaus lotsen und unbewusst deren Kaufentscheidungen steuern. Statistisch gewinnen sie immer, auch wenn es einzelne Ausreißer gibt.«

»Und Camille hatte den Beweis, dass Kazav der Kopf eines solchen Netzwerks ist?«

»Wir wissen nicht, ob er der Kopf dieses Netzwerks oder selbst nur ein Rädchen ist. In den Bilddateien finden Sie Fotos von Kazav, zum Teil mit versteckter Kamera oder Standbildaufzeichnungen von Webcams. Donval hat gute Arbeit geleistet. Von ihr wissen wir, dass Leturc, Kazavs rechte Hand, zu einer Vereinigung gehört, die uns als Association Bonetti bekannt ist. Offiziell eine Kriegsveteranenvereinigung gedienter Legionäre. Sie nehmen an offiziellen Feierlichkeiten teil, kümmern sich um verwundete Kameraden. Das ist jedenfalls der offizielle Teil. Über die anderen Tätigkeiten wissen wir wenig.«

»Wie Tauchoperationen und Auftragsmorde.«

»Wir haben keine Beweise«, sagte Grand, »aber es ist möglich, dass die Association Bonetti zu Kazavs Leuten gehört. Donval stand kurz davor, das dunkle Netzwerk um Kazav aufzudecken. Sie rief mich Stunden vor ihrem Verschwinden an und meinte, dass sie auf etwas gestoßen sei.«

»Sie verschwand auf der Suche nach Alan Jegou.«

»Agent Donval meinte, dass sie etwas über Kazavs Archiv herausgefunden habe und dass sie Zugang zu medizinischen Akten bräuchte. Wir haben alle möglichen Stiftungen, Wohltätigkeits-

vereine, die Kazav ins Leben gerufen hatte, untersucht, doch es ist kein Archiv dabei. Es gibt ein paar Spenden für Ausstellungen des Musée de la Mer, aber es wird kein Archiv erwähnt.«
»Und wozu die medizinischen Berichte Kazavs?«
»Nun, offiziell ist es nahezu unmöglich, an Patientenakten eines Arztes heranzukommen. Erst recht, wenn es die Akten eines Bürgermeisters sind.«
Ronan suchte nach einem File und fand ein Dokument mit dem Namen rapmedical-kaz.doc Er öffnete es. Auf den ersten Blick nichts Ungewöhnliches. Rezepte für eine Ohrenentzündung, verschiedene Kortisonsalben. Anscheinend litt Kazav unter Hämorrhoiden, 2007 Exelon 1,5 g zweimal am Tag, Citalopram eine Kapsel am Tag zum Essen. Die letzten Rezepte waren von 2008. Ibuprofen, dann hatte ihm der Arzt Kompressionsstrümpfe verordnet und ... Ronan grinste. Der geile Sack ließ sich Viagra verschreiben. Kazav schluckte mehr Medikamente als eine fünfköpfige Familie. Die Aufzeichnungen endeten 2011. Kazav hatte anscheinend den Arzt gewechselt.
»Kazav ernährt sich offenbar nur von Medikamenten«, sagte Ronan.
»Nicht mehr als die meisten Franzosen. Haben Sie gewusst, dass wir den höchsten Gehalt an Antibiotika im Trinkwasser haben?«
»Kazav bekam Muntermacher ... Citalopram, erhöht den Serotoningehalt im Gehirn. Wirkt gegen Antriebslosigkeit, Depressionen.«
»Nehme ich auch ... berufsbedingt. Nichts Besonderes.«
»Warum wollte Camille die Patientenakten?«, fragte Ronan.
»Es muss mit einem Arztbesuch noch vor 2001 zusammenhängen.«
»2007 Exelon ...« Ronan gab den Suchbegriff in den Computer ein. Google fand 5,2 Millionen Ergebnisse. Rivastigmin, alle hatten etwas mit Nervenerkrankungen, Parkinson und Alzheimer zu tun.
»Leidet Kazav unter Parkinson oder Alzheimer?«
»Uns ist nichts bekannt. Aber auf dem Stick ist noch eine Datei. Die letzte Datei, die Agent Donval gespeichert hat.«
Die Datei hieß »Routes de nuit«, Nachtwege. Sie ließ sich nicht öffnen. Als Ronan auf das Icon klickte, setzte sich der Vorgang

zunächst in Gang, dann erschien jedoch ein Fenster und verlangte einen Code.

»Ein Sicherheitscode?«

»Aus vierundsechzig Ziffern … Ein kompliziertes Chiffriersystem.«

»Was sagt Ihr Supercomputer?«

»Selbst für Rechner, wie die NSA sie besitzt, ist dieser Code nicht zu knacken.«

»Wozu hat sie nur diese Datei verschlüsselt?«

»Ich weiß es nicht … Ich habe gehofft, dass Sie vielleicht eine Ahnung haben, was für ein Passwort Agent Donval verwendet hat. Sie kannten sie ja näher.«

Näher bekannt. Es war, als käme das »näher bekannt« aus Camilles Mund. Nicht mehr als das. Sie war die Frau seines Lebens. Wie konnte er ahnen, dass sie ein Doppelleben geführt hatte. Er hatte den Krieg in Afrika und Südamerika gelassen. Bei der Gendarmerie hätte er noch ein paar Jahre weitergemacht, wäre dann vielleicht vorzeitig in den Ruhestand gewechselt, um dann mit Camille um die Welt zu segeln. Irgendwo auf der Welt zu leben, nie länger als einen Monat, so unstet wie der Wind selbst. Damals hätte er sich nie ein Leben ohne Camille vorstellen können. Inzwischen war die Einsamkeit zu seinem normalen Begleiter geworden.

Es klopfte. Marie stand in der Tür.

»Capitaine, da versucht dich jemand auf einer anderen Leitung zu erreichen. Er sagt, es sei dringend.«

Ronan wollte Grand noch etwas fragen, doch die Verbindung war unterbrochen.

»Wie er heißt, hat er nicht gesagt?«

»Doc Bizarre … ein Scherzanruf, auf Loigs Leitung.«

Loig streckte seinen Kopf herein. »Seit zehn Minuten habe ich einen Schwachkopf am Telefon, der mir sagt, dass er Doc Bizarre heißt und eine Nachricht für Capitaine Prad hat. Ich habe ihm gesagt, er soll später anrufen, doch er hat nach zehn Minuten wieder angerufen. Dann nach fünf Minuten schon wieder. Kennst du diesen Spinner? Geh ran, mir blutet schon das Ohr.«

Marie zuckte mit den Achseln und lachte: »Doc Bizarre …«

Doc Bizarre war nicht einmal ein Name. Es war eine Art Code, unter dem sich niemand etwas vorstellen konnte, außer dass es sich um einen schlechten Scherz handelte.

Ronan hätte Michael Boren unter anderen Umständen in Brest einen Besuch abgestattet. Ein kleines Bierchen am Hafen, und dabei hätte er ihn gefragt, ob er ihm einen Gefallen tun könnte. Er bräuchte die Auswertung der Telefonverbindung und einer Speicherkarte. Ohne den Dienstweg. Doch nachdem er auf seinem Boot Besuch bekommen hatte, hatte er Boren angerufen und ihm gesagt, er solle nicht von seinem Labor aus anrufen und sich unter Doc Bizarre melden. Die Sache war heikel. Jemand hatte mitbekommen, dass sie Morvan auf dem Plateau *Roches-Douvres* gesucht hatten. Dann hatte er Marie Blanc gebeten, die Teile des Handys, die Tüte und den Stein offiziell zur Untersuchung in das Labor nach Brest zu schicken. Aus einer Vorahnung heraus hatte Ronan jedoch die Speicher- und Telefonkarte entfernt. Die Beweisstücke kamen nie an, und Colonel Bloomsday, Chef der Gendarmerie in Penec, behauptete, er habe nie etwas erhalten. Ronan kannte Marie Blanc erst seit ein paar Tagen. Ging man nach ihrer Akte, dann war sie das Musterbeispiel, wie man bei der Gendarmerie Karriere machte. Sie eckte nirgends an, war überall die Beste und hinterließ bei all ihren Vorgesetzten nur einen guten Eindruck. Und jetzt plötzlich sollte sie Beweismittel unterschlagen haben? Das passte nicht zusammen. Bloomsday war ein Opportunist, der die Karriereleiter nach oben kletterte, weil sein Schwiegervater ein General im Ruhestand war. In solchen Kreisen war es auch egal, dass der General inzwischen senil war und immer dieselben Geschichten erzählte, wie er im Zweiten Weltkrieg einen deutschen Panzer mit einer Flasche Cognac und zwei Streichhölzern außer Gefecht gesetzt hatte. Eine Geschichte, die Bloomsday bei Jahresfeiern aufwärmte und mit der er alle langweilte. Es war, als schlüge der Geisteszustand des Schwiegervaters Senilitätswellen noch weit über dessen Pflegeheim hinaus. Bloomsdays Aufstieg geschah im Wirkungsbereich dieser Wellen. Sie waren schwach, aber vorhanden, und auch wenn die Wellen keine Türen öffneten, so verhinderten sie, dass manche sich schlossen. Warum aber sollte Bloomsday lügen?

»Doc Bizarre«, sagte Ronan und konnte sich ein Lächeln nicht verkneifen, als er Borens Stimme hörte.

»Ich habe die letzten angerufenen Telefonnummern«, sagte Boren, »soll ich sie dir durchgeben?«

»Weißt du, wer es ist?«

»Ich habe sie überprüft: eine Nummer ist ein Privatanschluss. Gael Morvan. Verbindungsdauer zweiunddreißig Sekunden, dann dieselbe Nummer zwei Sekunden, und die letzte Nummer ist was Offizielles: die Durchwahlnummer zum Bürgermeister. Zwanzig Sekunden. Entweder hatte er eine Nachricht hinterlassen oder er wurde zurückverbunden, an die Zentrale, weil sich niemand am Apparat des Bürgermeisters gemeldet hatte.«

Ronan bedankte sich und wollte das Gespräch schon beenden, als Boren noch etwas einfiel.

»Die Speicherkarte ist hinüber, aber einen Teil der Daten konnte ich rekonstruieren.«

»Was ist drauf?«

»Es ist eine 128-GB-Karte. Viel Speicherplatz. Normalerweise haben die Leute das für ihre Filmchen und Fotos. Da die Karte zum Teil stark erodiert ist ...«

»Ist noch was drauf?«

»Ja, das will ich ja sagen ... Ich habe Fetzen von einigen Dateien, die zu einer Filmdatei gehören, zusammengefügt. Dann habe ich die Daten durch ein Programm laufen lassen mit Bilderkennung. Es setzt Inhalte wieder zusammen, die getrennt wurden. Ähnlich wie die grafische Erkennung von Fotobearbeitung, wenn man unterschiedliche Bilder aus verschiedenen Winkeln zu einem Großbild zusammensetzt.«

»Ist nun was drauf?«

»Das Programm rechnet noch. Ich hab es auf meinem Rechner zu Hause laufen. Ich schicke es dir, wenn das Programm fertig ist.«

»Nein, ich komme zu dir nach Brest ...«

»Ich fliege mit meiner neuen Liebe in den Urlaub. Ich schicke es dir verschlüsselt. Ich lasse dir vorher ein Chatprogramm zukommen, das eine brauchbare End-to-End-Verschlüsselung hat. Du installierst es, und wenn das Programm fertig ist, macht es Bling, und du hast es. Und beim nächsten Bling schicke ich dir Fotos, wie ich nackt am Strand von Mauritius liege.«

Ronan grummelte, weil es ihn schon im Voraus nervös machte, dass er auf seinem Privathandy noch ein Gadget installieren musste. End-to-End … Er hatte noch nicht zu Ende gedacht, da kam bereits die Installationsaufforderung. »Doc Bizarre hat Ihnen folgenden Link geschickt.« Ronan bestätigte. Riot installierte sich selbst. Eine Nachricht ploppte auf: »Rest kommt, from Brest with love.«

Ronan legte den Hörer weg und steckte sein Handy weg, als er Schritte hörte: Marie stand neben ihm.

»Doc Bizarre?«

»Ein Freund aus alten Zeiten …«

»Der dir Verschlüsselungssoftware schickt …«

Er wollte etwas von Privatsphäre, Geheimhaltung und »Verdammt noch einmal, kümmere dich um deinen Scheiß« sagen, als ungewohnt trippelnde Schritte sich näherten.

»Lambert«, sagte sie leise. Hinter ihr trabte der Untersuchungsrichter schon in das Büro. Ronan fiel ein, dass er den Stick noch im Rechner hatte. Er konnte ihn gerade noch rechtzeitig herausziehen, bevor Lambert ihn sah.

»Wir werden heute die vorläufige Identifizierung der Leichen vornehmen«, erklärte Lambert, so als hätte er die Skelette zur Befragung vorgeladen.

—

Sein Defender stand noch immer auf dem Parkplatz, die Tür einen Spaltbreit geöffnet. Der Gestank nach Tierkot und Urin hatte sich in jede Ritze des Wagens verkrochen. Ronan bückte sich und schaute unter alle Sitzbänke. Der Dachs war verschwunden. Er verschloss die Tür, ließ aber die Fenster einen Spalt offen. Sein Wagen würde die nächsten sechs Monate noch nach Dachsscheiße riechen. Marie Blanc verzog die Nase, als sie die Heckklappe schloss.

Nachdem Lambert seine Ermittlungsstrategie mit abwaschbaren Stiften auf die Magnettafel gemalt hatte, was aussah wie Malen nach Zahlen, hatte Ronan Marie erklärt, warum er unbedingt mit Kazav sprechen musste und dass es kein Zufall war, dass Bloomsday die Überreste von Gaels Handy nicht bekommen hatte. Über solche Dinge redete man aber am besten an einem Ort, an dem man sicher sein konnte, nicht abgehört zu werden. Abgesehen von seinem Handy, das als Wanze umprogrammiert werden konnte, konnte er in einem der noch fahrtüchtigen Dienstwagen sicher sein, dass niemand mithörte. Das Funkgerät funktionierte nicht mehr, und die gesamte Bordelektronik – Tankanzeige, Radio, Kilometerstand – erwachte nur aus ihrem digitalen Koma, wenn die Außentemperatur nicht höher als zwölf Grad war. Der Mechaniker hatte es wenigstens geschafft, den »Wagen« zu starten und die Sicherungen so umzustecken, dass der »Wagen« seinen Zweck erfüllte. Ein Fortbewegungsmittel.

»Haben wir uns bei Kazav angemeldet?«, fragte Marie, die den »Wagen« steuerte.

Ronan ging diese verschlüsselte Datei nicht mehr aus dem Kopf. Warum hatte Camille eine Datei verschlüsselt, und was war in Kazavs Archiv?

»Wir sind die Polizei«, sagte Ronan, »wir brauchen uns nicht anzumelden.«

»Aber Kazav ist der Bürgermeister, und er könnte nicht da sein.«

»Dann werden wir uns sagen lassen, wo er ist, und ihn woanders aufsuchen.«

»Seit dem Vorfall auf deinem Boot und dem toten Taucher kann ich mir vorstellen, dass du nicht gerade willkommen bist.«

»Im Gegenteil«, antwortete Ronan, »sie werden abstreiten, dass Van Haag mich umbringen wollte, sie werden so tun, als wäre alles ein bedauerlicher Unfall.«

»Aber es war kein Unfall …«

»Das wissen sie, und ich weiß es auch. Nur darf das niemand offen sagen.«

»Aufpassen solltest du trotzdem, sonst kann es sein, dass du auch Opfer eines Unfalls wirst.«

»Genau das wird geschehen.«

»Und wie kannst du dabei so ruhig bleiben?«

»Ich bin nicht ruhig.«

Sie verließen die Landzunge, die zum *Roche-aux-Oiseaux* führte. Die Straße verlief bergab, in schmalen Serpentinen. Früher standen hier einige Fischerhütten aus Stein. Im Laufe der neuen Urbanisierung hatte Kazav das Land für den Bau von Fertighaussiedlungen freigegeben. Die alten Steinmauern und Brombeerhecken wichen Vorgärten mit zentimetergenau getrimmtem Rasen, rot-schwarzen Postkästen, Carports, die zu Betonfertighäusern gehörten, die wie Origami-Faltwürfel aussahen. Es waren Klone, dachte Ronan, in denen der Unterschied zwischen den Häusern nur durch die Hausnummern zu erkennen war.

Hinter dem Ortsschild gab Marie Gas. Der Wagen erreichte die Nationalstraße, und Ronan ließ seinen Blick über die rot-orangefarbenen Baumkronen schweifen. Die ersten Ausläufer des Sturmes bogen die Baumkronen. Marie hatte das GPS eingestellt, das sie durch ein schmales Waldstück zwischen der National und dem Trieux führte. Der Weg verjüngte sich, fiel zur Seite ab, und nach einigen Hundert Metern fuhren sie zwischen zwei Meter hohen Böschungen, die von Gestrüpp umwuchert wurden. Wenn ihnen jetzt ein Traktor entgegenkam, dann musste einer von ihnen den Rückwärtsgang einlegen. Keiner kam ihnen entgegen. Birken und Eichen schlossen den Weg zu einem Tunnel. Marie bremste unerwartet fest. Ronans Gurt hielt ihn zurück, und reflexartig schnellten seine Arme nach vorne, um sich abzustützen. Ein Schatten huschte vor ihnen durch das Dickicht. Der Wagen kam zum Stehen.

»Pardon«, sagte Marie, »da war etwas … das rannte …«

Sekunden später erkannten sie das Wildschwein. Es drehte sich zu ihnen um. Ronan konnte die dunklen Augen sehen. Es schätzte ab, ob sie eine Gefahr darstellten.

»Soll ich hupen?«

»Nein, mach den Motor aus«, sagte Ronan, »wir warten.«

Der Keiler kam zurück an den Straßenrand. Er war groß, und seine Eckzähne blitzten weiß in einem Lichtstrahl, der durch das lichte Blätterdach fiel.

»Auf was wartet er?«

Die Bache und fünf Frischlinge überquerten den Weg. Als sie hinter den Büschen verschwunden waren, reckte der Eber noch einmal den Kopf nach oben. Ronan hatte jetzt den Eindruck, dass der Eber ihm direkt in die Augen blickte. Kein Zeichen von Freundschaft. Es hieß: Verpiss dich, hier bin ich der Chef. Wenn du mir folgst, dann schlitze ich dich mit meinen Zähnen auf!

Es war gerade wieder still geworden, als Schüsse fielen. Erst ein vereinzelter Schuss, dann kamen weitere schnell aufeinanderfolgende Schüsse. Sie drangen aus der anderen Richtung.

Marie startete den Wagen. »Heute ist Mittwoch ...«, sagte sie.

»... und heute ist kein für die Jagd autorisierter Tag«, ergänzte Ronan.

»Das heißt, wir haben es mit Wilderern zu tun.«

»Ich bin mir sicher«, sagte Ronan, »die Strohköpfe, die hier herumballern, sind viel zu besoffen, um sich an den richtigen Wochentag zu erinnern.«

Wieder Schüsse. Marie beschleunigte. Die Reifen versanken in Schlammlöchern, einige Male knirschte das Blech, als sie in ein Schlagloch donnerte. Marie bog tiefer in den Wald ab. Vor einer Naturschutztafel parkten zwei ältere Trafic und ein moderner Rover. Sie stiegen aus, ließen jedoch die Türen noch offen. Auf der Informationstafel hatte das Amt für den Schutz des Litorals mit seiner Tier- und Pflanzenwelt die wichtigsten Punkte notiert, wie der Spaziergänger sich zu verhalten hatte, wenn er dieses geschützte Gebiet betrat. Keine lauten Geräte, um Vögel nicht aufzuschrecken, kein Sammeln von Pilzen, kein Abreißen von Pflanzen oder Totholz. Dafür erfuhr der Wanderer etwas über das wunderbare Leben des Dachses, des Wildschweins, Fuchses und der Hirsche.

Es wäre besser, dachte Ronan, wenn die Gemeindeverwaltung Warnschilder aufstellte: Betreten des Waldes verboten. Lebensgefahr.

Marie betrat einen Pfad, der hinter den geparkten Autos in den Wald führte. Wieder ein Schuss. Zwei Männerstimmen, die laut lachten. Hundegebell. Ronan schloss leise die Türen des Wagens und folgte Marie, die gut dreißig Schritte vor ihm sein musste. Gelächter, dann wieder das Heulen eines Tieres, gefolgt von aufgebrachtem Gebell. Ronan rannte den Pfad entlang, bis er Marie vor sich sah. Sie befand sich am Rande einer schmalen Lichtung. Ein Felsabbruch, der senkrecht vor ihnen aufragte. In einer Senke unter ihnen standen drei Männer im Halbkreis, zwei hatten ihre Gewehre im Anschlag. Einer von ihnen stocherte in einem Erdloch am Hang. Marie starrte auf das Geschehen unter ihr. Einer der Hunde war bis zur Hälfte in dem Erdloch. Ein lautes Heulen, das in einem Wimmern verging.

»Was machen die da?«

»Sie treiben Dachse aus ihrem Bau«, erwiderte Ronan.

»Wozu?«

»Aus demselben Grund, warum sie vor ihrem Fernseher sitzen und Gänseleberpastete in sich reinstopfen und mit selbst gebranntem L'Eau de Vie die wenigen Neuronen in ihrem Kopf abtöten. Sie jagen eben alles, und manchmal erschießen sie sich gegenseitig.«

»Klingt nicht danach, dass wir mit ihnen reden können.«

»Das nennt man Tradition.«

»Dass sie auf alles schießen?«

»Nein, dass darüber nicht geredet wird.«

Ronan ging voran. Als sie auf halbem Weg in der Senke angekommen waren, schlugen die Hunde an. Sie hatten sie nicht gewittert, weil Ronan und Marie den Wind im Gesicht hatten. Doch jetzt ließen zwei Hunde von dem Dachsloch ab und preschten auf Ronan und Marie zu. Marie zog ihre Waffe und entsicherte sie, wie sie es in der Polizeischule gelernt hatte. Ronan ging in die Hocke, streckte die Hand aus. Zwei der Hunde schnüffelten an ihm, schleckten ihm die Hand ab. Nur einer der Hunde knurrte Marie an, die mit ihrer Waffe auf den Kopf des Tieres zielte.

»Dumbe … die will mir den Hund erschießen«, grummelte ein Hüne mit roten Haaren. Er wirkte wie ein Relikt aus der Steinzeit.

Ronan richtete sich wieder auf und trat auf einen Mann mit Bart zu. Hinter ihm war ein kleinerer Mann mit hochrotem Kopf. Es war derselbe, dem er schon vor Tagen im Wald begegnet war und der es geschafft hatte, dass sich sein Wagen in ein Dachsasyl verwandelt hatte.

»Was machen Sie hier?«, fragte Ronan.

»Na, wonach sieht es wohl aus, Monsieur Gendarme?« Der Mann mit hochrotem Kopf trat nahe an ihn heran, so nahe, dass Ronan erst einmal einen Schritt zurückwich. Er streckte die linke Hand aus, um etwas Abstand zu schaffen.

»Laut Jagdverordnung ...« Marie zitierte eine Reihe von Erlassen, mit Angaben der Jahreszahlen.

»Dumbe ... wer ist die Schlampe, die meinen Hund erschießen will?« Er war der Größte der Jäger. Ronan schätzte ihn auf eins neunzig und mindestens hundertfünfzig Kilo. Es fiel ihm schwer zu reden, und das, was ihm die Natur an purer Körpermasse gegeben hatte, hatte sie an seinem Gehirn eingespart. Wie die zwei anderen trug er eine doppelläufige Schrotflinte, und an seinem Gürtel hingen noch ein großkalibriger Revolver und ein Jagdmesser, das so groß war, dass man damit einen Elefanten zerlegen konnte.

»Nehmen Sie Ihren Hund an die Leine«, sagte Marie in ruhigem, aber bestimmtem Tonfall. Sie senkte die Stimme, wie sie es in den Seminaren der Polizeischule gelernt hatte.

»Dumbe ... ich erschieße die Schlampe ...«

»Halt die Fresse, Volltrottel«, sagte der Rotkopf.

»Die Jagd ist nur an ganz bestimmten Tagen erlaubt«, sagte Ronan. »Sie packen jetzt Ihre Sachen und verschwinden.«

»Nicht, bevor wir das verdammte Viech aus dem Loch geholt haben.«

Der Mann mit Bart ging zu dem Loch. Sein Hund kläffte. Mit einer Metallzange, die an einem Stab befestigt war, stach er in das Loch. Die Spitzen waren blutig. Ronan spürte, wie ein Gefühl in ihm aufstieg, das er zum letzten Mal bei einem Nachteinsatz in Mali gespürt hatte. Das war kein gutes Zeichen.

»Sie treten sofort von dem Loch zurück«, rief er ihm zu.

Marie ging auf den Rotkopf zu, der sich ihr in den Weg stellte.

»Treten Sie unverzüglich zur Seite.«

»Und wenn nicht, Püppchen?«

Marie war einen Augenblick verunsichert, was der Rotkopf beabsichtigt hatte.

»Was dann?« Er schubste sie, sodass sie beinahe nach hinten stolperte. »Will das Mädchen mich dann verhauen ... oder zu Papa rennen?«

Ronan beobachtete das Riesenbaby, das seinen Mund zu wortlosen Sätzen bewegte. Der Mann mit Bart kümmerte sich nicht um Ronan und stocherte weiter in das Loch, aus dem ein Wimmern kam.

»Zurück«, rief Ronan dem Bärtigen zu. Er hatte allerdings nicht damit gerechnet, dass der Mann seine Schrotflinte zuklappte und spannte.

Marie erkannte die Gefahr. Doch der Rotkopf hatte seine Waffe bereits angehoben. Ronan zog, entsicherte und gab einen Warnschuss ab. Die ganze Szenerie erstarrte. Irgendwie hatte keiner der Jäger geglaubt, dass Ronan seine Waffe ziehen könnte. Sie waren es gewohnt, auf Tiere zu schießen, die bisher noch nie zurückgeschossen hatten.

»Fallen lassen!«, rief Ronan.

Der Mann mit Bart zögerte. Ronan wusste, was in ihm vorging. Es war der bloße Befehlston, der in ihm einen tiefen Stachel setzte. So als stünden sich Kelten und Römer in einem Stück Wald gegenüber. Der Anblick der Uniform und der bloße Anspruch, dadurch Gewalt über ihn zu haben, ging diesem Bretonen und Großgrundbesitzer gegen den Strich. Mein Grund, mein Reich ... ich bin mein König, kein aufgeblasener Fatzke in Uniform hat mir etwas zu sagen.

»Denken Sie nicht einmal daran!«, sagte Ronan in ruhigem Ton. »Noch bevor Sie die Waffe auf meine Kollegin gerichtet haben, schieße ich Ihnen eine Kugel in den Kopf. Und noch bevor irgendjemand reagiert, hat er eine weitere Kugel im Kopf. Ihr kommt nicht einmal dazu, einen Schuss abzufeuern.«

Der Mann legte die Waffe auf den Boden.

Marie zeigte auf den Hünen. Dieser schaute den Mann mit Bart an, der ihm ein Zeichen mit dem Kopf gab. »Dumbe ...« Er legte seine Flinte und seinen Revolver ins Moos.

Marie deutete auf das Jagdmesser. Als Letzter war der Rotkopf dran.

Ronan sammelte die Waffen ein. Der Revolver war ein antikes Stück. Smith and Wesson. Der Lauf war verrostet. Ronan überprüfte die Trommel. Die Waffe war geladen. Trommel und Hahn knirschten, als Ronan den Revolver kontrollierte.

»Für das Tragen dieser Waffe brauchen Sie einen Waffenschein«, sagte Ronan zu dem Hünen.

»Er trägt sie nur aus dekorativen Gründen«, sagte der Mann mit Bart.

»Sie ist geladen.«

»Er schießt nicht damit. Es ist ein Erbstück, von seinem Großvater«, sagte der Mann mit Bart. »Er will damit nur etwas herumlaufen.«

»Eine geladene Smith and Wesson, in jämmerlichem Zustand … ohne Trageerlaubnis«, sagte Marie.

»Warum gehen Sie nicht in den Wald und vögeln die Eule mal durch, damit sie sich entspannt.«

»Passen Sie auf, was Sie sagen.« Ronan legte die Waffen der Jäger auf einen Haufen.

»Ich dachte, ihr habt die Schnallen nur im Innendienst, zum Kaffeekochen. Wusste nicht, dass ihr die auch mit den großen Jungs rauslasst.«

»Höhö … Dumbe«, gackerte der Hüne.

»Sie sprechen mit einer Beamtin im Dienst«, sagte Marie. »Ich mache Sie darauf aufmerksam, dass Beamtenbeleidigung eine Straftat ist.«

»Ich mache Sie darauf aufmerksam«, gab der Rotkopf zurück, »dass ich dir nur deshalb nicht den Arsch mit der bloßen Hand versohle, weil du eine Knarre hast. Ohne bist du ein Nichts …« Der Rotkopf zog seine Jacke aus. Sein Bauch schwappte unter dem T-Shirt hervor. Dicke, tätowierte Arme. Typischer Biker.

Ronan ging auf Marie zu und flüsterte ihr zu: »Kannst du kämpfen?«

Sie schaute ihn verwundert an. »Ich habe Grundkenntnisse«, sagte sie.

»Reichen sie für den Fettsack?«

Sie nahm ihre Waffe aus dem Halfter und machte den Gürtel mit Reizgas und Ersatzmagazinen los, dann zog auch sie ihre Jacke aus.

Der Mann mit Bart glaubte, seinen Augen nicht zu trauen. Der Hüne gackerte: »Dumbe …«

Der Rotkopf lachte laut. »Nicht dein Ernst?«

Der Tanz hatte längst begonnen. Er lachte noch laut, als er schon zu einem Schwinger ausgeholt hatte. Marie hatte damit gerechnet. Der Rotkopf verlor das Gleichgewicht und fiel mit dem Gesicht in den Morast. Marie blieb völlig ruhig. Sie wartete, bis der Rotkopf wieder auf seine zwei Beine kam, dann trat sie ihm gegen das Knie. Schmerz verzerrte das Gesicht des Mannes. Er versuchte, sie anzuspringen, was aber nur wieder in einem Taumeln endete. Der Rotkopf wischte sich den Schlamm aus dem Gesicht. Er holte wieder aus. Diesmal wich Marie nicht aus, sondern unterlief seinen Schlag und rammte ihre Schulter gegen seinen Bauch. Der Rotkopf fiel nach hinten, und Marie saß auf ihm wie auf einem Pferd. Die dicken Arme des Mannes waren wie Tentakel, die ein eigenes Leben hatten und wie wild durch die Luft zuckten. Marie schlug zu. Mit der flachen Hand in sein Gesicht, dann rückte sie mit ihren Oberschenkeln weiter zu seinem Hals, bis seine Arme wie zusammengebundene Blumen vor seinem Gesicht waren. Sie packte einen der Arme, drehte ihre Hüfte leicht und griff den Arm mit ihren beiden Händen, ließ sich nach hinten fallen, bis ein kurzes Knacken zu hören war, so als bräche ein Ast. Dann schrie der Rotkopf. Marie stieg von ihm, wobei sie beim Aufstehen noch ihr Knie gegen seine Kehle drückte.

»Dumbe ...« Der Hüne blickte Marie kopfschüttelnd an.

»Die ... mir den Arm ...«, schrie der Rotkopf.

»Wählen Sie Ihre Worte«, sagte Marie, »oder ich breche noch den zweiten Arm, und dann nehme ich mir das Knie vor.«

Ronan ging zu dem Loch. Der verletzte Dachs lag auf dem Rücken. Sein Fell war blutverklebt.

»Wir haben nichts Unrechtes getan«, sagte der Mann mit Bart. »Das ist nicht einmal eine Jagd. Wir machen nur das Ungeziefer tot.«

»Was würden Sie sagen, wenn ich Sie aus Ihrem Haus treibe, dann Hunde auf Sie hetze, um Sie dann noch aufzuspießen?«

»Der Dachs ist eine Pest, er zerstört das Land, er untergräbt Felder, Häuser, er gräbt, bis die ganze Küste zusammenbricht, wenn wir ihn nicht aufhalten. Er steckt die Rinder mit Tuberkulose an.«

»Die Wildschweine, die ihr noch füttert, damit ihr sie jagen könnt, sind Hauptüberträger. Und mancher Dachsbau ist schon mehr als zehntausend Jahre alt. Generationen von Dachsfamilien haben sie gepflegt und ausgebaut. Da gab es in dieser Gegend noch gar keine Menschen.«

»Irgendwann werden es zu viele.«

»Von einem Dachswurf erreichen gerade mal zwei oder drei Tiere das Erwachsenenalter. Die meisten beenden ihr Leben, wenn sie eine Straße überqueren. Kaum einer wird älter als vier oder fünf Jahre. Und was für einen Schaden richtet er hier an?« Ronan musste sich anstrengen, den Jäger nicht anzuschreien.

»Er gräbt ...«

»In einem Wald und nicht unter Ihrem Haus, und wenn er Felder untergräbt, dann so tief, dass die Oberfläche davon gar nicht betroffen ist. Der einzige Grund, warum ihr Schwachköpfe in den Wald geht, ist, um eure Mordlust zu befriedigen.«

»Wir dürfen das. Es ist nicht verboten.«

»Ihr habt eure Waffen gegen einen Vollzugsbeamten des Staates gerichtet. Euer Freund hat einen weiblichen Beamten beleidigt und auch noch versucht, sie zu vergewaltigen.«

»Aber ... sie hat doch ...«, beschwerte sich der Mann mit Bart.

»Sie hat was? Sich gewehrt?«

»Höhö ... Dumbe. Krieg ich meine Pistole wieder«, sagte der Hüne.

Der Mann mit Bart half dem Rotkopf auf die Beine, der seinen gebrochenen Arm hielt.

»Ich werde mit meinem Bericht noch warten«, sagte Ronan, »und ich werde Lieutenant Blanc bitten, auch mit ihrem Bericht noch zu warten.«

»Warten auf was?«

»Dass ihr das verletzte Tier zum Tierarzt bringt. Ihr werdet es gesund pflegen. Ihr bringt mir die Tierarztrechnung. Sobald der Dachs wieder gesund ist, setzt ihr ihn wieder an seinem Bau aus. Sollte ich erfahren, dass ihr noch einmal einen Dachs ausgrabt und zu Tode quält, dann bekommt ihr Besuch.«

»Aber das ist verrückt ... Es gibt Gesetze ... wir dürfen jagen.«

»Ihr habt die Wahl.«

Der Mann mit Bart konnte nicht glauben, dass ihm soeben ein Polizist sein Recht auf Jagd verboten hatte. Doch so, wie Ronan vor ein paar Minuten noch auf seinen Kopf gezielt hatte, war ihm klar, dass der Polizist eine eigene Auffassung von Recht hatte.

»Was ist mit unseren Flinten?«

Ronan nahm die Schrotflinte und steckte sie mit dem Lauf in den Dreck. Dasselbe machte er mit den anderen beiden. Er entnahm die Patronen aus dem Armeerevolver, zog die Trommelklemme ab, nahm die Trommel heraus und hatte mit wenigen Handgriffen die Waffe in ihre Einzelteile zerlegt. Dann warf er alles in die Schlammpfütze am Fuße einer umgekippten Eiche.

Marie legte ihren Gurt wieder an und sicherte ihre Waffe. Als sie wieder am Wagen waren, legte Ronan seine Hände auf das Dach und blickte sie an:

»Grundkenntnisse … Ich dachte, ich muss dich von dem Typ runterziehen.«

»Nicht mein Problem«, antwortete sie, »wenn der Dicke nicht weiß, wie man sich prügelt.«

»Grundkenntnisse …«, wiederholte Ronan, als Marie den Wagen startete.

Die Reifen drehten kurz im Schlamm durch, dann waren sie auf der Straße. Das Licht des Waldes fiel über die Windschutzscheibe auf Maries Gesicht, scharfkantige Schatten, gleißendes Licht, das vor acht Minuten die Oberfläche der Sonne verlassen hatte, wärmte ihre Stirn. Normalerweise fingen Menschen zu reden an, nachdem sie eine Stresssituation erlebt hatten. Manche Soldaten bekamen auf dem Rückweg von Einsätzen regelrechte Redeflashs, einfach nur, um Stress abzubauen, doch Marie schwieg. Ihr Blick war auf die Straße gerichtet, so als hätte es diesen Zwischenfall im Wald nie gegeben.

—

Sie parkten unmittelbar vor dem Rathaus. Marie steuerte auf den Besucherparkplatz zu, doch Ronan zeigte auf den gegenüberliegenden Platz.

»Das ist Halteverbot«, sagte Marie, »reserviert für den Bürgermeister.«

»Genau da stellen wir uns hin.«

Marie legte den Rückwärtsgang ein, setzte zurück und fuhr mit Schwung auf den Parkplatz, an dessen Ende ein gelbes Schild demonstrativ protestierte: *Reserviert für den Bürgermeister.* Marie vergaß auszukuppeln. »Hups«, entfuhr es ihr, doch noch bevor sie bremsen konnte, knickte die Stoßstange des Wagens das Schild um.

»Ich dachte, da wäre ein Schild gewesen«, sagte Ronan.

»Pardon, meine Beine sind noch etwas zittrig.«

Vor den Kellerfenstern stapelten Arbeiter in Leuchtwesten Sandsäcke. Andere brachten Bretter vor den Fenstern an. Der Bürgermeister nahm die Sturmvorhersage offenbar ernst. Es begann zu regnen. Ein Arbeiter befestigte einen Tragegurt um eine Statue. Kazav hatte sie letztes Jahr eingeweiht. Sie sollten den heiligen Malo darstellen, einen der sieben Heiligen, die an der Côte d'Armor gelandet waren und das Christentum zu den heidnischen Kelten gebracht haben sollten, doch böse Zungen behaupteten, dass die Statue Kazav glich und er sich selbst verewigt hatte. Da aber niemand wusste, wie der heilige Malo oder auch Maclou wirklich ausgesehen hatten, konnte niemand dem Künstler einen Vorwurf machen. Der Tragegurt spannte sich, und die Statue schwebte über dem Sockel. Wäre nicht das Stahlseil, das den Gurt hielt, und der Bagger, an dem das Seil hing, wenn also nicht die mechanische Evidenz das Unerklärliche ausgeschlossen hätte, gäbe es auf den Kirchenbänken der Gemeinde Penecs genügend gläubige Seelen, die an die Entschwebung des heiligen Malo glauben würden.

In der Empfangshalle waren ebenfalls Sandsäcke gestapelt worden. Die Frau am Empfang stand hinter ihrem Tresen auf. Marie bemerkte ihre eigenen Fußspuren auf dem Mosaikboden. An ihren Schuhen klebte noch der Waldboden, und ihre Uniform war bis zu den Knien voller Schlamm. Die Frau am Tresen trat auf sie zu. Sie warf einen entrüsteten Blick auf die Fußspuren und musterte Marie von oben bis unten.

»Womit kann ich Ihnen helfen?«

»Zum Büro des Bürgermeisters«, sagte Ronan.

»Haben Sie einen Termin?«
»Wir müssen ihn dienstlich sprechen.«
»Ich versuche, Madame Ucki, seine Sekretärin, zu erreichen. Dann können Sie mit ihm einen Termin vereinbaren. Der Bürgermeister ist sehr beschäftigt. Vor allem jetzt mit den ganzen Vorbereitungen auf den Sturm, der Katastrophenschutz ... und dann noch das tote Kind am Strand.«
»Wo finden wir ihn?«
»Sein Büro ist im zweiten Stock, aber ...«
»Wir warten dort auf ihn.«
»Aber Ihre Schuhe ... Das Parkett im zweiten Stock ist über zweihundert Jahre alt, und die Teppiche ...«
Sie waren bereits auf den ersten Stufen, als sie eine Gruppe von Männern durch den Haupteingang kommen sahen. Ronan erkannte den schlaksigen Mann mit Kurzhaarschnitt. Leturc. Kazavs rechte Hand. Neben ihm der Legionär, den Ronan vom Schiff kannte. Er war Van Haags Vorgesetzter. Die Dame am Empfang rief Leturc etwas zu und zeigte auf Ronan. Dann erschien zwischen den Säulen des Eingangs der Bürgermeister, der tatsächlich große Ähnlichkeiten mit dem gerade entschwebten heiligen Malo hatte.
»Welcher Schwachkopf steht auf meinem Parkplatz«, rief er in die Eingangshalle, »und hat noch dazu das Schild umgefahren?«
Als Kazav Ronan sah, kniff er seine Augen zusammen. Für die Dauer von fünf ruhigen Herzschlägen hatte Ronan das Gefühl, dass der Bürgermeister nicht wusste, was Ronan und die Frau in Uniform in seinem Rathaus wollten. Leturc und zwei andere Legionäre waren drei Schritte voraus.
»Der Bürgermeister hat mehr Personenschutz als der Präsident«, sagte Marie, während sie sich die zerzausten Haare mit den Fingern zurechtkämmte.
»Vielleicht hat er vor, es zu werden«, ergänzte Ronan, als der Vortrupp sie erreichte.
»Haben Sie einen Termin?« Leturc hielt Abstand, beide Hände hinter dem Rücken verschränkt, was seine Haltung noch steifer wirken ließ.

Der Legionär vom Schiff musterte ihn. Dann sah Ronan ihm in die Augen. Ronan wusste, dass ein Legionär aus Prinzip seinen Blick nicht senkte. Das war so etwas wie ein Kodex. Die Legion ist meine Heimat. Einer von euch Brüdern ist jedenfalls auf den Grund des Meeres umgezogen.

»Was für schicke Uniformen«, sagte Kazav. »Ach, und ich hoffe, dass Sie Ihre Hose nicht im Schlamm vor dem Rathaus so schmutzig gemacht haben. Die ganzen Arbeiten. Alle trampeln sie auf dem Rasen herum, in den Beeten, bis alles nur noch ein Schlammloch ist. Aber wir bereiten uns auf den Sturm vor ...«

»Gendarmerie«, sagte Leturc so gleichgültig wie ein Bankangestellter.

»Gendarmerie ... dein Freund und Helfer«, sagte Kazav in überschwallender Freundlichkeit, »wir helfen, wo wir nur können. Ach, kommen Sie.«

Leturc folgte dem Bürgermeister, doch Kazav winkte ab.

»Ich mach das schon. Kümmern Sie sich darum, dass unser Rathaus im Sturm nicht untergeht.«

Leturc blieb auf den unteren Stufen stehen. Er gab dem Legionär zu seiner Rechten ein Zeichen, der daraufhin in einer Seitentür verschwand.

Kazavs Büro befand sich am Ende eines langen Ganges im zweiten Stock. Parkett knirschte unter dem Gewicht ihrer Schritte. In der Mitte des Ganges führte ein roter Teppich bis unter ein Fenster am Ende des Stockwerks. Kazav öffnete sein Büro und setzte sich hinter seinen Schreibtisch, der wie eine Arche aussah und den ganzen Raum vor dem Fenster einnahm. Die Spuren ihrer Schuhabdrücke waren auf dem Teppich gut zu erkennen. Kazav zog eine Schublade heraus. Er schlug ein Notizbuch auf, blätterte drei Seiten um und lächelte dann Ronan und Marie zu.

»Es ist also so weit ... Es wird ernst? Heute ist der große Tag?«

»Ob der Tag ein großer Tag ist, das bleibt abzuwarten«, sagte Ronan, der den Eindruck hatte, dass Kazav sie gar nicht registriert hatte, zumindest nicht, dass sie dienstlich hier waren.

»Na, der große Tag ... Ich verstehe, dass Sie nervös sind«, fuhr Kazav fort.

»Wir müssen in einer dienstlichen Sache mit Ihnen sprechen, Herr Bürgermeister.«

»Oh, ja … dienstlich.« Er legte das Notizbuch weg.

Kazav packte das Notizbuch in die Schublade und verschwand dann hinter einer schmalen Tür, die zu einem Nebenraum führte. Nach zehn Minuten kam er wieder heraus und wirkte wie ausgewechselt. Seine Stimme war kühler, und er beäugte Ronan und Marie mit der überheblichen Abneigung, die bei französischen Beamten im höheren Dienst zum Dienstgestus gehörte wie das höfliche Lächeln zu einem Butler.

»Es ist lange her«, sagte Ronan und hoffte, dass Kazav sich an die guten alten Zeiten erinnerte. Vielleicht tat er das. Er zeigte jedenfalls keinerlei Regung, auch nicht, als Ronan ihn daran erinnerte, dass sie vor mehr als vier Jahrzehnten in dieselbe Schule gingen. Er erinnerte ihn an die beiden Schläger im Pausenhof und dass Kazav nie alleine anzutreffen war. Doch all die Bilder, Namen und kleinen Anekdoten prallten an ihm ab, so als würde ihn Ronan mit jemandem verwechseln.

»Ich gestehe«, sagte Ronan, »ich war noch nie auf einem Jahrestreffen in Roscoff.«

»Roscoff?« Kazav legte seinen Kopf leicht zur Seite und runzelte die Stirn.

»Der Concierge mit seiner Manie, das Moos aus den schattigen Winkeln im Pausenhof zu kratzen, er verbrachte Wochen damit, Gift in die Ecken zu spritzen, dass die ganze Schule nach Chlor roch … und der geheime Keller, der nur für uns Jungs ein geheimnisvoller Ort war, die Mutproben … Wir stiegen die Stufen hinab, und dann schaltete jemand oben das Licht aus.«

»Ich war nie in der Schule«, sagte Kazav in überspitztem Ton, »ich wurde von Hauslehrern unterrichtet.«

»Hauslehrer?« Ronan glaubte, sich verhört zu haben.

»Zu meiner Schulzeit in manchen Kreisen nicht sehr verbreitet … in der Antike ganz normal … Aber Sie sind doch nicht gekommen, um mir Geschichten aus Ihrer Schulzeit zu erzählen, während die ganze Stadtverwaltung dabei ist, Sandsäcke zu füllen.«

Kazav hatte ihn nicht erkannt oder wollte nicht an ihre gemeinsame Schulzeit erinnert werden. Eines von beidem, aber er hatte ganz bestimmt keinen Hauslehrer gehabt. Kazavs Mutter hatte nicht einmal Geld, um ihrem Sohn neue Turnschuhe zu kaufen. Wenn sie abgelaufen waren, dann schnitt sie aus alten Autoreifen Streifen heraus und klebte sie an die abgelaufenen Schuhe. Der junge Kazav machte sich damals nichts aus seinen kaputten Schuhen. Vielleicht deshalb der Hauslehrer und das prahlerische Getue.

»Sagt Ihnen der Name Gael Morvan etwas?«

»Nie gehört, aber ich treffe so viele Menschen in meinem Beruf. Ich kann mir beim besten Willen nicht jeden Namen merken.«

»Geben Sie vielen Leuten Ihre Durchwahlnummer?«

»Wozu fragen Sie das?«

»Nun, die Nummer steht nicht auf der Internetseite, und wenn jemand Sie sprechen will, dann stellt ihn normalerweise Ihre Vorzimmerdame durch, oder?«

»In der Tat, ich kann nicht mit jedem sprechen, der mich anruft.«

»Aber jemand, der Ihre Durchwahlnummer hat, der kommt direkt zu diesem Apparat?« Ronan zeigte auf ein einfaches schwarzes Telefon mit Tasten und Blinkanzeigen.

»Das ist mein amtliches Bürotelefon ...«

»Dort kann Sie jeder anrufen?«

»Natürlich nicht, aber warum fragen Sie mich das?«

»Weil Gael Morvan Ihre Durchwahlnummer hatte und Ihre Nummer die letzte Nummer ist, die von seinem Handy aus angerufen wurde.«

»Gael Morvan ...«, wiederholte Kazav und schüttelte wieder den Kopf. »Sagt mir überhaupt nichts. Entschuldigen Sie mich einen Augenblick.«

Kazav verschwand wieder durch die Seitentür. Nach ein paar Minuten kam er wieder, schloss die Tür hinter sich und setzte sich wieder. Diesmal nahm er eine andere Körperhaltung ein. Er hatte die Beine übereinandergeschlagen und sah an Ronan vorbei, so als stünde er einem Maler Modell.

»Gael Morvan hat Sie nicht angerufen?«

»Mit Sicherheit nicht«, sagte Kazav nun selbstsicherer, »ich höre den Namen zum ersten Mal. Aber es ist durchaus möglich, dass ich den Mann bei irgendeiner Veranstaltung gesehen oder sogar gesprochen habe. Ich erinnere mich nur nicht daran.«

»Arbeitet Leturc für Sie?«, fragte Marie.

»Leturc? Ja, der arbeitet für mich. Eine treue Seele. Er geht mir zur Hand und hilft mir vor allem bei meinen Wahlkampfveranstaltungen.«

»Ihr Sicherheitsberater?«

»Unter anderem. Er ist auch ein hervorragender Fahrer und Berater. Wenn Sie noch weitere Fragen haben, dann müsste ich Sie bitten, zu einem anderen Zeitpunkt einen Termin zu vereinbaren. Sie sehen ja, was hier los ist.« Kazav ging zum Fenster und sah in den Regen, der gegen die Fenster schlug, dann wandte er sich unvermittelt um und blickte Ronan an, als wäre er ein Sklave, der seinem Herrn nicht gebührend Ehrfurcht gezeigt hatte.

»Ach, und beim nächsten Mal parken Sie gefälligst Ihren Wagen nicht auf meinem Parkplatz. Wir haben Besucherparkplätze.«

—

Kazav konnte sich nicht an Gael Morvan erinnern. Der Mann war entweder so beschäftigt, dass sein Gehirn schon durchlässiger als ein Schwamm geworden war, oder er verschwieg ihm etwas.

Als sie sich das erste Mal mit dem Boot auf die Suche nach Gael gemacht hatten, hatte der Bürgermeister mit Leturc und ein paar Journalisten auf dem Steg gewartet. Der ganze Pomp, die Blitzlichter und Kazav, der von einem Krisenstab redete, war nur das Abbild eines Politikers, der alles dafür tat, in der Presse als Retter der Welt dazustehen.

»Vor zwei Tagen tat er noch so, als wolle er selbst rausschwimmen, um Morvan zu retten, und heute kennt er nicht einmal mehr seinen Namen«, sagte Ronan, nachdem Kazav über die große Freitreppe nach unten geeilt war.

»Politiker, und noch schlimmer, Politiker vor den Wahlen.« Marie zog sich ihre Wollmütze an. Ein Wind strich durch die Gänge, verborgenen Treppenaufgänge, unter undichte Türschwellen. »Es gibt eine Untersuchung, die an einer Universität in den Vereinigten Staaten durchgeführt wurde, dass es gar nicht darauf ankommt, was ein Politiker sagt oder ob er intelligente Ideen hat. Die Wissenschaftler behaupteten, entscheidend, ob ein Politiker gewählt wird, sei allein die Art, wie er auftritt.«

»Bei den Amerikanern und Engländern kann ich mir das gut vorstellen.«

»Stärke zeigen, Stärke zeigen und souverän lächeln. Damit bringt man es sehr weit in der Politik.«

»In Frankreich kann man sich das Lächeln schenken. Ein Volk von Pessimisten, die immer nur denken, dass sie zu kurz gekommen sind. Die wählen seit Jahren Kazav, weil er am vierzehnten Juli mehr Raketen in die Luft ballert als in Paris, nicht zu vergessen das Austernfest, das Weinfest und das Fest der *Chants Marins*, was seine Wähler aber trotzdem nicht daran hindert, wochenweise zu streiken.«

»Du kennst ihn ja von früher.«

»Wir waren in derselben Schule, doch die wenigen Male, wo wir uns später begegnet sind, hat er so getan, als würden wir uns nicht kennen.«

»Vielleicht will er sich nicht daran erinnern?«

»Ist dir nicht aufgefallen«, sagte Ronan, »wie er von Sekunde zu Sekunde die Gestik ändert?«

»Er hatte keine Lust, mit uns zu reden.«

»Die Telefonnummer sagte ihm nichts, aber kurz nachdem ich ihn gefragt hatte, ob er Gael Morvan kenne, ist er aufgestanden. Ohne ein Wort zu sagen. Ich dachte schon, er geht einfach aus dem Zimmer und lässt uns stehen.«

»Wahrscheinlich musste er auf die Toilette.«

»Nein, meine Frage hatte ihn irgendwie gestört. Und als er zurückkam, war er wie umgewandelt.«

»Er war gereizt.«

»Er war nicht nur gereizt. Sein Gesichtsausdruck und die Art, wie er sich auf seinen Stuhl pflanzte, alles war anders.«

»Ich glaube, er wollte uns loswerden. Er hat auf seinen Terminkalender geschaut und ist nervös geworden.«

»Du wartest hier draußen …« Ronan schaute Marie kurz an. Niemand außer ihnen befand sich auf dem Gang. Die Glastür zur Treppe war geschlossen. Entferntes Stimmengemurmel, das Surren eines Faxgerätes. Kazav hatte die Tür zu seinem Büro nicht verschlossen. Marie Blanc stand noch immer regungslos da. Einen Augenblick dachte Ronan an Kameras. Er warf einen flüchtigen Blick an die Decke, an die Wandverkleidungen, doch bis auf die alten Holzvertäfelungen und die Repliken bekannter Impressionisten war da nichts zu sehen. Er drückte die Klinke nach unten und trat ein. Er schaute sich nach weiteren Überwachungskameras um, konnte jedoch bis auf das altmodische Telefon nichts Elektronisches entdecken. Warum sollte Kazav sich auch selbst überwachen? Das große Fenster, von dem aus er über den Park des Rathauses sehen konnte, besaß jedoch einen Einbruchsmelder. Wenn die Scheibe zerschlagen oder das Fenster gewaltsam geöffnet werden würde, würde ein unsichtbarer Stromkreis unterbrochen und irgendwo einen Alarm auslösen. Ronan erkannte auch noch ein rundes Blättchen, das wie ein Spiegel aussah. Ein Bewegungsmelder. Es hätte ihn auch gewundert, wenn Kazav keine Alarmanlage gehabt hätte. Der Bewegungsmelder aktivierte sich wahrscheinlich mit dem Alarmsystem des ganzes Rathauses. Ronan ging ans Fenster. Zwei Stockwerke tiefer sah er Kazav, wie er einen Spagat über eine Pfütze machte und verfolgte, wie der heilige Malo in eine Holzkiste verladen wurde. Während Kazav sich für die Statue interessierte, schien Leturc sich nichts aus dem Schicksal des Heiligen zu machen. Ronan wusste nicht, was Leturc sagte, er schien jedoch aufgeregt zu sein. Dann deutete Kazav auf den Dienstwagen, der noch immer auf seinem Parkplatz stand.

»So fängt es an«, sagte Ronan leise vor sich hin, »erst stellt sich ein biederer Beamter auf deinen Parkplatz, dann hackt dir das gemeine Volk öffentlich den Kopf ab.« Lange durfte er nicht mehr zögern. Leturc drehte sich um und sah zu ihm herauf. Ronan hatte sich vorher zur Seite gedreht. Aus dem Augenwinkel sah er, wie ein anderer Legionär zur Haupttreppe eilte. Ronan ging zu der schmalen Metalltür unter der Bücherwand. Im Unterschied zu der antiken Täfelung der Bibliothek und den verstaubten Buchrücken war die Tür neu. Ronan drehte an dem Türknauf. Sie gab kein Geräusch von sich, dann schwang sie auf. Ronan musste sich seitlich durch die schmale Öffnung schieben. Welchen Zweck diese Tür früher auch einmal gehabt hatte, sie war nicht dafür gedacht, dass dort Menschen ein und aus gingen. Der Raum dahinter hatte keine Fenster. Ronan suchte nach einem Lichtschalter, doch ein Bewegungsmelder nahm ihm die Arbeit ab. Ein kaltes Neonlicht empfing ihn. Der Raum war leer. Weiße Wände, kein Stuhl, kein Tisch. Der Boden federte nicht wie der Parkettboden. Fester Beton, in hellem Grau. Am äußersten Ende des Raumes schien das blaue Licht an einer glänzenden Oberfläche abzuperlen. Aus der Nähe betrachtet erkannte Ronan, dass es ein Metallschrank war. Er glich einem Blechspind, doch die Türen waren dicker und schwerer. Ronan öffnete eine Tür. Was Ronan für einen Schrank gehalten hatte, stellte sich als ein Raum im Raum heraus. Neonlichter flackerten auf. An den Metallwänden hingen Zettel mit Handnotizen, teilweise mit Magneten festgepinnt, teilweise mit Klebestreifen. Die Notizen und Bilder schienen ohne System an der Wand zu hängen. Auf vielen Fotos hatte Kazav sich selbst fotografiert. Grimassen, dann nur der Großausschnitt eines Auges, dann nur die Mundpartie, so als hätte er im Detail einen Gesichtsausdruck eingeübt. Auf einem der obersten Zettel stand: »Rette ihn vor dem Sturm …« Darunter war das Bild der Statue. Er warf einen Blick auf ein aufgeschlagenes Notizbuch. Es sah aus wie das Gästebuch in einem Hotel, in dem die Gäste sich verewigen konnten. Auf einer neuen Seite ein Eintrag mit dem heutigen Datum: »Du bist der Bürgermeister dieser Stadt. Zeige dich als Herrscher, nicht als Diener. Du bist ein König, und das Land fällt dir zu.« Ronan blätterte zurück. Unter dem Datum gestern eine Vielzahl von Namen. »Geld den Legionären. Sie brauchen nur das.« Jedes Datum begann mit einer Auflistung von Namen: »Du kennst Lili Ucki, Leturc.« Dann eine Reihe von Namen, die Ronan noch nie gehört hatte. Danach eine kurze Auflistung, wer Kazav selbst war. Ronan blätterte zwei Tage zurück. Er fand einen Eintrag um die Uhrzeit, als er am Steg mit den Journalisten gewartet hatte. »Ein Fischer ist verschollen. Wir tun alles, um ihn zurückzubringen. Die

Welt muss davon hören.« Am Rand waren Namen von Zeitungen und Telefonnummern aufgeführt.

Ronan machte ein paar Fotos mit seinem Handy. Der gesamte Raum im Raum war ein Zettelkasten, so als hätte jemand all die Dinge, die einem so täglich durch den Kopf gingen, einfach aus dem Kopf gezogen und an die Wände geheftet.

Ronan hörte Stimmen im Gang. Er hatte keine Zeit mehr. Draußen redete Marie wahrscheinlich mit einem der Legionäre, und wenn er Pech hatte, dann kam der herein und würde ihn in diesem Zimmer vorfinden. Mit zwei Schritten war er aus dem Metallraum und eilte zur Tür des Nebenzimmers. Er drückte sie von innen zu, dann ging er zurück zu dem Metallraum und schloss ihn von innen. Das Licht erlosch. Marie redete immer noch mit dem Legionär, dann öffnete sich die Tür zu Kazavs Büro. Ronan zählte die Schritte. Er musste auf Höhe des Schreibtisches sein, lief weiter bis zum Fenster, drehte um und machte die Tür hinter sich zu. Ronan konnte hören, wie die Tür von Kazavs Büro versperrt wurde. Ronan öffnete die Tür des Metallraumes. Die Neonröhren flackerten wieder auf. Ronan klappte das Notizbuch zu. Darunter war ein schmales Buch. *Marc Aurel, Selbstbetrachtungen.* Er folgte dem Lesezeichen zwischen den Seiten und schlug die Stelle auf.

Meinem Urgroßvater, nach dessen Willen ich die öffentlichen Schulen nicht besuchen wollte …

Ronan legte das Buch wieder beiseite. Für wen hielt Kazav sich, für Marc Aurel? »Ich war nie auf einer Schule.« Konnte ein Mensch tatsächlich einfach der sein, der er sein wollte? Ronan hatte einen Verdacht. Er schlug das Notizbuch wieder auf. Nun fiel Ronan ein, warum er an ein Gästebuch eines Hotels hatte denken müssen. Das Schriftbild der Eintragungen. Über weite Teile hatten die Buchstaben eine Rechtsneigung, andere wiederum standen eher nach links, und die Buchstaben waren gezackter, so als hätte jemand im Stehen geschrieben oder in großer Eile. Vereinzelte Einträge waren in Druckbuchstaben. Ronan suchte den Tisch nach Stiften ab. Auf Kazavs Schreibtisch war bis auf das Telefon nichts gewesen. Er entdeckte einen schwarzen Kugelschreiber an der Metallwand. Ronan schlug das Notizbuch auf und blätterte zur letzten

Seite. Ronan imitierte das Schriftbild der vorigen Eintragung. Die Farbe des Stiftes war ebenfalls gleich. Er bemühte sich, nicht zu langsam zu schreiben. Wenn sich seine Ahnung als Wahrheit rausstellte, dann war dieser Metallraum nicht nur ein Archiv oder eine Art Operationsraum, wie sie die Ermittlungseinheiten der Polizei manchmal bei komplexen Fällen einrichteten, sondern es war das persönliche Archiv des Bürgermeisters. Der Raum ohne Fenster funktionierte wie ein Gedächtnis. Ronan schrieb zwei Sätze, gefolgt von einer Zahlenfolge – die Durchwahlnummer von Loigs Apparat. Die Angel war ausgeworfen.

Nachdem er den Stift wieder in die Halterung zwischen den Magneten gesteckt hatte, klappte er das Notizbuch zu. Er verließ den Metallraum und trat über die schmale Seitentür in Kazavs Büro. Ihm fielen die Bewegungsmelder ein. Wenn sie anschlugen, sobald die Tür zugeschlossen war, dann würde der Alarm gleich losgehen. Nichts geschah. Er drückte die Klinke. Wie erwartet zu. Das Schloss war zwar kein Sicherheitsschloss, doch reichte sein altertümlicher Verriegelungsmechanismus aus, um ihn einzusperren. Ronan eilte zum Schreibtisch, überprüfte Schubfächer und Rollfächer. Alle verschlossen. Er könnte von Kazavs Schreibtisch Loig anrufen oder Kazav selbst und ihm eine Geschichte erzählen, die ihm niemand glauben würde. Das Fenster zu öffnen und die zwei Stockwerke an der Fassade herunterzuklettern war eine Option, die ihm noch weniger gefiel. Allein die Vorstellung behagte ihm nicht, dass ein Journalist ihn dabei fotografierte, wie er an der Fassade des Rathauses hing. Es gab bessere Gelegenheiten, um sich lächerlich zu machen. Dann fiel ihm der Feuermelder an der Decke auf. Er könnte auf einen Stuhl steigen und ein Papiertaschentuch anzünden. Der Feueralarm würde losgehen, Türen würden auffliegen, Leute auf die Gänge strömen, und wenn er Glück hatte, dann könnte er im Tumult unerkannt auf den Gang gelangen.

Er hatte gerade einen Stuhl in der Ecke ausgemacht, der stabil genug schien, als er draußen Stimmen hörte. Das Türschloss wurde herumgedreht. Einmal ... Ronan stellte sich neben die Tür. Zweimal. Marie Blanc stand in der Tür. Neben ihr eine Putzfrau.

»Vielen Dank ...«

Die Putzfrau wunderte sich, dass ein weiterer Beamter aus dem Büro des Bürgermeisters kam. Das schien sie jedoch nicht weiter zu beunruhigen. Es war ja die Polizei, die aus dem Büro des Bürgermeisters trat. Die Putzfrau schob ihren Putzwagen weiter und murmelte etwas in einer Sprache, die Ronan nicht verstand.

»Was hast du ihr gesagt?«

»Dass die Gendarmerie eine Sicherheitsprüfung durchführt und wir eine Tür nicht mehr von innen öffnen können.«

»Und das hat sie geglaubt?«

»Sie hat aufgesperrt«, antwortete Marie.

Point Nemo

Es regnete. Bretonische Sintflut nannten manche diese heftigen Regenschauer, bei denen Wasser nicht in Form von Tropfen vom Himmel fiel, sondern einfach da war, von allen Seiten. Der Weg bis zu ihrem Wagen war nicht weit, reichte aber, um sie völlig aufzuweichen. Auf dem Platz vor dem Rathaus waren die Pfützen zu kleinen Seen angewachsen. Kazav und Leturc waren nicht mehr zu sehen. Ronan zog seine Jacke aus. Marie war auf der Beifahrerseite eingestiegen und gab Ronan die Schlüssel. Er startete den Motor, schaltete das Gebläse ein und wartete, bis die angelaufenen Scheiben frei wurden.

»Was hast du so lange im Büro des Bürgermeisters gemacht?«

»Nach Hinweisen gesucht.«

»Und hast du was gefunden?«

»Nichts, was uns weiterbringt.«

Ronan schaltete die Scheibenwischer an. Die Schleier des strömenden Regens verzogen sich, und er sah die Gestalt, die vor dem Wagen im Regen stand. Leturc war wie ein Geist zwischen den Wassermassen aufgetaucht. Der Ex-Legionär starrte in das Wageninnere. Seine Augen blinzelten nicht, wie bei einem Scharfschützen, der sein Ziel anvisierte. Ronan legte den Rückwärtsgang ein. Leturc behielt seine Stellung bei, so als hätte er den eisernen Befehl erhalten, an dieser Stelle bis ans Ende aller Tage stehen zu bleiben. Marie redete kein Wort. Wie hypnotisiert schaute sie durch die Windschutzscheibe.

»Alles in Ordnung?«, fragte Ronan.

Der Wagen bog um zwei Kurven, bis Marie wieder zum Leben erwachte.

»Ja, ich bin nur ...« Marie wandte sich ab.

Lamberts Elektroauto stand auf Ronans Parkplatz. In Saint-Brieuc hatten sie am Gerichtsgebäude sicherlich Ladestationen. Der Untersuchungsrichter hatte ihm jetzt gerade noch gefehlt. Mit dem Regen und dem Unwetter vom Atlantik schwemmte es nicht nur Lambert an, sondern auch Grand von der DGSE, der ihn für eine undurchsichtige Mission rekrutierte. Dann war da noch Marie. Sie alle waren aus dem Regen aufgetaucht und dazu noch eine Menge alter und neuer Leichen. Ronan hätte seinen Job am liebsten gekündigt und wäre auf die andere Seite des Globus bis zum Point Nemo gesegelt, zu dem Ort im Pazifik, der am weitesten von allen Festländern und Inseln entfernt war. 2688 Kilometer Abstand von den Menschen, ein abstrakter Punkt, den es nur als Vermessungspunkt auf einigen Seekarten gab, ein ideeller Rückzugsort für all diejenigen, die von der Menschheit die Schnauze voll hatten. Hätte Grand ihm nicht gesagt, dass Camille für die DGSE gearbeitet hatte und dass der Geheimdienst ihr Verschwinden nie aufklären konnte, wäre er schon im Pazifik. Doch jetzt hatte er noch zu tun.

—

»Um sechzehn zwanzig Pressekonferenz, vorher Briefing … in zehn Minuten.«

Lambert saß auf der Kante von Loigs Schreibtisch, in seiner Hand eine Art Kugelschreiber, der sich als Laserpointer herausstellte.

»Wir haben einen Krabbentaucher, der Morvans Boot gesehen haben will«, sagte Solen und gab Ronan einen Zettel mit einer Telefonnummer.

Lambert hob sein Kinn. Hatte er nicht gesagt: alle Informationen über mich? Ich übernehme die Ermittlung, dreizehn Tote in einem Boot, ein Taucher bei der Bergung umgekommen, ein dreizehn Jahre alter Fall, die Staatsanwaltschaft will Ergebnisse, innerhalb von ein paar Stunden hatte er drei Interviews gegeben, und jetzt redete diese Kurzhaarige einfach an ihm vorbei. Lambert atmete kurz ein, wie er es in seinen Yogaübungen trainiert hatte. Wer seinen Atem beherrscht, beherrscht seine Umgebung.

»Das muss warten«, sagte Lambert, »wir haben ein Dutzend Tote in der Kühlkammer des Krankenhauses.«

Ronan zog seine nasse Jacke aus und legte sie über die Armlehne eines Stuhls. Solen sah den Untersuchungsrichter an, als hätte er die Pest. Und ja, ihre Intuition lag richtig, es waren Lamberts Blicke, die ihn verrieten. Er hielt sie für eine Lesbe, die alles dafür tat, nicht wie eine Frau auszusehen. Und ja, solche Frauen, die keine sein wollten, konnte Lambert auf den Tod nicht ausstehen.

»Wir haben noch mehr zu tun«, sagte Ronan, »als uns um die Leichen aus dem Boot zu kümmern.«

»Das haben nicht Sie zu entscheiden, Capitaine.«

»Dann werden Sie in den 20-Uhr-Nachrichten das Interview mit der Frau des Fischers sehen. Dann werden Sie den Journalisten beantworten müssen, warum ein Untersuchungsrichter die Suche nach einem Fischer abgebrochen hat, der noch leben könnte, um einen dreizehn Jahre alten Fall aufzurollen.«

Lambert amtete wieder tief durch.

»In zehn Minuten in Ihrem Büro ... Briefing.«

»Ich werde mich erst einmal abtrocknen, Richter, weil ich mir sonst einen Schnupfen hole. Dann trinke ich einen Kaffee. Ich werde den Zeugen anrufen, wo er das Boot des Fischers gesehen hat, dann trinke ich noch einen Kaffee, und dann höre ich Ihnen vielleicht zu.«

In Lamberts Augen blitzte es heftig. Ronan hörte das Ploppen der einzelnen Sicherungen, die durchbrannten. In den darauffolgenden Minuten telefonierte Lambert mit drei Zeitungen, hatte ein Radiointerview und erklärte, wieder auf der Kante von Loigs Schreibtisch sitzend, dass ihm die neuesten ermittlungstechnischen Neuheiten zur Verfügung stünden. Er könne sich auch nicht erklären, warum jemand den Tod von fünfzehn Menschen nicht vorher aufklären konnte. »Natürlich waren sie verschwunden«, sagte er und lief jetzt auf und ab, »aber irgendjemand hat diese Menschen vermisst. Mehr als zehn Jahre ... unfassbar.«

Danach hing Lambert weiter am Telefon und redete mit so vielen Leuten, als müsste er einem Blinden einen Fernseher verkaufen. Ronan zog sich derweil ein trockenes T-Shirt und eine trockene Ersatzhose an. Marie Blancs Spind stand offen. Er hatte sie nach Hause geschickt, um sich auszuruhen, doch dann hörte er, wie jemand die Dusche abdrehte, nackte Füße über Fliesen gingen, und als er die Spindtür schloss, stand sie vor ihm, nur ein Handtuch um die Haare gewickelt.

»Aus irgendeinem Grund«, sagte sie und hielt mit beiden Händen ihr Handtuch am Kopf, »läuft immer einer von uns nackt herum.«

»Entschuldige … war keine Absicht«, sagte Ronan verlegen. »Ich brauche ein trockenes Shirt, und außerdem steht Lambert im Büro und wird bald, wenn er so weitermacht, ein paar zerstochene Reifen haben.«

»So was macht ihr«, sagte Marie, »bei der Polizei?«

»In ein paar Minuten will Lambert uns in seine Ermittlungsstrategie einweihen.«

»Was Neues von dem Fischer?«

»Ein Krabbenfischer will Morvans Boot gesehen haben …«

»Ich bin gleich fertig«, sagte Marie.

»Du könntest auch so, nur mit dem Handtuch, in Lamberts Briefing gehen, das würde ihn beruhigen.«

Marie lachte und zog sich ihre Unterwäsche an.

Wenig später erreichte Ronan den Krabbenfischer. Er glaubte, Morvans Boot in der Bucht von Saint-Brieuc gesehen zu haben, mit Kurs auf Saint-Malo oder Cherbourg, so genau konnte er das nicht sagen. Das AIS des Bootes war ausgeschaltet, was den Krabbenfischer nicht verwunderte. »Dachte, er fährt weit raus, ganz ungewohnt, aber kein Fischer verrät, wo seine Schätze sind.«

Das passte nicht zusammen. Morvan war vor zwei Tagen verschwunden. Er musste wissen, dass seine Frau den Cross-Corsen verständigte, wenn er am Abend nicht zurückkam. Und dann tauchte er einen Tag später in der Bucht von Saint-Brieuc auf, ohne sich bei seiner Frau zu melden?

Ronan fragte den Krabbenfischer, ob er sich absolut sicher war. Hundertprozentig … es sei Morvans Boot gewesen, aber eines sei komisch gewesen. Die Positionslampen seien ausgeschaltet gewesen, und auf dem Boot hätten sich mehrere Leute befunden.

Loig und Solen saßen mit Kaffeebechern vor einer PowerPoint-Präsentation. Solen hockte wie gewohnt mit gespreizten Beinen da, und Loig tippte auf seinem Handy. Das PowerPoint-Bild kam von einem winzigen Gerät, das an Lamberts Laptop angeschlossen war. Zwischen den alten Computern, vergilbten Tastaturen und surrenden Bildschirmen sah das Ding aus wie ein futuristisches Gadget, das in die Vergangenheit teleportiert worden war. Lambert zielte mit dem Laserpointer auf die Überschrift: Kriminalistik und Kommunikation.

»Wir werden uns die Presse zunutze machen, wir werden Informationen an die Presse weitergeben, Detailwissen verschweigen, sodass wir, wenn die Anrufe losgehen, wissen, wer uns weiterhilft und welcher Anrufer sich nur profilieren will.«

»Was sagt der Bericht des Rechtsmediziners?«, fragte Loig und zerknüllte seinen Kaffeebecher.

Marie Blanc stellte einen weiteren Stuhl hinter Loig. Ronan roch das frische Shampoo in ihren Haaren.

»Dazu komme ich unter Punkt 5.6.1. in meiner Präsentation.«

»Excusez-moi«, unterbrach ihn Loig, »ich will mir das ganze Zeug mit der Presse und der Psyche von Anrufern ja reinziehen, wobei ich glaube, dass die Hälfte der Leute, die anrufen, nur ein paar senile Opas aus dem Altenheim sind, die sich langweilen, aber wozu das Kästchenzeug mit Pfeilen?«

»PowerPoint ...«

»Nun, wenn Sie's ganz unverblümt wollen ... gehen wir gleich zu Punkt fünf, denn für den Rest haben wir keine Zeit, und wenn ich zu lange auf Ihr Power-Dings da schaue, dann muss ich mir eine Gleitflüssigkeit unter meine Kontaktlinsen spritzen, weil sich sonst meine Netzhaut entzündet.«

»Kann ich jetzt weitermachen?«, fragte Lambert, wobei sein Laserpointer zwischen Solens Beine zielte. Solen bemerkte es in demselben Augenblick wie Lambert. Sie verzog ihr Gesicht, als Lambert eben gleich zu Punkt fünf überging.

»Geborgen wurden fünfzehn skelettierte Leichen. Der vorläufige Bericht des Rechtsmediziners ergab, dass es sich vermutlich um neun Skelette von Erwachsenen handelt. Vier Frauenskelette, fünf

Männer und sechs Kinder. Die Frauen und Männer waren zwischen zwanzig und dreißig Jahre alt. Bei den Kindern schätzt der Rechtsmediziner, dass sie zwischen vier und sechs Jahre alt waren, als sie starben. Ein Kind war älter, circa zehn Jahre alt. Die Todesursache war bei allen eine am Kopf zugefügte Schusswunde.«

»Zugefügte Schusswunde …«, sagte Solen leise zu Loig, »was sonst macht eine Schusswunde?«

»… von einem Dritten zugefügte Schusswunde«, verbesserte sich Lambert, »da in dem Wrack keine Schusswaffen gefunden wurden und von einem kollektiven Selbstmord nicht auszugehen ist.«

»Gibt es Hinweise auf die Identität?«, fragte Ronan.

»Es wird ein DNA-Abgleich genommen und mit unserer Datenbank verglichen.«

»Sind Alan und Kirsten Jegou unter den Toten?«, fragte Marie Blanc.

Ronan konnte eine gewisse Anspannung in ihrer Stimme hören.

»Wie gesagt, es gibt DNA-Proben, und wenn wir Glück haben, dann können wir diese mit vermissten Personen in diesem Zeitraum abgleichen.«

»Es gibt eine Überlebende der Jegous«, sagte Ronan. »Das älteste Mädchen. Sie war damals zehn oder elf, als es passierte.«

»Ich werde sie vorladen«, sagte Lambert.

»Sie ist seit dem Vorfall in einer geschlossenen psychiatrischen Einrichtung. Es wird schwierig werden mit der Vorladung«, sagte Ronan.

»Vielleicht können Sie ja mit der Klinikleitung Kontakt aufnehmen … natürlich nur, wenn Sie Zeit haben.«

»Kann ich die Überreste sehen?«

Lambert zuckte mit den Schultern. »Nur zu. Sie entschuldigen mich, in zwanzig Minuten habe ich eine Pressekonferenz.«

Der Untersuchungsrichter klemmte sich seinen Laptop unter den Arm, baute seine PowerPoint-Vorrichtung ab und sah Solen an, die noch tiefer in ihrem Stuhl versunken war.

»Ich glaube, der Herr Untersuchungsrichter steht auf dich«, sagte Loig, als Lambert durch die Glastür verschwunden war.

»Unterdrückte Schwule. Die Schlimmsten oder total pervers«, erwiderte Solen und ging zu ihrem Schreibtisch zurück. »Laserpointer-Fetischist, schräger Typ.«

—

»Der Krabbenfischer, der Morvans Boot gesehen hat«, sagte Loig, »verfolgen wir das weiter?«

»Das passt zeitlich nicht«, antwortete Ronan, »außerdem hat er drei Leute auf dem Boot gesehen. Wahrscheinlich hat er zu viel Hochprozentiges intus gehabt.«

»Einer von uns beiden wird wohl bald mit Charlotte reden müssen ... Das wird nicht einfach. Die Chance, dass er bei diesem Wetter überlebt hat, rückt gegen null.«

»Ich glaube, dass Morvan in eine dunkle Sache verwickelt war«, sagte Ronan.

»Im Augenblick ist er nur verschwunden. Dunkel genug.«

»Sein letzter Anruf war ein Anruf auf einer Durchwahlnummer.«

»Von wem hast du das?«

»Ich habe den Rest der Speicherkarte und die SIM-Karte aus dem Telefon gezogen und sie jemandem untersuchen lassen.«

»Du stellst deine eigenen Ermittlungen an? Ohne Richterbeschluss lässt du Verbindungsdaten prüfen, hältst Beweismittel zurück. Sie werden dich feuern.«

Ronan beschwichtigte Loig. »Im Augenblick habe ich Beweismaterial nur gesichert.«

»Der Überfall auf deinem Boot«, sagte Loig, »sie wussten, dass du die Speicherkarte behalten hast.«

»Sie sind jedenfalls gut informiert.«

»Wen hat Morvan angerufen?«

»Das Büro des Bürgermeisters.«

»Deshalb warst du vorhin im Rathaus. Und was meint der Bürgermeister?«

»Er erinnert sich an nichts.«

»Vielleicht hatte Morvan aus irgendeinem Grund die Durchwahlnummer des Bürgermeisters. Vielleicht hat er Kazav zum Kuchenbacken eingeladen?« Loig nahm häufig seinen scherzhaften Ton an, wenn ihm sonst nichts einfiel.

»Er hatte nicht nur die Nummer«, sagte Ronan, »der Anruf dauerte zwei Minuten und vierunddreißig Sekunden. Sie haben miteinander gesprochen.«

»Oder zumindest jemand, der vom Apparat des Bürgermeisters telefonierte.«

»Kazav schien sich nicht an Morvan zu erinnern«, sagte Ronan, »er meinte, dass er ihn vielleicht getroffen hat, doch wie es eben so ist als Politiker, Morvan war nur ein Gesicht. Aber wenn er mit ihm zwei Minuten von seinem Apparat gesprochen hatte, dann hat er gelogen.«

»Warum sollte Morvan Kazav anrufen? Morvan war Fischer. Es sei denn, Morvan hat ihm persönlich Hummer liefern wollen.«

»Das bräuchte er nicht zu verschweigen«, sagte Ronan, »außerdem wüsste Charlotte Bescheid, wenn ihr Mann dem Bürgermeister Hummer geliefert hätte.«

»Von Kazav hast du also nicht mehr erfahren.«

»Mehr, als ich eigentlich wollte …«

»Ich dachte, er kannte ihn nicht?«

»Ich glaube, Kazav erinnert sich tatsächlich nicht«, sagte Ronan und deutete Loig an, in sein Büro zu gehen. Er schloss die Glastür. »Kazav ging mit mir in die dieselbe Klasse. Ich erinnere mich noch an einige Pausenhofgeschichten. Kazav sicherlich auch, doch als ich ihn darauf ansprach, war da nichts. So als wäre diese Zeit einfach ausgelöscht.«

»Meine Schulzeit würde ich auch gern vergessen«, sagte Loig und rümpfte die Nase, »war nicht meine beste Zeit.«

»Das meine ich nicht.« Ronan sprach leiser. »Kazav erinnert sich nicht nur an nichts, sondern er behauptet, dass er nie in der Schule war, dass ihn ein Hauslehrer unterrichtet hätte.«

»So etwas gibt es …«

»Aber das ist Unsinn. Ich weiß, dass er in meiner Klasse war, und man wird ihn auch noch in den Schularchiven der Schule in Roscoff finden. Doch für Kazav gab es das nie.«

»Er hat's vergessen oder verdrängt.«

Ronan erzählte Loig von dem Nebenraum ohne Fenster und dem Metallschrank und wie Marie ihn aus dem Büro befreit hatte.

»Ich traf ihn wieder, als er in Penec Bürgermeister wurde, auf einer Wahlveranstaltung. Er wirkte wie alle Politiker, die ihr Leben damit verbringen, zu grinsen, Hände zu schütteln und falsche Versprechungen zu machen. Doch der Kazav, den ich heute getroffen habe, wirkt hohl, wie ein Video, das jemand zusammengeschnitten hat.«

»Und was hat das mit dem Raum zu tun?«

»Ich glaube, der Bürgermeister ist nicht mehr als dieser Metallschrank.«

»Immerhin ein Metallschrank, der so groß wie ein Zimmer ist.«

»Aus Kazavs medizinischen Akten ...«

»Wie kommst du an die ärztlichen Berichte des Bürgermeisters?«

»Ich habe da meine Kontakte ...«

»Sicherlich keine legalen Kontakte ... Ronan, wenn das ans Licht kommt, dann werden sie deine Eier grillen.«

»In diesen Berichten steht, dass Kazav Rivastigmin einnimmt. Das wird Alzheimer-Patienten verschrieben.«

»Enoras Großmutter leidet an Alzheimer. Sie ist in einem Heim in Saint-Brieuc. Sie erkennt weder ihre Tochter noch mich, und wenn sie vor dem Spiegel steht, dann fragt sie, wer die alte Frau da sei. Doch an manchen Tagen, da habe ich den Eindruck, dass sie wieder auftaucht. Dann schaut sie mich an, lächelt, wie sie es bei unserer Hochzeit getan hat, und sagt: ›Ich wusste, meine Tochter hat ein Arschloch geheiratet, und ein hässliches noch dazu.‹«

»Deine Schwiegermutter liebt die Wahrheit.«

»Ich wollte sie nur als Beispiel anführen, um dir klarzumachen, dass man nicht Bürgermeister sein kann, wenn man nur noch einen porösen Schwamm da hat, wo andere ein Hirn haben.«

»Kazav hat den Metallschrank. Sein Hirn ist in diesem Schrank.«

»Und das konnte er geheim halten?«

»Das glaube ich nicht. Er hat Helfer. Daher muss ich mehr über Leturc herausfinden.«

»Der Fahrer des Bürgermeisters?«

»Ich glaube, er ist mehr als der Fahrer.«

Solen hatte ihre Füße auf ihrem Schreibtisch und verbrachte die Zeit damit, die Buchstaben ihrer Computertastatur abzulösen und zu vertauschen.

»Kannst du mir mal verraten«, fragte Ronan und nahm die Plastiktaste Y in die Hand, »warum du die Tasten abmachst und dann das Z mit dem Y vertauschst und das E mit dem Q?«

»Dann weiß ich, dass niemand sonst an meinem Computer herumtippt.«

»Sag bloß«, sagte Loig und zeigte auf die verworrene Anordnung der Tasten, »du weißt, wo die sind?«

»Natürlich weiß ich, wo die Tasten sind, ich hab sie ja vertauscht.«

»Und du kannst dir das merken?«

»Sonst würde ich das nicht machen.«

»Kannst du was für mich herausfinden?«, fragte Ronan und gab ihr das Y zurück.

»Ich schätze, dass es nichts Offizielles ist, Capitaine.«

»Nicht ganz offiziell …«

»Dann würde ich das von meinem Computer machen, über eine verdeckte IP. Zu Hause habe ich eine bessere Ausrüstung als hier.«

Ronan gab ihr alle Anweisungen mündlich. Keine Notizen, nichts am Telefon, alle Informationen nur an ihn. Solen lachte verschwörerisch.

—

Der Gebäudekomplex des Krankenhauses ähnelte einem Haufen aufeinandergestapelter Betonwürfel, die den deutschen Bunkern am Atlantikwall zum Verwechseln ähnlich sahen. »Ästhetik der Ewigkeit«, hatte ein Journalist das Bauwerk bezeichnet, doch das Einzige, was Ronan mit »ewig« gedanklich verbinden konnte, war die Zeit, die man brauchte, um sich in dem Irrgarten von Gängen und Türen zurechtzufinden. Ein graues unwirkliches Licht empfing ihn, als die Glastüren sich öffneten. Marie ging voran. Nachdem sie sich umgezogen, einen Kaffee aus dem Automaten gezogen und ein Fertigsandwich verspeist hatte, bat sie Ronan, ins Krankenhaus mitkommen zu können.

Sie erreichten die obersten Treppenstufen. Marie wartete schon auf dem obersten Treppenabsatz, als Ronan und Loig die letzten Stufen erreichten. Marie drückte auf den Aufzugsknopf. Die Türen glitten auf. Lambert erwartete sie am Aufzug. Die Luft war von einem beißenden Geruch gesättigt. In der Leichenhalle standen nebeneinander aufgereiht Metalltische. Darauf Skelette, Kleidungsstücke, die Knochen waren nummeriert und beschriftet. Auf jedem Tisch war ein Maßband, das auf die ungefähre Größe des Körpers schließen ließ. Ein Mann in einem weißen Kittel trat hinter einem Tisch hervor, in seiner Hand einen Schädel. Er legte ein Maßband um den Schädel und schrieb den Umfang in eine Tabelle, die am Fuß eines Tisches lag.

»Wie faule Eier«, sagte er und streckte Ronan die Hand hin. »Ich habe es dem Untersuchungsrichter schon erklärt, dass das nicht von den Leichen kommt.«

»Von den Algen auf den Knochen«, sagte Lambert wie ein fleißiger Schüler, der unbedingt dem Lehrer gefallen wollte.

»Keine Angst«, fuhr der Arzt fort, »solange sie den Geruch wahrnehmen, besteht noch keine Gefahr. Bei einer Konzentration von 0,0001 Prozent stinkt es, bei 0,001 Prozent fühlt man ein Stechen in den Lungen, bei einer Konzentration von 100 ppm und höher ist der Riechnerv paralysiert.«

»Sie reden von den giftigen Grünalgen«, sagte Loig, »die vor zwei Monaten einen Jogger umgebracht haben?«

»Richtig, ich habe die Autopsie durchgeführt. Er war einer Konzentration von 1500 ppm ausgesetzt. Bewusstlosigkeit, Koma, die Atemmuskulatur setzt aus. Tod durch Ersticken und Herzversagen. Aber machen Sie sich keine Sorgen. Die Leichenhalle verfügt über ein Abluftsystem ... hoffen wir.«

»Dafür bekommen wir nicht einmal eine Gefahrenzulage«, sagte Loig und betrachtete das erste Skelett.

Marie stand zwei Tische weiter. Sie hielt eine Schildmütze in ihrer Hand.

»Legen Sie das bitte wieder zurück«, rief Lambert, »das sind Beweisstücke.«

Marie legte die Schildmütze wieder zu den Knochen. Ronan

warf einen flüchtigen Blick über die Schädel und Knochen. Unter Wasser hatte er grob zehn oder zwölf geschätzt. Die Zahl der Toten war jedoch viel größer. Er zählte fünfzehn. Die meisten Schädel hatten typische Einschusslöcher einer Neun-Millimeter. Was war vor dreizehn Jahren auf Jegous Schiff geschehen? Bisher glaubte die Polizei, dass Jegou auf See verschollen war, doch nun waren da sein Boot und eine Menge Toter, und es war genauso gut möglich, dass Alan Jegou diese Leute erschossen hatte und danach untergetaucht war. Sein Verschwinden mit einem Bootsunfall vorzutäuschen, war eine der besten Methoden, um zu verschwinden. Wollte er untertauchen oder Selbstmord begehen? War seine Familie unter den sterblichen Überresten? Und wer waren die anderen Toten? Wenn Jegou die Menschen kaltblütig umgebracht und danach das Boot versenkt hatte, warum interessierten sich dann diese Ex-Legionäre dafür? Irgendetwas musste für sie wichtig sein, dass sie einen Offizier der Gendarmerie töten wollten.

»Es handelt sich um fünfzehn Tote«, sagte der Rechtsmediziner. »Anfangs gingen wir von weniger Toten aus. Die abschließenden Genuntersuchungen geben weitere Details über die Herkunft, Geschlecht, Krankheiten, je nachdem, wie gut die Knochen noch erhalten sind. Wir hatten Glück, dass die Kabine verschlossen war und die Scheiben noch intakt waren. Die Leichen waren keinem Tierfraß ausgesetzt und wurden auch nicht über den Grund geschleift. Die Wassertemperatur war nicht höher als zehn Grad. Wahrscheinlich verwesten die Leichen unter diesen Bedingungen sehr langsam. Die Knochen waren ebenfalls keiner Strömung ausgesetzt. Druck und Temperatur waren relativ konstant. Aber selbst unter diesen Bedingungen wären die Knochen durch den Salzgehalt im Wasser nach ungefähr drei oder vier Wochen völlig demineralisiert und würden sich nach einigen Monaten auflösen. Dreizehn Jahre sollen die Toten schon in der Tiefe liegen? Anfangs hatte ich keine Erklärung. Daher habe ich einen Biologen konsultiert, der mir bestätigte, dass es wahrscheinlich eine feine Schlammschlicht war, die die Knochen konservierte. Als das Wasser in die Kabine einsickerte, war das Wasser stark mit Grünalgen und Schlamm angereichert. Sie fossilisierten zum Teil in den äußeren Schichten. Das erschwert natürlich die DNA-Analyse. Aber ohne diesen Schlamm hätten Sie in dem Boot nur noch ein paar Kleiderfetzen und den Geldbeutel mit Münzen gefunden.«

»Sie lagen also dreizehn Jahre unter einer feinen Schlamm- und Algenschicht im Rumpf dieses Bootes?«

»Das könnte ungefähr hinkommen. Wir wissen, dass ohne diese mineralisierende Schlammschicht nichts übrig geblieben wäre. Dabei rede ich noch gar nicht vom Tierfraß.«

»Wissen Sie schon mehr über die Todesursache?«, wollte Lambert ungeduldig wissen. Er tippte nervös auf seinem Handy.

»Eins nach dem anderen. Wir haben fünfzehn Tote, daher auch die fünfzehn Tische. Allerdings fehlen einige Schädel. Wir haben trotzdem versucht, die Skelette so gut es geht zu rekonstruieren. Die vorderen Tische sind die Erwachsenen. Fünf Männer. Alle ausgewachsen. Sie waren alle nicht sehr groß. Zwischen eins siebzig und eins fünfundsiebzig. Zwei Schädel fehlen. Vier Frauenskelette. Hier fehlt ein Schädel. Bei einer Frauenleiche könnte es sich auch um ein junges Mädchen handeln. Eine genaue Zahnanalyse und Altersbestimmung stehen noch aus. Wir schätzen, dass zwei Frauen im Alter zwischen fünfundzwanzig und dreißig waren. Eine Frau war jünger, ich schätze zwischen zwölf und fünfzehn. Die restlichen sechs Skelette sind unvollständig. Dr. Blesanius, der den biologischen Bericht verfasste, meinte, dass einige Knochen nicht mit Schlamm bedeckt waren und so zersetzt wurden. Diese anderen Knochen gehörten keinem ausgewachsenen Menschen. Es waren Kinder, zwischen vier und acht.«

»Und die Todesursache?« Lambert wirkte nervös und schrieb etwas auf seinem Telefon.

»Soweit ich das beurteilen kann, konnte ich an den meisten Schädeln Schussverletzungen feststellen. Die Eintrittsstelle lässt auf ein Projektil von neun Millimeter schließen. Einige Knochen wiesen Spuren von Kugeleinschlägen auf. Ich vermute, dass die Opfer mit mehreren Schüssen getötet wurden. Einige Opfer wiesen Eintrittswunden im Gebiss- und Jochbeinbereich auf. Ich nehme an, dass der Täter vor ihnen gestanden hat und er sein Opfer ansah, als er es getötet hat.«

»Der Täter?«

Der Rechtsmediziner unterbrach seinen Bericht und blickte Marie an.

»Es kann sich auch um mehrere Täter gehandelt haben. Geschlechtsunabhängig.«

Ronan sah sich zu Marie um, die nur beiläufig dem Bericht des Pathologen folgte. Sie ging von Tisch zu Tisch, beugte sich vereinzelt zu einem Skelett, das wie ein abstraktes Kunstwerk auf dem glänzenden Metall ausgestellt war.

»Einige Kleidungsstücke sind noch erhalten«, fuhr der Rechtsmediziner fort, und auch ihm fiel Marie auf, die nicht seinem Bericht lauschte, sondern offenbar mit den Toten ein stilles Gespräch führte.

»Nylontextilien, Neoprenjacken, Gummistiefel. Die Leute hatten sich für eine Bootsfahrt ausgerüstet. Ein Skelett trug eine Armbanduhr, eine russische Rolexkopie, wie man sie auf den Flohmärkten in Saint-Ouen bei Paris kaufen kann. Uhren, die teuer aussehen, aber nach drei Tagen ihren Geist aufgeben. Bei zwei Frauen und drei Männern fanden wir eingeschweißte Aufenthaltsgenehmigungen. Sie trugen sie um den Hals. Auch bei einem Kind fanden wir einen Plastikbatch.« Der Rechtsmediziner streckte Ronan eine Karte hin. »Centre de Sangatte …«, fuhr er fort, »Flüchtlingslager in Calais. Erstaufnahme im Jahr 2000 und 2001.«

»Können Sie eine Liste mit den Namen und eine Kopie der Ausweise erstellen?«

»Schon geschehen«, erwiderte der Rechtsmediziner.

»Bitte faxen Sie es direkt an Capitaine Prad …«

»Nein, ich leite die Ermittlung«, unterbrach ihn Lambert, der plötzlich von seinem Handy aufschreckte, wie ein Roboter, den man mit einem Codewort eingeschaltet hatte.

»Alles an mich … Ich bin der zuständige Untersuchungsrichter.«

Ronan fand Marie vor einem Metalltisch. Es war das Skelett mit der Schildmütze. Der Rechtsmediziner blätterte in seinem Schreibblock und trat zu ihnen.

»Er hatte eine Hose an. Darin fanden wir seinen Ausweis.«

Marie hatte Alan Jegou gefunden. Ronan ging um den Tisch. Auf den nummerierten Zetteln und beschrifteten Tütchen stand weder ein Name noch war der Ausweis auf dem Tisch zu sehen. Sie hatte ihn trotzdem erkannt.

»Was ist?«, fragte Ronan sie.

»Gar nichts«, flüsterte sie, »ich stelle mir vor, dass all diese Menschen einmal ein Zuhause hatten, lachten, an Weihnachten vielleicht Geschenke auspackten ... Alles ausgelöscht.«

In ihren Augen waren Tränen. Ronan führte sie nach draußen. Der Tag war zu viel für sie.

»Geh nach Hause«, sagte er zu ihr. »Ruh dich aus.«

»Ich bin okay.«

»Wir sehen uns morgen.«

Marie Blanc nickte mit versteinerter Miene und drückte die Taste am Aufzug. Die Türen glitten auf, sie drehte sich nicht mehr um.

Ronan ging zurück in die Leichenhalle. Der Rechtsmediziner blickte auf ein Messgerät, in einer Hand hielt er einen Messstab in die Luft.

»Sicherheitsmaßnahme«, sagte er, »denn wenn die Lüftung nicht funktioniert, kann es schnell passieren, dass wir selbst auf den Metalltischen liegen.«

Ronan ging zu einem Tisch, der abseits stand. In einem Plastiksack befand sich eine Leiche, die Beine angewinkelt, so dass sie kaum in den Sack passte. Ronan zog den Reißverschluss auf. Der Rechtsmediziner trat neben ihn, hielt Ronan aber nicht davon ab, den Leichensack ganz zu öffnen. Ronan erkannte die Tote vom Strand. Was er für angewinkelte Knie gehalten hatte, war der Leichnam eines neugeborenen Kindes.

»Ich muss sie auftauen, um die Autopsie vornehmen zu können.«

»Weiß man schon, an was sie gestorben sind?«

»Keine Fremdeinwirkung ersichtlich. Wahrscheinlich ertrunken. Traurig. Die junge Frau hatte erst vor drei oder vier Monaten entbunden. Auf den ersten Blick sieht es aus, als wäre sie im Genitalbereich verletzt worden, doch es sind die Spuren einer schweren Geburt. Unterbauch und Fettgewebe haben sich noch nicht zurückgebildet, was darauf hindeutet, dass sie eine junge Mutter war.«

»Die Kühlbox, in der das Kind gefunden wurde?«

»Hat noch die Gendarmerie. Genauso wie die Kleider und die Ausweise. Es ist wirklich seltsam ...«

»Was ist seltsam?«, fragte Ronan.

»Die tote Mutter und ihr Kind hatten Aufenthaltsgenehmigungen. Sie kamen 2014 in das Lager. Die Toten aus dem Boot waren ebenfalls im Lager von Calais registriert. Dreizehn Jahre vorher, im Jahr 2001. Jetzt liegen sie alle hier in meiner Leichenhalle. Die einen überzogen mit giftigen Algen, die anderen tauen auf.«

Lambert hatte den Kühlsaal verlassen, er kehrte mit vorgehaltener Hand zurück.

»Den Geruch von Leichen erträgt nicht jeder«, sagte der Rechtsmediziner. »Man gewöhnt sich auch nie richtig dran.«

Loig bestätigte mit einem angewiderten Gesichtsausdruck. Auftauende Wasserleichen, die anfingen, ihren Faulgeruch zu verbreiten, giftige Algen, die nach fauligen Eiern rochen. Loig wollte keine Minute länger in dieser Gruft aus weißen Kacheln bleiben.

»Lambert will, dass ich einen DNA-Vergleich vornehme bei der einzigen Überlebenden der Jegous.«

»Hat er einen Beschluss?«

»Er ist der Untersuchungsrichter.«

»Wenn wir schon wegen ein paar Speichelproben da sind, dann können wir uns auch mit dem Mädchen unterhalten«, sagte Ronan.

»Sie ist heute erwachsen, und ich zweifle daran, dass der Arzt uns mit ihr sprechen lässt.«

»Lass deinen Charme spielen, Loig.«

Sie verließen den Kühlraum.

—

Eine halbe Stunde später standen Ronan und Loig vor dem Kaffeeautomaten, der nur einen Becher auswarf, um dann in einen elektrischen Winterschlaf zu fallen. Loig trat mit dem Fuß gegen den Automaten, der kurz zuckte, aber demonstrativ, so als wollte er gegen diese Misshandlung protestieren, tot blieb. In diesem Augenblick surrte das Faxgerät.

»Ein Fax vom Rechtsmediziner«, rief Loig und nahm das erste Blatt in die Hand.

A l'attention de Monsieur le juge d'instruction

Weitere dreißig Seiten folgen. Die Listen der Namen. Kopien, Ausweise des Lagers Sangatte, ein Personalausweis. Ronan blickte das Passfoto von Alan Jegou an. Er hatte ihn nur einmal auf der jährlichen Veranstaltung der Seerettung, Cross-Corsen, getroffen. Jegou hatte Flugblätter verteilt, in denen er auf die Situation von Flüchtlingen im Sammellager in Calais aufmerksam machte. Camille hatte ihn näher gekannt. Sie unterhielten sich über die NGO »Welt ohne Grenzen«. Es ging um die Finanzierung einer organisierten Seerettung, bessere Boote, medizinische Versorgung und wie die Engländer ihre Grenzen für Flüchtlinge dichtmachten, die über den Ärmelkanal nach England wollten. Er hätte die Begegnung mit Jegou auch vergessen, wenn er damals nicht mit Camille gestritten hätte. Wenn Camille aufgewühlt war, wurde sie nicht laut, sondern zynisch. Ronan konnte sich an scheinbar harmlose Diskussionen erinnern, die zu einem Streit anwuchsen und ebenso lautlos wieder verpufften, wie sie entstanden waren. Er konnte sich nicht erinnern, dass Camille sich über ihn geärgert hatte, wenn er zu spät zu einer Verabredung kam oder anderen Kleinigkeiten. Bei Camille ging es immer um das Ganze, um Politik, die Natur und die Zukunft der Menschheit. Camille hatte eine Schwäche für die Zukunft. Sie sprach oft davon, wie sehr sie dies oder jenes verändern wollte. Für Camille war so ziemlich alles politisch. Sie kaufte keine Kleidung bei Ketten wie H&M, weil diese nur Menschen ausbeuteten, und aus demselben Grund trank sie keinen Kaffee, der nicht das Label Faire Trade hatte. »Unsere Klamotten sind nur deshalb so billig, weil Kinderhände sie in Bangladesch oder in anderen Billiglohnländern zusammennähen.« Und da stand Alan Jegou an seinem Stand, verteilte Welt-ohne-Grenzen-Flyer. Neben ihm seine Töchter und seine Frau. Die ganze Familie war an der Weltrettung beteiligt. Ronan erinnerte sich, dass der Streit genau an dem Punkt angefangen hatte, dass er einen Vergleich zwischen Alans Töchtern und der Kinderarbeit in Bangladesch machte. Für Ronan spannte Alan Jegou seine Kinder für seine Zwecke ein. Für Camille wurden die Kindern nicht ausgebeutet, sondern ihr Vater ließ sie an einer guten Sache teilhaben. Jegous Aktionen waren umstritten. Er verteilte Flyer, aber er hatte auch in der Nacht vor dem Rathaus schwarze Kisten, die aussahen wie Särge, aufgestellt. Er hatte sie mit Beton ausgegossen, und in den flüssigen Beton hatte er zerfetzte Schwimmwesten gesteckt. Der Bürgermeister konnte nicht beweisen, dass Jegou dahintersteckte. Es war eine Antwort Jegous auf die Rückführung von einem Dutzend somalischer Flüchtlinge, die sich illegal in der Stadt aufhielten. Die Gendarmerie brachte damals die jungen Männern in ein Abschiebelager. Ob sie nach Somalia zurückgebracht wurden oder in dem Sammellager in Calais landeten, erfuhr niemand. Auch nicht Jegou, der sich für den Verbleib der jungen Männer eingesetzt hatte. Camille bewunderte den selbstlosen Einsatz Jegous, und sie erwartete wohl von Ronan, dass er dasselbe tat. Doch für ihn war Jegou ein Mensch, der in seinem Leben keinen Sinn fand. Er lebte in einer täglichen Leere, die er nur irgendwie auszufüllen versuchte. Das reichte ihm damals, um die Beweggründe Jegous zu verstehen. Was Camille jedoch an Jegou gefunden hatte, war ihm damals nicht klar. Jetzt, da er wusste, dass Camille für die DGSE gearbeitet hatte, ergab vieles einen Sinn. Wenn sie versucht hatte, das Vertrauen Jegous zu gewinnen? Und vielleicht hatte sie dadurch versucht, die Aufmerksamkeit Kazavs auf sich zu ziehen. Das war eine weit hergeholte Theorie, und ihren wirklichen Auftrag würde Ronan wahrscheinlich auch niemals mehr erfahren. Grand hatte ihm nur die Informationen zukommen lassen, die er sehen sollte. So funktionierten auch die militärischen Operationen. Manche Operationen waren so geheim, dass sie erst im Flugzeug gebrieft wurden, kurz vor dem Absprung. Sie kannten nie das Gesamtbild. Sie hatten einen Auftrag, und sie wussten nur das, was für den Auftrag wichtig war. Einer der Führungsoffiziere hatte ihm gesagt:»Wenn dir jemand nicht mehr sagt, dann weil du nicht in der Position bist, mehr zu wissen.« Was hatte Camille mit Jegou zu tun gehabt, und wer war sie in Wirklichkeit? Hatte sie ihn wirklich geliebt, oder war er nur Teil ihrer Tarnung? Dass Grand nach dreizehn Jahren seit dem Verschwinden von Camille bei ihm aufgetaucht war, war kein Zufall und auch nicht, dass er Camilles Auftrag übernehmen sollte. Grand wusste, dass er die Suche nach Camille nicht aufgegeben hatte.

»Das Fax ...« Loig hielt die Ausdrucke in der Hand. »Wenn du nicht willst, dass Lambert sich das alleine unter den Nagel reißt, dann mach noch eine Kopie.«

Ronan kopierte den Bericht des Rechtsmediziners und schob ihn in seine Schreibtischschublade. Lambert kam telefonierend vom Gang durch die Glastür. Er nahm sich das Fax. Einige Namen gab er per Telefon durch. »... auch Jegou ... wahrscheinlich die ganze Familie. Machen Sie keinen großen Artikel daraus, nur die Informationen ... Ich will Ihnen gar nicht vorschreiben, wie Sie Ihre Arbeit zu erledigen haben. Es wäre für uns nur ...«

Ronan glaubte, sich verhört zu haben. Lambert hatte die wenigen Namen, die auf den Ausweisen standen, an die Presse weitergegeben.

»Sie geben wichtige Informationen an die Presse weiter?«

»Capitaine, das nennt sich aktive Pressearbeit in kriminalistischen Ermittlungen. Ich habe darüber eine Abschlussarbeit geschrieben. Summa cum laude. Heute ermittelt man anders. Ich bin der Kopf, und Sie sind der Fuß, Capitaine. Macht jeder, was er am besten kann.«

»Warum haben Sie uns nicht Zeit gelassen, dass wir die Angehörigen zuerst besuchen?«

»Weil wir in der sogenannten heißen Phase sind. In dieser Phase ist eine Pressemitteilung noch Gold wert. Es wird mehr Leser geben, und die Wahrscheinlichkeit, dass ein oder die Täter reagieren, ist viel höher.«

»Sie werden es sicher noch weit bringen, Untersuchungsrichter.«

»Schauen Sie mir zu«, sagte Lambert, »dann können Sie noch viel lernen.«

Loig telefonierte und winkte Ronan zu sich. Er beendete das Gespräch und verließ das Büro, in dem sich Lambert befand.

Ronan schloss die Tür.

»Ich habe einiges über die Sicherheitsfirma des Bürgermeisters herausgefunden«, sagte Loig leise, um nicht die Aufmerksamkeit Lamberts auf sich zu ziehen.

»Leturc und die Legionäre?«, meinte Ronan.

Solen nickte. »Keiner der Legionäre ist noch im aktiven Dienst. Insgesamt umgibt sich Kazav mit fünf Ex-Legionären. Ich habe nur ihre Pseudonamen, die sie bei der Legion hatten. Sie hatten ihre Namen nach dem Ausscheiden aus der Legion behalten.«

»Doch auch wenn man aus dem Dienst scheidet«, sagte Loig, »der Legion bleibt man ein Leben lang verpflichtet.«

»Daran glauben vielleicht Militärfanatiker. Leute, die in ihrer Freizeit mit Tarnklamotten rumlaufen, im Keller Munition und Waffen horten und so tun, als wären sie selbst Kriegsveteranen. Sie verehren diesen ganzen Soldatenkodex-Scheiß.«

»Manche lieben ihr Vaterland«, sagte Loig, »und träumen ihr halbes Leben von ihrer eigenen Beerdigung, auf der sie als Helden geehrt würden.«

»Es sind Söldner«, sagte Ronan, »keine Legionäre mehr.«

»Ich bin dem Geld gefolgt«, fuhr Solen fort, »und bin da auf eine Sicherheitsfirma gestoßen. Whitescreen. Sie ist ganz offiziell. Steuernummer, eine professionelle Internetseite, doch wenn man wissen will, wem die Firma gehört, dann wird es kompliziert. Leturc wird dort als operativer Leiter genannt. Personenschutz und Überwachung. Das steht auf der Internetseite unter der Rubrik: Wer ist Whitescreen? Ich habe mir die Referenzen angesehen. Darunter viele russische Klienten, Oligarchen und dubiose Geschäftsleute aus den Balkanstaaten. Für die Aufträge, die sie übernommen haben, müssen sie noch über ein weitverzweigtes Netzwerk an rekrutierbaren Soldaten verfügen. Hinter Whitescreen verbirgt sich eine kleine Privatarmee. Deshalb schickte ich eine Anfrage zur DGSE. Normalerweise bekommen wir selten Informationen auf direkte Anfragen. Doch in diesem Fall schickten sie mir Unterlagen zu Whitescreen.«

»Zeig schon her.«

Solen verzog den Mund.

»Es war eine E-Mail. Als ich es gelesen hatte, hatte es sich selbst gelöscht, noch bevor ich den Drucker anwerfen konnte.«

»Leturc hat einen leitenden Posten bei Whitescreen. Nur steht nirgends, wem der Laden eigentlich gehört. Als Eigentümer sind zwei Namen eintragen. McCanough und Christtown Inc. Beides sind Firmen, die in England, genauer gesagt auf der Insel Jersey ihren Hauptsitz haben.«

»Würde mich wundern«, sagte Loig, »wenn uns die Beefs weiterhelfen.«

»Der MI5 hat uns bisher großzügiger mit Informationen versorgt als unser eigener Geheimdienst«, entgegnete Solen.

»Die Firmen gibt es überhaupt nicht, oder?« Ronan kannte die Antwort bereits. Scheinfirmen.

»Zwei Briefkästen. Ansonsten gibt es keine Spur von den beiden Firmen. McCanough und Christtown Inc. besitzen einen Liegeplatz am Hafen. Ich kenne den Hafenmeister von Jersey, ein bekannter Regattasegler. Ich habe ihm erzählt, dass ich ebenfalls gerne segle. Am Ende hat er mir erzählt, dass er unter diesen beiden Namen einen Platz für eine Jacht mit zwölf Metern hat. Es gibt da anscheinend auch eine Motorjacht. Sehr modern und schnell. Aber der Hafenmeister hat noch nie jemanden auf dem Boot gesehen. Jedes Jahr kümmert sich eine Firma für Bootspflege. Motorenwartung, Reinigung ...«

»Dann ist Whitescreen eine englische Firma?«, fragte Ronan.

»Offiziell schon. Aber ihnen gehört ein großes Areal am Trieux. Früher war das eine Schule für Fischer, mit eigenem Anlegesteg. Ziemlich viel Wald. Es gibt nur einen steilen Weg hinein. Für eine ehemalige Schule sieht man auf den Luftaufnahmen viel Stacheldraht, Mauern und Wachen mit Hunden. Auf der Südseite ist ein Gelände für militärische Übungszwecke, zwei Schießstände. Sieht so aus, als hätte die Legion hier ein paramilitärisches Ausbildungslager. Nach ein paar Anrufen hatte ich einen Offizier der Fremdenlegion an der Strippe«, erklärte Solen.

»Manchmal muss man mehr als eine Tür eintreten«, sagte Ronan.

»Ich habe es mit der Wahrheit versucht, und was ich zu sagen hatte, gefiel denen nicht und schon gar nicht, dass ich davon wusste: Ex-Legionäre, die in schmutzige Geschäfte verwickelt waren. Kinderpornografie, Drogenschmuggel, Waffenschmuggel, und das in einem Atemzug mit der Fremdenlegion. So bekam ich meine Antworten. Die Fremdenlegion hat hier kein Ausbildungslager und keine Kaserne. Als der Offizier mich dann am Telefon an eine PR-Tante weiterleiten wollte, wo ich dann Prospekte und Rekrutierungsformulare bekommen hätte, fragte ich direkt nach Colonel Leturc. Für einen Moment dachte ich, der Offizier hätte aufgelegt, doch nach ein paar Sekunden redete er weiter: ›Es gibt Leute‹, sagte der Offizier, ›die Sie nicht zum Feind haben wollen.‹ Ich hatte den Eindruck, dass der Offizier genau wusste, was Leturc machte und für wen er heute arbeitete. Deshalb erzählte er mir, dass Colonel Leturc mehr Einsätze hinter sich und mehr militärische Auszeichnungen erhalten hatte als jeder Legionär vor ihm. Er sei eine Legende, heute noch, obwohl er schon seit Jahren ausgeschieden sei. Viel erfuhr ich nicht über den offiziellen Kanal. Ein Militär hat selbst für einen feindlichen Militär mehr übrig als für einen belanglosen Zivilisten. Es gibt die Lebenden, die Toten und Fremdenlegionäre.«

»Wer bezahlt Leturc?«, wollte Ronan wissen.

»Hier wird es kompliziert. Die ehemalige Fischereischule gehört Whitescreen.«

»Eine Firma, die wiederum Christtown Inc. und McCanough gehört …«

»Und Christtown ist eine Firma, über die Kazav viele seiner Immobiliengeschäfte abwickelt. McCanough … das ist der frühere bürgerliche Name von Leturc. McCanough gibt es offiziell nicht mehr. Es gibt nur noch diese Firma, die wie Christtown Inc. auf den Kanalinseln ansässig ist.«

»Hast du das überprüft?«, fragte Ronan.

Solen nickte und hielt ihm einen Auszug hin.

»Der Eintrag ins Handelsregister, Adresse … doch die Räume, in denen diese Firma sein soll, gehören zu einem Lagerhaus, das seit Jahrzehnten leer steht und nicht mehr genutzt wird.«

—

Auf dem Weg zu der ehemaligen Fischereischule fuhr Ronan an der Gendarmeriekaserne vorbei. Die Wohnungen glichen Schachteln, und die quadratischen Vorgärten und Carports waren so eintönig wie alle staatlichen Bauten, in denen Beamte untergebracht waren. Ronan fuhr vor den B-Trakt. Enge Fertigbauten, die mit dem Kran wie Container gestapelt wurden. Loig sah ihn an, als hätte er ein großes Rätsel gelöst.

»Willst du sie ins Bett bringen?«, fragte Loig. »Nur zu … Ich fahre alleine zu Leturcs Anwesen. Da gibt es sowieso nichts zu sehen, und ohne Durchsuchungsbeschluss kommen wir wahrscheinlich nicht einmal in die Nähe.«

»Maries Wagen ist nicht da«, sagte Ronan.

»Sie hat vielleicht draußen geparkt.«

»Nein, sie ist nicht zu sich gefahren.«

»Vielleicht hat sie ja ein Privatleben, von dem wir nichts wissen.«

»Ich habe mir ihre Akte schicken lassen. Jeder, der sich für den militärischen Dienst oder die Gendarmerie bewirbt, wird einer Prüfung unterzogen. Polizeiliches Führungszeugnis, Familie, Reisen … und in einigen Fällen gibt es auch eine Akte bei der DGSE.«

»Was sollte der Geheimdienst von ihr wollen?«

»Das ist es ja. Es gibt offenbar nichts über sie.«

»Oder sie rücken einfach nicht mit ihren Informationen raus.«

»Ich glaube nicht, dass sie zufällig bei uns ist.«

»Du glaubst, sie hat dein Bild gesehen, fand dich unwiderstehlich.«

»Keiner hat sie in der Wohnung gesehen.«

»Sie schläft in einem Hotelzimmer oder hat sich in einer Pension eingemietet. Nicht jeder will in diesen Schimmelbrutkästen wohnen.«

»Als Beamtin im Dienst muss sie in der zugewiesenen Wohnung leben oder eine Adresse angeben, unter der sie erreichbar ist.«

»Ich gebe ja zu, dass unsere Neue ein bisschen geheimnisvoll ist.«

Loig stieg aus dem Wagen und klopfte an die Tür. Der Concierge hatte Maries Namen auf ein Pappschildchen geschrieben, mit blauem Kugelschreiber, und in einen durchsichtigen Plastikschlitz gesteckt. Die Klingel funktionierte nicht. Ronan lehnte an der

Autotür, während Loig seine Nase an das Fenster im Erdgeschoss presste, um in das Innere sehen zu können.

»Sie wohnt hier nicht«, rief Ronan ihm zu.

Loig schlug mit der Faust an die Tür, trat zurück, ging ans Fenster. Loigs Klopfen blieb nicht unbemerkt, nur öffnete sich nicht die Tür, an die er gehämmert hatte, sondern die Tür nebenan. Der verschlafene Kopf einer Frau tauchte auf …

»Da ist niemand da.« Die Frau schien unter ihrem eigenen Gewicht zu wanken. Ronan hatte die Frau noch nie gesehen, musste aber aus irgendeinem Grund an Tiere denken, die in kleine Versuchskäfige gesperrt waren. Die Frau musste früher hübsch gewesen sein, bevor sie Hunderte Kilo an Brioche, Buttergebäck und Pralinen verzehrt hatte. Es war gerade einmal drei Uhr nachmittags, und sie hatte schon eine halbe Flasche billigen Rotwein leer getrunken. »Auch wenn Sie die Tür eintreten, kommt da niemand raus … weil nämlich niemand da ist.« Sie lallte leicht.

»Haben Sie Lieutenant Blanc heute gesehen?«, fragte Loig und trat einen Schritt zurück.

»Er hat mir gesagt«, keifte sie weiter, »dass ich jedem, der kommt und blöde Fragen stellt, sagen soll, dass er sich gefälligst um seinen Scheiß kümmern soll.«

»Sie haben Lieutenant Blanc gesehen?«, fragte Ronan ungeduldig. Loig gab ihm mit einem Augenzwinkern zu verstehen, dass sie hier nur ihre Zeit verschwendeten.

»Wie man sich halt so trifft …«

»Könnten Sie Lieutenant Blanc ungefähr beschreiben?«

Die Frau wankte, hielt sich am Türrahmen fest.

»Groß … größer als Sie … und er sah auch besser aus. Wir haben uns kurz gesehen. Ich glaube, dass er scharf auf mich war, so wie der mich angesehen hat. Ich sehe so etwas sofort. Instinkt einer Frau … Wir haben den Instinkt, wenn ein Mann geil ist. Dann können wir alles mit ihm machen. Sonst wäre die Menschheit längst ausgestorben.«

»Lieutenant Blanc ist eine Frau«, sagte Ronan.

Die Frau stierte ihn nun an, mit einem trotzigen Blick, wie Kinder ihn haben, wenn sie sich der Vernunft der Erwachsenen widersetzen, nur um zu zeigen, dass sie auch ohne Vernunft recht haben können.

»Und warum sagen Sie nicht gleich, dass dieser Blanc eine Frau ist ... Welche Tür meinen Sie?«

Ronan zeigte auf die Eingangstür zu Marie Blancs Apartment.

Die Frau zeigte nach rechts, dann links, dann führte sie mit der Hand eine Rotation aus und lächelte wie ein Zauberer, der ein Kaninchen aus dem Hut zaubert: »Da wohnt niemand ... seit Monaten nicht. Die Wohnung ist auch nicht geheizt. Deshalb ist meine Wohnzimmerwand zu dieser Seite immer kalt. Aus der Wand kommen die Flecken. Können Sie der Verwaltung mitteilen, dass ich Flecken habe?«

Ronan ging zum Wagen zurück.

»Sie war nie hier«, sagte Ronan und drehte den Zündschlüssel.

»Gibt es eigentlich jemandem, dem du nicht misstraust?«

Der einzige Mensch, dem er blind vertraut hatte, war Camille. Mit ihr wollte er Kinder, alt werden. Grand hatte ihn daran erinnert, wer er war: Du hast nie aufgehört, für uns zu arbeiten. Und Camille arbeitete für sie, und beide spielten sie in Grands Theaterstück, das Ronan für sein Leben hielt.

»Du kannst niemandem vertrauen«, sagte Ronan und drückte das Gaspedal.

Legion

Ein Traktor schleppte sich träge vor ihnen einen Hügel hinauf. Am Straßenrand halb verfallene Lagerhallen, Lastwagenanhänger, Kühlhallen, Autowracks, auf denen Möwen hockten und darauf hofften, dass eine Katze die Geschwindigkeit eines Autos falsch einschätzte, um sich dann über den Kadaver herzumachen. Die zwei Kilometer bis zur nächsten Abzweigung zogen sich hin. Reste einer Tankstelle. Rostige Zapfsäulen, Lampen, die an Kabeln im Wind schaukelten, an der Tür ein Verkaufsschild. Der Traktor bog in einen Feldweg ab. Wieder Lagerhallen, gefolgt von Steinhäusern mit geschlossenen Fensterläden. Die mühevoll hergerichteten alten Bauernhäuser mit ihren Parabolantennen strahlten die Ruhe von Särgen aus, das ganze Dorf leer gefegt wie eine Filmkulisse. Das Anwesen Leturcs lag versteckt hinter einem schmalen Wald. Eine Schranke versperrte den Weg. Privatweg. Betreten verboten.

»Marie hat noch kein einziges Mal in ihrer Unterkunft geschlafen«, sagte Ronan und bremste vor der Schranke.

»Sie hat wahrscheinlich die Tür aufgemacht und den Schimmel gerochen und ist auf der Schwelle umgekehrt.«

»Sie hätte sich auf jeden Fall melden müssen, wo sie zu erreichen ist.«

»Sie ist neu, und wenn man die Nachbarin anschaut, dann denkt doch jeder Mensch sofort: So will ich nicht enden.«

Ronan rief in der Dienststelle an. Solen meldete sich. Sie wiederholte. »Alle Hotels, Pensionen ... Ich frage nach, ob sie da wohnt.«

»Du kennst dich nicht mit Frauen aus. Glaub mir, sie ticken anders. Vor allem, wenn es um ihre Wohnung geht. Sie gehen nicht einfach auf ein verdrecktes Klo. Wir Männer kacken einfach, egal, ob da schon drei Haufen in der Schüssel liegen.«

»Sie ist die Beste in ihrem Jahrgang, ihre Vorgesetzten haben sie nur gelobt. Sie hätte zur BAC gehen können. Bei der Police Nationale hätte sie mehr verdient als bei der Gendarmerie, sie hatte Empfehlungen für einen Posten in Brest. In zwei Jahren wäre sie Capitaine gewesen und in drei Jahren Colonel. Bevor sie zu uns kam, habe ich einen früheren Bekannten gefragt, ob er jemand für mich finden kann, der sie persönlich kennt. Er rief mich nach ein paar Tagen zurück. Dasselbe, was auch schon in den Akten stand. Sie hatte perfekte Noten, doch niemand konnte sich persönlich an sie erinnern.«

»Bei der Anzahl von Rekruten ist es kein Wunder. Es wäre Zufall gewesen, wenn du jemanden gefunden hättest, der sie persönlich kannte. Ganz im Ernst, ich glaube, du stehst ein bisschen auf sie.«

Ronan sah das Bild vor sich, wie Lieutenant Marie Blanc aus der Dusche gekommen war. Das dämliche Grinsen auf Loigs Gesicht ließ ihn fast wütend werden. Das Bild ihrer fahlen Haut im blauen Licht der Neonröhren, das Geräusch ihrer nackten Füße auf dem Betonboden. Es war, als hätte sie es darauf angelegt, ihm mit einem Schweißbrenner ihr Bild in sein Stammhirn einzubrennen. Er schloss die Augen, dachte an Camille ... an die Camille, die er gekannt hatte, ihre langen blonden Haare, die am Morgen wie gestrandete Algen auf dem Kopfkissen lagen. Ihr gleichmäßiger Atem beim Schlafen, wenn sie überhaupt schlief, wenn nicht sogar ihr Schlaf zu ihrer Tarnung gehörte.

Ronan stieg aus dem Wagen und stellte sich vor die Schranke. Loig öffnete das Fenster und zündete sich eine Zigarette an.

»Was wollen wir hier?«, fragte Loig. »Wir haben einen vermissten Fischer, einen Haufen Knochen, die wir noch nicht identifiziert haben, die Leiche einer jungen Frau mit ihrem Baby am Strand, und ein Orkan kommt vom Atlantik auf uns zu.«

»Van Haag gehörte zu den Legionären, die für den Bürgermeister arbeiten. Er wollte mich in Fischfutter verwandeln. Und wahrscheinlich hätte nie jemand von den Knochen in dem Boot erfahren, wenn er Erfolg gehabt hätte.«

»Offiziell war das ein Unfall.«

»Es sollte wie ein Tauchunfall aussehen.«

»Wenn du wenigstens die Videoaufzeichnungen hättest, aber so ...«

»Der andere Legionär wusste genau, was geschehen war, als er mich ohne Sauerstoffflaschen auftauchen sah. Es war nicht geplant, dass ich tauche. Sie wussten, was da unten war.«

»Was hat Leturc mit seinem Altenheim für Legionäre mit den Toten in Jegous Jacht zu tun?«

»Die Frage will ich Leturc selbst stellen.«

»Diese Leute werden dich sicher nicht zum Kaffee einladen.«

»Ich will ihm nur die eine Frage stellen«, sagte Ronan. »Die Antwort kenne ich ja schon.«

»Wozu eine Frage stellen«, sagte Loig und rüttelte an der Schranke, »wenn du die Antwort schon kennst?«

»Ich stelle ihm die Frage, weil er die Antwort schon kennt.«

»Ich muss das nicht verstehen ... Ein Mensch mit halbwegs logischem Verstand muss sich über so etwas nicht den Kopf zerbrechen.«

»Das ist es ja, denn würde sich jeder Mensch den Kopf darüber zerbrechen, dann würde er feststellen, dass all seine Handlungen jenseits jeder Logik sind. Millionen spielen im Lotto, obwohl die Wahrscheinlichkeit, von einem Bus überfahren zu werden, größer ist.«

»Was hat das mit einer sinnlosen Frage zu tun?«

»Es geht nicht um die Frage.«

Sie ließen den Wagen stehen und folgten dem Weg auf der anderen Seite der Schranke. Nach ungefähr hundert Metern endete der Weg an einem Sicherheitszaun.

»Ganz schön abgesichert für ein Altenheim für Ex-Legionäre«, sagte Loig und rüttelte an dem Zaun. »Fehlen nur noch Wachtürme.«

Ronan zeigte nach oben.

»Kameras, Bewegungsmelder ... Was treiben die nur hier?«

Sie folgten dem Zaun bis zum Eingang. Das Tor aus Stahldraht war zwar niedriger, aber mit Stacheldrahtverhau gesichert. Auf der anderen Seite waren versetzt Betonblöcke aufgestellt, um ein Durchbrechen von Fahrzeugen zu verhindern.

»Probleme bei der Genehmigung hat Leturc sicherlich nicht gehabt. Ist alles über das Büro des Bürgermeisters gelaufen.«

Sie waren bereits wieder am Wagen, als erst Ronans Handy klingelte, und als er den Anruf nicht annahm, klingelte es in Loigs Hosentasche. Er sah auf das Display und verzog das Gesicht.

»Lambert«, sagte Loig. »Was will der Klugscheißer nur wieder?«

Das Gespräch dauerte kaum zehn Sekunden, und Loig gab nicht mehr als ein Knurren von sich.

»Wir sollen Lambert am Friedhof treffen«, sagte er schließlich.

»Ich werde nach Calais fahren«, erwiderte Ronan.

Der Himmel verdunkelte sich. Wolken zogen auf. Erst fielen zwei Tropfen auf die Scheibe, dann goss es in Strömen. Im Takt der Scheibenwischer wechselten Felder, Bäume, graue Silhouetten von Häusern, Wohnmobile, die am Straßenrand parkten. An einer Stoppstelle hielt Ronan den Wagen an. In dem Getöse war das Schild wie ein letztes Zeichen einer Zivilisation, die auf einen Schlag im Wasser versunken war. Durch die Seitenscheibe nahm Ronan ein Pferd wahr, es stand einfach im Feld, ohne sich zu bewegen, so als hätte es mit dem peitschenden Regen einen stillschweigenden Pakt geschlossen.

»Wir sollen beide zum Friedhof kommen.«

»Ich habe nicht mit ihm gesprochen«, sagte Ronan.

»Trotzdem wartet er auf uns beide.«

»Was ist so dringend?«

»Die Beerdigung Van Haags.«

Ronan zuckte innerlich zusammen, fasste sich aber sofort wieder und hatte das Gefühl, allein im Regen zu stehen, auf zwei Scheinwerfer blickend.

—

Als er den Zündschlüssel drehte, hörte er nicht einmal, wie der Motor ausging. Die Scheibenwischer erstarrten, die Welt auf der anderen Seite der Windschutzscheibe versank im Wasser.

»Lambert ist auf der Beerdigung dieses Legionärs? In diesem Regen?«

»Ich weiß nicht, ob er hier ist«, erwiderte Loig. »Er sagte nur, wir sollen auf die Beerdigung kommen. Er habe eine Spur.«

»Und das kann er uns nur bei strömendem Regen auf dem Friedhof mitteilen?«

»Keine Ahnung, warum Lambert will, dass wir auf den Friedhof kommen.«

»Ich ahne es.«

Vor der Kirche warteten drei Journalisten. Sie fotografierten die Kirche, den Friedhof. Eine junge Journalistin mit roten Haaren redete in eine Kamera. France 2.

»Was zum Teufel macht die Presse hier?« Ronan zog sich seine Regenjacke über und stieg aus dem Wagen. Loig rief ihm noch hinterher, dass der Regen in ein paar Minuten nachlassen würde. Ronan war schon auf der untersten Treppe zur Kirche. Von Lambert nichts zu sehen. Die Journalistin von France2 kam unter einem Regenschirm auf ihn zu.

»Gibt es schon Neuigkeiten in dem Fall?« Die Journalistin stockte, sah ihn an, während ein anderer Fotos von Ronan schoss. »Capitaine Prad, Sie waren an erster Stelle, als die Leichen geborgen wurden. Können Sie uns schon mehr sagen? Es heißt, es sind Kinder darunter ... mehr als zehn Tote, in einer Segeljacht.«

»Wir stehen noch am Anfang der Ermittlungen«, sagte Ronan förmlich.

Wem er diesen ganzen Zirkus zu verdanken hatte, war nicht schwer zu erraten. Es gab nur einen, der mit dem Fall vertraut war und das dringende Bedürfnis hatte, sich auf irgendeine Weise ins Rampenlicht zu stellen.

»Gibt es Hinweise, wie die Menschen umgekommen sind?«

»Ich kann Ihnen noch nichts sagen.«

»Weiß man schon, wer die Toten sind?«

Ronan schob die Frau beiseite. Ein Windstoß riss ihren Regenschirm über ihre Köpfe hinweg. Die Haare klatschten ihr ins Gesicht. Hilflos ruderten ihre Hände gegen Wind und Regen.

»Ein Taucher starb. Können Sie uns sagen, was bei der Bergung geschehen ist? Capitaine ...«

Ronan war schon zwei Treppen über ihr. Die Journalistin folgte ihm und streckte ihm ein Mikro entgegen. Ronan erreichte das Portal der Kirche. Er drückte die schwere Eichentür auf. Aus dem Innern das Gemurmel von Gebeten, der Geruch von feuchtem Stein, ein Pfarrer redete, im Mittelgang ein Sarg, darüber die französische Flagge. Die Kirche war zur Hälfte gefüllt. In den ersten Reihen saßen Frauen in Schwarz. Neben ihren zwei Kinder. Dahinter Männer, kahl rasiert, in Uniform. Von Lambert keine Spur. Draußen ließ das Prasseln nach. Die Stimme des Pfarrers klang nun deutlicher. Er redete von Pflicht und Pflichterfüllung, von einem großen Mann, der sein Leben für sein Vaterland gegeben hatte. In einer Rettungsmission habe er sein Leben verloren, ein Held, ein Beispiel.

In der ersten Reihe schluchzte eine Frau. Als der Pfarrer zu Ende geredet hatte, traten vier Legionäre in Paradeuniform um den Sarg, hoben ihn an und trugen ihn zum Wagen. Der Pfarrer folgte dem Sarg, dann die erste Reihe. Ronan wollte zurücktreten, um im Seitenschiff unerkannt zu bleiben, doch von hinten drängten Männer in Zivil nach vorne. An ihrem starren Blick erkannte er, dass es sich um Soldaten handelte. Sie waren noch jünger und gehörten womöglich noch zur aktiven Einheit der Fremdenlegion. Ronan trat auf den Mittelgang, als der Sergent neben ihm stand, dem er schon auf dem Schiff begegnet war. Seine Haltung glich einem Fahnenmast. Als ihre Blicke sich kreuzten, sah Ronan darin einen bekannten Ausdruck. So als hätte sich anstelle einer lebendigen Seele die leere Fläche einer Wüste eingenistet, in der nichts mehr sterben kann, weil alles bereits tot war.

Als der Sergent sich ihm zuwandte, kam die Witwe Van Haags an ihm vorbei. Sie sah ihn kurz an und schien ihn zu erkennen.

»Sie sind es ...«, sagte sie mit brüchiger Stimme, »... man hat mir gesagt ...« Ihre Augen füllten sich mit Tränen. »Man hat mir gesagt, dass er Sie gerettet hat und dabei selbst ...« Ihre Stimme erstickte. »Er war ein Held.« Ronan konnte nicht sehen, woher die Stimme kam. Sie wiederholte es. »Held, Held«, mischte sich in das atemlose Schluchzen der Witwe.

Ronan sah den Sergent an, dessen Blick unverändert starr auf den Sarg gerichtet war. Ihr Mann, Madame, hat versucht mich umzubringen. Ein Ex-Legionär, inzwischen Auftragsmörder, der sich seine Pension mit Mord aufbessert. Sie wissen gar nicht, wie froh ich bin, dass dieses Arschloch das Zeitliche gesegnet hat.

Stattdessen nickte Ronan. »Seinem Einsatz verdanke ich mein Leben«, sagte er.

»Papa war ein Held«, sagte einer der Söhne, der die Hand seiner Mutter nahm.

»Dein Vater war ein Held«, wiederholte Ronan. Er war ein Auftragsmörder ... schon immer. Wir alle töten im Auftrag, doch dein Papa hat für die Bösen gearbeitet. Eines Tages wirst du es erfahren, vielleicht auch nicht. Auf jeden Fall nicht von mir. Ronan legte dem Jungen die Hand auf die Schulter. Er nickte ihm zu. Du musst jetzt tapfer sein, dachte er und hoffte, dass der Junge nie die Wahrheit über seinen Vater erfahren würde.

Die Witwe mit den beiden Kindern folgte dem Sarg. Ronan hielt sich an der Seite. Der Sergent stand nicht weiter als eine Armlänge von ihm. Der Legionär könnte ihm ein Messer in die Rippen rammen. Stattdessen behielt er seine steife Haltung und blieb auf seiner Höhe stehen.

»Wenn ein Löwe eine Antilope tötet, dann haben Menschen immer Mitleid mit dem Opfer. Sie sehen nicht, dass der Löwe sein Junges füttern muss. Der Löwe und die Antilope sind in dem gleichen Kreis gefangen. Der Löwe muss töten, sonst überlebt er nicht. Er kann es sich nicht leisten, darüber nachzudenken, ob es gut ist, was er tut. Er tut, was er tun muss ...«

»Ihr Kamerad war ein eiskalter Mörder.«

»Er hatte seine Aufträge.«

»Ein Auftragsmörder.«

»Er tat seine Pflicht. Wir alle tun unsere Pflicht, Capitaine. Nur unsere Pflicht.«

»Reden Sie nicht von Pflicht oder Ehre. Ihr seid keine Soldaten, sondern gedungene Mörder.«

»Er war einer von uns ...«

Der Sergent drehte sich nun näher zu ihm. Ronan roch seinen Atem. Ein starker Minzgeruch kam aus seinem Mund. »Und Sie haben ihn getötet.«

»Ich werde herausfinden, wer ihn beauftragt hat, und dann sehen wir uns wieder.«

»Sie haben keine Ahnung, mit wem Sie es zu tun haben.« Der Sergent richtete seinen Minzatem wieder in Richtung des Trauerzuges. »Leben Sie wohl, Capitaine. Genießen Sie Ihre letzten Tage. Sie werden bald sterben.«

—

Die Kirchentore öffneten sich, und der Sarg Van Haags, gefolgt von seiner Witwe, die das Bild des Helden über ihren Kopf hielt, floss gleichmäßig in das Grau des Regens. Einer von Van Haags Söhnen drehte sich um und blickte zurück in die Kirche, in der das letzte Gebet für seinen Vater zwischen den gekalkten Mauern verhallt war. Verzerrt vom Wind näherte sich eine Feuerwehrsirene, der Ton stieg an, dehnte sich, als er sich entfernte, von einem Iaaiaaaa zu einem lang gezogenem Iooiooooo. Die Sirene wurde Teil des Regens und verstummte ganz. Von Lambert immer noch keine Spur. Warum wollte er ihn unbedingt auf der Beerdigung treffen? Es war unwahrscheinlich, dass Lambert zwischen seinen Presseterminen auch noch Zeit für Ermittlungsarbeit hatte.

Ronan folgte dem Seitenschiff in Richtung Ausgang. Die schwere Pforte fiel dumpf ins Schloss. In die Stille der alten Gemäuer mischte sich Müdigkeit. Ronan sog die Luft tief in seine Lungen. Von einem Sockel blickte ihn die Jungfrau Maria an. Trübe Augen, in denen die Farbe zu verblassen begann, so als wäre sie von den leise geflüsterten Hoffnungen und heimlichen Wünschen in einen ewigen Schlaf gefallen. In einem Winkel im Seitenschiff nahm Ronan eine Bewegung wahr. Jemand stand dort im Schatten des Beichtstuhls. Ein Mann im Priestergewand. Der Priester hielt den Finger vor den Mund und winkte ihm zu. Als Ronan näher kam, erkannte er Grand. Er folgte ihm in den Beichtstuhl.

»Wissen Sie«, flüsterte Grand, »dass die NSA in den USA auch Mikrofone in Beichtstühlen angebracht hat? Die Terrorgesetze haben es möglich gemacht. Dabei hört nicht einmal jemand zu. Alles geht in die Cloud und wird nach Schlüsselwörtern gescannt.«

»Ich nehme an«, sagte Ronan, »dass hier keine Mikrofone sind.«
»Nicht unsere … aber wer weiß, wer mithört.«
»Lambert kommt nicht, richtig?«
»Entschuldigen Sie, ich musste improvisieren. Ich habe mich für den Ermittlungsrichter ausgegeben. Ich hatte schon gefürchtet, dass Sie nicht kommen.«
»Was ist so dringend?«
»Wir haben ein Telefongespräch mitgeschnitten, leider nicht vollständig, dass Sie beseitigt werden sollen. Wir wissen noch nicht, wer alles auf der Gehaltsliste von Kazav steht. Aber wir gehen davon aus, dass er bereits wichtige Schlüsselpositionen kontrolliert. Stadtverwaltung, Polizei, Regionalpolitiker. Die Liste ist lang. Das Geld fließt in vielen kleinen Strömen und versickert manchmal in undurchsichtigen Transaktionen. Wir fürchten, dass Kazav einen Auftragsmörder von auswärts hergeholt hat.«
»Haben Sie gemacht, worum ich Sie gebeten …«
»Natürlich … mein Sohn … im Namen des Vaters …«, betete Grand laut, als jemand am Beichtstuhl vorbeiging. Während die Schritte sich entfernten, näherte sich sein Gesicht wieder dem Sprechgitter. »Ich habe die Personalakte von Marie Blanc überprüfen lassen. Alles tadellos. Ein unbeschriebenes Blatt, jedenfalls bei uns. Ich habe mit ihrem Tauchausbilder gesprochen. Er erinnerte sich an sie und meinte, dass sie in allem, was sie machte, ziemlich gut sei. Sie sei wie besessen. Diese Art von Frauen, die für ihre Karriere alles opfern.«
»Und über ihre Vergangenheit?«
»Da gab es nichts. Das ist die einzige Ungereimtheit. Sie scheint erst mit ihrem Eintritt in die Gendarmerie zu existieren. Und vor einem Monat hat sie sich in Ihre Einheit versetzen lassen.«
»Vor einem Monat?«
»Ihr Dienst hat vor einem Monat begonnen …«
»Aber sie ist erst vor drei Tagen hier aufgetaucht.«
»Urlaub hatte sie nicht genommen … nicht offiziell. Sie sollten mit ihr ein Wörtchen reden.«
»Wenn sie wieder zum Dienst erscheint.«
»Wir zählen sie jedenfalls nicht zum Kreis der Verdächtigen,

und wir glauben auch nicht, dass Kazav sie beauftragt hat, Sie umzubringen.«

»Ich denke nicht, dass der Bürgermeister der Kopf einer Verbrecherorganisation ist.«

»Wir beobachten ihn schon seit Jahren. Wir glauben, dass er innerhalb von fünf Jahren ein Vermögen von einer halben Milliarde angehäuft hat. Geldwäsche im großen Stil. Und jetzt stößt er in die Politik vor. Gut möglich, dass Kazav der nächste Präsident wird. Der Kopf einer Organisation, die es offiziell nicht gibt. Wir haben sie Krake genannt, weil die Verzweigungen auf unseren Netzwerk-Boards den Tentakeln einer Krake ähneln.«

»Ihr sucht an der falschen Stelle«, sagte Ronan. »Kazav ist nur eine Fassade.«

»Wie kommen Sie darauf?«

»Kazav leidet unter Alzheimer. Ich glaube, dass er die Rolle des Bürgermeisters nur spielt. Ich habe die Krankenakte seines Arztes gesehen.«

»Wie kommen Sie an solche Informationen?«

»Auf ähnlichen Umwegen wie Sie.«

»Im letzten halben Jahr haben wir Telefongespräche, E-Mails, Abhöraufzeichnungen aus seinem Büro … selbst bei ihm zu Hause haben wir Mikrofone installiert. Wir haben keinen Zweifel, dass Kazav einen Umsturz plant. In den letzten zwei Jahren haben wir acht Minister entlarvt, die auf seiner Gehaltsliste standen. Obwohl es klare Beweise gab, sind diese Politiker noch immer auf ihren Posten. Wir haben die Informationen an die Presse weitergegeben, um sie zum Rücktritt zu zwingen, doch sie scheren sich nicht einmal mehr um Skandale. Sie fühlen sich sicher. Wenn Kazav erst einmal zu mächtig ist, dann kontrolliert er auch uns. Dann hält ihn niemand mehr auf.«

»Amen …«

Schritte hallten auf dem Steinboden.

»Ego te absolvo …«

»Finden Sie lieber Camille«, flüsterte Ronan, während er den Beichtstuhl verließ.

Als Ronan sich umdrehte, war Grand aus dem Beichtstuhl verschwunden. Das Priestergewand lag fein säuberlich gefaltet im Beichtstuhl. Ein kalter Luftzug hatte sich unsichtbar an den Säulen des Seitenschiffs vorbeigeschlichen. Ronan ging in Richtung Altar. Zwischen Chorgestühl und einer modernen Wandverkleidung, unter der ein Bündel schlecht isolierter Kabelstränge herausquoll, befand sich eine schmale Tür, die in einen tiefer liegenden Raum führte. Die Tür stand einen Spalt offen. Er stieg die steinernen Treppen nach unten. Im Raum waren ein Tisch, Messutensilien, ein Kleiderschrank mit drei Messgewändern, ein leerer Kleiderbügel. Grand war hier gewesen. Eine schmale Tür führte nach draußen. Im matschigen Boden füllten sich die Fußspuren Grands mit Wasser. Ronan trat durch den Seiteneingang nach draußen. Er folgte dem Kiesweg, über den der Regen Schlamm gespült hatte, vorbei an dem Weltkriegsdenkmal und folgte der Längsseite der Kirche bis zum Parkplatz.

Loig saß im Wagen, den er mit Zigarettenqualm zu einer Räucherkammer gemacht hatte. Ronan öffnete die Tür. Er wartete, bis der Qualm sich verzogen hatte. Der beißende Nikotingeruch hielt sich beständig.

»Und was wollte Lambert?«

»Er hat mir die Beichte abgenommen.«

»Das würde Wochen dauern … Ich habe ihn nicht gesehen.«

Einige Trauergäste hatten die Beerdigung verlassen und rannten, von den Windböen zu einem Zickzackkurs gezwungen, zu ihren Autos. Ein zerfetzter Regenschirm flog durch die Luft und schraubte sich in mathematisch schönen Spiralen über die Baumwipfel.

»Lambert hat sich vorgenommen, berühmt zu werden. Er hat keine Zeit, um sich um den Fall zu kümmern.«

»Ich hatte Solen an der Strippe«, sagte Loig. »Der Bürgermeister hat versucht, dich zu erreichen.«

Ronan ließ den Motor an. »Was wollte er?«

»Konnte sie nicht sagen. Er wollte nur mit dir sprechen.«

»Als ob ich ein verdammter Telefonseelsorger bin.«

»Er hat schon vier Mal angerufen. Solen meinte, es sei dringend.«

»Wäre es dringend, dann wäre er in die Dienststelle gekommen oder hätte die Dienststelle in Penec angerufen.«

»Solen hat ihm gesagt, dass du noch zur Generation gehörst, die ihre tragbaren Telefone ausschalten und ins Handschuhfach des Autos legen.«

»In Mali haben wir vor unseren Einsätzen die GPS-Track-Daten von unseren Zielen erhalten. Die DGSE hat sie uns auf ein verschlüsseltes Tablet geschickt. Frische Post aus Langley. Wenn die Ziele auch amerikanischen Interessen dienten, dann konnten wir in Echtzeit sehen, wo sie waren. Die NSA konnte anhand ihrer Bewegungsdaten schon seit Wochen jeden ihrer Schritte verfolgen. Und dann kam der Drohnenangriff, und auf dem Bildschirm erloschen die GPS-Daten und so ziemlich alles, was sich im Umkreis von fünfzig Metern befand.«

»Wir sind nicht im Krieg, Ronan.«

»Bist du dir da sicher?«

»Es gibt Psychologen für so etwas. Ach, der Bürgermeister hat Solen bei seinem letzten Anruf eine Nachricht hinterlassen. Für dich. Solen meinte, dass sie erst glaubte, sich verhört zu haben, denn er ließ dir ausrichten, dass er das Ausgraben und die Jagd auf Dachse verbieten wird, und er wollte wissen, ob du einen Bobby Fischer kennst?«

Ronan bremste mit einem Ruck, so dass Loig in den Gurt geworfen wurde.

»Warum bremst du ohne Grund? Scheiße, ich hab mir auf die Zunge gebissen. Ich hätte mir die Zungenspitze abbeißen können. Als Lispler ist es vorbei mit dem Charme bei Frauen. Was soll das mit den Dachsen, und wer ist dieser Fischer?«

Ein Feuerwehrwagen bog in die Kreuzung, ohne Signalhorn.

»Das heißt, dass der Bürgermeister ein kranker Mann ist.«

»Nun, er kam mir ja nie so gesund vor, zu fett, und außerdem trägt er immer diese rosa Krawatten ...«

»Er weiß überhaupt nicht, wer er ist.«

»Als Politiker braucht man das nicht. Es reicht, wenn er weiß, dass er Bürgermeister ist. Der Rest ergibt sich von selbst.«

»Er weiß nicht einmal das«, sagte Ronan und folgte dem Feuerwehrwagen auf die Kreuzung, nahm dann aber die Rue du Commandant Jean le Deut, die zum Hafen führte.

»Okay, wir haben einen verschollenen Fischer, eine Frauenleiche am Strand, ein totes Baby in der Kühlbox und mehr als zehn Tote in einer vor dreizehn Jahren versunkenen Segeljacht. Aber ein Bürgermeister, der einen Geheimraum in seinem Büro eingerichtet hat und der nicht weiß, wer er ist, das ist ...«

»Absurd. Ich weiß.«

»Aber auch, wenn der Bürgermeister so einen Nebenraum hat ... das ist vielleicht nur ein Tick. Seine Art zu planen. Ich meine, Enora, sie ist ein Mensch, die für alles Listen anlegt. Sie plant jeden Einkauf, jeden Geburtstag, und alles wird notiert. Doch sie hat keine Notizzettel. Sie reißt immer eine größere Ecke des *Télégramme* heraus, und zwar die letzte Seite, und schreibt dann mit einem Kugelschreiber ihre Listen auf die bedruckten Seiten. Ich habe ihr einen Notizblock geschenkt, ledergebunden, mit Stift, richtig ladystyle. Aber das Ding liegt unbenutzt in der Schublande, und sie reißt weiter Seiten aus dem *Télégramme*. Verstehst du? Der Bürgermeister braucht seine Schmierzettel in diesem Nebenraum so wie Enora den *Télégramme* als Notizzettel.«

»Der ganze Raum enthielt Notizen, Bilder, Adressen mit Namen. Erst dachte ich, es hätte kein System, doch dann bemerkte ich, dass je tiefer ich in den Raum gehe, die Bilder und Notizen in der Zeit zurückgehen. In einem dunklen Winkel stand ein Schemel, darauf ein paar bunte Plastikwürfel, darunter die Bilder eines Mannes und einer Frau, vor ihnen ein Kind, das mit denselben Plastikwürfeln spielte. Auf einem größeren Metalltisch waren mehrere Zettel verstreut, Fotografien von Leturc, seiner Sekretärin Ubicki, eine Fotografie seiner Bürotür, das Namensschild in Großaufnahme, ein Foto seines Passes, eine Biografie von Marc Aurel.«

»Nicht jeder mag Computer.«

»Auf einem Notizblock, auf dem neben dem heutigen Datum mehrere Einträge standen, hinterließ ich eine Notiz.«

»Erst durchwühlst du das Büro des Bürgermeisters, ohne Durchsuchungsbeschluss, und dann schmierst du auch noch in seinen Unterlagen rum.«

»Er hätte nicht angerufen, wenn es ihm aufgefallen wäre.«

»Er hat dich immerhin vier Mal angerufen.«

»Um mir zu sagen, dass er die Dachsjagd verbieten will ... und er wollte wissen, wer Bobby Fischer ist.«

»Ja und?«

»Es war ihm gar nicht bewusst, dass ich die Notiz hinterlassen hatte. Dieser Raum funktioniert wie bei anderen Menschen das Gedächtnis. Er las meine Notiz, gefolgt von dem Namen, den er nicht kannte, und dahinter hinterließ ich Solens Durchwahlnummer auf der Dienststelle und meinen Namen.«

»Du meinst, er wusste gar nicht, dass er Solens Dienstnummer wählte?«

»Er erkannte weder die Nummer noch hatte er eine Ahnung, wer Bobby Fischer ist.«

»Wüsste ich auch gerne.«

»Ein berühmter Schachspieler. Ich brauchte einen Namen, der nirgendwo reinpasst. Wie eine falsche Note in einer Tonleiter. Selbst wenn man nicht weiß, welche Note fehlt, man weiß, dass etwas nicht stimmt.«

»Weil es keinen Sinn ergibt.«

»Aber Kazav hat das nicht bemerkt. Er verfügt wahrscheinlich nur über ein Gedächtnis, das sich Dinge über ein paar Stunden merken kann. Nach ein paar Stunden löst sich alles wie Nebel wieder auf, und er muss in seinen merkwürdigen Metallraum gehen. Das Einzige, was in seinem Kopf noch funktioniert, ist dieser sonderbare Raum. Er weiß, dass er alles vergisst, wenn er es nicht auf eine ganz bestimmte Art ablegt und alle paar Stunden erneuert.«

»Bobby Fischer? Was willst du ihm sagen, wenn er dich fragt, wer Bobby Fischer ist?«

»Ich kann ihm sagen, was ich will. Bobby Fischer ist für Kazav einfach nur eine falsche Note.«

»Alzheimer?«

»Oder eine fortgeschrittene Demenz.«

»Aber wie kann er da noch Bürgermeister sein?«

»Das frage ich mich auch.« Ronan hielt vor der Dienststelle.

Zwei Minivans von einem Privatsender standen im Parkverbot vor der Dienststelle. Konnte Kazav sein Amt tatsächlich noch ausführen? Bemerkte niemand seinen Geisteszustand? Und warum interessierte sich die DGSE plötzlich für einen Bürgermeister einer bretonischen Kleinstadt, der am Abend schon nicht mehr wusste, wer er am Morgen begonnen hatte zu sein?

—

Im Norden stiegen dicke Rauchwolken auf. Die Feuerwehr hatte nichts über einen Brand gemeldet. Als Ronan aus dem Auto stieg, drehte sich für einen Moment der Boden, er hielt sich an der Fahrzeugtür fest. Die letzten Tage hatte er kaum geschlafen, was sich anfühlte, als hätte sich sein Innerstes in einen Kühlschrank verwandelt. Loig hatte sich eine Zigarette angezündet und blies den Rauch in die feuchte Luft, in die sich neben dem Tabakgeruch noch der ferne Gestank von verbranntem Plastik mischte.

»Ist dir schon mal aufgefallen«, sagte Loig und sog den Rauch so tief in seine Lungen, dass nur noch ein grauer Nebel aus ihm herauskam, »wie oft wir nur von Parkplatz zu Parkplatz fahren, dann irgendwo hineingehen, dann wieder Parkplätze, dann Straßen …? Wir bewegen uns nur auf unseren selbstgeschaffenen Inseln.«

»Wenn dir das Rauchen dazu verhilft, zu erkennen, dass dein Leben völlig bedeutungslos ist, dann solltest du mehr rauchen.«

»Ich meinte das aber überhaupt nicht wieder so negativ. Ich wollte nur sagen, dass ich das Gefühl habe, dass wir uns zwischen Parkplatzlinien bewegen … dass wir räumlich eigentlich immer dasselbe machen. Das muss aber nicht heißen, dass deshalb das Leben bedeutungslos ist.«

»In den kurzen Momenten, in denen dein Gehirn einen Nikotin-Flash bekommt, schaffst du es, nachzudenken.«

»Warum habe ich bei dir immer das Gefühl, dass du mich für einen Volltrottel hältst?«

»Ich bin nicht für deine Gefühle verantwortlich, Loig … Kannst du Lieutenant Blanc ausfindig machen?«

»Du hast sie doch nach Hause geschickt.«

»Ich muss sie trotzdem kurz sprechen. Es gibt da ein paar Ungereimtheiten, die ich noch mit ihr klären muss.«

»Lass die Kleine doch erst einmal ankommen.«

»Das ist es ja. Sie ist offiziell schon seit über einem Monat bei uns.«

»Aber?«

»Sie hat sich erst vor drei Tagen hier zum Dienst gemeldet. Sie hatte auch keinen Urlaub. Und ich würde gerne wissen, wo sie in den vier Wochen war.«

Zum Glück war kein Journalist aufgetaucht. Im Büro erkannte er sofort, warum ihm niemand vor seinem Büro ein Mikro ins Gesicht gehalten hatte. Vier Journalisten, darunter auch die Frau, die ihn im Regen bei der Kirche hatte interviewen wollen, standen im Halbkreis um Lambert. Der Untersuchungsrichter führte sich auf wie ein unverschämter Kolonialist. Etwas Besseres fiel Ronan nicht ein. Ein Kolonialist, der glaubte, er könne einfach sein Büro besetzen und über seine Dienststelle verfügen, als wäre sie sein persönliches Pressebüro.

Als Lambert ihn sah, winkte er ihm zu. Scheinwerfer blendeten ihn, und Ronan verschwand in seinem Büro. Er zog den Sichtschutz der Glastür herunter. Solen klopfte, doch bevor sie etwas sagen konnte, wimmelte Ronan sie ab. Es dauerte keine Minute, da erschien Lambert in seinem Büro.

»Wir haben schon etliche Hinweise, und meine Strategie ...«

Ronan packte Lambert am Kragen, zog ihn zu sich her und stieß ihn dann in den Drehsessel hinter ihm.

»Was soll der Zirkus? Wir führen eine Ermittlung. In ein paar Tagen gab es mehr Tote als sonst in einem ganzen Jahr. Wir haben einen vermissten Fischer, dessen Familie ich erklären muss, dass wir Presseinterviews geben und uns ein dreizehn Jahre alter Fall wichtiger ist als die Suche nach dem Mann.«

Lambert grinste überheblich. »Pressearbeit gehört zu moderner Polizeiarbeit ...«

»Sie geben Informationen aus unserer Ermittlungsarbeit weiter ...«

»Weil wir dadurch zu Hinweisen aus der Bevölkerung kommen. Jemand erinnert sich vielleicht an die Jacht, an die Leute. Irgendjemand muss sie ja vermissen.«

»Das waren alles Flüchtlinge aus Calais. Niemand kennt sie hier. Wir wissen mehr über tote Eisbären am Nordpol als über tote Flüchtlinge an unseren Küsten.«

»Ich habe die Passfotos der Toten an die Presse gegeben.«

»Warum haben Sie nicht gewartet? Sie scheuchen die Schleuser auf, die sich bis jetzt in Sicherheit gefühlt haben.«

»Ich will, dass sie Panik bekommen, dann machen sie Fehler«, erwiderte Lambert. Er rieb sich den Hals.

»Den Fehler haben Sie gemacht.«

»Die Presse hat Möglichkeiten, die wir nicht haben. Ich nutze alle Ressourcen. Der Bürgermeister hat mir zusätzliche Mitarbeiter zur Verfügung gestellt, um die Namenslisten der Flüchtlingslager auszuwerten.«

»Ab sofort keine Informationen mehr nach draußen und erst recht nicht an den Bürgermeister. Das ist eine Ermittlung der Gendarmerie Nationale.«

»Die ich leite …«, fügte Lambert hinzu wie ein Bäcker, der die Kirsche auf eine fertige Torte setzte.

»Crétin«, zischte Ronan und ließ Lambert stehen. Solen stellte sich ihm in den Weg. Sie sprach nicht, sie blockierte ihm einfach den Weg. Ronan hatte keine Zeit und noch weniger Lust auf Spielchen, bis er Solen verstand. Sie wusste: Einen wütenden Menschen hielt man nicht mit Worten auf. Wut schaltete das Hirn ab. Einen wütenden Menschen stoppte man nur, indem man ihm ein Brett vor den Kopf schlug oder wartete, bis er sich abregte. Solen hatte keine Geduld, um zu warten, und auch kein Brett. Ronan blieb stehen. Solen atmete laut ein und aus, wie eine Yogalehrerin. Ronan war noch immer geladen, hatte sich aber inzwischen wieder beruhigt.

»Die Feuerwehr hatte einen Einsatz«, sagte sie, »es gab einen Brand.«

»Sind wir zuständig?«

»Indirekt schon. Es ist dein Boot. Die Feuerwehr hat versucht, mit Schlauchbooten auf dein Boot zu kommen, doch der Brand war schon zu groß. Es tut mir leid. Sie haben vor fünf Minuten mitgeteilt, dass dein Boot gesunken ist. Hast du eine Ahnung, wie der Brand entstanden sein könnte?«

»Nicht wie, aber ich habe eine Vermutung, wer es war.«

»Hey, Capitaine, wenn du eine Bleibe brauchst, bei mir ist immer eine Couch frei.«

Ronan bedankte sich mit einem kurzen Nicken. Solen erwiderte es und kehrte zu ihrem Computer zurück.

Leturcs Legionäre hatten nicht auf sich warten lassen. Sein Boot war ein leichtes Ziel. Grand hatte recht gehabt. Sie hatten ihn im Fadenkreuz. Er war an demselben Punkt, an dem Camille vor dreizehn Jahren gewesen war. Vielleicht hatte Grand die Gefahr unterschätzt und zu spät bemerkt, dass die Tarnung seiner Agentin aufgeflogen war. Was hatte Camille über den Bürgermeister herausgefunden? Vor dreizehn Jahren hatte noch niemand dessen Krankheit bemerkt. Der Metallschrank im Nebenraum seines Büros war noch in Kazavs Schädel gewesen. Doch selbst wenn er das ganze Büro des Bürgermeisters beschlagnahmen lassen würde, es würde Monate dauern, um überhaupt in dem Chaos aus Zetteln und Merkhilfen irgendeine Spur zu entdecken.

Loig hielt ihm einen Kaffee im Pappbecher hin.

»Ich hab's gehört«, sagte Loig, »jemand hat dein Boot abgefackelt. Da bist du jemandem kräftig auf die Füße getreten.«

»Ja, dieselben, die mich bei einem Tauchunfall verschwinden lassen wollten.«

»Wir sollten Verstärkung aus Brest anfordern.«

»Wir brauchen keine Verstärkung.« Ronan nahm einen kräftigen Schluck aus der Tasse. Der erwartete Geschmack aus Aufgusskaffee und Pappgeruch. Es fühlte sich an wie Reizgas in der Nase. »Wir haben doch Lambert, unseren Untersuchungsrichter, der in einer Stunde wahrscheinlich auf jedem Fernsehkanal zu sehen sein wird.«

»Wir brauchen echte Verstärkung. Diese Leute schrecken nicht davor zurück, einen Polizeibeamten umzubringen.«

»Wir haben keine Beweise. Mein Boot könnte ebenso wegen einer defekten Gasleitung in Flammen aufgegangen sein. Und der

Tauchunfall ... Nur ich weiß tatsächlich, was da unten geschehen ist. Wir haben gar nichts.«

»Wir wissen zumindest, dass die Toten in Jegous Jacht aus dem Flüchtlingscamp in Calais kamen. Sie waren dort gemeldet. Genauso wie die Tote am Strand.«

»Und wir wissen, dass Gael zu viel Geld verdient hat. Beim Fischen lief es schlecht, er machte Miese, und trotzdem kaufte er ein neues Auto, ließ das Haus renovieren ... Charlotte wusste, dass ihr Mann anderen Geschäften nachging.«

»Ob sie wusste, dass ihr Mann nachts Flüchtlinge über den Kanal nach England brachte?«

»Die Leute fragen sich viel und wollen nichts wissen.«

»Lambert hat Passfotos veröffentlicht«, sagte Loig, »mit dem Ziel, dass sich dadurch Zeugen melden.«

»Natürlich ... Ein Flüchtling, der illegal nach England übersetzen will, meldet sich bei der Polizei, um nach seiner Aussage als Illegaler abgeschoben zu werden.«

»Die junge Frau mit dem toten Kind. Sie war auch im Flüchtlingslager in Calais gemeldet ... wie die Toten dreizehn Jahre vorher.«

»Wenn es jemanden gab, der sie gekannt hat, dann finden wir ihn in Calais.« Loig zerknüllte seinen leeren Kaffeebecher und steckte ihn im Vorbeigehen in die Fototasche der Fernsehreporterin, die sich mit Lambert Ermittlungsfotos anschaute.

»Hast du Blanc erreicht?«

»Sie sitzt entweder in einer *Clandé* und lässt sich mit selbst gebranntem Schnaps zulaufen, oder sie liegt mit einem Stecher in einem Hotelzimmer und vögelt.«

»Wir nehmen meinen Rover. Der ist unauffälliger.«

»In deine stinkende Kiste setze ich keinen Fuß.«

Sie verließen das Büro. Als Ronan an Lambert vorbeiging, hob dieser kurz den Kopf.

»Den Crétin habe ich nicht vergessen«, rief Lambert ihm hinterher und schürzte seine Lippen, was ihm das Aussehen einer Ratte gab.

Die Löschzüge waren bereits abgerückt. Am Uferrand fotografierte ein Feuerwehrmann die leere Wasseroberfläche, an der noch vor Stunden Ronans Boot gelegen hatte. Wenn ein Haus abbrannte, blieben verkohlte Ruinen, und nach dem Löschen hielt sich der Brandgeruch noch für Wochen. Es blieben Spuren. Nicht bei einem Boot. Wenn das Feuer erst einmal eine kritische Größe erreicht hatte, war das Boot verloren. Holz oder Kunststoffrumpf, beides brannte gleich schnell. Die Flammen erhitzten den Rumpf von innen, das Material verlor seine Stabilität, der Rumpf sackte zusammen, und Wasser brach ein. Die Strömung hatte den Löschschaum, Ölreste oder was sonst nicht mit dem Rumpf zwanzig Meter tief im Trieux verschwunden war, weggetragen.

»Tut mir leid«, sagte der Feuerwehrmann, »aber da war nichts mehr zu machen. Als wir gerufen wurden, brannte bereits das ganze Deck. Mit unseren Schläuchen kamen wir nicht weit genug ans Ufer. Wir hatten uns mit zwei Schlauchbooten genähert, aber die Hitze war zu groß, um mit den Schaumlöschern noch etwas auszurichten. Und dann war auch noch die Gefahr, dass uns die Gasflasche um die Ohren fliegt.«

»Wissen Sie, wer die Feuerwehr gerufen hat?«

»Anonymer Anrufer, um …« Der Feuerwehrmann blätterte in seinem Bericht. »… 15.41 Uhr. Ein Mann, der seinen Namen nicht nennen wollte.« Der Feuerwehrmann reichte ihm einen Durchschlag. »Für die Versicherung. Die werden noch eine Reihe von Fragen an Sie haben, Capitaine. Sicherheitsvorkehrungen, Brandvorschriften, Rauchmelder, Feuerlöscher.«

»Was nützt ein Feuerlöscher und Rauchmelder, wenn niemand an Bord ist?« Loig zündete sich eine Zigarette an und blies den Rauch in Richtung der verkohlten Boje.

»Versicherungen haben ihre Vorschriften.«

Ronan nahm den Durchschlag des Berichts, auf dem Uhrzeit und Datum des Löscheinsatzes verzeichnet waren, die Art des Objekts: Boot. Zustand: völlig zerstört. Gesunken.

»Haben Sie eine Vermutung«, wandte sich der Feuerwehrmann an Ronan, »wie das Feuer ausgebrochen sein könnte?«

»Jemand ging an Bord, leerte zwei 20-Liter-Kanister Benzin

durch das Lüftungsfenster und den Rest übers Deck, dann schoss er aus sicherer Entfernung mit einer Leuchtrakete auf das Boot.«

»Die Geschwindigkeit, mit der das Feuer sich ausgebreitet hatte, macht diese These sehr wahrscheinlich. In meinem Einsatzbericht steht trotzdem: Brandursache konnte nicht eindeutig festgestellt werden. Für Spekulationen bin ich nicht zuständig. Das ist Sache der Polizei. Das Wichtigste ist, dass niemand zu Schaden gekommen ist.«

Loig nahm noch zwei kräftige Züge aus seiner Zigarette und schnippte die Kippe ins Wasser. Ronan kniete am Wasser und sah in den gegenüberliegenden Wald. Beim nächsten Mal würden sie ihn mit Benzin übergießen. Die Zigarettenkippe fiel genau vor Ronans Füße. Er nahm sie zwischen seine Finger und gab sie Loig zurück.

»Weißt du, wie lange Kippen im Meer bleiben? Zweihundert Jahre. Täglich werden Milliarden von Kippen weggeworfen, und früher oder später landen sie alle im Meer.«

»He, du hast gerade zwei Tonnen Plastik und weiß Gott wie viel Liter Diesel im Meer versenkt … nicht du … aber dein Boot ist eine viel größere Umweltkatastrophe als meine Scheißkippe.«

»Hätte ich es vermeiden können«, sagte Ronan, »dann hätte ich es getan. Und nur darum geht es, Loig. Können wir etwas vermeiden oder nicht. Es geht um Entscheidung.«

»Verstehst du, mir geht das nah, dass du dein Boot verloren hast.«

»Was hat das damit zu tun, dass du deine Kippen immer wegwirfst?«

»Das hat etwas damit zu tun, dass ich mir nicht den ganzen Tag den Kopf mit Müll vollstopfe und mich frage, wie ich diesen Planeten rette. Wir sind alle im Arsch, verstehst du, die ganze Menschheit und dies, ob ich nun meine Kippe wegwerfe oder ich sie an den Weihnachtsbaum hänge.«

Der Feuerwehrmann stand schon an seinem Wagen und telefonierte. Ronan stieg in den Wagen. Seltsamerweise fühlte er weder Wut noch sonst irgendetwas. Er hatte kein Zuhause mehr. Ihm blieben nur noch die Klamotten, die er in seinem Spind hatte. Zum Glück befand sich dort auch seine Sporttasche mit seiner Schwimmausrüstung.

La Jungle

Sechseinhalb Stunden Fahrt durch die Nacht. Auf der A29 kam ihnen kaum ein Auto entgegen. Vor Le Havre nahm der Verkehr etwas zu. Im Nebel schienen die Scheinwerfer der entgegenkommenden Autos wie aus dem Nichts zu entstehen, um gleich darauf wieder zu verglimmen. So als handelte es sich nur um Lichtpartikel, die Teilchenphysiker durch den Raum schossen. Loig suchte einen Sender. Johnny Hallyday, er sprang zum nächsten, dann eine Technoversion von Jacques Brels *Amsterdam*, dann eine Diskussion zwischen einer Feministin und einem Theologen. Die Bibel sei ein patriarchales Machwerk, das patriarchale Strukturen verherrliche und deshalb modernisiert werden müsse. Es sei für moderne Christinnen nicht mehr zu ertragen, im Schöpfungsmythos nur ein Produkt des Mannes zu sein. Eine Rippe ... Solche Passagen gehörten gestrichen und ersetzt durch: Gott erschuf den Mann und die Frau gleichberechtigt und gleichgestellt und aus dem gleichen Material und ... Der Priester kam zwar kaum zu Wort, und wenn, dann erklärte er, dass man die Bibel nicht wörtlich nehmen solle, sondern als Metapher. Die Bibel muss neu ...

Loig drehte am Sendersuchknopf. »Du wolltest das doch nicht hören?«

»Frau und Mann ...«, sagte Ronan und tippte mit den Fingern auf das Lenkrad, »inzwischen löst sich alles auf, wie in diesem Nebel, der nie enden will. Es ist kein Zufall, dass es früher keine Frauen in der Kirche gab.«

»Wenn Monica Bellucci Päpstin wäre und jeden Sonntag eine junge Priesterin die Messe läse, dann wäre sogar ich in der Kirche. Autos verkaufen sich besser mit gut aussehenden Frauen, und in der Religion ist es nicht anders.«

»Ich habe keine Zeit für solche Märchen.«

»Ist ja klar, du kommst mit dem Stiefel und trittst alles zusammen.«

Am Straßenrand tauchten Blaulichter auf. Auf der Standspur mehrere Wagen, ineinander verkeilt, ein Hund rannte quer über die Autobahn, ein Mann in Leuchtweste versuchte, ihn noch einzufangen, war jedoch zu langsam. Ronan bremste. Der Hund rannte zurück zu den Wracks. Unter der halb offenen Tür eines Wagens hatte sich eine dunkle Lache gebildet. Die Gendarmerie hatte die Unfallstelle gerade erst gesichert. Ein Beamter winkte sie weiter. Hinter ihm lagen mehrere Körper unter Tüchern. Der Nebel schluckte den Unfall. Im Rückspiegel waren die Blaulichter noch zu sehen, dann erloschen sie. Loig drehte weiter am Senderknopf. Miles Davis' *Der Fahrstuhl zum Schafott*, die Straße stieg leicht an. »Pont de Normandie« leuchtete am Straßenrand im Scheinwerferlicht auf. Stahlseile verloren sich im Nebel, unter ihnen die Seine, die die Kloake aus Paris und Rouen ins Meer goss. Im Nebel war der Fluss nur eine Ahnung in zweihundertachtzig Meter Tiefe. Der Nebel machte aus der Wirklichkeit einen Flug durch eine unwirkliche Landschaft, in der es nur Brücken gab, die sich in endlosen Dimensionen verloren. Die Fahrt über die Brücke kam Ronan ewig vor. Loig drehte weiter am Radio. Der Infokanal eines Senders. Lamberts Stimme kam in Stereo aus dem Lautsprecher.

»Mach lauter«, sagte Ronan, während der Wagen den höchsten Teil der Brücke überquert hatte.

»Verdammt, er ist es wirklich.«

»... leider nicht von Anfang an die Ermittlungen geleitet.«

Die Stimme einer Journalistin: »Weiß man schon mehr über die Identität der Toten?«

Lambert: »Es wurden einige Ausweisdokumente bei den Toten gefunden. Ob sie den sterblichen Überresten zugeordnet werden können, das müssen labortechnische Untersuchungen erst feststellen.«

Journalistin: »Es handelt sich um Flüchtlinge?«

Lambert: »Wir nehmen an, dass es sich um Flüchtlinge aus Nordafrika handelt. Sie kamen wahrscheinlich im Januar 2001 ums Leben.«

Journalistin:»Weiß man schon mehr zu dem Unglück?«

Lambert:»Bisher wissen wir, dass das Boot vor dreizehn Jahren vor den *Roches-Douvres* gesunken war. Es gab wahrscheinlich keine Überlebenden.«

Journalistin:»Welche Kenntnisse hat man über die Toten?«

Lambert:»Die sterblichen Überreste deuten auf fünfzehn Menschen hin. Darunter auch Frauen und Kinder.«

Journalistin:»Warum wurde das Schiff erst dreizehn Jahre nach dem Unglück entdeckt?«

Lambert:»Bei der Suche nach einem verschwundenen Fischerboot stieß die Marine auf auffällige Sonaraufzeichnungen.«

Journalistin:»Bei der Bergung soll ein Taucher ums Leben gekommen sein?«

Lambert:»Bedauerlicherweise gab es einen Unfall.«

Journalistin:»Der Bürgermeister hat in einem Interview gesagt, dass er die Gendarmerie mit all seinen Kräften unterstützt. Glauben Sie, dass es noch mehr Flüchtlinge geben wird und mehr Tote?«

Lambert:»Ich bin leider kein Hellseher, aber ich glaube, wir haben die größte Welle hinter uns.«

Journalistin:»Vor zwei Tagen fanden Jugendliche eine tote Frau und ein kleines Kind am Strand. Es soll sich auch um Flüchtlinge handeln.«

Lambert:»Eine junge Frau mit ihrem Baby.«

Journalistin:»Das ist schrecklich. Weiß man schon, an was sie gestorben sind?«

Lambert:»Wir ermitteln in alle Richtungen …«

Journalistin:»Der Bürgermeister von Penec soll eine Million aus seinem Privatvermögen zur Seerettung von Flüchtlingen bereitgestellt haben?«

Lambert:»Wir arbeiten eng mit dem Bürgermeister und der Marine zusammen.«

Journalistin:»Die Marine Nationale hat heute die fast dreitägige Suche nach dem verschollenen Fischer eingestellt. Glauben Sie, dass dies mit dem Tod der jungen Frau zusammenhängt?«

Lambert, nach kurzem Zögern:»Zu diesem Zeitpunkt können wir noch nichts Bestimmtes sagen.«

Journalistin: »Nach dem verunglückten Fischer wurde drei Tage mit modernsten Schiffen, Helikoptern und Tauchern gesucht. Finden Sie nicht, dass die Marine Nationale auch mehr für die Seerettung von Flüchtlingen tun sollte?«

Lambert: »Die meisten Flüchtlinge versuchen, auf Lastwagen durch den Tunnel nach England zu gelangen. Der Seeweg durch den viel befahrenen Ärmelkanal ist gefährlich. Gerade habe ich zwei Beamte nach Calais geschickt, um Näheres über den Tod der jungen Frau in Erfahrung zu bringen.«

»Was für ein Arschloch ... ich fasse es nicht«, zischte Ronan und schaltete das Radio aus. »Jetzt weiß jeder, dass wir nach Zeugen suchen, und in ein paar Stunden veröffentlichen die Zeitungen das Foto der jungen Frau mit ihrem Kind.«

»Das können sie nicht machen.«

»Lambert ist auf jedem Sender in Frankreich zu sehen. Das ist das Einzige, was ihn interessiert.«

»Wir können nur hoffen, dass niemand im Camp Radio hört oder Fernsehen schaut.«

»Das ist eine Aufzeichnung von heute Nachmittag«, sagte Loig.

»Weiß der Teufel, was er denen sonst noch alles erzählt hat.«

»Zu viel ...«

Ronan hielt an der Mautstation auf der anderen Seite der Brücke. Die Schranke öffnete sich automatisch. Auf der andere Seite ein Pick-up mit getönten Scheiben. Ronan glaubte, dass er den Wagen schon in Le Havre gesehen hatte. Der Nebel wurde vor Calais lichter und trieb wie Flüssiggas zwischen den Hafenbecken, aus denen Lastenkräne wie Dinosaurierköpfe ragten.

»Autobahnzubringer, meterhohe Zäune mit Stacheldraht«, sagte Ronan, so als müsste er der Welt außerhalb des Wagens einen Sinn verleihen, »dazwischen ein Kinderspielplatz mit einem Wohnblock, hundert Meter weiter ein Lager für Flüssiggas, mehr Stacheldraht, es gibt hier keinen verdammten Zentimeter, der nicht eingezäunt ist. Selbst die Tankstelle ist abgesichert wie ein Militärcamp.«

»Wir sind nicht mehr weit vom Lager entfernt.«

»Früher waren hier nur Dünen und Buschland«, sagte Ronan, »die Verlängerung einer Zone zwischen Meer und Land, in der das

Leben nie richtig Fuß fassen konnte. Bis auf Disteln und einige trockene Gräser gab es hier nichts. Und jetzt die Zäune. Der Sand, der Wind, die Menschen mit ihren Stoffbeuteln, alles sieht hier aus, als müsste es von hier weg.«
»Wir befinden uns in einem Industriegebiet, ein internationaler Hafen, hier macht niemand Urlaub. Wir müssen hier abbiegen. Weißt du, wo wir hinmüssen?«
»Wir treffen uns mit dem Chef der Lagerverwaltung.«
»Haben wir noch Zeit für einen Kaffee?«

—

Die Lagerverwaltung bestand aus zwei aufeinandergestellten Notcontainern. Wie in vielen Verwaltungen waren sie nur vorläufige Lösungen, bis der Hauptbau fertiggestellt war. Doch in den meisten Fällen stellte die Regierung den Bau nie fertig, Termine verlängerten sich in endlose Warteschleifen, oder das Bauvorhaben wurde ganz gestrichen. In den schlecht oder gar nicht isolierten Plastikcontainern hing die Luft wie totes Fleisch in der Sonne. Der Lagerverwalter war ein Mann um die vierzig, mit schütteren, angegrauten Haaren. Am Telefon hatte er sich als Monsieur Lefèvre vorgestellt. Eine Stimme, bei der man immer den Eindruck hatte, sie würde ausklingen. Auf dem Schreibtisch eine große Thermoskanne. Er deutete auf zwei Plastikstühle, doch Ronan wollte nach der langen Autofahrt stehen. Durch das Fenster hatte er einen Blick auf Zäune und einen Betonpfeiler einer Autobahnbrücke.

»Die Aussicht ist nicht schlecht«, sagte Lefèvre, »wenn man sich den Betonpfeiler und die Dünen wegdenkt. Dahinter kommt das Meer.«

Er goss sich Kaffee in einen Plastikbecher ein, setzte sich auf einen abgenutzten Drehstuhl und legte seine Beine auf den Tisch.

»Sie suchen diese Frau … warten Sie.« Er holte ein Papier hervor. Es war das Fax, das Ronan ihm gesendet hatte. »Eden Bereh und ihre Tochter Jannah.«

»Wir haben sie gefunden. Tot, am Strand …« Loig starrte auf die Thermoskanne.

Lefèvre tippte auf einer vergilbten Tastatur. Einige Tasten waren schon so abgenutzt, dass ihre Beschriftung nicht mehr erkennbar war.
»Ich habe eine Jannah aus Eritrea, ein Kind, ein Jahr alt.«
»Könnte stimmen«, sagte Ronan und verfolgte die herunterscrollende Liste. »Aber da steht, dass sie ohne Mutter ist.« Er zeigte auf eine andere Spalte.
»Wir haben zurzeit schätzungsweise 1400 Flüchtlinge im Lager. Die wirkliche Zahl dürfte bei ungefähr 3000 oder sogar mehr liegen. Das Lager wird zwar kontrolliert, es gibt Zäune, doch wir haben zu wenig Personal, um zu kontrollieren, wer rein- und wer rausgeht. Außerhalb des Lagers, auf Verkehrsinseln, in Containern der Docks gibt es wahrscheinlich noch einmal so viele Flüchtlinge. Sie alle warten auf eine günstige Gelegenheit, durch den Tunnel nach England zu gelangen. Viele lassen sich erst gar nicht registrieren, aus Angst, gefunden zu werden. Wir haben Frauen, die ihre Papiere weggeworfen haben, weil sie Angst haben, von den Männern erkannt zu werden, denen sie entkommen sind. Dieses Containerbüro ist ein muffiger Ort, aber für die Menschen, die an der Stelle stehen, an der Sie gerade sind, ist es die Hoffnung auf ein neues Leben. Ein neuer Name, eine neue Identität und einfach der Wunsch, dass sie noch einmal von vorne anfangen können. Der Zufall hat sie an einem Fleck auf dieser Erde geboren, wo sie nie mehr als Sklaven sein können, und hier tragen sie sich nur in eine Liste ein, und die Karten werden neu gemischt. Ein neues Spiel beginnt. Natürlich ist das eine Illusion, aber diese Menschen glauben daran. Sie werfen ihre Pässe weg, weil sie aus Ländern kommen, die als sichere Herkunftsländer gelten. Ohne Pass sind sie nur Menschen. Das denken sie. Sie haben diese Idee vom Weltbürgertum und dass alle Menschen ohne Grenzen leben sollten. Das funktioniert so lange, bis die ersten ihr Blumenbeet abstecken, ihr Haus bauen, Städte gründen, Ländergrenzen ziehen. Und dann gibt es diejenigen, die drin sind, und solche, die draußen sind. Daher hoffen viele auf ihre neue Existenz auf der anderen Seite des Ärmelkanals. Wiedergeboren in einer Computerliste eines anderen Landes. Dass man zwar seine Koffer und seinen Pass zurücklassen kann, auf diese

Idee kommen sie alle, aber sie können nicht abschütteln, was sie einmal waren. Ein Mensch ist eben kein unbeschriebenes Blatt. Das versuche ich ihnen zu erklären, wenn ich ihnen sage, dass wir ihre Fingerabdrücke brauchen. Diejenigen, die um das Lager sind oder ohne Registrierung und ohne staatliche Unterstützung leben, wollen aus dem einen oder anderen Grund nicht identifiziert werden. Manche aus Angst, dass man sie zurückschickt, andere, weil sie an einem Genozid beteiligt oder verurteilte Kriminelle waren.«

»Eden Bereh taucht nirgendwo auf ... nur ein Kind. Können Sie noch einmal zurückgehen, auf die Zeile des Kindes?« Ronan wies auf den Rand des Bildschirms. »Gibt es mehr Informationen über das Kind?«

»Nur die Frau, die es gebracht hat ... Sie gehört zum Lagerpersonal. Sie kümmert sich um Kinder und unbegleitete Jugendliche.«

»Aber wer hat sich um das Kind gekümmert? So ein Kleinkind braucht eine Mutter, Betreuung ... wenn ich an die schlaflosen Nächte meiner Frau denke«, meinte Loig.

»Es gibt das Centre d'enfants auf dem Gelände. Dort werden Kinder und Mütter betreut.«

»Aber die Mutter steht nicht in der Liste ...« Ronan wandte sich wieder dem Computer zu. »Löschen Sie die Namen von den Flüchtlingen, die das Lager verlassen und nicht wieder zurückkehren?«

»Wir vermerken, wer Essenscoupons und das Taschengeld abholt. Wir verzeichnen sie als anwesend. Ganz genau ist das nicht. Wir scannen nicht jedes Mal die Fingerabdrücke. Das wäre viel zu viel Aufwand. Und die Fotos auf den Registrierkarten sind nicht die besten.«

»Können Sie in der Liste auch die Flüchtlinge sehen, die nicht mehr im Lager sind?«

»Natürlich ... Da haben wir diejenigen, die sich nicht mehr gemeldet haben, und die Toten.«

»Zeigen Sie mir die Liste der Toten.«

»Aber das sind die Toten, die uns die Polizei gemeldet hat oder die hier im Lager gestorben sind. Es kann sich also unmöglich um ...«

Eden Bereh. Centre Hospitalier Calais. Verstorben. Krankheit H1. 010 402.

»Was ist H1?«

»Aids«, antwortete Lefèvre und tippte noch einmal den Namen in die Suchmaske. Wieder kein Ergebnis.

»Ist ein Problem der Software. Sie spuckt nicht die Namen der Toten aus.«

»Und die 010 413?«

»Das ist das Datum. Sie starb am ersten April 2013.«

»Die Tote am Strand ist nicht Eden Bereh«, folgerte Ronan. »Sie hatte nur den Namen einer Toten angenommen. Die starb fast ein Jahr vor ihr, in einem Krankenhaus. Es ist also möglich, dass sie sich gekannt haben. Gibt es jemanden, der die echte Eden Bereh gekannt hat?«

»Ich werde jemanden fragen, der sich im Lager auskennt.« Lefèvre griff zum Hörer.

»Aber Sie sind doch der Lagerchef?«, warf Loig mit gereiztem Unterton ein.

»Nein, ich bin nur für die Verwaltung des Jungle zuständig. Um sich darin zurechtzufinden, muss man darin leben.«

Ronan trat als Erster ins Freie. Der Nebel vermischte sich mit Brandgeruch. Nach ein paar Schritten tauchten erste Hütten auf, notdürftig aus Latten zusammengezimmert, überzogen mit geklebten Müllbeuteln, andere hatten Dächer aus Wellblechstücken, Plastikstühle, umgekippte Kisten, Gasflaschen, rostige Boiler, Badewannen. In Metalltonnen brannten Feuer, über denen sich einige Männer mit Kapuzenjacken die Hände wärmten. Als die Männer ihn bemerkten, versteckten sie ihre Gesichter. Zwei andere Gestalten verschwanden zwischen einem Haufen alter Matratzen und einem Kleiderberg. Obwohl er seine Uniform im Spind gelassen hatte, war Ronan für sie jemand von der anderen Seite des Zauns. Die Seite der Verwalter, der Polizei, der Kontrolleure und diejenigen, die sie in ein Flugzeug verfrachteten, um sie zurückzuschicken. An der brennenden Tonne kehrte er um. Loig stand neben dem Wagen und rauchte. In diesem Augenblick entdeckte Ronan das Auto. Der schwarze Pick-up. Er hatte ihn in Penec gesehen, am

Hafen, als sie losgefahren waren. Dann war er neben ihm auf der Autobahn. Der schwarze Pick-up mit getönten Scheiben. Jetzt stand er circa hundert Meter vor dem Eingang zum Jungle unter dem Brückenstück, das zu seiner Straße gehörte, die es nicht mehr gab. Lefèvre kam aus seinem Büro, warf sich eine Jacke über und bat sie, ihm zu folgen. Als Ronan zum Eingang des Lagers blickte, war der Pick-up verschwunden.

—

Weder am Zaun noch an dem Brückenstück war der Pick-up zu sehen. Loig fluchte, als er in ein Erdloch trat, das mit einer schwarzen zähflüssigen Masse gefüllt war.

»Bei meinem Glück war das sicherlich Klärschlamm … oder Scheiße.«

»Es tut mir leid«, sagte Lefèvre, »die Hygienevorschriften werden nicht immer eingehalten. Im Jungle heißt es, dass der französische Staat erst außerhalb des Zaunes beginnt. Innerhalb gilt das Gesetz des Jungle.«

»Irgendeiner muss hier doch für Ordnung sorgen«, erwiderte Loig.

»Wir haben die Gendarmerie, und es gibt einen Sicherheitsdienst für die Verwaltungsräume. Meistens mischt sich die Gendarmerie nicht ein. Wir haben jede Woche einen Toten. Messerstecherei, Raufereien mit Eisenstangen, Brandstiftung. Wenn dann die Polizei auftaucht, dann solidarisieren sich gleich Hunderte. Es fliegen Steine, Fahrräder, brennende Flaschen mit Benzin gefüllt. Viele sehen sich auf neutralem Gebiet, in dem die Polizei nichts zu suchen hat.«

»Und wir sprechen jetzt mit der diplomatischen Vertretung des Jungle?«

»Mit einem Mann mit ungeklärtem Aufenthaltsstatus, den die Ausländerbehörde nicht abschieben kann, weil er aus keinem Staat kommt. Er hat sich zum freien Bürger ernannt und behauptet, irgendwo auf dem Meer in einem Schiff geboren zu sein. Die meisten nennen ihn nur den Marabu.«

Die Hütten und Zelte aus Gartenplanen reihten sich entlang einer unsichtbaren Linie auf, so, als hätte jemand früher einmal einen Plan gehabt, dem die ersten Zelte gefolgt waren. Dahinter fügten sich weitere Reihen an, stapelten sich gebrauchte Stühle und Tische, ein Fahrrad ohne Räder, zerrissene Taschen.

»*Le Chemin de la Liberté*«, las Ronan auf einem Schild, das an einen Holzstrommast genagelt war.

»Wer das Schild da hingenagelt hat«, sagte Loig, »hatte Sinn für Humor.«

»Ich glaube nicht, dass es als Witz gemeint war«, erwiderte Ronan, »es ist eine Stadt. Viele Städte waren am Anfang nur die Ansammlung von Hütten. Aus irgendeinem Grund spülte es ein paar Menschen an einen Ort. Einige zogen weiter, andere blieben und bauten festere Hütten. Nichts ist aus der Erde gewachsen, all unsere Zivilisationen sind nie mehr als Zeltstädte gewesen. Daran ändert auch nichts, dass die Zelte Glastürmen gewichen sind. Früher oder später verschwinden sie wieder. Mir kommt es vor, als ob diesen Menschen hier viel bewusster ist, dass dieser ganze Glanz der Zivilisation nur eine gut polierte Illusion ist.«

Nach hundert Metern rückten die Zelte näher aneinander. Der sandige Untergrund verwandelte sich in Schlamm. Bretter und Paletten führten über den Morast. Lefèvre ging voraus. Mitten im Weg saß ein Mann auf einem Klappstuhl und rauchte. Vor ihm ein Feuer. Grünliche Flammen verzehrten Plastikflaschen und Reste eines Farbeimers.

»Was für ein Gestank!« Loig zog seinen Pullover über Mund und Nase. »Das stört den Typen gar nicht. Sitzt einfach nur vor seinem giftigen Feuerchen und dreht sich Zigaretten aus Tabak, den er wahrscheinlich aus weggeworfenen Kippen gepult hat.«

»Der merkt nichts mehr«, sagte Ronan. »Irgendwann spürt man die Zeit nicht mehr, keine Stunden, keine Tage. Wer weiß, wie lange dieser Mann schon auf seinem Stuhl sitzt.«

»Macht ein Feuer inmitten des *Chemin de la Liberté*.«

»Sie haben diesen Streifen Morast zwischen den Zelten nicht Weg der Gleichheit genannt, sondern Weg der Freiheit. Im Lager sind alle gleich. Gleich durch Armut und das gemeinsame Ziel, von hier wegzukommen. Auf die andere Seite. Das verbindet sie. Aus der Gleichheit führt der Weg entweder in die Freiheit oder in die Anarchie. Nur die Hoffnung auf Freiheit lässt sie so ruhig in all diesem Müll verharren. Und wenn man nur lange genug verharrt, dann führt die Gleichheit zur Knechtschaft. Dann steht da kein Holzschild mehr, sondern hängt eine Fahne am Mast. Ein Staat organisiert die Gleichheit, und die Organisatoren dieser Maschinerie werden sich ihrer Macht bewusst und nutzen sie. Sie füllen ihre Geldbeutel, während sie andere im Namen der Gleichheit ausbeuten. Aus dem zentralistischen Staat wird dann eine Diktatur der Guten.«

»Ich frag mich, Ronan, wie du es überhaupt in Frankreich aushalten kannst, und dazu noch als Beamter.«

»Wir haben eben nicht die Wahl, von der wir glauben, dass wir sie theoretisch haben.«

»Ich glaube, jeder von den Menschen im Lager würde weiß Gott was darum geben, wenn er einen Platz in der Diktatur der Guten bekäme.«

Eine Krähe flatterte auf und kreischte. Ihre Flügel schlugen wild um sich, doch sie hob nicht ab. Sie taumelte und hüpfte auf einem Bein über die Paletten. Aus einigen Metern Entfernung nahm Ronan einen Mann wahr. Dem Aussehen nach ein Afrikaner. In seiner Hand hielt er ein Fleischerbeil. Mit wenigen Schritten war er hinter Lefèvre. Ronan griff an seinen Pistolengurt. Das Beil zischte durch die Luft. Lefèvre hatte den Mann erst nicht bemerkt, riss dann aber instinktiv die Arme hoch. Der Afrikaner stürmte an ihm vorbei, das Beil noch hoch über dem Kopf. Das Blut der Krähe spritzte über die Hose des Mannes, als er den Kopf der Krähe vom Rumpf getrennt hatte. Er packte das Tier an den Füßen. Es zuckte noch, und hellrotes Blut sickerte in den Boden.

»Soll wie Biohühnchen schmecken«, sagte Lefèvre, »eine Spezialität des Jungle.«

Ronan musste an die Jäger denken, die aus purem Vergnügen herumballerten, weil es ihnen Spaß machte, Tiere umzubringen. Der Afrikaner hatte bloß Hunger. Die Welt an diesem Ort, der nur aus Müll und Zeltplanen bestand, ähnelte dem Beginn heutiger

Zivilisationen, als die ersten Nomaden sich niederließen. Vor einer Zeltplane brannte ein größeres Feuer. Andere Jungle-Hühnchen, auf Holzstecken aufgespießt, ein paar lachende Männer.

»Hunger hätte ich auch«, sagte Loig, »aber nicht auf Taube oder Krähe.«

»Es gibt hier sogar ein Restaurant.« Lefèvre zeigte auf das Autowrack eines Lieferwagens. Davor Paletten, die als Tische dienten. Eine dickere Frau mit Kopftuch und dunklem Teint briet etwas in einem schweren gusseisernen Topf.

»Die Zubereitung ist einzigartig. Jungle-Bar heißt der Ort. Dort bekommt man Köstlichkeiten mit exotischen Namen, die keiner versteht. Die Frau kommt aus Sri Lanka, ihr Mann kam letzte Woche bei einem Streit um eine Gasflasche ums Leben. Zwei Jugendliche haben minutenlang mit der Gasflasche auf seinen Kopf geschlagen, bis da nichts mehr übrig war. Die Jugendlichen sind geflohen, bevor die Polizei kam. Haben es nach England geschafft. Ist jetzt nicht mehr unser Problem. Aber die Frau kocht weiter. Riecht gut. Wenn man sich nicht fragt, woher die Zutaten kommen, dann schmeckt das auch. Die Leute im Jungle stört es nicht, dass sie ihre Zutaten aus Mülltonnen sammeln. Ab und zu eine überfahrene Katze, Ratten, wenn sie welche erwischt, und natürlich Möwen, Tauben ... Wenn Sie wollen, dann bestelle ich Ihnen etwas.«

»Nein, danke, ich warte lieber.«

Vor einer Bretterbude, über deren Eingang ein Kreuz war, hielt Lefèvre.

»Wir sind da.«

»Sogar an diesem Ort wollen die Leute sich diesen Unsinn anhören.«

»Die meisten Flüchtlinge sind gläubig«, beschwichtigte Lefèvre, und er redete leiser. »Moslems, Hindus und Christen.«

»Ich dachte, wir treffen ...«

»Den Marabu«, sagte Lefèvre, »richtig. Er ist auch gleichzeitig der Priester der Jungle-Mission, Oberhaupt der christlichen Gemeinde, manchmal Richter, Vermittler, aber vor allem ist er Geschäftsmann.«

Er wandte sich zu den beiden Polizisten um. »Wir pflegen den

Kontakt zu dem Marabu. Er genießt hier im Lager das Ansehen eines ... wie soll ich sagen ... Bürgermeisters oder Clanchefs. Deshalb bitte ich Sie, ihn mit Respekt zu behandeln, und wenn Sie etwas von ihm wollen, dann vermeiden Sie direkten Blickkontakt. In seiner Kultur fasst man das als aggressive Geste auf.«

»Wir sind im Jungle«, sagte Ronan und trat in den Bretterverhau ein. Geruch von Kerzenwachs und Marihuana brannte sofort in seinen Augen.

Vor einem Altar aus Obstkisten und zwei Paletten, über die ein weißes Tuch gelegt war, standen drei Reihen aus Klappstühlen. Das flackernde Licht von Kerzen, die überall auf Tellern verteilt standen, ließ den Raum tiefer erscheinen, als er in Wirklichkeit war. Hinter dem Altar saß ein Mann auf einem Stoffsessel, der vor Jahrzehnten einmal in einem altmodischen Wohnzimmer gestanden hatte. Die Armlehnen waren übersät mit Zigarettenlöchern.

»Sieh an, sieh an. Die Beamten aus Penec.« Der afrikanische Akzent des Marabu klang holprig. Die Art jedoch, wie er sprach, ließ erkennen, dass er in einem französischsprachigen Land aufgewachsen war. »Ich nehme mal an, dass die Herren nicht für die Beichte gekommen sind.«

»Das ist Capitaine ...«

»Capitaine Prad von der Gendarmerie Maritime in Penec. Was wäre ich, wenn ich nicht wüsste, wer mich hier besuchen kommt? Informationen sind mein Geschäft.«

Ein abgemagerter Hund schnüffelte in einem Mülleimer herum. Der Marabu warf einen Schuh nach ihm und traf das Tier am Kopf. Der Hund drehte sich um, rannte jedoch nicht weg.

»Wer hat Ihnen gesagt, dass wir kommen?«, wollte Loig wissen.

»Ich habe nur ein Telefon mit einer Prepaid-Karte, kein Internet, keinen Überwachungsapparat, und trotzdem erfahre ich Dinge, die in keinem Internet zu finden sind.«

»Ich habe Sie gefragt, woher Sie das wissen?«

Lefèvre machte eine Geste, die heißen sollte, etwas leiser aufzutreten. Nur keinen Ärger. Doch der Marabu zündete sich eine Zigarette an, die im Aschenbecher nur halb geraucht war.

»Wir suchen nach einer Frau mit ihrem einjährigen Kind«, sagte Ronan und zeigte dem Mann im Sessel das einzige Foto, das sie von ihr hatten, auf dem sie nicht verwest war. Der Marabu lehnte sich zurück und deutete auf zwei Hocker vor seinem Sessel.
»Reden wir auf Augenhöhe, setzen Sie sich bitte.«
»Ich stehe lieber«, zischte Loig und lehnte sich gegen den Palettenaltar.
Ronan setzte sich und schaute in die gelblichen Augen des Mannes. Dieser Mann hatte keine Angst vor ihm. Ronan kannte den Blick der Männer, die den Tod jeden Tag gesehen hatten. Der Tod kam, so wie die Sonne jeden Tag aufging. Eine Weisheit, die ihm der Älteste eines Dorfes erzählt hatte, während dieser drei seiner Kinder begrub. Der Marabu hatte denselben gleichgültigen Blick.
»Sie waren nicht immer Polizist«, sagte er plötzlich und blickte Ronan prüfend an. »Ich kenne französische Polizei. Alles Menschen, die etwas zu verlieren haben, die am Wochenende mit ihren Frauen ins Kino gehen, mit ihren Kindern auf den Spielplatz. Sie sind anders. Haben den Blick, den Soldaten haben.«
»Ich bin nicht meinetwegen hier«, erwiderte Ronan.
»Sie wollen etwas von mir, dann sagen Sie mir doch erst, was Sie mir im Gegenzug dafür geben? Ich bin Geschäftsmann. Und Geschäfte macht man, wenn man etwas nimmt und dafür etwas bekommt. Also, was haben Sie für mich?«
»Wie wäre es damit? Ich nehme Sie mit, und ich verfrachte Sie in ein Lager im Elsass, wo Sie ein Niemand sind. Dort können Sie dann Geschäfte mit tschetschenischen oder albanischen Clans machen.«
»Geschäfte kann man mit jedem machen.« Der Marabu blies den Rauch seiner Zigarette in Ronans Richtung.
»Die Clans sind bekannt dafür, dass sie Schwarze mögen.«
Der Marabu zog den Rauch tiefer in seine Lungen. Als er ausatmete, kam kaum noch Rauch aus seinem Mund. Der Rest des blauen Dunstes hatte sich im Lungengewebe festgesetzt.
»Sie glauben, Sie können alles machen, einen Negroman bedrohen, ich kenne meine Rechte, und Monsieur Lefèvre ist mein Zeuge, dass Sie mich bedroht haben. Ich werde jetzt zum Hörer

greifen und werde meinen Anwalt anrufen. Und in ein paar Tagen können Sie dann Ihre Fresse in der Zeitung sehen. Negroman von rassistischem Polizisten bedroht.«

»Rufen Sie Ihren Anwalt an.«

Der Marabu zögerte. Wie sich Ronan gedacht hatte, bluffte er. Ronan gab Loig mit dem Kopf ein Zeichen. Während Loig die Handschellen öffnete, verflog das überhebliche Grinsen aus dem Gesicht des Marabu. Loig hatte schon den Unterarm des Marabu gegriffen, als dieser seine Zigarette wegwarf und etwas in einer afrikanischen Sprache ausstieß, das nur ein Fluch oder eine Beleidigung sein konnte.

»Eines Tages werden so viele von uns zu euch kommen, dass euch Mauern und Zäune nichts mehr helfen. Millionen werden durch eure Straßen ziehen, Häuser und Plätze besetzen, und ihr werdet nichts tun, weil es euch eure Moral verbietet. Wir werden euer Land übernehmen und euch davonjagen.«

»Wo finde ich Eden Bereh?«

Der Marabu schaute noch einmal auf das Foto der jungen Frau, warf es dann auf die umgedrehte Kiste, die ihm als Tisch diente.

»Eden Bereh ist gestorben ... an eurem Gift. Schon vor einem Jahr. Sie kam schon infiziert im Lager an. Glauben Sie nur nicht, dass wir nicht wissen, wo der Aids-Virus herkommt. Deutsche Pharmakonzerne haben das Gift entwickelt. Damit der Negro sich nicht so schnell vermehrt. Ihr habt eure Missionare geschickt, eure Ärzte, um die Negros auszurotten. HIV ... alles aus den Pharmalaboren.«

»Wir wissen, dass Eden Bereh tot ist«, unterbrach Loig mit gereiztem Ton.

Ronan beugte sich zu dem Marabu vor. Aus der Nähe waren seine Augen noch kleiner. Im Weiß des Augapfels gelbliche Spuren, wie man sie bei Alkoholikern fand.

»Eine junge Frau ist vor ein paar Tagen am Strand angespült worden, mit ihrem Kind. Sie hatte Eden Berehs Pass.«

»Vielleicht hat sie einen neuen Namen gebraucht ... und die tote Eden brauchte ihn ja nicht mehr.« Er bekreuzigte sich zweimal.

»Wer war die junge Frau?«

»Namen kommen und gehen … bedeuten hier nichts. Sind nur wichtig für den Weißen und seine Akten. Der Weiße schreibt Namen in die Akten und glaubt, dass das Menschen sind. Er löscht Namen und glaubt, dass der Mensch gelöscht ist. Sie glauben an Namen, deshalb verstehen Sie die Welt nicht, wie sie in Wirklichkeit funktioniert.«

»Wer war die Frau?«

»Keine Namen … Ich kann mich jetzt an eine Frau erinnern, mit ihrem Kind. Sie kam ab und zu in die Kirche. Ich gab ihr Geld, für das Kind.«

»Wohin wollte sie?«

»Weg.« Der Marabu lachte. »Einfach weg von hier, wie alle. Das ist ein Ort, an dem jeder nur einen Traum hat: nicht hier zu sein. Jeder träumt ihn hier, den Traum von der anderen Seite. Die Frau wollte nach England. Aber in die LKWs zu kommen ist schwierig, und seit die Grenzpolizei überall Hunde an den Kontrollpunkten hat, ist es unmöglich, sich zu verstecken. Der Hund riecht die Negros, und dann verrät er sie, weil der Hund auf den Weißen hört, der ihm zu fressen gibt.«

»Wer bringt die Leute auf die andere Seite?«

»Weiß ich nicht. Ich kümmere mich nur um meine Gemeinde.«

»… die Sie gleichzeitig mit Dope versorgen und deren Kinder zum Anschaffen schicken, damit sie für Sie Geld ranholen«, rief Loig dazwischen. Lefèvre war vor die Hütte getreten, so als wollte er gar nicht hören, was der Marabu zu sagen hatten.

»Was hat Ihr Kollege? Warum beleidigt er mich? Ich bin Priester, helfe den Menschen … Es gibt hier sonst niemanden, der ihnen zuhört. Ich zwinge niemanden. Ich bin Geschäftsmann.«

»Wer hat ihr geholfen?« Ronan blieb leise, redete scheinbar ohne Interesse.

»Da gibt's die Leute von den London-Tours …«

»London-Tours?« Ronan erinnerte sich an das T-Shirt der jungen Frau. Das Logo.

»Wir nennen sie nur so, weil sie die Leute in Booten über den Ärmelkanal bringen, und einer von ihnen trägt immer eine Mütze, auf der LONDON-TOURS steht. Zwei Weiße … kahl rasiert.«

»Wo finden wir sie?«

»Überhaupt nicht. Sie kommen immer nur, nehmen die Leute mit und verschwinden wieder.«

»Wenn jemand mit den London-Tours nach England will«, sagte Ronan, »wen muss er kontaktieren?«

Der Marabu biss sich auf die Unterlippe. Mehr als eine Lüge würde er ihm jetzt nicht auftischen können, denn der Pseudo-Priester kannte die Schlepper. Ronan brauchte kein Geständnis. Er brauchte nur eine Spur zu den Schleppern.

»Rufen Sie sie an!«, sagte Ronan.

»Ich weiß nicht, wer …«

»Glauben Sie mir, der Jungle ist ein Drecksloch, aber er ist das Paradies, wenn Sie erst im Knast in Calais sitzen.«

»Ich weiß nichts von Schleppern, aber der Mann der Frau, er hat Geld gehabt. Er hat für die Frau und das Kind bezahlt.«

»An wen hat er bezahlt?«

»An die Männer von London-Tours.«

»Ich frage jetzt zum letzten Mal.« Ronans Stimme wurde lauter. Je tiefer und lauter eine Stimme war, desto autoritärer wirkte sie. Er wusste, dass er den Marabu nicht einschüchtern konnte, aber er musste ihm zeigen, dass er derjenige war, der hier als Gewinner rausging.

Der Marabu lehnte sich nach vorne, dann flüsterte er Ronan zu: »Wenn die Männer von London-Tours da sind, dann reden Sie mit ihm.« Er zeigte auf Lefèvre. »Ihr Ehemann wollte sie aus dem Lager bringen, zu Verwandten nach England. Ich weiß nicht, was er mit ihm geredet hat oder ob er ihn bezahlt hat, aber zwei Tage später kamen die Leute von London-Tours.«

»Tragen die Männer T-Shirts mit der Aufschrift LONDON-TOURS?«

Der Marabu schüttelte den Kopf. »Nicht die Männer … nur die Passagiere.«

»Wo finden wir ihren Mann?«

Ronan erhob sich. Der Marabu drehte eine Zigarette in seinen gelblichen Fingern.

»Fragen Sie im Jungle-Resto nach, fünfzig Meter von hier. Nicht zu verfehlen. Sie hat allerdings nur noch nachts auf, aus Angst, dass wieder die Männer von der Steuerbehörde kommen. Sie musste ihren Laden dichtmachen, weil er nicht angemeldet war. Steuerhinterziehung ... illegales Betreiben eines Gewerbes. Der Negro schlägt sich durch, macht ein Geschäft auf, steht auf eigenen Füßen, da kommt der Weiße und sagt ihm, dass er ohne Lizenz gar nichts darf. Und für eine Lizenz, da muss er erst einmal Arbeit haben. Und die Zubereitung von Wasserratten und Seemöwen ist keine Arbeit. Da versteht der französische Staat keinen Spaß. Er lässt sich sonst im Jungle nicht sehen. Nur ab und zu schickt er Bulldozer, um die Hütten einzureißen.«

»Er arbeitet für das Jungle-Resto?«

»Nicht immer, aber er ist sicherlich der Einzige, der aus Müll etwas Gutes kochen kann.«

An Ronans Füßen vorbei schlüpfte der magere Hund wieder in das Innere der Hütte, in der Hoffnung, Reste von etwas Essbarem zu finden. Das Jaulen ließ Ronan herumfahren. Der magere Hund lag vor einer Palette. Eine Kerze war umgekippt, und Kerzenwachs verklebte sein Fell. Der Marabu holte gerade zu einem anderen Tritt aus. Doch Ronans Fuß war schneller. Er traf den Marabu in den Eingeweiden.

Der Mann hustete und rang nach Luft.

Ronan beugte sich zu ihm: »Jetzt wissen Sie, wie der Hund sich fühlt.«

Der Marabu hustete noch einige Flüche. Jedenfalls vermutete Ronan, dass er ihn nicht in seine Gebete eingeschlossen hatte.

Lefevre wartete ungeduldig auf sie.

»Ich hoffe nicht, dass Sie den Marabu zu hart rangenommen haben. Ich habe einen Schrei gehört.«

»Das war das Jaulen eines Hundes.«

»Der schwarz-weiße Köter, der Ihnen folgt, seit Sie aus der Kirche gekommen sind?«

»Ja, ich habe den Marabu über die Rechte von Tieren aufgeklärt.«

»Aha, Rechte von Tieren«, erwiderte Lefèvre. »Muss ich das verstehen?«

»Es kann Ihnen Ärger ersparen.«

»Kann ich noch etwas für Sie tun?«
»Bringen Sie uns zu dem Ehemann der Frau, die sich für Eden Bereh ausgegeben hat.«

—

»Da hätten Sie den Marabu fragen müssen«, sagte Lefèvre, »ich kümmere mich nur um die offizielle Verwaltung.«
»Kennen Sie die Leute von London-Tours?«
»Ist, glaube ich, eine NGO, die sich für Flüchtlinge einsetzt. Familienzusammenführung, erledigt Papierkram für Migranten. Sie haben Anwälte, meist ehrenamtlich.«
»Und sie organisieren auch Fahrten nach England, in LKWs, auf Schiffen ...«
»Davon weiß ich nichts.«
»Sie arbeiten also nicht mit dieser gemeinnützigen Organisation zusammen?«
»Ich kümmere mich um die Verwaltung des Lagers. Ich bin nur ein Rädchen im System.«
»Und London-Tours ist nicht an Sie herangetreten?«
»Der Ton Ihrer Fragen gefällt mir nicht, Capitaine. Ich helfe Ihnen gerne, aber wenn Sie mich verdächtigen ...«
Über einem Bretterverschlag, der mit blauer Verpackungsfolie überzogen und notdürftig festgenagelt worden war, hing ein buntes Holzschild:

Welcome to the Jungle Restaurant

Darunter eine Tafel. Menü des Tages. Hühnchen mit Reis und Gemüse nach Art des Hauses.
»Hühnchen«, sagte Lefèvre, »das sind Möwen oder Krähen. Und das Gemüse, das sammeln sie in den Mülltonnen der Supermärkte ein oder am Ende des Wochenmarktes in Calais. Ein Soziologe meinte im Radio, dass mit dem Müll, den unsere westliche Zivilisation produziert, eine gesamte neue Zivilisation entstanden ist. Er nannte sie *trash people*. Zivilisationen aus Müll. Wir sollten weiter.

Es ist geschlossen. Ich glaube nicht, dass Sie hier eine Antwort auf Ihre Fragen finden.«

»Edens Ehemann arbeitet hier.«

Ronan klopfte an eine Tür, die in Wirklichkeit eine Palette war, auf die Bretter und Plastikschilder genagelt waren. Ein einfaches Vorhängeschloss vermittelte den Eindruck von Eigentum und Bürgerlichkeit. Ronan klopfte noch einmal. Seine Kollegen von der Anti-Émeutes würden nicht klopfen. Und nach den Bulldozern wäre es hier auch schnell vorbei mit der geborgten Bürgerlichkeit. Loig rauchte und hatte es sich auf einem der Plastikstühle bequem gemacht. Aus den dunklen Wolken brach für einige Minuten die Sonne durch und wärmte die feuchte Erde. Dampf stieg aus den Pfützen. Der schwarz-weiße Hund aus der Kirche folgte ihm noch immer. Lefèvre blickte ungeduldig auf seine Armbanduhr, als eine schwarze Frau, in bunte Tücher gehüllt, einen vollen Einkaufswagen mühsam über den weichen Boden schob. Hinter ihr ein Mann, bepackt mit Lidl-Einkaufstüten und Obstkisten. Als der Mann Ronan sah, ließ er die Tüten fallen. Ein Blumenkohl kullerte heraus. Erst machte er den Eindruck, als wollte er wegrennen, doch er schien wie gebannt. Die Frau schrie ihn an, er solle den Kohlkopf aufheben. Er rührte sich nicht.

Ronan ging auf ihn zu.

»Monsieur … kann ich Sie kurz sprechen?«

Ob er Französisch verstand oder der Mann nur auf die Uniform reagierte, konnte Ronan nicht abschätzen. Erst als er nickte und auf Ronan zuging, war ihm klar, dass er Eden Berehs Mann vor sich hatte. Dessen Augen füllten sich mit Tränen, so als würde er ahnen, warum die Beamten ihn im Lager besuchten.

»Sie sind Monsieur Bereh?«

Der Mann schüttelte den Kopf.

»Hamid … Meshaquel.« Er zog eine Ausweiskarte aus der Tasche.

Ronan gab ihm zu verstehen, dass er nicht da war, um ihn zu kontrollieren.

»Sie sind der Mann von Eden Bereh?«

Wieder nickte der Mann. Er sammelte das herausgefallene Gemüse ein und steckte es in die Tüten.

»Ich Mann von Eden …«

»Eden Bereh war nicht ihr richtiger Name.«

Der Mann blickte verlegen auf den Boden.

»Haben Name von Frau geändert … weil verfolgt, keine Papiere … Freundin hat Namen gegeben.«

»Eden Bereh war die Freundin Ihrer Frau?«

Wieder ein Nicken. »Wie Schwester. Aber Schwester hatte Krankheit. Vor Tod hat Name gegeben.«

»Ich habe die traurige Nachricht, dass Ihre Frau tot ist.«

Der Mann stellte die Tüten ab und ließ sich auf einen der Plastikstühle sinken.

»Und Kind?«

»Ihre Frau und Ihr Kind … Es tut mir leid.«

»Ich habe sie aus Jungle wegbringen wollen, weil hier nicht gut für Kind. Kind nicht gut hier aufwachsen … ich nachkommen, sobald Geld. Nach Southampton. Dort Familie von Frau. Haben Arbeit, Haus, Auto.«

»Wen haben Sie für die Überfahrt bezahlt?«

Er knöpfte seine Jacke auf und zeigte auf sein T-Shirt. LONDON-TOURS.

»Wem haben Sie das Geld gegeben?«

»Mann, der mit Priester spricht.«

Ronan wusste erst nicht, wen er meinte. Als er sich umdrehte, sah er in einiger Entfernung Lefèvre, der mit dem Marabu redete.

»Geld für Kind und Frau … Hat versprochen zu beschützen. Hat versprochen, dass Frau mit Schiff fährt, weil LKW zu gefährlich.«

»Würden Sie das auch vor Gericht aussagen?«

Der Mann schüttelte energisch den Kopf.

»Ich sonst nicht mehr wegkommen aus Jungle, ich hier sterben, wenn rede …«

»Sie haben für sich schon bezahlt?«

Loig reichte dem Mann eine Zigarette. Der Mann winkte ab.

»Ich nicht rauchen … ungesund.«

»Wann geht es für Sie los?«

»Heute Nacht … mit Schiff.«

»Haben Sie die Leute von London-Tours schon gesehen?«

»Sind hier ... habe T-Shirt bekommen.«

»Wo ist der Treffpunkt?«

Der Mann schüttelte den Kopf. »Wenn ich rede, dann ich hier sterben in Jungle ... kein Leben hier.«

»Diese Leute haben Ihre Frau auf dem Gewissen. Sie nehmen Ihr Geld, das ist alles.«

»Sonst ich nichts haben.«

Ronan sah wieder in die Richtung, in der Lefèvre gestanden hatte. Er war verschwunden. Auch vom Marabu war nichts mehr zu sehen. In der Mitte des *Chemin de la Liberté* brannte ein Feuer in einer Metalltonne. Das Geräusch eines Wagens kam näher.

»Hieß Ihre Frau Meshaquel?«

»Eden Meshaquel ... und das Kind, Elisabeth, nach der englischen Königin.«

»Hören Sie, Hamid. Treffen Sie nicht diese Leute. Ich werde mich dafür einsetzen, dass Sie nach England kommen.«

Der Mann hob den Kopf, und in seinen Augen schimmerte Hoffnung, die sich an alles klammerte, auch an leere Versprechungen. Ronan überlegte, wie er dem Mann helfen könnte. Der offizielle Weg durch die Bürokratie war lang und führte über Schreibtische von korrupten Beamten wie Lefèvre. Alles andere war illegal, und er würde selbst Kopf und Kragen riskieren. Er konnte Hamid nicht einmal ein Dach über dem Kopf anbieten. Er wusste ja selbst nicht einmal, wo er diese Nacht schlafen konnte.

»Ich verspreche ...«, begann Ronan, als die Frau mit ihrem Einkaufswagen die Hände vor ihre Augen schlug, dann schrie sie, ließ ihren Wagen stehen und rannte weg. Ronans Haare fühlten sich feucht an. Alles um ihn geschah wie in Zeitlupe. Plastiktüten fielen zu Boden, der offene Mund der Frau, Loig, der entsetzt in seine Richtung blickte. Ronan sah seine Hände an. Sie waren rot. Blutverschmiert. Er hatte nichts gespürt, keine Verletzung. Noch ehe sein Verstand begriffen hatte, was geschehen war, reagierte Ronan. Er warf sich auf den Boden und suchte Deckung hinter einer Metalltonne. Von dort aus sah er auch, dass es nicht sein Blut auf den Händen war. Im Schlamm lag der Körper Hamids. Der obere Teil des Schädels war weggerissen. Der Unterkiefer hing lose an zerrissenen Muskeln, Teile der Wirbelsäule ragten weiß aus der blutig roten Masse, die noch vor einigen Sekunden ein Gehirn war. Im Fallen hatte Ronan seine Waffe gezogen. Der Platz war wie leer gefegt. Der Schuss musste aus größerer Entfernung abgegeben worden sein. Wahrscheinlich ein Hochgeschwindigkeitsgeschoss aus einem Scharfschützengewehr. Normale Vollmantelgeschosse durchschlugen den Körper und hinterließen einen bleistiftgroßen Schusskanal. Hochgeschwindigkeitsgeschosse traten in den Körper ein, eine Schockwelle breitete sich aus, Blutgefäße zerrissen, Organe platzten. Ein Kopf platzte wie eine Wassermelone, die man aus dem fünften Stock eines Hauses auf Asphalt fallen gelassen hatte.

Ronan rief Loig. Ein kurzes Stöhnen war die Antwort. Er lebte. Wo der Schütze auch war, er hätte sie alle erledigen können. Der Schuss war gezielt und sollte nur Hamid töten. Keine Spur von dem Schützen. Er musste in Bewegung bleiben. Ronan zog seine Waffe und entsicherte sie. Er nahm einen Kohl, der aus den aufgeplatzten Einkaufstaschen herausgerollt war, und warf ihn als Ablenkung aus der Deckung. Dann sprang er auf und rannte zu einem ausgeschlachteten Autowrack. Die Abschätzung, aus welcher Richtung der Schuss kam, war überlebenswichtig. Rannte er auf den Schützen zu, konnte selbst ein ungeübter Schütze ihn treffen. Bewegte er sich jedoch in Winkeln zur Position des Schützen, war seine Chance größer. Der Schütze musste vorhalten, seinen Lauf einkalkulieren. Ronan lief im Zickzack, sprang über Bündel alter Kleider, über einen ausgeschlachteten Fernseher bis zu den Überresten eines alten Citroën-Lieferwagens. An das rostige Wrack gepresst hielt er nach Loig Ausschau. Er war ihm weder gefolgt, noch konnte Ronan sehen, wo er sich befand. Nur die ausblutende Leiche lag in einer Pfütze aus Blut und Gemüse. Darüber das Schild *Jungle Restaurant*. Die Vorstellung, dass die Köchin des Restaurants das blutige Gemüse samt der kopflosen Leiche einsammelte, um daraus ein Gericht zu köcheln, ließ ihn erschaudern. Wer Hunger hatte, fragte nicht, wo sein Essen herkam, und am Ende gewann immer der Hunger. Das Holzschild, die Kohlköpfe im Morast aus Blut und Schlamm, ein zerfetzter Körper, der noch vor ein paar Minuten an seine Überfahrt nach England dachte, an seine Frau, sein Kind. Schlamm vermischte sich mit Blut, Knochensplittern und Hirnfragmenten zu einer blutigen Suppe. Aus den Wirbeln der Suppe blickten Ronan plötzlich Gesichter an, tote Augen. Kinderskelette in ihren Jacken, im Innern der Jacht, das Gesicht eines Babys in einer Kühlbox, ein blutender Dachs. Die Flut der Bilder in seinem Kopf verschwand, als das Adrenalin in seinem Körper seine Muskeln spannte. Er erreichte die Baracken auf der anderen Seite. Ronan sprang über kaputte Fahrräder, Reifen, Kühlschränke ohne Türen, in denen leere Bierflaschen standen. Ein alter Mann, der eine schmutzige Decke um seinen Kopf gewickelt hatte und ihn aus gelben Augen ansah, deutete in eine Richtung. Das Feld vor ihm bot kaum Deckung. Fünfzig Meter hüfthohe Müllberge. Hätte der Schütze auf der anderen Seite auf ihn gelauert, er wäre ein leichtes Ziel gewesen. Doch bis auf ein paar Jugendliche, die einem Ball hinterherjagten, wartete niemand auf ihn. Kein Schuss, den er wahrscheinlich nicht einmal gehört hätte. Das Geschoss hätte längst seine Flugbahn fortgesetzt, nachdem es seinen Kopf hätte explodieren lassen. Der Tod kam mit Überschallgeschwindigkeit.

Ronan hatte den Zaun erreicht. Hinter einem einfachen Tor aus Maschendraht parkte der schwarze Pick-up. Davor ein Mann in militärischer Kampfmontur, der gerade dabei war, ein Gewehr auf der Rückbank des Wagens zu verstauen, und nicht in Eile war. Ronan zielte, ohne Vorwarnung. Die Kugel zerschlug die Scheibe. Sechzig oder siebzig Meter. Die Sig Sauer hatte auf diese Distanz zu viel Streuung. Der Pick-up machte einen Satz nach vorne. Ronan schoss weiter auf den Mann mit dem Gewehr, der versuchte, in den Pick-up zu gelangen. Er stolperte jedoch, hielt sich am Rahmen fest und zog sich auf die Ladefläche. Ronan schoss weiter. Der Pick-up hinterließ eine Wolke aus Staub und Sand. Der Weg führte über die Dünen zum Strand. Ronan schob ein neues Magazin in seine Waffe und folgte den Reifenspuren. Das Motorengeräusch entfernte sich. Ronan vermutete, dass der Wagen über die Dünen zum Strand wollte. Dort konnte er über den festen Sand bis zum Hafengelände gelangen und von dort auf die Autobahn. Ronan rannte durch dürres Buschland. Morsche Bäume zwischen Sand und Plastiktüten, die sich in kahlen Zweigen verfangen hatten. Der

Bewuchs wurde flacher. Bäume wichen kniehohen Gräsern und Disteln. Die Reifenspuren hatten sich durch den weichen Sand gepflügt und Schutzzäune für die Dünenvegetation weggerissen. Der weiche Sand bremste jeden seiner Schritte. Ronan erreichte die letzten Dünen, dahinter lief schon der flache Strand zum Meer aus. Der Motor des Pick-ups war längst nicht mehr zu hören. Er musste Loig erreichen, Verstärkung anfordern, doch sein Handy war nicht in seiner Hosentasche. Er folgte den Spuren weiter, stieg wieder eine Düne nach oben, als er plötzlich den Pick-up vor sich sah. Schnell warf er sich in den Sand, die Sig Sauer im Anschlag. Die Türen standen offen. Offenbar war der Wagen in ein Sandloch geraten und hatte sich festgefahren. Ronan rannte mit gezogener Waffe auf den Pick-up zu. Der Wagenschlüssel steckte, der Motor war ausgeschaltet. Alle vier Reifen waren tief im Sand eingegraben. Fußspuren führten über die Düne in Richtung Meer. Ronan rannte die Düne nach oben. Unter ihm fiel die Düne flach ab. Es war Ebbe, und das Meer hatte sich drei- oder vierhundert Meter zurückgezogen. Zu seiner Rechten vernahm er ein Geräusch, dann sah er einen Kopf hinter einem Grasbüschel. Ronan fuhr herum, im selben Augenblick zielte er mit seiner Waffe auf den Kopf eines Jungen, der dort mit einem Mädchen in den Dünen lag. Die Fußspuren vom Pick-up verloren sich in den Spuren am Strand. Ein Mann und eine Frau stapften mit Gummistiefeln im Schlamm und suchten nach Krabben und Muscheln. Ronan wusste, dass er am Strand keinerlei Deckung mehr hatte. Wenn der Schütze auf ihn zielte, gab es kein Versteck. Er würde in die Kugel laufen wie die jungen Soldaten, die im Zweiten Weltkrieg von ihren Landungsbooten über den Strand der Normandie gerannt waren, direkt in den Kugelhagel der Deutschen. Vom Meer kam ein Zodiac, es wippte auf den Wellen im flachen Wasser. Jetzt erkannte Ronan zwei Männer, die bis zur Hüfte im Wasser standen. Als das Schlauchboot sie erreichte, warf der Erste von ihnen einen Gegenstand ins Boot. Ronan konnte nicht erkennen, ob es ein Gewehr war. Zwischen ihm und dem Boot lagen noch zweihundert Meter. Ein Mann mit kahl rasiertem Schädel stand hinter dem Steuer. Die anderen beiden waren gerade im Boot, als die beiden Außenborder das Schlauchboot aus dem Wasser drückten. Der Mann im Heck blickte zurück, und Ronan hätte schwören können, dass es derselbe Legionär war, dem er auf Van Haags Beerdigung begegnet war.

—

Als Ronan das Lager erreichte, hatte die Gendarmerie den Tatort abgesperrt. An den rot-weißen Absperrbändern drängten sich junge Männer, die aus ihren Behausungen gekommen waren und nun ihre Fäuste in die Luft streckten. Aus irgendeiner Ecke wurden Rufe laut, dass die Polizei einen Flüchtling erschossen habe. Ein anderer rief Genozid, eine andere Gruppe bewaffnete sich mit Latten und warf Steine über die Absperrungen. Die brennenden Mülltonnen, das sich im Stakkato aufbauende Geschrei von Männern, die nach irgendeiner Gelegenheit suchten, um ihrer Wut freien Lauf zu lassen. Ronan spürte die Anspannung. Zwei Männer sahen ihn feindselig an, als er an ihnen vorbeiging. Die blutverschmierte Uniform, die Waffe noch in der Hand. Es musste für sie aussehen, als käme er von einem Schlachtfeld. Ein junger Polizist, der mit dem Abwickeln des Absperrbandes beschäftigt war, gab Ronan zu verstehen, dass er hier nicht durchkäme. Immer mehr Menschen quollen zwischen den Baracken und Zelten hervor. Die Nachricht von Blut und Tod zog sie magisch an, und Gerüchte, dass zwei Polizisten an dem Blutbad beteiligt waren, ließ die Gemüter hochkochen.

Ronan schlüpfte unter einem Absperrband hindurch. Zwei Polizisten rannten auf ihn zu. Als sie erkannten, dass er einer von ihnen war, ließen sie ihn durch.

»Die CRS müssen bald da sein«, rief einer der Polizisten, »bis dahin müssen wir die Meute noch zurückhalten.«

Mit rot-weißen Absperrbändern sich die Ärmsten der Welt vom Leib halten, dachte Ronan und duckte sich, als ein schwerer Gegenstand neben ihm im Matsch einschlug.

»Verdammt, jetzt werfen die mit Schreibmaschinen«, rief ein Mann in Zivil. Dass er kein Zivilist war, der irrtümlich zwischen einen Tatort und eine aufgebrachte Meute von Migranten gelangt war, zeigte die rot leuchtende Schleife an seinem Arm. Er gehörte zur BAC, der Brigade Anti-Criminalité. Die Adler-Reiseschreibmaschine steckte bis zur Hälfte im Dreck. Nur die Aufschrift Adler war zu sehen.

»Das Zeitalter der Digitalisierung hat selbst einen aufgebrachten Mob im Griff.«

»Aber wer wirft mit Schreibmaschinen?«, meinte der Beamte mit einem Kopfschütteln. »In den Cités werfen sie Kühlschränke aus den Fenstern, wenn die Polizei Streife fährt. Seit Sarkozy die Police de Proximité abgeschafft hat, sind wir es von der BAC, die in die Cités gerufen werden. Obwohl wir keine Streifenwagen haben, weiß jedes Kind, dass wir anrücken. Aber eine Schreibmaschine … eine mechanische Schreibmaschine, deutscher Bauart, die ist dreißig, vierzig Jahre alt. Was werden sie sonst noch alles auf uns werfen? Aktenordner, Karteikästen, Bildschirme … vor allem weiß doch keiner von denen, was passiert ist.«

»Da bin ich mir sicher.«

»Ihr Kollege hat mir gesagt, dass Sie hier sind.«

»Wo ist er?«

»Der Notarzt hat ihn mitgenommen. Es hat ihn an der Schulter erwischt.«

Ronan ließ den Zivilbeamten stehen und ging zu dem Palettenverschlag, der ihnen als Deckung gedient hatte. Die Leiche mit dem halben Kopf lag noch immer in einer Lache aus Blut und Schlamm.

»Wo wollen Sie hin?«, rief ihm der Beamte von der BAC hinterher.

»Meine Autoschlüssel suchen, damit ich wieder zurückkomme.«

Wieder flogen Gegenstände durch die Luft. Als sie aufschlugen, lagen da Kartoffeln, Batterien, Bretter.

»Sie sind Zeuge in einem Mordfall.«

»Aber Sie wissen doch, wo Sie mich finden.«

»Vielleicht können Sie mir erklären, was jemand von der Brigade Nautique aus Penec hier im Flüchtlingscamp in Calais zu suchen hat. Es sei denn, Sie verfolgen hier einen Fischer, der sich nicht an die Fangquoten gehalten hat.«

»Wir haben eine junge Frau am Strand von Penec gefunden. Mit ihrem ein paar Monate alten Baby. Sie kamen aus diesem Lager.«

»Und wie kommt es dann zu dieser Schießerei?«

»Es gab keine Schießerei«, erwiderte Ronan. »Der Tote war der Mann der Toten. Er wollte seine Frau und sein Kind nach England bringen. Er wollte heute Abend aufbrechen. Mit London-Tours.«

»London-Tours sind ein Mythos«, sagte der Beamte. »Sicherlich nichts, womit Sie sich abgeben müssen.«

»Wir vermuten, dass es sich um ein ganzes Netzwerk handelt, die Leute nach England schleusen.«

»Ach, was macht Sie da so sicher?«

»Weil ein paar kleine Schieber nicht daran interessiert sind, Zeugen von Profikillern töten zu lassen.«

»Auftragsmörder … Netzwerk … Verschwörung, natürlich. Glauben Sie, Capitaine, das ist nicht Ihr Fall, mit dem Sie Karriere machen. Der Großteil der Kriminalität spielt sich im engen Kreis der Familie ab oder unter Dealern und Kleinkriminellen. Hier ist es auch nur eine Angelegenheit zwischen kriminellen Migranten. Drogen, Nuttenreviere …«

»Und das alles wissen Sie bereits nach fünfzehn Minuten am Tatort. Die IRCGN hat noch gar nicht ihre Aufgabe aufgenommen …«

»Hör zu, ich brauch mir von einem Provinzbullen nicht sagen lassen, wie ich meine Arbeit zu machen habe.«

Ronan war zu erschöpft, um sich wegen dieses Jungspunds aufzuregen, der sich unbedingt wichtigmachen wollte. Bis dahin wären auch nur ein paar hitzige Worte gefallen, die Welt hätte sich weitergedreht für all diejenigen, die diesen Tag noch überlebten, eine Adler-Triumph-Reiseschreibmaschine würde immer noch im Sand stecken, ein junger Beamter der BAC hätte diesen Vorfall nach ein paar Tagen vergessen. Denn Vergessen war die wichtigste Qualität, die man im Außendienst haben musste. Doch die Dinge liefen anders und vor allem anders, als sie sich der junge Hitzkopf vorgestellt hatte. Ronan trat einen Schritt zurück und packte den Beamten der BAC am Kragen. Ein tiefer Griff, wie ihn Judoka zu tun pflegten. Nur war es im Judo nicht erlaubt, die Finger seines Gegners zu brechen. Ronan hatte den Griff so schnell ausgeführt, dass sein Gegenüber keine Zeit zu reagieren hatte. Er hatte zwei

Finger erwischt, sie nach hinten gebogen, bis es knackte. Noch ehe der Mann von der BAC sich sammeln konnte, trat ihm Ronan ins Knie, brachte ihn zu Boden und drückte sein Gesicht in den feuchten Schlamm.

»Der Tag fing nicht gut an, er ist schlimmer geworden, und jetzt tu mir einen Gefallen und sorg dafür, dass er für dich nicht noch schlimmer endet.« Ronan ließ den Mann los, beobachtete aber jede seiner Bewegungen. »Denk nicht einmal dran«, sagte Ronan, als er in den Augen des jungen Mannes las, was er vorhatte. »Du bist tot, noch ehe du die Waffe gezogen hast.«

Ein älterer Beamter kam hinzu und fragte, was geschehen sei. Er sah erst Ronan an, dann seinen Kollegen, dessen Gesicht mit Matsch verschmiert war. Der junge Beamte schüttelte sich.

»Der Kollege wurde von etwas getroffen«, erklärte Ronan und deutete auf die Schreibmaschine.

»Eine verdammte Schreibmaschine? Die bewerfen uns mit Schreibmaschinen? Wird Zeit, dass die CRS auftauchen und dem Spuk ein Ende machen. Und Sie sind Capitaine Prad?«

Sie ließen den jungen Beamten stehen, der seine Jacke auszog und ausschüttelte.

»Kann ich zu meinem Kollegen?«

Sie gingen an einer Gruppe aufgebrachter Frauen vorbei, die lautstark »Mörder« schrien. Ronan hatte keine der Frauen zum Tatzeitpunkt gesehen.

»Major Dagorn ist in guten Händen. Auf dem Weg ins Krankenhaus. Aber vorher hätte ich noch ein paar Fragen. So wie es aussieht, haben wir eine Menge Augenzeugen, die allesamt Mörder schreien und am liebsten jemanden lynchen wollen.«

»Bis auf die Frau vom Restaurant war vorher niemand zu sehen.«

»Der Tote, der Ehemann eines Opfers, das in Penec am Strand gefunden wurde. Ihr Kollege hat mich schon eingeweiht. Haben Sie gesehen, wer geschossen hat?«

»Es war keine Abrechnung zwischen Drogendealern«, sagte Ronan. »Der Schuss kam aus einem Präzisionsgewehr. Hochgeschwindigkeitsgeschoss. Es fiel nur ein Schuss.«

»Zeugen haben mehrere Schüsse gehört.«

»Ich habe das Feuer erwidert, als ich den Schützen in etwa zweihundert Meter Entfernung sah. Er stieg in einen schwarzen Pickup. Ich bin ihm bis zum Strand gefolgt, dort ist er in einem Motorboot entkommen.«

»Warum haben Sie das Opfer befragt?«

»Weil wir glauben, dass seine Frau und seine kleine Tochter Opfer eines Schleppernetzwerks geworden sind.«

»Schlepper gibt es, solange es keine legale Möglichkeit gibt, nach England zu kommen. Aber ein Netzwerk?«

»London-Tours … Der Tote hat sich an sie gewandt, um seiner Frau und seinem Kind die Überfahrt nach England zu ermöglichen. Eine Überfahrt kostet zwischen sechs- und zehntausend Euro. Ich weiß nicht, woher er das Geld nahm, aber er hatte sie schon bezahlt. Diese Nacht wollte er per Schiff übersetzen.«

»Das hat Ihnen das Opfer erzählt, bevor es erschossen wurde?«

»Jemand aus der Lagerverwaltung arbeitet für die London-Tours.«

Der Kriminalbeamte runzelte die Stirn. »London-Tours, das ist ein Mythos, den sich Migranten erzählen. In einigen Verhören fiel der Name London-Tours, doch es gibt keinen Beweis für dessen Existenz. Jeder kennt nur jemanden, der wiederum jemanden anderen kennt. Geld fließt, das ist klar. Aus Drogengeschäften, Prostitution und Diebstählen, und manche arbeiten schwarz für die umliegenden Baufirmen. Für die Baubranche ist das Lager ein Eldorado billigster Arbeitskräfte. Möglich, dass jemand bezahlt wurde, der ein Boot hatte. Aber von einem Netzwerk weiß ich nichts.«

»Können Sie den Schützen identifizieren?«

Ronan blieb die Antwort schuldig. Er musste erst noch mit Lefèvre ein Wörtchen reden. Als der Schuss fiel, war von ihm nichts mehr zu sehen gewesen. Sie hatten die Hütte des Marabu verlassen, erinnerte er sich, als Lefèvre in einiger Entfernung telefoniert hatte. Hatte ihn jemand gewarnt, dass er sich lieber in Sicherheit bringen sollte? Hatte er eine Nummer angerufen und mitgeteilt, dass ein Mann, der seine Frau und sein Kind verloren hatte, nun nichts mehr fürchtete und zu allem bereit war? Wie tief Lefèvre in den Geschäften von London-Tours steckte, war zu diesem Zeitpunkt schwer zu sagen. Er hatte Dreck am Stecken, so viel konnte Ronan sagen.

»Ich lasse Sie von einem Beamten nach Penec bringen«, erklärte der Mann, der sich als Chef der Einheit zu erkennen gab. »Ich habe vier Leute an den Fahrzeugen mit Flash-Balls postiert.«

»Danke, ich komme klar.«

»Dass Sie klarkommen, habe ich gesehen, als Sie Pierre die Finger verbogen haben.«

»Sie haben es bemerkt und nichts unternommen?«

Der Chef zuckte mit den Schultern. »Tut ihm ganz gut, wenn ihm jemand außerhalb der Einheit ein wenig den Kopf wäscht. Ich hoffe nur, dass er nicht dienstuntauglich ist ... Wir sind zurzeit wegen der Grippewelle unterbesetzt.«

»Beim Schießen und Nasebohren wird's ein wenig schmerzen.«

»Militär ... Sondereinsatzkommando?«

»Wir dienen alle demselben Staat«, sagte Ronan und suchte in der Menge nach Lefèvre. Er würde wohl kaum jetzt allein im Lager herumspazieren.

»Ich bringe Sie zu Ihrem Wagen.«

»Ich muss zuerst mit dem Lagerverwalter sprechen.«

»Das wird schwierig werden.«

»Er hat uns ins Lager gebracht. Ich habe noch einige Fragen an ihn.«

»Aber ich fürchte, Monsieur Lefèvre hat seine Sprechzeiten auf unbestimmt verschoben.«

Diesmal verstand Ronan nicht. Der Chef blickte in den Himmel.

»Es wird Regen geben, die Einsatzwagen der CRS sind da, die Lage wird sich beruhigen.« Er machte einen Schritt auf Ronan zu. »Monsieur Lefèvre ist in seinem Büro, auf seinem Stuhl, und sein Gehirn klebt an der Scheibe hinter ihm. Jemand hat ihm aus nächster Nähe ins Gesicht geschossen.«

»In den Dünen finden Sie einen schwarzen Pick-up«, sagte Ronan. »In ihm flohen der Schütze und der Fahrer.«

Das schien den Beamten der BAC nicht zu überraschen.

»Wir wissen schon seit einem halben Jahr, dass Lefèvre auf eigene Kosten arbeitet. Wir haben seine Konten durchleuchten lassen. Nichts. Wir wissen aber, dass er größere Barbeträge auf ein Sparkonto seiner Tochter einbezahlt hat. Von seinem Fenster aus konnte

Lefèvre das Steve-Jobs-Graffito sehen, ein echter Banksy. Wir wissen, dass er seinen Job hinwerfen wollte, wahrscheinlich, sobald er genügend Fuck-off-Money zusammen hatte. Nun wurde ihm von höchster Stelle gekündigt.«

»Lefèvre hat für London-Tours gearbeitet.«

»Lefèvre hat in erster Linie für sich selbst gearbeitet. Bequemer Posten, mittelmäßig bezahlt, reicht nicht, um in Luxus zu leben, aber wenigstens, um gut über die Runden zu kommen. Wie wir alle ... Aber Monsieur Lefèvre träumte vom großen Abgang, den er auch bekam. Jetzt schläft er den großen Schlaf.«

»Lassen Sie den Wagen nach Fingerabdrücken untersuchen.«

Als der Regen einsetzte, fuhren die schwarzen Fahrzeuge der CRS auf das Gelände. Minuten später rückte die erste Phalanx gepanzerter Einsatzkräfte gegen die aufgebrachte Menge vor. Tränengasgranaten explodierten. Zelte und Bretterbuden stürzten ein. Ronan erreichte den Wagen, stieg ein und ließ das Lager hinter sich, aus dem dunkle Rauchwolken aufstiegen.

—

Ronan nahm eine Packung Kaugummi aus dem Handschuhfach, öffnete sie mit einer Hand und steckte sich einen in den Mund. Das Hungergefühl ließ nicht nach, aber es beschäftigte den Teil in ihm, der für Hunger zuständig war. Einsatzfahrzeuge der Feuerwehr und weitere Busse mit CRS kamen ihm entgegen. Das Hafengelände mit seinen Gas- und Öltanks und Containerflächen war ein Ort, an dem Menschen eine Vision geschaffen hatten, wie die Welt ohne Menschen aussah. Das Navigationsgerät zeigte nur eine weiße Fläche an. Sicherheitszäune zu beiden Seiten. No Man's Land selbst auf der Karte. Die Straße verengte sich. Eine Bushaltestelle, ein gelber Mülleimer, statt eines Straßennamens stand auf einem Schild »Zone B«. Ronan umfuhr das Hindernis, als er jemanden aus dem Bushäuschen auf die Straße treten sah. Er bremste scharf. Die Gestalt im Regenmantel winkte ihm zu und kam mit etwas schleppendem Gang auf die Beifahrerseite. Durch die Scheibe blickte ihn das regennasse Gesicht Grands an.

»Ich dachte schon, Sie kommen gar nicht mehr und ich müsste den ganzen Weg in die Stadt zurücklaufen, und das mit meinem Rücken.«

»Woher wussten Sie, dass ich an dieser Bushaltestelle vorbeikomme?«

»Ich wäre nicht vom Geheimdienst, wenn ich so etwas nicht wüsste. Nein, kleiner Scherz. Die andere Zufahrtsstraße ist gesperrt. Dort haben Migranten Barrikaden aus Sperrmüll errichtet. Da brennen Matratzen, Autositze, das reinste Kriegsgebiet. Zumindest kann man sagen, dass die Migranten sich schnell an die französische Art zu demonstrieren angepasst haben. Kurz, Sie mussten hier vorbeikommen. Ich wollte Sie eigentlich in Calais treffen. Doch als ich Sie angerufen hatte, erreichten mich schon die ersten Bilder aus dem Lager.«

»Erste Bilder? Die Presse war doch noch gar nicht vor Ort.«

»Sie und ich, wir sind schon Relikte aus einer alten Zeit. Früher sammelten Journalisten vor Ort Informationen ein. Bilder waren Gold wert. Heute hat jeder ein Handy und macht Fotos damit. Informationen sind schneller, als jeder Journalist sein kann. Sie bekommen Bilder in ihre Redaktionen, Zeugenberichte, und die meisten Blogger sind schneller als die Eilmeldungen der Nachrichtenagenturen. In einer Twitter-Meldung spricht man von einem Schusswechsel im Lager. Die Association Human Race faselt etwas von Exekutionen seitens der Polizei.« Grand tippte auf seinem Handy und zeigte es Ronan. »Und hier: Vernichtungslager Calais. Innerhalb von einer halben Stunde schreiben linke Extremisten, dass die Zeit der *rafles* wiedergekommen sei. Willkürliche Polizeiaktionen wie zur Zeit des Algerienkrieges. Ein Toter, ein paar Bilder, die tausendfach kopiert und kommentiert werden, und schon entsteht eine Wahrheit, die nichts anderes ist als ein Gewirr aus Spekulationen und politischer Extreme.«

»Was wissen Sie über London-Tours?«

»Agent Donval ... Camille war ihnen auf der Spur, doch bevor sie berichten konnte, verschwand sie. Ich weiß nur, dass sie eine Büroadresse mit dem Namen einer Association London-Tours ausfindig gemacht hatte. 17 Avenue de la Porte de la Chapelle, im achtzehnten Arrondissement in Paris. Das ist die Adresse einer Mülldeponie. Die städtische Verwaltung wusste natürlich nichts von London-Tours. Aber was suchten Sie im Lager von Calais?«

»Die junge Frau und ihr Kind, die am Strand von Penec angeschwemmt wurden … Ihr Mann hat für die Überfahrt nach England bezahlt, und da waren noch diese T-Shirts.«

»Was für T-Shirts?«

»T-Shirts mit verschiedenen Labels, aber auf allen war der Name London-Tours gedruckt. Die junge Frau trug eines, und auch die Toten in der gesunkenen Jacht hatten T-Shirts mit dieser Aufschrift.«

»Der Mann, der erschossen wurde, war der Ehemann der Toten?«

»Ja, er wollte heute Abend mit London-Tours nach England.«

»Die Presse hat ihn zum Märtyrer gemacht. Opfer von Polizeigewalt.«

»Die Polizei hat damit nichts zu tun.«

»Im Augenblick lassen wir die Presse im Glauben, dass die Polizei der Bösewicht ist. Das verschafft uns Zeit. Konnten Sie den Schützen identifizieren?«

»Einer der Legionäre von Kazav.«

»In Penec sind Sie nicht sicher. Sie können den Schützen identifizieren. Damit haben wir eine Verbindung zu Kazav.«

»Kazav ist nicht der Kopf der Organisation.«

»Glauben Sie mir, wir sind seit mehr als zehn Jahren hinter Kazav her. Politisch wird er immer mächtiger, und je weiter er in den Rängen von Politik und Wirtschaft aufsteigt, desto unantastbarer wird er.«

»Kazav ist ein kranker Mann.«

»Kann sein, aber er ist gefährlich.«

»Er steckt nicht hinter London-Tours.«

»Hören Sie, Capitaine, Sie können niemandem trauen in Penec. Wir haben E-Mails und Textnachrichten abgefangen, zum Teil konnten wir die Nachrichten entschlüsseln, aber nicht alle. Wir wissen, dass Sie bei Ihrer Rückkehr zu einem Treffen kommen sollen. Wer Sie anruft und um ein Treffen bittet, will Sie beiseiteschaffen.«

Ronan hatte die Hafenanlagen hinter sich gelassen. Wohnblöcke ragten wie faule Zähne aus nassgrauem Beton, die ersten PMU-Bars, vor denen unrasierte Männer an runden Tischchen hockten, rauchten und ihr Lebensglück mit Rubbellosen auffrischten. Grand zeigte auf eine Bushaltestelle.

»Lassen Sie mich da raus. Mein Bus.«

»Haben Sie Informationen über den Lagerverwalter in Calais?«

Grand hatte sich schon umständlich aus dem Sitz gequält. Er stützte sich an der Autotür ab.

»Der zweite Tote ... ein Monsieur Lefèvre ... In der Presse wird er als engagierter Flüchtlingsaktivist beschrieben. Ich werde ihn durch unsere Datenbank jagen.«

Grand schlug die Autotür zu und verschwand zwischen den Leuten wie ein Stein, der ins Wasser taucht.

—

Auf der Rückfahrt hatte France2 eine Live-Schaltung nach Calais. Eine junge Journalistin berichtete aus dem – wie sie sagte – Herzen der Hölle. Die Polizei sei mit einem Großaufgebot vor Ort. Tränengas, Gummigeschosse, mehrere Beamte seien verletzt worden. Migranten verteidigten das wenige Hab und Gut, das sie besaßen. Der betroffene Ton der Journalistin vermittelte den Eindruck, als würde die französische Armee in ein Land einfallen, um dort alles niederzubrennen. Als der Moderator im Studio übernahm, kommentierte er einzelne Twitter-Meldungen. Die Berichterstattung im Radio hatte nichts mit dem zu tun, was Ronan noch vor drei Stunden selbst erlebt hatte. Grand hatte recht. Die Informationen flossen schneller als die Ereignisse selbst. Die Boten wurden überflüssig. Informationen verbreiteten sich wie schlechte Luft. Der Geruch war präsent, der Ursprung konnte nur noch erahnt werden. Er wollte gerade ausschalten, als der Moderator ein Twitter-Bild kommentierte:

»Der Schnappschuss, der symbolischer nicht sein konnte. Zwei Polizisten. Einer in Zivil, mit der roten BAC-Armbinde, der sich einem Beamten der Gendarmerie entgegenstellt, doch knapp über ihren Köpfen eine Schreibmaschine. Im Flug fotografiert. Wir wissen nicht, ob sie einen der Beamten verletzt hat und ob sie bemerkt hatten, was da auf sie zuraste. Wie ein Komet, der aus der Menge herausgeschleudert wurde.«

»Ja, genau«, schaltete sich eine weibliche Stimme dazu. »Ein Komet, der seine Umlaufbahn verloren hat und nun ins Zentrum des Sonnensystems dringt.«

»So eine Schreibmaschine ist nicht leicht«, meinte ein anderer, »es braucht schon erheblich Kraft, um sie in so eine Flugbahn zu bringen. Wenn man den Weg nachzeichnet, den die Schreibmaschine genommen hatte, dann ergibt sich eine Parabel.«

Die weibliche Stimme übernahm: »Man kann es auch so sehen. Gegen die Polizeigewalt gibt es nur die Macht des Wortes. Die Schwachen schleudern den Mächtigen ihre Worte entgegen.«

»Nur ist es ein Unterschied, ob man Worte an den Kopf bekommt oder eine Schreibmaschine«, unterbrach der Moderator.

Ronans Handy vibrierte. Er schaltete auf laut.

»Wenn du rangehst, dann gehe ich davon aus, dass du noch lebst«, klang Loigs Stimme aus dem Lautsprecher.

»Verdreckt, leerer Magen, aber am Leben.«

»Das Essen im Krankenhaus ist beschissen. Zwei Toastbrote mit Schmelzkäse und dazu abgepacktes Apfelkompott, bei dem das Verfallsdatum schon vor dem Ersten Weltkrieg abgelaufen ist. Grauenhaft, aber es stopft.«

»Was macht deine Verletzung?«

»Na, das ... Ich hatte in der Aufregung gar nichts gespürt. Erst als ich losrennen wollte, merkte ich, dass etwas in meiner Schulter steckte. Ich bekam nur örtliche Betäubung, als sie mir das Ding rausgeholt haben. Du wirst es nicht glauben, was in meiner Schulter steckte. Ich drehe es seit einer Stunde zwischen meinen Fingern. Der Backenzahn eines Menschen.«

»Ein Zahn?«

»Der Arzt fragte mich auch, ob es jetzt Gewehre gäbe, die mit Zähnen schießen. Dann erklärte ich ihm, wie der Kopf des Mannes zerplatzt ist. Das Projektil hatte den Kopf gesprengt und den Backenzahn wie einen Querschläger herausfliegen lassen. Der verdammte Zahn hätte mich umbringen können. Hast du das Arschloch erwischt, das geschossen hat?«

»Er ist mit dem Schlauchboot entkommen.«

»Das Rennen sollten wir den Jüngeren überlassen.«

»Ich weiß, wo ich ihn finde.«

»Warte, bis ich zurück bin. Das Schwein, dem ich den Zahn in meiner Schulter zu verdanken habe, schnappen wir uns. Morgen werde ich entlassen. Eine Delegation des Bürgermeisters wird mich abholen.«

»Woher weiß der Bürgermeister, dass du im Krankenhaus bist?«

»Ich dachte von dir?«

»Ich wusste ja selbst nicht, in welchem Krankenhaus du bist.«

»In der Notfallklinik in Calais. Vielleicht hat der Notarzt die Dienststelle verständigt, und die haben die Information weitergegeben. Ist irgendetwas nicht in Ordnung?«

»Kannst du dich selbst entlassen?«

»Wann?«

»Sofort.«

»Ich wollte erst noch abendessen. Ich habe Fernsehen. Ich kann mir das Rugbyspiel heute ansehen, und die Nachtschwester soll eine Nymphomanin sein, die sich auf verletzte Polizisten spezialisiert hat.«

»Du bist dort nicht sicher, verschwinde ...«

»Wenn ich hier nicht sicher bin, dann bin ich es auch nicht in Penec ... verdammt, Enora, die Kinder.«

—

Es war bereits dunkel, als das Ortsschild von Penec im Scheinwerferlicht aus dem Zwielicht des Straßenrands schnellte. Nach dem ersten Kreisverkehr erhellten Straßenlaternen die nasse Fahrbahn. Das Catch22 hatte bereits geschlossen. Die beiden Touristenlokale am Hafen hatten heute Ruhetag, und in der Pizzeria am Hafen war der Koch krank geworden. Auf dem Grund des Trieux lagen die Reste seines ausgebrannten Bootes, seine Vorräte an Lachskonserven, zwei Lagavulin-Whiskyflaschen, fünf oder sechs Rotweinflaschen, dann waren da noch die selbst gemachten Ravioli, die er im Kühlschrank hatte, die Auberginencreme, die ihm Solen von ihrem Urlaub aus der Dordogne mitgebracht hatte, alles war irgendwo, unerreichbar. Selbst die Kaugummis im Handschuhfach waren weg. Warum sollte ein Tag, der so mies angefangen hatte, der dann im Minutentakt schlechter wurde, in einem Freudenfeuer enden? In der Dienststelle waren lediglich Leroche, der sich von seiner eigenen Langeweile anstecken ließ, und Albert Flobinsky, ein junger Gendarme, der seine Ausbildung zum Taucher gerade absolviert hatte und der von einer Sportbefreiung zur nächsten hangelte. Dessen Trainingsplan sah eigentlich keinen Nachtdienst vor, weil Nachtarbeit seinen Melatoninspiegel negativ beeinflusste und dies ihn ein paar Hundertstel beim nächsten Marathon kosten würde.

Ronan ging kurz an seinen Spind und zog sich frische Kleider an. Das Blut auf seiner Uniform war inzwischen getrocknet. Er packte alles in einen Sack. Es musste in die Reinigung. Er zog seine schwarze Hose an und nahm die wasserdichte Jacke heraus. Frische Klamotten, und schon sah die Welt wieder besser aus. Flobinsky machte gerade Liegestütze, als Ronan an seinem Büro vorbeikam. Leroche zählte laut. Neunundvierzig, fünfzig … Flobinsky sprang auf, schüttelte seine Arme aus und lächelte Ronan zu: »Allzeit bereit, Capitaine.«

Ronan beließ es bei einem zustimmenden Nicken. Er mochte Flobinsky, auch wenn er ihn für jemanden hielt, der dem Leben auf Marathonrennen zu entkommen glaubte. Er ließ die beiden zurück und trat in die kalte Nacht hinaus. Er wählte Solens Nummer, als er einen schwarzen Lieferwagen auf der anderen Seite sah. Solen meldete sich, doch Ronan konnte nicht sprechen. Waren sie ihm von Calais gefolgt, oder hatten sie hier auf ihn gewartet? Hinter dem Steuer saß niemand. Er näherte sich dem Wagen, darauf gefasst, dass die Türen aufsprangen und bewaffnete Männer herausstürmten. Doch nichts geschah. Ronan versuchte sich zu beruhigen. Die Ereignisse in Calais hatten ihre Spuren hinterlassen. Der Feind konnte überall sein. Überall und zu jeder Zeit. Wenn du dich auf feindlichem Gebiet befindest, dann bist du zur Hälfte tot und nicht tot, denn alles ist möglich. Wie Schrödingers Katze, die tot und nicht tot war, bis jemand die Kiste öffnete und nachsah. Das Entscheidende war, dass der Zustand der Unbestimmtheit ein Zustand der Realität war. Ronan fühlte sich wie Schrödingers Katze, als er unter den Straßenlaternen zu seinem Wagen ging. Er war aus seinen Einsätzen als Soldat zurückgekehrt, weil andere Versionen von ihm in einer staubigen Wüste gestorben waren. Es war das Paradox der lebenden Toten, die nicht wussten, dass sie nur noch eine Fußnote der Realität waren.

Die Straße blieb ruhig und dunkel. Der Chef der BAC in Calais hatte ihm versichert, dass sie den Pick-up nach Spuren untersuchen und sie mit ihren Datenbanken vergleichen würden. Es war unwahrscheinlich, dass sie verwertbare Spuren fanden, und selbst wenn, würde es Tage dauern, bis das System einen Namen ausspuckte. Und dies nur, wenn der Täter auch schon einmal erkennungsdienstlich in die Dateien der Ermittlungsbehörden geraten war.

Am Ende führte der Weg in die Sackgasse der Fremdenlegion. *Legio Patria Nostra.* Die Legion ist unsere Heimat. Sie wussten, dass Ronan nichts in der Hand hatte, womit er Leturc und den Bürgermeister belasten konnte. Grand hatte recht. Irgendwann waren Kazav und sein Sicherheitsdienst politisch so mächtig, dass sie auf rechtsstaatlichem Wege nicht mehr anzugreifen wären. Und Kazavs geistiger Zustand war unerheblich, wenn es um Macht ging. Die einzige Möglichkeit, Kazav zu stoppen, war, dass Ronan Camilles Arbeit fortsetzte.

Wenn er bei Solen die Nacht auf der Couch verbrachte, würde er sie in Gefahr bringen. Er musste erst einmal raus aus der Stadt. Er fuhr, bis der Schein der Stadt im Rückspiegel ein schwaches Glimmen in den Wolken war. Dann hielt er, stieg aus und ging um den Wagen. Er nahm die Taschenlampe aus dem Handschuhfach und leuchtete unter den Wagen. Ein magnetischer Tracker war nicht größer als ein USB-Stick. Er tastete mit den Fingern den äußeren Rand des Unterblechs ab, fasste unter die Abdeckplane des Ersatzreifens, stieg wieder ein und fuhr die letzten Meter bis zum Waldrand ohne Licht.

Nachdem er den Motor ausgeschaltet hatte, kam erst die Stille, und in der Stille kamen die Geräusche des Waldes. Der Wind hatte an Stärke zugenommen. Wolken verbarrikadierten den Sternenhimmel, so als hätte sich die dahinter liegende Unendlichkeit verschlossen. Aus dem Rauschen des Waldes drang zweimal kurz hintereinander der unverkennbare Ruf des Grand Duc. Der Nachtjäger hatte ihn schon längst ausgemacht. Lautlos glitt er flach über den Boden, die gelben Augen weit offen. Die Nacht gehörte dem Grand Duc. Ronan hatte den Waldrand erreicht. Ein Trampelpfad führte steil nach unten. Als das Waldstück auf der andere Seite sich lichtete und er die dunkle Silhouette des *Roche-du-Mélus* erkennen konnte, lehnte er sich gegen den dicken Stamm eines Baumes. Die raue und zerfurchte Rinde der alten Buche fühlte sich gut an. Er zog seine Kapuze ins Gesicht und legte sich ins Moos. Der Wind bewegte die Wipfel über ihm, und Ronan hatte das Gefühl, als würde er in diesem Rauschen treiben. Seit vierzig Jahren war er auf dieser Welt, und noch immer war ihm, als gehörte er nicht ganz in sie. Du bist nur ein Gast, man sagt es dir nicht, dass du wieder gehen sollst, aber man erwartet es von dir. Nie stehen bleiben, immer weiter. Sein Leben war ein Abhang. Wenn er nicht ständig kletterte und weiterging, würde er das Gleichgewicht verlieren und in die Tiefe stürzen.

Die Nacht war jetzt vollkommen, und er lehnte an einem Baum, und zu wissen, dass es niemanden gab, der in diesem Augenblick auf ihn wartete, dass die Welt sich ohne ihn weiterdrehte, rückte diesen Fleck an den äußersten Rand des Universums, jenseits von Zeit und Raum. Als er mit Camille zusammengezogen war, war es eine der ersten Erfahrungen, die ihn wirklich störten. Wo warst du? Ich habe mir Sorgen gemacht. Von nun an musste er sich abmelden. Sein Leben wurde auf einmal kontrolliert. Die große Freiheit seiner Einsamkeit war vorüber, als Camille ihre Schuhe in den Hausgang gestellt und ihren Fön im Badezimmer aufgehängt hatte. Wie sehr würde er sich jetzt wünschen, dass jemand auf ihn wartete. Camille kochte und hatte das Radio angeschaltet. Sie sah auf die Uhr und erwartete seinen Anruf. Auf seinen Lippen sprach er ohne Ton: Ich bin in einer halben Stunde da … Ich habe noch zu tun. Soll ich ein Baguette mitbringen? Ronan hatte seine alte Telefonnummer noch im Kopf. Doch unter dieser Nummer meldete sich niemand mehr. Hinter der Nacht war nur noch eine größere Nacht, und alle Nächte, die es gab, waren nur Teil der ewigen Nacht. Der Schrei des Grand Duc durchstieß das Rauschen der Wipfel. Was hätte er gemacht, wenn er nicht zur Armee gegangen wäre? Wenn er Medizin studiert hätte und Arzt geworden wäre? Würde er zu Ärztekongressen reisen, mit einer Frau, die es vielleicht irgendwo gab? Oder war er immer derjenige, der er war, und eine unsichtbare Macht würde ihn immer wieder in dasselbe Schicksal drängen? War er am Ende nur das Ergebnis all der Gedanken, die er aufgrund seiner Erfahrungen gemacht hatte? Gäbe es immer einen Grand, der auftauchte und ihn daran erinnerte, wer er war? Ein Soldat? Ein tödliches Werkzeug einer Macht, von der er glaubte, dass sie seinem Leben eine Richtung gab? Selbst Camille war nicht die Frau gewesen, die er kannte. Sie hatte ein Doppelleben geführt. Sie flog wie der Grand Duc durch die Nacht, um eines Tages darin zu verschwinden. Er schloss die Augen. Vor sich sah er den Mann, der heute Nachmittag vor seinen Augen gestorben war. Neben ihm seine Frau, die ihr Kind an ihre Brust angelegt hatte. Sie waren glücklich, wie Ronan sie so dastehen sah. Auf dieser Seite der Realität hatten sie es geschafft. Dann lösten sich ihre Gestalten auf. An ihrer Stelle sah er Menschen in einer Bootskajüte, eng aneinandergepresst, eine Frau drückte ihr Kind an sich, andere beteten, dann begannen alle gleichzeitig zu schreien, aus ihren Köpfen quoll Wasser, immer mehr, bis die Kajüte vollgelaufen war, das kalte Meer ergoss sich aus Löchern in ihren Köpfen.

Ronan erwachte. Wasser tropfte in sein Gesicht. Es hatte zu regnen begonnen. Der Waldboden schien unter ihm zu atmen, saugte sich voll. Halb im Schlaf stand Ronan auf. Er musste bis zum *Roche-du-Mélus* laufen. Dort gab es natürliche Höhlen. Der Sturm begann in dieser Nacht. Wenigstens brauchte er sich keine Sorgen zu machen, ob die Leinen seines Bootes halten würden.

Als Ronan in dem matten Licht, das der Mond und der Widerschein der Stadt verteilten, eine Bewegung wahrnahm, griff er zu seiner Taschenlampe. Vor seinen Füßen war ein Tier, mit schwarzweißem Fell. Er schaltete die Lampe ein. Der Dachs stieß ein Knurren aus. Das nachtaktive Tier war kein Freund von grellem Licht. Das Tier rannte ein paar Meter davon, hielt dann und drehte sich wieder zu Ronan um. Er folgte dem Dachs über die Uferböschung, ein unsichtbarer Weg über Wurzeln, die ins Leere gewachsen waren. Ein paar Mal verlor er den Dachs aus den Augen, doch jedes Mal kam er zurück, so als wollte das Tier sicher sein, dass Ronan ihm folgte. Unter einer Wurzel verschwand das Tier in einer Höhle, die bis tief unter die Uferböschung reichte. Es roch nach Erde und Moos, und die großen Farne am Eingang der Höhle verströmten einen säuerlichen Duft. Der Dachs war in der Höhle verschwunden. Ronan folgte ihm, so weit er konnte. Die Höhle war groß genug, dass Ronan darin sitzen konnte. Vor dem Eingang prasselte jetzt der Regen auf die dunklen Felsen. In der Höhle hörte er den Dachs, er sah ihn aber nicht. Dann schlief Ronan ein.

Teil IV

Das Weiß der Wahrheit

»Wo warst du?«

Ronan war noch nicht in seinem Büro, als Solen schon über ihn herfiel.

»Ich habe mir Sorgen gemacht. Du hast mich angerufen, und dann gingst du nicht ran. Was war los? Und wie siehst du … Capitaine? Und du solltest dir ein neues Deo besorgen. Riecht nach Komposthaufen.«

»Hat Loig sich gemeldet?«

»Sitzt in deinem Büro … im Jogging-Anzug, macht einen auf Geheimnis und trinkt einen Kaffee nach dem anderen.«

»Tut mir leid wegen gestern, ich wollte dich anrufen, aber ich konnte nicht sprechen.«

»Hat es etwas mit der Sache in Calais zu tun? Ich habe die Bilder im Fernsehen gesehen. Im Radio gibt es eine Sondersendung wegen der Unruhen im Jungle. Wenn wir einen Fernseher hätten, der funktioniert, dann könntest du die Live-Schaltung ansehen. Seit gestern ist das so.« Sie holte ihr Handy raus und rief mit zwei Fingerwischern News-TV auf. Auf dem handtellergroßen Bildschirm waren brennende Barrikaden zu sehen, darauf vermummte Migranten. Einige trugen Gesichtsmasken, die bis auf die Augen alles verbargen. Linksaktivisten, die sich als Migranten ausgaben. Sie kamen scharenweise über die Dünen ins Lager, bewaffnet mit bengalischem Feuer, Schlagringen, Steinschleudern, die Taschen voller Schrauben, selbst gebastelter Böller. Auf Parolen und Banner verzichteten sie, denn die Fronten waren ja klar. Die Bilder sahen aus wie Straßenschlachten in einem Bürgerkrieg.

»Es heißt, dass Polizisten, die nicht aus Calais stammten, auf unbewaffnete Migranten geschossen hätten, nachdem ein Unbekannter eine Schreibmaschine geworfen hatte. Es gibt Fotos ... von der Schreibmaschine, von dir und einem Typen der BAC.«

»Warte noch ein paar Stunden, dann finden einige Aktivisten das Foto des Toten, und sie tragen ihn wie einen Märtyrer durch die Straßen.«

»Haben sie schon ...« Solen zeigte ihm ein Foto des Mannes, mit dem er bereits gesprochen hatte. Sie wollte das Video schließen, als Ronan den Marabu erkannte, der einer Journalistin ein Interview gab.

»Wir haben nichts«, sagte der Marabu, mit gekonnt politischer Betroffenheit, »nichts, außer unserer Würde, und die nimmt uns die Polizei. Sie kommt in das Lager, bedroht friedliche Menschen, die ein besseres Zuhause wollen. Wir wollen nur Menschenrecht ... mehr nicht. Recht auf Wohnung, Recht auf Arbeit, Geld, Recht auf Medizin, Recht auf Leben ... doch Polizei kommt und tritt uns.«

»Sie sind Augenzeuge von Polizeigewalt?«

»Opfer von Polizeigewalt. Zwei Polizisten haben mich gefoltert. Sie haben sogar meinen Hund geschlagen, als er mich verteidigen wollte.«

»Sogar den Hund ...«

»Das sind keine Menschen, das sind Bestien in Uniform.«

»Ich frage mich, wie viel ihm der Sender für das Interview bezahlt hat.«

»Kennst du den Mann?«, wollte Solen wissen.

»Wir haben mit ihm gesprochen. Eine Art selbst ernannter Lagerhäuptling, der mit Gras dealt und mit den Schleppern zusammenarbeitet. Die BAC in Calais ermittelte gegen ihn und den Lagerverwalter.«

»Davon haben sie auch berichtet. Schrecklich. Der Lagerverwalter hatte zwei Kinder.«

Im Hintergrund des Videos zogen zwei Migranten ein Banner auf. *Freiheit und Unabhängigkeit des Jungle.* Ein jüngerer Mann ohne Zähne streckte seinen Kopf in die Kamera. »Wir fordern die Autonomie des Jungle. Es lebe der freie Staat *Jungle*. Wenn ihr uns nicht helft, dann helfen wir uns selbst. Die Polizei hat uns nichts zu sagen ... Wir sind freie Bürger des Jungle ... Freiheit für ...« Jemand zog ihn aus der Kamera. Das Banner zerriss, und ein Windstoß blies es über die Dünen, wo es kurz einen Tanz vollführte und sich dann in einem dürren Baum verfing.

»Hat sich Marie heute Morgen schon sehen lassen?«

Solen nickte. »Die war schon da, als ich kam. Sah aus, als hätte sie schon zwei Joggingstunden hinter sich.«

»Schick sie zu mir, wenn du sie siehst.«

»Sie bringt Troguidys Sohn nach Hause. Er hat sich vor Barbies Hühnerfarm herumgetrieben, Plakate hochgehalten … Du weißt schon, Tierholocaust. Barbie rief bei uns an, um uns mitzuteilen, dass er den Jungen abknallt wie ein Karnickel, wenn er sein Grundstück betreten sollte.«

Ronan betrat sein Büro. Loig knüllte einen Plastikbecher zusammen.

»Ich bin noch krankgeschrieben«, sagte er und zeigte auf den Verband an seiner Schulter. »Wegen dem Zahn muss ich jetzt sogar Antibiotika schlucken.«

»Hast du eine saubere Hose und einen Pullover für mich?«

»Nimm dir aus meinem Spind, was du brauchst. In die Hose passt du dreimal rein, aber du siehst darin immer noch besser aus als jetzt.«

»Wir müssen Leturc und Kazavs Legionäre ausschalten.«

»Und mit welcher Begründung?«

»Der Schütze in Calais gehört zu Kazavs Leibgarde, genauso wie Van Haag. Es muss einen Zusammenhang zwischen London-Tours und Kazav geben.«

»Nur, ohne Beweise unterschreibt kein Richter einen Haftbefehl, erst recht nicht, wenn es sich um das Umfeld eines Politikers handelt. Wenn man vom Teufel spricht …«

Lambert tauchte in der Tür auf, in der Hand einen Stapel Akten.

»Es wäre gut, wenn ich einen festen Parkplatz auf dem Gelände der Dienststelle hätte … und warum gibt es noch keine Ladestation?«

»Weil Sie bei der Gendarmerie noch in den Achtzigern sind, und damals gab es noch keine Elektroautos.«

»Sie können bei Carrefour parken und Ihren Wagen aufladen.«

»Damit mir so ein Hinterwäldler vom Land das Auto zerkratzt.«
»Jetzt zeichnen Sie nicht so ein schlechtes Bild von den Leuten hier«, beschwichtigte ihn Loig.
»Gäbe es nicht den Bürgermeister«, sagte der Ermittlungsrichter, »dann kämen meine Ermittlungen nicht voran. Während Sie einen Zeugen erschossen haben.«
»Pardon, ich habe was?« Ronan schloss die Tür zu seinem Büro. »Jeder Fernsehkanal berichtet von dem Polizisten, der einen Zeugen erschoss, weil dieser eine Schreibmaschine geworfen hatte. Ich hatte ein Gespräch mit einer Journalistin, die mir berichtet hatte, dass ein Capitaine Prad einen Priester aus dem Lager eingeschüchtert und sogar seinen Hund misshandelt hatte.«
»Setzen Sie sich!«
»Danke, ich stehe lieber«, antwortete Lambert.
»Setz dich!« Ronan packte den Ermittlungsrichter an den Schultern und presste ihn in den Drehstuhl. Lamberts Mund war fassungslos halb geöffnet.
»Das kann Sie Ihren Job ...«
»Sie sollten weniger fernsehen, vor allem, wenn Sie keine Ahnung haben, was dort geschehen ist.«
»Sie wissen natürlich Bescheid.«
»Der Mann wurde neben mir erschossen. Ich habe den Schützen bis zum Strand verfolgt.«
»Und warum erfahre ich davon erst jetzt?«
»Anstatt am laufenden Band Interviews zu geben, weil Sie gerne Ihre eigene Stimme im Radio hören, hätten Sie mich anrufen können.«
»Ich arbeite multimedial, das ist ...«
»In diesem Fall kontraproduktiv ... Es sei denn, wir streuen absichtlich falsche Informationen, um eine Tätergruppe einzugrenzen.«
»Ich kenne mich aus ...«
»Das ist Ihr zweiter Fall, Lambert«, erklärte Ronan. »Sie sind jung und stehen unter Erfolgsdruck. Sie wollen ganz nach oben. Bei Ihrem vorigen Fall haben Sie so viele ermittlungstechnische Fehler gemacht, dass Beweise nicht genutzt werden konnten und ein Kinderschänder deshalb heute frei rumläuft.«

»Ich habe mich über Sie erkundigt. Bloomsday hat mir schon gesagt, dass ich Ihnen nicht trauen soll.«

»Und weil Sie so ein großartiger Ermittler sind, haben Sie sich auch gefragt, warum Sie mir nicht trauen sollen?«

»Liegt an Ihrer Militärakte.«

»In der steht was?«

»Kann ich Ihnen nicht sagen, weil …«

»… sie unter Verschluss ist.«

»Es ist doch verdächtig, dass Ihre Akte unter Verschluss gehalten wird und …«

»… weder Sie noch Bloomsday sie einsehen können.«

Für ein paar Sekunden war nur Loigs Fingertippen auf dem Tisch zu hören und Solens Stimme, die laut rief, dass Météo-France offiziell Sturmwarnung für die gesamte Nordküste und Westküste der Bretagne herausgegeben hatte.

»Scheint mir«, sagte Lambert leiser, »dass wir einen schlechten Start hatten.«

Ronan nickte und streckte Lambert die Hand hin, der sie halbherzig griff.

»Es ist nie zu spät, neu anzufangen.«

»Vielleicht wird das doch noch Ihr Fall«, fügte Loig hinzu.

»Was haben Sie?« Ronan deutete auf die Akten, die Lambert noch immer umklammert hielt.

»Wir haben drei der Toten aus Jegous Jacht eindeutig identifizieren können. Alan Jegou, seine Frau Kirsten und ihre Tochter Lena.«

»Das heißt, Alan Jegou hat sein Boot nicht selbst gesteuert«, sagte Ronan.

»Jemand hat die Jegous und noch weitere zwölf Menschen kaltblütig umgebracht.« Loig tippte wieder mit den Fingern auf Ronans Schreibtisch.

»Können Sie damit aufhören«, sagte Lambert, ohne sich umzudrehen, »das hindert mich am Denken.«

»Ich denke in meinen Fingerspitzen, und wenn …«

Ronan ging quer durch sein Büro, das inzwischen vom Erdgeruch seiner Kleider durchtränkt war.

»Jemand bringt eine ganze Familie um und noch weitere zwölf

Menschen«, dachte Ronan laut, »jemand wollte Spuren verwischen. Er hat sie alle ausgelöscht, bis auf eine: Aziliz Jegou, die älteste Tochter. Sie hat die Katastrophe überlebt.«

»Ist aber seit Jahren in einer Psychiatrie untergebracht, in geistiger Umnachtung.« Loig tippte heftiger mit den Fingern, Ronan zog immer kleinere Kreise in seinem Büro.

»Ich bin aber noch einen Schritt weitergekommen«, sagte Lambert und legte den Stapel Akten auf den Tisch. »Das ist wirklich ermittlungstechnische Detailarbeit. Bisher ist es nur eine Theorie, aber seit heute Morgen habe ich den Durchbruch.«

»Spucken Sie's schon aus«, rief Loig ungeduldig dazwischen.

»Ich möchte erwähnen, dass ich es war, der den entscheidenden ...«

Ronan war auf seltsame Weise ruhig geworden. Er hörte Lambert zu, aber nur, wie man eine Radiosendung im Auto wahrnahm und sich gleichzeitig auf die Straße konzentrierte.

»Ich habe die Kleidung der Toten in Jegous Jacht untersucht. Bis auf die Jegous trugen die anderen alle T-Shirts ...«

»Mit dem Aufdruck LONDON-TOURS«, setzte Ronan Lamberts Gedanken fort.

»Woher wissen Sie? Ich habe die Kleidungsstücke im Labor untersuchen lassen.«

»Die Tote am Strand trug das gleiche T-Shirt mit der Aufschrift LONDON-TOURS wie die Skelette in dem Bootsrumpf. Und dann habe ich es noch einmal gesehen, nur in einer anderen Farbe ...« Ronan blickte Loig an.

»... bei unserem Besuch bei Charlotte.«

Loig verzog ungläubig das Gesicht.

»Liz trug ein T-Shirt mit der Aufschrift. LONDON-TOURS. Sie sagte, dass sie das T-Shirt von ihrem Vater habe. Und ich erinnere mich an Charlottes Gesichtsausdruck, als ich auf das T-Shirt zu sprechen kam. Es war ihr unangenehm, und sie hat ihre Tochter nach oben geschickt.«

»Gael ... und Schlepperbanden«, sagte Loig, »ich kann mir das einfach nicht vorstellen.«

»Für Geld macht man viel. Vor allem, wenn man seine Familie retten will.«
»Geld, immer nur Geld. Es muss doch noch etwas anderes geben«, sagte Loig. Seine Finger begannen wieder einen Takt vorzugeben.
»Und jeder will für seine Familie das Beste«, sagte Ronan, »Gael macht dunkle Geschäfte mit Schleppern und verschwindet spurlos wie dreizehn Jahre vor ihm die Jegous, ein Mann im Lager von Calais bezahlt dafür, dass seine Familie eine bessere Zukunft hat. Es ist, als ob all die guten Absichten ohne das Böse nicht möglich wären.«
»Die Suche nach Morvan ist offiziell eingestellt.« Loig beendete seinen Satz mit einem Fingertrommeln. Es war keine Frage. Er deutete auf ein Fax auf Ronans Schreibtisch, mit dem Briefkopf der Marine.
»Wer wird der Witwe die Nachricht überbringen?«
Ronan blieb in einer Ecke stehen. »Noch nicht … noch nicht.«
»Sein Boot wird seit drei Tagen vermisst, das Wasser hat sieben oder acht Grad … Wir wissen alle, was das bedeutet, Ronan. Einer von uns muss es ihr sagen.«
»Es gibt da etwas, das wir bisher völlig übersehen haben.«

—

Bei allen Vorbehalten, die Ronan gegenüber Lambert hatte, hatte er die Bilder der Schriftzüge auf den T-Shirts nach Rennes weitergeleitet. Dort hatte jemand die Idee, die Schriftzüge analysieren zu lassen. In der Tat gab es im Jahre 2001 nur fünfzehn Druckereien, die noch alten Transferpressen nutzten. Die Verwendung der Chemikalien beim glatten Foliendruck war zwar weit verbreitet, doch zwei Grafikstudios gaben den Hinweis, dass es nur eine Druckerei gab, die diese Pressen noch verwendete. Lambert zog aus seiner Akte einen Originalentwurf hervor, der für den Druck verwendet wurde. Die Überprüfung der Druckerei ergab jedoch nicht viel, bis auf die Tatsache, dass sie 2008 zur Zeit der Finanzkrise Konkurs angemeldet hatte. Dass die Druckerei sich in Penec befand, überraschte Ronan nicht. Allerdings war es kein Zufall, dass der Eigentümer des Gebäudes, in dem sich die Druckerei befand, im Jahre 2002 hatte verkaufen müssen. Die Druckerei musste den Auftrag für die T-Shirts also vor 2002 erhalten haben. Dann bekam sie die Kündigung und ging pleite. Als Ronan von Lambert wissen wollte, wer der Käufer des Gebäudes war, gab er an, dass ein Immobilienkonsortium, das in Penec etliche Grundstücke und Häuser besaß, das baufällige Haus übernommen hatte. Kazav-Immobilien. Ronan brauchte gar nicht abzuwarten, dass Lambert es laut aussprach. Stolz auf seine Ergebnisse packte Lambert seine Akten zusammen.

»Heute Nachmittag treffe ich mich mit Kazav, um mit ihm über die Druckerei, die T-Shirts und unsere Fortschritte zu sprechen.«

»Es wäre besser, wenn Sie zunächst niemandem davon erzählen.«

»Kazav hat uns bisher bei allem unterstützt.«

»Der Bürgermeister ist nur noch ein Wrack.«

»Kazav ist nicht nur Bürgermeister von Penec, er ist vielleicht sogar der nächste Präsident Frankreichs.«

»Sie bringen sich in Gefahr, Lambert.«

»Ich war zwar nie Soldat, aber ich bin kein Feigling, Capitaine.«

»Sein Leben grundlos zu riskieren hat nichts mit Mut zu tun.«

»Lassen Sie mich meine Arbeit machen, Capitaine. Kümmern Sie sich um die einzige Zeugin, die die Katastrophe vor dreizehn Jahren überlebt hat. Ich kümmere mich um Kazav.«

Was hätte er Lambert sagen sollen? Dass der Bürgermeister von Penec an Demenz erkrankt war? Auch wenn er Lambert die Krankenakten Kazavs zeigen würde und die Verschreibung von Medikamenten, die bei Alzheimer und Fällen von Parkinson eingesetzt wurden, es sagte nichts über Kazavs tatsächlichen geistigen Zustand aus. Ronan schätzte, dass Kazav jeden Tag einen Großteil seiner Erinnerungen verlor. Er musste jeden Morgen wahrscheinlich viel Zeit damit verbringen, sich die notwendigsten Dinge des Tages einzuprägen. Doch niemals entfernte er sich länger als ein paar Stunden von seinem Gedächtnis, das er in einen Nebenraum seines Amtszimmers verlegt hatte. Dort hatte Kazav Dinge abgelegt, von denen er glaubte, dass sie mit ihm zu tun hatten. Er konnte längst nicht mehr unterscheiden, was falsch und wahr war. Er konnte sich Geschichten erfinden, sie notieren, und am nächsten Tag wären sie Teil seines Gedächtnisses. Wie genau sein Gedächtniszimmer funktionierte, wusste wahrscheinlich nicht einmal Kazav selbst. Kazavs Archiv hatte seine eigene Existenz. Und wer Zugang zu seinem Nebenraum hatte, der war indirekt auch in Kazavs Kopf. Nachdem er die Notizen hinterlassen hatte, hatte ihn Kazav tatsächlich angerufen, doch Ronan konnte unmöglich sagen, ob dieser Anruf nur eine Bestätigung einer Erinnerung war. Sollte Lambert herausfinden, dass Kazav nur ein Zettelkasten in einem engen Nebenraum war, würden die Leibwächter Kazavs Lambert verschwinden lassen.

Der Untersuchungsrichter war durch die getönte Glastür in das Grau des Regen getreten. Ein kühler Luftstrom strich durch die Räume und mischte sich mit dem Geruch von Schimmel und feuchten Mauern. Loig hatte das Büro bereits verlassen und erzählte Flobinsky, wie der Zahn ihn an der Schulter verletzt hatte. Ronan hatte sich eine Hose aus Loigs Spind genommen und zog sich einen dunklen Strickpullover über den Kopf, als Solen vor ihm stand.

»Capitaine, zwei Treffer …«

»Gibt's auch die ausführliche Version von deiner Mitteilung?«

»Du hast mich gebeten, eine Recherche nach London-Tours zu machen.«

»Pardon, ich hatte eine lange Nacht.«

»Wo hast du geschlafen?«

»In einer Höhle.«

»Schon gut, wenn du es mir nicht sagen willst. Wir sind ja nicht verheiratet. Ich verstehe das.«

»Ist die Wahrheit.«

»In einer Höhle. Ich kapiere die Metapher dahinter nicht. Egal. London-Tours gibt es zweimal: in London und in Paris. Reisebüros für Englandreisen. Bieten Sightseeing, Hotel, geführte Besichtigungen. Alles legal, nichts Besonderes. Aber dann existiert noch ein Verein, der sich ebenfalls London-Tours nennt. Es gibt weder eine Internetseite noch macht dieser Verein Werbung. Ich habe den Verein im Vereinsregister gefunden. Gründungsmitglieder ... das ist nun höchst seltsam. Der Verein gehört offiziell zur Stadtverwaltung Penecs.«

»London-Tours ist Teil der Stadtverwaltung?«

»Der Verein wurde nach der Jahrtausendwende von der Stadt verwaltet. Mit ziemlich vielen Geldmitteln. Finanziert von Spenden.«

»Von denen es natürlich keine Spuren gibt.«

»Nur gibt es weder auf der Internetseite der Stadt noch in offiziellen Dokumenten einen Hinweis auf London-Tours. Wäre ich nicht auf das alte Vereinsregister gestoßen und auf Unterlagen des Finanzamts, hätte ich das nie gefunden.«

»Es ist Zeit, ein wenig Licht in dieses Dickicht zu bekommen.«

»Ach ja, hier ist die Adresse von *Beautemps*, eine halbe Stunde mit dem Auto. Das ist eine Psychiatrie.«

»Ich muss eine Zeugin befragen.«

»Kann ich dich begleiten?«

»Danke, ich nehme Marie mit.«

»Sie ist noch wegen der Hühnersache unterwegs.«

»Ich kann sofort mit dir ...«

»Nein, kannst du nicht. Da ist etwas, was ich richtigstellen muss.«

—

Die Akte der Jegous lag offen vor ihm. Verschollen auf See. Alan Jegou, Kirsten Jegou, geborene Gwyn, Lena und Aziliz. Zwei Erwachsene und ein Kind verschollen. Auf dem Foto wirkte Aziliz jünger. Ein Kind, ungefähr zehn Jahre alt. Ronan drehte das Foto. Ein glückliches Kind, behütet in dem Haus auf der Nordspitze der Halbinsel vor Penec, auf den Granitfelsen. Die Kinderaugen gehörten einem Kind, für das die Eltern noch die Grenzen der Welt waren. Als Aziliz Jegou sich in einen Fotomaton gesetzt und breit in den Spiegel vor ihr gegrinst hatte, da hatte sie noch nicht gewusst, dass dieses Foto der letzte Zeuge ihrer Kindheit sein würde.

Nur wenig später würden Fischer sie am Strand finden. Die Ärzte hatten wenig Hoffnung. Sauerstoffmangel und Unterkühlung hatten ihr Gehirn geschädigt. Als der Fotomaton das Lächeln des Mädchens festgehalten hatte, da hatten ihre Eltern noch nicht die Spur einer Ahnung, dass Aziliz als Waise in der Psychiatrie aufwachsen würde.

Alan Jegou war kein Fischer, sondern nur Hobbysegler. Die *Seafuture* war groß genug, um fünfzehn Menschen bis nach England zu bringen. Das war kein Problem. Ronan fragte sich nur, warum Alan Jegou, ein linker Aktivist, der in Penec regelmäßig mit anderen Globalisierungs- und Atomkraftgegnern Kreuzungen besetzte, nachts heimlich Flüchtlinge schmuggeln sollte. Die meisten Aktivisten hatten auf der einen Seite eine ausgeprägte Phobie für alles, was technisch neu war, und auf der anderen ein glühende Verachtung für alles, was Geld und Konsum betraf. Eine Haltung, die sich nur Beamte mit jährlich steigenden Gehältern, Kündigungsschutz und sicheren Pensionen leisten konnten. Es passte nicht zu Alan Jegou, für eine kriminelle Organisation Menschen zu schmuggeln.

Geld stank nicht, und vielleicht hatte sich Jegou wie Morvan ja eingeredet, dass sie Menschen halfen und ihre Bezahlung nur so etwas wie eine bessere Aufwandsentschädigung war. Jegou mochte sich das hässliche Geschäft schöngeredet haben, doch es gab keinen Grund, warum er seine Familie nachts mit auf See genommen hatte. Dafür gab es nur eine Erklärung: Jemand hatte Jegou samt seiner Familie gezwungen, auf das Boot zu steigen. Jemand, der nie vorhatte, dass die *Seafuture* in England ankam. Jegou war im Weg gewesen.

Ronan schrieb sich die Adresse der Psychiatrie auf einen Zettel, als ihm etwas am Namen von Jegous Frau auffiel. Kirsten Jegou, geborene Gwyn. Es konnte nur ein Zufall sein.

Marie Blanc stieg aus dem Wagen und kam durch die Glastür. Sie erzählte Ronan, wie sie den jungen Troguidy bei seinem Vater abgegeben hatte. Es hatte den Alten nicht gestört, dass sein Sohn wieder Ärger mit der Polizei hatte. Es schien ihn sogar auf irgendeine Weise zu amüsieren. Der Vater schien enttäuscht, fasste Marie zusammen, dass sein Sohn nicht wegen einer Schlägerei verhaftet worden war oder weil er Barbies stinkenden Stall abgefackelt hatte, sondern weil er sich wie ein trotteliger Hippie mit einem Schild vor das Haus eines noch größeren Idioten gestellt hatte. Die Begriffe »vegan« oder »Tierschutz« waren Reizwörter, die der Sohn in der Gegenwart seines Vater lieber nicht aussprach. So viel hatte Marie verstanden.

»Wir müssen einen Zeugen befragen«, sagte Ronan und klemmte sich hinter das Steuer.

—

Fluthöchststand um 18.35 Uhr. Sperrung der Hafenstraße und des Parkplatzes an den Kais. Leclaech stapelte weitere Sandsäcke und stellte die Tische der Terrasse auf Paletten. Solange der Wind noch nicht stärker wurde, konnte er die Markise ausgerollt lassen. So schnell ließ er sich nicht vorschreiben, wann er seine Terrasse räumte. Auch nicht von einem angekündigten Orkan. Im Radio gab der Wetterdienst noch einmal alle Warnungen durch. Koeffizient 115 und morgen 116. Die Gravitation der Sonne und des Mondes zogen die Wassermassen gebündelt aufs Land, dorthin, wohin die Flut sonst nie reichte.

Ronan bog vom Hafen in die Bahnhofstraße, kürzte durch das magere Industrieviertel Penecs ab. Die Nationalstraße trennte Penec wie ein gradliniger Schnitt von dem sumpfigen Hinterland ab, das sich mehrere Kilometer in unübersichtlichen Tälern ausstreckte. Manche Ortschaften bestanden nur aus zwei Häusern und waren von der Straße aus kaum einzusehen. Schwarze Schieferdächer zwischen alten Buchen, jahrhundertealte Steinmauern, in der Landschaft vernarbt, so als wären die Häuser schon immer da. An manchen Biegungen verschwand das Tageslicht völlig unter krummen Eichen, die sich über der Straße zu einem Tunnel verschränkt hatten. Kermaria, ein Postkasten zwischen wildem Lorbeer, ein Ortsschild an einem Weg, der über eine Steinbrücke führte und nur andeutete, dass irgendwo dahinter am kalten Ufer eines Bachlaufes ein Steinhaus seit Jahrhunderten ausharrte.

Ronan ließ das Tal hinter sich. Marie schwieg neben ihm.

»Hast du dich etwas ausruhen können?«, fragte Ronan, während sich die Straße zwischen die Hügel schnitt.

»Welchen Zeugen werden wir befragen?«

»Aziliz Jegou. Die einzig Überlebende der *Seafuture*. Sie weiß, was damals auf dem Boot geschehen ist.«

»In der Akte steht, dass sie geistig umnachtet ist.«

»Hab ich gelesen.«

»Hast du in der Klinik angerufen?«

»Ich hatte jemanden vom Empfang am Telefon. Der wollte mir am Telefon keine Auskunft geben.«

»Wir wissen also nicht einmal, ob sie dort noch lebt.«

»Aziliz müsste inzwischen eine erwachsene Frau sein, in deinem Alter …«

»Ich kann Krankenhäuser nicht ausstehen.«

»Mehr als die Hälfte ihres Lebens in einer psychiatrischen Klinik …«

»Das Leben geht weiter«, antwortete Marie und blickte zum Seitenfenster hinaus, eine vorbeiziehende Landschaft. Hecken, Felder, vereinzelte Steinhütten, ein Traktor, der einen Pflug zog, ein Dorf und dessen Steinkirche wie eine erkaltete Sonne, um die in unsichtbarer Schwerkraft das Dorfleben seine Bahnen zog. Sie verließen das Dorf, als die Klinik auf einer Anhöhe auftauchte. Graue Steinmauern, schwarzes Dach. Die ehemalige Festung glich einer Trutzburg gegen alles Neuzeitliche, gegen die Zeit überhaupt.

Der Fernblick auf die Klinik Beautemps verschwand hinter bewaldeten Hügeln. Ein Straßenschild wies auf eine schmale Straße, die durch einen Wald führte. Die Festung hatte ihren Charme der Jahrhunderte verloren, als sie an einer Schranke halten mussten. Kameraüberwachung, Bremspoller, Stacheldraht. Die hohen Zäune erinnerten Ronan an Grenzzäune.

»Sie haben einen Termin?«, tönte eine Stimme aus dem Lautsprecher, von der Ronan nicht abschätzen konnte, ob es die verzerrte Stimme eines Menschen oder die digitale Stimme eines Roboters war.

»Doktor Hitchens erwartet mich. Capitaine Prad.«

Rauschen kam aus dem Lautsprecher, dann öffnete sich die Schranke.

»Muss ich mit rein?«, fragte Marie, als Ronan nach einigen Kurven den Besucherparkplatz gefunden hatte. »Ich kann Krankenhäuser nicht ausstehen und erst recht keine Irrenhäuser.«

»Du versäumst dein erstes Verhör.«

»Ich würde trotzdem lieber im Wagen warten.«

»Wie du meinst ...«

Auf der Treppe zum Haupteingang, der mit seinen automatischen Schiebetüren einem Supermarkt ähnelte, erschien ein Mann. Ronan ging ihm entgegen.

»Doktor Hitchens?« Aus der Nähe erkannte Prad, dass es eine Frau war. Die Ärztin hatte wie die Festung ihre Form geändert, allein dadurch, dass Ronan sie jetzt vor sich hatte. Er schätzte sie auf fünfzig oder sechzig. Das dünne Haar fiel in grauen Strähnen über die hängenden Schultern. Ronan hoffte, dass sie nicht ganz so bissig war, wie sie aussah.

»Sie sind spät«, sagte sie. Ihre Stimme war rauchig und tief. Wenn Steine sprechen könnten, dachte Ronan, dann hätten sie solch eine Stimme.

»Sagen Sie Ihrer Kollegin, dass sie mitkommen kann.«

»Sie möchte im Wagen warten.«

Hitchens machte ein paar Schritte auf den Wagen zu, wandte sich jedoch dann um und eilte die weite Treppe hinauf. Als die Schiebetüren lautlos aufglitten, setzte draußen der Regen ein. Über den Hügel rollten dunkle Wolken. Obwohl es erst ein Uhr mittags war, gingen die Straßenlaternen an. Der Sturm begann.

»Der Wetterdienst hat Windböen mit Windstärke 12 vorausgesagt, Überschwemmungen«, sagte Hitchens, während sie ihre Magnetkarte durch den Türöffner zog. »Wir müssen uns auf das Schlimmste vorbereiten. Lesen Sie die Bibel, Capitaine?«

»Nein.«

»Sollten Sie aber. Da steht alles drin, was mit uns Menschen geschieht, was uns erwartet. Manche glauben, dass am Ende aller Zeiten die Erlösung wartet, doch der Herr macht die Erde wüst und leer, denn das Wesen dieser Welt vergeht.«

»Das ist dann aber nicht mehr eine Angelegenheit der Gendarmerie.«

»Haben Sie denn einen Freigabecode für die Sektion?« Hitchens drehte sich um, wedelte mit der Magnetkarte vor ihrem Gesicht herum.

»Am Telefon hat mir niemand etwas von einem Freigabecode gesagt.«

»Wir dürfen telefonisch keine Auskunft über Patienten erteilen.«

»Ich will nur mit einer Patientin sprechen.«

»Wissen Sie, in welcher Sektion?«

»Am Telefon …«

»Ich werde schauen, was ich für Sie tun kann.«

Hitchens zuckte ein schmales, aber unentzifferbares Lächeln über die Lippen. Sie verschwand durch eine Glastür. Durch das Fenster sah Ronan, wie die Hügel in der Masse grauer Wolken versanken. Der Parkplatz sah von oben kleiner aus. Er hätte Marie nicht im Wagen lassen sollen. Die Schiebetür unterbrach seine Gedanken. Doktor Hitchens erschien mit einem anderen Arzt. Er folgte ihnen in ein Büro. Der andere Arzt, dessen Finger vom Nikotin gelb gefärbt waren, sah aus wie ein Mann, der mit Zigaretten sein eigenes Leben bekämpfte.

»Aziliz Jegou?«, fragte er, ohne vom Bildschirm aufzusehen.

»Wenn ich ihr ein paar Fragen stellen könnte.«

»Fragen können Sie immer stellen, Capitaine. Doch in diesem Fall … Nun, da wird es schwierig werden.«

»Warum?«

»Madame Jegou ist nicht mehr bei uns. Schon seit mehr als fünf Jahren.«

»Ist die Gendarmerie darüber informiert worden?«

»Wozu?«

»Aziliz Jegou ist die Zeugin in einem Verbrechen.«

»Wir sind kein Gefängnis, sondern eine medizinische Einrichtung.«

»Wissen Sie, was aus ihr geworden ist?«

Der Arzt schaltete den Computer aus und verließ den Raum. Doktor Hitchens schlug die Akte auf.

»Über was wollten Sie mit ihr reden?«

»Über das Unglück, bei dem ihre ganze Familie ums Leben gekommen ist.«

»Das ist die Entlassungsakte«, Hitchens zeigte auf den Umschlag, »von Aziliz Jegou. Und deshalb wundere ich mich …«

»Ich wollte nur ein paar Sätze mit ihr sprechen …«

»Das ist es ja, was ich nicht verstehe.«

»Was ist daran so unklar?«

»Weil die Frau in der Akte, die Sie sprechen wollten … Nun, es ist dieselbe Frau, mit der Sie gekommen sind.«

Sie reichte Ronan die Akte. Ein Passfoto mit der jugendlichen Aziliz Jegou, das kurz nach dem Unglück aufgenommen worden war. Dann ein zweites Foto. Das Gesicht einer Frau. Unverkennbar: Marie Blanc.

»Kann ich die Akte behalten?«

»Nicht ohne richterlichen Beschluss.«

Ronan riss das Bild der erwachsenen Aziliz aus der Akte. Hitchens' Augen weiteten sich für einen Augenblick. Sie wollte etwas einwenden.

»Dafür braucht es keine richterliche Verfügung.«

Ronan eilte die Treppen nach unten. Hitchens folgte ihm, öffnete Türen mit ihrem Batch. Die Glasfenster des Haupteingangs vibrierten unter dem Platzregen. Er wählte Maries Nummer, unterbrach jedoch sofort die Kommunikation. Der Wagen stand nicht mehr auf dem Parkplatz. Aziliz Jegou alias Marie Blanc war alleine zurückgefahren. Und wenn er mit seiner Vermutung recht hatte, dann war Marie Blanc gerade dabei, die größte Dummheit ihres Lebens zu begehen.

Die nächste halbe Stunde verbrachte Ronan mit Telefonieren. Auf der Dienststelle musste er erfahren, dass nur zwei Einsatzwagen funktionstüchtig waren. Mit einem sei er weggefahren, erklärte ihm Solen, der andere sei im Einsatz.

Loigs Nummer war besetzt. Kein Wunder. Schließlich hatte Ronan ihm geraten, unterzutauchen und seine Familie in Sicherheit zu bringen. Nach einer weiteren halben Stunde, die Ronan auf einem unbequemen Plastikstuhl verbrachte, rief ihn Loig zurück. Seinem Lachen nach wusste er bereits Bescheid, was geschehen war. Solen hatte ihn eingeweiht. Allerdings hatte er Solen nicht erzählt, wer Marie Blanc in Wirklichkeit war.

»Es musste ja so weit kommen. Du hast es wieder mit den Frauen versaut. Sie ist abgehauen und hat dich im Regen stehen lassen.«

Ronan ließ Loig die Freude ein wenig auskosten, bis er ihn über Marie Blancs wahre Identität aufklärte. Auf der anderen Seite entstand kurz Schweigen.

»Sie ist aus dem Irrenhaus ausgebrochen und hat sich bei der Gendarmerie beworben? Da hätte sie auch in der Klinik bleiben können.«

»Die Klinik hat sie entlassen.«

»Und dann hat sie ihren Namen geändert und sich bei der Polizei beworben.«

»Das alles nur für einen Zweck …«

»Sie kennt den Mörder ihrer Familie.«

»Oder sie will es herausfinden.«

Morvins Rückkehr

Zwei Stunden später, um 16 Uhr, hatte Ronan zwei Kaffee aus dem Automaten gezogen. Bisher dachte er, dass der Automat in der Dienststelle das widerlichste Gebräu der Welt fabrizierte, doch das schale, lauwarme Wasser mit bräunlicher Färbung aus dem Wartesaal der Klinik verdiente den Namen Kaffee nicht. Doktor Hitchens befreite ihn aus dem Glaskasten des Wartebereichs. Im zweiten Stock wartete Ronan in einem Zimmer, dessen dunkle Holzvertäfelung das wenige Tageslicht schluckte und eine Atmosphäre einer Höhle schuf. Hitchens verließ den Raum und kam mit Aziliz Jegous Akte zurück. Ein paar Minuten später betrat der andere Arzt den Raum. Seine Nikotinaura folgte ihm. Er stellte sich nun als Doktor Mangold vor. Er sprach mit leichtem deutschem Akzent. Wie sich herausstellte, war er der Arzt von Aziliz gewesen und hatte auch ihre Entlassung aus der Klinik veranlasst.

»Was wollten Sie von Aziliz?«

»Sie ist die Zeugin in einem Mordfall, und sie hat sich unter falschem Namen ...«

Doktor Mangold hob den Finger. »Es ist nicht der Name, den sie als Kind hatte. Sie hatte ihre Identität geändert.«

»Warum wurden die Ermittlungsbehörden nicht informiert?«

»Stört es Sie, wenn ich rauche?«

»Wenn ich ehrlich bin, ja.«

»Ich rauche trotzdem.« Mangold holte ein Päckchen Tabak aus einer Stofftasche, handgemacht. Die Art von liebevollem Geburtstagsgeschenk, das Väter von ihren Kindern bekommen.

»Warum fragen Sie dann?«

»Weil es unhöflich wäre, nicht zu fragen.«

»Seit wann hat Aziliz ihren Namen geändert?«

»Seitdem man versucht hatte, sie umzubringen.«

»Gab es eine Ermittlung?«

Mangold zündete die selbst gedrehte Zigarette an. Ein undefinierbares Grinsen eilte seiner Antwort voraus.

»Aziliz kam mit dreizehn zu uns. Ich war sechs Jahre lang ihr Arzt, ihr Freund und wahrscheinlich der einzige Mensch, zu dem sie Vertrauen hatte. Als sie mir eines Tages erzählte, dass jemand versucht hatte, sie zu töten, glaubte ich ihr nicht. Berufsfehler. Als Psychiater denkt man zuerst, dass ein Mensch, der miterleben musste, wie seine ganze Familie ermordet wurde, unter Verfolgungsangst leidet. Ich verschrieb ihr erst Medikamente gegen ihre Ängste. Doch eines Tages kam sie zu mir und brachte mir eine Tasse Tee. Tee aus der Kanne, die sie auf ihrem Zimmer hatte. Aziliz konnte sich frei in der Klinik bewegen und sogar Ausflüge unternehmen. Die ersten Jahre sprach sie kein Wort. Sie verbrachte jede Stunde in der Bibliothek der Klinik oder im Sportraum. Ich dachte also, sie wollte mir Tee bringen, weil sie das Gespräch suchte. Sie schenkte mir ein, dann sah sie zu, wie ich die Tasse zu meinen Lippen führte, und im letzten Augenblick schlug sie mir die Tasse aus den Händen. Tja, hätte ich auch nur einen Schluck getrunken, dann säße ich nicht vor Ihnen. Cyanid. Absolut tödlich. Ich glaubte ihr erst, als ich den Tee im Labor hatte untersuchen lassen. Es stellte sich heraus, dass ein neu eingestellter Pfleger ihr das Gift verabreicht hatte.«

»Was ist mit dem Pfleger?«

»Verschwand spurlos … samt seiner Personalakte. Jemand ist nachts eingebrochen. Daraufhin verlegte ich Aziliz in den Hochsicherheitsblock. Es sei zu ihrem Besten. Sie wollte aber nicht ihr Leben wie ein eingesperrtes Tier unter Verrückten verbringen. Daher beantragte ich, ihre Identität zu ändern. Das ist ziemlich kompliziert, aber ich hatte Hilfe vom französischen Geheimdienst.«

»Grand …«

In Mangolds Gesicht flackerte Überraschung auf. Rauch stieg auf. Hitchens musste husten. Mangold kannte Grand. Grand hatte ihn angelogen. Er wusste, wer Marie Blanc war. Welche Rolle Grand spielte, war Ronan nicht klar. Warum hatte er ihm nicht Maries wahre Identität verraten?

Mangold sog den Rauch so tief in seine Lungen, dass nur noch eine bläulich kalte Wolke aus seinem Mund stieg, so als gäbe es in ihm einen langsam schwelenden Kabelbrand.

»Sie müssen wissen, Capitaine, Aziliz ist eine besondere Frau.«

»Hat sie über die Nacht gesprochen, in der ihre Familie umkam?«

Mangold schüttelte den Kopf. »Niemals«, antwortete der Arzt.

»Weiß sie, was damals geschehen ist?«

»Nein, und: Ich glaube aber, dass es Leute gibt, die verhindern wollen, dass sie sich erinnert.«

»Helfen Sie mir, sie zu finden.«

»Ich war ihr Arzt, und ich kann Ihnen nur sagen, dass Aziliz bemerkenswert ist. Nach ihrem Unfall hat sie kein Wort gesprochen. Wir legten sie ins MRT, untersuchten ihre Gehirnströme, nichts schien auf eine Verletzung hinzuweisen. Meine Diagnose war, dass sie einen Schock erlitten hatte. Ein traumatischer Schock kann zu unwiderruflichen Gedächtnis- und Persönlichkeitsstörungen führen. Aziliz sprach nicht, doch sie las. Wir setzten sie in unsere Bibliothek, die größer ist als die städtische Bibliothek in Penec. Sie studierte und trainierte. Jeden Tag lief sie stundenlang über das Gelände, wuchtete Gewichte in unserem Kraftraum. Ich wusste, dass Aziliz weit davon entfernt war, als geheilt zu gelten. Ihr Ehrgeiz war der sichtbare Teil ihres Traumas. Dann kam sie eines Tages und berichtete mir, dass ein Pfleger sie im Schlaf erwürgen wollte. Das war noch vor dem Giftanschlag. Sie erzählte mir dies so emotionslos, wie ich jetzt vor Ihnen sitze und rede. Die Art, wie sie den Angriff beschrieb, so ganz ohne Angst, schien mir ein Teil des Traumas zu sein. Eine Woche später fanden wir einen Pfleger, in der Frauendusche, erhängt. Ich wäre nie auf die Idee gekommen, dass ein zartes Mädchen mit gerade einmal zweiundfünfzig Kilogramm einen bulligen Pfleger mit hundert Kilo in einer Dusche erdrosseln konnte. Der Polizeibericht sprach von Selbstmord. Bis das Cyanid im Tee auftauchte. Von da an wusste ich, dass Aziliz nicht gelogen hatte. Sie war nicht mehr sicher in der Klinik.«

»Und wann wurde sie zu Marie Blanc?«

»Kurz nachdem sie die Klinik verlassen hatte. Ich sagte ihr, sie solle einen Namen annehmen, den auch ich nicht kenne. Nur so wäre sie absolut sicher.«

»Capitaine Prad braucht eine Mitfahrmöglichkeit«, sagte Hitchens, »nach Penec. Bei dem Sturm fährt kein Taxi zu uns raus.«

»Warum ist Aziliz mit Ihnen zur Klinik gefahren?«, fragte Mangold.

»Sie wusste, dass ich hinter ihre wahre Identität kommen würde.«

»Und sie fährt trotzdem mit Ihnen zur Klinik?«

»Kann ich mir Ihren Wagen ausleihen?«

»Doktor Mangold fährt nur Fahrrad …« Hitchens blickte ihren Chef an, als ginge es darum, ein weltweites Unternehmenskonzept zu verkaufen.

»Alles nur eine Frage der Gewohnheit«, fügte Mangold hinzu.

»Aber Doktor Hitchens kann Sie nach Penec bringen.«

»Wenn sich in der Zeit jemand um meine Patienten kümmert.«

»Lassen Sie sich am Empfang einen gelben Zettel ausstellen. Ich unterschreibe ihn dann, und schicken Sie mir einen Assistenten auf die Station für die Visite im geschlossenen Block.«

Ronan wählte Loigs Nummer. Der Anrufbeantworter sprang an. Loigs tiefe Stimme wiederholte immer denselben Satz. Ronan hinterließ eine Nachricht.

»Ruf mich zurück, wenn du die Nachricht abhörst. Dringend.«

Hitchens fuhr einen goldenen Clio, dessen Innenraum einer Heiligenboutique in Lourdes glich. Am Rückspiegel baumelten Kreuze aus Holz, auf dem Armaturenbrett stand eine Madonnenfigur aus Plastik mit LED-Leuchten, Bibelzitate auf Plexiglasscheiben, wo sonst Platz für die Sonnenbrille war. »DU BIST DER WEG.« Hitchens trat aufs Gaspedal, so als hätte sie sich mit ihren Gebeten versichert, dass ihr niemand entgegenkäme. Der Wind trieb den Regen wie feine Netze durch das Tal. Der Clio schlitterte um eine enge Kurve. Ronan hielt sich am Türgriff fest.

»Haben Sie Angst, Capitaine?«

»Ich habe Vertrauen in Ihre Fahrkünste.«

»Vertraue auf Gott, er lenkt uns auf all unseren Wegen.«

»Mir wäre lieber, Sie konzentrieren sich auf die Straße.«

»Das hatte mein Fahrlehrer auch immer gesagt. Auch er glaubte nicht an Gott. Die Leute glauben heute an gar nichts mehr. Deshalb wirft das Leben sie aus der Bahn. Noch fünfhundert Meter, dann sind wir aus dem Tal.«

Die schmale Straße führte in den Wald. Kleine Äste und Blätter verfingen sich in den Scheibenwischern. Ronan konnte die Straße kaum noch erkennen. Das Geschmier auf der Windschutzscheibe ließ auch Hitchens' Gottesfurcht flüchtiger werden. Sie bremste. Der Wagen stand. Einen Augenblick später unterbrach ein dumpfer Schlag das gleichmäßige Prasseln auf dem Autodach. Ronan öffnete die Wagentür. Das konnte nicht wahr sein, dachte er. Die Tanne lag quer über der Straße.

Hitchens kurbelte das Fenster herunter. Sie atmete stoßweise aus, wieder ein, hob die Schultern.

»Gott will nicht, dass wir das Tal verlassen. Nicht heute. Es ist kein Zufall, dass der Baum uns den Weg versperrt. Glauben Sie mir ... Gott kennt Wege, von denen wir nicht einmal die Spur einer Ahnung haben.«

»Ich werde mir wohl doch das Fahrrad Ihres Chefs leihen.«

»Fahren wir zur Klinik zurück.«

Ronan stieg aus dem Wagen. »Fahren Sie zurück und rufen Sie bitte diese Nummer an.« Ronan gab ihr einen Zettel mit Loigs Telefonnummer. »Für den Fall, dass er schon unterwegs ist.«

»Der Baum war ein Zeichen.«

»Ja, ein Zeichen, dass wir nicht weiterkommen und ich hier aussteigen muss.«

Ronan sah, wie Hitchens im Rückwärtsgang den Weg durch den Wald zurückfuhr, bis die Scheinwerfer hinter der Regenwand verschwanden. Stürme und Regen mussten die Menschen hinnehmen. Gegen sie halfen keine Flüche und keine Gebete. Doch der umgestürzte Baum war nicht Teil des Sturms. Die glatte Schnittfläche einer Motorsäge verriet einen anderen Plan, der nicht mit Gottes Wegen oder sonstigen Mächten in Verbindung stand. In dem Geprassel des Regens hatte er keine Kettensäge gehört. Irgendjemand musste gewusst haben, dass er in die Klinik gefahren war. Doch keiner bis auf Lambert, Loig und Marie wusste, dass er in die Klinik wollte. Ronan bewegte sich am Waldrand, in der Deckung der Uferböschung. Auf der Straße wäre er ein zu leichtes

Ziel für einen Heckenschützen. Nach ungefähr vierhundert Metern erreichte er die Nationalstraße. An einem Kreisverkehr hielt er einen Lastwagen an, der in Richtung Penec unterwegs war. Fische und Austern. Der Kühllaster wankte in den Windböen. Der Fahrer öffnete ihm die Tür und fragte, ob das eine Verkehrskontrolle sei. Ronan stieg ein, schloss die Tür. Mit einem Ruck lösten sich die Bremsen, und der tonnenschwere Kühlschrank auf Rädern setzte sich in Bewegung.

Auf der Fahrt wählte Ronan erneut Loigs Nummer, doch er kam nicht durch. Dann wählte er Maries Nummer. Zu seiner Verwunderung ging sie ran.

»Es tut mir alles so leid.«

»Hör zu, das ist jetzt völlig unwichtig. Du bist in Gefahr.«

»Ich habe noch etwas zu erledigen ...«

»Marie ...«

Sie hatte aufgelegt.

—

Überschwemmte Fahrbahnen, umgestürzte Bäume, umgeknickte Verkehrsschilder, und dies war erst der Anfang des Sturms, doch nichts konnte den Fischlaster daran hindern, seine Ware in Loc-Yvo, einem kleinen Fischerhafen im Süden von Penec, aufzunehmen, um sie auf die Teller der schicken Pariser Lokale zu bringen. Die Welt konnte untergehen, doch die französische Küche musste bis zum Ende durchhalten. Der LKW-Fahrer hielt sich für einen Frontsoldaten. Er und seine Fahrerkollegen seien für die Aufrechterhaltung der Zivilisation mitverantwortlich. Ronan wünschte ihm viel Glück und kletterte in Penec aus der Fahrerkabine.

In seinem Büro hatte niemand etwas von Loig noch von Marie gehört. Bei Solen gingen die ersten Notrufe ein. Ein pensionierter Krabbenfischer wurde vermisst. Sturmwarnung. Das hinderte die alten Fischer nicht daran, hinauszufahren. Gerade erst recht. Die teuren Lokale an der Küste zahlten gut und noch besser, wenn das Wetter schlecht war, dann stieg der Preis und die Versuchung, trotz aller Warnungen den Hafen zu verlassen. Die SNSM hatte den

Notruf aufgenommen. Vier oder fünf Meter hohe Wellen konnten die Rettungsboote spielend bewältigen. Das Problem waren die immer stärker werdenden Böen. Normalerweise hätte Ronan sich über die Fischer breit ausgelassen, die bei Sturmwarnung aufs Meer fuhren, um dann einen Notruf abzusetzen. Erst letztes Jahr war ein Rettungsboot gekentert. Vier Seenotretter ließen ihr Leben, und das alles nur wegen ein paar Hummern. Ein vermögender Pariser, der seiner Frau frischen Hummer versprochen hatte, um ihr dabei den Ring zu zeigen, und darauf hoffte, sie würde Ja sagen. Weitere Nachrichten kamen über Funk. Ein Mann war betrunken ins Hafenbecken gestürzt. Jemand verständigte die Gendarmerie. Von Lambert keine Nachricht. Von Loig keine Nachricht. Lieutenant Blanc blieb ebenso unauffindbar.

»Hat sie dich tatsächlich in der Klinik sitzen lassen?« Solen hatte dies nicht als Frage gemeint, sondern als weiblichen Detailerfolg gegen die männliche Domination. In den kargen Sätzen, die Solen von sich gab, gab es einige, die sie wie Flüssigbeton überall verteilte. Patriarchat und männliche Dominanz. Sie sagte es nicht direkt, aber sie fühlte eine Art Genugtuung, dass Marie ihn einfach stehengelassen hatte. In Solens Gedankenwelt war dies eine Aktion, die für so viel mehr stand. Es interessierte sie nicht, dass Marie Blanc in Wirklichkeit die einzige Überlebende in einem Mordfall war, bei dem zwölf Menschen kaltblütig getötet wurden. Darunter ihre Eltern und ihre Schwester. Marie war zur Gendarmerie gegangen, hatte die ganze Ausbildung durchlaufen, hatte die Prüfung zur Berufstaucherin bestanden und war auf dem Weg, eine großartige Offizierslaufbahn einzuschlagen. Doch in Maries Welt gab es keine Laufbahn, sie trieb etwas anderes voran. Wusste sie, wer ihre Eltern ermordet hatte? Oder war sie nur zur Polizei gegangen, um herauszufinden, was mit ihren Eltern geschehen war? Doch warum hatte sie sich ihm nicht anvertraut? Auch Grand wusste, wer Marie war, und hatte es ihm verschwiegen. Grand hatte Informationen über ihn, zu denen nur eine Handvoll Leute bei der DGSE und beim Militär Zugang hatten. Er kannte die File-Codes der Einsätze in Mali, im Kongo und in Kolumbien. Grand wusste, was er früher gemacht hatte, und hatte den vollen Zugang zu seinen

Akten. Aus welchem Grund also hatte er ihm Maries wahre Identität verschwiegen?

Ronan nahm die Wagenschlüssel seines Defender, zog sich eine Jacke an und blieb einen Moment vor dem Gebäude stehen. Windstöße brachten die Glastüren zum Erzittern. Grand hatte ihm nicht vertraut, sonst hätte er ihm Maries wahre Identität verraten. So viel stand fest. Und Marie misstraute vor allem der Polizei.

Er war schon fast an seinem Wagen, als Solen aus der Tür kam.

»Capitaine, dein Vater hat angerufen. Heute Morgen.«

»Mein Vater?«

»Er möchte dich unbedingt treffen, es sei sehr wichtig. Bei den Vier Schwestern, heute Abend.«

»Aber warum bei den Vier Schwestern? Bei dem Wind versteht man auf den Klippen sein eigenes Wort nicht.«

»Bei der Alten Mühle. Da ist ein Parkplatz. Von da aus hat man einen grandiosen Ausblick auf die Schwestern. Bei Flut brechen sich die Wellen an ihren Felshängen.«

»Als hätte ich nichts Besseres zu tun«, brummte Ronan und sah auf die Uhr in seinem Wagen. Halb fünf. In einer Stunde wurde es dunkel.

»Du wüsstest schon, wo … Es sei dringend. Dein Vater klang irgendwie komisch. So als ginge es ihm schlecht.«

»Wenn es meinem Vater schlecht geht, dann nur, wenn er einen Prozess verloren hat und er seine Prämien nicht bekommt. Die Gesundheit meines Vaters hängt von seinem Kontostand ab.«

»Er ist trotzdem dein Vater. Er sagte, dass du die Alte Mühle kennen würdest, weil er dort oft mit dir und deiner Mutter war, als du klein warst.«

»Hatte er klein gesagt?«

Solen zuckte mit den Schultern. »Glaub schon, ja, er hat klein gesagt.«

Diese Verniedlichung von Kindheit, bezogen auf Körpergröße, entsprach nicht dem exakten Sprachgebrauch seines Vaters. Kinder waren nicht Kinder, weil sie klein waren. Sonst wären ja kleinere Erwachsene noch mehr Kind als größere. Und wenn Ronan sich an eines erinnern konnte, was er mit seinem Vater unternommen hatte, dann daran, dass er der Mann war, von dem seine Mutter sprach, als wäre er eine Legende. Der Mann, der beim Arbeiten war. Papa verdient Geld. Wer Geld verdiente, der wurde unsichtbar. Sein Vater war der unsichtbare Mann, den er so selten zu Gesicht bekam, dass Ronan seinen Hund Chucky Papa getauft hatte. Wenn er alleine mit Chucky war, dann erzählte er ihm alles, was er seinem Vater sagen wollte. Von seinen guten Noten, einem Lehrer, der im Schwimmkurs auf den Fliesen ausgerutscht war. Er lag da in Badehose, das Wasser der Dusche regnete in die geöffneten toten Augen. Seine Mutter fand das so schlimm. Sie wollte nichts davon hören. Also erzählte er Chucky vom Tod des Lehrers und warum ein Toter in Badehose einer Schnittblume ähnelte, die noch eine Weile lebte, solange man sie ins Wasser stellte. Ronan rief seinen Vater, und Chucky kam angerannt. Ronan war überzeugt, dass Chucky verstand, mehr jedenfalls als sein unsichtbarer Vater.

»Die Mühle … ich war dort nur einmal«, dachte Ronan laut, aber nicht mit seinem Vater. Ihm fiel die Warnung Grands ein. Jemand wird dich anrufen und dich treffen wollen. Dieser Jemand wird dich töten.

Im Wagen wählte er die private Handynummer seines Vaters. Niemand ging ran. Er hinterließ eine Nachricht und wählte die Nummer der Kanzlei. Auch dort meldete sich der Anrufbeantworter. Er wählte Loigs Nummer. Als die Automatenstimme anging, legte er nur auf.

Die Zufahrt zum Hafen war inzwischen überflutet. Die parkenden Autos, Bänke und Mülleimer sahen aus, als stünden sie im Meer. Ronan umfuhr die Absperrungen. Ein Charles Mingus von der Police Municipale schob noch weitere Absperrungen in die Straße. Ronan gab ihm zu verstehen, dass er es eilig hatte. Bevor er sich um London-Tours kümmerte, musste er Marie finden, und es gab nur einen Platz, an dem sie sein konnte. Hätte ihm Grand die Wahrheit über Marie Blanc gesagt, dann hätten sie eine Menge Zeit sparen können. Er ließ das Ortsschild hinter sich und nahm die Abzweigung zur Halbinsel, auf der auch Gael Morvan wohnte. Straßenlaternen brannten bereits, und die Selbstmordsiedlung wirkte wie ein verwischter Tintenfleck in einer ertränkten Landschaft. Ronan hielt einige Hundert Meter vor dem Haus auf der Nordkante. Das verlassene Haus der Jegous. Aziliz war zurück. Die Fenster waren vernagelt. Aus dem Innern glaubte Ronan einen Lichtschimmer zu erkennen. Als er die Einfahrt erreicht hatte, fand er die Bestätigung. Der Dienstwagen der Gendarmerie stand in der Einfahrt. Ronan fasste an die Kühlerhaube. Der Motor war kalt. Marie war schon länger da. Die Bretter, die er bei seinem letzten Besuch vom Fenster gebrochen hatte, lagen noch immer auf der Terrasse. Marie hatte sich schon im Haus befunden, als er mit Loig das Haus der Jegous hatte untersuchen wollen. Nur hatte Ronan nicht erwartet, dass eine junge Offizierin der Gendarmerie in einem verlassenen Haus wohnte. Jetzt erkannte Ronan genau den Lichtschimmer durch einen Türspalt. Die Fenster waren mit Zeitungen zugeklebt. Er schlug mit der Faust gegen die Tür. Er rief Maries Namen, dann den von Aziliz. Die Lichtquelle im Innern des Hauses erlosch. Ronan schlug noch einmal mit der Faust gegen die Tür.

»Marie … mach auf! Ich weiß, dass du da bist.«

Das Echo seiner eigenen Stimme kam aus dem unbewohnten Haus. Ronan fand das Fenster, von dem er bei seinem letzten Besuch bereits ein paar Bretter wegreißen konnte. Zwei weitere Bretter folgten. Als er die Fensterscheibe einschlagen wollte, sah er Marie aus dem Dunkel des Eingangs kommen. Sie war barfuß, trug nur ein T-Shirt, ein knappes Höschen und ihre Dienstwaffe in der Hand.

»Du hättest nicht herkommen sollen«, sagte sie.

»Nachdem du deinen neuen Chef beim größten Sauwetter in einem Irrenhaus zurückgelassen hast?«

»Hast du gewusst, wer ich früher war?«

»Wer du noch immer bist«, verbesserte sie Ronan. »Wie soll ich dich jetzt nennen? Aziliz oder Marie?«

»Aziliz ist auf dem Boot gestorben, mit meinem Vater, meiner Mutter und Lena … Weißt du, wie das ist, wenn man plötzlich allein ist? Am Morgen hat man noch eine Familie. Ich streite mit meiner Schwester, weil sie den Rest der Erdbeermarmelade gegessen hat, und einige Stunden später ist man ein Waisenkind. Die Stille des Hauses ... wie ein Grab.«

»Warum kommst du dann her?«

»Weil ich noch etwas zu tun habe.«

Ronan ging auf sie zu. Sie hob ihre Waffe und zielte auf Ronans Brust.

»Du wirst nicht auf mich schießen«, sagte er.

»Was macht dich da so sicher? Schließlich bin ich das Mädchen aus dem Irrenhaus.«

»Das Mädchen aus dem Irrenhaus ist eine wichtige Zeugin in einem Mordprozess. Wir hätten den Mord längst aufgeklärt, wenn ...«

»Wie hast du es herausgefunden? Ich habe eine neue Identität.«

»Dein Name: Gwyn. Im Bretonischen bedeutet Gwyn oder Gwenn die Farbe Weiß. Gwyn war der Mädchenname deiner Mutter. Und aus Gwyn wurde Blanc.«

»Nicht schlecht. Ich hätte einen völlig anderen Namen wählen sollen, als sie mich aus der Klinik entlassen haben.«

»Es war nur eine Vermutung. Früher oder später hätte ich ohnehin herausgefunden, dass Aziliz aus der Klinik entlassen wurde.«

»Hätte die Ärztin mich nicht erkannt.«

»Gehen wir ins Haus oder erschieß mich.«

Sie zielte weiter auf ihn. »Du kannst nicht ins Haus gehen.«

»Ich helfe dir, den Mörder deiner Familie zu finden ... aber nur, wenn du mich nicht erschießt.«

Marie ließ die Waffe sinken. Ronan ging an ihr vorbei. Hinter der Tür war ein dicker Vorhang gespannt. Deshalb war kein Lichtschimmer zu sehen. In der Küche brannte eine Gaslampe. Marie stand hinter ihm. Die Waffe hatte sie auf einen Stapel leerer Pizzakartons gelegt. Auch das Wohnzimmer war mit dicken Decken abgedunkelt, so dass das Licht der Gaslaternen geschluckt wurde. In der Mitte saß ein Mann auf einem Stuhl, die Hände hinten an die Lehne gefesselt. Er war barfuß, und seine Knöchel waren mit Schiffsleinen an die Stuhlbeine gebunden. Marie zog dem Mann einen Knebel aus dem Mund. Aus Gael Morvans Mund kam ein leises Gurgeln.

»Wie lange ist er schon hier?«

»Seitdem er vermisst wurde.«

»Ach, und die Spuren? Das Telefon, das du beim *Roches-Douvres* gefunden hast?«

Marie blickte auf den Boden.

»Du hast mich an der Nase herumgeführt. Das ist ...«

»Behinderung der Polizeiarbeit, Entführung ... ich weiß.«

Morvan rüttelte an seinem Stuhl. Der Knebel hatte seinen Mund zu einer clownshaften Maske verzerrt.

»Und die letzten Anrufe von seinem Handy?«

Marie schüttelte den Kopf. »Ich habe nur dafür gesorgt, dass die Polizei das Handy findet. Er hatte den Bürgermeister angerufen.«

Ronan löste den Knebel in Morvans Mund. Er spuckte ihn aus, wollte etwas sagen, doch seine Zunge brachte keinen Ton hervor. Ronan wandte sich wieder Marie zu.

»Das Handy, das du Bloomsday geben solltest, damit er es ins Labor schickt. Er hat behauptet, dass er es nie bekommen hat. Und ich habe Bloomsday verdächtigt.«

»Ich habe ihm ein Handy gegeben, aber nicht das von Morvan. Ich hatte noch ein altes, das ich über Nacht in Salzwasser legte, und dann habe ich es ein paar Mal gegen einen Felsen geworfen. Das wusste aber Colonel Bloomsday nicht. Ich war nur vorsichtig. Ich hätte ehrlich gesagt nicht gedacht, dass ein Colonel der Gendarmerie ein Beweisstück einfach verschwinden lassen würde.«

»Das wird niemanden mehr interessieren«, sagte Ronan, »wenn sie dich wegen Entführung verhaften werden.«

»Bloomsday hatte überhaupt noch keinen Grund, Morvans Handy verschwinden zu lassen. Es ist einfach ...«

»Du weißt, was mit dir geschieht, wenn sie dich vor Gericht stellen? Wenn du Glück hast, dann kommst du ins Gefängnis. Wenn du Pech hast, dann stecken sie dich wieder in die Klinik, auf unbestimmte Zeit.«

»Sie ist verrückt ... eine Irre, ich weiß überhaupt nicht ...«, hustete Morvan und rüttelte wieder an der Stuhllehne, an der seine Arme festgebunden waren.

Ronan löste die Fesseln von Morvans Beinen, dann schnitt er

den Kabelbinder durch, der um seine Handgelenke gezogen war. Morvan rieb sich die Handgelenke und wollte aufstehen, als Ronan ihm die Hand auf die Schulter legte.

»Sitzen bleiben. Jetzt kommen wir zur Preisfrage des Jahres. Warum hast du ihn hierhergebracht?«

»Sie ist verrückt«, rief Morvan.

»Noch ein Wort«, sagte Ronan, »und ich binde dich wieder an den Stuhl.«

Marie starrte Ronan an, als wäre er ein Außerirdischer. »Weil er weiß, wer meine Familie ermordet hat.«

»Das ist ...«, schrie Morvan.

Ronan hob den Finger. »Nicht nur die Fesseln, sondern auch den Knebel.«

»Kann ich mir eine Hose anziehen«, sagte Marie, »ich wollte mich gerade etwas hinlegen.« Sie verließ den Raum. Treppen knarrten. Ronan stellte sich vor Morvan. »Ich kenne dein kleines Nebengeschäft.«

»Ich weiß nicht, von was du redest ... Ronan ... bitte, du kennst mich.«

»Ich habe den Wagen gesehen, die Renovierungen an eurem Haus, alles neu, stinkteuer, dabei fährst zu seit zwei Jahren nur Verluste ein.«

»Ich habe geerbt.«

»Hör auf, mich anzulügen.«

»Ich bin nur ein kleiner Küstenfischer.«

»Was weißt du über London-Tours?«

»Keine Ahnung ... das ist alles schon so lange her.«

»Selbst deine Kinder laufen mit T-Shirts von London-Tours herum.«

»Na und, was soll das? Ich habe nichts zu verbergen.«

»In ein paar Stunden haben wir deine Konten blockiert, ein Haufen schlecht gelaunter Polizisten werden dein Haus auf den Kopf stellen. Folge dem Geld. Was denken deine Kinder, wenn sie fragen, warum ihr Vater die Nachbarsfamilie umgebracht hat, warum er für den Tod von Kindern verantwortlich ist? Warum ist Papa ein Monster? Das werden sie dich fragen.«

»Ich habe niemanden umgebracht … Das sind nur die Ideen dieser Verrückten.«

»Die Verrückte ist die einzige Zeugin in einem Mordfall.«

»Ihr wisst nicht, mit wem ihr es da zu tun habt … Wenn die entschieden haben, dass ihr morgen tot seid, dann seid ihr es. Verstehst du? Ihre Verbindungen reichen bis nach ganz oben.«

»Wer sind die?«

»Die Leute, die die Fahrten organisieren. Ich hab mit denen nichts zu tun.«

»Lügner …« Marie stand noch im Halbdunkel des angrenzenden Raumes. An den Wänden noch Regale mit Büchern. »Ich hab dich gesehen, in der Nacht, als sie meinen Vater geholt haben.«

Gaels Lippen zitterten. »Wenn ich etwas sage, dann bringen sie nicht nur mich um, sondern auch Charlotte und die Kinder. Sie schrecken vor nichts zurück.«

»Dein Leben ist keinen Cent mehr wert, wenn wir sie nicht stoppen«, sagte Ronan.

»Niemand kann sie aufhalten, verstehst du nicht … Es sind keine Verbrecher, es ist die ganze Stadt … jeder, der Staat, die Polizei … sie sind überall.«

»In der Nacht, in der mein Vater starb«, sagte Marie ruhig mit gläsern kalter Stimme, »warst du bei uns. Ich habe dich im Arbeitszimmer meines Vaters gesehen. Du hast Papa angeschrien, ihm gedroht. Ich habe gehört, wie du gesagt hast, dass wir alle sterben müssen und dass es seine Schuld sei. Wir würden alle sterben …«

»Dein Vater wollte nicht auf mich hören.«

»Du hast ihm gedroht.«

»Nein«, schrie Morvan, »ich habe ihn gewarnt. Ich habe ihn angeschrien, weil er so stur war. Ich sagte, er soll damit aufhören.«

»Mit was aufhören?« Ronan drehte eine Gaslampe größer. Die Schatten im Gesicht des Fischers zerflossen.

»Fahrten zu machen. Er konnte es nicht lassen. Und er wollte immer mehr Migranten mitnehmen.«

»Alan Jegou schmuggelte Menschen?«

»Das war nicht das Problem«, erwiderte Morvan.

»Mein Vater war vielleicht ein Idealist, ein Mensch, der von einer Welt ohne Grenzen träumte, aber er war kein Schleuser, er hätte sich nie auf Kosten anderer bereichert.«

»Das ist es ja. Er wollte nichts dafür. Er hatte dieses große Segelboot gekauft, aber Geld interessierte ihn nicht.«

»Und wovor wolltest du ihn warnen?«

»Er kam diesen Leuten in die Quere. Es hatte sich unter Migranten herumgesprochen, dass man auch ohne Geld auf die andere Seite des Kanals kommen konnte. Jegou hatte diese Idee mit den T-Shirts – LONDON-TOURS. Er gründete eine Scheinfirma für geführte Städtereisen und Bootstouren in England. Seine Idee war, dass er tagsüber mit Touristen nach England segelte und abends Menschen ohne Pass vom Festland auf die Insel brachte. Niemand hätte das bemerkt, wenn seine Nachtfahrten nur ab und zu stattgefunden hätten. Aber Jegou war so besessen von der Idee, dass es auf diesem Planeten keine Grenzen geben dürfte, dass er bald mehr Migranten als Touristen beförderte. Das Ganze war ein Verlustgeschäft.«

»Und damit kam er den Menschenschmugglern in die Quere«, sagte Ronan.

»Für die du gearbeitet hast.« Marie trat vor Morvan und hätte ihm wahrscheinlich ins Gesicht getreten, wenn Ronan nicht neben ihr gestanden hätte.

»Anfangs war es nur ein Gefallen. Jemand wollte nach England, ohne Fragen. Als Fischer fiel ich nicht auf. Ein oder zwei Personen mehr an Bord, in Ölzeug, wie ich auch. Einfaches Geld. Diese Leute hatten keine eigenen Boote. Sie mieteten Fischerboote und Segeljachten. Anfangs machten sie sich noch die Mühe, die Migranten als Crew ganz unauffällig am Tag an Deck zu lassen. Kontrollen gab es kaum. Dann kamen die Nachtfahrten. Sie stopften die Leute unter Deck, selbst in die Kühlräume, wo es nach Fisch stank. Teilweise waren da dreißig oder vierzig Migranten unter Deck.«

»Und was solltest du machen?«

»Ich sollte sie auf die andere Seite bringen. Wie die meisten Fischer aus der Gegend kenne ich die Gewässer mit ihren Felsen und Strömungen.«

»Hast den Hals nicht voll genug gekriegt«, zischte Marie.

»Wenn ich nicht gefahren wäre, dann hätte es jemand anders gemacht. Jemand, der weder die Strömungen zwischen den Britischen Inseln und der Küste kennt, die Felsspitzen im Wasser. Es hätte noch mehr Tote gegeben.«

»Hey, du willst mir doch nicht weismachen, dass du aus purer Nächstenliebe deine Dienste als Schleuserkapitän zur Verfügung gestellt hast?« Marie wirkte angespannt.

»Die Seenotretter machen nichts anderes«, erwiderte Morvan, »sie sammeln Migranten im Meer auf, und die Migranten verlassen sich auf die Seeretter. Ohne diese Retter würden weniger ihr Leben riskieren, um nach Europa zu gelangen.«

»Mit dem Unterschied, dass die Seeretter sich nicht dafür bezahlen lassen.«

»Irgendeiner zahlt immer, sonst gibt es keine Boote, keine Logistik …«

»Hast du niemals versucht, damit aufzuhören?«, unterbrach ihn Ronan.

»Als ich aufhören wollte, erhöhten sie die Zahlung. Ich verdiente in einer Woche, was ich sonst in einem Jahr verdient hatte. Das war aber nur ein Bruchteil dessen, was sie verdienten.«

»Die Leute von London-Tours?«

Morvan nickte. »Sie hatten sogar angefangen, selbst T-Shirts anzufertigen, die so aussahen wie die T-Shirts, die Alan drucken ließ.«

»Und mein Vater stand dem Geschäft im Weg.«

Gael nickte. »Ich hatte ein Gespräch mitbekommen. Das waren keine kleinen Gangster. Sie waren organisiert wie Soldaten. Sie grüßten militärisch, und da war dieser große Typ, der immer ein Buch in der Hand hatte. Er sagte eines Tages, während er in seinem Buch blätterte, dass der Öko zum Problem geworden war.«

»Und da hast du Alan gewarnt?«

»Ich habe ihm gesagt, was ich gehört hatte. Ich erzählte ihm von den Schmugglern und dass der Bürgermeister mit diesen Militärs unter einer Decke steckte.«

»Und mein Vater?«

»Hat mich ausgelacht … erzählte mir etwas von Idealen, von der moralischen Verpflichtung, für eine bessere Welt zu kämpfen.«

»Und anstatt zur Polizei zu gehen«, sagte Ronan, »hast du weiter für sie gearbeitet.«

»Was hätte ich machen sollen?« Gael hob die Arme, als käme jetzt ein großes Verteidigungsplädoyer, wie die eigene Ohnmacht jede Schuld bereinigt. Doch Morvan glaubte selbst nicht daran.

»Meine Eltern und meine Schwester wären heute noch am Leben, wenn du nicht so ein verdammter Feigling gewesen wärst.«

»Nicht jeder ist ein Held.«

»Du wusstest«, fuhr Marie fort, »wenn du meinem Vater geholfen hättest, wenn du zur Polizei gegangen wärst, dann wäre dies auch das Ende deines lukrativen Geschäftes gewesen.«

»Mit diesen Leuten kann man nicht verhandeln.«

»Mieses Schwein …« Marie holte zu einem Schlag aus. Ronan hielt sie zurück.

»Was ist mit London-Tours heute?«, fragte er.

»Sie haben es völlig übernommen … ausgebaut. Die T-Shirts, die Touristenfahrten, doch das große Geschäft geschieht nachts. Du musst mir glauben, Ronan, ich wollte das alles nicht. Als dann Alans Jacht als vermisst gemeldet wurde und mit ihm seine ganze Familie, da wusste ich, dass diese Leute es ernst meinten. Wer ihnen im Weg stand, der verschwand oder kam bei einem Unfall ums Leben. In den letzten Jahren gab es immer wieder Vorfälle, bei denen Fischerboote auf seltsame Weise sanken und von der Crew jede Spur fehlte. Nach ein paar Tagen stellt die Marine die Suche ein. Keine Toten, keine Spuren, nur ein tragisches Unglück. Doch ich wusste, dass diese Fischer nicht einfach über Bord gegangen waren. Die Fischerei ist ein gefährliches Metier, deshalb gibt es meist keine weiteren Untersuchungen. Als die Schule meldete, dass Alans Kinder nicht zum Unterricht gekommen waren, und es klar war, dass er bei schlechtem Wetter, mitten in der Nacht ausgelaufen war, wollte ich das Ganze beenden. Ich hatte einen Termin beim Bürgermeister. Als ich darauf wartete, dass der Bürgermeister mich empfing, kam eine Frau, die in der Stadtverwaltung arbeitete. Sie wusste Bescheid über Alans Verschwinden.«

»Camille ...«

Gael nickte. »Ich kannte sie damals noch nicht. Sie stand plötzlich vor mir und sagte mir, dass etwas Schlimmes geschehen sei; und wenn ich meine Familie schützen wolle, dann solle ich sofort gehen und auf ihren Anruf warten.«

»Camille hat aber nie angerufen.«

»Ich habe sie nie mehr wiedergesehen.«

»Und seit dreizehn Jahren fährst du weiter für sie ...«

»Hin- und wieder mache ich nachts Fahrten, wenn sie jemanden brauchen, der bei Nebel an der Küste bis nach Cherbourg hochfährt und von dort ohne AIS durch den Kanal, im dichten Nebel.«

»Das sind Himmelfahrtskommandos«, sagte Ronan.

»Was glaubst du, warum in den letzten Jahren so viele Fischerboote verschwunden sind? Einige haben versucht auszusteigen, doch sie wussten, wo ihre Familien waren. Jemand besuchte sie, am Abend, brachte Blumen für die Frau, tat so, als wäre er ein Freund, doch in Wirklichkeit war es kein Besuch, sondern eine letzte Warnung.«

»Meine Eltern und meine Schwester wären noch am Leben ...«

»Ich habe deinen Vater doch gewarnt. Ich sagte ihm, er soll sein Boot verkaufen und damit aufhören.«

»Was ist in dieser Nacht geschehen?«, wollte Ronan wissen und setzte sich neben Marie. Er spürte, wie sie zitterte.

»Mitten in der Nacht hat mich mein Vater aufgeweckt. Ich musste mich schnell anziehen. Ich half Lena, die weinte. Ich packte ihr Stofftier ein und noch warme Sachen. Im Wohnzimmer waren meine Mutter und zwei Männer in gelben Regenmänteln. Einer war groß, seine Hände waren tätowiert, aber nicht mit Bildern. Es sah eher so aus wie ein Spickzettel, lauter Sätze. Dieser Mann saß auf der Couch und las in einem Buch. Meine Mutter versuchte, ihn zu überzeugen, dass wenigstens die Kinder bleiben konnten, doch der Mann sah nicht von seinem Buch auf. Der andere Mann hatte eine Waffe in der Hand. Ich hatte noch nie eine Waffe gesehen. In unserem Haus, wo ich tagsüber Lena mit dem Bobbycar über das Parkett schob, war nun dieser Mann. Es war, als hätte das Haus einen großen Riss bekommen, als wäre die schwarze Waffe in der Hand des Mannes ein Loch, in dem wir alle verschwinden würden. Ich hatte solche Angst. Mein Vater redete auf den Mann ein, der aber nur weiterlas. Ich nahm unser Regenzeug mit, alles, was warm war. ›Zu spät‹, sagte der Mann auf der Couch, als wir alle in die Nacht hinausgingen. Das Segelboot meines Vaters war schon am Steg, als wir dort ankamen. Zwei weitere Männer halfen Menschen, die wir noch nie gesehen hatten, an Bord. Der große Mann, der sein Buch in die Regenjacke gesteckt hatte, fuhr auf dem Boot meines Vaters mit. Wir mussten mit den anderen unter Deck. Dort war es warm. Meine Mutter hatte Lena im Arm. Mein Vater steuerte oben. Ich kann mich nicht mehr an alles erinnern. Irgendwann fiel der Strom aus. Mein Vater kam in die Kajüte. Das Boot schaukelte. Einige der Fremden übergaben sich. Ich begleitete meinen Vater nach oben. Er hatte das Großsegel eingeholt und hatte das Sturmfock aufgezogen. Er hatte mir oft gezeigt, wie man ein Boot im Wind hielt. Ich weiß nicht, wie lange ich an Deck war. Ich erinnere mich, dass mein Vater das Großsegel am Großbaum festzurrte. Die Wellen waren inzwischen höher als der Mast. Mein Vater hatte den Motor eingeschaltet, um das Boot zu stabilisieren. Der Mann, der mit uns aufs Boot gekommen war, saß ruhig im Heck. Mein Vater rief ihm etwas zu. Ich weiß nicht mehr genau, was, aber ich glaube, er zeigte auf das Zodiac, das wir hinter uns herzogen. Es war zu schwer und bremste das Boot. Mein Vater wollte es losbinden. Doch als mein Vater am Heck war, streckte der Mann seinen Arm aus. Es gab einen dumpfen Schlag, ein kurzes Licht. Ich hatte anfangs nicht verstanden, bis ich meinen Vater mit geöffnetem Mund sah. Er kippte ins Boot. Der Mann beachtete mich nicht, schleifte meinen Vater in die Kajüte. Seine toten Augen starrten mich an, als der Mann ihn aufsetzte, um ihn besser über die Stufen nach unten zu bekommen. Ich hielt das Steuer. Dann fielen weitere Schüsse. Schreie. Immer mehr Schüsse, bis die Schreie aufhörten. Der Mann ging nach oben. Der Mann verlor das Gleichgewicht. Ich ließ das Steuer los. Der Mann wankte bis zum Heck. Ich kann nicht sagen, ob er auf mich geschossen hat, ob er mich verfehlte oder ob er die Pistole verloren hat. Ich ging zur Kajütentür. Sie war verschlossen. Der Mann kletterte über die Reling und klappte die Badeleiter herunter. Bevor er in das Schlauchboot stieg, nahm er etwas aus seiner Jacke und warf es in eine Heckablage. Es gab eine Explosion. Wo das Steuerrad war, klaffte ein Loch. Teile der Verkleidung trieben nun auf den Wellenkämmen. Das Boot lag schnell tiefer im Wasser. Der Mann mit seinem Schlauchboot war nicht mehr zu sehen. Ich schaffte es noch, eine Schwimmweste aus dem Wasser zu ziehen. Die Explosion hatte sie aus dem Innern des Bootes herausgeschleudert. Dann trieb ich in den Wellen. Ich weiß nicht, wie lange. Als ich die Augen öffnete, sah ich Leute auf mich zulaufen. Dann nichts mehr. Ich erwachte in einem Krankenhausbett.«

»Warum hast du der Polizei nicht gesagt, was passiert war?«

»Weil ich, als ich erwachte, die Gewissheit hatte, dass mein Leben erst in diesem Moment begonnen hatte. Ich konnte mich an nichts mehr erinnern, ich wusste nicht einmal mehr, welche Sprache ich gesprochen hatte, ich hörte eine Frau, die zu mir redete, aber ich verstand kein Wort. Alles bestand aus Farben und Formen. Ich saß an einem Tisch, hatte aber vergessen, dass der Tisch ›Tisch‹ hieß. Später … viel später kamen sie zurück, der Tisch, die Namen der Dinge, die Bedeutung, und eines Tages wusste ich, was geschehen war.«

—

»Kann ich gehen?« Morvan rieb sich die Handgelenke. »Ohne dass die Verrückte mich wieder an den Stuhl fesselt.«

»Du bist ein Menschenschmuggler … und wahrscheinlich für den Tod von zwölf Menschen verantwortlich.«

»Ich habe niemanden umgebracht«, sagte Morvan und stand von dem Stuhl auf, an den Marie ihn gefesselt hatte.

»Ich werde euch beide verhaften müssen«, sagte Ronan. »Das verlangt das Gesetz.«

»Ja, der letzte Verbrecher muss verurteilt werden, auch wenn die letzten Menschen die Erde verlassen. Das Paradox der ewigen Vernunft, die auch ohne Menschen existiert«, erwiderte Marie und verschränkte ihre Arme vor der Brust.

»Das Gesetz hilft uns nicht, die nächsten vierundzwanzig Stunden zu überleben, daher gibt es nur noch eine Möglichkeit.«
»Ja, du sperrst die Verrückte ein und bringst mich nach Hause.«
»Keiner wird eingesperrt. Wir holen uns London-Tours.«
»Du hast nicht alle Tassen im Schrank.« Morvan lachte laut auf.
»Sobald du deinen Fuß über die Türschwelle setzt«, sagte Ronan, »bist du ein Toter auf Abruf. Sie werden dich finden und dich beseitigen. So wie sie den Mann in Calais beseitigt haben. Sie sind gerade dabei, aufzuräumen, mit dem Kärcher. Keine Zeugen. Sie werden erst deine Familie töten und dann dich.«
»Ich weiß nicht, was ich tun kann. Ich bin nur ein Fischer.«
»Überleben ...« Ronan ging zum Fenster und warf einen Blick durch die Spalten der Bretter.
Stille trat für Momente ein.
»Wo ist dein Boot?« Ronan ging davon aus, dass Marie es versteckt oder versenkt hatte. Doch Marie zuckte mit den Achseln.
Morvan ließ sich auf den Stuhl sinken. Er wirkte resigniert, so als wäre jeder Weg, der ihn aus dieser Situation führte, eine Sackgasse.
»Sie haben es ...«
»Haben was?«
»Sie haben es sich genommen, gegen eine kleine Gegenleistung ... Ich hatte keine Wahl. Sie brauchten ein Boot mit größerer Reichweite. Doch bei dem schlechten Wetter wollte ich nicht raus, das Risiko ...«
»Und du hast ihnen dein Boot gegeben, auch wenn du wusstest, was sie damit machen?«
»Man kann nicht einfach Nein sagen.«
»Wenn man auf ihrer Gehaltsliste steht, nicht«, ergänzte Marie spöttisch.
»Wann hast du ihnen dein Boot gegeben?«
»Vor ein paar Tagen.«
»Bevor Marie dich gefunden hat.«
»Sie hat mich nicht gefunden, sondern niedergeschlagen und entführt.«
»Ich habe dich einer Befragung unterzogen«, verbesserte Marie.

»Die Frauenleiche am Strand?« Ronan machte einen Schritt auf Morvan zu.

Morvan blickte wieder auf den Boden. »Was ist mit ihr?«

»Und das Baby … in der Kühlbox. Du weißt, wovon ich rede. Die Tote trug ein T-Shirt mit der Aufschrift LONDON-TOURS.«

Der Wind rüttelte an den Brettern. Ein kühler Luftzug ging durch das kahle Wohnzimmer und verlor sich im Treppenhaus. Morvans Unterlippe zitterte. In seinen Augen sammelten sich Tränen.

»Ich habe sie im Hotel du Port gesehen. Ich dachte zuerst an eine Touristengruppe, alle mit den gleichen T-Shirts. Dann erkannte ich das Logo: London-Tours. Das ist schon eine Woche her. Sie waren für die Fahrt nach Plymouth vorgesehen. Cellar Beach. Ein geschützter Strand vor Plymouth. Nachts ist dort niemand. Ich erinnere mich noch an die Frau, die ihr Kind auf einer Bank vor dem Hotel stillte. Sie sah glücklich aus. Die letzte Hürde, die sie nehmen musste, um für sie und ihr Kind ein besseres Leben zu haben. England, London war so nah. Ich weiß nicht, warum sie nach England wollte, aber ich konnte in ihren Augen sehen, dass sie einen weiten Weg gegangen war.«

»Ihr Mann sollte sie in England treffen. Er hatte für seine Fahrt schon bezahlt. Als ich ins Lager kam und ihm mitteilte, dass seine Frau und sein Kind nie in England angekommen waren, wollte er mit mir reden. Er dachte, wenn er seine Frau und seine Tochter in einem Fischerboot vorausschickt, kann er es vielleicht durch den Tunnel wagen, irgendwie, so wie die meisten, auf der Ladefläche eines Lastwagens, zwischen Bananenkisten oder nachts im Schlauchboot über den Kanal. Das Wichtigste war, dass seine Frau und sein Kind in Sicherheit waren. In seiner Situation sah er keinen anderen Ausweg. Er hatte all seine Ersparnisse dafür gegeben. Und dann erfährt er, dass sie tot sind. Angeschwemmt am Strand von Penec. Er wusste, wer die Schleuser waren, und er wusste, dass der Verwalter des Jungle mit den Schleusern gemeinsame Sache machte. Gerade als er mir mehr erzählen wollte, schoss ihm ein Scharfschütze den Kopf weg. Keine Zeugen. Wie damals vor dreizehn Jahren.«

»Die Toten reden nicht mehr.« Marie blickte Morvan feindselig an. Sie stand dem Mann gegenüber, der zu denen gehörte, die sie zur Waisen gemacht hatten. Auch wenn er nicht der Mann auf dem Boot war, der ihren Vater erschossen hatte. Gael Morvan war schuldig, weil er Geld von diesen Leuten nahm. Er kaufte seinen Kindern neue Schuhe, ohne wissen zu wollen, woher es kam.

»Wer nicht zurückkommt, der hat es geschafft«, sagte Ronan, »das ist die Logik derer, die nichts mehr zu verlieren haben. Keiner will daran denken, dass einige nicht mehr zurückkommen, weil sie tot sind.«

Ronan dachte an Marie, die mitansehen musste, wie ihr Vater erschossen wurde, dann die Schüsse im Boot, wie all das ausgelöscht wurde, was sie liebte, all die Leichen, die im kalten Wasser des Atlantiks spurlos verschwanden, das tote Mädchen am Strand, der Tote von Calais. Alle Spuren führten zu London-Tours.

Ronan stellte sich vor, wie Alan Jegou auf seiner Holzterrasse stand, unter ihm die kantigen Granithügel, das türkisfarbene Wasser, der kahle Horizont, und wie ihm in diesem Augenblick die Idee zu London-Tours kam. Vielleicht machte er sich Notizen, wie er seiner Welt ohne Grenzen näherkommen würde. Andere würden kommen und seine Idee nachahmen, andere würden Flüchtlinge aufnehmen, andere würden denselben Traum haben. Alan Jegou hatte London-Tours in die Welt gebracht, ohne zu ahnen, dass er damit seine Auslöschung und die seiner Familie beschlossen hatte. Hätte er nicht die Idee gehabt, mit einem Segelboot Flüchtlinge nach England zu bringen, würde er heute noch in dem Haus auf der Nordkante leben. Er hätte zwei erwachsene Töchter und würde sich mit seiner Frau auf ihre ersten Enkel freuen. Wer Gutes für die Welt tut, der bekommt Gutes zurück, hatte sich Alan gedacht, als er London-Tours ins Leben rief. Ein fataler Fehler.

»Kann ich ein Telefon haben?«, fragte Morvan. »Ich will Charlotte anrufen. Sie macht sich Sorgen.«

»Mehr als Sorgen«, sagte Ronan, »sie hält dich für tot. Aber du kannst sie trotzdem nicht anrufen. Solange sie dich für tot halten, ist deine Familie in Sicherheit. Wir müssen dich irgendwie aus der Stadt bringen.«

»Wenn ich mich weigere?«

»Dann werde ich dafür sorgen, dass du deinen Tod nicht mehr vortäuschen musst.« Die Art und Weise, mit der Marie ihre Drohung aussprach, ließ Gael verstummen. Sie war nicht die Frau, mit der man jetzt diskutieren sollte.

Draußen näherte sich das Geräusch eines Motors. Ronan drehte die Gaslampe aus. Er spähte durch einen Spalt zwischen den Brettern nach draußen. Ein weißer Lieferwagen war langsam die Straße entlanggefahren. Als nichts mehr zu hören war, drehte er die Gaslampe wieder an. Zeitgleich vibrierte sein Handy in seiner Tasche. Solen rief ihn von der Dienststelle an.

»Sag mal, wo bist du?«

»Ich gehe einem Hinweis nach.«

»Schaust du die Nachrichten im Fernsehen?«

»Du weißt doch, ich habe keinen Fernseher.«

»Dann hast du auch nicht mitgekriegt, dass es in Calais zu weiteren Ausschreitungen gekommen ist. Der Jungle brennt. Die Feuerwehr ist mit einer Hundertschaft angerückt. Ein Pulk von Flüchtlingen zieht in Richtung der Innenstadt. Die Flüchtlinge fordern Wohnungen, Arbeit, Aufenthaltspapiere und das Recht, nach England reisen zu können. Die Armee hat Straßensperren errichtet. Es gab Tote. Eine französische Journalistin meinte, dass wahrscheinlich die Erschießung eines Flüchtlings durch einen Polizisten die Welle der Gewalt ausgelöst hat. Auf den Social-Media-Kanälen gibt es Filme, auf denen man dich und noch einen von der BAC in Calais sehen kann. Die Presse sieht einen schießwütigen Polizisten …«

»Deswegen hast du mich aber nicht angerufen.«

»Nein, der Typ von der BAC in Calais hat angerufen und ein Fax geschickt. Er sagte, sie hätten in dem Pick-up am Strand Fingerabdrücke gefunden.«

»Sie konnten den Schützen identifizieren?«

»Deshalb hatte er dich angerufen, denn die Fingerabdrücke konnten nicht da sein, wo sie waren.«

»Was soll das heißen?«

»Sie hatten die Fingerabdrücke mit den Datenbanken verurteilter Krimineller abgeglichen. Kein Ergebnis. Bis jemand die interne

Datenbank der Gendarmerie heranzog. Diese Datenbank ist mit der Datenbank der Armee verbunden.«

»Ich weiß, die Gendarmerie gehört zur Armee, aber was hat das mit den Fingerabdrücken des Schützen zu tun?«

Solen machte eine Pause, in der sie Luft holte und ihren Satz neu anfing.

»Die Abdrücke stammen von zwei Soldaten: David Loz und Redwan Meschaoui.«

»Läuft die Fahndung?«

»Das ist es ja«, antwortete Solen, »der Typ von der BAC meinte, dass entweder die Datenbank veraltet sei oder sie es mit Geistern zu tun hätten. Denn beide waren Soldaten in der Fremdenlegion, aber beide sind vor mehr als zehn Jahren bei einem Einsatz in Mali gefallen.«

»Dann hat jemand wohl ihre Fingerabdrücke gestohlen«, scherzte Ronan, »oder ...«

»... sie sind nicht tot.«

»Kannst du mir Fotos von den beiden schicken?«

Nach einem kurzen Pling ging eine E-Mail auf Ronans Handy ein. Er öffnete den Anhang. Er wäre überrascht gewesen, wenn er die beiden nicht schon ein paar Mal gesehen hätte. Sie gehörten zu Kazavs Leibgarde.

—

Solen schickte ihm noch ein Gruppenfoto.

»2^e REP. Calvi. Das zweite Fallschirmspringer-Regiment der Fremdenlegion in Calvi.« Ronan vergrößerte das Foto auf seinem Handy.

»Loz und Meschaoui, neben Loz, der große Blonde, das ist Van Haag ... und der Sergent, den ich auf Van Haags Beerdigung getroffen habe.«

»Und der Große am rechten Bildrand.« Marie zeigte auf eine hagere Gestalt. Das Bild war schon etwas verblasst, doch man erkannte die harten Gesichtszüge Leturcs. Ronan fand, dass der Mann, der sich wie ein Schatten um Kazav bewegte, kaum Ähnlichkeit mit dem Kommandanten auf dem Foto hatte. Nur eines fiel ihm auf. Das Buch in seiner Hand. Der Titel auf dem Buchrücken schimmerte in Golddruck: *De bello Gallico*.

»Ein Kommandant der Fremdenlegion, der römische Literatur liest. Hätte er nicht das Buch in der Hand, ich hätte ihn nicht erkannt. Was ist?« Ronan stockte, als er bemerkte, dass Marie zu zittern begonnen hatte.

Marie öffnete ihren Mund, doch die Worte waren ohne Ton, so als hätte ihr etwas die Kehle zugeschnürt. Sie ballte ihre beiden Fäuste.

»Er war es …« Ihre Stimme hatte jeglichen Klang verloren, wie eine alte Tonbandaufzeichnung, die Jahrzehnte in einer feuchten Blechbüchse in einem Keller versteckt war. Sie schluckte einige unverständliche Silben hinunter und starrte auf Morvan. Ronan dachte, dass sie jeden Moment aufspringen und Morvan das Nasenbein zerschmettern würde. Jahre hatte sie darauf gewartet, den Mörder ihrer Familie zu finden. Vor sich hatte sie nur einen Handlanger, der mit ihm zu tun hatte, der für ein paar Kröten nicht wissen wollte, wen er auf seinem Boot mitnahm und wem er sein Boot lieh. Ein neuer Flachbildschirm, eine Kreuzfahrt, ein neues Auto. Das ruhige Gewissen, nur ein unbedeutendes Rädchen in einem Uhrwerk zu sein, und das selbst erwählte Recht, nicht wissen zu müssen, welchen Platz man in der Mechanik des Bösen einnahm. Doch Marie blickte durch Morvan hindurch, auf einen fernen imaginären Punkt. Er konnte sehen, wie sie mit sich kämpfte. Gegen den Drang loszulassen, um einfach loszuheulen. Es war keine Zeit für Tränen.

»Er hat sie erschossen … er sieht heute anders aus. Wie ein alter Mann … Hätte ich seine Augen gesehen, dann hätte ich ihn sofort erkannt.« Marie fasste sich wieder.

Sie hatte den Mörder ihrer Familie auf dem Bild erkannt: Leturc, die rechte Hand des Bürgermeisters.

»Wir holen ihn uns, das verspreche ich dir.« Ronan nahm ihre Faust, die sich in seiner Hand entspannte. Sie blickten beide auf die Fotografie, die Solen aus Calvi bekommen hatte. Sie präzisierte nicht, wie sie es geschafft hatte, ohne große Umwege und Anträge an die Unterlagen der Fremdenlegion zu kommen. Sie schrieb in einer Textmitteilung, dass Leturc wohl nicht irgendein Ex-Legionär gewesen sei, sondern ein hochdekorierter Offizier mit jahrelanger Erfahrung im Feld. Die Fremdenlegion war Teil der französischen Armee, aber sie war eine Armee in der Armee. Ronan hatte bei seinen Einsätzen selten mit ihnen zu tun gehabt, weil die Einsatzgruppen der Legion perfekt aufeinander abgestimmt waren und selten mit anderen Teilen der Armee gemeinsam an Missionen teilnahmen.

»Wir brauchen mehr als ein Foto«, sagte Ronan, »um einen verdienten Offizier der Legion vor Gericht zu bringen.«

»Ich bin der Beweis.«

»Du warst damals noch ein Kind, traumatisiert.«

»Ich habe das Schwein gesehen.«

»Ihre Anwälte werden deine Aussage zerpflücken.«

»Ich hole mir dieses Arschloch.«

»Leturc ist kein Fischer, den du so auf der Straße niederschlagen und in dein Auto zerren kannst. Selbst wenn du an ihn rankommst, finden dich seine Kameraden oder die französische Polizei. Und dann hättest du alle Karten verspielt.«

»Wenn ich ihn erwische …«

»Leturc und seine Legionäre sind selbst nur Teil der Organisation. Wir müssen sie alle bekommen. Wir müssen herausfinden, wer hinter London-Tours steckt.«

Gael stand am Fenster und wandte sich zu Ronan und Marie. »Die ganze Stadt verdient am Menschenhandel. Irgendwie hat jeder damit zu tun.«

»Das Büro des Bürgermeisters. Fangen wir damit an. Wir nehmen es auseinander. Stück für Stück.« Marie setzte sich auf den Stuhl, auf den sie vor einer Stunde Morvan gefesselt hatte.

»Kein Richter unterschreibt uns einen Durchsuchungsbeschluss, Marie. Es reicht nicht, zu wissen, dass Leturc für Kazav arbeitet. Ein fünfzehn Jahre altes Foto, auf dem Leturc mit anderen Legionären zu sehen ist, genügt nicht. Und die Aussage einer Zeugin, die zum Tatzeitpunkt zehn Jahre alt war und mehrere Jahre in der Psychiatrie verbracht hat, hat vor Gericht nicht viel Gewicht.«

»Was ist mit ihm?« Marie zeigte auf Morvan. Ihr Ton war verächtlich.

Ronan spürte, wie sie Morvan noch gerne ins Gesicht geschlagen hätte.

»Er ist wie viele in Penec ein Rädchen in der Mechanik von London-Tours. Sie wissen, dass es kriminell ist, was sie machen. Doch eine innere Stimme sagt ihnen, dass sie ja Menschen damit helfen. Und wenn sie dadurch noch Geld verdienen können, dann gewinnt jeder bei der Sache.«

»Ich hatte nie gewollt ...«

»Ohne die Fischer, die ihre Schiffe für ihre Schleusertouren anbieten, gäbe es London-Tours überhaupt nicht.« Marie klang noch verächtlicher.

Ronan ging wieder zum Fenster, blickte hinaus. Der Wind hatte zugenommen und rüttelte an den losen Brettern vor den Fenstern.

»Morvan wird vor Gericht aussagen, Marie ...«

Doch Gael schüttelte den Kopf wie ein Kind, das seine Bohnen nicht essen wollte. »Ihr versteht es einfach nicht ... weder sie noch ich werden einen Gerichtssaal betreten. Ihr kennt diese Leute nicht. Wir werden tot sein, bevor wir auch nur einen Richter sehen.«

»Dann kannst du dich nirgends vor ihnen verstecken, aber auch nicht weiter für sie arbeiten«, ergänzte Ronan. »Sie werden dich finden und eliminieren. Dich, deine Frau und deine Kinder.«

Die Sätze drangen hinter Morvans Stirn wie feine Rasiermesser.

»Was willst du machen, Ronan, wenn ich jetzt einfach dieses Haus verlasse und nach Hause gehe?«

»Gar nichts. Das brauche ich dann nicht mehr. Weil ihr, du und deine Familie, dann innerhalb von achtundvierzig Stunden tot seid.«

Ronan blickte wieder auf die Fotografie. Leturc um einige Jahre jünger. In der letzten Reihe stand Van Haag. Neben ihm der Legionär, von dem Ronan nie mehr erfahren hatte, als dass er Sergent war. Mehr war dieser Mensch nicht. Ronan erinnerte sich, dass Van Haag ihn auch nur Sergent genannt hatte.

—

Gael setzte sich. Die Verrückte hielt ihn nicht mehr zurück, keine Fesseln, kein Verhör mehr, er konnte gehen, doch stattdessen steckten seine Beine gewissermaßen in seiner Vergangenheit, die allmählich wie flüssiger Beton hart wurde. Er spielte mehrere Möglichkeiten durch. Wenn er nach Hause ging, würden sie ihn wieder anrufen. Würden sie Verdacht schöpfen, dass er sie verraten oder aus dem Geschäft aussteigen könnte, dann erging es ihm wie Jegou. Der hätte ihr Angebot annehmen müssen. Er hätte die Leute nach England bringen können und hätte dabei noch Geld verdient. Doch Jegou war Idealist. Er lebte nicht in der Realität. Deshalb endete er auch auf dem Grund des Meeres. Er würde Prad und der Verrückten sagen, dass er noch ein paar Tage im Haus bleiben, sich von Fischkonserven, hartem Baguette und Wasser ernähren würde, und dann, sobald er wieder frei war, würde er zu Charlotte gehen. Sie könnten die Stadt verlassen, das Land ... es gab so viele Möglichkeiten. Er hatte genug Fuck-off-Money in einem Bankschließfach, dass er damit für eine Weile untertauchen konnte. Zur Not auch ohne Charlotte und ohne die Kinder. Ihn hielt nichts in dieser Gegend. Er war hier aufgewachsen, hatte gesehen, wie aus den Fischerhäfen Fotomotive für Touristen wurden. Die Alten starben. Es blieben die dunklen Granitsteinhäuser, die sich um den Hafen drängten. Generationen von Fischern hatten in ihnen gelebt. Anfang des neunzehnten Jahrhunderts, als die Islandfischer über Monate in den kalten Gewässern auf Kabeljau Jagd machten, warteten die Frauen auf ihre Männer, die langen Nächte am Feuer, ohne eine Nachricht. Sie waren Witwen, ohne dass sie ihre Männer begraben konnten. Der Granit der kleinen Häuser hatte die stillen Gebete aufgesogen und färbte ihn noch dunkler. Heute standen die Friedhöfe der Islandfischer in den japanischen Reiseführern, die Steinwände waren weiß gestrichen, und auf Ikea-Möbel fiel der Schein von weißen LED-Lampen. Auf den Schieferdächern überall Parabolantennen. Ohne Fernsehen und drahtloses Internet konnte man sie nicht vermieten. Die Touristen aus Paris waren anspruchsvoll. Sie waren die Ersten, bevor die Ausländer kamen. Auf dem Platz, auf dem früher die Netze trockneten, parkten heute Wohnmobile. Nein, die Welt war nicht mehr in Ordnung in der Bretagne. Überall Kitsch,

Schnellstraßen, Infotafeln für Touristen, an jeder Ecke eine Crêperie. Als er noch ein Kind war, hatte er sich nicht vorstellen können, an einem anderen Ort zu leben als in Penec, in einem der Fischerhäfen, die in den Buchten Jahrhunderte vor sich hin gedöst hatten. Er hatte nicht bemerkt, wie die Welt um ihn zu einem Disneyland geworden war. Urbanisierung, Modernität und Fortschritt nannte der Bürgermeister das. Gael hielt hier nichts mehr. Charlotte war nicht in Penec aufgewachsen. Für sie war es einfach nur ein ruhiger Ort in der Bretagne. Sie wusste nicht, dass es den eigentlichen Ort nicht mehr gab. Nun, vielleicht konnte er sie überzeugen, Penec, die Bretagne, Frankreich, ja sogar Europa zu verlassen. Nach Kanada, wo ihn keiner kannte. Sie könnten neu anfangen.

—

Lamberts Stimme klang auf dem Anrufbeanworter wie immer enthusiastisch. Er redete von neuen Ermittlungsstrategien und dass er Informationen von Interpol besäße, die darauf hindeuteten, dass die albanische Mafia ein Schleusernetzwerk betrieb.

»Ich wusste es von Anfang an …« Lamberts Stimme war so laut auf dem Anrufbeanworter der Dienststelle, dass Ronan den Hörer von seinen Ohren weghalten musste, »es ist nicht der Bürgermeister oder jemand aus Penec. Colonel Bloomsday hat Beweise, die von allergrößter Wichtigkeit sind. Kazav und Ubicki haben in der Dienststelle Bloomsdays einen Krisenstab eingerichtet. Wir können das ganze Netzwerk ausheben. Ein Schlag gegen das organisierte Verbrechen … gegen die albanische Mafia. Ich bin auf dem Weg zu Colonel Bloomsday. Wir treffen uns in Penec. Das weitere Vorgehen besprechen wir vor Ort …«

Ronan unterbrach die Nachricht, fluchte und wählte Lamberts Nummer. Der Anrufbeantworter sprang an. Er wiederholte den Vorgang, ohne eine Nachricht zu hinterlassen.

»Lambert ist auf dem Weg zu Bloomsday.«

Ronan wählte wieder Loigs Nummer. Besetztzeichen. Er hoffte, dass Loig seine Familie aus der Stadt gebracht hatte. Wenn Morvan recht hatte und Kazav nicht nur die gesamte Stadtverwaltung, sondern auch noch die Gendarmerie gekauft hatte, dann waren Enora und die Kinder ebenso in Gefahr wie Loig. Warum rief er ihn nicht zurück?

»Er redete etwas von Mafia«, fügte Ronan hinzu, während er die Straße vor dem Haus beobachtete,»Netzwerk ausheben ...«
Ronan wählte erneut Lamberts Nummer. Keine Verbindung. »Vor lauter Ehrgeiz sieht Lambert nicht«, sprach Ronan laut vor sich hin,»dass ihn der Bürgermeister von Anfang an vor seinen Karren gespannt hat. Der Untersuchungsrichter ist in ernster Gefahr.«
Ronan hatte Morvan zwei Alternativen zur Auswahl gestellt. Entweder würde er ihn wieder an den Stuhl fesseln und ihn in den Keller des Hauses sperren, oder er würde sich in dem Haus verstecken, bis sie wiederkämen. Dann würde er ihn selbst zu seiner Frau bringen, und sie würden es wie eine Rettungsaktion aussehen lassen. Wie zu erwarten, wählte Morvan die zweite Alternative. Er bräuchte nur zu warten, mehr würde er von ihm nicht verlangen. Warten und überleben und ihm vor allem nicht in die Quere kommen. Ronan hatte kein gutes Gefühl, Morvan alleine in dem ehemaligen Haus der Jegous zurückzulassen. Ein Mann, der immer eine kleine Gaunerei brauchte, um sich klüger zu wissen als andere. Seine Tricksereien mit dem Finanzamt, wenn er nur die Hälfte seiner Hummerfänge angab, die Betrügereien mit der Versicherung, wenn er seinen Motor als gestohlen meldete, obwohl er ihn, in Einzelteile zerlegt, verhökerte. Doch diesmal ging es um seine Familie. Ronan vertraute darauf, dass Morvan seine Familie nicht leichtsinnig aufs Spiel setzte. Doch er hatte er ein komisches Gefühl im Magen, so als wäre Gael gar nicht der, für den er ihn immer gehalten hatte.

Ronan und Marie stiegen in den Wagen. Sie blickte noch einmal zu dem Haus ihrer Eltern zurück.»Er wird abhauen«, sagte Marie, »sobald er uns nicht mehr sieht.«
»Gael ist kein übler Typ ...«, begann Ronan. Kein übler Typ. Damit konnte jeder gemeint sein. Kein übler Typ. Er hatte sich nur mit den falschen Typen eingelassen. Genauso gut konnte er sich auch in Gael getäuscht haben. Etwas wehrte sich in ihm, Gael als Men-

schenschmuggler zu sehen. Er wusste nicht, ob es das Wort war, das nicht zu der Vorstellung passte, die er von Gael als Familienvater hatte, oder ob Gael sich seiner Vorstellung entzog. Es lag jetzt an Gael. Seine Entscheidung. Und wenn es stimmte, wie Ronan irgendwo gelesen hatte, dann war das Leben nur eine Aneinanderreihung von Entscheidungen. Ein Zurück gab es nicht.

Bleib einfach die nächsten vierundzwanzig Stunden im Haus. Versau es nicht! Denk an deine Familie! Aus Maries Blick konnte er erraten, dass Gael nicht mehr da sein würde, wenn sie wiederkamen.

»Wohin fahren wir?«, wollte Marie wissen. Sie legte ihren Sicherheitsgurt an. Ronan hielt das Lenkrad in beiden Händen und schüttelte den Kopf. Er drehte den Zündschlüssel, startete den Motor aber noch nicht.

»Wozu Morvan entführen? Wie sollte das weitergehen? Wolltest du ihn erschießen, nachdem du ihn gefoltert hattest?«

Marie schwieg. Regen fiel auf die Windschutzscheibe. Aziliz Jegou hatte Jahre gebraucht, um dahin zu gelangen, wo sie war. Sie hatte es in die Offizierslaufbahn der Gendarmerie geschafft. Sie ließ sich nach Penec, zur Brigade Nautique versetzen, in seine Einheit. Und dann so eine unprofessionelle Entführung?

»Ich weiß, was du denkst«, antwortete sie nach einer gedehnten Pause, in der nur Regen auf das Autodach trommelte. »Du glaubst, ich hätte dich benutzt.«

»Es wird Zeit, dass du mir die Wahrheit erzählst.«

»Die Wahrheit ist, dass ich kein Zuhause mehr habe. Ich gehöre nirgendwohin.«

»Seitdem du aufgetaucht bist, überfiel mich ein Kommando auf meinem Boot, dann wollte mich ein Ex-Legionär zu Fischfutter verarbeiten, und weil das alles noch nicht reicht, hat jemand noch mein Boot versenkt.«

»Ich habe nichts damit zu tun.«

»Du warst sicherlich nicht zufällig in der Bucht, als die Söldner mich auf dem Boot angegriffen haben.«

»Ich wollte zu dir, und da habe ich gesehen, wie diese Typen in schwarzen Skimasken ausstiegen. Ich bin ihnen gefolgt. Am Ufer wartete ein Schlauchboot auf sie.«

»Woher wusstest du von dem Handy, das wir auf dem Plateau gefunden haben? Ich meine Gaels Handy, das du dort abgelegt hast. Es gab nur dich und mich, die wussten, dass es sich um Gaels Handy handelte.«

»Es gab drei, doch Bloomsday wusste nicht, dass ich ihm ein altes Schrotttelefon gegeben habe. Er dachte, er hätte ein Beweisstück in Händen, das Morvan mit dem Bürgermeister in Verbindung bringen könnte.«

»Was hast du ihm erzählt?«

»Dasselbe, was ich dir erzählt habe: dass es Morvans Handy ist.«

»Und dass es Beweise gäbe, die Morvan und Kazav in Verbindung brächten. Du wusstest, dass Bloomsday ...«

Sie schüttelte den Kopf. »Ich wusste es nicht ... erst als er abstritt, die Beweise bekommen zu haben.«

»Was hast du Bloomsday erzählt?«

»Dass du die Speicherkarte aus dem Telefon hättest.«

»Du hast mich als Köder benutzt.«

»Ich konnte ja nicht ahnen, dass sie ein Söldnerkommando schicken.«

»Sie hatten gar nicht vor, nach der Speicherkarte zu suchen«, sagte Ronan und schaltete die Scheibenwischer ein, »sie wollten mich kaltmachen.«

Marie schwieg wieder.

»Deine ganz persönliche Art, herauszufinden, ob ich mit denen unter einer Decke stecke. Oder? Du hast das von Anfang an so geplant.«

»Ich wollte nicht, dass dir etwas geschieht.«

»Deshalb warst du in der Nähe, als sie mich auf meinem Boot angegriffen haben. Um sie aufzuhalten. Du ganz allein gegen einen Trupp mit automatischen Waffen. Ist dir klar ...«

»Du bist ja noch am Leben.«

»Nicht dein Verdienst.«

»Mein Vater hat immer gesagt, dass Penec ein korruptes Nest ist. Er sagte, dass die Bewohner von Penec sich den Bürgermeister wählten, der ihrer Verkommenheit entspricht.«

»Penec war seine Heimatstadt.«

»Deshalb konnte er sie hassen, und schließlich hat sie ihn umgebracht.«

»Er hätte mit euch wegziehen können.«

»Mein Vater hielt nichts davon wegzulaufen. Orte kann man wechseln, Menschen nicht. Ihr Gestank bleibt überall gleich. Mein Vater wollte die Welt verbessern, nicht vor ihr weglaufen.«

»Und du willst ebenfalls die Welt retten?«

»Dann wäre ich nicht zur Gendarmerie gegangen.«

Ronan drehte den Zündschlüssel ganz um. Der Motor startete. Die sanften Vibrationen der schlagenden Kolben durchliefen seinen Sitz und dann seinen Körper. Auf die wichtigste Frage hatte sie ihm noch nicht geantwortet:

»Warum hast du dich nach Penec versetzen lassen? Du hättest in Brest oder in Paris Karriere machen können.«

Marie zögerte, suchte nach einer passenden Antwort. Sie wusste, dass Ronan mehr wusste, als er ihr gesagt hatte.

»Weil ich den Mann töten werde, der meine Familie getötet hat. Jede Nacht höre ich die Schüsse, als er in die Kabine steigt. Es gab keine Schreie, nur diese Schüsse und das aufgewühlte Meer. In den Jahren in der Klinik habe ich mich oft gefragt, warum meine Eltern und meine Schwester tot sind, während ihr Mörder lebt. Ich fragte mich, ob ich besser weiterleben würde, wenn ich diesen Mann in denselben Zustand versetze, in dem meine Familie ist. Und es fühlte sich gut an.«

»Das Geschäft der Menschenschmuggler geht weiter …«

»Ich kann nicht die ganze Welt retten.«

»Es gibt da noch etwas, über das wir reden müssen«, sagte Ronan und hielt den Wagen am Straßenrand.

»Ich habe dir alles gesagt.«

»Du hast dich auf eine Stelle bei der Brigade Nautique in Penec beworben.«

»Soweit ich weiß …

»Nun, ich habe nachgesehen. Es gab überhaupt keine ausgeschriebene Stelle bei uns.«

»Ich bekam die Stelle. Das ist doch Beweis genug, dass es eine offene Stelle gab.«

»Es gibt deine Stelle bis heute noch nicht. Dein Posten ist nicht einmal bei uns verzeichnet.«

»Das wissen die in Brest ...«

»Ich habe die Papiere bekommen, deinen Lebenslauf, Empfehlungsschreiben und wann du anfängst. Nur, es gab keinen Posten. Das hat mich stutzig gemacht. Deshalb habe ich nachgesehen, wer dir das Geld am Monatsende überweist. Du weißt ja, die Überweisungen der *Trésorerie* haben Kennnummern, die den einzelnen Abteilungen zugeordnet sind. Gendarmerie Maritime hat GM, danach das Kürzel für den Standort. Doch bei dir gibt es weder GM noch ein Standortkürzel. Das heißt, jemand hat ganz eigens für dich diese Stelle geschaffen.«

»Ich kann darüber nicht sprechen.«

»Weil Grand es dir verboten hat?«

»Ich kenne keinen Grand.«

»Wie immer er sich auch nennt. Ein Typ im Regenmantel, der immer den Bus nimmt.«

Maries Unterlippe zuckte. Sie versuchte es zu kontrollieren, doch Ronan hatte es bemerkt. Sie wusste, von wem er redete. Das genügte ihm als Antwort. Grand hatte Marie nach Penec geschickt. Der Dienst, wie Ronan die DGSE nannte, hatte seine Finger im Spiel, und plötzlich wurde ihm bewusst, dass Grand ihn nicht angeworben, sondern verdächtigt hatte.

»Du bist in seinem Auftrag hier.«

Eine Stadt verschließt sich

In der Dunkelheit war von den Vier Schwestern nichts zu sehen. Nur die Brandung in der Tiefe war zu hören. Der Parkplatz oberhalb der Klippen war tagsüber ein beliebter Aussichtspunkt. Die vier Felsspitzen ragten senkrecht aus der Brandung und formten eine trichterförmige Schlucht, in der sich Wellen, Gischt und Wind zu einem ohrenbetäubenden Rauschen vermischten. Der Sturm hatte das Meer aufgepeitscht. Le Gouffre nannten die Fischer dieses Naturphänomen. Aus den Aufzeichnungen im Musée de la Mer in Penec ging hervor, dass sich eine Reihe Legenden um ihn rankten. Eine davon war die Legende, dass im Gouffre das Meer selbst zu den Menschen sprach. Es kündigte Stürme an, und an stürmischen Tagen kamen die Witwen der verschollenen Seefahrer und forderten ihre Männer zurück. Sie riefen dem Meer die Namen ihrer Männer zu. Ronan hatte gut einen Kilometer vor der Mühle geparkt.

»Willst du mir nicht sagen, was wir hier machen?«

Ronan ging zum Kofferraum seines Defenders. Unter einer Decke zog er zwei schusssichere Westen hervor. Er streifte die sperrige Weste über seine Windjacke. Die andere gab er Marie.

»Ich treffe mich mit meinem Vater.«

Marie verzog das Gesicht. »Ziehst du zu Familientreffen immer schusssichere Westen an?«

»Wenn ich mich täusche, dann brauchen wir sie nicht.«

»Und wenn du dich nicht täuschst?«

»Dann wartet dort jemand, der uns den Kopf wegschießen will.«

»Nette Familie …«

»Ich habe nur noch meinen Vater.«

»… der dich umbringen will.«

Ronan legte Marie die schusssichere Weste an. Dann gab er ihr eine zweite Armbanduhr, die er im Spind gehabt hatte. Er überprüfte beide Uhren, stellte den Minutenzeiger nach, sodass beide synchron liefen. Bei Kampfeinsätzen waren sie im Irak meist in Dreiergruppen eingeteilt. Die zeitliche Koordination hatten sie so oft eingeübt, dass er die anderen nicht zu sehen brauchte. Er wartete auf die Bestätigung über das Helmmikro. Bei Funkstille nur ein kurzes Klopfen. Tak, Tak, Pause, Tak. Mann in Position. Sie kontrollierten ihre Waffen. Marie überprüfte ihre Sig Sauer SP22 Halbautomatik, ließ das Magazin herausgleiten. Es war voll. An ihrem Gürtel hatte sie noch zwei Ersatzmagazine mit jeweils sechzehn Schuss. Ronan gab ihr noch zwei zusätzliche Magazine mit jeweils fünfzehn Neun-Millimeter-Patronen Parabellum. Wer kam nur auf die Idee, einem Geschoss diesen Namen zu geben? Die Verkürzung des lateinischen Zitats: *Si vis pacem para bellum* – Willst du Frieden, dann rüste dich für den Krieg. Die Neun-Millimeter-Parabellum war die Seele des menschlichen Daseins. Krieg. Der Mensch lebte für den Krieg, eine Spezies, die sich im Laufe der Evolution auf Vernichtung spezialisiert hatte. Frieden war ein Zustand, in dem es der Mensch nie lange aushielt, auch wenn Marie nicht wie jemand aussah, der sich aufs Töten vorbereitete. Sie hatte den Tod gesehen und das, was Menschen einander antun konnten, doch innerlich war sie nicht auf einen bewaffneten Kampf vorbereitet.

Kommentarlos schob sie die Magazine in ihre Seitentaschen. Ronan wusste, dass manche sich niemals daran gewöhnten. Das Überprüfen der Waffen, der letzte Check der Karten und das Ziel der Mission vor Augen dienten dazu, die Angst einzudämmen. Am Einsatzort übernahm das Adrenalin. Da draußen gibt es nur dich, deine Kameraden und den Tod. Kampfeinsätze sind kein Spiel. Du wirst in der nächsten halben Stunde sterben, mach das Beste draus. Jeder Soldat hatte sein eigenes Mantra, das er im Geiste wiederholte, bevor es losging. Marie war jedoch verhältnismäßig ruhig für jemanden ohne Erfahrung im Feld.

»Du musst mir den Rücken freihalten, Marie.«

Sie nickte.

Es gab kaum Wälder oder höheres Buschwerk an diesem Küstenabschnitt. Der Wind traf hier ungebremst auf die schroffen Felswände. Das Gelände bot kaum Deckung, allerdings gab es auch wenig ideale Schusspositionen für einen Scharfschützen. Die Mühle lag ungefähr tausend Meter östlich, auf einem ungeschützten Felsplateau, fünfzig Meter unterhalb seiner jetzigen Position. Das Gelände dahinter fiel flacher ab. Ronan suchte im Kopf die besten Positionen, an denen er sich als Scharfschütze positionieren würde. Entweder befand er sich direkt auf der Ruine der Mühle, oder er suchte sich eine Stelle, die zwischen ihm und dem Treffpunkt lag. Ronan musste ungefähr zweihundert Meter bis zur Abbruchkante des Felsens über offenes Gelände laufen. Die Dunkelheit schützte ihn wenig, weil Scharfschützen mit militärischer Ausbildung Nachtsichtgeräte verwendeten. Er hatte Marie in wenigen Sätzen seinen Plan erklärt. Er ging voraus bis zur Felskante. Von dort aus versuchte er, die Position des Scharfschützen zu finden. Marie sollte exakt sieben Minuten verstreichen lassen und auf sein Signal warten. Ronan verglich noch einmal seine Armbanduhr mit der Uhr, die er Marie gegeben hatte, dann rannte er los. Hundert Meter über kniehohes Gras, dann nur noch Felsen und Flechten. Ronan hatte einen Felsabsatz erreicht, von dem aus er einen guten Überblick hatte. Die Mühle war jetzt unter ihm. Auf dem Parkplatz stand der BMW seines Vaters. Als Schütze hätte Ronan diese Position ausgewählt. Sie war perfekt. Ronan hatte sich vom Meer her genähert. Die Brandung und der Wind sorgten für eine Geräuschkulisse, die seine Schritte schluckte. Ein Scharfschütze, der sein Opfer nachts töten wollte und der wie Ronan annahm, eine militärische Ausbildung hatte, verfügte über ein Nachtsichtgerät. Hätte er doch nur die Standardausrüstung gehabt, die er noch als Soldat hatte. Selbst auf der *Amathée* hatten sie keine Ferngläser mit Restlichtverstärker. Zu teuer. Salz und Feuchtigkeit setzten den elektronischen Geräten zu. Innerhalb der Gendarmerie verfügten nur die Sondereinheiten über Nachtsichtgeräte. Wenn es um die Sicherheit der Einsatzkräfte ging, hieß es immer, es sei kein Geld vorhanden. Ein Standardbegräbnis für einen toten Polizisten war günstiger als die Schutzausrüstung. Die Schutzwesten hatte Ronan im Internet bestellt.

Mit jedem Schritt hatte er das Gefühl, durch die Dunkelheit beobachtet zu werden. Vor ihm ging ein schmaler Wanderpfad nach unten. Fünfzig Meter über einen schmalen Grat. Links fiel der Fels steil zum Meer ab und rechts zu einem Geröllfeld. Würde der Schütze ihn von vorne anvisieren, dann hätte er keine Chance, lebend auf der anderen Seite anzukommen. Doch der Hang mit seinem Dornengestrüpp bot auch einem Heckenschützen keine Deckung. Er musste schnell sein, so dass er kein stehendes Ziel abgab. Er ging in die Hocke, drückte sich wie ein Sprinter ab und rannte den unebenen Weg in die Senke. Auf der anderen Seite spürte er, wie der Pfad wieder anstieg, er wurde langsamer. Noch ungefähr zehn Meter bis zur nächsten Felsspitze. Kein Feindkontakt. Alles war ruhig. Doch Geduld war die Waffe des Heckenschützen. Auch wenn er ihn nicht sah, wusste er, dass er da irgendwo in der Dunkelheit lauerte.

Ronan hatte bald die zweite Position erreicht, von der aus ein Schütze einen optimalen Schusswinkel hatte. Er blickte auf die Uhr. In zwanzig Sekunden würde Marie sich flach auf den Boden legen, hinter einem Busch oder einer Böschung. Ronan sprang auf das Plateau, wo er den Scharfschützen vermutete. Doch auch hier war niemand. Grand hatte ihn gewarnt. Wer dich zu einem Treffen bestellt, will dich töten. Der Treffpunkt in der Dunkelheit an diesem abgelegenen Ort und sein Vater, dem er alles zutraute, nur nicht, dass er selbst abdrückte. Er hatte keine Probleme, Massenmörder, Mafiosi, Kriegsverbrecher und jeden Abschaum zu verteidigen, wenn es ihm genügend Geld einbrachte, doch sein Vater konnte kein Blut sehen. Erst recht nicht das seines Sohnes. Und warum hatte er Solen erzählt, dass er mit ihm hier im Urlaub gewesen war? Ronan kannte die Mühle und die Klippen der Vier Schwestern, aber er war hier nur mit seiner Mutter gewesen. Doch seine Mutter hatte es nie lange an der Küste ausgehalten, weil sie von dem Wind Migräne bekam. Das hatte sie zumindest behauptet. Die Wahrheit war wohl eher, dass sie hier keine Zigaretten rauchen konnte. Der Wind ließ sie in wenigen Sekunden verglühen. Was wollte also sein Vater von ihm, wenn er ihn nicht umbringen wollte? Nur nicht leichtsinnig werden. Der Scharfschütze musste irgendwo in der Nähe sein … irgendwo getarnt, flach auf den Boden gepresst, ein Teil der Dunkelheit. Fünf, vier, drei, zwei, eins … Ronan schoss eine Leuchtgranate in die Luft. Das gleißende Licht tauchte die Felsen in eine Welt aus kantigen Schatten. Spätestens jetzt würde sich der Schütze das Nachtsichtgerät vom Gesicht reißen. Für weitere zehn oder fünfzehn Sekunden wäre er geblendet. Die glühende Kugel senkte sich langsam nach unten. Marie war nicht zu sehen. Sie war, wie er gesagt hatte, hinter einer Böschung abgetaucht. Ronan sprang von einer Felskante zur nächsten. Solange die Leuchtrakete ihr helles Licht wie eine Flüssigkeit über den Granit goss, so lange war es Tag. Das Nachtsichtgerät des Snipers brachte ihm jetzt keinen Vorteil. Ronan ging gerade hinter einem Felsblock in Deckung, als der Fels neben ihm absplitterte. Das Schussgeräusch kam leicht verzögert. Das hieß, der Schütze befand sich mehr als hundert Meter von ihm entfernt. Und jetzt begriff Ronan, dass er einen Fehler begangen hatte. Der Schütze wusste, dass Ronan Soldat war und wie ein Soldat dachte. Er wusste, dass er die besten Schusspositionen ausfindig machen würde. Ronan hatte nur nach Positionen gesucht, von denen man den Treffpunkt gut im Visier hatte. Doch der Schütze hatte nicht vor, ihn auf dem Parkplatz zu töten, sondern er wusste, dass Ronan die beiden besten strategischen Punkte suchte, und wartete, dass Ronan sich diesen Positionen näherte. Ronan warf sich flach auf den Boden, als ein zweiter Schuss durch die Luft flirrte und silbrige Streifen hinterließ. Das Geschoss brachte die feuchte Luft zum Kochen. Wenn er es nicht schaffte, von diesen Positionen wegzukommen, dann würde der Schütze ihn früher oder später erwischen. Er hoffte nur, dass Marie ihren Kopf unten hielt. Im Brandungsgetöse hatte sie den Schuss wahrscheinlich nicht gehört. Ronan warf einen Stein. Wieder ein Schuss. Das Mündungsfeuer kam aus drei Uhr, circa hundert Meter. Da der Schütze nicht vorhatte, ihn vor der Mühle zu erschießen, sondern während er das Gelände ausspähte, konnte er den Parkplatz vor der Mühle nicht einsehen. Ronan kroch flach auf dem Boden bis zu einem Geröllabhang. In diesem Augenblick verglomm die Leuchtrakete. Die Schatten zogen sich wieder in die Dunkelheit zurück. Ronan rutschte den steilen Abhang hinunter. Durch einen Felsabbruch erreichte er den Parkplatz vor der Mühle. Er rannte quer über den Parkplatz und hoffte insgeheim, dass es nur einen

Schützen gab und nicht noch einen zweiten mit Nachtsichtgerät, der den Parkplatz im Schussfeld hatte.

Nach zweihundert Metern verließ er die Straße und bahnte sich einen Weg durch die dichten Brombeerbüsche, deren Dornen seine Wangen und Hände zerkratzten. Er hatte nur grob die Entfernung abgeschätzt, aber er musste jetzt unterhalb des Felsens sein, wo er den Schützen vermutete. Nach zehn Metern durch das Gestrüpp traf er zwar nicht auf den Schützen, dafür stand er vor einem schwarzen Pick-up. Er ging um den Wagen. Er war leer. Auf der Fahrerseite lag eine Decke. Ronan hielt seine Waffe jetzt mit beiden Händen. Kleine Äste knackten unter seinen Schritten. Die Brandung war nur noch als Hintergrundrauschen zu hören. Ronan stieg auf einen Felsen und blickte durch die Dunkelheit vor ihm. Von hier aus konnte er die beiden Erhöhungen als Konturen in der Nacht erkennen, wo er noch vor einigen Minuten gestanden hatte.

Plötzlich raste etwas auf ihn zu. Ein mächtiger Schatten. Ronan hatte keine Zeit, um den Angriff abzuwehren. Er fiel nach hinten in das Gestrüpp. Dornen stachen in seine Oberschenkel. Über ihm die Gestalt eines Mannes. Er sah, wie die Spitze eines Messers genau auf sein Auge zielte. Ronan stieß den Angreifer von sich. Das verschaffte ihm einige Sekunden Luft. Das Messer war dem Angreifer aus der Hand gefallen. Die Gestalt sprang auf. Ronan verpasste der Gestalt einen Tritt. Er erwischte ihn unterhalb des Solarplexus. Ein Geräusch wie ein zerstochener Autoreifen drang aus dem Mund des massigen Gegners. Inzwischen hatte der wieder das Messer. Ronans Sig Sauer lag am Fuß des Gestrüpps. Zu weit, um sie mit einem Sprung zu erreichen. Für den Bruchteil einer Sekunde konnte er im Schein eines vorbeihuschenden Scheinwerfers das Gesicht des Mannes sehen, der sein Messer vor sich hielt und damit auf sein Herz zielte. Es war der Sergent, der mit Van Haag auf dem Schiff gewesen war und den er auf Van Haags Beerdigung gesehen hatte.

»Mach es dir nicht schwerer«, sagte der Legionär, »es ist unvermeidbar.«

Der erste Stoß mit dem Messer verfehlte Ronan, was ihm Zeit verschaffte, ebenfalls sein Messer aus seinem Gürtel zu ziehen. Ronan wich seitlich aus, schlug zu, traf den Legionär an der Schläfe.

Doch der Schlag zeigte keinerlei Wirkung. Ronan schlug gegen die Hand, die das Messer hielt, doch der Legionär packte seinen Fuß und stieß ihn nach hinten. Für den Bruchteil einer Sekunde verlor Ronan das Gleichgewicht, doch seinem Angreifer ging es nicht besser. Er rutschte auf der Böschung aus und taumelte. In diesem Augenblick trat Ronan gegen das Knie des Legionärs. Es knackte wie morsches Holz. Ronan hatte das Kniegelenk gebrochen. Kein Schrei, keine Reaktion. Den Legionär schien es nicht zu stören, doch auch wenn er den Schmerz nicht spürte, das Kniegelenk bog sich nach hinten durch, als er aufstehen wollte. Der Angriff wirkte ungeschickt. Der Sergent stürzte mit seinem ganzen Gewicht nach vorne, das Messer immer noch ausgestreckt, er verlor das Gleichgewicht. Ronan brauchte nur sein Gewicht zu verlagern, um auszuweichen. Seine Muskeln folgten Bewegungsmustern, die er vor Jahren erlernt hatte. Er trat wieder in die Beine des Legionärs. Bis dieser am Boden lag. Der nächste Schlag traf den Legionär im Gesicht. Der Mann fiel dumpf nach hinten. In diesem Augenblick sah er eine zweite Gestalt. Sie hielt den Revolver auf ihn gerichtet. Marie drückte zweimal ab. Die Kugeln verfehlten Ronan knapp. Der Sergent lag noch benommen am Boden, als Ronan einen anderen Legionär in Tarnuniform im Gestrüpp liegen sah. Sie waren zu zweit. Der Tote hielt seine Halbautomatik noch in der Hand. In seinen erlöschenden Gedanken hatte er den Abzug schon gedrückt, hatte geglaubt, seinen Auftrag zu erfüllen: Ronan liege mit halb zerfetztem Schädel auf dem Boden. Überall Blut und Gehirn. Auftrag vollendet. Der Tote wusste wahrscheinlich noch gar nicht, dass die Zukunft eine andere war und dass er nicht mehr Teil dieser Zukunft war.

Marie kam auf Ronan zu, als der Sergent am Boden wieder zu sich kam und nach der Halbautomatik des Toten griff. Ronan warf mit einer schnellen Armbewegung sein Messer. Ein schweres Messer, das durch sein Gewicht rotierend die Zeit dehnte, bis es im Hals des Sergent stecken blieb und die Halsschlagader durchtrennte. Ein hässliches Gurgeln, dann folgte er dem anderen Legionär in die Dunkelheit.

»Du schuldest mir jetzt was.«

»Du hättest mich treffen können ...«

»Ich war Jahrgangsbeste im Pistolenschießen ...«

Marie sprach erleichtert, so als würde ihr das Töten nichts ausmachen. Dann sah sie den Mann an, den sie erschossen hatte. Seine Augen waren blutunterlaufen, sein Hinterkopf war aufgeplatzt. Sie ließ die Waffe sinken.

»Er war noch nicht so alt ...«

»Söldner ... ausgemusterte Legionäre, die für Geld andere töten. Glaub mir, die Welt ist besser ohne ihn.«

»Ich weiß ... es ist nur ...«

»Du wirst es nie vergessen, denkst du, aber genau das wirst du. Nicht das Bild des Mannes, den du getötet hast, aber das Gefühl, das du jetzt empfindest.«

»Ich habe ihn noch nie gesehen.«

»Keine Sorge, er hätte dich erschossen, so wie andere eine Fliege totschlagen.«

Ronan suchte die Waffen des Toten, zog das blutige Messer aus seinem Hals und ging dann zu dem Pick-up zurück. Auf einem Felsblock fand er schließlich das Scharfschützengewehr und einen Helm mit Nachtsichtgerät. Zwei Patronenhülsen lagen daneben.

»Die waren für mich bestimmt.« Ronan nahm das Gewehr.

»Das sind Beweismittel, wir ...«

»Die können wir vielleicht noch brauchen.«

Nachdem Ronan die beiden Toten in das Buschwerk geschleift hatte, folgten sie dem Weg zum Parkplatz vor der Mühle. Nur der Wagen seines Vaters stand auf dem Parkplatz. Regen fiel. Eine Windböe wirbelte Pappbecher in die Luft und ließ sie tanzend in der Nacht verschwinden.

»Was machen wir hier?«, fragte Marie, die hinter ihm lief.

»Jetzt stelle ich dir meinen Vater vor.«

—

»Polizei, steigen Sie bitte aus dem Wagen«, rief Marie und stellte sich in einem schrägen Winkel vor den Wagen. Ronans Vater ließ das Fenster zur Hälfte herunter.

»Steigen Sie aus«, wiederholte Marie, ihre Hand an der Waffe.

»Es regnet. Ich steige nicht aus, wenn es regnet. Der Schlamm ruiniert mir die Schuhe. Sollten Sie nicht lieber in der Stadt Falschparker aufschreiben?«

»Ich sage es noch einmal. Aussteigen!«

»Und ich sage Ihnen, dass ich nicht zu diesen Bretonen gehöre, die selbst mit Gummistiefeln ins Bett gehen. Sie können meinen Ausweis kontrollieren, meinen Führerschein, Fahrzeugschein, und wenn Sie wollen, dann können Sie sogar noch mein verdammtes Impfbuch ansehen.«

»Was machen Sie hier?«

»Ich höre Radio, in meinem Auto.«

»Hat Ihnen schon einmal jemand gesagt, dass Sie ein Kotzbrocken sind?«

»Sie reden mit einem Anwalt.«

In diesem Moment griff Ronan, der sich von hinten dem Wagen genähert hatte, durch das offene Fenster, entriegelte die Tür und machte sie auf.

»Rutsch rüber!«

Sein Vater kletterte über die Mittelkonsole mit der Minibar auf den Beifahrersitz. Marie stieg hinten ein.

»Hättest du dir nicht die Schuhe … und überhaupt, wie siehst du denn aus. Das sind empfindliche Ledersitze … Was machst du hier?«

»Du wolltest mich sprechen.«

Alan Prad sah seinen Sohn entgeistert an. »Aber ich dachte, du hast es verstanden?«

»Was verstanden?«

»Meine Nachricht … Sie haben mich gezwungen, dich anzurufen. Ich konnte dich nicht warnen, nicht direkt, da habe ich dir von der Mühle erzählt, von unserem Urlaub.«

»Solen hat mir eine Zusammenfassung gegeben. Den genauen Wortlaut hatte ich nicht.«

»Sie hätte besser zuhören sollen. Ich hatte dir von dem Urlaub erzählt.«

»Wir waren hier nie gemeinsam im Urlaub. Du hast Mama verlassen, als ich gerade acht Jahre alt war.«

»Eben deshalb habe ich dir von dem Urlaub erzählt, weil ich … Es tut mir leid.«

»Tut es dir nicht.«

»Ich dachte, wenn ich dir von einem Vater erzähle, den du nie gehabt hast, dann zählst du eins und eins zusammen und kommst nicht, weil du verstehst, dass man mich zwingt.«

»Dein eins und eins ergibt nie zwei.«

»Sie müssen hier irgendwo sein. Sie haben vor …«

»Mich umzubringen, ich weiß.«

»Du hast die Nachricht also verstanden?«

»Du hast Solen erzählt, dass wir uns hier treffen. Du hast ›klein war‹ gesagt. Und das klang nicht nach dir?«

Ronans Vater verzog das Gesicht. »Warum sollte ich das nicht gesagt haben?«

»Weil die Tatsache, klein zu sein, nicht hinreichend erklärt, dass man auch ein Kind ist.«

»Du hättest Anwalt werden sollen.«

Ronan stieg kurz aus und packte das Präzisionsgewehr des Legionärs in den Kofferraum.

»Wer hat dich an den Eiern? Wer wollte, dass du mich triffst?«

Ronan startete den Wagen und steuerte ihn über den Schotter. Ein Grollen kam von einem Steinhang, als eine Hangmure abging. Steinbrocken rollten quer über die Straße. Das Lenkrad reagierte, noch ehe Ronan eine Lenkbewegung machte.

»Automatische Gefahrenerkennung«, sagte sein Vater. »Ich bin nicht mehr der Jüngste.«

»Im Gebüsch zwischen den Felsen liegen zwei Leichen. Im Kofferraum ist ein Präzisionsgewehr, mit dem ich erschossen werden sollte. Du solltest deinen Mund aufmachen, wenn du nicht der Nächste sein willst.«

»Mir werden sie nichts tun. Sie brauchen mich.«

»Wenn dein Leben nur davon abhängt, dass sie dich brauchen, dann bete, dass sie keinen Ersatz für dich finden.«

»Ich schwöre dir, ich wollte nicht, dass du kommst. Aber sie sind in meiner Kanzlei aufgetaucht.«

»Wer?«

»Kazavs Sekretärin ... Diese Ubicki und Kazavs Laufbursche, dieser Typ mit Bürstenhaarschnitt, der immer ein Buch mit sich rumträgt.«

»Leturc. Chef von Kazavs Personenschutz, Chauffeur, was auch immer.«

»Seit wann braucht ein Bürgermeister einer Stadt, die noch nicht einmal in jedem Navi aufgeführt ist, Personenschutz?«

»Mit was hat Kazav dich an den Eiern?«

»Diese Ubicki hatte eine Gerichtsakte dabei. Mit freundlichen Grüßen vom Bürgermeister. Kazav kam nicht einmal persönlich in meine Kanzlei. Er schickt mir diese aufgetakelte Schraube, deren Parfümwolke giftiger ist als radioaktiver Fallout.«

»Was ist das für eine Akte?«

»Ich war noch jung und brauchte Erfolge. Das Anwaltsgeschäft ist hart. Wer nach fünf Jahren nicht an die großen Fälle kommt, der bleibt sein Leben lang in Nachbarschaftsstreitereien, schreibt Begründungen, warum der Geruch von zwei Apfelbäumen eine Beeinträchtigung der Lebensqualität eines Nachbarn darstellt.«

»Komm zur Sache.«

»Da war dieser Fall eines jungen Polizisten, bekannt für seine Gewaltexzesse gegenüber Frauen. Er hatte eine junge Frau vor einem Restaurant geschlagen. Eine völlig unbekannte Frau, die zufällig in dasselbe Restaurant gehen wollte, das der frischgebackene Polizist gerade verließ. Eine scheinbar banale Szene an einem Samstagabend. Ausgelassene Stimmung. Die Frau lacht über einen Scherz ihrer Freundin. Ein Lachen, das nicht im Lärm der Straße unterging und sich nicht sofort verstreute, sondern irgendwie wie ein Block stehen blieb und das der junge Polizist auf sich bezog. Er dachte, die junge Frau hätte über ihn gelacht, hätte seine Nase mit seinem Geschlechtsteil verglichen. Er hat sie so lange geschlagen, bis die Knochen ihrer Wangen brachen. Es dauerte ein Jahr, bis die Frau wieder essen konnte. Sie ist heute noch entstellt. Nun, ich war ihr Verteidiger. Eines Abends bekam ich dann Besuch von dem Polizisten und seinem Anwalt.«

»Du hast dich bestechen lassen.«

»Ich habe mich auf die Seite des Meistbietenden geschlagen.«

»Und wie konnte Kazav davon Wind bekommen?«

»Der Polizist hat Karriere gemacht, in Penec …«

Ronan runzelte die Stirn. »Bloomsday?«

Sein Vater nickte. »Erfolgreich und immer noch korrupt.«

»Und seitdem wäschst du die schmutzige Wäsche des Bürgermeisters.«

»Sozusagen.«

»Kazavs Sekretärin wollte also, dass du mich triffst.«

»Ich sollte einen Ort und die Zeit nennen. Kazavs Bodyguard würde sich um den Rest kümmern.«

»Warum hast du mich nicht angerufen?«

»Weil sie mich abhören … Du weißt nicht, mit was für Leuten du es da zu tun hast.«

Sie erreichten die Straße. Ein Signalton teilte Ronan mit, dass er wieder das Steuer übernehmen konnte.

»Warum wollen die mich umbringen?«

»Ich weiß es nicht. Wenn ich wenigstens mit Kazav selbst gesprochen hätte, aber ich habe immer nur mit der Sekretärin oder mit seinem Chauffeur-Leibwächter zu tun. Man sieht Kazav kaum außerhalb. Aber ich vermute, dass du bei deinen Ermittlungen in ein Wespennest gestochen hast.«

»Sie wissen auch, was mit Camille geschehen ist.«

»Die arme Camille. Hat in der Stadtverwaltung gearbeitet. Ein einfaches und nettes Mädchen. Ich mochte sie. Der Unfall …«

»Es war kein Unfall«, unterbrach Ronan seinen Vater. »Jemand hat sie umgebracht und beiseitegeschafft.«

»Ich glaube, dass der Bürgermeister wegen einer Sache ziemlich nervös ist. Ich habe ein Gespräch mitbekommen, als seine Sekretärin in meiner Kanzlei war. So wie ich das sehe, wollen die aufräumen.«

»Wer sind die?«

»Diejenigen, die hinter Kazav stecken. Korsische Mafia, albanische Mafia, Leute, die Kazav als Politiker ganz groß rausbringen möchten. Und du bist ihnen wegen irgendeiner Sache auf die Füße gestiegen.«

Ronan bog zu dem Parkplatz ab, an dem sein Wagen parkte. Sein Vater setzte sich wieder hinter das Steuer. Ronan stieg mit

Marie in den Defender. Der beißende Geruch von Dachskot war noch immer penetrant. Die Rücklichter des anderen Wagens verschwanden im Regen. Sturmböen rüttelten den Defender durch, als sie losfuhren.

»In einer Stunde ist Fluthöchststand«, sagte Ronan, »dann sind die Zufahrtsstraßen überschwemmt.«

»Und wir müssen dann die Nacht in deinem Wagen verbringen.«

»Meine Wohnung ist leider untergegangen.«

»Was ist das nur für ein ekelhafter Geruch?«

»Man gewöhnt sich dran ... Wir sollten aber erst einmal von hier verschwinden.«

Marie strich sich die nassen Haarsträhnen aus dem Gesicht, dann öffnete sie ihren Sicherheitsgurt, beugte sich auf die Fahrerseite und küsste ihn.

In diesem Augenblick kam ein Anruf. Ronan stoppte den Wagen, sah auf das Display. Eine Nummer, die ihn in den letzten Tagen mindestens zwanzig Mal angerufen hatte. Lambert. Er schaltete den Motor aus. Nur noch die Armaturenbeleuchtung und das Display seines Handys erhellten ihre Gesichter. Ihre Augen lagen dunkel auf ihm. Er spürte ihre Hand an seinem Genick. Er spürte ihre Wärme auf seinen Wangen. Wenige Millimeter waren zwischen ihren Lippen. Marie ... doch sie könnte in der Dunkelheit und in diesem vom Regen verwaschenen Schweigen auch eine andere sein. Er sprach ihren Namen nicht aus. Camille.

—

Ronan startete den Motor wieder. Im Licht der Scheinwerfer tauchten erstarrte Felsformationen auf, unterbrochen von knorrigen Macchia-Büschen, unter peitschendem Regen, der aussah, als hätte sich das Meer über das Land geworfen. Sie redeten kein Wort, bis sie auf die Hauptstraße bogen.

»Es tut mir leid«, sagte Marie und brach das Schweigen.

»Braucht es nicht.« Ronan blickte auf den weißen Mittelstreifen der dunklen Straße. Auf seinen Lippen schmeckte er noch ihre Lippenpomade. Vor fünf Minuten hätte er es zulassen können, er hätte das Ende der Dunkelheit zulassen können. Stattdessen folgte Ronan der weißen Mittellinie, die in eine immer tiefer werdende Dunkelheit führte. Irgendwann würde da auch keine weiße Linie mehr sein, sondern nur noch Dunkelheit, die in noch tiefere Dunkelheit führte. Er hatte wieder dieses Gefühl, seit Jahren unter Wasser gelebt zu haben. Was für eine Ironie des Schicksals, dass sein Boot, auf dem er seit dem Verschwinden Camilles gelebt hatte, nun auf dem Grund des Trieux lag. Und jetzt war sie da, Marie ... Sie konnte Camille nie ersetzen. Kein Mensch konnte einen anderen ersetzen. Hätte er Camille nur begraben können. Wer seit Jahren verschollen war, war so gut wie tot, aber eben nicht tot. Sie war noch irgendwo da draußen. Wie lange wollte er dieser Illusion hinterherjagen? Ronan schaltete das Mikrofon auf laut und hörte die Nachrichten ab, die allesamt von Lambert stammten. Die erste Nachricht war kurz: »Capitaine Prad, rufen Sie mich an, es ist dringend.« Biep.

Die zweite Nachricht war eine Wiederholung der ersten, mit dem Unterschied, dass Lambert »sehr, sehr dringend« sagte. Er wirkte nervöser, und im Hintergrund waren Fahrgeräusche zu hören.

In der dritten Nachricht hatte Lamberts Stimme einen gereizten Ton. Es klang wie ein Vorwurf.

»Ich kann Sie verdammt nicht erreichen. Ich habe Neuigkeiten. Rufen Sie mich an.« Biep.

Die nächste Nachricht hatte wieder den förmlichen Bürokratenton, der Lambert wie der Geruch von verstaubten Akten umgab.

»Ich bin unterwegs, hören Sie, Capitaine, ich muss den Staatsanwalt in Rennes erreichen. Die Kollegen in Calais haben eine Akte über den Sicherheitschef Kazavs, Leturc. Er soll für einige dubiose Sicherheitsfirmen gearbeitet haben. Er war Leiter der Einsatzkoordination bei Blackwater. Sie wissen ja, diese amerikanische Söldner-Privatarmee, die für die amerikanische Regierung im Irak die schmutzige Wäsche gewaschen hat. Einige Tage vor der Veröffentlichung der War Logs durch WikiLeaks verließ er das Unternehmen. Leturc hatte aber schon während seiner Zeit bei Blackwater eine eigene Sicherheitsfirma gegründet, die sich auf den Schutz von Politikern spezialisiert hatte. Leturc rekrutierte ausschließlich ehemalige Legionäre. Kazav gehört seit Jahren zu Leturcs Kunden, doch erst seit 2010 ist er persönlicher Sicherheitsberater von Kazav. Die Finanzaufsicht hat Kazav schon länger im Visier. Schwarzgeschäfte, Geldwäsche. Die Liste ist lang. Doch es gab nie eine Verhaftung, nicht einmal eine Hausdurchsuchung. Camille Donval hatte den Chef der BAC in Calais kontaktiert. Es ging um das Lager in Calais und um ein Tourismusunternehmen: London-Tours. Calais vereinbarte einen Treffpunkt, zu dem Camille Donval nie gekommen ist …« Biep.

Die nächste Nachricht begann mit einem Fluch. Lambert saß im Auto.

»… stellen Sie die Zeitbegrenzung Ihres Anrufbeantworters ab. Wir leben nicht mehr im Zeitalter, in dem man kleine Kassetten zurückspulen muss. Leturc hat ein Trainingsgelände in der Nähe von Penec. Eine ehemalige Fischereischule, unmittelbar am Trieux. Ich habe in Rennes und in Paris nachgefragt, was das für eine Firma ist. Keine Auskunft. Nationale Sicherheit. Wir haben fünfzehn Leichen in einem Boot gefunden, eine tote Frau mit ihrem Kind am Strand, ein brennendes Flüchtlingscamp, einen Mann, dem am helllichten Tag der Kopf weggeschossen wurde, und ein Untersuchungsrichter bekommt nicht einmal Einblick in die Akten eines Privatunternehmens. In Rennes hieß es, dass Leturcs Firma für Kazavs Sicherheit sorgt. Das ist kein Grund … natürlich nicht, ich hab das gesagt, aber es scheint, dass Kazav mächtige Freunde hat.«

Vor ihnen Blinklichter. Die Straße war auf einer Fahrbahnseite gesperrt. Notarztwagen, Feuerwehr, Gendarmerie. Ronan fuhr langsam auf diese Insel aus blinkenden Lichtern zu. Männer in Leuchtwesten bewegten sich wie in Zeitlupe durch den Regen. In einem breiten Werbeschild, das im Feld neben der Straße stand, klaffte ein riesiges Loch, wo eine blonde Frau im Marilyn-Monroe-Stil posierte. An der Stelle, wo ihr Mund sein sollte, war der Wagen durch das Plakat geschossen, so als wäre er von der Straße katapultiert worden. Ronan bremste auf Schrittgeschwindigkeit, als er an der Straßensperre war. Die Beamten, die den Verkehr umleiteten, gehörten zu Bloomsday. Gerade als Ronan wieder Gas geben wollte, erkannte er das weiße Elektroauto. Ronan hielt neben dem

Feuerwehrwagen an. Er zeigte dem Beamten, der ihn zum Weiterfahren aufforderte, seinen Ausweis. Marie folgte ihm. Er hatte sein Handy aus dem Wagen mitgenommen, auf dem immer noch Lamberts Stimme zu hören war. Der leichte Elektrowagen war noch intakt. Er war irgendwie von der Straße abgekommen, durch das Werbeplakat geschossen und in dem dahinterliegenden Feld gelandet. Lambert saß auf dem Fahrersitz, jedenfalls sein Rumpf. Ein Spaten steckte in der Kopflehne. So wie es aussah, hatte der Spaten auf einem Holzstapel gelegen, und als der Wagen im Feld gelandet war, musste eine Verkettung von Bewegungen den Spaten durch die Windschutzscheibe getrieben haben. Ronan beugte sich zu dem Kopf, der wie ein loses Gepäckstück auf dem Beifahrersitz lag. Lamberts Augen waren nach oben verdreht. Im Bericht der Gendarmerie würde Unfall stehen, obwohl Ronan sich keine Flugbahn vorstellen konnte, die den Spaten derart gerammt haben könnte, dass er durch die Windschutzscheibe fuhr und den Untersuchungsrichter köpfte.

Der junge Beamte analysierte den Unfallhergang, während Ronan um den Wagen ging. Ronan sah den jungen Mann an, der wie ein Audioguide im Louvre den Ereignissen vor ihm eine Form von Wahrheit verlieh.

»Überhöhte Geschwindigkeit, dann in der Kurve verlor er die Kontrolle, und wusch …« Er machte eine Handbewegung in die Luft, als wolle er eine Fliege verscheuchen.»… krachte er in den Acker, auf einen Heuballen, auf dem der Spaten lag.«

Ronan nickte, so als hörte er zu.

»Das Heck des Wagens«, sagte Ronan.»Haben Sie sich das Heck einmal angesehen?«

»Eingedrückt«, sagte der Beamte,»durch den Aufprall.«

»So wie es aussieht, ist er nicht mit dem Heck zuerst im Acker gelandet. Sehen Sie, der vordere Teil des Wagens steckt im Dreck. Dann sind da noch die Lackspuren am Heck.«

»Der Wagen hat sich wahrscheinlich gedreht.«

»Eine chemische Untersuchung der Lackspuren wird ergeben, dass es sich um einen schwarzen Wagen, matt-metallic oder dunkel-grau-metallic handelt.«

Der junge Beamte lächelte verlegen, ging ein paar Schritte in das matschige Feld, wo er die wenig brauchbaren Spuren zerstörte, die der Regen im Schlamm noch übrig gelassen hatte. Er rief jemanden an.

»Verdammte Anfänger, warum einige der Bleus glauben, dass die Uniform eine Art Körperkondom ist, mit dem man besser arschkriechen kann.«

Der Beamte streckte Ronan das Handy hin. »Der Chef will mit Ihnen sprechen.«

Bloomsdays wispernde Stimme, die Ronan immer an einen Schmuckverkäufer erinnerte, deren Lautstärke mit steigendem Preis proportional abnahm, drückte sein Bedauern über den plötzlichen Tod des Ermittlungsrichters Lambert aus. Sie hätten eng zusammengearbeitet. Ein tragischer Unfall. Ach ja und ich bitte Sie, erschweren Sie vor Ort nicht die Arbeit der Männer, die den Unfallort sichern. Übersetzt hieß das: Verschwinde von dort, hör auf, irgendwelche Theorien aufzustellen. Ronan gab das Telefon dem jungen Beamten zurück.

»Colonel Bloomsday«, sagte Ronan, »ist wie ich der Meinung, dass Lamberts Wagen sich selbst von der Straße katapultiert hat und es sich höchstwahrscheinlich um einen Angriff von Außerirdischen handelte.«

Der junge Beamte ließ Ronan und Marie vor dem Autowrack stehen. Der kopflose Rumpf des Untersuchungsrichters wirkte noch grotesker, weil seine beiden Hände noch das Lenkrad umklammerten, so als wartete er nur an einer roten Ampel. Ronan ließ den Rest der letzten Nachricht Lamberts abspielen:

»… Kazav hat mächtige Freunde, Capitaine Prad. Wir sollten aufpassen, wem wir unsere Informationen weitergeben. Vertrauen Sie niemandem. Morgen früh spreche ich mit dem Staatsanwalt in Rennes. Ich habe Abschriften der Akten, die mir Calais geschickt hat, in meinem Hotelzimmer.«

Seine Stimme kam aus dem Lautsprecher, während Lamberts Mund für immer verschlossen war und seine blutgefärbten Augen matt in den Regen starrten.

»… und ziehen Sie sich die Schuhe aus, wenn Sie bei mir sind. Ich mag keinen Dreck auf dem Fußboden, Capitaine. Ich bin allergisch gegen so ziemlich alle Tierarten, also lassen Sie Ihr Viechzeug im Wagen oder was auch immer so in Ihrem Wagen gestunken hat.« Eine kurze Unterbrechung. Die Aufnahme lief weiter.»... was ist das? Oh mein ...« Die Aufnahme brach ab.

Lambert hatte sich mit seinen Ermittlungsergebnissen an Bloomsday gewandt. Lambert hatte keine Ahnung gehabt, dass Bloomsday und Leturc die verlängerten Arme Kazavs waren. Er hätte seine Ergebnisse für sich behalten sollen. Aber Lambert wollte gelobt werden. Er wollte wieder ins Rampenlicht. Er wollte, dass man von ihm sprach als einem verdammt guten Ermittler, dem nichts entging. Jetzt war er nur ein Toter mehr in der französischen Verkehrsstatistik.

Ronan wählte Loigs Nummer. Wieder das Besetztzeichen.

»Weißt du, in welchem Hotel Lambert abgestiegen ist?«

Marie nickte.»Im Hotel Peñse, am Hafen.«

»Vielleicht wäre Lambert in ein anderes Hotel gegangen, wenn er gewusst hätte, dass im Bretonischen Peñse Schiffbruch bedeutet.«

—

Wegen Überflutung gesperrt. An fast jeder Kreuzung waren Sperrschilder. Die Hauptstraße nach Penec war von Ästen übersät. Zum Teil lagen entwurzelte Bäume im Straßengraben. Räumfahrzeuge der Feuerwehr hielten die wichtigste Zufahrt nach Penec frei. Männer in Kakiuniformen sicherten eine Straßensperre.

»Die Armee?«

»Das ist nicht die Armee«, antwortete Ronan,»das sind Kazavs Leute.«

Die Straße am Hafen stand bereits unter Wasser. Ein uniformierter Mann klopfte an die Scheibe. Ronan fiel die HK MP5 auf, neun Millimeter mit Schalldämpfer. Fast ausschließlich von Spezialeinheiten genutzt.

»Zivilschutz sieht anders aus«, sagte Marie.

Ronan kurbelte das Fenster herunter.»Was ist los? Befinden wir uns im Krieg?«

»Sie können hier nicht weiterfahren«, sagte der Mann in Uniform in harschem Befehlston.

Ronan zeigte seinen Ausweis.

»Die Stadt befindet sich im Ausnahmezustand. Wir haben übernommen. Drehen Sie bitte um, Capitaine.«

»Seit wann garantieren jetzt Privatarmeen die öffentliche Ordnung?«

»Ich habe Anweisung vom Bürgermeister.«

»Der Bürgermeister ist an die Gesetze dieses Landes gebunden.«

»Der Bürgermeister hat den Notstand ausgerufen, und jetzt drehen Sie um, bevor ich Sie festnehmen lasse.«

Ronan wendete den Wagen.

»Das Hotel liegt nicht weit vom Marine-Museum entfernt.«

»Diese Typen in Kampfuniform sind überall«, sagte Marie. »Wo ist die Gendarmerie?«

»Ich fürchte, dass Kazav mit seinen Leuten die ganze Stadt kontrolliert.«

»Wenn sie erfahren, dass wir wieder in der Stadt sind …«

»… dann erwartet uns ein ähnlich trauriges Schicksal wie Lambert.«

Er parkte den Wagen auf der Grünfläche zwischen Straße und Trottoir. Bis zum Hotel waren es zu Fuß vier oder fünf Minuten. Die ersten Treppenstufen des Hotels waren überflutet. Die Flut hatte das Meer über die Hafenmauern geschoben, wo schmieriges Algenwasser die gesamte Straße vor dem Hotel überschwemmte. Madame Atwood, eine gebürtige Engländerin, ließ sich nicht lange bitten und zeigte ihnen Lamberts Hotelzimmer. Ein ermordeter Gast war nicht gerade förderlich für die Buchungen. Die Leute waren nun einmal abergläubisch. Madame Atwood öffnete die Tür mit einem Generalschlüssel. Ronans Verdacht bestätigte sich, als er die herausgerissenen Schubladen und aufgeschlitzten Kissen sah. Jemand hatte Lamberts Zimmer durchsucht.

»Was für ein Chaos!«, sagte Marie und stieg vorsichtig über einen herausgerissenen Telefonapparat.

»Wenn du dir das ganze Chaos einmal wegdenkst, dann bleibt eigentlich nichts übrig bis auf ein steriles Hotelzimmer.«

Madame Atwood trat hinter Ronan in den Raum. »Oh my god ...«

»Ist irgendetwas Ungewöhnliches in dem Zimmer ... etwas, das nicht dem Hotel, sondern dem Gast gehört?«

Sie stieg vorsichtig über umgestürzte Stühle und schüttelte den Kopf.

»Hier ist nichts ... from the client.«

Ronans Vermutung war richtig. Lambert hatte zwar ein Hotel gebucht, doch dieser Mann hatte nicht einmal Wechselklamotten dabei. Kein Koffer, keine Zahnbürste, kein zweites Paar Schuhe. Ronan zog die oberste Schublade des Nachttischchens heraus. Die Bibel hatte einen schwarzen Ledereinband.

»Wir sind ein Hotel mit englischer Tradition«, sagte Madame Atwood. »Wir sorgen dafür, dass Gottes Wort immer in greifbarer Nähe ist.«

»Wissen Sie, warum früher in fast jedem Hotelzimmer eine Bibel zu finden war?« Ronan blätterte die Bibel auf. Dünne Seiten, abgegriffen und speckig.

»Weil die Menschen die Nähe von Gott spüren wollen«, antwortete Madame Atwood mit dem Eifer, der Ronan merken ließ, dass das Thema Gott für sie nicht zu diskutieren war.

»Die Hotelbesitzer glaubten, dass eine Bibel verhindere, dass sich jemand im Zimmer umbrachte. Es gab sogar Untersuchungen über die Selbstmordrate in Hotels, und irgendein pfiffiger Beamte kam auf die Idee, dass die Selbstmorde abnahmen, wenn eine Bibel in greifbarer Nähe war.«

»Selbstmord. Wer schon daran denkt, versündigt sich.«

Ronan schlug zufällig eine Seite auf. Er klappte sie wieder zu und schlug noch einmal zufällig auf. Dieselbe Seite, was darauf hinwies, dass die Bibel genau an dieser Stelle öfter geöffnet worden war. Die Buchbindung hatte sich leicht verformt. Hatte Lambert die Bibel an dieser Stelle aufgeschlagen?

Ihr könnt nicht Gott dienen und dem Mammon.

Jemand hatte den Satz unterstrichen. Matthäus 6:24.

»Darf ich mir die Bibel ausleihen?«

»Of course ... Capitaine.«

»Gibt es eine Putzfrau, die das Zimmer sauber macht?«
»Bei dem Unwetter hat es der Putzdienst nicht in die Stadt geschafft.«
»Wann haben Sie Lambert das letzte Mal gesehen?«
»Heute Morgen. Er hat gefrühstückt. Was ist mit Monsieur Lambert, ist ihm was zugestoßen?«
»Er hatte einen Unfall. Mehr kann ich Ihnen im Moment nicht sagen. Könnten Sie das Zimmer verschließen und keinen hineinlassen?«
»Jetzt beunruhigen Sie mich, Capitaine.«
»Wir leben in unruhigen Zeiten, Madame Atwood.«
»Sie sagen es. So Gott will, überstehen wir auch diese.«
»Amen …«
Madame Atwood versperrte die Tür hinter ihnen. Fünf Minuten später eilten sie durch knöcheltiefe Pfützen.
»Was wolltest du mit der Bibel?«
»Nur so eine Idee«, sagte Ronan. »Es gab nicht einen Hinweis, dass Lambert in diesem Zimmer wohnte. Kein Gepäck, kein zweites Paar Schuhe, kein Ladegerät, das in einer Steckdose steckte, kein Krümel am Boden, selbst die Seife am Waschbecken war unbenutzt.«
»Vielleicht hat er woanders geschlafen.«
»Nein, ich glaube, Lambert kam tatsächlich ohne Gepäck. Er hatte nicht damit gerechnet, länger in Penec zu bleiben.«
»… und noch weniger, dort zu sterben«, ergänzte Marie.
»Lambert hatte sicherlich in dem Hotel geschlafen, doch er achtete peinlichst darauf, keine Spur zu hinterlassen. Die Akten, die er bei sich trug, verwahrte er im Wagen, und wenn er am Morgen in mein Büro kam, dann brauchte er sie nur aus seinem Kofferraum zu holen.«
»Lambert wohnte in seinem Auto?«
»Ich vermute, dass er die meiste Zeit in seiner Elektroschüssel verbracht hat.«

In der Dienststelle der Brigade Nautique herrschte Hochbetrieb. Das Telefon klingelte. Flobinsky und Leroche waren im Einsatz.

Nur Solen hielt die Stellung. Ein Lächeln huschte über ihre Lippen, als sie Ronan sah, und es verschwand genauso schnell wieder, nachdem sie Marie hinter ihm bemerkt hatte.

»Wo zum Teufel hat sie gesteckt?« Solen tat so, als wäre Marie nur in Form einer geisterhaften Erscheinung anwesend.

Marie wollte etwas sagen, doch Ronan kam ihr zuvor.

»Eine komplizierte Geschichte.«

»Schrecklich, das mit Lambert«, sagte Solen. »Bloomsday ist mit einem Team dort. Autounfall.«

»Haben wir für Lambert einen Computer eingerichtet?«

Solen nickte. »Er hat seinen eigenen Zugang zum Polizeicomputer. Er nutzt seinen Account, den man ihm in Rennes eingerichtet hatte.«

»Und damit kann er auch bei uns an den Rechner?«

»Natürlich. Jeder von uns hat ein Profil in der offiziellen Cloud der Justizbehörden.«

»Ich muss in sein Konto.«

»Hast du ein Passwort?«

Ronan verneinte.

»Kein Passwort, kein Zugang …«

»Wenn jemand stirbt und niemand mehr das Passwort kennt?«

»Das ist kompliziert, weil die Daten auf dem Server auch noch verschlüsselt sind.«

»Versuch es mit ›Mammon‹.«

Solen schüttelte den Kopf.

»Noch zwei Versuche, dann ist der Zugang gesperrt.«

Ronan überlegte: »Ihr könnt nicht Gott dienen und dem Mammon.«

Solen verneinte erneut.

»Letzter Versuch, dann wirst du in Brest anrufen müssen und erklären, warum du auf Lamberts Konto zugreifen willst.«

»Weil Lambert ohne Kopf in seinem Wagen sitzt und ich ihn nicht mehr fragen kann … Matthäus 6:24.«

»Guten Tag, Yves, Sie haben zwei neue Nachrichten.« Solen stieß einen Freudenschrei aus.

»Du bist drin. Verdammt, woher kanntest du sein Passwort?«

Ronan übersprang die lästige Begrüßung auf der Startseite. Er überflog die letzten E-Mails. Eine E-Mail mit Spesenabrechnungen, der eine Exceltabelle mit Verpflegungs- und Unterbringungskosten beigefügt war. Diese letzte Mail stammte von einem unbekannten Absender. Eine anonymisierte E-Mail, die mit einer langen Zahlenreihe begann und mit darkmail.fr endete.

»Ich vermiss dich, mein Puschelkater … Ruf mich an … Ich will von dir gejagt werden. Deine Maus.«

»Puschelkater?«, las Solen laut. »Wer ist Maus?«

»Von wann ist die E-Mail?«

»Heute Abend …«, antwortete Solen und scrollte die Liste der E-Mails nach unten. »Da sind noch mehr Darkmail-E-Mails.«

Ronan öffnete den Anhang einer Puschelkater-Mail. Zwei Bilder einer nackten Frau, in schwarzen Stiefeln und engem Lederkostüm. Bis auf das Alter der Frau war es kein ungewöhnliches Foto. Zwei Erwachsene, die sich gegenseitig Nacktaufnahmen schickten.

»Jetzt wissen wir, dass der Untersuchungsrichter nicht auf junges Gemüse stand«, sagte Solen. »Wie alt ist sie? Achtzig oder älter?«

»Lambert stand auf reife Frauen«, sagte Ronan, dann fiel ihm eine andere Nachricht auf. Vielmehr die E-Mail-Adresse. alan.prad-avocat@wanadoo.fr Die E-Mail-Adresse seines Vaters. Die Nachricht war noch als ungelesen markiert.

Halten Sie sich von Bloomsday fern. Verlassen Sie die Stadt. Sofort.

Die Warnung kam zu spät. Ob Lambert die Warnung ernst genommen hätte, stand noch auf einer ganz anderen Seite in dieser Geschichte. Sein Vater wusste mehr, als er ihm gesagt hatte. Was veranlasste seinen Vater dazu, Lambert zu warnen? Lambert war tot, und wenn er nicht aufpasste, dann würden auch Gael, Marie und er als lästige Zeugen vom Erdboden verschwinden.

In diesem Augenblick läutete das Telefon. Solen stand in der Tür.

»Wir sind in der roten Zone. Windstärke über 120 Stundenkilometer. Die nächsten Stunden werden schlimmer. Der Bürgermeister hat den Notstand ausgerufen. Kazav hat die Stadt abgeriegelt.«

»Orkanwarnung, aber das ist nicht alles, oder?«
»Nein, in der Bucht von Penec ist ein Segelboot gesehen worden ... Offenbar manövrierunfähig und ... es soll sich um die *Penn-Ar-Bed* handeln.«
»Camilles Segelboot! Nach dreizehn Jahren tauchte ihr Boot plötzlich auf, während sich vor der Küste Penecs ein Orkan zusammenbraute, der alle anderen Stürme wie leichte Brisen aussehen ließ.
»Wie sicher ist diese Information?«, wollte Ronan wissen.
»Kommt direkt aus Brest.«
»Aber wer hat sie weitergeleitet?«
»Das Hauptquartier, Colonel Bloomsday.«
Es gab Zufälle, völlig undenkbare Ereignisse, die, wenn sie eintraten, alles andere in einem neuen Licht erscheinen ließen. Wie hoch war die Wahrscheinlichkeit, dass Camille nach all den Jahren plötzlich auftauchte? Gering, eigentlich gab es keinen vernünftigen Grund, dass Camilles Boot in der Bucht Penecs gesichtet worden war. Doch auch wenn die Wahrscheinlichkeit gegen null tendierte, Ronan könnte es sich nie verzeihen, wenn er dieser Spur nicht nachginge.
»Ich kümmere mich darum«, sagte er schließlich. »Ich werde mit der *Amathée* rausfahren. In der Bucht ist der Wellengang noch nicht so hoch. Von Loig schon Neuigkeiten?«
Solen schüttelte den Kopf. »Er ist abgetaucht. Bei ihm zu Hause meldet sich auch niemand.«
»Gehen wir.« Marie blickte Ronan an.
»Ich fahre alleine raus.«
»Das ist gegen die Vorschrift ...«
Ronan kniff die Augen zusammen. »Vorschrift? Du hast einen Mann entführt, ihn an einen Stuhl gefesselt, und du hast deinen eigenen Chef im Irrenhaus zurückgelassen. Ganz zu schweigen davon, dass du persönlich in diesem Fall steckst.«
»Aber du brauchst mich.«
»Sie hat recht.« Solen hatte die Hände in den Hüften, in der Art, wie sie grundsätzlich deutlich machte, dass Wahrheit und Haltung ein und dasselbe waren.

»Packen wir die Ausrüstung zusammen«, brummte Ronan und nahm das einzige Paar Stiefel aus seinem Schrank, das ihm noch geblieben war.

Marie grinste zufrieden.

Ronan wandte sich zu Solen. »Und du versuchst weiter, Loig zu erreichen. Es ist nicht seine Art, so lange Funkstille zu halten, selbst wenn man es von ihm verlangt.«

—

Fluthöchststand 23.45 Uhr, Höhe 12,54 m. Koeffizient 118. Windstärke 105 km/h, zunehmend

Die Kaimauern waren überschwemmt. Das algengrüne Wasser schwappte über die Straße und suchte sich seinen Weg durch die Fußgängerzone, wo im Sommer Touristen durch die Straßen flanierten. Vor dem Catch22 waren Sandsäcke aufgeschichtet, so als würde Leclaech sich auf den Angriff einer unsichtbaren Armee vorbereiten. Nach zweihundert Metern stoppte ein Militärjeep vor ihnen, die Räder zur Hälfte im Wasser, und versperrte ihnen den Weg.

»Der Hafenbereich ist Sperrgebiet. Drehen Sie um!«

Ronan trat nahe an den Wagen heran. Die zwei Soldaten gehörten zur älteren Garde der Legionäre, rekrutiert für gewisse Sonderaufgaben, im Dienst des Bürgermeisters. Sie trugen Uniformen der Legion, jedoch ohne Namenskennung und ohne Dienstgrad. Das Erkennungsmerkmal privater Milizen. Im Hafenbecken patrouillierte das Schlauchboot der Hafenmeisterei, nur dass niemand von der Hafenmeisterei am Steuer saß, sondern zwei Soldaten von Kazavs Privatmiliz, vermummt mit schwarzen Mützen, ausgerüstet mit Schnellfeuergewehren. In dem Licht der Laternen, die im Wind zitterten, glich der Hafen eher einem Militärstützpunkt als einer touristischen Kleinstadt im Norden der Bretagne.

Am Rathaus stand ein Militärlaster und blockierte den Eingang. Sturmböen peitschten Regen durch die Straßen. Niemand saß am Steuer. Der LKW war nicht verschlossen. Ronan kletterte in die erhöhte Fahrerkabine.

»Du weißt, wie man einen Laster kurzschließt?«, fragte Marie.

»Die meisten Militärfahrzeuge haben keine Zündschlüssel, sondern einfache Startvorrichtungen und mechanische Türverriegelungen.«

Niemand hatte bemerkt, wie sie in den LKW gestiegen waren, und an der Kreuzung winkte sie ein Mann in Kaki einfach durch. Ronan kannte den Weg zum Kai der *Amathée* auswendig. Die Flut zwischen Himmel und Erde hatte jedoch das Gewohnte ausradiert, sodass Ronan zeitweise das Gefühl hatte, durch eine virtuelle Landschaft zu fahren. Nur Schlaglöcher erinnerten ihn daran, dass er auf einem Weg zwischen Penec und dem Trieux war.

Der Hafenparkplatz war leer. Kein Mensch käme auf die Idee, mit dem Boot bei Sturmwarnung hinauszufahren.

»Und wenn es eine Falle ist?«, sagte Marie.

»Ist es mit Sicherheit. Jemand wird uns töten, sobald wir uns der *Amathée* nähern.«

»Was wollen wir dann hier?«

»Jemand weiß, dass ich selbst bei diesem Sturm zur *Amathée* komme, wenn er die *Penn-Ar-Bed* erwähnt. Dieser Jemand weiß, dass Camille mit diesem Boot verschollen ist, und er glaubt, dass ich dem Reflex des Unwahrscheinlichen folge.«

»Was für ein Reflex?«

»Wenn etwas höchst unwahrscheinlich ist, dann ist das Hoffen auf das Eintreffen dieses Ereignisses viel höher als bei weniger unwahrscheinlichen Ereignissen. Der Gewinn, den diese Ereignisse mit sich bringen, steigert die Hoffnung. Deshalb spielen so viele Menschen Lotto.«

»Und dieser Jemand denkt so?«

»Er nimmt es zumindest an. Entweder er wartet auf dem Boot oder in der Nähe.«

»Und was machen wir jetzt?«

»Wir werden ihm die Freude machen und auftauchen.«

Marie runzelte die Stirn.

»Wir werden aber da auftauchen, wo er es nicht erwartet.«

Der Steg lag aufgrund des hohen Wasserstands auf gleicher Höhe mit dem Parkplatz. Der LKW fuhr im Schritttempo am Parkplatz vorbei, bog dann hinter der Hafenbar zum Verladesteg der Kieslaster ab und stoppte, als er gegen die Begrenzungssteine der Uferbefestigung stieß. Die Stoßstange knirschte. Der Diesel tuckerte ruhig vor sich hin. Aus dem Schatten eines Betonblocks, der die nördliche Begrenzungslinie zum Steg bildete, löste sich eine Gestalt. Sie rannte quer über die sandige Fahrbahn und riss die Tür des Lasters auf. Ronan wusste, was der Mann zu sehen bekam. Zwei leere Sitze. Der Regen trübte die Sicht. Durch das Stieben der Wassermassen würde kein Scharfschütze auf sie feuern. Er würde auf dem Steg auf sie warten. Es war Pech für ihn, dass das einzige Fahrzeug, das bei diesem Wetter auf den Parkplatz fuhr, leer war.

In dem Augenblick, als die Gestalt im Regen die Türen geöffnet hatte, wusste sie, dass es zu spät war. Er hatte nicht bemerkt, wie Ronan und Marie auf Höhe der Hafenbar aus dem Wagen gesprungen waren, während der Laster ohne Gang weiterrollte. Ein billiger Trick, aber bei diesem Sturm hätte er selbst mit einem rosaroten Eiswagen kommen können, und es hätte funktioniert. Ronan sprang hinter einem Stapel zusammengebundener Plastikstühle hervor. Zwanzig Meter trennten ihn und die Gestalt, die noch immer das Innere des Lasters untersuchte. Fünfzehn, zehn ... Der Regen schluckte jedes Geräusch. Als die Gestalt sich umdrehte und ihr Waffe zog, hatte sie Ronan schon erreicht und traf sie mit der Faust an der Schläfe. Er griff die Waffe und schlug damit auf das Nasenbein der Gestalt. Blut mischte sich mit Regenwasser, und als Ronan den Bewusstlosen nach weiteren Waffen abtastete, näherte sich Marie. Der kalte Regen weckte die Lebensgeister des Niedergeschlagenen, und mit dem Bewusstsein kamen auch die Schmerzen. Die Nase stand in unnatürlichem Winkel ab.

Flobinsky hielt sich die Nase, und für einen Moment schien er sich seine Chancen auszurechnen, wenn er Ronan einfach angriff. Ronan spürte, wie Flobinsky seine Muskeln anspannte.

»Du solltest liegen bleiben«, sagte Ronan mit fester Stimme. »Ich bin nicht in der Stimmung, Gefangene zu machen.«

»Sie haben mir die Nase gebrochen ...«

»Wer hat dich geschickt?«

»Ich weiß nicht, wovon Sie …«
Der Schlag in den Magen kam ohne Vorwarnung. Flobinsky röchelte. Dann hustete er.
»Ich habe auf Sie gewartet … wegen der Suchmeldung.«
»Solen hat die Meldung erhalten, als wir auf der Dienststelle waren.«
»Sie hat sie mir per Funk gegeben, und da bin ich gleich …«
»Sie waren mit Leroche im Einsatz.«
»Er ist …«
Ronan kniete sich auf Flobinskys Hals. Dessen Augen quollen aus den Höhlen. Die muskulösen Arme schlugen gegen Ronans Hüfte und versuchten, ihn abzuschütteln, doch Ronan verlagerte sein Gewicht und drückte weiter gegen den Kehlkopf Flobinskys. Ronan nahm das Gewicht von seinem Knie.
»Beim nächsten Mal zerquetsche ich deinen Kehlkopf. Wo ist Leroche?«
Unvermittelt lachte Flobinsky. »Der Weichling … Hätte er sich nicht gewehrt, dann hätte ich ihm nur das Maul gestopft.«
»Was hast du mit ihm gemacht?«
»Ändert das was?«
»Wer hat dich geschickt?«
»Spielen Sie weiter den braven Polizisten, Capitaine. Sie sehen das große Ganze nicht, Sie wissen gar nicht, mit wem Sie es zu tun haben. Wenn ich es nicht tue, dann kommt ein anderer.«
Flobinsky stieß Ronan mit einem Ruck zur Seite. Ronan verlor das Gleichgewicht, fing sich jedoch wieder. Flobinsky war zwar angeschlagen, bewegte sich jedoch flink. Ronan wich einem Schlag aus, als Flobinsky auf Marie zurannte und versuchte, ihr die Waffe aus der Hand zu reißen. Ein Schuss fiel. Flobinsky sank auf seine Knie. Die Kugel hatte sein Herz getroffen, er war bereits tot, als er auf den Boden kippte.

—

Ein schwarzer Pick-up raste an der einzigen Straße am Hafen vorbei. Ronan zog Marie hinter den Betonblock, vor dem der tote

Flobinsky lag. Ronan zerrte die Leiche über den nassen Boden. Blut vermischte sich mit Regenwasser und Schlamm.

»Schau, ob er ein Handy hat«, sagte Ronan und versuchte den Toten, so gut wie es ging, zu verstecken. Das würde ihnen ein wenig Zeit verschaffen.

»Ich kann das nicht …«

»Du hast in Notwehr gehandelt, Marie.«

»Aber ich kann ihm nicht …«

Ronan durchsuchte seine Taschen. Minzkaugummis ohne Zucker, ein Schlüssel, der vermutlich zu einem Motorrad passte, eine Papierserviette, ein Handy und drei Ersatzmagazine für eine Neun-Millimeter-Waffe und ein Zettel, auf dem eine längere Nummer stand.

Ronan nahm das Handy. Er schaltete es ein. Passwort. Dachte er sich schon. Er faltete den Zettel wieder zusammen und steckte ihn mit den Magazinen in seine Tasche.

»Wie lange kennst du ihn schon?«, fragte Marie.

»Er kam vor einem halben Jahr in die Brigade Nautique. Bei unserem ersten Gespräch erklärte er mir, dass er um seine Versetzung gebeten habe. Er absolvierte die Taucherausbildung in Brest, war dann ein paar Monate in Bloomsdays Einheit, bevor er bei uns anfing.«

»Wie konnten sie ihn nur dazu bringen …«, Marie schüttelte ungläubig den Kopf unter ihrer Kapuze, »… ich meine, man tötet doch nicht einfach jemanden, nur weil es einem gesagt wird.«

»Für Geld töten manche, für sehr viel Geld macht es fast jeder, und wenn er danach noch Karriere machen kann, umso besser.«

»Du glaubst, Bloomsday steckt hinter den Anschlägen?«

»Nicht allein«, antwortete Ronan, »dahinter stecken Kazav und London-Tours. Mein Vater hatte Lambert gewarnt. Er wusste, dass Lambert in einem gefährlichen Feld ermittelte. Nachdem wir die Tote am Strand und die Toten in der Jacht in Verbindungen bringen konnten, wusste er, dass er auf das Netzwerk stoßen würde. Sie verdienen Millionen mit Menschenschmuggel, und das Geschäft lassen sie sich nicht aus der Hand nehmen.«

Marie seufzte. »Mein Vater hat das gehasst … all das Geld, die Grenzen, Menschen, die wie Waren behandelt, Frauen und Kinder, die wie Vieh zwischen Ländern hin und her geschoben werden. Ich erinnere mich, wie er nachts in seinem Arbeitszimmer auf und ab lief, an seinen Texten arbeitete, die er an Politiker und Organisationen verschickte, von denen er hoffte, dass sie ihm helfen würden. Er sah, dass die Welt, in der er lebte, nicht gut war, und er sah, dass er allein war. Eines Morgens habe ich ihn einmal entspannt, mit seiner Asterix-Tasse auf der Terrasse gesehen, seinen Kaffee schlürfend und ohne dieses Stirnrunzeln und den Gedanken dahinter, die ständig über der Welt schwebten. Nein, er war ganz da, und er sagte zu mir: ›Heute habe ich etwas Gutes getan.‹ Das war nach seiner ersten Fahrt mit der *Seafuture*.«

»Dein Vater war das Lamm, das eine Horde Wölfe zu schützen versuchte.«

»Und jetzt machen seine Mörder weiter, machen aus dem, was mein Vater aus Humanität ins Leben gerufen hat, ein Geschäft.«

»Wir müssen hier weg«, sagte Ronan. »Wir haben einen Vorsprung. Bei diesem Wetter wird niemand so schnell Flobinskys Leiche finden. Ich hole meinen Vater, und dann versuchen wir, nach Brest zu kommen.«

»Die Ausgangsstraßen kontrolliert Kazavs Miliz, und die Küstenstraßen sind überschwemmt.«

»Dann auf dem Seeweg.«

»Bei dem Sturm?«

»Es bleiben uns noch ein paar Stunden, bis der Hurrikan uns erreicht.«

Während der Fahrt wählte Ronan Loigs Nummer. Immer wieder der Anrufbeantworter. Dann rief er Enora an. Niemand meldete sich. Dann erinnerte sich Ronan, dass Loig ihm einmal die Telefonnummer von Enoras Mutter gegeben hatte. Enora und Loig feierten die Geburt von Gwenn, ihrer ältesten Tochter, bei Enoras Eltern. Damals kannte er Enoras Mutter noch nicht, sonst wäre er der Einladung wahrscheinlich ferngeblieben. Sie als Nationalistin zu bezeichnen wäre zu politisch. »Ich bin Bretonin, nicht, weil ich es will, sondern, weil ich es bin.« Dazu gehörte auch ein gehöriges Maß an Verachtung für alles, was den französischen Staat betraf, inklusive der Polizei. Dass ihre Tochter sich weigerte, Bretonisch zu sprechen, war schon ein Familiendrama gewesen, doch als sie noch einen *flic* geheiratet hatte, war das Familienporzellan endgültig zerschlagen worden. Aber sie war keine Frau, die klein beigab. Die Bretonen hatten die Normannen, die Pest und würden auch die Franzosen überstehen. Dementsprechend war ihr Tonfall, als sie Ronans Stimme erkannte: »Dein *ami-flic* ist nicht da.«

»Und Enora und die Kinder?«

»Was willst du von meiner Tochter?«

»Ich muss sie sprechen. Sie ist in Gefahr.«

Eine kurze Pause entstand auf der anderen Seite der Leitung.

»Was ist passiert?« Enoras Stimme klang besorgt.

»Weißt du, wo Loig ist?«

»Nein …« Sie schien verwirrt und suchte nach Worten. »… ich dachte, er ist im Dienst. Er hat mir erzählt, was in Calais passiert ist, dass auf euch geschossen wurde und dass es einen Aufstand gab. Er meinte, wir müssten uns in Sicherheit bringen.«

»Hat er gesagt, wo er hinwollte?«

»Nein, er hat nur gesagt, dass ich mit den Kindern für ein paar Tage bei meiner Mutter bleiben soll. Was ist mit ihm?«

»Ich weiß es nicht, aber ich werde ihn finden.«

»Hat es mit dem Aufstand in Calais zu tun?«

»Es hat damit zu tun, dass dein Mann auf der falschen Seite steht und den falschen Beruf gewählt hat«, rief Enoras Mutter dazwischen.

»Mama … bitte, kannst du mal still sein.«

»Das würde dir so passen. Sag deinem *ami-flic*, dass ich zwei Schrotflinten und ungefähr dreihundert Schuss Munition im Haus habe. Wir sind hier sicher.« Das Gespräch wurde unterbrochen, oder sie hatte ihn einfach aus der Leitung geworfen.

Ronan bezweifelte nicht, dass Enoras Mutter ihre Schrotflinten auch benutzen würde, doch gegen Schnellfeuergewehre und Präzisionsgewehre würde sie nichts ausrichten können. Als Ronan den LKW die Straße von der Halbinsel wieder zurück nach Penec steuerte, musste er an Loig denken, an Enora und die Kinder, an Camille und an eine Familie, die er nicht haben konnte, ein Leben, das es nur in seiner Vorstellung gab und das ihn wie ein bleiches Gespenst in der Dunkelheit jenseits der Windschutzscheiben verfolgte. Das Haus seines Vaters war unbeleuchtet, der Vorgarten von wilden Rosen überwuchert. Marie stand knapp hinter ihm. Ronan deutete ihr an, dass sie warten sollte. Ronan klopfte, als die Tür nachgab. Sie stand offen. Pfützen von Regenwasser hatten sich im Eingang gebildet. Sein Vater hatte keinen Sinn für schöne Dinge, er hasste Gartenarbeit, aber er war ein Sicherheitsfanatiker. Er hätte nie vergessen, seine Haustür abzuschließen. Ronan trat ein und tastete nach dem Lichtschalter, als ihn etwas Schweres aus der Dunkelheit traf. Kein Geräusch, ein Angriff aus dem Nichts.

Erst war der Schmerz in seiner Brust. Ein paar Rippen waren gebrochen, dann der metallische Geschmack von Blut auf seinen Lippen. Sein Kopf fühlte sich ebenfalls schwer an und schmerzte. Er lag auf dem Rücken, die Hände hinter dem Rücken gefesselt, und nach den Geräuschen zu urteilen befand er sich auf der Ladefläche eines LKW. So gut er konnte, drehte Ronan sich zur Seite. Neben ihm lag, ebenso verschnürt, Marie. Sie blutete am Kopf und war noch nicht bei Bewusstsein. Für einen Moment dachte er, sie sei tot, doch sie erwachte und bewegte ihre Hände, so weit die Kabelbinder das zuließen.

Herr und Knecht

Als der Lastwagen hielt und ihn jemand wie ein Paket von der Ladefläche zog, glaubte Ronan, die dunklen Umrisse eines Hauses zu erkennen. Hinter sich hörte er den mürrischen Widerstand Maries, der sich allerdings auf Schimpftiraden beschränkte. Mehr konnte sie mit gefesselten Händen und Füßen nicht tun. Ronan fragte sich, warum er nichts gehört hatte. Er hatte den Angriff einfach nicht kommen sehen. Die gute Sache war: Sie hatten ihn nicht sofort umgebracht. Solange du lebst, gibt es Hoffnung, auch wenn diese mit gefesselten Händen und Füßen verschwindend gering war.

Ihr Träger packte ihn auf einen Stuhl. Es roch nach Staub und feuchtem Boden. Hinter ihm erhellte eine Deckenlampe den Raum, in dem nicht mehr stand als ein Stuhl. Vor ihm hatte sich Leturc, Kazavs Sicherheitschef, postiert. Er grinste und stellte einen anderen Stuhl genau vor Ronan.

»Sie sind ganz schön schwer, Capitaine«, sagte Leturc und zeigte auf das Buch, das Ronan schon einmal bei ihm gesehen hatte. Der Buchrücken war abgegriffen, und Ronan konnte den Titel nicht erkennen. Warum war ihm plötzlich wichtig, was der Mann las, der ihm wahrscheinlich in ein paar Minuten in den Kopf schießen würde? Leturc bemerkte seine Neugier und schien darüber ermuntert zu sein. Entweder, weil er es als ein Zeichen ansah, dass Ronan wusste, was auf ihn zukam, oder weil er zu der Sorte von Mördern gehörte, die sich gern als kultiviert gaben.

»Das Wahre ist das Ganze. Was sagt Ihnen das, Capitaine?«

»Dass Leute wie Sie wohl eine bunte Tapete brauchen, damit man die schmutzige Wand darunter nicht sieht.«

»Ich hätte Sie für einen klügeren Menschen gehalten. Man hat mir gesagt, dass Sie als früherer Offizier einer französischen Spezialeinheit gebildet sein müssen. Ich kenne Sie, Capitaine, ich weiß, für wen Sie in Wirklichkeit arbeiten. Das Wahre ist das Ganze. Und ich habe immer das Ganze im Auge. Nur so verhindert man, dass man sich in Details verliert. Die meisten Menschen vergeuden ihr ganzes Leben, indem sie sich in Details verstricken. Jahr um Jahr glauben sie, dass sie in ihrem Beruf erfolgreich sein müssen oder als Ehemann oder als braver Bürger. Sie fürchten sich vor ihrer Steuererklärung, haben Angst davor, sich mit einem Grippevirus anzustecken oder dass man sie im Park überfällt. Sie haben das Ganze aus dem Blick verloren und damit sich selbst.« Leturc hielt das Buch in einer Hand, so als würde er damit einen Geist beschwören. »Ein Buch, das sich ausschließlich mit dem menschlichen Geist beschäftigt. Dieser Autor stellt alle Erscheinungsformen dar, in denen der menschliche Geist auftritt, und zwar aus der Sicht des Denkenden selbst. Wer es gelesen hat, der weiß, was ihn als denkendes Wesen ausmacht.«

»Was haben Sie mit Marie gemacht?«

»Noch ist sie unversehrt. Das hängt ganz von Ihrer Bereitschaft der Kooperation ab.«

»Und mein Vater?«

»Ihr Vater arbeitet für uns, Capitaine. Aber das wissen Sie schon längst, oder?«

»Ihr erpresst ihn ...«

»Ach, Capitaine, Sie sollten wissen, dass jeder seinen Preis hat. Damit meine ich nicht nur Geld. Es ist nur eine Form, bezahlt zu werden. Andere wollen, dass ihr Name berühmt ist, andere wollen genau das Gegenteil. Sie wollen völlig verschwinden, untertauchen für immer. Andere wollen lediglich, dass einige Details ihres Lebens nicht bekannt werden.«

»Er ist ein alter Mann.«

»Wissen Sie, warum Sie überhaupt noch leben? Sie haben zwei unserer Leute getötet. Flobinsy haben Sie auch getötet, oder?«

»Kommen Sie zur Sache.«

Leturc schlug das Buch auf. »Sie werden die Wahrheit mit ins Grab nehmen, Capitaine. Sie sind Soldat und wissen, dass Ihr Tod notwendig ist.«

»Lassen Sie Marie gehen. Sie hat damit nichts zu tun.«

»Sie beleidigen mich, Capitaine. Wir wissen längst, warum Lieutenant Blanc nach Penec versetzt wurde. Sie setzte alles daran, um in Bloomsdays Einheit zu kommen. Sie ist nur bei Ihnen gelandet, Capitaine, weil Bloomsday sie nicht wollte.«

»Lassen Sie Marie gehen.«

»Ich verspreche Ihnen, dass sie nichts spüren wird, wenn es so weit ist. Mehr kann ich Ihnen nicht versprechen. Ich werde es selbst tun. Ehrenwort. Es kann aber auch lange dauern, sehr lange. Das hängt von Ihrer Zusammenarbeit ab.«

»Aus welchem Irrenhaus sind Sie ausgebrochen?«

Ohne Vorwarnung schlug ihm Leturc ins Gesicht. »Ein bisschen mehr Respekt.«

»Sie sind auch nur ein Handlanger eines verrückt gewordenen Bürgermeisters.«

Leturc lachte trocken, stand auf und ging ein paar Schritte.

»Wissen Sie, was der Philosoph über die Wahrheit sagt?« Leturc blätterte wieder in dem Buch, das aussah wie ein zerfleddertes Gebetsbuch.

»*Wir müssen überzeugt sein, dass das Wahre die Natur hat, durchzudringen, wenn seine Zeit gekommen, und dass es nur erscheint, wenn diese gekommen, und deswegen nie zu früh erscheint noch ein unreifes Publikum findet.* – Sehen Sie? Die Wahrheit hat ihre Zeit, und sie taucht nur dann auf, wenn auch jemand da ist, der sie erkennen kann.«

Leturc verließ den Raum. Die Tür schloss sich hinter ihm. Regen war zu hören. Tropfen, die in Pfützen schlugen, irgendwo über ihm.

Die Tür schwang wieder auf. Leturc stieß Marie in den Raum. Sie trug keine Fußfesseln. Nur ihre Arme waren auf dem Rücken mit Kabelbindern gefesselt. Er drückte sie an den Schultern auf den Stuhl vor ihm. Maries rechtes Auge war zugeschwollen, und über ihrer Augenbraue klaffte eine Wunde. Trockenes Blut klebte an ihrer Schläfe.

»Ihre Kollegin will nicht reden. Daher werde ich dieses Dilemma spielerisch lösen.«

Leturc lächelte, dann zog er einen Revolver aus seiner Tasche. Einen 22er mit achtschüssiger Trommel. Mit einer lockeren Bewegung des Handgelenks kippte er die Trommel heraus. Er nahm die Patronen heraus und steckte eine in die Trommel, drehte und blickte Ronan an. Er drehte noch einmal, hielt den kurzen Lauf des Revolvers an Maries Schläfe und drückte ab. Marie zuckte zusammen. Das metallische Klick hallte von den Steinwänden wider. Ronan war ebenfalls zusammengezuckt, als Leturc abdrückte, seine Handgelenke zerrten an den Kabelbindern, die ihm ins Fleisch schnitten.

»Wer hat Sie geschickt?«

»Verdammt«, zischte Ronan, »die Gendarmerie Nationale ermittelt in Mordfällen.«

»Wer hat Sie geschickt?«

Leturc drehte wieder an der Trommel, hielt sie an Maries Schläfe.

»Es ist Ihre Schuld, wenn Ihre Kollegin innerhalb der nächsten Sekunden tot daliegt. Sie ist noch jung, könnte noch Kinder bekommen, ein langes Leben führen. Doch das hängt von Ihrer Antwort ab, Capitaine.«

»Ich war bei der französischen Armee.«

»Ich kenne Ihre Laufbahn. Hochdekorierter Elitesoldat, danach dürftige Karriere bei der Gendarmerie ... mit einer Personalakte, die als geheim eingestuft wird. Sie sollten reden, Capitaine, bevor Ihre Kollegin das Glück verlässt.«

Maries Augen weiteten sich, als Leturc die Waffe an ihre Schläfe hielt. Die Wahrscheinlichkeit zu sterben lag bei eins zu acht. Es gab kein Klick. Kein metallisches Geräusch. Ein dumpfer Schlag erfüllte den Raum. Kein Schuss. Die Tür wurde aufgerissen. Kazav betrat den Raum. Sein breiter Mund verzog sich zu einer Wahlplakatgrimasse.

»Aber, aber ... meine Herren. Was machen Sie nur für Sachen hier? Ist das eine Pistole? Monsieur, Gewaltlosigkeit ist eine unvergleichliche Waffe, die jedem helfen kann. Bitte ...«

Leturc öffnete wieder mit einer lässigen Bewegung des Handgelenks die Trommel und grinste.

»Ihre Kollegin ist in einem Zustand, in dem sie sowohl tot als auch lebendig ist.«

»Meine Herren ...« Kazav machte Gesten, als ob er auf einem Balkon stünde. Sein Blick schweifte wie Halt suchend in dem leeren

Kellerraum umher. Es sah aus, als wäre er ins Wasser gefallen und versuchte, mit den hilflosen Bewegungen eines Nichtschwimmers, wieder an die Wasseroberfläche zu gelangen. Dann verstummte er, sein Blick wurde leer. Nur sein rechter Arm wies ausgestreckt nach vorne, einem unsichtbaren Publikum oder Orchester entgegen. Kazav erstarrte in dieser Pose.

»Sie sollten in Ihr Büro, Bürgermeister«, rief ihm Leturc zu und wedelte mit seiner Hand vor Kazavs Augen, der ihn gar nicht zu bemerken schien.

»Was haben Sie mit ihm gemacht?«, fragte Ronan.

»Ich habe gar nichts mit ihm gemacht«, erwiderte Leturc, »ohne uns wäre der Bürgermeister nur in diesem Zustand.« Er zeigte auf Kazav, der immer noch wie festgewachsen in dieser seltsamen Dirigentenpose dastand.

»Ich habe Kazavs Krankenakten gesehen.«

»Bedauerlicherweise gab es noch Aufzeichnungen. Ärzte sind wie Buchhalter. Sie lieben ihre Krankenakten.«

»Kazav braucht Hilfe.«

»Wir geben ihm all die Hilfe, die er braucht, Capitaine.«

»Sie arbeiten für einen kranken Mann.«

Leturc lachte laut, was Kazav nicht aus seiner Katatonie befreite.

»Der kranke Mann leidet unter einer degenerativen Erkrankung des Gehirns, bekannt als Silberkornkrankheit. Kazav ist ein wortgewandter Mensch, nur vergisst er nach genau drei Stunden, was er wusste und wer er war. Ich kenne Kazav schon länger, noch bevor er in seiner Dreistundenwelt gefangen war. Er ist ein politisches Naturtalent. Und er hätte es wohl zum Präsidenten dieses Landes geschafft, wenn ihm nicht diese Silberkornkrankheit dazwischengekommen wäre.«

»Trotzdem ist er Bürgermeister.«

»Natürlich, Capitaine. Victor Kazav hat ja nicht sein politisches Genie verloren, er weiß es nur nicht mehr. Nach drei Stunden muss er sein Gedächtnis neu füllen.«

»Indem er sich in diesen begehbaren Zettelkasten neben seinem Büro begibt.«

»Wir nennen es sein Gedächtnis.«

»Sie schreiben den Text, und der Bürgermeister liest ihn ab.«

»Ich habe Ihre Notiz gefunden, Capitaine.«

»Er ist für Sie nur eine Puppe.«

»Capitaine, glauben Sie, der Bürgermeister kam nur zufällig in den Keller und sprach zufällig die Worte, die er beim Hereinkommen gesagt hat? Gezwungen hat ihn niemand. Der Bürgermeister schrieb vor drei Stunden eine Notiz, dass er in den Keller kommen sollte. Ich hatte ihn angerufen und ihn um diese Notiz gebeten. Der Bürgermeister ist ein gewissenhafter Mensch und notiert so ziemlich alles. Nach drei Stunden ist die Notiz aus seinem Gedächtnis gelöscht und existiert nur noch auf einem Zettel. Er findet die Notiz und einen Spruch auf seinem Kalender: *Gewaltlosigkeit ist eine unvergleichliche Waffe, die jedem helfen kann*, der übrigens von Gandhi stammt. Sie sehen also, Capitaine, der Bürgermeister entscheidet selbst. Wir sind bestenfalls Souffleure, die ihm helfen, nichts Falsches zu sagen.«

»Er gibt nur das wieder, was Sie ihm füttern.«

Leturc ging vor Ronan in die Hocke. »Demokratie ist nichts anderes. Willensbildung ist kein Akt der Freiheit und der Selbstreflexion. Das verkaufen nur die Politiker, weil sie selbst daran glauben wollen, von mündigen Bürgern gewählt zu werden. Ein Politiker hat keine Überzeugung. Er glaubt an das, was er braucht, um gewählt zu werden. Sie sind austauschbar. Hohle Gefäße, in die man alles füllen kann. Und der freie Bürger glaubt, dass sein Starpolitiker tatsächlich von dem überzeugt ist, was er sagt. Der brave Bürger glaubt zu wählen, doch seine Entscheidung ist schon lange vorher getroffen worden. Der Bürgermeister kann sich drei Stunden erinnern, bis sein Verstand wieder auf null gesetzt wird, der brave Bürger hat eine ähnliche Erinnerungsspanne, bis er wieder vergisst. Dann setzt er sich vor den Fernseher oder treibt sich im Internet herum und bekommt wieder neuen Inhalt. Und glauben Sie mir, Capitaine, diese Inhalte haben andere schon längst sorgfältig ausgewählt.«

»Was wollen Sie von mir?«

»Sie wissen, Capitaine, dass Sie diesen Raum nicht lebend verlassen. Wenn Sie Glück haben, dann verschone ich Ihre Kollegin, aber nur ...«

Leturcs Telefon summte. Er ging ran und wandte sich ab. Weder Marie noch er würden die nächste Stunde überstehen. Leturc tötete, wie andere ihre Fenster putzten. Wenn er eine Chance hatte, dann ging sie nicht von Leturc aus. Der Legionär sprach lauter, verließ den Raum und zog die Tür hinter sich ins Schloss.

Ronan hörte, wie Marie schwer durch ihre gebrochene Nase atmete. Kazav stand noch immer wie eine Statue da, in einem angebrochenen Gedanken gefangen, auf der Suche nach dem Anfang eines Seiles, das zu einem Kreis zusammengebunden war.

»Er wird uns erschießen«, sagte Marie und rüttelte an ihren Fesseln.

»Noch leben wir.« Ronans Füße waren gefesselt, aber nicht an den Stuhl gebunden. Doch zwischen ihm und seinen festgezurrten Armen war die Stuhllehne. Er stand auf und hopste mit beiden Beinen auf Kazav zu. Nach drei Hüpfern verlor Ronan das Gleichgewicht, und er kippte mit dem Stuhl auf den Boden.

»Victor …«

Kazavs Augen veränderten kurz die Blickrichtung, als er seinen Namen hörte. Dann verlor er wieder das Interesse, und das, was Victor Kazav einmal gewesen war, sank wieder in einen unsichtbaren Brunnen.

»Du bist der verdammte Bürgermeister, vielleicht wirst du noch einmal Präsident dieses Landes … Hörst du mich, Victor?«

Kazav wippte leicht mit dem Oberkörper nach vorne.

»Warum reagiert er nicht?« Marie stand auf und wankte auf Ronan zu. Sie ging auf die Knie, um Ronan zu helfen, wieder auf die Beine zu kommen. »Was für ein Idiot«, fluchte sie.

»Sie müssen es irgendwie schaffen, ihn anzuschalten.«

Marie stemmte sich wieder nach oben und blickte ihm aus der Nähe in die Augen. Sie schüttelte den Kopf. Da wohnte niemand mehr, alle Lichter waren erloschen. Dann tat sie etwas, was sie nur ihrer Wut zuschreiben konnte. Sie trat Kazav hart gegen das Schienbein. Kazav hob den Kopf und blickte verstört um sich.

Er kramte in seiner Tasche und zog einen Zettel hervor, las ihn und steckte ihn wieder zurück.

»Gewaltlosigkeit ist eine unvergleichliche …«

»Helfen Sie uns hier raus«, sagte Marie.

Kazav sah sie mit dem Blick eines Wissenschaftlers an, der eine neue Spezies entdeckt hatte.

Sie trat ihm noch einmal gegen das Schienbein. Diesmal heulte Kazav kurz auf und wich zurück.

»Victor, hol uns hier raus. Erinnerst du dich an den Pausenhof, an die beiden Jungs in ihren Felljacken? Victor, du liegst am Boden, sie sitzen auf dir, und ihre Fäuste bearbeiten dein Kindergesicht …«

Kazav schaltete nicht wieder ab und sah Ronan an, was aber auch eine Folge von Maries Tritt sein konnte.

»Du bekommst von mir einen Hubble-Bubble, Minze …«

Kazavs Augen füllten sich mit Leben, seine Lippen formten ein Lachen. Es war das Lachen eines Jungen, der vor Jahrzehnten allein auf dem Pausenhof gestanden, Kaugummis verteilt und Allianzen geschlossen hatte, weil es seine Art war zu überleben. Bis auf den Tag, als die beiden Felljacken ihn zu Boden warfen.

»Megablasen, größer als dein Kopf. Ronan … willst du einen Kaugummi …«

»Hubble-Bubble, natürlich, du musst mich nur losmachen. So wie ich die Felljacken von dir runtergezogen habe.«

»Hubble-Bubble-Minze, grün … Wie lange habe ich geschlafen, Ronan?«

»Du hast nicht geschlafen, du bist nur schlecht aufgewacht.«

»Ach, dann ist es gut, ich dachte schon, dass ich etwas vergessen hätte.«

»Mach die Kabelbinder los.«

Kazav zerrte an Ronans Handgelenken, doch die Plastikbänder gaben nicht nach.

»Hast du einen Schlüssel bei dir?«

»Schlüssel?«

»Ja, zum Aufsperren.«

»Viele Schlüssel …« Kazav zog einen Schlüsselbund aus seiner Jackentasche.

»Nimm einen Schlüssel wie ein Messer.«

»Wie ein Messer.« Kazav sägte mit einem Sicherheitsschlüssel und zerrte gleichzeitig an dem Kabelbinder. Ronan wusste, wenn Leturc zurückkam, dann wären sie tot. Er drehte die Gelenke und verkeilte die Kabelbinder zusätzlich. Dann hatte der Schlüssel das Plastik so weit angeritzt, dass es brach. Ronan hatte seine Hände frei. Er nahm Kazav den Schlüsselbund ab und riss den Kabelbinder an seinen Füßen ab. Als er Marie befreit hatte, drückte er die Türklinke nach unten. Sie war verschlossen. Es war ein altes Schloss. Keiner von Kazavs Schlüsseln passte.

Ronan nahm den Schlüsselbund in seine Faust, wobei er einen Schlüssel zwischen den Fingern wie einen Dorn herausstehen ließ. Er hatte nur einen Versuch, um Leturc zu überwältigen. Er stellte sich seitlich neben die Tür, als Kazav ihm zulächelte, so als stünden sie im Schulhof, so als hätte die Zeit sich überall im Universum ausgebreitet, nur nicht auf dem Schulhof, an dem Tag, als Kazav am Boden lag und Ronan die beiden Felljacken von ihm wegzog.

Ronan ging zu der schmaleren Tür auf der anderen Seite der Wand. Eine Metalltür mit Sicherheitsschloss. Ronan probierte erneut die ersten vier Schlüssel. Keiner passte. Seine Hände zitterten, und er fühlte noch immer, wie das gestaute Blut von den Fesseln in seinen Fingern brannte. Der fünfte Schlüssel ließ sich drehen. Die Metalltür klemmte, bis ein heftiger Tritt sie öffnete. Dahinter ein Gang, Treppen. Sie gelangten ins Erdgeschoss eines Hauses. Zwei Glastüren, die er kannte. Sie waren im Rathaus. Kazav verließ den Raum. Er hielt sich am Treppengeländer fest und kam mit zögernden Schritten die Stufen nach oben.

Die Glastüren waren nicht verschlossen. Durch ein Fenster konnten sie nach draußen sehen. Der Sturm ließ die großen Panoramaglasscheiben erzittern. Sie waren schon in dem Gang, der zum Ausgang führte, als Ronan Leturc erkannte. Er befand sich auf der anderen Seite des Glases, ein Schatten in der Dunkelheit, und hätte er nicht die Kapuze seines Parkas tief ins Gesicht gezogen, hätte er sie entdeckt. Sie rannten in die entgegengesetzte Richtung. Aus einem Augenwinkel sah er, dass Leturc eine Pistole in der Hand hielt. Er war nicht gekommen, um russisches Roulette zu spielen. Er war das Exekutionskommando.

»Was ist mit Kazav?«, sagte Marie, als sie die große Halle durchquerten.

»Wir können ihm nicht helfen. Leturc wird ihm nichts tun. Er braucht ihn noch.«

Auf dem Platz vor dem Rathaus wimmelte es von Milizsoldaten. Das Echo einer Tür folgte ihnen. Leturc war zurück. In einer Minute würde er den Keller leer vorfinden. Ronan presste den Hebel eines Notausgangs nach unten. Als der Alarm ausgelöst wurde, waren sie schon im Freien. Auf der Rückseite des Rathauses war niemand zu sehen. Zwei Straßen weiter fanden sie in einem Hauseingang Schutz. In dem Sturm konnten sie kaum fünfzig Meter sehen, doch das galt auch für ihre Verfolger. Solen musste noch allein in der Dienststelle sein. Flobinsky lag tot am Hafen, und Leroches Leiche würden sie wahrscheinlich auch erst Tage später finden. Marie zitterte vor Kälte.

Vor der Dienststelle der Brigade Nautique parkte ein Militärlaster. Sie kletterten über den Zaun des Parkplatzes, der vom Haupteingang nicht einzusehen war, und stiegen durch das Klofenster. Die Polizei, die bei sich selbst einbrach.

—

Solen kam ihm entgegen. Ihrem Gesichtsausdruck nach musste er ein jämmerliches Erscheinungsbild abgeben.

»Ist es so übel, wie du aussiehst?«

»Ich will gar nicht wissen, wie ich aussehe«, antwortete Ronan.

Marie hatte ein Handtuch in der Umkleidekabine gefunden und es sich um den Kopf gewickelt.

»Du hast Besuch, Capitaine. Er wartet in deinem Büro.«

Loig hatte ungefähr hundert Papierschiffchen gefaltet und sie nebeneinander auf Ronans Schreibtisch verteilt.

»Wo warst du? Ich habe versucht, dich anzurufen.«

»Vierundvierzig Mal steht auf meinem Telefon«, erwiderte Loig.

»Und warum bist du nicht rangegangen?«

»Weil du zu mir gesagt hast, ich solle abtauchen und mich um meine Familie kümmern.«

»Ans Telefon hättest du gehen können.«
»Abtauchen ist abtauchen.«
»Wo warst du?«
»Ich habe Enora und die Kinder in Sicherheit gebracht.«
»Du hast sie bei deiner Schwiegermutter abgegeben und bist dann verschwunden.«
»Meine Schwiegermutter spricht mit dir? Da hast du schon mehr erreicht als ich.«
»Wo warst du?«
»Ich bin untergetaucht.«
»Bei deiner Teenageraffäre, während Kazavs Miliz die Stadt auf den Kopf stellt.«
»Nur weil du wie ein Mönch lebst, heißt das noch nicht, dass das alle tun müssen.«

Solen platzte herein. »Falls es euch interessiert: Colonel Bloomsday hat offiziell den Ausnahmezustand verkündet. Keiner kommt mehr rein, keiner raus. Habt ihr schon das von Lambert gehört? Schrecklich.«

»Wir waren am Tatort.«
»Tatort? Es war doch ein Unfall.«
»Lambert hat den falschen Leuten vertraut«, sagte Ronan. »Ich habe ihn gewarnt, dass er nicht mit Bloomsday reden sollte.«
»Der Colonel klang besorgt über Lamberts Tod.«
»Um Bloomsday kümmern wir uns später. Im Augenblick müssen wir schauen, dass wir die Stadt verlassen.«
»Ich habe nichts von Flobinsky gehört«, sagte Solen. »Er bekam einen Anruf und meinte, dass er zu einem Einsatz am Hafen müsse. Auch von Leroche nichts Neues.«
»Flobinsky ist tot.« Ronan durchsuchte seine Schubladen und nahm zwei Ersatzmagazine heraus.
»Wie ist das ... schrecklich ... was geht hier ab?« Solens Stimme überschlug sich. Ihre Hände machten fahrige Bewegungen.
»Ich habe ihn erschossen«, sagte Marie und ließ sich auf einen Drehstuhl sinken.

Solen blieben die Worte im Hals stecken. Die Welt um sie hatte sich auf einen Schlag in einen faulen Apfel verwandelt, und dieser

Apfel steckte tief in ihrem Hals. Solen wartete darauf, dass Ronan ihr sagte, dass das alles nicht stimmen würde, doch das tat er nicht.

»Colonel Bloomsday hatte uns eine Nachricht zukommen lassen«, berichtete Marie, während sie eine Nachricht auf ihrem Handy schrieb. »Eine Segeljacht war vor der Küste aufgetaucht ... wir wollten mit der *Amathée* raus.«

»Bei dem Wetter?«

»Bloomsday wollte, dass Ronan zum Hafen kommt, wo Flobinsky auf ihn wartete.«

»Aber Flobinsky war in deiner Einheit. Wir waren auf Loigs Geburtstagsfeier, wir haben zusammen gegrillt. Ich verstehe es nicht.«

»Bloomsday hat ihn zu uns geschickt, damit er mich ausspioniert.«

»Und der alte Leroche?«

»Flobinsky hat ihn wahrscheinlich umgebracht und irgendwo verscharrt.«

»Wir müssen raus aus der Stadt«, sagte Ronan. »Kazavs Miliz wird nicht lange auf sich warten lassen.«

»Ich habe versucht, Brest zu erreichen«, sagte Loig, »doch seit Stunden habe ich kein Netz mehr. Kein Internet, nichts.«

»Die haben Störgeräte. Wir haben so etwas im Irak benutzt, um Handysignale in der Nähe auszuschalten. Wegen der Sprengfallen, damit war keine Fernzündung mehr möglich. Ich bin mir sicher, sie haben jede Telefonverbindung unterbrochen.«

»Was wollen die von uns?«

»Verhindern, dass unsere Ermittlungsergebnisse bekannt werden.« Marie ließ einen Kaffee aus dem Automaten, weniger um das Gebräu zu trinken, als um etwas Warmes in ihren Händen zu haben.

»Kazav ist der Kopf von London-Tours«, fasste Loig zusammen und nahm eines der Schiffchen und stellte es in die Mitte des Tisches. »Seit fast fünfzehn Jahren ist er Bürgermeister von Penec. Er hält immer dieselben Reden, schüttelt denselben Leuten die Hände, erscheint mit astronomischer Genauigkeit bei allen Festen, er hat weder Familie noch ist er verheiratet, er hat keine Kinder, er ist weder schwul, noch hat man ihn je mit einer anderen Frau gesehen als mit dieser aufgetakelten Eule, seiner Sekretärin, er verlässt fast nie das Rathaus. Kurz: Niemand weiß irgendetwas über den Mann, den sie seit Jahren wählen. Nur eines ist bekannt: Sein Vermögen vermehrt sich auf wundersame Weise, Jahr für Jahr. Er hat die halbe Stadt gekauft. Restaurants, Hotels, Boutiquen, Hafengrundstücke. Nur, woher kam das Geld?«

»Es wird schwierig, eine Verbindung zwischen Kazav und London-Tours zu beweisen«, sagte Solen. »Lambert hatte sich eine Vollmacht für eine Konteneinsicht von Rennes absegnen lassen, aber ich weiß nicht, für welche Konten.«

»Hätte er es nicht ausgeplaudert«, sagte Ronan, »säße er nicht neben seinem Kopf in seinem Wagen.«

»Aus diesem Grund musste der Flüchtling in Calais sterben. Er konnte die Legionäre identifizieren«, sagte Loig und schob ein weiteres Schiffchen in die Mitte des Tisches. »Sie gehören zu Leturcs Leuten, doch vor Gericht würde Kazav abstreiten, dass er von Leturcs illegalen Tätigkeiten gewusst hatte.«

»Kazav ist nicht der Kopf.« Ronan blickte zum Fenster, als ein Windstoß die Schiebefenster in ihren Rahmen zittern ließ. »Er ist nur eine Hülle. Gael hatte recht, als er sagte, dass die ganze Stadt da drinsteckt. Jeder verdient. Die Fischer und Hobbyskipper mit ihren Booten, die Polizisten, die dafür sorgen, dass niemand die Fahrten stört, der Hafenmeister, der keine Fragen stellt, wenn nachts Schiffe ein- und auslaufen. Dafür braucht es eine Organisation, mit Buchhaltung, ein Kommunikationsnetzwerk, Leute, die ihren Mund halten, auch wenn jeder nur einen kleinen Teil erfüllt. Jeder weiß, was London-Tours macht, doch jeder sieht sich selbst nur als kleines Rad im großen Ganzen. Am Ende heißt es: Ich hab nur den LKW gefahren, oder ich hab nur das Boot gesteuert. Mehr hat mich nie interessiert. Jeder, der mitspielte, bekam Geld. Wer Fragen stellte, verschwand.«

»Mein Vater war das Sandkorn im Getriebe«, warf Marie ein, »weil er Leute rüberbrachte und nichts dafür wollte.«

»Und die junge Frau mit ihrem Baby … Sie musste etwas gesehen haben, was sie nicht sehen durfte.«

»Aber ich habe ihn erkannt, den Mörder meines Vaters«, sagte Marie, »er hat sie alle erschossen.«

—

In Maries ausklingende Worte fügte sich ein anderes Geräusch. Zerbrochenes Glas, dann polterte etwas über den Boden. Ronan reagierte zuerst. Er gab Solen einen Tritt gegen die Brust, dass sie quer durch die offene Tür in den Waffenraum flog, dort gegen die Metallschränke prallte und liegen blieb. Er packte Marie und zog sie mit sich. Ronan fühlte, wie die Zeit sich endlos dehnte, als sie kopfüber hinter einem Schreibtisch landeten. Er rief Loig etwas zu, wobei er sich auch später nicht erinnern konnte, was es war. Loig duckte sich, obwohl er den Grund nicht kannte und auch nicht verstanden hatte, was Ronan ihm zugerufen hatte. Vom Sturm war nichts zu hören, nur das Bling einer Scheibe, die wie eine Wasseroberfläche zerbrach, ein schwarzes Ding, das wie ein Kieselstein über den Boden rollte, an dem Plastikstuhl abprallte, auf dem Loig gesessen hatte, und wie eine Billardkugel an dem Kopiergerät vorbei vor dem Kaffeeautomaten stehen blieb. Die Handgranate löste sich in einem dumpfen Knall in Abertausende Splitter auf. Teile des Kaffeeautomaten steckten über Ronans Kopf in der Wandverkleidung, Pappbecher oder vielmehr die zerfaserten Fetzen sanken wie Schneeflocken von der Decke. Der Kaffeeautomat war in zwei Teile gespalten.

Ronan hatte die Waffe gezogen und ging durch die Rauchschwaden auf den Eingang zu. Die Handgranate war erst der Anfang. Er schob einen Schreibtisch vor die Tür. Loig half ihm.

»Das sah nicht aus wie ein Polenböller ...« Loig schaltete das Licht aus.

»Splitterhandgranate«, sagte Ronan und half Solen auf die Beine.

»Du hast mich getreten ...«

»Hätte ich dich höflich gefragt, dann wärst du als organische Masse überall im Raum verteilt.«

»Na toll, deswegen bin ich nie zur Armee gegangen«, sagte sie. »Ich wollte zur Polizei, weil die nicht ständig im Krieg ist.«

Solen hatte einen Schock erlitten. Marie hatte eine Platzwunde am Kopf. Ronan wusste, dass ihnen nicht einmal eine Minute bliebe, bis ihre Angreifer mit schweren Waffen den Raum durchsieben würden. Die Wände waren aus Leichtbausteinen. Sie hielten weder die Kälte wirklich ab, noch weniger schützten sie gegen Kugeln.

Die Regalwände aus Sperrholz hatten sich in Bretter und Splitter verwandelt, die von einem Zufallsgenerator verteilt worden waren. Bildschirme am Boden liegend wie erloschene Gesichter, Telefongehäuse, verbrannte Schnipsel von Formularen, herausgerissene Kabel, der Geruch von verschmortem Plastik.

Ronan stieß die Tür zum rückwärtigen Parkplatz auf, über den man zu den Dienstwohnungen gelangte. Loig war der Letzte, der durch die Tür nach draußen eilte, als die ersten Schüsse fielen. Die Stadt war nach außen abgeriegelt, im Sturm würde keiner einen Schuss hören, und Soldaten in Tarnklamotten würde man für den Katastrophenschutz halten. Sie hatten den Hof auf der Rückseite bereits überquert, als die Schüsse näher kamen. Die Angreifer hatten die Dienststelle gestürmt. Ronan zeigte zu einem Zaun am Ende des Hofs. Dahinter war eine Betonumrandung, in der Mülltonnen standen. Der Wind hatte sie umgeworfen, und das, was mühevoll getrennt wurde, sammelte sich in bunt gemischten Müllgirlanden in einer Ecke. Der Wind war inzwischen so stark, dass sie kaum aufrecht stehen konnten. In ungefähr fünfzig Meter Entfernung konnte Ronan zwei Männer mit Sturmgewehren ausmachen. Sie konnten sich nicht auf den Beinen halten und wurden quer über den Platz geschleudert.

Doch dann geschah etwas, das wie eine Unterbrechung der Realität wirkte. Es kam ohne Vorwarnung. Ronan stemmte sich noch gegen den Wind, während er hinter der Betonmauer Schutz suchte, als plötzlich der Regen aufhörte und kein Lüftchen mehr zu spüren war. Die Soldaten auf dem Platz griffen nach ihren Waffen, in der Tür schwenkte ein anderer Legionär sein Sturmgewehr. Solen runzelte die Stirn und machte einen Schritt zur Seite. Die Kugel streifte sie am Arm. Ronan zog sie nach unten. Wo noch vor Sekunden der Sturm alles erzittern ließ, konnte man Wassertropfen hören, die von einer undichten Regenrinne auf den Asphalt tropften. Ronan zählte vier, dann sechs, acht Männer. Der Fluchtweg über die Querstraße war ihnen durch den LKW abgeschnitten. Zwei Legionäre lagen dort in Stellung. Ronan hatte ungefähr fünfzig Schuss, Solen und Marie hatten nur ihre Dienstwaffen bei sich. Das könnte ihnen bestenfalls fünf Minuten verschaffen, bevor die Soldaten vorrückten. Ronan konnte Leturcs Stimme hören, der sich nicht einmal Mühe gab, seine Absicht zu verschleiern. Marie presste ihren Rücken gegen die Betonmauer.

»Ist es das Ende?«

Ronan hatte keine Antwort. Er hatte dieses Gefühl, dass sein Bewusstsein zu leben nur die Grenze zu etwas anderem war. Hier all die Tage, die er gelebt hatte, und dort die andere Seite, wo er nicht mehr war.

Solen zitterte. Sie versuchte, ihre Waffe ruhig zu halten, was ihr aber kaum gelang.

»Sie haben tatsächlich eine Polizeistation angegriffen ... Ich kann es nicht fassen.«

Ronan blickte nach oben. Vor den Himmel hatte sich ein milchig gelblicher Schleier geschoben. Kein Schrei einer Möwe oder Krähe, keine Taube, es schien, als hätte der Sturm die Welt von allen Geräuschen gereinigt. Der Sturm war jedoch noch nicht zu Ende.

»Wir müssen sofort in einen Keller«, rief er Loig zu. »Wir brauchen einen Schutzraum.«

»Sie werden auf uns schießen«, sagte Marie.

»Wenn wir es nicht versuchen, dann sind wir in den nächsten fünf Minuten alle tot.«

Der LKW, der vor dem Gebäude gehalten hatte, durchbrach die Absperrung zum Hinterhof. Mehr Soldaten, mehr Gewehre, eine Ansammlung von Menschen, die nur ein gemeinsames Ziel hatten: sie von dieser Welt zu tilgen.

Ronan erklärte seinen Plan. Der Plan war, dass es keinen Plan gab. Der Kinderspielplatz war nicht groß. Eine Rutsche auf einem Holzgestell und ein künstlicher Berg, durch den zwei Betonröhren führten. Die eine rot, die andere grün. Hinter dem Lastwagen stieg Nebel auf, die Welt dahinter löste sich auf. In dem Augenblick, als einer der Soldaten sein Gewehr hob und in ihre Richtung zielte, sah Ronan das Gebilde über dem Nebel. Ein langer rotierender Schlauch, der in den Himmel stieg. Ein ohrenbetäubender Lärm, geparkte Autos wirbelten in die Luft, der Lastwagen neigte sich erst leicht, kippte zur Seite und zerquetschte zwei Soldaten. Sekunden später wurde er wie von einem Riesenstaubsauger in die Höhe gerissen. Schreie, Schüsse, der Lärm von mahlendem Kies, dort, wo ihr Dienstgebäude gestanden hatte, klaffte ein Loch. Sie rannten zu den Röhren, warfen sich hinein, als der Lärm draußen zunahm.

Nach einigen Minuten war der Spuk zu Ende. Leichter Wind, Regen fiel wieder, auf die Trümmer einer Realität, die nur noch ein Bild der Zerstörung war. Ein Großteil des Hafens existierte nicht mehr. Jachten lagen verstreut über der Straße, die Dächer der umliegenden Häuser fehlten, aus den klaffenden Löchern stieg Rauch auf, eine kleine Motorjacht steckte im Schaufenster einer Boutique, ein Segelboot von mittlerer Größe befand sich auf dem Dach des Gebäudes der Hafenmeisterei oder was davon noch übrig war. Von den Soldaten war keine Spur mehr zu sehen.

»Was war das, Ronan?«, fragte Loig.

»Ein Tornado. Er hat die Stadt verschluckt und sie wieder ausgespuckt.«

Am Kai ergab sich ein ähnliches Bild. Ein Jeep der Miliz lag umgekippt auf einer Mauer, darunter der eingequetschte Oberkörper eines Mannes, den Ronan als denjenigen identifizierte, der ihn kontrolliert und erklärt hatte, dass die Polizei nichts mehr zu sagen hatte. Von den anderen Legionären fehlte jede Spur.

»Sehen wir zu, dass wir aus der Stadt kommen«, sagte Loig, als ihn das Geräusch eines Motors unterbrach. Im Hafenbecken waren nicht mehr viele intakte Boote verblieben. Das Boot der Hafenmeisterei lag in einer Ecke vor Anker. Der Winkel der Mauern hatte das Boot geschützt. Hinter dem Steuer erkannte Ronan die Gestalt Leturcs. Er hielt auf die offenen Schleusentore zu. Ronan zog seine Waffe. Die Trefferwahrscheinlichkeit auf diese Distanz war gering. Noch ehe er eine Entscheidung getroffen hatte, sah er Marie über die Kaimauern rennen. Sie kürzte den Weg ab und erreichte vor Leturc die Schleuse. Er drehte zur anderen Seite des

Hafenbeckens ab. Ronan hatte ebenfalls die Schleuse erreicht und erkannte seinen Fehler. Zwei andere Soldaten stiegen aus einem schwarzen Pick-up aus. Marie hatte nur Leturc im Visier, doch dieser steuerte den Kai an, ohne Marie auch nur zu beachten. Die beiden anderen Soldaten richteten ihre Gewehre mit Zielfernrohr auf sie. Marie warf sich hinter einen schweren Eisenpoller, als die Kugeln über sie hinwegsurrten. Sie lag flach auf dem Bauch, zielte und feuerte, bis ihr Magazin leer war. Leturc hatte auf dem Steg gestanden, doch als Ronan die andere Seite erreicht hatte, war der Pick-up verschwunden. Von Leturc keine Spur. Blutspuren führten zum Hafenbecken, wo sie endeten. Marie hatte ihn getroffen. Er war in die Schleuse gestürzt oder lag irgendwo im Hafenbecken. Sollten sich die Taucher darum kümmern.

Als Ronan den Ort erreicht hatte, wo er Leturc zum letzten Mal gesehen hatte, fiel ihm ein Gegenstand am Boden auf. Das Buch ohne Einband, das Leturc bei sich gehabt hatte. In dem Buch steckte eine Neun-Millimeter-Kugel. Sie hatte sich nur leicht verformt.

»Du hast ihn erwischt«, rief er Marie zu. »Wenn er in der Schleuse liegt, dann finden ihn morgen die Taucher.« Er gab ihr die Kugel.

Dann öffnete er Leturcs Buch und las die ersten Zeilen.

Der Herr aber ist die Macht über dies Sein, denn er erwies im Kampfe, daß es ihm nur als ein Negatives gilt.

Leturc hatte die Zeilen unterstrichen.

Von was für einem Sein war hier die Rede? Wer war der Herr? Ronan gab Marie das Buch.

»Sein Buch?«

Ronan nickte. »In dem deine Kugel steckt.«

Von dem schwarzen Pick-up fehlte jede Spur.

—

Die Nacht war kurz. Loig hatte sie in seinem Haus untergebracht. Solen und Marie schliefen in den Kinderzimmern und Ronan auf der Couch im Wohnzimmer. Als die ersten Lichtschimmer einen neuen Tag ankündigten, zog Ronan sich an und verließ das Haus.

Das Hafenbecken glich einer Müllhalde, nur dass der Müll aus den Resten von Jachten und Fischerbooten bestand. Eine passende Beschreibung für den Anblick wäre: Suppe aus Bootsrümpfen, Masten und ölschillerndem Wasser. Der Tornado hatte einen Zerstörungskorridor von ungefähr hundert Meter Breite durch die Altstadt gefräst. Eine Straßenseite bestand nur noch aus Steinmauern, eingedrückten Scheiben und umgestürzten Bäumen, während die andere Seite keinen Kratzer abbekommen hatte. Ronan musste an einen chirurgischen Einschnitt denken.

Der LKW, der ihnen den Rückweg abgesperrt hatte, lag mit dem Dach nach unten im Hafenbecken, die Fahrerkabine durchschnitt knapp die Wasseroberfläche des Hafenbeckens. Hinter der Windschutzscheibe die toten Augen eines Mannes, der vom eigenen Tod überrascht worden war.

Von dem Gebäudekomplex, in dem ihre Dienststelle gewesen war, standen nur noch die Eckpfeiler aus Stahlbeton. Die Mauern dazwischen fehlten, in der Baumkrone einer resistenten Eiche hingen Computerbildschirme und Telefone. Ronan glaubte, seinen Schreibtisch zu erkennen, der jetzt am Rand des Hafenbeckens stand. Jahrelang hatte er von diesem Schreibtisch auf eine löchrige Wand gestarrt, an der sich eine Seekarte mit der Küste Penecs und ein vergittertes Fenster mit Blick auf den Parkplatz befunden hatten.

»Sieht aus, als wäre eine Bombe eingeschlagen«, rief ihm Bloomsday zu. Er hatte Gummistiefel an und stapfte mit großen Schritten auf ihn zu.

»Wir hatten eine unruhige Nacht, Colonel.«

»Sie haben sie unbeschadet überstanden. Das ist das Wichtigste.«

Ronan ließ sich nichts anmerken und lächelte, so wie man sein Gesicht bei schlechten Witzen verzieht. Bloomsday genügte es, dass Ronan nichts von Leturc erwähnte. Bloomsday war wieder ganz Staatsdiener, eine geputzte Uniform in Gummistiefeln.

»Es gab Anrufe von besorgten Bürgern, die Schüsse gehört haben wollen. Wissen Sie etwas darüber?«

Handgranaten, Schnellfeuergewehre, der Angriff von schwer bewaffneten Legionären auf eine Dienststelle der Gendarmerie, das war auch Bloomsday nicht entgangen.

»Wir hatten mit dem Sturm zu kämpfen.«
»Der Tornado muss direkt über Ihnen gewesen sein, Capitaine. Wie sind Sie da rausgekommen?«
»Jahrelange Erfahrung, Colonel.«
»Erfahrung in was?«
»Meinen Arsch zu retten.«
»Ach, noch eine traurige Nachricht. Wir haben die Leiche von einem Ihrer Männer gefunden. Flobinsky. Die Flut hatte seine Leiche in den Trieux gespült. Aber es sieht so aus, als hätte er sich selbst erschossen. Wir haben seine Mutter verständigt. Mehr Angehörige hatte er nicht. Sie meinte, dass ihr Sohn schon seit einiger Zeit unter Depressionen litt.«
»Ist mir nicht aufgefallen.«
»Hätte ja sein können. Wir stehen alle etwas unter Strom.« Bloomsday zückte sein Handy, sprach ein paar Worte, drehte sich dann noch einmal zu Ronan um. »Sie haben gute Arbeit geleistet, Capitaine. Wie Sie wissen, werde ich in zwei Monaten Penec verlassen. Brest will mich in den Stab holen. Die letzte Beförderung vor meiner Rente. Danach werde ich nur noch mit meiner neuen Fünfzehn-Meter-Motorjacht zum Hochseefischen rausfahren. Ich werde Sie für meinen Posten vorschlagen.«

Bloomsdays Lobeshymne auf ihn passte so wenig wie Ronans Schreibtisch auf die Hafenmauer. In den letzten vierundzwanzig Stunden waren mehr Menschen durch äußerliche Gewalteinwirkung gestorben als die ganzen Jahre zuvor.

Die Sterblichkeitsstatistik war jedoch nicht sonderlich davon betroffen, und auch die Toten auf der *Seafuture* würden im *Télégramme* nur auf Seite drei in einem kurzen Artikel erwähnt. Im Jungle-Flüchtlingscamp in Calais war inzwischen wieder Normalität eingekehrt. Anstelle der verbrannten Zelte und Baracken waren neue entstanden. Junge Männer warteten auf ihre Chance, durch den Tunnel zu kommen. Die Polizei in Calais hatte den Marabu festgenommen, wegen Drogenschmuggel und Menschenhandel. Ein anonymer Hinweis. Die wahre Identität des Marabu kannte auch die Polizei in Calais nicht. Er blieb einfach ein Mann, der Informationen verkaufte. Für die Polizei ein Dealer, für andere Flüchtlinge im Jungle ein Heiler und Priester, andere glaubten, er arbeite mit der Regierung zusammen. Nach zwölf Stunden Untersuchungshaft saß der Marabu neben einem Anwalt, der sich auf Asylrecht spezialisiert hatte und verlangte, dass sein Klient freigelassen werden sollte. Daher gab es im Anhang der E-Mail, die Ronan auf seinem Handy öffnete, auch ein Bild mit einem grinsenden Marabu, der umringt von jubelnden Aktivisten das Gerichtsgebäude verließ, mit einem türkisfarbenen T-Shirt, auf dem der Schriftzug LONDON-TOURS stand.

—

Vor dem Haupteingang zum Rathaus lag ein umgekippter Militärlaster, der zu Kazavs Leuten gehörte. Zwei Bagger räumten umgekippte Bäume zur Seite. Die Feuerwehr hatte den Zugang zum Rathaus abgeriegelt. Teile des Daches fehlten, und anstelle der großen Fensterfronten, hinter denen sich Kazavs Büro befand, klaffte ein großes Loch. Die Feuerwehrleute kannten Ronan und ließen ihn durch.

In Kazavs Büro hatte der Sturm nur den Schreibtisch unangetastet gelassen. Ein schwerer Block mit grüner Schreibunterlage. Der Nebenraum war verwüstet. Umgestürzte Regale, Ordner, Gesetzessammlungen, Papierfetzen waren stumme Zeugen blinder Gewalt. Kazav saß in seinem Stuhl, blickte ihn aus leeren Augen an. Er blätterte in einem Notizbuch, dessen Seiten vom Regen aufgeweicht und unleserlich geworden waren.

»Ich sehe jetzt den Himmel«, sagte Kazav und deutete auf ein Loch in der Decke, wo fehlende Balken einen weiten Blick in das blaue Nichts des Himmels eröffneten.

»Victor«, sagte Ronan leise, »weißt du, wer ich bin?«

»Natürlich weiß ich, wer du bist ... Wie könnte ich das vergessen?«

»Wie heiße ich?«

Kazavs Gesichtsausdruck flackerte kurz. In diesem Augenblick betrat seine Sekretärin das Büro.

»Capitaine Prad …«

»Natürlich, Capitaine Prad«, wiederholte Kazav, stand auf und hob ein Foto auf. Darauf war Kazav zu sehen, neben ihm seine Sekretärin und Leturc. Ein kindliches Kichern folgte.

»Der Bürgermeister ist von den Ereignissen mitgenommen«, sagte Madame Ubicki, als müsste sie eine Presseerklärung verlesen. »Es wird schwierig werden, all das wieder in Ordnung zu bringen.«

»Lassen Sie das unsere Sorge sein, Capitaine. Der Bürgermeister hat schon schlimmere Krisen überstanden.«

Als er sich von Kazav verabschiedet hatte und schon auf der Treppe war, kamen ihm zwei Pfleger entgegen, die er schon einmal in der Klinik gesehen hatte. Nach einer Minute trat Victor Kazav in den Gang, das Kinn unnatürlich nach oben gestreckt, so als schreite er langsam im Rhythmus einer Parade, hinter ihm die Blaskapelle.

»Capitaine«, rief jemand hinter ihm, »warten Sie bitte.« Madame Ubicki, in der Hand ein paar Computerausdrucke und einen Speicherstick. Sie hielt ihm den Stick und die aufgeweichten Papiere hin.

»Ich habe etwas für Sie … ein Geschenk von Monsieur Kazav.«

Ronan nahm den Stick und warf einen Blick auf die feuchten Papiere. Es waren Kontodaten und neben den Kontodaten Einzahlungsbuchungen mit Namen und Datum. Auf jeder Seite stand ein Name: Arthur Bloomsday.

»Der verstorbene Untersuchungsrichter hatte sein Konto überprüfen lassen und informierte den Bürgermeister. Eine delikate Angelegenheit, wenn ein leitender Beamter in die Veruntreuung von Staatsgeldern verwickelt ist. Ich überlasse es Ihnen, was Sie damit machen.«

Noch wähnte sich der Colonel auf der Überholspur, doch was würde man in Brest davon halten, dass ein korrupter Beamter zur Belohnung auch noch befördert wurde?

»Darf ich Sie etwas fragen, Capitaine?« Sie kam ihm näher. Er konnte ihr teures Parfüm riechen. »Monsieur Kazav sagte dauernd etwas von Hubble-Bubble. Wissen Sie, was das sein kann?«

»Etwas, das für ihn vielleicht einmal wichtig gewesen war.«
»Sie wissen es also auch nicht?«
»Die Vergangenheit ist groß, wenn man nicht vergessen kann. Es wird das Geheimnis Kazavs bleiben.«
»Ich hatte ihn das noch nie sagen gehört.«
»Was geschieht mit ihm?«
»Der Bürgermeister ist krank. Wir werden ihn zur Pflege in die Klinik überweisen, wo ihm besser geholfen werden kann.«
»Sie sperren ihn ein.«
»Monsieur Kazav vergisst alles, was älter als drei Stunden ist. Seine Welt besteht aus drei Stunden. Was davor war, existiert nicht. Er kann unmöglich noch länger Bürgermeister von Penec sein. Wenn es ihm besser geht, dann kommt er zurück, und ich werde ihn wieder unterstützen. Wer weiß, vielleicht sogar als Präsidentschaftskandidaten.«

Im Vorbeigehen berührte sie Ronan mit ihren Hüften. Scheinbar zufällig, bevor sie in ihrem engen Kleid gemächlich dem Gang folgte. Ihre High Heels waren noch lange auf der Treppe zu hören. Als das letzte Echo ihrer Schritte verklungen war, hatte Ronan den Eindruck, dass mit ihr auch Kazavs Gedächtnis für immer ausgelöscht war. Hubble-Bubble. Wie war es möglich, dass der Name eines albernen Kaugummis Jahrzehnte in einem absterbenden Gehirn überleben konnte, während der Rest verpufft war?

—

Penec begrub seine Toten nach dem Sturm. Die Glocken der Kirche läuteten. Nachdem die Taucher das Hafenbecken an der Stelle abgesucht hatten, wo Leturc ins Wasser gestürzt war, brauchte Ronan Marie nicht zu erklären, was dies bedeutete. Leturc hatte überlebt. Strömung gab es im Hafenbecken nicht, und die Taucher fanden auch nichts in der Schleuse. Leturcs Meisterphilosoph hatte die Kugel abgefangen, und er hatte es irgendwie geschafft, aus dem Hafen zu entkommen.

Solen trug ein schwarzes Kleid, und obwohl sie Beerdigungen nicht ausstehen konnte, war sie die Erste vor der Kirche. Zwei

Särge standen vor dem Altar. Über beiden die französische Flagge. Bloomsday sprach nach dem Pfarrer. Der Pfarrer kümmerte sich um die unsterblichen Seelen, während der Colonel von Helden und der Nation sprach. Beides traf nicht die Wirklichkeit, die der Tod für jeden von ihnen bereithielt. Zwei Kisten, darin zwei Körper, die sich zersetzten.

Auf der rechten Seite saß eine ältere Frau in Schwarz, die sich Ronan nach der Messe als die Mutter Lamberts vorstellte. Sie begrub ihren einzigen Sohn und sagte Ronan, dass die Eltern ihre Kinder nicht überleben sollten. Es sei unnatürlich. Den Pfarrer hielt sie für einen Trottel, der nur unsinniges Gewäsch plauderte, an das er selbst nicht glaubte. Über ihren Sohn sagte sie, dass er nur für seinen Beruf gelebt habe. Er habe nichts anderes gehabt.

Flobinskys Eltern hatten die Nachricht vom Selbstmord ihres Sohnes noch nicht realisiert. Ronan kannte diesen Ausdruck in ihren Gesichtern. Leer geräumt und von dem Unfassbaren sterilisiert. Sie schienen weder die Worte des Pfarrers noch die von Bloomsday zu hören. Hätte ihnen die Wahrheit geholfen? Wenn Ronan zu ihnen gegangen wäre, um ihnen zu sagen, dass ihr Sohn zum Auftragsmörder geworden war, dass er keine Skrupel gekannt und dass ihn Marie erschossen hatte?

In der letzten Reihe hatte ein Mann Platz genommen, der einen Kopfverband trug. Er musste nach ihnen die Kirche betreten haben. Er stand auch nicht auf, als der Trauerzug den Särgen ins Freie folgte. Noch ehe Ronan ihn fragen konnte, wer er war und was er auf der Beerdigung von Flobinsky und Lambert zu suchen hatte, hatte ihn Solen erkannt.

»Leroche«, rief sie so laut, dass die Letzten im Trauerzug ihre Köpfe drehten. »Warum hast du dich nicht gemeldet? Wo warst du? Was ist passiert?«

»Ich sollte nicht hier sein«, sagte Leroche mit schwacher Stimme, »aber ich wollte wissen, dass Flobinsky auch wirklich tot ist, denn ihm habe ich das alles zu verdanken. Schädelbruch, Oberschenkelhalsbruch.«

Solen ließ nicht locker, bis er ihr erzählte, was genau geschehen war.

»Ich versteh's nicht«, wiederholte er mindestens fünf Mal, »ich habe mir darüber den Kopf zerbrochen, warum er das getan hat. Dabei soll ich mich nicht anstrengen oder aufregen. Er wollte mich umbringen.«

Sie waren bei einem Einsatz am Hafen gewesen, als Flobinsky ihn von hinten mit etwas Schwerem geschlagen hatte. Leroche verlor das Gleichgewicht, und im Fallen sah er Flobinsky über sich, in der Hand ein Messer. Doch anstatt zuzustechen, stieß er ihn von der zehn Meter hohen Kaimauer des Hafens. Leroche schlug auf der Kante einer Rampe auf. Dicke Algenschichten hatten den Aufprall etwas abgefedert, jedoch nicht genug, um den Sturz unverletzt zu überstehen. Doch noch immer hatte Leroche keine Erklärung dafür, was im Kopf Flobinskys vor sich gegangen war.

»Ich verstehe es nicht ... wir haben uns im Wagen noch darüber unterhalten, wie ich meine Muskeln aufbauen könnte, er hat mir sogar die Marke eines Eiweiß-Shakes genannt und welche Übungen am besten sind. Ich muss ihn mit irgendetwas so verärgert haben, dass er außer sich war. Ich habe nichts gemerkt ... Ich habe nichts über ihn gesagt, keine Witze. Verstehst du, ich bin noch nie geschlagen worden, ich komme mit allen Menschen gut aus, und jetzt wollte mich jemand umbringen. Eigentlich sollte ich in dieser Kiste liegen.«

»Du hast nichts falsch gemacht«, sagte Ronan und legte ihm die Hand auf die Schulter.

»Nichts falsch ... Er wollte mich umbringen. Es muss einen Grund geben, was ihn dazu gebracht hat.«

»Er musste dich loswerden. Du warst ihm bei seinem Auftrag im Weg.«

»Und warum hat er mir dann erzählt, ich solle mir Hanteln kaufen?«

»Um dich in Sicherheit zu wiegen.«

Leroche stützte sich auf seine Krücken. Vor der Kirche kam er an den Eltern Flobinskys vorbei. Sie folgten dem Trauerzug. Die wenigen Leute, die zur Beerdigung gekommen waren, kannten weder Flobinsky noch Lambert. Sie gehörten zu Bloomsdays Truppe, und an ihrer steifen Haltung, wie sie in ihren Uniformen über die Kieswege stapften, erkannte Ronan, dass die Beerdigung nur ein festes Ritual wie die Militärparade am vierzehnten Juli war.

»Lambert hatte nur seine Mutter«, stellte Marie fest und über die verwitterten Grabsteine sahen sie die Frau in Schwarz. Sie blieb am offenen Grab stehen, schaute in das Loch. In ihrer gebückten Haltung redete sie mit sich selbst.

»Und seine Mutter hatte nur ihn.«

Der Friedhof leerte sich. Vom Meer her strich ein kalter Wind über die Gräber.

»Wann kann ich meinen Vater beerdigen, meine Mam und Lena?«

»Sobald die Untersuchungen abgeschlossen sind.«

»Und wann wird das sein?«

»Wir haben ihre Mörder noch nicht, und durch Lamberts Tod muss sich ein neuer Untersuchungsrichter erst einarbeiten.«

»Wann?«

»Zwei oder drei Wochen ... Das liegt nicht in meiner Macht, Marie.«

»Es tut mir leid. Und was geschieht mit den anderen Toten, die mit meinem Vater auf dem Boot waren?«

»Von allen konnten wir die Identität nicht herausfinden. Ich bin mir sicher, dass einige in der Vermisstendatenbank für Migranten auftauchen. Und wir werden auch nicht alle identifizieren können.«

»Was geschieht mit ihren Knochen?«

»Wir behalten eine Probe, falls sich Jahre später die Identität feststellen lässt, ansonsten werden sie in einem anonymen Grab beigesetzt.«

Es begann zu regnen.

—

Zwei Tage später waren die Aufräumarbeiten am Hafen in vollem Gange. In den Trümmern wurden zwei unbekannte Leichen in Kakiuniform gefunden. Eine weitere Leiche steckte im von Grünalgen verseuchten Hafenbecken. Ronan kannte keinen von ihnen. Der Tornado hatte sie von ihrem LKW geweht, hoch in die Luft gewirbelt und zweihundert Meter weiter in der Innenstadt ausgespuckt. Weder Bloomsday noch Kazavs Sekretärin konnten Auskunft über die Milizsoldaten geben noch warum sie in der Stadt waren und warum eine der Leichen neben einem Granatwerfer gefunden worden war. Kazavs Sekretärin hatte gelogen, oder sie hatte keine Ahnung, was ihr Chef in Wirklichkeit für Geschäfte trieb. Sicher war, dass sie Leturc als Sicherheitschef des Bürgermeisters kannte. Es war auch nicht die Aufgabe der Sekretärin des Bürgermeisters, sich zu fragen, warum ein Bürgermeister einer bretonischen Kleinstadt einen Sicherheitschef einstellte. Nach den Terroranschlägen in Paris hatten die meisten Politiker zwar die Faust in die Kamera gehalten und dabei feierlich erklärt, dass die Franzosen sich ihre Freiheit und ihren Lebensstil nicht nehmen lassen würden, aber gleichzeitig gepanzerte Limousinen, schusssichere Westen und mehr Personenschutz für sich beantragt. Es gab eben immer zwei Welten: die eine, von der man andere überzeugen wollte, und die eigene, in der man selbst lebte. Aus diesem Grund konnte es sehr wohl möglich sein, dass Madame Ubicki die Privatmiliz im Dienste des Bürgermeisters nie infrage gestellt hatte. Leturc blieb verschwunden. Bloomsday sah keinen Zusammenhang zwischen Lamberts Tod und den Legionären, die für Kazav gearbeitet hatten. Die schweren Waffen, die bei den Leichen der Legionäre gefunden wurden, gehörten zwar nicht zur Standardausrüstung von Personenschützern, sie waren aber kein Indiz dafür, dass Kazavs Leute in kriminelle Geschäfte verwickelt waren.

»Capitaine, Sie sehen mitgenommen aus. Nehmen Sie sich ein paar Tage frei«, meinte Bloomsday.

Nur keine komplizierten Fälle. Schlechte Presse konnte er sich jetzt kurz vor seiner Beförderung nicht leisten.

Da der Tornado das Gebäude der Brigade Nautique völlig vernichtet hatte, bezog Ronans Einheit zunächst zwei ungenutzte Räume im Gebäude der Hauptstelle.

Wenigstens fehlte es ihnen nicht an Ausrüstung. Solen saß an einem Arbeitsplatz mit zwei Flachbildschirmen, und sogar die Telefone waren modern.

Am Ende der Woche gab Bloomsday bekannt, dass Leturc höchstwahrscheinlich ins Hafenbecken gefallen und beim Öffnen und Schließen der Schleuse ins Meer hinausgezogen worden sei. Die Ermittlung sei damit abgeschlossen.

Ronan hatte zwei Nächte in seinem Wagen geschlafen. Da er keine Dienstwohnung hatte und sein Boot auf dem Grund des Trieux lag, hatte er Maries Angebot angenommen, vorläufig in ihrer Dienstwohnung auf der Couch zu schlafen.

Die Minuten am Straßenrand, in der Dunkelheit ... Sie waren sich nähergekommen, doch Marie schien das Rad wieder zurückgedreht zu haben, so als wären sie wieder Fremde. Marie redete kaum etwas, und wenn, dann blieben es Gespräche, die zu genauso viel führten, als hätte es sie nicht gegeben.

Sie wusste, dass sie Leturc nicht getötet hatte, und sie reagierte gereizt, als Ronan ihr vorschlug, sie solle eine Zeugenaussage über die Nacht machen, in der ihr Vater und der Rest ihrer Familie umgebracht worden waren.

»Du hast es doch selbst gesagt. Die Worte einer Frau, die ihre Jugend im Irrenhaus verbracht hatte.«

»Du kannst den Mörder identifizieren.«

»Ich weiß, wer es war, aber ein Kind, das vor dreizehn Jahren halb tot am Strand gefunden wurde, von dem die Ärzte nicht wussten, ob es irreparable Hirnschäden behalten wird, hat vor keinem Gericht der Welt eine Chance, gehört zu werden.«

Sie war emotional belastet. So hieß es im Psycho-Jargon der Dienstpsychologen, doch Ronan konnte sie jetzt nicht aus dem Verkehr ziehen und ihr ein paar Tage Urlaub verschreiben. Marie ging mit Loig auf Streife, Routine. Gestohlene Außenborder, ein Inselbewohner, der seit dem Sturm vermisst wurde, eine vom Blitz erschlagene Kuh auf Bréhat. Doch schon einen Tag später sollte sich alles ändern.

—

Solen kam in Ronans provisorisches Büro, das ein früherer Heizungsraum war, der durch eine Schiebetür abgetrennt war:

»Da ist jemand, der Anzeige erstatten will.«

Ronan stand auf und durchquerte Bloomsdays Dienststelle. Ein Gebäude aus festen Ziegeln, mit Doppelglasfenstern, unter jedem Fenster ein Heizkörper. Durch ein Fenster sah er Gael. Der junge Beamte, der die Anzeige aufnehmen sollte, war froh, dass Ronan ihm die Arbeit abnahm.

»Er sagt, er sei entführt worden, gefoltert … Das alles klang ein wenig konfus. Nun, wenn Sie ihn persönlich kennen, Capitaine …«

Zehn Minuten später trat Gael in Ronans Büro. Er schien nicht überrascht zu sein, Ronan anzutreffen.

»Man hat dich entführt, gefoltert …«

»Ich werde alles erzählen, Capitaine. Dann könnt ihr alle einpacken, und ich gehe ins Zeugenschutzprogramm.«

»Du schaust zu viele amerikanische Mafiafilme an. Das Einzige, was passieren wird, ist, dass du für mehrere Jahre ins Gefängnis gehst. Wegen Menschenhandel, Totschlag und Mord.«

»Ich habe niemanden ermordet.«

»Wir können nachweisen, dass du für London-Tours gearbeitet hast. Wir brauchen nur dem Geld zu folgen. Und wir wissen, dass die Hintermänner von London-Tours mehrere Menschen ermordet haben. Du kommst da nicht raus.«

Gael lehnte sich nach vorne und flüsterte: »Sie waren bei meiner Familie … haben gesagt, ich muss zur Polizei gehen.«

»Um Lieutenant Blanc anzuzeigen … und mich. Wer war bei dir zu Hause?«

»Ich weiß es nicht«, flüsterte er noch leiser, »aber sie werden uns etwas antun … Du weißt nicht, wozu die imstande sind.«

»Du lebst noch«, sagte Ronan, »das heißt, sie sehen dich noch nicht als Gefahr. Wir machen Folgendes: Du gehst nach Hause, und wir vergessen, dass du hier warst.«

Gael war eine Zeitbombe. Er würde nicht stillhalten. Auch wenn er nicht beweisen konnte, dass Marie ihn entführt und an einen Stuhl gefesselt hatte, so würde es doch eine Untersuchung geben, bei der Maries Vergangenheit ans Tageslicht kommen würde. Im Augenblick war dies das Letzte, was Ronan brauchen konnte.

»Ich habe da eine Nachricht für Monsieur Lambert«, sagte Solen und zeigte Ronan den Ausdruck einer E-Mail. »Lambert hatte fast jeden überprüfen lassen. Sogar dein Name steht auf der Liste. Neben der Kontenprüfung des Bürgermeisters steht auch der Name seiner Sekretärin. Diese Mail kommt von der Bank, mit dem Hinweis auf diese richterliche Verfügung. Auf dem Konto von Madame Ubicki sind neunzigtausend Euro und zweiundvierzig Cent eingegangen, und zwar von Kazavs Konto.«

»… und zweiundvierzig Cent.« Hatte er sich verhört? Wer überwies zweiundvierzig Cent?

»Hab ich mir auch gedacht«, sagte Solen mit einem Gesichtsausdruck, der heißen sollte, dass die zweiundvierzig Cent nichts seien, was man unbedingt verstehen müsse.

Kazav war in dieselbe Klinik gebracht worden, in der auch Aziliz Jegou ihre Jugend verbracht hatte, bevor sie als Marie Blanc ein neues Leben begonnen hatte. Doktor Hitchens erwartete Ronan bereits. Der Parkplatz war gesperrt. Mehrere Bäume waren von dem Sturm umgeknickt, und vor dem Haupteingang lagen überall zerschlagene Dachziegel. Das Tal hatte einiges abbekommen. Mit den Absperrbändern und den Warnschildern an jeder Treppe glich die Klinik einem Tatort.

»Victor Kazav hat sich blendend erholt«, sagte Hitchens enthusiastisch. »Als er eingeliefert wurde, brabbelte er nur einige unzusammenhängende Worte. Ich glaube, er hatte einen Schock erlitten.«

»Haben Sie ihn schon nach seinem Namen gefragt?«

»Capitaine, lassen Sie uns unsere Arbeit machen. Aber warum fragen Sie das?«

»Weil ich glaube, dass Victor Kazav an Gedächtnisverlust leidet. Er weiß nicht mehr, wer er ist.«

»Da muss ich Ihnen widersprechen, Capitaine. Er weiß, wer er ist, und er erkennt auch seine Sekretärin, die ihn erst heute besucht hatte. Sie versorgt ihn mit Neuigkeiten, brachte ihm Notizbücher.« Die Ärztin lächelte matt.

»Notizbücher?«

»Natürlich, der Bürgermeister gehört zur alten Schule. Er schreibt noch auf Papier.«

»Haben Sie das Notizbuch gesehen?«

»Ein ganz normales Notizbuch.«

»Stand in ihm schon etwas?«

»Victor Kazav … Bürgermeister von Penec … Ich habe nur den Umschlag gesehen.«

»Wie lange war seine Sekretärin da?«

»Eine Stunde, vielleicht auch zwei. Monsieur Kazav ist ein so belesener Mensch, und er kann reden. Wir haben ihm die Klinikbibliothek zur Verfügung gestellt. Dort verbringt er die meiste Zeit. Ich höre ihm wirklich gerne zu. Er redet in Sätzen, die man direkt mitschreiben könnte.«

»Was liest er denn so?«

»Politik, Philosophie, querbeet alles. Sogar das Jahrbuch der Klinik hat er sich angesehen.«

»Und ist Ihnen nichts an ihm aufgefallen? Dass er sich wiederholt oder vergessen hat, wem die Stimme gehört, die in ihm selbst spricht?«

»Victor Kazav hat keine Anzeichen einer degenerativen Erkrankung, wenn Sie das meinen. Da wären wir …«

Hitchens öffnete die Tür, die zu einem fensterlosen Raum mit Neonröhren führte. Die Bibliothek. Metallregale, mit Schreibmaschine verfasste Register und am Ende des ersten Ganges ein Tisch, an dem Victor Kazav mit übereinander gekreuzten Beinen saß.

»Victor?«, rief Ronan.

Die Ärztin flüsterte Ronan zu, dass sie etwas zu erledigen habe und in zehn Minuten wieder da sei.

Kazav schaute von seinem Buch auf. Seine Augen tasteten ihn ab, und Ronan konnte fühlen, wie der Verstand des Bürgermeisters auf Hochtouren lief. Er schlug das Notizbuch auf.

»Colonel?«

Ronan nickte und fühlte sich unbehaglich bei der Vorstellung, dass Kazav ihn für Bloomsday hielt, so als könnte die falsche Identität an ihm kleben bleiben, je überzeugter sein Gegenüber daran glaubte. Kazav musste auf Bloomsday gewartet haben, und Ronan war sicher, dass in seinem Heft eine Notiz stand: Colonel Bloomsday kommt vorbei, er wird dich nach etwas fragen …

»Wie geht es Ihnen, Bürgermeister?«

»Nennen Sie mich Victor, Colonel …« Entweder machte ihm Kazav etwas vor, oder er erkannte ihn wirklich nicht. Er blätterte in seinem Notizbuch und schrieb eilig etwas.

»Ich habe mich vorbereitet«, sagte Kazav, »ich denke, dass ich in ein paar Tagen wieder entlassen werde. Ich hatte einen Schwächeanfall.« Kazav lachte und zeigte auf das Notizbuch.

»Sie haben Ihrer Sekretärin viel Geld überwiesen.«

»Um solche Sachen kümmert sich mein Sekretariat.«

»Sie meinen Madame Ubicki.«

Kazav grinste. »Erwarten Sie von mir bitte nicht, dass ich jeden Namen meiner Angestellten kenne.«

»Leturc, sagt Ihnen dieser Name etwas?«

Der Bürgermeister blickte in sein Heft. »Monsieur Leturc ist, glaube ich, im Urlaub. Aber warum fragen Sie mich das alles? Ich dachte, wir haben Wichtiges zu besprechen.«

»Wie kommen Sie darauf, dass ich Wichtiges mit Ihnen besprechen will?«

»Haben Sie das nicht eingangs gesagt?«

»Nein …«

»Warum sind Sie dann hier, wenn es nichts Wichtiges zu besprechen gibt?«

Kazav runzelte die Stirn. Verunsichert blätterte er in seinem Notizheft zurück.

»Ich bin nicht Colonel Bloomsday.«

»Dachte ich mir schon«, erwiderte Kazav gereizt, »denn der Colonel hätte mir Wichtiges zu erzählen gewusst.«

»Steht das in Ihrem Notizbuch, das Ihre Sekretärin mitgebracht hat?«

»Wer sind Sie?«

»Steht nichts über mich in Ihrem Notizheft?«

Kazavs künstliche Freundlichkeit wich kalter Verachtung. »Sie halten sich wohl für besonders klug.«

»Sie sehen mich heute das erste Mal, oder?«

»Es ist völlig unbedeutend, ob ich Sie kenne oder nicht. Sie sind nur einer der vielen, die irgendetwas wollen, eine Vergünstigung, einen Gefallen, jemand, der mir einen Deal anbietet. Sie sind ein Niemand.«

»Ein Niemand, der Sie aber besser kennt, als Sie glauben. Ich weiß alles über Sie, Kazav. Gestern haben Sie mich und meine Kollegin aus einer schwierigen Lage befreit.«

Kazavs Kopf zuckte so, als erlitte er einen Starrkrampfanfall.

»Wollen Sie mehr wissen über sich, als was Ihre Sekretärin in Ihr Notizheft geschrieben hat?«

Wieder nahm Kazavs Gesicht verbissene Züge an. »Es ist völlig unwichtig, wer ich bin oder wer Sie sind. Die Identität, keine Identität zu haben, ist wie der unerschütterliche Glaube an die Wahrheit des Zweifels.«

Die Wahrheit des Zweifels. Was würde der Bürgermeister ihm antworten, wenn er ihn nach Camille fragte? Doch er wollte Kazav diesen Triumph nicht gönnen. Victor würde Ronans Schmerz riechen, so wie Hunde Angst riechen können.

»Und am Ende«, setzte Kazav fort, »ist es auch gleichgültig, was ich sage, wenn ich für jeden das sein kann, was er sich wünscht. Ich muss nur derjenige sein, den man wählt.«

»Deshalb hat Ihre Sekretärin Ihnen die Notizbücher gebracht.«

»Ich habe fürsorgliche Angestellte.«

Ronan lehnte sich zurück, und als Kazav in der entspannten Körperhaltung Ronans Ruhe und Zustimmung witterte, schnellte sein Arm nach vorne und riss Kazav das Notizheft aus der Hand. Kazav sah ihn mit entsetzten Augen an. Sein Mund war offen, doch kein Laut kaum aus seinem Hals. Ronan blätterte die erste Seite auf.

Victor Kazav, Bürgermeister von Penec. Zwei Seiten eng geschriebenes Gekritzel, Pfeile und Kringel, wie er sie schon an den Wänden des Nebenraums im Büro des Rathauses gesehen hatte.

»Geben Sie es mir.«

Kazav war aufgesprungen. Ronan drückte ihn wieder auf den Stuhl. Dann tat Ronan etwas, von dem er glaubte, dass er es nie tun würde. Er riss die erste Seite aus dem Heft, dann die zweite, bis alle vollgeschriebenen Seiten in Ronans Faust zu einem Knäuel verformt wurden. Er steckte sie in seine Innentasche und gab das leere Buch Kazav zurück.

Eine Stunde später saß er Kazav immer noch gegenüber. Zwischen ihnen ein Tisch, ein Notizbuch, in dem nichts stand. Die Löschung begann schon nach vierzig Minuten. Kazav redete immer weniger. Die leisen Selbstgespräche waren zusammenhanglos. Nach weiteren dreißig Minuten betrat Hitchens wieder den Raum. Die Ärztin wusste sofort, dass etwas nicht stimmte. Ihre Ahnung bestätigte sich, als Kazav sie nicht erkannte. Er sah einfach durch sie hindurch.

»Fragen Sie ihn nach seinem Namen!«, sagte Ronan.

Hitchens begrüßte den Bürgermeister, doch Kazav wirkte unkonzentriert wie ein Kind.

»Fragen Sie ihn, wie er heißt!«

Hitchens nahm einen Stift aus ihrem weißen Arztkittel. Als sie ihre Hand nach dem Notizbuch ausstreckte, hielt Ronan sie zurück.

»Fragen Sie ihn, ob er weiß, wer er ist.«

Hitchens fragte ihn, wo er geboren sei, doch Kazav schien die Frage nicht zu verstehen. Er verstand nicht einmal, was eine Frage war. Der Grad der Löschung schien in diesem Augenblick voranzuschreiten.

»Grüne Minze«, sagte Ronan unvermittelt.

Hitchens runzelte die Stirn. Nur Kazav lächelte und sagte: »Hubble-Bubble.« Mehr kam nicht mehr aus seinem Mund.

Wie die Dinge enden

Doktor Hitchens hatte keine Erklärung dafür, wie Victor Kazav wieder in geistige Apathie verfallen konnte. In ihrem wissenschaftlichen Repertoire gab es keine degenerative Erkrankung, bei denen der Erkrankte nur zeitweise seine Identität vergaß. Auf dem Weg zu seinem Wagen begleitete sie Ronan. Wenn Kazav an einer primären Demenz leiden würde, das hieß an einer Demenz, bei der das Gehirn sich veränderte, wie die Alzheimer-Demenz oder eine vaskuläre Demenz, dann wäre diese irreversibel. Er könne nicht innerhalb kurzer Zeit vom Zustand der Apathie in den Normalzustand zurückfinden und dann wieder in Apathie verfallen. Wissenschaftlich sei dies völlig unmöglich.

»Wissenschaftlich«, sagte Ronan, »ist Kazav schon lange in diesem Zustand. Kazav hat wahrscheinlich ein fotografisches Gedächtnis, das allerdings nur zwei oder drei Stunden anhält. Was in dieser Zeit in seinem Kopf ist, das ist seine ganze Persönlichkeit, sein ganzes Wissen, seine Welt. Daher die Notizen. Sie sind eine Art ausgelagertes Gedächtnis.«

»Ich hätte gemerkt, wenn er nur auswendig gelerntes Zeugs wiedergibt«, erwiderte Hitchens, die ihm noch nicht von der Seite wich, so als hätte ihr Ronan etwas verschwiegen, was ihre Sicht als Psychiaterin und Kazavs seltsamen Geisteszustand in Einklang bringen konnte.

»Er blendet Sie mit seinem Wissen, seinem Charme, seiner Redefertigkeit. Die hat er früher auch schon gehabt, aber seine Persönlichkeit existiert nicht mehr. Er ist wie ein Computer, der den Turing-Test bestanden hat.«

»Eine künstliche Intelligenz wie ein Computer erweckt nur den Anschein, eine eigene Persönlichkeit zu haben.«

»Wenn Sie den Unterschied nicht merken?«

»So etwas habe ich bisher noch nie gesehen.«

»Kazav hat sich Medikamente verschreiben lassen. Es gab auch eine Krankenakte. Ich habe sie gesehen.«

»Können Sie mir eine Kopie schicken?«, fragte Hitchens.

»Ich fürchte, dass diese verschwunden ist.«

»Capitaine, noch etwas ... Was meint Victor mit Hubble-Bubble?«

»Das ist ein Kaugummi.«

Ronan ließ die Psychiaterin stehen, drückte auf den Knopf, der die Seitenscheibe nach oben gleiten ließ, und folgte der engen Straße aus dem Tal. *Auf Wiedersehen.* Das Holzschild hatte der Sturm so umgeworfen, dass Ronan einen Bogen fahren musste. Für ein Irrenhaus klang das Schild eher wie eine Drohung. Er bog auf die Hauptstraße, als sein Telefon summte. Er schaltete es auf Lautsprecher. Loigs aufgeregte Stimme füllte den Innenraum des Wagens.

»Es bewegt sich etwas. Wir haben einen Anruf von Kazavs Bank bekommen. Lambert zieht seine Fäden auch ohne Kopf.«

»Um wie viel Geld geht es?«

»Sechshunderttausend.«

»Exakt sechshunderttausend?«

»Nein, da waren noch ein paar Cent.«

»Zweiundvierzig Cent.«

»Ja, verdammt ... hat Solen dich schon angerufen?«

»Wer hat die Überweisung in Auftrag gegeben?«

»Es ist keine Überweisung. Der Betrag soll in dreißig Minuten in bar bei der Bank abgeholt werden.«

»Von wem?«

»Das konnte uns die Bank nicht mitteilen.«

»Dann ruf sie an und sag ihnen, dass wir es wissen müssen.«

»Zwecklos, diese Kasper im Anzug machen nichts ohne richterliche Verfügung, ohne dass ihre Anwälte jedes Anliegen zehnmal geprüft haben.«

»Wir haben doch die richterliche Verfügung.«

»Sie bezieht sich nur auf die Übermittlung von Überweisungsdaten. Aber sie schließt nicht die Übermittlung der Identität bei einer Barabhebung ein.«

»Wo ist die Bank?«

»In der Filiale der Crédit Agricole von Penec. Ich habe Leroche nach Hause gefahren, der wohnt mit seiner Mutter in Porz Éven. Marie ist bei mir. Wir können in zwanzig Minuten da sein.«

»Das wird knapp.«

»Wenn ich es in zehn Minuten schaffe, riskiere ich, dass mir Lieutenant Blanc ins Auto kotzt.«

Ronan wendete auf der Hauptstraße. Bis nach Penec brauchte er fünfzehn Minuten, laut Navi. Er schaltete Blaulicht und Sirene ein, überfuhr ein paar rote Ampeln, wich einem Mülllaster aus, der ihn nicht kommen hörte, weil der Fahrer einen Kopfhörer aufhatte, und raste mit Vollgas in entgegengesetzter Richtung in eine Einbahnstraße. Die Filiale lag neben einem geschlossenen Monoprix, und hätte auf der weißen Tür nicht der Name der Bank gestanden, wäre man nie auf die Idee gekommen, dass sich dahinter die Geschäftsräume eines Kreditinstituts befanden. Die Tür war geschlossen. Eine Klingel mit einer Freisprechanlage. Jemand meldete sich, wobei sich der Lautsprecher eher wie ein Bellen anhörte.

»Gendarmerie, Capitaine Prad. Sie haben bei uns angerufen.«

Kurzes Schweigen, was darauf hindeutete, dass hinter diesen Mauern jetzt eilig hin und her gefragt wurde, um was es ging und ob sich die Tür für Ronan öffnete oder nicht. Sie blieb geschlossen, und eine andere Stimme, ebenso blechern, erklärte ihm, dass er aufgrund des Bankgeheimnisses, Paragraf ... Es folgte eine Reihe von Zahlen, die nur den Zweck hatten, Ronan begreiflich zu machen, dass er nichts in der Bank verloren hatte.

Ronan stellte den Streifenwagen in eine Seitenstraße, ging zurück und wartete hinter einem Lieferwagen, von wo aus er den Eingang sehen konnte. Nach ungefähr fünf Minuten hielt ein Taxi. Eine Frau mit Sonnenbrille, schwarzem Mantel und einem großen Koffer stieg aus. Ronan brauchte ihr Gesicht gar nicht zu sehen, er erkannte Madame Ubicki auch so. Sie blieb genau zehn Minuten in der Bank. Der Bankangestellte würde sie sicherlich informieren, dass die Polizei schon da gewesen sei, und Lilu Ubicki würde ihm antworten, dass sie nichts Verbotenes tue. Sie würde Geld abheben, über das sie verfügen durfte. Der Bankangestellte würde ihr in allen Punkten zustimmen und ihr sechshunderttausend Euro in Scheinen auszahlen und dazu zweiundvierzig Cent. Ronan rief Loig an und teilte ihm seine Position mit. Sie warteten am Ende der Straße in ihrem Wagen. Vor der Bank hielt ein Taxi. Als die Sekretärin mit ihrem Koffer aus der Bank kam, blickte sie sich um, sah das Taxi und stieg ein. Ronan holte seinen Wagen und folgte dem Taxi. An einer roten Ampel stoppte das Taxi und fuhr auch nicht los, als diese schon wieder grün war. Es vergingen Sekunden, bis Ronan verstand, was vor seinen Augen geschah.

Lilu Ubicki stieg aus, lief quer über die Straße auf die Gegenfahrbahn und stieg dort in einen dunklen Pick-up. Ronan fluchte. Das Taxi vor ihm blockierte immer noch die Kreuzung. Hupen von allen Seiten. Sie hatte dem Fahrer einen Schein in die Hand gedrückt, wenn er bei Grün nicht weiterfuhr. Ronan machte einen Schlenker, fuhr über den Gehsteig und bog auf die Gegenfahrbahn. Der schwarze Pick-up war verschwunden. Sie waren auf dem Weg zum Hafen. Sein Telefon summte. Loig wollte wissen, wo er war.

»Ruf jemanden vom Hafen an, sie sollen ein Boot bereithalten.« Ronan legte auf.

Er folgte der Straße am Kai, bis die ersten Masten der Segeljachten im Port de Plaisance auftauchten. Keine Spur von dem Pick-up. Loig und Marie kamen von der Rue du Port. In diesem Augenblick hörte Ronan das spezifisch laute Brummen eines Rennmotors. Es war Flut, und das Boot konnte auf der Meerseite festmachen, ohne dass man es vom Hafen aus hätte sehen können. Dann verlor er die Sekretärin aus den Augen. Ronan stieg aus und rannte auf den Hangar zu, hinter dem sie verschwunden war. Nach einem Sprint von hundert Metern erreichte er die äußerste Spitze des Kais, mit der roten Backbordtonne der Hafeneinfahrt. Madame Ubicki, die treue Seele des Bürgermeisters, die nie von seiner Seite wich, war nun gerade dabei, an einer Metallleiter die Kaimauer hinunterzuklettern. In diesem Augenblick stoppte Loigs Wagen auf der Rampe. Ronan war für einen Augenblick wie gelähmt. Loig rief ihm etwas zu, doch Ronan verstand nur den Anfang des Satzes, der sich plötzlich ausdehnte und zum Ende hin immer länger wurde.

Der kalte Himmel über ihm schien die Zeit festgehalten zu haben. Fünf Figuren auf einem Schachbrett. Zwei von ihnen schienen zu fliegen, die drei anderen verfolgten die zwei am Kai, und es lag eine Ahnung in der Luft, dass einer von ihnen die nächsten Minuten nicht überleben würde. Noch war nichts bestimmt, aber einer würde bald aufhören zu atmen. Diese Gewissheit hatte sich in Ronan so materialisiert, dass sie ihn lähmte, so als bewegte er sich unter Wasser. Er hatte diese Ahnung schon einmal gehabt. Der Tag, an dem Camille mit ihrem Segelboot hinausgefahren war, um nach Alan Jegou zu suchen. Gefühle trügen, sagte er zu sich. Sie sind nicht real, sondern nur eine Reaktion des Körpers auf eine Wirklichkeit, die er nicht als Ganzes fassen konnte.

Marie war als Erste bei der Sekretärin. Madame Ubicki schrie kurz auf, als Marie sie packte und von der Leiter wegzog. Etwa in fünf Meter Tiefe hatte das gelbe Speedboot festgemacht. Der Geldkoffer lag neben der Steuerkonsole. Leturc griff nach einer Waffe. Bevor Ronan sich ducken konnte, schrie Leturc auf. Ronan hatte den Schuss nicht gehört. Marie stand breitbeinig auf der Mauer, beide Hände an der Waffe, wie sie es in der Polizeischule gelernt hatte. Ein perfekter Schuss, gerade durch die Handfläche Leturcs. Blut sammelte sich im Boot. Leturc bückte sich nach der Waffe, die zu seinen Füßen lag. Marie schoss noch einmal, diesmal in die Steuerkonsole des Schnellbootes. Das Glas des Kompasses splitterte.

»Die nächste Kugel trifft dich da, wo du sicher nicht willst, dass ich dahin schieße.«

Leturcs Gesicht verwandelte sich zu einer Maske. Er wusste, dass Marie nicht noch einmal vorbeischießen würde. Ronan ging zur Leiter, in einer Hand seine Dienstwaffe. Er war noch ungefähr zwei Schritte von Leturc entfernt, als über ihm eine Frau schrie. Marie drehte sich weg, und in diesem Augenblick schnellte Leturc auf Ronan zu. Hätte man die Anzahl der Bewegungen gezählt, die von einer sicheren Festnahme zu einem absoluten Chaos führten, so wäre man auf zwei gekommen. Aus irgendeinem Grund hatte niemand die Sekretärin beachtet. Ronan konnte das von seiner Position aus nicht sehen. Doch sie hatte mit einem unbeholfenen Schlag versucht, Marie von der Kaimauer zu stürzen. Später würde sie behaupten, sie wollte Marie festhalten, weil sie Angst hatte, sie würde von der Mauer springen. Loig war nicht schwindelfrei und näherte sich nicht dem Kai. Ronan stand mittlerweile auf dem wackeligen Heck des Rennbootes und sah, wie Marie taumelte und über die Kaimauer gestürzt wäre, wenn sie sich nicht mit beiden Händen an den groben Granitsteinen festgehalten hätte. Ihre Dienstwaffe fiel nach unten, zwischen Leturc und Ronan. Dem ersten Schlag konnte Ronan nicht ausweichen. Die Faust Leturcs traf ihn voll im Gesicht. Er wäre vielleicht auf den Beinen geblieben, wenn er festen Boden unter den Füßen gehabt hätte. Leturc drehte sich um und griff nach Maries Pistole. Sie war entsichert, und er würde keine Sekunde zögern, um die Hälfte des Magazins in Ronans Brust zu jagen. Ronan ließ sich zur Seite kippen und fiel ins Wasser. Er tauchte sofort unter. Die Schüsse folgten ihm. Kugeln verloren sich in dem türkisgrünen Wasser. Er tauchte unter das Boot und kontrollierte seine Schwimmbewegungen. Er hörte die Schritte Leturcs im Boot. Ein Teil der Festmachleine folgte dem Rumpf ins Wasser. Sie verkürzte sich, was hieß, dass Leturc die Leine einholte. Er wollte so schnell wie möglich weg, auch ohne Lilu Ubicki. Die beiden hatten ihre Flucht gemeinsam geplant. Kazav ins Irrenhaus, Ubicki mit Kontovollmachten, um dann irgendwo auf den Bahamas ein sorgenfreies Leben im Paradies unter Palmen zu führen.

Ronan spürte, wie die Kälte seine Hände klamm und unbeweglich machte. Er packte das andere Ende der Festmachleine und zog mit einem Ruck daran. Über ihm wieder aufgeregte Schritte. Der Motor lief noch im Leerlauf. Ronan zog noch zwei oder drei Armlängen Seil unter das Boot. Er tauchte nach hinten zum Heck, dann wickelte er die beiden Leinen um beide Schrauben. Über ihm fielen wieder Schüsse. Er musste an Popcorn denken oder an Regen, der auf ein Zeltdach prasselt.

Die beiden Außenborder heulten auf. Das Wasser am Heck des Bootes schäumte. Das Festmachseil verwickelte sich weiter, bis ein großer Knoten die Schraube blockierte. Leturc machte den Fehler, noch einmal Gas zu geben. Ein metallisches Schlagen verteilte sich im Wasser, Zahnräder verkeilten sich, Übersetzungen und Dichtungen wurden aus ihren Halterungen gerissen. Der Motor ging aus. Ronan tauchte zwischen Kai und Bordwand aus dem Wasser. Er konnte Leturc erkennen, wie er am Heck stand. Mit einem Arm zielte er nach oben. Er blutete am Arm.

Aus dem Hafen kam ein Motorboot mit zwei Männern in Anglerkluft. Sie näherten sich Leturc und fragten ihn, ob er Hilfe benötige. Sie hatten sich bereits auf drei Meter genähert, als sie die Waffe und die Einschusslöcher sahen, doch da war es schon zu spät. Leturc hatte den Geldkoffer gegriffen und sprang auf das Boot der beiden Männer. Sie protestierten, doch ihr Protest ebbte schnell ab, als sie in die Neun-Millimeter blickten. Die beiden gingen über Bord und trieben in ihren Schwimmwesten wie losgerissene Bojen zum anderen Ufer.

Über die Leiter kletterte Marie ins Boot. Sie streckte Ronan die Hand nach unten, und er schaffte es, sich über das flachere Heck ins Boot zu ziehen. In einer Ecke des Bootes fand er seine Waffe wieder, die ihm aus der Hand geglitten war. Leturcs Rechte musste ihn für einen Moment k. o. gesetzt haben. Er konnte sich nicht erinnern, die Waffe losgelassen zu haben.

»Ich verstehe das nicht«, sagte Marie, »ich habe ihm glatt durch die Hand geschossen, und er schlägt dich trotzdem noch nieder und schießt auf uns.«

»Er kann mit jeder Hand schießen.«

»Wenn diese blöde Gans nicht gewesen wäre …«

»Was ist mit Loig?«

»Er hat der Sekretärin Handschellen angelegt und sie sicher verstaut.«

Leturcs gekapertes Boot hatte schon die Fahrtrinne zum Hafen verlassen und nahm Kurs auf das offene Meer.

»Wir müssen die Marine verständigen«, sagte Marie, »sonst entkommt er uns.«

»Bis die sich entschieden haben, ob sie kommen oder nicht, ist Leturc längst verschwunden.«

»Können wir dieses Boot starten?«

Ronan drückte auf einen Knopf, und beide Motoren hoben sich aus dem Wasser. Ein Motor gab ein trockenes Geräusch von sich, als der Starter heftig vibrierte. Über der Konsole schaltete er ihn aus. Der andere startete etwas verzögert. Wenn sie Glück hatten, dann funktionierte wenigstens einer der Motoren. Nachdem Ronan mit Taschenmesser und Schraubenzieher des Bordwerkzeugs das Seil aus der Schraube befreit hatte, senkte er die Motoren und startete erneut. Der Tank war voll, doch selbst der verbliebene Dreihundert-PS-Motor würde so viel Benzin schlucken, dass ihre Reichweite begrenzt wäre. Das Boot war nicht für lange Fahrten ausgelegt.

Doch nach fünf Minuten hatten sie Leturc eingeholt. Er stand am Steuer, die rechte Hand in ein T-Shirt gewickelt. Er ließ das Steuer los, nahm die Waffe und feuerte in ihre Richtung. Nicht gezielt, aber auch eine verirrte Kugel konnte tödlich sein. Ronan duckte sich instinktiv hinter der Steuerkonsole ab.

»Bring uns seitlich ran«, sagte Marie und forderte Ronan auf, ihr seine Waffe zu geben.

Als sie auf gleicher Höhe waren, zielte sie wieder, während das Boot unruhig über die Wellen schaukelte. Trotzdem schien sie nichts aus der Ruhe zu bringen. Als Leturc das Steuer losließ und mit derselben Hand nach der Pistole griff, feuerte Marie zwei Mal. Der erste Schuss ging in die Verkleidung des Bootes, der zweite traf Leturc. Er verlor das Gleichgewicht und fiel in das Innere des Fischerbootes. Ronan brachte das wesentlich längere Rennboot längsseits. Ronan warf eine Leine über eine Klampe des anderen Bootes und vertäute es provisorisch.

Leturc lehnte am Boden und hielt sich den Bauch.

»Mit mir stirbt die ganze Welt …«

Leturcs Gesichtsausdruck hatte sich verändert. Waren es die Schmerzen oder der Blutverlust oder die Gewissheit, dass er diese Verletzung nicht überleben würde? Mit mir stirbt die ganze Welt. Hatte er Leturc richtig verstanden?

Marie ging auf Leturc zu, der noch immer ihre Waffe in der Hand hielt. Sie zielte weiter mit Ronans Waffe auf Leturc.

»Lassen Sie die Waffe fallen«, schrie sie ihn an.

Leturc lachte, als hätte sie soeben eine Dummheit erzählt. Ronan gab acht, dass er nicht in Maries Schussfeld geriet.

»Jemand wird jetzt sterben«, sagte Leturc. »Du weißt das …« Er machte ein erstauntes Gesicht, so als wäre zwischen ihm und ihr eine imaginäre Bibliothek, durch die er sich erst durcharbeiten müsste, um zu verstehen, wer da vor ihr stand. »Ich kenne dich, ich weiß nicht, woher, aber ich kenne ich. Das war mir schon im Keller aufgefallen, als wir das Spiel gespielt haben. Zweimal hat es klick gemacht. So ein Glück! Hätte ich mehr Glück gehabt, dann wärst du schon begraben und ich mit meinem Geld auf einer Insel. Es sind deine Augen, die mir bekannt vorkommen.«

»Vor dreizehn Jahren, auf einer Segeljacht, der *Seafuture*.«

Leturc runzelte die Stirn. »Vor dreizehn Jahren?«

»Sie haben alle erschossen. Die Leute im Boot, meinen Vater, meine Mutter und meine kleine Schwester.«

»Ich habe ihnen allen den Gnadenschuss erteilt, bevor das Boot sinkt. Das war nur ein Akt der Gnade. Normalerweise sollte ich nur ein paar Leute beseitigen.«

»Von wem reden Sie?«

Leturc machte ein schmerzverzerrtes Gesicht. »Ich erinnere mich an die Nacht … es gab keine Überlebenden, nur ein Mädchen …«

Er überlegte und presste seine Hand gegen die Wunde oberhalb des Bauches. Ein Schuss in den Magen, dachte Ronan. Äußerst schmerzhaft. Leturc würde innerhalb der nächsten fünfzehn Minuten innerlich verbluten. Magensäure trat in die Bauchhöhle und verätzte die Organe. Leturc lag im Sterben, und das wusste er.

Marie hielt die Waffe in der Hand, so dass er nicht viel ausrichten konnte. »Warum mein Vater?«

»Nur ein Auftrag.«

Leturc hob die Hand mit der Waffe. Ronan sah in Maries Gesicht das Zögern. Sie wollte Antworten von dem Mann, der ihren Vater erschossen hatte, ihre Mutter, Lena … all die anderen, die sie nie gekannt hatte. Er musste ihr sagen, warum er das getan hatte. Ronan war nun nahe genug, um Leturc die Waffe aus der Hand zu schlagen, was jedoch nicht mehr nötig war. Die Kraft floh aus Leturcs Arm. Die Waffe glitt aus seiner Hand.

»Warum meine Mutter, meine Schwester?«
Marie packte Leturcs Kragen und schüttelte ihn. Ronan nahm ihre Hand. Leturc würde keine Fragen mehr beantworten. Er war tot.

—

Loig hatte die Sekretärin verhaftet und zur Dienststelle gebracht. Ronan wusste, dass Bloomsday sie in den nächsten Stunden, nachdem er sie verhört hatte, gehen lassen musste. Nicht nur das. Kazavs Sekretärin verlangte auch das Geld zurück, das Leturc auf dem Boot hatte. Sie bestritt, dass sie mit Leturc hatte fliehen wollen. Warum sollte sie auch fliehen, es war ja niemand hinter ihr her. Sie hatte ein Treffen mit Leturc, schließlich war er der langjährige Sicherheitschef des Bürgermeisters. Im Verhör fiel ihm auf, dass die Sekretärin ein Gespür für juristische Winkelzüge hatte. Als Loig sie fragte, warum sie denn versucht hatte zu fliehen, erwiderte sie ganz ruhig und hielt dabei einen Kugelschreiber quer in beiden Händen, dass sie nicht auf der Flucht sei. Sie habe viel Geld in einem Koffer gehabt, und als plötzlich Leute auf sie zugerannt kamen, was lag da näher, als den Sicherheitschef des Bürgermeisters um Schutz zu bitten. »Sie haben ihn ja umgebracht, dabei hat er nur seine Arbeit gemacht.«

Kurze Zeit später kam ihr Anwalt. Ein junger Mann in schwarzem Anzug. Bloomsday diskutierte mit ihm. Ronan konnte durch die geschlossene Glastür nicht hören, was sie sagten, doch es reichte, dass er sah, wie Bloomsday selbstzufrieden lächelte und dann dem Anwalt die Hand schüttelte.

Madame Ubicki verabschiedete sich übertrieben höflich von Ronan und folgte ihrem Anwalt durch die Glastür.

»Sie kann einfach gehen?« Marie sah den beiden nach. Ihr Blick verriet, dass der Tod des Mannes, der ihre Familie getötet hatte, ihr nur geringen Trost gebracht hatte. Es ging weiter, es musste weitergehen. Sie hätte sie ebenfalls erschießen müssen, sie alle ... Morvan, Kazav, die Sekretärin.

Kazav saß in derselben Klinik, in der Marie ihre Jugend verbracht hatte.

Sie stellte sich vor, wie sie mit ihrer Schwester Lena über ihre ersten sexuellen Erfahrungen sprechen würde. In dieser anderen Welt gäbe es Weihnachtsfeste, Neujahr, Geburtstage, und sie würden so tun, als wäre die Ewigkeit eine Erfindung glücklicher Familien, deren Fortbestand sie alljährlich zelebrierten.

Bloomsday war jetzt im Fernsehen. Er redete von den Sturmschäden, von bretonischer Solidarität der Bürger in Penec, von bedauerlichen Verlusten. Kein Wort von London-Tours, von der toten Frau am Strand mit ihrem Kind, kein Wort von den Toten im Boot. Als eine Journalistin, die Lambert vor einigen Tagen interviewt hatte, wissen wollte, ob es schon Ergebnisse im Fall der Frauenleiche gebe, die man am Strand gefunden habe, verwies Bloomsday auf laufende Ermittlungen, über die er nicht reden könne.

Vor der Rechtsmedizin hielt ein Wagen mit Nummernschild aus Calais. Eine afrikanische Frau stieg aus. In ihren wallenden Kleidern glich sie einer Königin, die auf Staatsbesuch war. Der Rechtsmediziner hatte Ronan angerufen, dass bei ihm eine Mutter sei, die ihre Schwiegertochter und ihre Enkelin abholen wolle. Von ihr erfuhr Ronan den wahren Namen der Frau, die die Presse nur als Tote am Strand erwähnt hatte. Epiphany Butu. Sie war vierundzwanzig, als sie starb, und ihr Kind wäre in vier Monaten ein Jahr alt geworden. Dahlia.

»Sie sind der Polizist aus dem Lager«, sagte sie zu Ronan, »es hieß, Sie seien schuld am Tod meines Sohnes, aber ich weiß, dass man der Presse nicht trauen darf. Ich bin in Rhodesien aufgewachsen, meine Mutter flüchtete aus dem Kongo. Auch meine Großeltern waren Flüchtlinge. Generationen auf der Flucht. Es gibt nur eine Wahrheit, das nackte Leben. Was Leute auf Papier drucken, das nutzt letztendlich auch nur, um Gemüse einzuwickeln. Ich bin froh, dass ich Ihnen persönlich in die Augen blicken kann. Haben Sie meinen Sohn getötet? Sagen Sie mir bitte die Wahrheit. Ich werde Sie nicht hassen.«

Die Frau sprach tadelloses Französisch mit einem afrikanischem Akzent, was die Betonung der einzelnen Silben härter klingen ließ.

»Der Mann, der Ihren Sohn erschossen hat, ist tot«, erwiderte Ronan.

»Diese Menschen sterben nicht«, sagte sie, »sie werden immer da sein.«

Sie erklärte, dass ihr Mann an einer Blutvergiftung gestorben sei, weil es keine Antibiotika in dem nächsten Krankenhaus gab. Ihr Sohn hatte ihr versprochen, dass er nach Europa wollte, wo es Arbeit gab, ein besseres Leben. Er wollte nach England, weil er kein Französisch sprach. Sie hatte es ihren Kindern nie beibringen können. Von den acht Kindern, die sie auf die Welt brachte, lebten noch drei ... Sie korrigierte sich, zwei.

»Wir hatten all unser Geld gespart, um ihm die Überfahrt zu ermöglichen. Vor einer Woche schrieb er mir, dass er bald nach England übersetzen würde. Er hatte diese Bücher gelesen, von europäischen Denkern. Er las mir daraus vor und meinte, dass in Europa das bewahrt werden würde, was die Menschheit ausmacht. Es wird nie mehr und nie Besseres geben. Er hatte so viel Hoffnung. Jetzt ist er tot und wartet in einem Blechsarg auf den Heimflug nach Afrika. Er ist so weit gereist, um in Europa zu sterben. Den Tod bekommt man auch in Afrika, billiger, aber ohne Hoffnung. Das ist der Unterschied.«

Sie redete, während zwei Männer die Särge in einen Leichenwagen schoben.

Ein leichter Windstoß bauschte die Tücher auf, die um sie gewickelt waren, und ließ sie in Spiralen von bunten Schleiern verschwinden. Bevor sie einstieg, wandte sie sich kurz um: »Ist es nicht seltsam? In Calais kam ein Mann mit Uniform zu mir und sagte, dass ich in Frankreich bleiben könne, wenn ich dies wünsche. Sie würden mir eine Wohnung besorgen und etwas Geld. Jetzt, wo ich alles verloren habe, ist alles möglich. Die Welt ist seltsam.« Sie stieg auf den Beifahrersitz des Wagens.

Ronan sah dem Wagen nach, bis er um die Ecke gebogen war. Der Rechtsmediziner stand neben ihm. »Ich verstehe sie nicht«, sagte er, »warum bleibt sie nicht? Hier hätte sie ein besseres Leben.«

Feiner Regen fiel und färbte den Asphalt dunkel. Eine Krähe pickte in einem Katzenkadaver, der auf der Straße lag, und als sie mit einem Flügelschlag davonflog, blieb ein trockener Fleck zurück, der sich Sekunden später nass verdunkelte. Wie viele Menschen hatten den trockenen Fleck gesehen, den die Krähe hinterlassen hatte? Es gab ihn für zehn oder zwanzig Sekunden, dann verschwand er. Wie lange würde Ronan sich an das Gesicht dieser Frau erinnern? Die Mutter des Mannes, dessen Sohn im Jungle von Calais erschossen wurde. Warum blieb sie nicht? Nein, der Rechtsmediziner hatte den Fleck nicht bemerkt, auch nicht die Krähe, und er hatte auch nicht verstanden, dass Hoffnung einen hohen Preis hatte.

»Wenn man alles verloren hat, ist die Hoffnung kein Gewinn mehr.« Ronan ging in den Regen hinaus.

—

Das Catch22 hatte wieder geöffnet. Leclaech hatte sich wieder die gewohnt schlechte Laune zugelegt und fluchte auf die Sonne, die sich nicht zeigen wollte, und genoss seinen Ausblick auf die Aufräumarbeiten im Hafenbecken.

»Manche Boote waren fast hundert Jahre alt. Nur noch Bretterhaufen, in einer Nacht. Auch die Schickimicki-Jachten, diese Plastikeimer mit Kompass, alle reif für die Müllkippe.«

Ronan setzte sich auf seinen gewohnten Platz, von wo aus er in einer Diagonale über das Hafenbecken blicken konnte und wo um diese Jahreszeit um genau halb zwölf die Sonne für genau fünfzehn Minuten die beiden Plätze in warmes Licht tauchen würde. Die Sonne blieb hinter Wolken, was Ronan aber nicht hinderte, um halb zwölf auf die Uhr zu sehen. In diesem Augenblick fiel ihm auf, dass er noch nie darüber nachgedacht hatte, warum er sich an diesen Platz setzte. Aus irgendeinem Grund, den er vergessen hatte, war ihm die imaginäre Linie zwischen Hafenbecken, Stellung des Tisches und seines Stuhles vertraut. Die Idee von den Linien, der Zeit und den mathematischen Sicherheiten löste sich auf, als Solen vor den Tisch trat. Sie setzte sich und drehte sich zu Leclaech um. Er wischte die Stuhllehnen ab, brummelte etwas, kam dann an ihren Tisch.

»Ich denke, ihr wollt was essen«, sagte er barsch und wrang den Putzlappen aus.

»Gibt's schon was?«

»Für Leute, die saublöd fragen, gibt's nichts«, erwiderte Leclaech.

»Würde ich sonst fragen?«

»Es gibt auch Tage, an denen du nichts zu essen hast«, verteidigte sich Solen. »Das sage ich dann auch, oder ich schreibe es auf die Karte, dass den Leuten nicht einfällt, mich dauernd zu fragen.«

»Hast du eine Karte?«

»Meine Speisekarte ist noch nicht fertig ...«

»Sagst du das nicht schon immer?«

»Ich sage das dem Finanzamt. Die kommen und schauen sich die Speisekarte an, dann zählen sie die Leute, die gerade da sind, multiplizieren, tippen in ihren Taschenrechnern und spucken dir dann eine Steuerschätzung aus, die falscher nicht sein kann.«

»Ich nehme, was du uns empfiehlst«, sagte Solen.

»Ich empfehle gar nichts«, erwiderte Leclaech und verscheuchte eine Taube mit einer hastigen Handbewegung. »Ich geh in die Küche, schau, was ich noch von gestern im Kühlschrank habe, und das wärme ich dir auf.«

»Hast du nichts Frisches?«

»Frisch aufgewärmt.«

»Ich nehme den Rest«, unterbrach Ronan schließlich.

»Warum sagst du das nicht gleich«, antwortete Leclaech und trottete zur Bar.

Solen schnaubte. »So wird man also, wenn man vierzig Jahre solo lebt. Ich muss mir einen Typen suchen oder einen Hund anschaffen. Hast du Bloomsdays Interview gesehen?«

»Kurz ...«

»Kein Wort über die Schießerei, kein Wort zu Kazav, kein Wort über Lamberts und Leturcs Tod.«

»Der erwähnt nur, was seine Karriere voranbringt.«

»Leroche kann heute nach Hause. Er hat noch Krücken. Schlimmer ist sein Gemütszustand. Er versteht nicht, warum Flobinsky ihn umbringen wollte. Es belastet ihn, weil er denkt, dass er etwas getan hat, das so schlimm war, dass Flobinsky ihn dafür töten wollte.«

»Sag ihm, dass jeder, der ihn Auto fahren sieht, Tötungsfantasien bekommt.«

»Das sagst du ihm selbst. Ach, ehe ich es vergesse. Da kam eine Tierarztrechnung mit der Post. Sie war an dich adressiert, ich habe sie aus Versehen aufgemacht.«

»Was für eine Rechnung?«

»Da hat jemand ein paar Hundert Euro für die Operation eines Dachses bezahlt. Und der Brief war nur für dich.«

»Was für ein Name stand da drauf?«

»Da standen drei Namen drauf, alles Jäger. Einen haben wir mal erwischt, weil er sich nicht an die Jagdquoten hielt. Echte Péquenauds, die außerhalb der Jagdsaison auf die eigenen Hühner im Hof schießen. Wie kommen gerade sie auf die Idee, einen verletzten Dachs zum Tierarzt zu bringen, ihn für ein paar hundert Euro operieren zu lassen, und dann auch noch die bezahlte Rechnungskopie an dich zu adressieren? Hab ich da etwas nicht verstanden?«

»Tierfreunde, echte Naturburschen.«

Solen stöhnte kurz, als wäre ihr jemand auf den Fuß getreten.

»Nicht dein Ernst.«

Zum Glück brachte Leclaech zwei Schüsseln mit aufgewärmten Pommes de terre nouvelles, die selbst aufgewärmt noch ein Gedicht waren.

»Die Sauce ist frisch«, ergänzte Leclaech, »nicht, dass ihr glaubt, ihr fresst nur altes Zeugs. Fertigsauce von Lidl. Gab's letzte Woche im Angebot.«

»Ganz hervorragend«, sagte Solen.

Leclaech presste die Augen zusammen, was an Solens ironischem Tonfall liegen konnte. Da sie beide aßen, verzichtete er auf einen Kommentar. Seine Gäste aßen die Reste vom Vortag und zahlten den vollen Preis. Die Saison konnte beginnen.

—

Nachdem Solen gegangen war und er Leclaech das Geld auf den Tisch gelegt hatte, rief er seinen Vater an, der wie immer nicht ans Telefon ging. Aus Prinzip nicht, weil ein Anruf für ihn ein aufgezwungenes Gespräch war.

Zwanzig Minuten später summte Ronans Telefon. Die Stimme seines Vaters.

»Ich hab viel zu tun, was gibt's?«

»Schön, dass du lebst.«

»Ja, es gibt Schlimmeres.«

»Schlecht gelaunt?«

»Ich hatte Besuch von drei Gestalten aus Kazavs Bekanntenkreis. Jäger. Sie wollten mich engagieren.«

»Vertrittst du neuerdings die Jägerlobby?«

»Nein, sie wollten dich verklagen, wegen Nötigung und Körperverletzung.«

»Was haben sie gesagt?«

»Dass du sie bedroht hättest. Sie sollten einen Dachs, den sie stundenlang gejagt hatten, zum Tierarzt bringen.«

»Ist doch schön, wenn Jäger plötzlich zu Tierfreunden werden.«

»Unverhältnismäßige Gewalt der Polizei. Das kann dich deinen Job kosten, wenn die Gegenseite einen guten Anwalt hat.«

»Was hast du ihnen gesagt?«

»Dass sie die Tierarztrechnung bezahlen sollen.«

»Weil sie dich nicht bezahlen konnten, nur deshalb.«

»Warum denkst du immer so von mir? Ich habe mein Geschäftsprinzip umgestellt. Seit gestern habe ich einen neuen Mandanten.«

Die anwaltliche Schweigepflicht, gab sein Vater vor, verbiete es ihm, den Namen seines neuen Mandanten zu nennen. Ronan erfuhr über Umwege, wen sein Vater vertrat und was er mit Umstellung des Geschäftsprinzips meinte. Gregor Troguidy folgte einer Vorladung der Gendarmerie, besser gesagt begleitete er seinen Sohn Arnaud. Es ging immer noch um Barbies Hühnerfarm. Barbie hatte Troguidys Sohn wegen Hausfriedensbruchs angezeigt und verlangte Schadensersatz in Millionenhöhe. Ronan empfahl Gregor, dass er einen Anwalt für seinen Sohn nehmen sollte. Barbie habe schließlich keinen Beweis für seine Anschuldigungen. Barbie behauptete, dass die Aktionen der Hippie-Tierschützer seine Hühner ungesundem Stress ausgesetzt hätten. Dafür lagen dem Gericht Statistiken über eine erhöhte Sterblichkeit in seiner Hühnerpopulation vor. Bei den frisch geschlüpften Küken sei sie noch höher. Nicht die männlichen Küken, die würden ja geschreddert und zu Futtermehl verarbeitet, sondern die eierlegenden weiblichen würden unter psychischem Stress leiden. Barbie hatte die Sterblichkeitsspitzen mit dem Beginn der Aktionen verglichen und kam zu dem Ergebnis, dass die wirtschaftlichen Verluste enorm seien. Als der alte Troguidy den Namen seines Anwalts erwähnte, glaubte Ronan sich verhört zu haben. Alan Prad, sein Vater, der bekannt dafür war, dass er Größen des organisierten Verbrechens, Immobilienhaie, korrupte Politiker wie Kazav vertrat, hatte die Verteidigung eines Landwirtes übernommen, dessen Sohn sich für die Freiheit von Hühnern einsetzte.

»Dann ist es also dein Ernst?«

»Die Anklage gegen Gregor Troguidys Sohn ist lächerlich«, antwortete ihm sein Vater. Ronan hörte eine gewisse Kampfeslust im Ton seines Vaters. Sein Vater erzählte ihm von juristischen Fehlern der Gegenseite und dass die NGO Freechicks ein Grundrecht auf artgerechtes Halten von Hühnern einfordere. Er würde sich jetzt vegan ernähren und außerdem kostenlos die NGO vertreten. Ronan begriff, dass Geld für seinen Vater nur eine Nebensache war. Er kaufte teure Uhren, die er dann wieder verschenkte, er kaufte eine Villa mit Blick aufs Meer, die er nur einmal betrat, nämlich als er sie besichtigte, er besaß Autos, die er nie nutzte, er trug immer dieselben Schuhe, sammelte Bonuspunkte bei Carrefour und freute sich, wenn er wieder fünf Euro einlösen konnte. In Wirklichkeit ging es seinem Vater darum, einen Gegner zu finden, mit dem es sich zu streiten lohnte. Wenn er einen Drogenkönig aus Marseille vertrat und er die Argumente des Staatsanwaltes Stück für Stück zerlegen konnte, dann ging es ihm nicht um das Recht oder um sein Honorar, sondern es war der Moment der Genugtuung, wenn der Staatsanwalt klein beigeben musste, wenn er feststellte, dass ihn der große Alan Prad in eine dunkle Straße geführt hatte, die in einer Sackgasse endete. Und noch mehr genoss sein Vater es, wenn ihm der

Staatsanwalt später im Flur gratulierte, nur um ihm die Frage zu stellen, ob er sich denn gut dabei fühle, solche Leute zu verteidigen. Troguidy und seine Hühnerbefreiungsarmee gaben dem Leben seines Vaters einen neuen Sinn. »Du brauchst eine Richtung, Ronan«, sagte er ihm, »in die du gehst, das ist alles.«

—

Loig mähte den Rasen vor seinem Haus, während Enora welke Blätter an den Rosenbüschen zupfte. Er hatte seinen Urlaub verlängert, den er bisher darauf verwendet hatte, über das Grün seines Rasens zu räsonieren.

»Es ist gar nicht so einfach, überall dieselbe Farbe hinzubekommen.«

Ronan hatte ihm seine Entscheidung noch nicht mitgeteilt. Loig hatte seine Familie wieder, die Kinder gingen zur Schule, der Rasen wuchs, der Müllwagen leerte die Tonnen, die Möwen schrien und drehten ihre Kreise in der Luft. Loig stellte den Rechen an einem Kirschbaum ab und kam auf Ronan zu.

»Es ist Zeit«, begann er, ohne den Satz zu beenden.

Ja, es war Zeit loszulassen. Ronan wusste nur zu gut, was Loig meinte, so als hätte die Zeit Camille so weit an den Horizont geschoben, dass sie unerreichbar dahinter verschwand. Loig schlug ihm vor, bei ihm zu wohnen, bis er eine Wohnung gefunden hatte. Ronan hatte seinen Spind leer geräumt. Das Kündigungsschreiben hatte er zusammengefaltet in seiner Hosentasche.

In der Hofeinfahrt der Morvans kehrte Gael Kies aus der betonierten Einfahrt. Gael sah nicht auf, als er langsam vorbeifuhr. Loig trimmte seinen Rasen, Gael kehrte Kies aus seiner Einfahrt. Jedem sein Reinigungsritual, dachte Ronan und erreichte das Waldstück, in dem er die Jäger vor ein paar Tagen angetroffen hatte. Auf dem schlammigen Parkplatz stand Maries rostiger Clio. Ronan stieg den steilen Weg zu den Felsen hinab. Es war Ebbe, und die schroffen Felsen mit ihren gelben Flechten und schwarzen Algenschichten ragten hoch über das türkisfarbene Wasser. Als er den unteren Teil des Plateaus erreichte, sah er Marie, wie sie aus dem Wasser stieg. Das kalte Wasser hatte ihre Haut rot gefärbt. Es störte sie nicht, dass sie nackt vor ihm stand. Sie trocknete ihre Haare, legte das Handtuch auf einen flachen Felsen und setzte sich so, dass ihr die Sonne ins Gesicht schien.

»Ich wäre jetzt gerne mit dir auf deinem Boot«, sagte sie und schloss die Augen.

»Wenn es nicht wie vieles untergegangen wäre ...«

»Du hast gewusst, dass ich hier bin?«

»Du warst nicht im Dienstplan eingetragen, und die Sonne schien.«

»Willst du, dass ich in Penec bleibe?« Sie drehte sich zu ihm um, blinzelte, weil die Sonne sie blendete.

»Ich kann hier nicht bleiben.«

»Wir könnten gemeinsam weggehen.«

Ronan zögerte. Es gab verschiedene Arten von Zögern. Das unentschlossene, dann das verwirrte, und dann gab es das lang anhaltende, in dem die Antworten enthalten waren wie in einer Nährlösung aus Wahrheit und unlöschbaren Träumen. Marie lächelte sanft, so als ahnte sie seine Antwort, und gab ihm einen Kuss auf die Stirn.

Ronan saß noch immer auf dem Felsen, als Marie schon angezogen und den Felsen nach oben geklettert war. Als ihr Wagen wegfuhr und das Geräusch des Motors hinter dem Wald verklang, hatte Ronan noch immer dieselbe Haltung. Marie war die Frau, mit der er neu anfangen könnte, ein neues Leben, ja, es war Zeit, doch er war unfähig, ihr zu antworten. Er fühlte sich wie der älteste Fels in der Bucht, ausgewaschen und vom ewig trägen Wasser ausgehöhlt. Es ist Zeit.

—

Ronan hatte nicht vor, in Penec zu halten, dann entschied er sich für einen Stop bei Leclaech. Ein Espresso am Tresen. Auf der anderen Straßenseite, neben der Bushaltestelle war ein Briefkasten. Zwanzig Schritte bis zu seinem neuen Leben. Es war Zeit. Merkwürdigerweise stellte ihm Leclaech keine einzige Frage. Als Wirt kannte er die Menschen und war vielleicht sogar fähig, ihre Gedanken zu erahnen, wenn sie sich an seinen Tresen hockten. Oder war es die Art, wie Ronan die Espressotasse mit zwei Fingern anhob, die ihn verriet.

»Der Kaffee geht aufs Haus«, sagte Leclaech und wusch weiter seine Gläser.

Ronan überquerte die Straße und stand schon vor dem Briefkasten, als eine Gestalt aus dem Bushaltehäuschen trat. Grand hatte etwas Plumpes an sich, wenn er diskret auftreten wollte. Er tat so, als hätte er ihn zufällig getroffen, und mit gespieltem Erstaunen begrüßte er Ronan.

»Unsere Wege kreuzen sich ständig.«

»In Ihrem Metier begegnet man niemandem zufällig«, erwiderte Ronan.

Grand deutete ein Lächeln an, das für Halbwahrheiten oder Fastlügen reserviert war.

»Sie denken viel zu schlecht von mir, Capitaine. Ich mache mir Sorgen um Sie. Wo wollen Sie denn hin?«

»Möglichst weit weg.«

»Unser Planet ist eine Kugel, Capitaine. Je weiter Sie weglaufen, desto schneller kommen Sie da wieder an, wo Sie losgelaufen sind. So ist das. Wir leben auf einer Kugel, unsere Leben sind ebenso kreisförmig, am Ende schließt sich jeder Kreis, und es bleibt von uns so viel, wie wir am Anfang waren.«

Ronan blies über seine flache Hand, so als hätte sich feinster Staub verflüchtigt. »Die Organisation London-Tours ist aufgedeckt, Leturc und die meisten seiner Legionäre sind tot, Kazav ist für den Rest seiner Tage in einer Nervenheilanstalt.«

»Ich liebe Ihren Optimismus, Prad. Leturc und seine Legionäre sind ausgeschaltet, doch von dieser Sorte findet sich schnell Ersatz. Soldaten, deren Feindbild mit Geld gekauft werden kann, und Kazav ...«

»... leidet an fortgeschrittener Demenz. Er muss sich seinen Namen in sein Notizbuch schreiben, weil er alle drei Stunden so ziemlich alles vergisst.«

»Ich habe erfahren, dass Sie Kazav in der Klinik besucht haben. Es gab da wohl einige Verwirrungen, wie die Ärzte berichteten.«

»Victor Kazavs Hirn ist ein leeres Notizbuch, in das man alles reinschreiben kann. Er ist das, was man ihm aufschreibt, jedenfalls für drei Stunden.«

»Ich kann Ihnen versichern, Capitaine, dass Kazav heute aus der Klinik entlassen wurde.«

»Das kann nicht sein.«

»Seine Sekretärin hat ihn abgeholt.«

»Er ist doch überhaupt nicht mehr in der Lage, seine Aufgaben als Bürgermeister wahrzunehmen. Er weiß doch nicht einmal, wer er ist.«

»Für den Posten, den er nächstes Jahr haben wird, braucht er keine Identität.«

»Von was reden Sie?«

»Kazav wird übermorgen seine Sekretärin heiraten und sich nächstes Jahr für den Posten als Präsident aufstellen lassen. Glauben Sie mir, er hat große Chancen. Die Leute werden ihn lieben, gerade weil er nur das ist, was sie in ihm sehen wollen.«

»Müsste Kazav seinen Namen nicht in seinem Notizheft nachschlagen, wäre er schlimmstenfalls ein Soziopath.«

Grand holte einen Umschlag aus der Innentasche seiner Regenjacke. »Sie haben das nach Brest geschickt ...«

Ronan nahm den Brief und erkannte den Bericht mit den angefügten Unterlagen, die bewiesen, dass Colonel Bloomsday auf der Gehaltsliste Kazavs und Leturcs stand. Konten auf den Bahamas, zwei weitere Konten und Schließfächer in Luxemburg. Ronans Bericht sollte eigentlich in der Zentrale in Brest liegen. In ein paar Tagen würde Bloomsday Besuch von der IGPN bekommen. Man würde ihn höflich und bestimmt bitten mitzukommen. Dann würde er in eine der schwarzen Limousinen steigen, und seine Karriere würde sich so unauffällig verflüchtigen wie sein illegal angehäuftes Vermögen. Die Wahrheit sucht sich ihren Weg, dachte Ronan. Sie hätte nicht in Grands Händen sein dürfen. Die Beweise, die Bloomsdays korrupte Karriere in ein muffiges Brunnenloch stoßen sollten.

»Ich habe Ihren Bericht auf Umwegen erhalten«, sagte Grand und sprach so, als ginge er auf Zehenspitzen. »Ich wollte Ihnen den Bericht zurückgeben und ihn nicht einfach verschwinden lassen.«

»Die Beweise sind erdrückend.«

»Das ist es ja gerade«, antwortete Grand, »weil die Beweise so erdrückend sind, möchte ich Ihnen den Bericht zurückgeben, bevor er zu Verwirrungen in der IPGN führt. Die Inspection beißt sich gerne an Fällen fest, und wenn dann noch etwas an die Presse durchsickert, dann gibt es wieder diese hässlichen Artikel über die französische Polizei. Das wollen wir alle nicht.«

»Sie wollen Bloomsday laufen lassen?«

»Wir bestrafen ihn …«

»Indem Sie ihn befördern.«

»Wir befördern ihn, setzen ihn auf eine Stelle, wo er keinen Schaden anrichten kann, und in zwei Jahren schicken wir ihn in den vorzeitigen Ruhestand. Wir beseitigen ihn auf unsere stille Art und Weise.«

»Und ein dementer Soziopath wird Frankreichs nächster Präsident.«

Grand hob die Hände. »Besser Dummköpfe regieren die Welt als Bösewichte, oder?«

Der Bus hielt. Die Türen öffneten sich.

»Sie hören von mir, Prad.«

»Es ist das letzte Mal, dass ich mit Ihnen rede.« Ronan zeigte auf den Brief in seiner Hand.

»Ach, Ihre Kündigung … die bekomme ich auf meinen Tisch. Machen Sie mir nicht noch mehr Arbeit.«

»Sie brauchen sich erst gar nicht die Mühe zu machen, mich zu suchen.«

Grand hatte schon einen Fuß in der Tür, als er sich noch einmal umdrehte. »Nun, ich dachte, Sie wollten wissen, was mit Camille geschehen ist.«

Die Türen schlossen sich. Der Bus verschwand, und die Fetzen eines zerrissenen Briefs trieben in einer Pfütze. Es wurde Abend in Penec.

Danksagung

Viele Details hätten ohne lebendige Zeitzeugen nicht in diesen Roman gefunden. Ich danke an dieser Stelle all denen, die ich nicht aus Nachlässigkeit oder bösem Willen vergessen habe. Es waren einfach zu viele. Der Reihenfolge meiner kurzen Danksagung kommt auch keine Bedeutung zu. Es ist eine Eigenart schriftlicher Texte, dass Ereignisse, Dinge und Personen in ein zeitliches Nacheinander gezwungen werden, obwohl der Autor sie gerne wie bei einem Gruppenfoto nebeneinander in eine Reihe gestellt hätte.

Meiner Mutter danke ich für ihre erste Lektüre und ihre hilfreichen Anmerkungen. Meinem Vater, der in all meinen Erinnerungen weiterlebt, verdanke ich meine Faszination für das Meer und die Schifffahrt. Die Stunden auf dem gelben Metzeler-Schlauchboot mit kleinem Außenborder zwischen den damals noch unberührten Inseln in Jugoslawien, das Tauchen im offenen Meer und unsere missratenen Versuche, Fische zu fangen, sind Bruchstücke einer Kindheit, die bis heute noch fortwirken.

Félicie danke ich für ihre Unterstützung und Tipps, wenn es um französische Eigenheiten geht. Manon für ihren ewig fragenden Geist. Sie schafft es, so ziemlich alles in einen philosophischen Diskurs zu ziehen, auch wenn es nur um die Farbe des Halses eines Rotkehlchens geht, der in Wirklichkeit ja gar nicht so rot ist, wie es scheint. Malo danke ich, dass er während der Entstehung dieses Romans endlich laufen gelernt hat.

Fanch hat mir unendlich viel über das Leben eines Fischers und vor allem über das eines bretonischen Fischers beigebracht. Wenn ich mir in meinem Roman trotzdem die Freiheit nahm, mich über die Wirklichkeit hinwegzusetzen, weil man als Autor eben mehr seiner Geschichte als der Wirklichkeit verpflichtet ist, so habe ich dies allein als Autor zu verantworten. Seiner Frau Elsa danke ich für die Einblicke, was es heißt, die Frau eines Fischers zu sein.

Großen Dank schulde ich auch Christophe, der mich über die Begräbnisrituale, die illegalen Bars und den besonderen bretonischen Geist aufgeklärt hat. Quentin danke ich für die Gartenratschläge und das großartige Lagerfeuer, das leider durch die Feuerwehr und die Gendarmerie gelöscht wurde.

Yvon danke ich für die langen Gespräche, in denen er mich über Dienstgrade und Lebensläufe bei der Gendarmerie Nationale aufgeklärt hat, und seiner Frau Maryse für die ganzen Geschichten aus einer Zeit, in der die Frauen ihre Wäsche noch in Dorfbrunnen gewaschen haben.

Glossar

Ael-Ar-Mor
Im Bretonischen Meerengel. (Ael: Engel) (Mor: Meer)

AIS
Automatic Identification System. Ein auf Funk basierendes automatisches Identifikationssystem, das in der Schifffahrt zum Standard gehört. Für größere Schiffe ist das AIS verpflichtend. Seit 2008 gilt diese Verpflichtung auch für Schiffe über 20 Meter oder Schiffe, die mehr als 50 Passagiere transportieren.

Amann
Im Bretonischen Butter. In der Bretagne bezeichnet man damit besonders die salzige Butter. Bekannt ist vor allem die bretonische Spezialität *kouignoù-amann* oder im Französischen *kouign-amann* (wörtlich: Butterkuchen).

Amathée
Ursprünglich aus dem Griechischen ist die Amathée (Amatheia) eine Meeresnymphe. In der Gendarmerie Nationale (Brigade Nautique) tragen einige Patrouillenboote diesen Namen.

BAC
Brigade Anti-Criminalité. Einheiten der Polizei, die in den Vorstädten und in besonders sensiblen Gebieten zum Einsatz kommen. Sie treten in Zivil auf.

Brumenn
Im Bretonischen Nebel oder feiner Regen.

Clandé
Illegale Bars und Bistros in der Bretagne, die meist in Hinterhöfen und Kellern betrieben werden.

Croix-des-Veuves
Wörtlich: das Kreuz der Witwen. Ein Anfang des 18. Jahrhunderts errichtetes Steinkreuz in der Nähe von Ploubazlanec. Zur Zeit der Islandfischer hielten dort die Frauen nach ihren Männern Ausschau. Bei klarem

Wetter kann man bis zu zehn Seemeilen, also 18,5 Kilometer, weit auf das Meer blicken. Viele Frauen warteten jedoch vergeblich auf die Rückkehr ihrer Männer.

Cross-Corsen
Französische Seerettung. Centres régionaux opérationnels de surveillance et de sauvetage (CROSS). Die CROSS sind in fünf Gruppen unterteilt. Eine davon ist die Gruppe Corsen. Sie umfasst das Gebiet des westlichen Ärmelkanals, vom Mont-Saint-Michel bis zum Pointe de Penmarch.

DGSE
Direction Générale de la Sécurité Extérieure. Der französische Auslandsnachrichtendienst.

Escargots de Bourgogne
Französische Spezialität. Schneckenart (Helix pomatia), serviert mit Kräuterbutter und Petersilie. Sie werden besonders bei Familienfesten und an Weihnachten verzehrt.

Finistère
Französisches Département im Westen der Bretagne. Zu Zeiten der Römer nannte man die Gegend »Finis Terrae«, also das Ende der Erde. Im Bretonischen nennt man das Finistère: *Penn-Ar-Bed*, das Haupt, die Spitze oder der Anfang der Welt.

Flic
Abfällige Bezeichnung für Polizist.

Gabelle
Seit dem Mittelalter erhobene Salzsteuer in Frankreich. Die Höhe der Steuer schwankte von Region zu Region. Die Bretagne gehörte zu den Regionen, die keine *gabelle* entrichten musste.

IGPN
Inspection générale de la Police Nationale. Interne Kontroll- und Disziplinarabteilung der Polizei. Auch Polizei der Polizei genannt.

IRCGN
Institut de recherche criminelle de la Gendarmerie Nationale. Eine Unterabteilung der PJGN. Sie befasst sich mit wissenschaftlichen Aspekten einer Untersuchung wie zum Beispiel Ballistik und DNA-Analysen.

Jungle de Calais
Flüchtlingscamp in der Nähe von Calais, in der Nähe des Eingangs zum Eurotunnel und im Hafenbereich von Calais. Offizieller Name: »la

Lande«. Die ersten Baracken wurden im Jahre 2000 errichtet. Seitdem gab es mehrere Räumungen der Behelfsbaracken. Die Anzahl der Bewohner schwankt. Kurz vor Schließung des Lagers im Jahre 2016 zählte man 9000 Migranten. 2017 kehrten einige hundert Migranten wieder zurück.

Kanal 16
Notrufkanal auf See.

Kermaria
Im Bretonischen bedeutet die Vorsilbe »Ker« so viel wie »bei«. »Bei Maria.« Häufige Ortsbezeichnungen in der Bretagne, wobei einfach ein Name dem »Ker« angefügt wird.

Ketsch
Bestimmter Segelboottyp mit zwei Masten.

Le chemin de la liberté
Ein einfaches Holzschild inmitten des Flüchtlingscamps. Übersetzt: »Weg der Freiheit.« Der Weg ist wohl mit dem Auflösen des Lagers verschwunden.

Péquenauds
Abfällige Bezeichnung für Bauer oder einfache Menschen.

Point Nemo
Ist eine Position im Pazifik, von der aus die Küste in jeder Richtung die größte Entfernung hat. Der Point Nemo befindet sich bei den Koordinaten 48° 52' 31,75" S, 123° 23' 33,07" W.

Police Municipale, Police Nationale und Gendarmerie
Die Gendarmerie Nationale ist eine überregionale Polizeitruppe. Sie unterstand bis 2009 dem Verteidigungsministerium. Seit 2009 ist sie auch dem Innenministerium untergeordnet. Die Police Nationale ist hauptsächlich in den Städten im Einsatz. Die Police Municipale ist eine kommunale Polizei, die der Hoheit der Gemeinden und der Bürgermeister unterliegt.

PJGN
Pôle judiciaire de la Gendarmerie nationale.
Abteilung der Gendarmerie, die sich mit Kriminalistik befasst. Darunter auch die Spurensicherung.

Proëlla
Ein kleines Kreuz aus Wachs, das den Körper eines auf See Verschollenen symbolisiert. Auf der Insel Ouessant bezeichnet die *proëlla* das Bestattungsritual des Verschollenen.

PSIG
Les pelotons de surveillance et d'intervention de la Gendarmerie. Sondereinheit der Polizei.

Roastbeefs
Abfällige Bezeichnung für Engländer (besonders unter Fischern).

Roches-Douvres
Der Leuchtturm der *Roches-Douvres* ist der in Europa am weitesten von einer Küste entfernte Leuchtturm (ca. 30 Kilometer). Er steht auf einem Felsplateau, das nur bei Niedrigwasser trockenfällt. Die Leuchtfeuerkennung ist ein weißer Blitz mit einer Wiederkehr von fünf Sekunden (Fl.W.5s) und einer Tragweite von 24 Seemeilen.

SNSM
Société Nationale de Sauvetage en Mer. Gemeinnütziger Verein, der sich der Seerettung widmet. Die Boote der 218 Rettungsstationen der SNSM unterstehen dem CROSS.

Terrorgesetze in Frankreich
Unter dem Namen »Plan Vigipirate« erlassene Gesetze zur Terrorbekämpfung. Aufgrund einer allgemeinen Terrorbedrohung erließ die Regierung am 7. Februar 1978 eine Reihe von Terrorgesetzen, die den Ordnungskräften weitreichende Befugnisse einräumen. Dies war noch vor dem Attentat am 20. Mai 1978 in Orly und in der irakischen Botschaft in Paris. Seither wurden die Gesetze ständig verändert und angepasst. Bekannte Attentate sind der Anschlag im RER Saint-Michel am 25. Juli und in der Métro Maison blanche am 6. Oktober 1995, der Anschlag im RER Port Royal am 3.12.1996. Eine weitere Welle von islamistisch motivierten Attentaten war der Anschlag auf das Satiremagazin Charlie Hebdo am 7. Januar 2015 und die Anschläge vom 13. November in Paris.

Trégor
Eine der neun Regionen der Bretagne. Der Trégor befindet sich im heutigen Département Côtes-d'Armor im Nordwesten der Bretagne.

Zodiacs
Ist die verkürzte Bezeichnung für Festrumpfschlauchboote. Der Name geht auf die französische Herstellerfirma Zodiac Marine & Pool zurück.